职业教育公共基础课教材系列

新编文学欣赏

（修订版）

陈　军　吕晓洁　主　编

科学出版社

北　京

内 容 简 介

本书作为高等职业技术院校的公共课程教材，以培养学生的文学修养为指导思想，所选内容涉及古、今、中、外的名篇及一些别具特色的文章，以扩大学生阅读面，开拓视野，提高他们的人文素养。本书的赏析不在于对作品做全面的分析，而在于对一些有特色之处进行点评与引导，引导学生学会理解作品、分析作品进而欣赏作品，提高审美能力，教材内容简洁，重点突出。

本书适合各类高等职业院校各专业学生作为教材使用，也适合各类文学爱好者阅读赏析。

图书在版编目(CIP)数据

新编文学欣赏/陈军，吕晓洁主编. —北京：科学出版社，2007.9
（职业教育公共基础课教材系列）

ISBN 978-7-03-019692-7

Ⅰ.新… Ⅱ.①陈… ②吕… Ⅲ.文学欣赏-高等学校：技术学校-教材
Ⅳ.I06

中国版本图书馆 CIP 数据核字（2007）第 129574 号

责任编辑：沈力匀 / 责任校对：柏连海
责任印制：吕春珉 / 封面设计：耕者设计工作室

科学出版社 出版
北京东黄城根北街 16 号
邮政编码：100717
http://www.sciencep.com
北京中科印刷有限公司印刷
科学出版社发行 各地新华书店经销
*
2007 年 9 月第 一 版 开本：787×1092 1/16
2020 年 8 月修 订 版 印张：24
2020 年 9 月第八次印刷 字数：554 000

定价：68.00 元

（如有印装质量问题，我社负责调换〈中科〉）
销售部电话 010-62136130 编辑部电话 010-62135235（VP04）

本书编写人员

主　编　陈　军　吕晓洁

副主编　张　宏　王淑明　张志宏

撰稿人　（按姓氏笔画排序）

陈　军　陈淑梅　李秋虹

吕晓洁　盛汝真　杨国旺

张改亮　张　宏　张志宏

前　言

目前，各国都在采取办法整合科学教育和人文教育，特别是把提高学生的人文素质作为高等教育改革的重要方面，以促进精神文明与物质文明的同步发展，建立人与自然、人与社会、人与人之间的和谐关系。加强大学生文化素质教育正是这一时代发展的要求，是社会可持续发展对高素质人才的呼唤，也是我国高等院校培养全面发展的高级专门人才的需要，是高等院校面向21世纪，改革传统教育思想和人才培养模式，提高教育质量和办学效益的一项重要措施。

文学欣赏课程是对大学生进行素质教育，提高他们文化素质的重要课程之一，这门课程具有丰富的内容，显著的人文色彩。为建设好这门课程，参加编写本书的教师翻阅了大量的文献资料，经过精心挑选，细致分析，编写成本书。

本书具有新颖性、适用性的特点。内容涉及古今中外的一些名篇名作，也选择了具有时代特色的一些篇章，如网络文学与短信文学等，以期开阔学生视野。作品赏析既有代表性的观点借鉴，又有编写者教学研究过程中的研究心得，从体例到内容都体现出了新颖性。考虑到高职院校的培养目标，本书不求理论高深，而是注重大学生审美情趣的培养，审美能力的提高，文化素养的提升，每章节先讲述一些基本赏析知识，然后分别对作品作提纲挈领的赏析，言简意赅，重点突出，便于老师的教和学生的学。

本书具体编写分工如下：

漯河医学高等专科学校陈军（第三章的第二节、第六章）；漯河职业技术学院吕晓洁（第一章、第二章至第四章的第一节、第四章的第三节）；漯河医学高等专科学校张宏（第三章的第三节的当代部分、第五章的第四节）；鹤壁职业技术学院张志宏（第三章的第四节、第五章的第一节）漯河职业技术学院李秋虹（第二章的第二节、第四章的第二节）；漯河职业技术学院张改亮（第七章、第二章的第三节、推荐阅读篇目）；漯河医学高等专科学校盛汝真（第五章的第二节、第三章的第三节现代部分）；郑州贸易工业学校陈淑梅（第五章的第三节、第四章的第一节）；济源职业技术学院杨国旺（第四章的第四节、第二章的第四节）；郑州贸易工业学校王淑明，参与了第一章和第三章的编写与修改工作。全书由吕晓洁负责统稿。

本书在出版过程中，得到了科学出版社沈力匀编辑和漯河职业技术学院王林山副教授的大力帮助，不胜感谢！

本书尚有许多不足与疏漏之处，敬请各位专家、同行、读者给予指正，并将批评意见及时反馈给我们，以便及时修改与完善，不胜感谢！

目　录

第一章　文学欣赏知识概述……1

第一节　文学知识概述……1
第二节　文学欣赏的性质……5
第三节　文学欣赏的过程……8

第二章　诗歌欣赏……14

第一节　诗词欣赏知识概述……14
第二节　中国古代诗歌欣赏……21
第三节　中国现当代诗歌欣赏……52
第四节　外国诗歌鉴赏……69

第三章　小说欣赏……90

第一节　小说欣赏知识概述……90
第二节　中国古代小说欣赏……93
第三节　中国现当代小说欣赏……110
第四节　外国小说欣赏……169

第四章　散文欣赏……206

第一节　散文欣赏知识概述……206
第二节　中国古代散文欣赏……210
第三节　中国现当代散文欣赏……225
第四节　外国散文欣赏……252

第五章　戏剧欣赏……268

第一节　戏剧欣赏知识概述……268
第二节　中国古代戏剧欣赏……273
第三节　中国现当代戏剧欣赏……282
第四节　外国戏剧欣赏……307

第六章　影视文学欣赏……328

第一节　影视文学欣赏知识概述……328
第二节　中国影视文学欣赏……336
第三节　外国影视文学欣赏……343

第七章　短信文学和网络文学欣赏……348

第一节　短信文学概述……348

第二节　短信文学作品赏析……353
第三节　网络文学概述……354

附录　大学生必读书目 100 本……369

参考文献……373

第一章 文学欣赏知识概述

第一节 文学知识概述

一、文学含义

自有文学之日起，“文学是什么”这个问题就成了人们探讨的对象，前人对此已有过无数次的言说，都有一定合理性，也有一定的不完善性。“文学”一词最早出现于《论语·先进》中：“文学，子游、子夏。”（意思就是文章博学，则有子游、子夏两个人。）文学随着社会的发展也在不断地发生变化，文学观念则随着文学的变化而变化。本书较倾向于下面这种定义：文学是人类的一种文化样式，是一种社会的审美意识形态，是一种语言艺术，它包含着人的个人体验，它沟通人际交流，概括地说，文学作为一种人类的文化样式，它是具有社会的审美意识形态性质、凝聚着个体体验的、沟通人际情感交流的语言艺术。

文学同其他艺术相比较，区别在于它是一种语言艺术，是一切艺术中唯一以语言为媒介来塑造艺术形象，表现社会生活和人的思想情感的艺术活动。

文学作品以语言来塑造形象，反映生活，从而构建起一个独特的艺术世界，没有语言，就没有文学，一个作家对生活的感受，对形象的塑造，对情感体验的表达，对意义的思索，只有当这些转化成语言，并通过语言传达出来，文学作品才能得以诞生，所以，优秀的作家通常被人们称为“语言艺术大师”。

二、文学的基本特征

（一）形象的间接性

其他艺术所塑造的形象可以直接作用于人的感官，如一部电影可以借助于画面、声音、色彩，欣赏者可以通过视觉、听觉直接感受到。又如一幅画，可以借助色彩、线条等作用于人的视觉，使人感受到它的美。而文学作品则与它们不同，它借助语言来表情达意，读者只有掌握了语言所代表的意义时，才能感受到文学作品中艺术形象，所以文学具有间接性的特点。

文学作品的这个特征使读者在读作品时就需要既具有一定的文化功底，又有一定的生活经验，而且还要对作品进行认真阅读与思考，充分发挥自己的想像力，这样才能很好地理解作品，并且使作品的内蕴进一步丰富化。如王维《青溪》，作者给我们勾画出了一幅迷人的图景：一条清澈见底的小溪，当它在山间乱石中穿过时，水势湍急，潺潺的溪流声忽然变成了一片喧哗。当它流经松林中的平地时，如同一条青溪却又显得那么娴静、安谧，几乎没有一点声息。我们可以想像得到：澄碧的溪水与两岸郁郁葱葱的松林相映，融成一片，色调特别幽美、和谐。当青溪缓缓流出松林，进入开阔地带后，又是另一番景象：水面上浮着菱叶、荇菜等水生植物，一片葱绿，水流过处，微波荡漾，摇曳生姿；再向前走去，水面又似明镜般的清澈碧透，岸边浅水中的芦花、苇叶，倒映如画，天然生色。青溪，既喧闹，又沉静，既活泼，又安详，既幽深，又素净。写出了诗人对青溪的喜爱。如果我们了解了王维的生活经历后，我们还会在诗中读出另一种情怀，那就是他在仕途失意后自由淡泊的心情。形象的间接性，可以让读者充分发挥想像与联想，从而达到很好的艺术效果。

（二）形象的概括性

黑格尔认为，艺术形象之所以有意义，就是因为它“并不只是代表它自己”，而“可以指引到某一种意蕴”“一种为内在的生气、情感、灵魂、风骨和精神”。也就是艺术形象具有无限的丰富性，可以传达丰富的意蕴，这就是文学形象的概括性。文学形象都是作家审美认识的结晶，是作家对现实生活中的众多现象进行提炼的结果，所以概括性很强。如鲁迅《祝福》里的祥林嫂的形象，可以使人想起在旧中国、旧礼教的精神奴役下千千万万的劳动妇女的悲剧。又如《石壕吏》虽然只是写了杜甫偶然所见，但却可以使我们想到唐朝安史之乱中的千家万户，联想到唐朝为什么会从此一蹶不振的原因，这就是形象的概括性。朱熹《观书有感》中写到：

半亩方塘一鉴开，天光云影共徘徊。
问渠那得清如水，为有源头活水来。

这首诗自问世以来一直被人们所传诵，诗里含有深刻的哲理，它概括了读书能给人们带来无限的智慧，开启人们的心智，给人以精神享受，学问犹如源头活水，要常读常新，才能日新日进的道理。这首诗也很好地体现了文学形象的概括性特征。

（三）具体可感性

具体可感性，是指文学形象是个别的、具体的感性形式，生动活泼的生活画面，以其特征鲜明的声、色、形、态和神情直接诉诸人的情感，使鉴赏者超越自身作为旁观者的身份，而产生如临其境，如见其人，如闻其声的真切感受。读一读张承志在小说《北方的河》中对黄河的这段描写，可以加深对文学形象的上述特点的认识：“河水隆隆响着，又浓又稠，闪烁而颤动，像是流动的沉重的金属。这么宽阔的大峡都被震得摇动啦。他惊奇地想着，也许有一天两岸的大山都会震得坍塌下来。真是北方第一大河啊。远处有一株带有枝叶的树干被河水卷着一沉一浮，他盯准那绿叶奔跑起来，想追上河水的速度。他痛快地大声叫嚷着，是感到自己已经完全融化在这喧腾声里，融化在河面上升起的、掠过大河长峡的凉风中了。”读者在这里似乎不仅看见了黄河，而且还好像听到了河水的轰鸣，感受到了它的气势，它的风格，不禁和小说中的“我”一样，沉浸在兴奋的情绪中。难怪作家王蒙甚至会略带夸张地发出这样的感叹：“在读完《北方的河》以后，我想，完了，你再也别想写河流了，至少三十年，你写不过他啦。”生活中的事物，如景、物、人等，进入文学作品后，仍然保留并突出其生动真切的特征。这是对文学形象的基本要求。

不仅写景状物的文学形象具体可感，而且内在心理、感觉和抽象的情、理、意进入文学世界后，也应变得具体可感。例如难以言表的相思愁绪在作家笔下可以化为情景交融的可感形象，有“剪不断，理还乱”的愁肠百结、思绪万千；有“才下眉头，却上心头”的两情依依、刻骨铭心；而“春蚕到死丝方尽，蜡炬成灰泪始干”则是忠贞不渝、矢志如一的情志的具体表达。一些本来很枯燥干涩的道理，在文学中也因借用具体形象而具体可感让人易于接受了，比如苏轼的《题西林壁》、朱熹的《观书有感》，就借用生动的形象显示某种生活的道理，意义深刻却又形象生动。

文学形象的具体可感性并不总是体现在形象的形体外貌上，实际上它往往是呈现在物象和心象的统一中。甚至在某些文学作品里，形象性还可以体现在虽无形体，然而却能给人感性体验的情景、意境和氛围的表现。陈子昂的《登幽州台歌》即是如此：“前不见古人，后不见来者。念天地之悠悠，独怆然而泣下。”整首诗中无物象可言，但是读者仍能从中具体地感受到一种空旷、辽阔的意境，真切地感受到诗人因时空无限，人生短暂而产生的孤独之感和渴望能有所作为的迫切心情。陈子昂把一种用概念语言、甚至用物象也无法充分传达的、对人生的复杂感受和深邃思索，用情境、心象感性地显现了出来。这是一个以心象形态呈现自身的艺术形象，因此它的具体可感性不是诉诸于视觉，而是诉诸于读者内在的心理感受。在这个意义上，可以把形象感分成“内感”和“外感”两种，陈子昂的《登幽州台歌》显然是依赖读者的内心感受才产生了具体可感性。由主客观因素的统一所构成的文学形象，其本身就含有物象和心象两个层次，它可以为物、为实、为真；也可以为情、为虚、为幻，把形象性简单地理解成可以“目睹”的“图画”是非常狭隘的。就是对以物象为主的文学形象的把握，如果忽略了它内在的意象的成分，也必然是不准确的。文学形象的形象性是对审美感受而言的具体可感性，读者只有凭借着综合了感知、情感、想像和理解的审美能力，才可能把握它。

（四）客体与主体的统一性

任何文学形象都是主体情思与客体对象的吻合，是客体主体化与主体对象化的统一。文学形象的客体性，是指文学形象所具有的反映社会生活的属性，任何文学形象都要以客观现实为基础，都是客观世界本质的文学显现，并以具体的客体形象将主体的情感与思想语符化。这也是文学形象之所以生动、真切的原因。主体性是指文学形象是创作主体对客观生活的认识、评价，是主体情感、思想及审美感受的形象化显现，即文学形象中渗透着主体的本质力量。这使文学能通过感性形式显示出蕴含其中的生活的本质与规律。文学的审美感染力正源于主客体的完美和谐统一。

如鲁迅笔下的孔乙已、祥林嫂、阿 Q 的形象，是客观存在的封建制度、封建文化扼杀人性及其所有愚昧性的形象化反映，而这些形象又包含着鲁迅对封建专制社会的愤慨之情和对传统文化的沉痛思考。因此，主体的思想因外化为感性的艺术形象而让人易于感受，这些艺术形象也因融入了主体的思想，而具有催人警醒的审美魅力。

文学形象是主体审美意识的语符化显现。由于创作主体的个性差异，同一客观物象在不同作家的艺术世界里，往往会“各师成心，其异如面”。譬如，李白吟诵出“黄河之水天上来，奔流到海不复还”的诗句，借黄河一泻千里，排山倒海的气势，抒写时光流逝带来的“万古愁”情；王之焕则以“黄河远上白云间”的闲远静穆，衬托出“一片孤城万仞山”的苍凉悲壮。同一客观事物黄河，在主体不同审美精神的映照下，以不同的艺术姿态反映了不同的思想情志。正是由于文学形象是主客体的统一，才使得文学世界异彩纷呈。

（五）“形”与“神”的统一性

文学要以具体的“形”（外在状貌、态势等）来展示抽象的“神”（内在精神、气质等），因而文学形象应该绘形传神，做到形神兼备。文学绘形的目的在于传达蕴涵于其中的内在神采与实质。具体的外形只是文学形象的躯壳，只有被注入精神内涵，作品才有了生命的气血，才会变得生动可感，灵气十足。形象也因此具有了美的特质，因为真正的美在于精神，在于神，在于形神统一。

文学追求形神统一，重在神似。为此，文学创作必然突破生活常规与科学的精确性，赋予形象以神采，以传达出主体情感观照下的艺术对象的内在精神。郑板桥“手中之竹”不同于“眼中之竹”，正是为了通过竹子来突现人的高风亮节，坚强意志和独立品格。在文学中，文学家往往把抽象空泛的观念，嵌合在有形的物象上传达出来，例如徐志摩的《沙扬娜拉·赠日本女郎》：“最是那一低头的温柔，像一朵水莲花不胜凉风的娇羞，道一声珍重，道一声珍重……那一声珍重里有甜蜜的忧愁——沙扬娜拉！”诗歌以莲娇羞纯情之“形”传达出日本女郎难分难舍温柔多情的“神”，可谓绘形传神，有很强的艺术感染力。

文学形象的这些特点，相互联系，浑然一体，使文学以具有审美意义的形象体系构筑出“第二自然”，以反映客观现实的第一自然。可以说，没有形象，就没有文学。

三、文学的种类

从不同的角度对文学作品进行划分，有不同的种类，常见的有“三分法”与“四分法”。三分法指依据文学塑造形象的方式不同将文学分为三大类：第一类是叙事类作品，如《水浒传》、《三国演义》，这类作品通过叙述发生的一个个事件，展开情节，塑造形象；第二类是抒情类、作品，如《祖国啊，我亲爱的祖国》、《春鸟》、《绿》等，这些作品中以抒情为主，通过抒发强烈的感情来塑造形象；第三类是戏剧类作品，如《日出》、《雷雨》、《茶馆》等，这类作品通过人物自身的言行，以及戏剧矛盾冲突来塑造形象。四分法是指按文学作品的性质将其分为四类：诗歌、小说、散文、戏剧四大类。这种分法现在用的较为普遍。

诗歌，是最早出现的文学样式，在人类文学史上占有重要地位。诗歌以高度集中的艺术概括，丰富的艺术想像，饱满的情感，将现实生活中的事件、场景、人物及诗人的特定感受融为一体，从而塑造形象、反映生活。诗歌篇幅短小，语言凝练，一般分行排列，具有韵律美。

散文，与诗歌、小说、戏剧并列的一种文学体裁，篇幅也较为短小，可以写景、可以抒情、还可以叙事，灵活自由，文情并茂，在取材、形式与表现手法上更为自由灵活，能迅速及时地反映社会生活，起着重要作用。

小说，是以人物形象塑造为主，通过完整的故事情节和生活环境的描写，广泛地反映社会生活的一种文学体裁。小说和其他三类文学形式相比，有篇幅长、容量大的特点，它可以不受时间、地点限制，可以细致地、多方面地展示人物的思想性格及人物的命运，又可以完整地、错综复杂地表现矛盾冲突，细致地再现生活环境。

戏剧文学是供演出的文学脚本，它有高度集中性，人物集中，时间集中，空间集中，而且有尖锐的戏剧冲突，人物语言高度个性化，并且具有动作性。

第二节　文学欣赏的性质

一、文学欣赏

文学欣赏是读者阅读文学作品时的一种审美认识活动。在这个活动中，读者对文学作品中所创造的艺术形象进行感受、体验、领悟、理解、玩味，得到赏心悦目、怡情养性的审美感受和思想认识、道德情操等方面的教益。

二、文学欣赏的性质

（一）文学欣赏是一种审美享受活动

读者在欣赏文学作品时，被作品中鲜明生动的艺术形象所吸引、所感染，进而认识它所反映的社会生活、现实面貌，再进一步理解它的本质意义，在理解过程中会引起情感上的反应，这种反映是文学形象所唤起的欣赏者的情感反映，它是审美享受的重要标志，是文学欣赏的一个重要特点。例如：人们在欣赏《创业史》、《红岩》、《保卫延安》、《青春之歌》等作品时，就会被作品所表现的可歌可泣的斗争生活所吸引，被那些鲜明生动的革命者的光辉形象所感染，这种情感就是一种审美享受。读者从作品中了解过去的革命斗争历史，学习先辈的革命传统与斗争精神，并陶冶自己的情操，坚定自己的革命意志。如在阅读高尔基的《母亲》、奥斯特洛夫斯基的《钢铁是怎样炼成的》、法捷耶夫的《青年近卫军》、伏契克的《绞刑架下的报告》等作品时，作品所展现的艰苦卓绝的斗争生活，以及从斗争中锻炼出来的坚强的革命战士的形象，不管在任何时期，对广大读者都具有巨大的教育、鼓舞力量。这种感情上的反应是很强烈的。总之，欣赏者的情感反映，以文学作品的形象系统为基础，以作家在作品中所灌注的情感为动力。

（二）文学欣赏是一种审美认识活动

文学欣赏是对形象意蕴的深刻理解，而不是简单地复现现象。这种理解又不是对作品进行抽象的认识，而是形象的意会，是在感觉中理解作品中的一切，在审美过程中认识作品蕴含的一切。文学欣赏者以对作品中的艺术形象的具体感受为基础，欣赏者对作品的感性认识，在文学欣赏中有重要的意义，因为实践证明：感觉到了的东西，并不能立刻理解它，只有理解了的东西才能更深刻的感觉它。读者对文学作品的形象感受，只有在正确理解的基础上，才能更加深刻。例如，宋代诗人苏轼，在读了陶渊明的《饮酒》诗以后写道：“‘采菊东篱下，悠然见南山’，因采菊而见山，境与意会，此句最有妙处，近岁俗本皆作‘望南山’，则此一篇神气都索然矣。”“望”和“见”一字之差，意境全非。这是因为，陶渊明要表达的是自己辞官以后的喜悦，因而用“见”字，传达出悠然自得的情怀，确有“境与意会”的效果；若改为“望”字，变成主动寻求，不仅破坏了全诗的意境，而且也不符合陶潜的节操。所以，苏轼的体会表明他对陶诗的意境以及陶潜的为人都有比较深刻的认识。当读者对作品中的艺术形象还停留在片断的、分散的、表面的感性认识阶段时，他们是不可能对作品的内容有全面的、深刻的感受的。只有当读者经过深思，把那些片断的、分散的、表面的印象集中起来，加上自己想像的补充和丰富，在自己的头脑里获得形象的再现时，才能对作品所描绘的形象有比较全面、深刻的感受，达到感受和理解的有机统一，才能透彻地领会其中的意味，得到思想感情上的陶冶和艺术鉴赏上的愉悦。

（三）文学欣赏是一种艺术再创造活动

文学欣赏离不开形象，但也不是简单的复现映象，再现形象，而是在作品形象系统的基础上，通过欣赏者的想像、联想，通过欣赏者的感受、理解，重新创造形象。艺术的想像在文学欣赏中有着非常重要的作用。在艺术欣赏中，读者要被情所感，就得依靠形象所给予的具体生动的感受，以及随之而来的想像、联想等思维活动。特别是作为语言艺术的文学，由于其形象的间接性，读者对它的欣赏，与对造型艺术、表演艺术、综合艺术等的欣赏相比，更有待于形象的再创造，更需要形象思维的能力。它要求读者善于通过语言的媒介，想像出作品所塑造的艺术形象和生活境界，并进而领会其思想内容。例如：没有参加过战斗的读者，能够体验、领略描写战争的文学作品，并非由于他们头脑里有多少关于战争的概念，而是因为作家的形象描绘提供了具体可感的生动材料，它能激发读者的想像和联想，从而体验和认识自己从未经历过的战争生活；而亲自经历过战争生活的读者，对以战争为题材的文学作品，往往备感亲切，有更多的体会，这是因为他们能够以自己关于战争生活的经验，来感受、想像，以至丰富、补充作品里关于战争的描写。要是读者不善于进行积极的想像和联想，或缺乏必要的生活感受，那么，再美的文学形象对他也没有多大意义。“孤帆远影碧空尽，唯见长江天际流”“朱门酒肉臭，路有冻死骨”“沉舟侧畔千帆过，病树前头万木春”……唐诗中这些脍炙人口、富有表现力的诗句所勾画的种种意境，在感受、想像能力较差的读者眼里，也可能是平淡无奇的，但在富有想像力的读者眼里则生动形象，如见其人，如临其境。又如，在剧本中，人物的思想感情主要通过戏剧语言来表现，然而由于剧中特有的规定场景，人物通常都不需要把自己的思想感情全部托出。他有时讲得少而想得多，有时言在此而意在彼，有时说的则恰恰同想的相反，要是鉴赏剧本时，读者不能根据剧情展开积极的思维，就不可能正确地感受和了解人物的思想感情及剧本内容。如《雷雨》第四幕里，侍萍得知四凤和周萍的关系后，悲愤地发出了这样的声音：

“啊，天知道谁犯了罪，谁造的这种孽!——他们都是可怜的孩子，不知道自己做的是什么。天哪，如果要罚，也罚在我一个人身上。他们是我的干净孩子，他们应当好好地活着。罪孽是我造的，苦也应当我一个人尝。今天晚上，是我让他们一块儿走的。这罪过我知道，我都替他们担待了；要是真有什么，也就让我一个人担待吧。”

这是对自己的谴责吗？罪孽真是侍萍造成的吗？绝对不是。这是对周朴园的血泪控诉，这是对以周公馆为代表的封建黑暗势力的猛烈抨击。侍萍和他的“可怜的孩子”，都被这个万恶的社会吞噬了，这就是《雷雨》通过艺术形象所显示的道理。因此，不依靠自己的想像和联想，不经过自己积极的形象思维，读者就不可能对作品的意境有深切的感受，不可能发现和了解作品中那些弦外之音、韵外之致；而读者能在欣赏文学作品时，反复地品味，积极地思考，也就能从中获得更多的感受和更深的认识。当然，不同的读者，由于生活经历、文化素养、个性特点的差异，对于同一作品中的形象，也很可能得到的印象不一样，认识不一样。鲁迅曾说过：现代的读者看《红楼梦》，对于林黛玉这个人物，“恐怕会想到剪短头发，穿印度绸衫，清瘦、寂寞的摩登女郎；或者别的什么模样。”总之，和三四十年前读者心目中的林黛玉“是截然两样的。”正是由于读者在欣赏过程中对于作品形象的想像，总不免要根据自己的生活经验等而有所加工改造，于是所得的印象也就往往带有个人特点。因此人们认为“一千个读者，就有一千个哈姆雷特”，这话是有一定道理的。即欣赏者头脑里再现的形象，既有作品中形象的确定性与规定性，又有欣赏者的独创性、新颖性。

（四）文学欣赏是一种综合的心理感应活动

在文学欣赏中，由于欣赏者的生活、欣赏经验，由于各种感觉器官的暂时联系，视觉和听觉之间，视觉、听觉和触觉、嗅觉、味觉之间往往可以相互作用而彼此沟通，从而唤起艺术形象原来不一定具有的另一种或另几种感觉形象。这种“通感”现象是在艺术欣赏中的独特现象。文学欣赏中的另一种心理活动——共鸣，是一种复杂而常见的现象。当阅读文学作品的时候，作家通过作品的形象表达出来的思想情操，强烈地打动了读者，引起读者思想感情的回旋激荡。他们爱作者之所爱，恨作者之所恨；为作品中正面人物的胜利而欢乐，为反面人物的灭亡而称快；或者为正面人物的失败而悲痛，为反面人物的得势而愤慨，正所谓“像喜亦喜，像忧亦忧”。如读《红楼梦》，他们为黛玉葬花而潸然泪下；读《水浒传》为武松打虎而慷慨击节；冉阿让的命运，引起他们深切的关注与同情；盖拉辛的遭遇，则使人们对万恶的农奴制度切齿痛恨。凡此种种，是“通感”与“共鸣”现象在文学欣赏活动中的突出特点。

可见，文学欣赏是伴随感情活动的形象思维活动，文学欣赏中的认识活动主要是一种感受体验，而不是评论，但是，对文学作品的形象及其所包含的意蕴，只有在正确理解作品的基础上，才能获得全面的、深刻的感受。因此，文学欣赏是感性和理性有机统一，是感受、体验和理解、鉴别的有机统一。

第三节　文学欣赏的过程

一、文学欣赏者的基本素养

（一）知识素养

文学欣赏者必须有一定的文化功底，这包括一定的语言文字能力。文学是语言的艺术，以文字符号作为载体来表情达义的，所以想欣赏文学作品必须是识文断字的。对于文盲来说，作品就是一堆废纸，就更别提欣赏了。另外，文学是社会文化系统的一部分，是特殊的审美文化，文学作品中包含着丰富的内容，可能涉及到哲学、历史、宗教、道德等多方面的知识，同时，作品中又渗透着作者的思想与社会、时代及民族精神，因此文学欣赏者必须具备一定的知识，才能更好地对作品进行理解与接受。如《西游记》中神话知识、宗教知识，《三国演义》中的历史知识、政治知识，科幻小说中的科学知识等。阅读者必须有这些最基本的知识，才能很好地阅读作品，获得审美效果。

（二）文学素养

马克思说：“如果你想得到艺术的享受，你就必须是一个有艺术修养的人。”一定的文学素养是进行艺术鉴赏的基础。如林黛玉的文学素养高，才能在听《牡丹亭》戏文时，会因细嚼其中的含蕴而自伤自怜、感慨万端，从而与杜丽娘的深闺自怜产生共鸣。让贾府中的焦大来听同样的戏文、同样的音乐，也许他会觉得“好听”，但却无从产生共鸣。

（三）审美能力

在欣赏作品时，欣赏者的感受、理解、想像力是非常重要的，如果欣赏者缺乏审美能力，那文学作品也就不再是审美对象，二者就不能形成审美的互动关系。所以，一定的审美能力是艺术接受活动得以实现的前提。欣赏者应有一定的文学兴趣和文学知识，在读作品时按文学的方式去阅读作品，用审美的眼光来审视阅读的作品。文学作品的意义、结构、特性只是一种潜在的可能的因素，只有当读者按文学的特性叙述原则去解读它时，这种可能性才转化为现实性，作品才真正成为文学作品。因此按文学的方式读作品、理解作品是欣赏者接受作品的一个重要条件，是作品与欣赏者之间的约定俗成的规则与默契，同时也是接受者的文学知识、经验与修养综合而成的文学能力的显示。如“飞流直下三千尺，疑是银河落九天”。这里的“三千”显然不是实指，而是运用夸张的手法创造出富有美感的艺术想像空间的一种虚指，这种手法是一种文学手段，如果读者按照日常生活经验的方式来把它们当作客观描述而理解，不但不会有审美效果，而且有时还会闹出笑话。

二、文学欣赏过程

（一）第一阶段：期待视野、预备情绪

文学欣赏是一种特殊的审美与文化的精神活动，是读者与具体作品碰撞、沟通、契合的双向互动过程。读者在欣赏作品前不是一块白板，而是有了一定的生活经验、知识素养与审美能力，已进入到了理解与审美的精神状态。这种状态主要表现为期待视野与预备情绪。

期待视野指欣赏者进入阅读前已有的对于文学作品的估计与期盼。这个理论是美学创始人之一姚斯提出来的。期待视野常包括文学期待、生活期待与价值期待。文学期待指欣赏者对文学作品的文学性、文体、表现技巧、语言特点、艺术感染等方面的期待。生活期待指欣赏者对于作品的思想意义方面的期待，包括题材、情节、故事的发展、作家的意图等。如读《水浒传》时会有对梁山好汉行侠仗义的英雄事迹的期待，对书中人物的命运与结局的期待等。价值期待指欣赏者对作品的价值的整体期待，这部作品是成功还是失败，是水平一般还是水平很高，这种预先的估计就是一种整体价值期待。如余华前期曾发表作品《十八岁出门远行》、《鲜血与梅花》、《往事如烟》等作品，这些无疑是成功之作，得到广大读者的喜爱，后期出现转型，发表《活着》、《许三官卖血记》等作品，仍然较为成功，目前又发表了《兄弟》，读者往往会以他前期作品的水准来要求和衡量《兄弟》，认为《兄弟》必须要高过以前作品的水准才可以，于是挑出了很多毛病，这说明读者的期待视野会影响到对作品的欣赏。

预备情绪指欣赏者从现实关注向文学接受过程跃进的中间环节，是读者受作品基本特质的激发而产生的一种特殊的情绪，是一种“潜审美”心理状态。预备情绪的理论是由波兰哲学家、现象学家英家登提出的。由于预备情绪的出

现，文学作品才成为审美对象，文学欣赏过程才开始进行。预备情绪最初是由文学作品的形象、情感、想像等审美因素引起的一种激动状态，如一篇作品的名字吸引了读者，或一部书的封面与书名引起了读者的注意，从而使读者不能丢下这个作品，从而进入欣赏者的角色，产生预备情绪。但这种情绪处于含混状态，即读者感到这部作品多个因素深深吸引了它，但无法明白“完形”的结构与多种因素的关系，即已朦胧地把握了对象，具备了一种审美情感。接下来就会产生一种掌握文学作品审美特质的愿望，希望自己深入了解与巩固，进一步体验，从而满足自己的审美需求。正是这种进一步把握作品与满足自己的期望，预备情绪就充满了审美活力与各种创造性理解的可能。

（二）第二阶段：感知形象

感知形象指欣赏者初步阅读作品，在感觉与知觉中接触文学形象，并开始有情感体验的初期阶段。这一阶段，读者已对作品进行了阅读，对作品已有了一个大致的了解，对内容、情节、语言及所塑造的形象有了一个初步印象，进而把这些零散的东西进行复合，复合成完整的表象，领会作者所描绘的意境，体验作者所融注的思想感情。欣赏者运用感觉、知觉对它进行充分的感受，将它再现于脑海中，然后才能进行欣赏。如果作品的形象是具体、生动、鲜明的，那么作品所描绘的细节、场面、人物、事件、社会环境、自然风光就会历历在目，在欣赏者的头脑中形成鲜明的印象，如读李清照《点绛唇》：

“蹴罢秋千，起来慵整纤纤手。雾浓花瘦，薄汗轻衣透。见客人来，袜划金钗溜。和羞走，倚门回首，却把青梅嗅。”

读罢这首词，读者仿佛看到了一个少女在花园中玩耍，她天真烂漫、满脸汗水，当她看见有客人来时，惊慌逃走，但又忍不住好奇，回过头来看一看客人是什么样子，那种天真而又娇羞的少女形象就会呈现在读者的脑海里。

作者在创作文学作品时，不仅仅是对客观事物进行描写，他们往往把自己的主观情感融注在作品中，所以在感知作品时，既要感受作家对现实生活的再现，又要注意体会作者在文学形象中所寄予的情感与理想。如读《阿Q正传》时，一个狭隘、自私、愚昧而又可笑的阿Q形象就会出现在面前，联系时代与作者创作背景，就会体会到在阿Q身上作者所寄予的忧愤的思想情感。在读《祝福》时，先是感知到祥林嫂穿戴（乌裙、蓝袄、月白背心等），及她的表情神态（五年前的花白的头发，即今已经全白，全不像四十上下的人；脸上瘦削不堪，黄中带黑，而且消尽了先前悲哀的神色，仿佛是木刻似的；只有那眼珠间或一轮，还可以表示她是一个活物。她一手提着竹篮。内中一个破碗，空的；一手拄着一支比她更长的竹竿。）还有一些行动（淘米、洗菜、做饭、抗婚碰头等），和她的语言（我真傻，真的）。在此基础上得到祥林嫂的整体印象，还可以发现作者字里行间的同情与愤怒。

（三）第三阶段：审美判断

通过对文学形象的感知，读者已对作品有了一定的理解，但仅停在感知的基础上是不够的，还要进一步深入作品，进行审美判断，从感性上升到理性阶段。这一阶段，通过认真思考与仔细分析，力求进一步理解文学形象所蕴含的深刻意义。体察文学形象所揭示的社会生活本质，以及所呈现的艺术魅力。没有审美判断，就不能领悟作者的深刻思想、艺术匠心，如读《红楼梦》，脑子里只有纷乱的人物、复杂的矛盾、众多的事件，不进一步进行理性分析判断，就无法理解作者对封建制度必然灭亡的判决，更感觉不到作者因看到封建社会没落的趋势而产生的幻灭感。

（四）第四阶段：反复玩味

优秀的作品总是常读常新的，它们以巨大的艺术魅力不断吸引读者的注意，以其生动鲜明的形象让人们去感知，感知之后进一步做出审美判断，然而这并不表示欣赏活动的结束，因为作品内蕴的丰富性不是一次阅读就可以完成的，每个人读过之后会有不同的感受，同一个读者在不同的时候阅读也有不同的感受与收获。所以只有反复体味，将自己完全融入到作品中去，从而达到一种更高的欣赏境界。这个阶段中，欣赏者要利用想像与联想，对作品形象补充、丰富甚至改造。人们通过联想与想像活动，把自己的情感融注到对象中去，从而加深对客观事物的感受、认识和理解，从中发现更多的东西。

联想就是人们由当前感知的事物回忆起有关的另一件事物，或由想起的一件事物又想起另一件事物，常见的有接近联想、相似联想、对比联想等，其中又以相似联想作用更为显著。如提到秋天就想到落叶，提到冬天，北方人立即就想到下雪。李白诗《宣城见杜鹃花》：“蜀国曾闻子规鸟，宣城还见杜鹃花。一叫一回肠一断，三春三月忆三巴。”诗人在宣城见到美丽的杜鹃花，联想到在蜀时常见的子规鸟。杜鹃花盛开的时节，正是子规鸟啼叫的时候。由于时间上的接近，因而使诗人产生了接近联想，引起了他对蜀中故地的回忆和眷念，形成一种特有的审美感受。

想像是指在知觉材料的基础上，经过新的配合而创造出新形象的心理过程。德国著名的文艺理论家莱辛说：“凡是我们在艺术作品里发现为美的东西，并不是直接由眼睛，而是由想像力通过眼睛去发现其唯美的。”想像一般分为再现性的想像和创造性的想像。文学是语言的艺术，因而语言材料所提供的形象便不是一个诉诸视觉或听觉的直观形象，而是诉诸想像的间接形象。比较来看，其他艺术所提供的基本上都是直接的形象“实体”，如绘画之视觉画面，音乐之听觉情绪，而唯独文学是没有声色的语言符号，必须首先在想像中合成、复现后才能获得间接“实体”。形象的这一间接性造成了文学的独特魅力。因为，间接的形象虽不具有直观可视性，但却以想像的具体性带来了再创造的广阔空间。按照接受美学的理论，文学作品只是个不确定的“召唤结构”，其中的许多空白、未定点，需要读者用想像去填空。因此，相对于其他艺术形象的直接“实体”，文学形象因间接性而唤起的想像画面要自由宽广得多。

如柳宗元的《江雪》诗：

千山鸟飞绝，万径人踪灭。
孤舟蓑笠翁，独钓寒江雪。

柳宗元是一个封建文人，政治上的失意使他的人生之路充满迂回曲折。不甘屈服而又孤独寂寞中，他以诗人丰富的想像建立起一个俊洁、澄澈的艺术境界：千山万壑，栖鸟不飞，万径千山，行人绝迹，白雪茫茫中孤舟一叶，那位披蓑衣戴斗笠的渔翁，独自垂钓于寒江之上。当读到这里的时候，诗中那用语言描绘的画面便在读者的想像中复活起来，那山那径，那舟那翁，那江那雪，组成了一幅寂静幽深的图画。这是第一个层次的想像。然而，读者并不仅仅满足于画面的美感，似乎感悟到这千山万径之中还蕴含着什么。于是，便从这幅寒江独钓图中，开拓出一个更为广阔的想像空间。此时，那白茫茫的千山万径仿佛正在寂然凝冻，凝冻成一穹万籁俱静、时空静止的天宇，那独钓寒江的渔翁也好像正悄然幻化，融进了那冰清玉洁、一尘不染、人迹绝灭的天地之间。也许，你刚刚还在为诗人的抑郁苦闷而惆怅，为诗人的孤独寂寞而叹息，而此时，那一腔愁绪和慨叹早已玉逝冰消，它已随着诗境的升华融进了那凝冻的白茫茫之中。在这人迹罕至之境，你忽然体味出诗人那超越世俗、独立前行、上下求索、俯仰天地的超然与释然，体味到永恒寂寥广袤的宇宙时空和沉静幽深的精神世界的相互包容，相辅相成，物我无间，天人合一。

在《江雪》的审美想像中，诗人和读者共同营造了一个“象外之象”。诗人将自己的生命情感，通过想像，用语言创造出一幅“寒江独钓”的生动图画，并以其幽远深邃的艺术意境，凸现出一个自我回归、天地包容的人生极境。读者在艺术欣赏中，首先，运用想像，将语言符号在头脑中复现成“寒江独钓”的图画，并对这图画再次展开想像、联想和幻想，生发成一个物我无间、天人合一的审美意象，从而找到了蕴含在这画面中的人生真谛，和诗人倾注在画面中的生命情感遥相默契，实现了诗人和读者跨越时空的沟通。在这里，“寒江独钓”的图画是第一个“象”，是“实境”，在此基础上生发出的人生极境的审美意象，是第二个“象”，即“象外之象”，是“虚境”。可见，“实境”和“虚境”的获得，只有通过想像才能实现。并且，在想像中，可以从有限的“实境”捕捉到无限的“虚境”。

（五）第五阶段：共鸣与净化

共鸣指欣赏者与作品之间实现了活跃的情感交流及对应关系的阅读的心理现象，它常表现为：欣赏者被作品通过形象表达出来的情思强烈打动，引起了思想感情的激荡，与作品中的人物同悲伤、共欢喜。常为人称道的例子是《红楼梦》中林黛玉听《牡丹亭》唱词一章的描写，《牡丹亭·惊梦》一段唱词，黛玉听后，先是觉得“十分感慨缠绵”，继而“不觉点头自叹”，再听到“只为你如花美眷，似水流年……”黛玉听了这两句，“不觉心动神摇”，又听到：“你在幽闺自怜……”等句，越发如痴如醉，站立不住，便一蹲身坐在一块山子石上，细嚼“如花美眷，似水流年”八个字的滋味。忽又想起前日见古人诗中有“水流花谢两无情”之句；再词中又有“流水落花春去也，天上人间”之句等，都一时想起来，凑在一处。仔细忖度，不觉心痛神驰，眼中落泪。

这就是所谓的共鸣。黛玉母亲早亡，寄人篱下，暗恋宝玉，又无人做主，所以，黛玉的苦闷、黛玉在爱情中遭受的打击远比杜丽娘的更强烈、更深刻，听唱词有所触动，既而联想到自己身世的凄苦，爱情的无望，于是产生了深深的感慨，与杜丽娘的心灵沟通，产生共鸣。

净化，是共鸣的更进一步，指读者通过仔细品味文学作品，使自己的情感在共鸣中得到调节、疏导，逐渐去除杂念，提升人格，实现自我崇高化的过程。通过读作品，暂时抛开在社会生活中遇到的诸多不顺之事，心灵归于平和安宁。或者通过读作品，被作品中的人物或事件所感染，进而对自己的人生与生活做出认真的思考，把一些不平的心态放平，把一些不健康的杂念去除，使自己的人格得以升华。

第二章 诗歌欣赏

第一节 诗词欣赏知识概述

一、诗词知识

（一）诗歌

“诗”一字，本是“四书”（《大学》、《论语》、《孟子》、《仲庸》）、“五经”（诗、书、礼、易、春秋）中的《诗经》的简称。《诗经》本称“诗”，后被儒家奉为经典，才被称为“诗经”。《诗经》是我国第一部诗歌总集。诗，原本是配乐来唱的，所以也称“诗歌”，后演变成脱离音乐的一种文学体裁。

诗歌的含义，《辞海》中解释是：最早产生的一种文学体裁。它按照一定的音节、声调和韵律要求，用凝练的语言，充沛的感情，丰富的想像，高度集中地表现社会生活和人的精神世界。现代汉语词典也对它进行了解释：诗歌，文学体裁的一种，通过有节奏、韵律的语言反映生活、抒发感情。

词起源于隋唐之际的配乐歌唱的歌词，所以又称曲子词。词是诗中之一体，又不同于普通所说的旧体诗，在字数、句式、平仄、用韵等方面都比旧体诗更为复杂。词是一种合乐的韵文，是以音乐为主发展起来的文学样式，因此与音乐的关系极为密切。词的特点是有调名、分片、有韵位、句式参差有致。

（二）诗歌发展

1. 中国古代诗歌

我国的诗歌，从现有的可资依据的史料来看，最早的是公元前 6 世纪的《诗经》中收集的作品。其中的诗以四字一句的占多数，另一部分是诗句字数不等的长短句。而从句数上看，不论四字一句的诗或是长短句诗，都是有多有少，并不一致。既然《诗经》中的作品是我国最早的诗歌，所以《诗经》作品的形式也就是我国诗歌最早的形式。

到了公元前 3～前 4 世纪，楚国的屈原、宋玉等人写的楚辞流传下来。楚辞的形式是句数多少不定，句子中字数不等，并在句中或句末加语气助词“兮”、

"些"或"只"这一类字。

从汉代开始，通篇是五字一句的五言诗形式形成，取代了四言诗和楚辞的地位。当时的五言诗不限句数，可长可短，后人称为五言古体诗。与五言古体诗同时出现的还有乐府诗，乐府诗有五言诗，也有长短句。

到三国时，曹丕曾写出了完整的七言诗。七言诗一直到齐、梁时才开始逐渐流行，而诗的格律也在这个时期开始萌芽。

到了初唐，近体诗的形式已经确立，从此五言近体诗和七言近体诗形式一直保存下来，与不受格律限制的古体诗并列。近体诗分绝句和律诗两类，绝句每首限定四句，律诗限定八句。另有一种排律，又称长律，不受句数限制，只须保持近体诗的格律，可以由十句到上百句不等。公元 7 世纪末到 8 世纪中期，即唐玄宗开元前后，逐渐形成词这种文学形式。经过五代到两宋，是词的全盛时期。

宋亡以后，在元代流行的诗歌形式是散曲。散曲分小令和套数两类，套数又称套曲，小令只是一首曲，而套数是由几首曲组成。曲的形式接近于词，它与词的主要区别在于用韵上比较灵活，也比词更口语化。

2. 中国现代新诗

"五四"新文化运动后现代新诗占主导地位。刘半农、刘大白、俞平伯、康白情等人是创作主力。最早出版的新诗集有：胡适的《尝试集》、俞平伯的《冬夜》、郭沫若的《女神》和康白情的《草儿》等大量优秀诗作。新诗形式自由，用现代白话写成，后经过充分发展不断走向成熟。由于文学研究会诸诗人的积极实践，开辟了早期新诗注重社会生活，面向人生，揭露黑暗，以新诗作为干预人生手段的现实主义倾向。朱自清是其中成绩显著的诗人，其代表作《毁灭》。湖畔诗社汪静之、冯雪峰、潘漠华、应修人的合集《湖畔》、《春的歌集》为世人注目。这些作品显示出争取婚姻自由，反对封建主义的勇气和激情。

代表新诗创始期最高成就的是创造社的主将、浪漫主义诗人郭沫若，创作《女神》诗集。另一个重要诗人蒋光慈把浪漫主义激情具体化为对于无产阶级革命的歌唱。他的诗集《新梦》所收系 1921～1924 年旅居前苏联的作品。

随着自由体新诗的勃兴，新诗体式因不加节制而趋于散漫，便转而要求便于吟诵的格律化。新月派（见新月社）的出现顺应了这种潮流，代表诗人有闻一多、徐志摩、朱湘。

20 世纪 20 年代后期，象征派诗风兴起，李金发试验把西方象征主义创作方法引进自己诗中，有诗集《微雨》、《为幸福而歌》、《食客与凶年》。同样受到法国象征派影响的戴望舒，代表作《雨巷》。1932 年《现代》杂志出版，在刊物周围聚集了一批诗人，被称为"现代派"。

《汉园集》三作者何其芳、卞之琳、李广田，其中何其芳、卞之琳的作品既有"新月"的余波，又带象征派诗的色彩，他们的诗有独特艺术个性而又以曲折方式面向人生。

"左联"倡导的革命诗歌运动，以 1932 年成立的"中国诗歌会"而形成壮阔的潮流。艾青、田间、臧克家在20世纪30年代的出现，是中国新诗成熟的重要体现。

20世纪40年代，在解放区出现了形式是民间和民族的长篇叙事诗的高潮。代表作品有李季的《王贵与李香香》、田间的《赶车传》（第一部）、阮章竞的《圈套》，张志民的《死不着》、《王九诉苦》等。

20世纪50～70年代曾出现新民歌运动，并出现了一批政治抒情诗，“文革”时期诗坛相对沉寂，后出现天安门诗歌运动。

3. 新时期诗歌

到了新时期，理论界习惯地把新时期诗歌浪潮界定为这样三个阶段；朦胧诗潮（1979～1985年）、后朦胧诗潮（实验诗，亦称新生代、第三代）（1986～1989年）、20世纪90年代新诗（1990年至今）。

朦胧诗潮。“朦胧诗”发端于“十年动乱”年月里成长起来的一代青年诗人，以北岛、舒婷、顾城等几位为主将。他们多从20世纪70年代初就开始写诗，70年代末才有机会发表，80年代初即崛起于诗坛。由于自身从狂热到迷惘、到觉醒的经历，并且受外来文化的影响，他们的歌吟和前辈诗人大不相同。抛开一百多年来诗歌创作中的公式化、概念化倾向，除去干巴巴的政治说教和千篇一律的媚俗之语，忠于自己的感受，用真挚的感情化为诗句来拨动读者心弦。

后朦胧诗潮（实验诗）。1986年，《诗歌报》与《深圳青年报》举办“中国诗坛1986现代诗群体大联展”。一批更为年轻的诗人亮相诗坛，宣言迭起，旗号繁多。《非非》、《他们》、《一行》等在诗坛掀起了一轮新的诗歌大潮。先锋、探索、实验是他们的特点，常被称为“第三代”诗人。后朦胧诗不像朦胧诗那样一家独尊，而是派别林立，推出了一批较为优秀的中青年诗人。如四川的欧阳江河、江苏的车前子、河南的陆健、北京的西川等。实验诗突破甚至抛弃了朦胧诗惯用的法宝：象征、隐喻、意象和英雄化色彩、语言严谨，直接进入诗本体，讲究感觉、幻觉、生命体验、反讽、反文化和平民化色彩、语言自由，甚至再造语言和无技巧等。他们写普通人的生老病死、衣食住行、七情六欲，试图从人性的最基本层次去表现对生命范畴的全部体验，如赵文明的《春天》。

20世纪90年代新诗。进入90年代，诗歌队伍出现分化，一些继续从事写诗的诗人进行反思，创作心态日益沉稳，对80年代朦胧诗、后朦胧诗反思，总结其经验教训，从自身出发予以超越。张新泉、王家新、于坚、翟永明、邹静之、南野、西川等诗人的新作品无论是语言、厚度都向诗本体接近了一大步。90年代的新诗注重诗的审美内涵，仿佛向朦胧诗的某种回归，其实它已超越了朦胧诗的社会政治层面，更侧重于对人的终极关怀，以及人文精神在诗中的熔铸。90年代新诗重视了诗语言的能指化、抽象化及叙述化，注意口语的提练与节制，比较着意于诗语言的内部气韵的自然流动，如沈苇的《哀歌》。

（三）诗歌的分类

（1）按内容可分为抒情诗（如舒婷《致橡树》），叙事诗（如李季《王贵与李香香》），哲理诗（如顾城的《一代人》）。

（2）按形式可分为歌谣（民歌、民谣、儿歌、童谣）、楚辞、格律诗（闻一多的《死水》）、自由诗（臧克家《有的人》）、散文诗（高尔基《海燕》）。

（3）按时代可分为古典诗歌和现当代诗歌（1919年五四运动产生至今）两大部分。

（4）按题材的不同可分为咏史诗、军旅诗、山水诗、田园诗、乡土诗、城市诗等。

（5）按篇幅长短可分为长篇叙事诗、小诗、微型小诗等。

（四）诗歌的特征

高度的概括性。诗歌高度概括地、集中地反映生活，言简意深，在有限的诗句之内，容纳丰富的思想内容。如徐志摩的《沙扬娜拉——赠日本女郎》：

> 最是那一低头的温柔
> 像一朵水莲花不胜凉风的娇羞
> 道一声珍重
> 那一声珍重里有蜜甜的忧愁
> ——沙扬娜拉！

这首诗写的是诗人与一位日本女郎作别的情状。诗人只选取了一个最难忘的镜头，即“一低头的温柔”，把这位日本女子内心说不出的情意、掩不住的隐秘、别离的忧愁、莫名的委屈等都表现出来了，诗人感觉她恰似水莲花那样秀美、纯洁、娇弱而又灵动，再听她软语温存的一声“珍重”，交织着“蜜甜”与“忧愁”，她把思念留给了自己，把祝福给了对方，这样的女子怎不叫人怜爱呢？最后的那一声音译的“沙扬娜拉”（再见），更是情韵摇曳，萦绕不绝。

鲜明的形象性。文学作品用语言来塑造形象，诗歌也是如此。诗人都要采用准确、生动的语言来传达出事物的特征、性状，使人如临其境、如闻其声，从而增强其艺术表现力。如“大弦嘈嘈如急雨，小弦切切如私语，嘈嘈切切错杂弹，大珠小珠落玉盘”，用新奇的比喻和语言的韵律把琵琶女的琵琶声形容得惟妙惟肖。又如《七律　长征》：

> 红军不怕远征难，万水千山只等闲。
> 五岭逶迤腾细浪，乌蒙磅礴走泥丸。
> 金沙水拍云崖暖，大渡桥横铁索寒。
> 更喜岷山千里雪，三军过后尽开颜。

作者用一系列形象化的诗句，勾勒了一幅幅画面，表现长征的艰难困苦，使人如临其境。既渲染了长征途中极端的艰难险阻，也表现了无产阶级革命战士的大无畏的壮志豪情。

浓烈的抒情性。诗人臧克家说：“诗歌在文艺领域上独树一帜，旗帜上高标两个大字：抒情。叙事诗也不能忽视这个特点。”华兹华斯说：“所有的好诗都是从强烈的感情中自然而然地溢出的。”我国唐代大诗人白居易曾做过一个精妙的比喻：“诗者：根情，苗言，华声，实义。”不含情的诗歌是呆板僵硬，无以动人的。

和谐的音乐性。如《我为少男少女们歌唱》这首诗，结尾用“唱、望、量、想、风、光、上、伤、想、望”这些字押韵，一韵到底，声韵和谐，朗朗上口。同时，第一节中的“我歌唱……”反复五次；第二节中的“一样……一阵……一片……”；第三节中虚词“了”、“得”的反复出现，使诗歌表现出一种旋律美。再者，诗的句式整齐中有变化，变化中又注意节奏，匀称整齐，读来节奏明快、铿锵悦耳。

二、诗歌欣赏方法

（一）掌握诗歌的基本知识

（1）从诗歌的形式上看，诗歌一般都分行排列，讲求节奏，具有音律美。如《蒹葭》中：

蒹葭苍苍，白露为霜。
所谓伊人，在水一方。
溯洄从之，道阻且长。
溯游从之，宛在水中央。

它表现了抒情主人公的执着追求和求之不得的惆怅。全诗皆以景物描写开头，一方面交代了事情发生的地点，另一方面也起到了渲染气氛的作用。整首诗回环往复，重章叠句，具有音乐美，把主人公那种爱而不得的情感表达得淋漓尽致。

（2）从诗歌的内容上看，诗歌具有强烈的抒情性，富于感染力。

虽然叙事文学作品中也有抒情，但诗歌的抒情性则是最强烈。作者有时仅仅是几个字或几句话就把强烈的感情传达出来了。如“黑夜给了我黑的眼睛，我却用它来寻找光明。”又如台湾作家余光中的《乡愁》：

小时候
乡愁是一枚小小的邮票
我在这头
母亲在那头
……

这首诗中，作者只是用了四个意象，就把几十年情感变化历程和对家乡及亲人的思念表现了出来。“小小的邮票”、“窄窄的船票”、“矮矮的坟头”和“浅浅的海峡”，分别象征了与母亲难以割舍的骨肉之情、与青年时代新婚妻子的爱恋之情、中年时代的生死之情及晚年时代的故国之情，作者在这几个意象中倾注了无限的感情，随着诗意层层推进，一层层乡愁铺展开来，这种乡愁是如此之浓烈，让人回味无穷。

“祖国授我枪一杆，端在手中细细掂；谁说这是七斤半？千山万水交给咱。”表达战士热爱祖国，忠于职守的情操，字里行间充溢着情感。

（3）从诗的技巧上看，诗歌有自己独特的艺术手法。常用的手法有比喻，如“大弦嘈嘈如急雨，小弦切切如丝雨；嘈嘈切切错杂弹，大珠小珠落玉盘。”

诗人用“如急雨”、“如丝雨”、“大珠小珠”把歌女的琵琶声的高、低、缓、急写得逼真传神。又如苏东坡的《百步洪》写水波冲泻的样子：“有如兔走鹰隼落，骏马下注千丈坡。断弦离柱箭脱手，飞电过隙珠翻荷。”在这几句诗中诗人用兔走、鹰落、马下坡、弦离柱、箭脱手、电光闪过、水珠滚落几个比喻，写出的奔腾飞泻的水的态势、速度、险峻、光波、神韵写得十分生动。

夸张也是诗人常用的修辞手法。作者会在诗中有意抓住所写人或事物的某些特点，进行夸大或缩小，使这些特点更加鲜明突出，从而给读者的印象也就更加强烈。如“白发三千丈”“燕山雪花大如席”“飞流直下三千尺，疑是银河落九天”等，这些都是运用夸张的脍炙人口的名句，一直被人们吟咏传唱。又如李白的《蜀道难》中对蜀道的险峻的夸张描写，使整首诗气势雄浑，惊心动魄。

通感手法也是诗人常用的修辞手法，通感又称感觉的挪移，通过这种修辞诗人把所要表达的感情准确而又新颖地表达给读者，让人耳目一新。如老作家臧克家《春鸟》中，“歌声 / 像煞黑天上的星星 / 越听越灿烂 / 像若干只女神的手 / 一齐按住生命的键。”把春鸟的歌声描写得生动而又新颖。在运用这种修辞时，作者常常会打破听觉、味觉、视觉、嗅觉、触觉等几种感觉之间的界限，把某种感觉体会到的东西用另外一种感觉表达出来，使所表达的内容更具有丰富的内涵与美的韵味。

象征是作者运用得也较多的一种修辞，有的诗歌部分用象征，有的甚至整首诗都是象征。运用这种修辞，作者可以把某种事物或某种感情通过一些有相似或相通之处的意象，曲折地表达出来，使诗的艺术性得到增强。

（二）感受诗歌的意境美

诗的意境是诗人心灵的折射，是作者的主观情感在客观事物上的投射。所谓意境是诗人所表达的情感和作品所描写的景物画面融合而成的一种艺术境界。读者要认真领会作者所创设的意境，才能够对诗意进一步体味。作者在诗中所表达的意境往往与他和时代、地位、政治生活、家庭生活、性格特征和审美趣味密切相关，所以他所描写的景物也都带上了这些色彩，读者只有对意境进行感悟与理性分析，仔细品味、评判，才能获得美的享受，才有可能产生共鸣。如杜甫《绝句》中“两只黄鹂鸣翠柳，一行白鹭上青天。”近处，柳树枝叶青翠，而黄鹂娇嫩淡黄，一副精美的图画；远处，青天白云，鹭鸟飞翔，视野开阔，天然一幅水墨图卷，整幅画面清新宜人。又如张若虚《春江花月夜》，它描绘了春江花月夜的幽美景色，诗人把春、江、花、月、夜这几种事物集中在一起，体现了人生最动人的良辰美景，构成了一个诱人探寻的美丽的艺术境。作者在诗中依次描绘了潮水、波光、花林、沙滩、夜空、白云、青枫、闺阁、镜台、海雾等一系列景象，如铺开了一幅春江花月夜的水墨长卷，弥漫着和流动着的是银色的月光、淡淡的忧思和静静的江水，创造出了一个清幽美丽的意境。

（三）领略作者的艺术想像

诗歌都是经过诗人的丰富的艺术想像而写成，作者通过大胆的艺术想像，从而把深邃的思想和浓烈的情感表现出来。如台湾诗人商禽《长颈鹿》（1959）中写到：

那个年轻的狱卒发觉囚犯们每次体检时身长的逐月增加都是在脖子之后，

他报告典狱长说："长官，窗子太高了！"

而他得到的回答是："不，他们瞻望岁月。"

仁慈的青年狱卒，不识岁月的容颜，不知岁月的籍贯，不明岁月的行踪；

乃夜夜往动物园中，到长颈鹿栏下，去逡巡，去守候。

在这首诗中，诗人用脖子的逐渐增长来表现犯人在失去自由后对自由生活的渴望，读来令人震动。作者用长颈鹿的形象来隐喻那一群囚犯，可以说想像力是极其丰富的，是一个夸张的艺术变形，一个人已至成年，脖子怎么会逐渐增长呢？这在生活中是不可能的事情，作者正是通过奇特的想像，把囚犯那种度日如年、渴盼自由的心理形象地传达出来了，可谓是入木三分。

（四）感受诗歌的语言美

诗歌语言凝练。如诗人艾青所言："诗是艺术的语言——最高的语言，最纯粹的语言。"诗歌总是力求以较少的篇幅容纳较多的内容，所谓"字惟其少，意惟其多"，言简意深，耐人寻味是诗歌追求的一种艺术境界，正因如此，诗人们都十分讲究炼字，以求"着一字而境界全出"的效果。"感时花溅泪，恨别鸟惊心。"短短几个字道出了作者那种难以言传的忧伤与无耐。

节奏感强。在诗歌里，节奏指的是语音、语调的有规律的运动所造成的抑扬顿挫、轻重缓急等高低间隔和时间间隔。它具体体现为诗歌中的顿、逗。现代心理学认为，人对节奏有一种自然的情绪反应。所以，诗歌中的节奏就不仅是凝聚词句和调节呼吸了，它还具有传达并唤起情感起伏变化的作用，外在的声音节奏和内在的情感节奏统一正是诗歌的基本要求之一。所以，要表现豪迈激昂的情绪，往往采取明快紧凑的节奏；而要表现深沉婉转的情绪，则常采用平和舒缓的节奏。比如："轻轻的我走了，/ 正如我 / 轻轻的来；/ 我轻轻的招手 / 作别西天的云彩。"朗诵这首诗时，按标志做有意识的停顿和加重，诗歌就会有一种高低起伏，错落有致的节奏感，进一步增强感人的效果。郭沫若说："节奏之于诗是她的外形，也是她的生命。可以说，没有诗是没有节奏的，没有节奏的不是诗。"

有韵律美。在诗歌里，韵律即押韵，就是相同的语音在诗句的一定位置上，有规律地反复出现。中国汉字的音节包括声母和韵母两部分，如"庄(zhuang)"，声母是"zh"，韵母是"uang"。而韵母有分为韵头 u、韵腹 a和韵尾 ng 三部分。押韵是押声调和韵母都相同的字。由于这个字，往往是诗行中最末尾的一个，因此就叫韵脚。我国古代的格律对押韵要求很严，诗歌要按既定的平仄结构填写，诗有定句，句有定字，字有定音。现代诗歌对韵律的要求没有那么严格，但一般也要求押大致相近的韵，即不追求声调相同而只要韵母相同或相近。这样既可以使诗歌的形式更自由，也可以保证诗歌在吟诵时能有和谐悦耳的韵律。比如郭小川的《甘蔗林——青纱帐》："南方的甘蔗林哪，南方的甘蔗林！/你为什么这样香甜，又为什么那样严峻？/北方的青纱帐啊，北方的青纱帐！你为什么那样遥远，又为什么这样亲近？"诗中的韵脚主要是"林"、"峻"、"近"，后面还有"荫"、"音"、"春"、"深"等，它们声调不同，韵母也不太一致，只是押了大致相近的韵，但读起来一样流畅有力。

第二节　中国古代诗歌欣赏

蒹　葭·秦风

蒹葭苍苍[1]，白露为霜。所谓伊人[2]，在水一方[3]。溯洄从之[4]，道阻且长[5]；溯游从之[6]，宛在水中央[7]。

蒹葭萋萋，白露未晞[8]。所谓伊人，在水之湄[9]。溯洄从之，道阻且跻[10]；溯游从之，宛在水中坻[11]。

蒹葭采采，[12]白露未已[13]。所谓伊人，在水之涘[14]。溯洄从之，道阻且右[15]；溯游从之，宛在水中沚。

（选自《诗经·秦风》）

注释

[1] 蒹葭（jiān jiā）：泛指芦苇。苍苍：深绿色。下文的"萋萋"义同。[2] 伊人：这个人。[3] 在水一方：在大水的一方，喻指所在之远。[4] 溯洄（sù huí）：逆流而上。[5] 阻：阻碍。此句意谓：道路多阻而且漫长。[6] 溯游：顺流而下。[7] 宛：宛然，好像的意思。[8] 晞（xī）：干，指晒干。[9]湄（méi）：水边高崖，岸边。[10] 跻（jī）：上升，攀登。此指道路险峻，需要攀登而上。[11] 坻（chí）：水中的小块陆地。下文的"沚（zhǐ ）"义同。[12]采采：众多的意思，指形形色色。[13]已：止，完。未已：指露水未被晒干。[14]涘（sì）：水边，崖岸。[15] 右：迂回曲折。

《诗经》简介

《诗经》是我国第一部诗歌总集，本来称为"诗"或"诗三百"，汉代时始称《诗经》。现存诗305篇，按照不同乐曲，分编为"风"、"雅"、"颂"三部分，大多都是西周初年至春秋中叶大约五百年间的诗歌。"风"有十五国风，共160篇；"雅"分大雅、小雅，共105篇；"颂"分周颂、鲁颂、商颂，共40篇。

《诗经》是中国韵文的源头，是中国诗史的光辉起点。它形式多样，内容丰富，对当时社会生活的各个方面，如劳动与爱情、战争与徭役、压迫与反抗、风俗与婚姻、祭祖与宴会，甚至天象、地貌、动物、植物等各个方面都有所反映。《诗经》在表现手法上善用赋、比、兴，句式以四言为主，常用重章叠句，语言质朴优美，韵律自然和谐，写景抒情都富有艺术感染力，对后世文学产生了深远的影响。

赏析

《蒹葭》一直以来备受人们的赞赏，是一首情景交融、感人至深的抒情诗，被誉为千古奇文。这是一首抒写怀人之情的作品，但其所追求的对象是谁，至今尚无定论，现代大多数学者都把它看作是爱情诗，表达了对恋人的真切向往、执着追求。

全诗共三章，每章八句。每章首二句都以蒹葭起兴，展现一幅清秋萧瑟的景象，衬托主人公追求意中人而不见的空虚和怅惘。三、四句是诗的中心意象：抒情主人公在河畔徘徊，企慕追寻河对岸的"伊人"。这"伊人"是他日夜思念的意中人。"在水一方"是隔绝不通，形成一种可望难即的境况。五、六两句是分述"在水一方"的一种特定情境：主人公逆流追寻，上下求索，对爱情的执著精神可见。但征途漫漫无尽，艰难险阻无穷，而"伊人"却阻隔不通，缥渺虚幻，可望而不可即，于是主人公的心中荡漾起无可奈何的情绪和空虚惆怅的情致。七、八两句是分述"在水一方"的另一种特定情境：顺流追寻，"伊人"时时宛在，然似真而幻，亦终不可近。这也是可望难即境况的常见情景之一，追寻者的怅惘情绪也因此而更加强烈。

全诗通过总述、分述及逆流、顺流的反复描述，将在水一方、可望难即的企慕追寻情景展现得十分清晰，将抒情主人公对爱情的执著追求精神和追寻不得的空虚惆怅心情也表现得相当充分。

融情于景、情景交融是这首诗的突出特点。每章开头都是写景，极力渲染出凄清的气氛，而主人公就置身其中，上下追寻"伊人"，然而路途艰险漫长，"伊人"始终可望而不可即。寻觅既不可得，心中就怀着无限的凄凉和忧伤。这样主人公忧伤凄婉的心情就十分巧妙地寓于开头那苍凉凄迷的环境之中，起着很好的衬托作用，同时也正因为主人公心中怀着无限愁苦，更感到环境的凄冷，这就在艺术上达到了融情于景、情景交融的境界。

意在言外、意境朦胧是这首诗的主要特色。《蒹葭》的作者似乎故意把其中应有的主要人物形象和事件都虚化了：追求者是什么人？他究竟为什么而追求？被追求者"伊人"是什么身份？为什么他（她）那么难以靠近和得到？这一切我们都无从知道。特别是"伊人"，是男是女、音容体貌均不露半点痕迹，且飘忽不定、似近而远，再加上"宛"字的妙用，使诗的意境显得空灵朦胧而又富有象征意味。"在水一方"蕴涵了人世间各种可望而不可即的人生境遇，读者可以从这里产生诸多联想，唤起诸多方面的人生体验。前人评《蒹葭》"意境空旷，寄托玄淡，秦川咫尺，宛然有三山云气、竹影仙风，故此在《国风》中为第一篇缥缈文字，宜以恍惚迷离读之。"（陈继揆语）

重章叠句、一唱三叹是这首诗的又一特点。全诗三章，三章句式相同，内容相似，每章只是韵脚不同。这不仅形成了反复吟咏、一唱三叹的艺术效果，而且产生了将诗意往复推进、层层深化的作用。从“白露为霜”到“白露未晞”再到“白露未已”，说明时间的不断推移，意味着主人公上下追寻的时间之长；从“道阻且长”到“道阻且跻”再到“道阻且右”多方面地揭示了道路的险阻、追寻的艰难，表现出主人公的热烈执著；从“在水一方”到“在水之湄”到“在水之涘”，从“宛在水中央”到“宛在水中坻”再到“宛在水中沚”，表明地点的转换，象征“伊人”的虚幻、缥渺、难觅。如此反复咏唱，方能显示出主人公在艰难的环境中长时间地瞻望求索，充分表现了他对“伊人”的深切思念和执着追求。

国　殇

屈　原

操吴戈兮被犀甲[1]，车错毂兮短兵接[2]；
旌蔽日兮敌若云，矢交坠兮士争先；

凌余阵兮躐余行[3]，左骖殪兮右刃伤[4]；
霾两轮兮絷四马[5]，援玉枹兮击鸣鼓[6]；
天时坠兮威灵怒[7]，严杀尽兮弃原野[8]；

出不入兮往不反，平原忽兮路遥远[9]；
带长剑兮挟秦弓，首身离兮心不惩[10]；
诚既勇兮又以武[11]，终刚强兮不可凌；
身既死兮神以灵[12]，子魂魄兮为鬼雄。

（选自《楚辞·九歌》）

注释

[1]戈：平头戟。吴戈：吴国所制的戈。当时这种戈最锋利。被：同“披”。犀甲：犀牛皮制的铠甲。[2]错：交错。毂（gǔ）：车轮中间横贯车轴的部件。短兵：指刀剑等短兵器。[3]凌：侵犯。阵：军阵，阵地。躐（liè）：践踏。行（háng）：行列。[4]骖（cān）：驾在战车两旁的马。殪（yì）：死，杀死。刃伤：被刀剑砍伤。[5]霾（mái）：同“埋”，没入，陷入。絷（zhí）：束缚，绊住。[6]援：拿起。枹（fú）：鼓槌。鸣鼓：声音很响的鼓。[7]天时坠：指太阳已落，即日暮。威灵：神灵。[8]严杀：残酷的杀戮。 [9]忽：遥远，形容辽阔渺茫。超远：即遥远。[10]惩：戒惧，悔恨。[11]诚：果然，确实。勇：勇敢，指精神上的气势。武：指勇武有力。[12]神以灵：指为国捐躯的将士死后，魂魄灵异显赫。意谓他们精神不死。

作者简介

屈原（约前 340～前 278），名平，字原，战国时期楚国人。出身贵族，博闻强记，善于外交辞令，曾任左徒、三闾大夫等职。政治上主张对外联齐抗秦，对内举贤授能，修明法度，以振兴楚国，但屡遭保守势力的诽谤、攻击，后被疏远，以致放逐。屈原见救国无望，悲愤忧郁，乃自投汨罗江而死。

屈原是我国最早从事个人创作的伟大诗人。他创造了一种新的诗体——楚辞，写下了《离骚》、《天问》、《九歌》、《九章》等许多不朽的诗篇，强烈地反映了他进步的政治理想和热爱祖国的真挚感情。他的作品运用了大量的神话传说，想像丰富，文辞华丽，开积极浪漫主义的先河。

赏析

《国殇》是屈原为祭祀神鬼所作的一组乐歌——《九歌》中的一首，是一首追悼为国牺牲的将士的挽歌，充满爱国主义精神。全诗概括而又生动地描写了战斗的经过，刻画出卫国壮士勇武不屈、视死如归的英雄形象，并加以热烈地礼赞。

这首诗可以分为两节。第一节从开头到“严杀尽兮弃原野”，描写在一场短兵相接的战斗中，楚国将士奋死抗敌的壮烈场面，渲染了悲壮的气氛。不过十句，已将一场殊死恶战，状写得栩栩如生，极富感染力。“车错毂兮短兵接”，使我们仿佛听到了沉闷的战车相撞声，戈剑相击的叮当声，战士们嘶哑的呐喊声；“矢交坠兮士争先”，又使我们仿佛看到英勇的将士，尽管面对着强大的敌人，仍然奋勇争先，冒着飞蝗般的箭雨，拼死冲杀。从“出不入兮往不反”至结束，为第二节，是作者对牺牲将士的哀悼与颂扬。作者用“出不入”和“往不反”这两个同义重复的词组，写出了将士们受命忘身、义无反顾的英雄形象，在沉痛之中又充满了“壮士一去兮不复返”的悲壮。“带长剑兮挟秦弓，首身离兮心不惩。”二句写战士们死后仍保持着战斗的雄姿，更加深了这种悲壮气氛。诗的最后四句，作者怀着极大的敬意，对为国牺牲的将士做了热情洋溢的颂扬，既颂扬他们生前的勇武刚强、大义凛然；更颂扬他们死后威灵显赫，永为鬼雄。这最后四句，是写实，也是祝祷；是对死者的颂扬，也是对生者的激励。正是因为屈原自己就是一个“亦余心之所善兮，虽九死其犹未悔”（《离骚》）的爱国志士，因此他才能写出“首身离兮心不惩”、“终刚强兮不可凌”这样惊天地、泣鬼神的诗句。正因为屈原自己就是一个从不考虑个人的荣辱得失，一心只想到国家利益和民族前途的爱国主义者，因此《国殇》对那些牺牲了的将士才会充满了敬意和颂扬。

栩栩如生的场面描写是这首诗最突出的特点。诗篇一开始就为我们描写出激烈而又生动的战争场面：“矢交坠兮士争先”、“霾两轮兮絷四马”、“援玉枹兮击鸣鼓”等场面描写极为真实形象，惨烈的战斗场面如在目前，战士们面对强敌，毫不畏惧，奋勇争先，为保卫自己的国家出生入死。这些场面描写，强烈地渲染出一种悲壮的气氛，极富感染力。

深沉真挚的情感抒发是这首诗又一个特点。诗篇在第一节对激烈的战斗场面描写完毕之后，第二节则以饱含情感的笔触，讴歌死难将士。想到他们自从披上铠甲的那天起，便为保卫祖国出生入死，从不想着全身而返；而此时此刻，他们勇敢地战死在战场上，仍然紧握兵器，无怨无悔。面对此情此景，诗人简直不能抑制自己的情感。他对这些将士满怀敬爱，正如他常用香草美人指代美好的人、事一样，在本篇中，他也同样用一切美好的事物，来形容笔下的人物。这批神勇的将士，操的是吴地出产的以锋利闻名的戈、拉的是秦地出产的以强劲闻名的弓，披的是犀牛皮制的盔甲，拿的是有玉嵌饰的鼓槌；他们奋勇杀敌，至死不悔，生是人杰，死为鬼雄。诗人对这些壮士的沉痛追悼与热情讴歌，既催人泪下又催人奋起。

语言朴素、色彩单纯是这首诗的另一特点。本篇在艺术表现上与作者其他作品有些区别，乃至与《九歌》中其他乐歌也不尽一致。它不是一篇想像奇特、辞采瑰丽的华章，然其“通篇直赋其事”（戴震《屈原赋注》），挟深挚炽烈的情感，以促迫的节奏、铺张扬厉的抒写，传达出了与所反映的人、事相一致的凛然正气，一种阳刚之美，在楚辞体作品中独树一帜，读罢让人有慷慨气壮之感。

总之，《国殇》风格刚健悲壮，语言朴素，色彩单纯，声调激越，与内容和谐一致，是《九歌》中风格突出的一首。

孔雀东南飞

汉乐府

汉末建安中，庐江府小吏焦仲卿妻刘氏，为仲卿母所遣[1]，自誓不嫁。其家逼之，乃投水而死。仲卿闻之，亦自缢于庭树。时人伤之，为诗云尔。

孔雀东南飞，五里一徘徊[2]。“十三能织素[3]，十四学裁衣，十五弹箜篌[4]，十六诵诗书。十七为君妇，心中常苦悲。君既为府吏，守节情不移[5]，贱妾留空房，相见常日稀。鸡鸣入机织，夜夜不得息。三日断五匹，大人故嫌迟[6]。非为织作迟，君家妇难为！妾不堪驱使，徒留无所施[7]。便可白公姥[8]，及时相遣归[9]。”

府吏得闻之，堂上启阿母[10]：“儿已薄禄相[11]，幸复得此妇。结发同枕席[12]，黄泉共为友[13]。共事二三年，始尔未为久[14]。女行无偏斜，何意致不厚[15]？”阿母谓府吏：“何乃太区区[16]！此妇无礼节，举动自专由[17]。吾意久怀忿，汝岂得自由！东家有贤女，自名秦罗敷[18]。可怜体无比[19]，阿母为汝求。便可速遣之，遣去慎莫留！” 府吏长跪告[20]，伏惟启阿母[21]：“今若遣此妇，终老不复取[22]！”阿母得闻之，槌床便大怒[23]：“小子无所畏，何敢助妇语！吾已失恩意，会不相从许[24]！”

府吏默无声，再拜还入户。举言谓新妇[25]，哽咽不能语：“我自不驱卿[26]，逼迫有阿母。卿但暂还家[27]，吾今且报府[28]。不久当归还，还必相迎取。以此下心意[29]，慎勿违吾语。” 新妇谓府吏：“勿复重纷纭[30]。往昔初阳岁[31]，谢家来贵门[32]。奉事循公姥[33]，进止敢自专[34]？昼夜勤作息[35]，伶俜萦苦辛[36]。谓言无罪过，供养卒大恩[37]。仍更被驱遣，何言复来还？妾有绣腰襦[38]，葳蕤自生光[39]；红罗复斗帐[40]，四角垂香囊[41]；箱帘六七十[42]，绿碧青丝绳；物物各自异，种种在其中。人贱物亦鄙，不足迎后人[43]。留待作遗施[44]，于今无会因[45]。时时为安慰，久久莫相忘！”

鸡鸣外欲曙，新妇起严妆[46]。著我绣袂裙[47]，事事四五通。足下蹑丝履[48]，头上玳瑁光[49]。腰若流纨素[50]，耳著明月珰[51]。指如削葱根，口如含朱丹[52]。纤纤作细步，精妙世无双。上堂拜阿母，阿母怒不止。“昔作女儿时，生小出野里，本自无教训，兼愧贵家子。受母钱帛多，不堪母驱使[53]。今日还家去，念母劳家里。”却与小姑别[54]，泪落连珠子。“新妇初来时，小姑始扶床。今日被驱遣，小姑如我长[55]。勤心养公姥，好自相扶将[56]。初七及下九[57]，嬉戏莫相忘。”出门登车去，涕落百余行。

府吏马在前，新妇车在后，隐隐何甸甸[58]，俱会大道口。下马入车中，低头共耳语：“誓不相隔卿，且暂还家去，吾今且赴府。不久当还归，誓天不相负！”新妇谓府吏：“感君区区怀[59]。君既若见录[60]，不久望君来。君当做磐石，妾当做蒲苇；蒲苇纫如丝[61]，磐石无转移。我有亲父兄[62]，性行暴如雷。恐不任我意，逆以煎我怀[63]。”举手长劳劳[64]，二情同依依[65]。

入门上家堂，进退无颜仪[66]。阿母大拊掌[67]：“不图子自归[68]！十三教汝织，十四能裁衣。十五弹箜篌，十六知礼仪。十七遣汝嫁，谓言无誓违[69]。汝今何罪过，不迎而自归？”兰芝惭阿母[70]：“儿实无罪过。”阿母大悲摧[71]。

还家十余日，县令遣媒来。云“有第三郎，窈窕世无双[72]。年始十八九，便言多令才[73]。” 阿母谓阿女：“汝可去应之。”阿女衔泪答：“兰芝初还时，府吏见丁宁[74]，结誓不别离。今日违情义，恐此事非奇[75]。自可断来信[76]，徐徐更谓之[77]。”阿母白媒人：“贫贱有此女，始适还家门[78]。不堪吏人妇，岂合令郎君？幸可广问讯[79]，不得便相许。”

媒人去数日，寻遣丞请还[80]。“说有兰家女[81]，承籍有宦官[82]。云有第五郎，娇逸未有婚[83]。遣丞为媒人，主薄通语言。”直说“太守家，有此令郎君，既欲结大义[84]，故遣来贵门。” 阿母谢媒人：“女子先有誓，老姥岂敢言！”阿兄得闻之，怅然心中烦。举言谓阿妹：“作计何不量！先嫁得府吏，后嫁得郎君，否泰如天地[85]，足以荣汝身。不嫁义郎体[86]，其往欲何云[87]？” 兰芝仰头答：“理实如兄言。谢家事夫婿，中道还兄门。处分适兄意，那得自任专？虽与府吏要[88]，渠会永无缘[89]。登即相许和[90]，便可作婚姻。”媒人下床去，诺诺复尔尔[91]。还部白府君：“下官奉使命，言谈大有缘。”府君得闻之，心中大欢喜。视历复开书[92]，“便利此月内[93]，六合正相应[94]。良吉三十日，今已二十七，卿可去成婚。”交语速装束[95]，络绎如浮云[96]。青雀白鹄舫[97]，四角龙子幡[98]，婀娜随风转[99]。金车玉作轮，踯躅青骢马[100]，流苏金镂鞍[101]。赍钱三百万[102]，皆用青丝穿。杂彩三百匹[103]，交广市鲑珍[104]。从人四五百，郁郁登郡门[105]。

阿母谓阿女：“适得府君书[106]，明日来迎汝。何不作衣裳？莫令事不举[107]！”阿女默无声，手巾掩口啼，泪落便如泻。移我琉璃榻[108]，出置前窗下。左手持刀尺，右手执绫罗。朝成绣夹裙，晚成单罗衫。晻晻日欲暝[109]，愁思出门啼。

府吏闻此变，因求假暂归。未至二三里，摧藏马悲哀[110]。新妇识马声，蹑履相逢迎。怅然遥相望，知是故人来。举手拍马鞍，嗟叹使心伤："自君别我后，人事不可量[111]。果不如先愿，又非君所详。我有亲父母[112]，逼迫兼弟兄。以我应他人，君还何所望！"

府吏谓新妇："贺卿得高迁！磐石方且厚，可以卒千年；蒲苇一时纫，便作旦夕间[113]。卿当日胜贵[114]，吾独向黄泉！" 新妇谓府吏："何意出此言[115]！同是被逼迫，君尔妾亦然[116]。黄泉下相见，勿违今日言！"执手分道去，各各还家门。生人作死别，恨恨那可论？念与世间辞，千万不复全[117]！

府吏还家去，上堂拜阿母："今日大风寒，寒风摧树木，严霜结庭兰。儿今日冥冥[118]，令母在后单。故作不良计[119]，勿复怨鬼神！命如南山石，四体康且直[120]！"阿母得闻之，零泪应声落："汝是大家子，仕宦于台阁[121]。慎勿为妇死，贵贱情何薄[122]！东家有贤女，窈窕艳城郭，阿母为汝求，便复在旦夕。"府吏再拜还，长叹空房中，作计乃尔立[123]。转头向户里，渐见愁煎迫[124]。

其日牛马嘶，新妇入青庐[125]。奄奄黄昏后[126]，寂寂人定初[127]。"我命绝今日，魂去尸长留！"揽裙脱丝履，举身赴清池。府吏闻此事，心知长别离。徘徊庭树下，自挂东南枝。

两家求合葬，合葬华山傍[128]。东西植松柏，左右种梧桐。枝枝相覆盖，叶叶相交通[129]。中有双飞鸟，自名为鸳鸯，仰头相向鸣，夜夜达五更。行人驻足听，寡妇起彷徨。多谢后世人[130]，戒之慎勿忘[131]！

（选自《中国古代文学作品选》上册）

注释

[1]遣：古代女子出嫁后被休回娘家。 [2]"孔雀"二句：古诗写夫妇离别往往用双鸟起兴，如《艳歌何尝行》："飞来双白鹄，乃从西北来……五里一返顾，六里一徘徊。" [3]素：白色绸绢。 [4]箜篌：一种状似古瑟的乐器。 [5]节：节操。指对爱情的忠贞。一说指焦仲卿对府吏的职守非常认真，致使刘兰芝独守孤独。 [6]大人：指焦母。故：故意。 [7]无所施：没有什么用处。 [8]白：下级对上级或晚辈对长辈说话。公姥（mǔ）：公婆，这里指婆婆。 [9]相遣归：休我回家。 [10]启：告诉，禀告。 [11]薄禄相：官禄微薄的相貌。是古人迷信的说法。 [12]结发：指成年，古代男女成年时要把头发结上。 [13]黄泉：地下。为友：做伴。此句表示生死在一起。 [14]始尔：刚刚开始。尔：无意。 [15]何意：不曾料到，哪会想到。致：招致。不厚：看不上，不喜欢。厚：看重。 [16]区区：小气。 [17]自专由：不向尊者长者请示而自作主张。 [18]秦罗敷：当时美女的代称。 [19]可怜：可爱。怜，爱。 [20]长跪：臀部与小腿成九十度的跪坐姿势。告：恳求。 [21]伏惟：俯伏在地，表示对长者的尊敬。伏，俯伏。惟，思考。 [22]复：再。取：同"娶"。 [23]槌床：拍床。床，一种比板凳稍宽的坐具。 [24]会不：当不。相从许：答应你。从许，答应。 [25]举言：开口说话。 [26]自：本来。卿：你，对刘兰芝的昵称。 [27]但：只好，暂：暂且。 [28]报：在这里通"赴"。 [29]下心意：低声下气，指忍受些委屈。 [30]"勿复"句：不要再找麻烦了。纷纭：凌乱的样子，意指麻烦。 [31]初阳岁：冬末春初时节。古人有冬至阳气初动之

说。[32]谢：辞别。[33]奉事：做事。循：遵守。[34]敢：岂敢，哪敢。[35]作息：作，偏义复词。[36]伶俜（pīng）：孤单的样子。萦：缠绕。萦苦辛：为辛苦缠绕，即受尽辛苦。[37]卒：完成，报答。[38]绣腰襦：绣花短袄。[39]葳蕤（wēi ruí）：草木枝叶繁茂的样子。这里指袄上的刺绣纷繁多彩。[40]复斗帐：双层像斗一样的帐子。[41]香囊：盛有香料的袋子。[42]箱帘：大大小小的箱子。帘，通"奁"，本指女子的梳妆匣，此指小箱子。[43]后人：指焦仲卿再娶的妻子。[44]遗施：送人的东西。[45]"于今"句：从今后没有相见的机会了。[46]严妆：盛妆，郑重仔细地妆扮。[47]著（zhuó）：穿。[48]蹑：踩，穿上。[49]玳瑁（dài mào）：指用玳瑁制成的头饰。[50]"腰若"句：腰间束着白绢，其光彩如同水波流动。纨、素：均是细绢名。[51]明月珰（dāng）：用明月珠做成的耳坠。[52]朱丹：红色，形容嘴唇红润。[53]堪：胜任。[54]却：退下来。[55]长：高。[56]扶将：扶持，侍奉。[57]初七：指农历七月初七。这一天是乞巧节，古代女子在这天晚上祭祀织女星以乞巧。下九：古代以二十九为上九，初九为中九，十九为下九。妇女多在下九日集会嬉戏，称"阳会"。[58]隐隐、甸甸：车声。[59]区区：拳拳，诚挚专一的意思。[60]见录：收留我。[61]纫：同"韧"。[62]父兄：偏义复词，指兄。[63]逆：违反。煎我怀：让我的心受煎熬。[64]劳劳：忧伤惆怅的样子。[65]依依：依恋不舍。[66]无颜仪：脸上无光。[67]拊掌：拍掌，表示惊讶的动作。[68]不图：不料。自归：古代女子出嫁后，通常需娘家派人接才能回娘家，自己回家就意味着被休弃。[69]无誓违：不要违背告诫你的话。誓：告诫的言辞。[70]惭：愧对。[71]悲摧：悲伤。[72]窈窕：体态美好。[73]便言：即辩言，有口才。[74]丁宁：同"叮咛"。[75]非奇：不好。奇，佳，美好。[76]断：回绝。信：信使，指媒人。[77]"徐徐"句：慢慢地再说这事吧。[78]始适：刚才。适：恰好，刚刚。[79]幸：希望。广问讯：多多打听其他人的情况。[80]寻：不久。遣：派。丞：太守的辅佐官员。请：请婚。还：来。[81]兰家女：指兰芝姑娘。一说，兰家即某家。又一说，按本诗所写，兰芝本姓兰，序是另据传说写成姓刘。[82]承籍：承继祖先仕籍。宦官：官宦，做官的人。[83]娇逸：娇美俊雅。[84]结大义：结婚。[85]否（pǐ）泰：坏的运气好的运气。如天地：形容差别极大。[86]义郎：好儿男。[87]"其住"句：你住在娘家算怎么说呢。[88]要：约。[89]渠会：会他。[90]登即：立即，立刻。许和：答应。[91]诺诺：好吧，好吧。尔尔：就这样，就这样。[92]历、书：都是指历书。古代有《六合婚嫁历》、《阴阳婚嫁书》等。[93]便利：适宜。[94]六合：古人迷信，认为婚嫁日应选在子丑相和、寅亥相和、卯戌相和、辰酉相和、巳申相和、午未相和的日子才吉利。[95]交语：教语，传语。装束：备办结婚用品。[96]"络绎"句：形容备办婚礼的人来往不断，如浮云一样多。[97]青雀、白鹄：指画舫上的图案。[98]龙子幡：绣着龙的旗帜。[99]婀娜：轻柔飘动的样子。[100]踯躅（zhí zhú）：徘徊。青骢马：毛色青白夹杂的马。[101]流苏：用五彩的羽毛或丝线制成的下垂的穗子。[102]赍（jī）钱：送给女方的聘礼。[103]杂彩：各色的绸子。[104]交广：交州、广州。市：买。鲑（xié）珍：各种鱼类菜肴。[105]郁郁：人员众多热闹的样子。[106]适：刚才。[107]"莫令"句：不要让娶亲的事办不成。事：指迎娶一事。不举：不成。[108]琉璃榻：镶嵌着琉璃的床。[109]晻晻（yǎn）：日光昏暗。暝：日落，天黑。[110]摧藏：凄怆，伤心。[111]量：估量，预料。[112]父母：偏义复词，指母亲。下文"弟兄"用法同此，单指兄。[113]便：就，只。[114]日胜贵：一天比一天富贵。胜：胜过，超过。[115]何意：哪里想到。[116]"君尔"句：你是如此，我也是这样。[117]千万：无论如何，表示坚决。不复全：不能再保全了。[118]日冥冥：日暮，喻生命即将结束。[119]故：故意，有意。不良计：不好的打算，指死。[120]康且直：健康而且舒适。直，顺，舒展的意思。[121]台阁：古代尚书官府称台阁，此处泛指官府。[122] “贵贱”句：以贱为贵，你的情多不值钱。贵贱：以贱为贵。薄：不厚重。[123]乃尔：就这样。立：定。[124]见：被。[125]青庐：青布围成的屋子，供举行婚礼用。[126]奄奄：同“晻晻”，光线昏暗。[127]人定初：人刚安静下来的时候。一指亥时初刻。[128]华山：山名，指安徽舒城县南的华盖山。一说指庐江附近的小山。[129]相交通：彼此连接。[130]谢：白，告诫。[131]戒之：以之为戒。

乐府简介

乐府是古代音乐机关的名称，秦代时已有，汉武帝时规模扩大，开始大量搜集民间歌曲，主要是为了满足宫廷各种典礼和娱乐的需要，在客观上却收集和保存了大量民间口耳相传的诗歌。

汉乐府民歌继承并发展了《诗经》的现实主义传统，真实地反映了汉代广阔的社会生活和人民的爱憎感情。汉乐府民歌主要的艺术特色是它的叙事性。此外，章句自由随意，描写灵活自如，语言朴素自然。汉乐府民歌标志着我国古代诗歌进入了一个新的发展阶段。

赏析

《孔雀东南飞》继承了《诗经》与《楚辞》的优良传统，是现实主义和浪漫主义结合的代表作，是我国古代长篇叙事诗的典范。它是汉乐府民歌中最长的一首叙事诗，最早见于南朝徐陵的《玉台新咏》，题为《古诗为焦仲卿妻作》。宋代郭茂倩《乐府诗集》将它收入《杂曲歌辞》，题为《焦仲卿妻》。全诗 340 多句，1700 多字。这首诗通过焦仲卿和刘兰芝的爱情悲剧，对封建制度和封建礼教的罪恶作了深刻地揭露和鞭挞；对诗中主人公的不幸遭遇和反抗精神寄予深切同情和强烈歌颂。

这首诗最突出的艺术成就是塑造了几个鲜明生动、富有个性的人物形象。诗篇首先以无限同情的笔触从各个方面刻画了刘兰芝这个光彩照人的形象。她聪明美丽，勤劳善良，纯洁大方；她头脑冷静，性格倔强，不甘受辱，永不向压迫者和恶势力示弱。在刘兰芝身上，几乎集中了中国传统女性的所有美德，她是中国女性在封建社会里痛苦挣扎、奋力抗争的典型形象。焦仲卿也是作品的主要人物，作者也做了真实的描绘。他和兰芝不同，他所受的封建礼教影响较深，又是个“府吏”，因此性格比较软弱。但他是非分明，忠于爱情，始终站在兰芝一边，不为母亲的威逼利诱所动摇，并不顾母亲的孤单，最终走上以死殉情的彻底反抗的道路。仲卿与兰芝虽“同是被逼迫”，但二人处境毕竟不同，所以兰芝坚决果断，而仲卿则思想感情上不能不发生某些矛盾，自缢前的“徘徊”是他应有的表现。作品中还塑造了两个反面人物焦母和刘兄，他们是封建礼教和宗法势力的代表。作者虽寥寥几笔，着墨不多，但其狰狞可恶，已跃然纸上。这些反面人物也都是从现实生活中概括出来的，同样具有高度的典型性。作者在塑造人物时使用了个性化的语言、动作、肖像等正面描写，使用了环境和景物描写的烘托，还使用了抒情性的穿插，把人物性格表现得异常鲜明突出。

剪裁巧妙、繁简得当，是这首长诗另一个重要的艺术特色。本诗是一首叙事长诗，不仅刻画了典型的艺术形象，而且有完整的故事情节，还描绘了具体、生动的场景，抒发了作者浓烈的感情。这一切内容高度集中在这一首诗中，而且从容写来，毫不显得堆砌罗列，这得益于作者剪裁的巧妙，繁简安排得当。诗篇一开始没有像一般人那样先交代焦、刘两家的家世，而是一开头就让主人公刘兰芝出场，诉说婆母对自己的逼迫，提出“及时相遣归”的要求。这样写，不仅省了许多笔墨，而且使故事突兀，矛盾突起，一开始就紧紧地抓住了读者的心，读来极有兴味。为了突出兰芝的性格特点，作品不惜笔墨反复写她从小所受到的良好教养，并浓墨重彩地铺叙了兰芝的美丽。而对一些与作品主题关系不是十分密切的内容，作品或者只字不提，或者一笔带过，如两家家世，作品始终不写，对兰芝和仲卿死后的情形仅一笔带过。这样该简则简，该繁则繁，繁简互用，使作品显得张弛有度，引人入胜。

另外，诗中比兴、排比手法的运用也极具特色。从序曲和尾声看，开头以“孔雀东南飞，五里一徘徊”起兴，比喻两情难舍难分，情调凄恻悲怆，暗示了故事的悲剧色彩。结尾用美丽而富有神奇色彩的“鸳鸯对鸣”作结，前后呼应，给人以联想回味。排比铺陈手法的运用，增强了诗篇的艺术感染力。如兰芝离开焦家的一节中，从装束、首饰、姿态、容颜多处铺叙，极写兰芝的“精妙”动人，从容镇定。句式整齐，词藻华丽，不但造成了声调和色彩的美，而且对塑造人物、抒发感情都产生了极好的效果。

短歌行

曹操

对酒当歌[1]，人生几何？譬如朝露，去日苦多[2]。慨当以慷[3]，忧思难忘。何以解忧？唯有杜康[4]。

青青子衿，悠悠我心[5]。但为君故，沉吟至今[6]。呦呦鹿鸣，食野之苹。我有嘉宾，鼓瑟吹笙[7]。

明明如月，何时可辍[8]？忧从中来，不可断绝。越陌度阡[9]，枉用相存[10]。契阔谈宴[11]，心念旧恩[12]。

月明星稀，乌鹊南飞。绕树三匝[13]，何枝可依？山不厌高，海不厌深[14]。周公吐哺，天下归心[15]。

（选自《曹操集》）

注释

[1]当：对着。[2]去日：过去的日子。[3]慨当以慷：是“慷慨”的间隔用法，形容歌声激越不平。[4]杜康：代指酒。相传杜康是我国最早造酒的人。[5]“青青”二句：这两句引自《诗经·郑风·子衿》的成句。衿（jīn）：衣领，青衿为周代学子的服装。悠悠：长远而连绵不断的样子。原诗是表示对情人的思恋，诗人在此借以表示对贤才的渴求。[6]沉吟：低声吟咏。[7]“呦（yōu）呦”以下四句：这是《诗经·小雅·鹿鸣》中的成句。呦呦，鹿的鸣叫声。苹：艾蒿。原诗是表示宴饮宾客时，赞美主宾友爱，本诗借以表达诗人礼遇贤

才的心情。[8]辍：停止。[9]阡陌：田间的小路，南北为阡，东西为陌。[10]枉：枉驾，劳驾。存：问候。[11]契（qiè）阔：聚合与分散，这里有久别重逢之意。谈：谈心。[12]旧恩：往日的情谊。[13]匝（zā）：环绕一周。[14]“山不”二句：《管子·形势解》：“海不辞水，故能成其大；山不辞土石，故能成其高；明主不厌人，故能成其众。”比喻招贤纳士，多多益善。厌：满足。[15]“周公”二句：周公是周文王之子，周武王之弟，《韩诗外传》说：“吾于天下亦不轻矣！然一沐三握发，一饭三吐哺，犹恐失天下之士。”意思是为了接待天下贤士，甚至洗一次头要挽起几次，吃一顿饭要中断几回。

作者简介

曹操（155～220），即魏武帝。三国时政治家、军事家、诗人。字孟德，小名阿瞒，沛国谯县（今安徽亳州市）人。初举孝廉，后在镇压黄巾起义和讨伐董卓的战争中，逐步扩充军事力量。建安元年（196），迎献帝都许（今河南许昌），从此“挟天子以令诸侯”，逐步削平群雄，统一北方。曹操实行抑制豪强，推行屯田，用人唯才等措施，对国家统一和发展生产起了一定的积极作用。位至丞相，封魏王。曹丕称帝后，追尊武帝。

曹操外定武功，内兴文学，是建安文学新局面的开创者。他的文学成就主要表现在诗歌创作上，散文也很有特点。他的诗现存20多篇，全部为乐府体。其诗篇抒发自己的政治抱负，并反映汉末人民的苦难生活，气魄雄伟，慷慨悲凉，清峻整洁。著作有《曹操集》。

赏析

《短歌行》是曹操杰出的代表作之一。《三国演义》第四十八回有一段曹操赋诗的描写。曹操平定北方后，率百万雄师，饮马长江，与孙权决战。是夜明月皎洁，他在大江上置酒设乐，欢宴诸将。酒酣，操取槊立于船头，慷慨而歌的，就是这首《短歌行》。

全诗三十二句，分四节，每八句一节。第一节抒写诗人对人生苦短功业未成的感叹与忧虑；第二节抒写诗人对贤才的渴求；第三节抒写诗人对贤才难得的忧思和既得贤才的欣喜；第四节抒写诗人对犹豫不决的贤才的关切和渴望统一天下的宏伟抱负。

感情充沛，跌宕起伏是本诗的突出特点。这首诗抒发了时光易逝、功业未就的深沉情感，表现了诗人渴望招纳贤才以建功立业的急切心情，坦率真挚，抒情色彩十分浓郁。开头情绪稍嫌低沉，但很快就回到慷慨激昂的情绪中。诗的中间又几次因渴慕贤才不得而情绪低回，但整首诗的基调还是昂扬奋发的。全诗既有对贤才的思慕，又有待贤才的热忱；既有求贤不得的忧虑，又有求贤既得的快慰。感情几经起伏，充分体现了诗人内心的沉郁不平。

多处化用成语典故和引用《诗经》成句入诗，都不露堆砌、雕琢的痕迹，不但巧妙而恰当地表达了诗人复杂的情感，而且使诗显得古朴典雅。如“青青子衿，悠悠我心”，表达诗人对贤才的深切思慕；“呦呦鹿鸣，食野之苹。我有嘉宾，鼓瑟吹笙”，表现诗人期待、欢迎贤才的满腔热忱；“周公吐哺，天下归心”，用周公的典故表明自己的胸怀和壮志等，这些引用恰当贴切，巧妙自然。

本诗还运用了比兴手法，形象生动而又含蓄深沉地表达了诗人的思想感情。如以“朝露”比喻人生短促，以“乌鹊”比喻贤才，以“月明星稀，乌鹊南飞”比兴贤才四处奔走等，这些直接继承了《诗经》中所用的比兴手法，为表情达意、烘托气氛起到很好的作用。

同时，在诗歌体式方面曹操虽用四言，却改变了它凝重板滞的格调，使其节奏变得“轶荡自如”。这首《短歌行》带有建安时代“古直悲凉”“气韵沉雄”的时代特色，读后不觉思接千载，荡气回肠，受到强烈的感染。

归园田居

陶渊明

少无适俗韵[1]，性本爱丘山。
误落尘网中[2]，一去三十年[3]。
羁鸟恋旧林，池鱼思故渊。
开荒南野际，守拙归田园[4]。
方宅十余亩，草屋八九间。
榆柳荫后檐[5]，桃李罗堂前[6]。
暧暧远人村[7]，依依墟里烟[8]。
狗吠深巷中，鸡鸣桑树颠[9]。
户庭无尘杂，虚室有余闲[10]。
久在樊笼里[11]，复得返自然。

（选自《陶渊明》二卷）

注释

[1]适：适合，投合。韵：气质，性情。[2]尘网：尘世的罗网，比喻官场的生活。[3]三十年：当作“十三年”。陶渊明从 29 岁出仕江州祭酒到 41 岁辞去彭泽县令归隐田园，时间恰好是十三年。[4]守拙：保持愚直的性格。拙：愚拙，指不善于在官场上逢迎取巧。[5]荫：遮蔽。[6]罗：罗列，排列。[7]暧暧（ài）：昏暗不明的样子。[8]依依：轻柔的样子。墟里：村落。烟：炊烟。[9]颠：同“巅”，顶部。[10]虚室：虚空闲静的居室。[11]樊笼：关鸟兽的笼子，这里比喻官场。

作者简介

陶渊明（365～427），名潜，字渊明，一字元亮，别号五柳先生，浔阳柴桑（今江西九江附近）人。出身于贵族世家，但到陶渊明时家势已渐渐衰落。年轻时曾怀有“大济苍生”的壮志，又因家境贫寒，29 岁时走上仕途，历任江州祭酒、镇军参军、彭泽县令等下级官职。几度出仕，使他逐渐认清了当时官场的污浊与黑暗，41 岁辞官归隐，过起了躬耕自资的田园生活，直至贫病而逝。

陶渊明是东晋大诗人、辞赋家、散文家。他大量创作田园诗，被推为“古今隐逸诗人之宗”。他的诗平淡自然，情真意切。部分作品也表达了愤世嫉俗之情，呈现出“金刚怒目”的一面。作品有《陶渊明集》。

赏析

《归园田居》是组诗，共五首，写于陶渊明辞官归隐的第二年。这里选的是第一首，是最能显示陶诗风格、特色的一首。全诗描绘了田园生活的恬静美好，字里行间洋溢着诗人由官场回归田园之后无限欢快愉悦和满足自得的心情，同时也表现了诗人对世俗官场生活的厌恶与否定之情。

全诗共二十句，可分三层。开头六句是第一层，用概括的语言写了作者对官场生活的反省，点明了自己“归园田”的缘由。诗篇一开始交代了自己的个性和思想，“少无适俗韵，性本爱丘山”二句表达了诗人“质性自然”、与世不合的性格，为全诗定下了一个基调，同时也是一个伏笔，这是诗人辞官归隐的根本原因。接着，诗篇以“尘网”比喻世俗官场，以“羁鸟”、“池鱼”自比，以“旧林”、“故渊”比喻田园，表达了诗人对卑污官场的厌恶和对出仕的懊悔，“羁鸟恋旧林，池鱼思故渊”，形象地表达了陶渊明渴求摆脱束缚、向往回归田园的急迫心情。中间十二句为本诗的核心部分。这一层绘声绘色地描写了田园生活的喜人情趣，这里诗情画意，生趣盎然，沁人心脾，悦人耳目。“开荒”二句表达诗人躬耕南亩的决心；“方宅”四句写近景，即家居周围环境；“暧暧”四句写远景，即农村的田园风光；“户庭”二句由室外转写室内光景。这里既有桃红李白的色彩描写，又有鸡鸣狗吠的声音描写，充分地写出了诗人摆脱尘俗杂事，回到田园故居之后所感到的从未有过的悠闲自得。这里，诗人由近及远，又由远到近，用生动形象的语言描绘了一幅恬淡自然、和平安宁的田园生活画面。最后两句收束全文，是一层。直接抒写诗人“归园田”的心情，点明全篇中心。“樊笼”、“返自然”与篇首的“尘网”、“爱丘山”遥相呼应，表现了作者对官场的憎恶和复归自然的畅快之情。

这首诗最突出的特点是平淡自然，亲切醇真。本诗题材内容贴近生活，思想感情真切深厚。全诗用白描的手法写景，构成了平淡真醇、物我交融的境界。诗人以农村日常生活为内容，以普通的自然景物为题材，写的都是平平常常、习见常闻的事物，如宅院、草屋、鸡鸣、狗吠等平凡无奇的田园风光，却显得自然本色，平淡中有华采，质朴中有风韵。全诗弥漫着和平静谧的情感基调，洋溢着清新浓郁的生活气息，饱含着诗人对田园生活的热爱和依恋之情。

语言质朴自然而精工是本诗又一特色。全诗使用的都是通俗自然、朴实无华的语言，如随意而发、冲口而出，全无雕琢刻画，其实却自然中见工致，是诗人精心构思、字斟句酌、反复锤炼的结晶。如诗篇中间一层，语句明白如话，却全用对偶句式，极为工整，含蕴丰富。尤其是“暧暧远人村，依依墟里烟。狗吠深巷中，鸡鸣桑树颠”四句，前二句用“暧暧”、“依依”两个叠词，不仅对仗工整，而且形象地描摹出远村、炊烟那种迷离依稀的状态；后二句出自汉乐府《鸡鸣》“鸡鸣高树巅，狗吠深宫中”，诗人信手拈来，稍加变化，不仅协韵，而且恰当地表现出农村的生活气息，与整个画面和谐统一。

将进酒[1]

李 白

君不见黄河之水天上来，奔流到海不复回。
君不见高堂明镜悲白发[2]，朝如青丝暮成雪[3]。
人生得意须尽欢[4]，莫使金樽空对月。
天生我材必有用，千金散尽还复来。
烹羊宰牛且为乐，会须一饮三百杯[5]。
岑夫子[6]，丹丘生[7]，将进酒，杯莫停。
与君歌一曲，请君为我倾耳听。
钟鼓馔玉不足贵[8]，但愿长醉不愿醒。
古来圣贤皆寂寞，惟有饮者留其名[9]。
陈王昔时宴平乐[10]，斗酒十千恣欢谑[11]。
主人何为言少钱，径须沽取对君酌[12]。
五花马[13]，千金裘，呼儿将出换美酒[14]，与尔同销万古愁[15]。

（选自《李白集校注》三卷）

注释

[1]将（qiā ng）：请。[2]高堂：高大的堂屋。悲白发：见白发生悲。[3]青丝：喻黑发。雪：喻白发。[4]得意：指兴致高昂的时候。[5]会须：应该。[6]岑夫子：岑勋，南阳人。[7]丹丘生：指元丹丘。岑、元二人都是李白的朋友。[8]钟鼓馔玉：指富贵生活。钟鼓，古时富贵人家宴会时须鸣钟击鼓。馔（zhuàn）玉，形容饮食精美，享受豪华。[9]饮者：喝酒的人，此指善于喝酒的人。[10]陈王：指陈思王曹植。平乐：观名，位于洛阳西门外。[11]恣：纵情。谑：欢笑戏谑。[12]径须：只管。沽取：将酒买来。[13]五花马：指名贵的马，马毛色呈五花纹。[14]将出：拿出。[15]销：同“消”。万古愁：至死难消的忧愁。

作者简介

李白（701～762），字太白，号青莲居士，祖籍陇西成纪（今甘肃天水附近），生于碎叶城（今属哈萨克斯坦），后迁居四川。青少年时代，兴趣广泛，志向远大。25 岁“仗剑去国，辞亲远游”，开始了他长期的漫游生活。期间他结交了许多名士，广泛地接触了社会，饱览了祖国的秀丽河山，写下了不少诗篇。42 岁应诏入京，供奉翰林，在政治上不受重视，又遭权贵谗言，被玄宗赐金放还，从此开始他第二次漫游，并结识了杜甫、高适。安史之乱中，怀着平乱的志向，应邀入永王李璘幕府。永王兵败被杀，李白以“附逆”罪流放夜郎，中途遇赦东还。晚年寓居当涂（今属安徽）县令族叔李阳冰家，不久卒于此地。

李白是继屈原之后又一位伟大的浪漫主义诗人，被称为“诗仙”。他的诗反映了盛唐时代的社会现实和精神风貌，体现了他正直傲岸的性格、豪放不羁的气概和积极用世的精神。诗风雄奇飘逸、真率自然，充满浪漫色彩，感情豪迈奔放，想像奇特丰富。作品有《李太白集》。

赏析

这篇《将进酒》是李白咏酒诗的代表，是李白在长安任翰林一年多，遭权贵诬毁、排挤而被“赐金放还”之后所作。诗篇抒写了岁月流逝却不能建功立业的感叹和怀才不遇的痛苦，以及由此产生的厌弃功名权贵、借酒浇愁、及时行乐的内心感慨。

本诗从内容上分两部分。第一部分为前四句，用了两组排比长句，以排山倒海之势写出了黄河如从天而降，一泻千里的万钧气势，如挟天风海雨般向读者迎面扑来。上句写大河之来，势不可挡；下句写大河之去，势不可回。一涨一消，形成舒卷往复的咏叹格调。如果说前二句为空间范畴的夸张，那么紧接着二句：“君不见高堂明镜悲白发，朝如青丝暮成雪”，则从时间意义上进行了高度的夸张，将人生由青春至衰老的全过程说成“朝”、“暮”之间的事，把本来短暂的说得更加短暂，具有惊心动魄的艺术力量。这样诗篇一开始就渲染出一种悲愤的情感基调。第二部分从“人生得意须尽欢”到篇末，写痛饮高歌的情景，是全诗的主体部分。这一部分写三个方面的内容：一是写“天生我材必有用”，这是全诗的主要思想，体现了诗人的乐观好强、积极用世的信念，也抒发了诗人怀才不遇的郁闷不平。二是写宴会上痛快淋漓的宴饮，“烹羊宰牛”、“三百杯”、“杯莫停”等，极写诗人和朋友的酣畅痛饮的兴致和狂放不羁的情怀。三是写宴席上的歌中之歌，进一步抒发了诗人蔑视功名权势、傲岸不屈的性格和“天生我才必有用”而又不被重用的愤慨。同时，这一部分中还用古人之酒，浇自己心中抑郁不平之气，进一步深化主题，使诗情更为跌荡起伏。最后，诗人以更高的酒兴，“与尔同销万古愁”结束全篇，反映了诗人力图从苦闷中挣脱出来的强烈愿望。总之，诗中体现了诗人蔑视权贵、不甘寂寞、肯定自我、追求自由的思想，这是十分可贵的。但作品也流露出人生如梦、及时行乐、借酒浇愁的消极情绪。

本诗篇幅不算长，却气象不凡，它鲜明地体现了李白诗歌的浪漫主义特色。一是气势豪迈、感情激越。黄河之水势不可挡的气势，纵情欢乐的狂放，自我肯定的达观，视权贵如粪土的豪情，以“五花马”、“千金裘”换取美酒的豪爽大度，生动形象地抒写了诗人的博大胸怀，具有震动古今的力量。二是诗中丰富的想像和大胆的夸张，如“黄河之水天上来”，“朝如青丝暮成雪”的神奇想像及夸张，如“三百杯”、“万古愁”这样巨大的数目字等，既表现了豪迈的诗情，又不给人以空洞浮夸之感；既想像奇特，又不失险怪，生动地表现了诗人起伏跌宕的感情。三是在语言的运用上，这首诗以七言为主，而以三言、五言、十言点缀其间，参差错落，好像行云流水，飘逸奔涌，笔酣墨饱，给人以很强的感染力。

此外，感情的瞬息万变、波澜起伏与结构的腾挪跌宕、跳跃发展，在这首诗中被完美地统一起来。李白的个性和禀赋，正如赵翼所说：“神识超迈，飘然而来，忽然而去，不屑于雕章琢句，亦不劳乎镂心刻骨，故有天马行空、不可羁勒之势。”诗一开头就平地起波澜，揭示出诗人内心强烈的苦闷与不平，紧接着却突然转到眼前情景的抒发上来，进而抒写“天生我才必有用”的乐观和“五花马，千金裘，呼儿将出换美酒”的豪情万丈，然后又迅速转到“万古愁”。感情大起大落，纵横捭阖；结构大开大合，舒卷自如，承转毫无痕迹。表现了诗人乐观自信及怀才不遇、壮志无法施展的复杂情感，同时也表现了诗人狂放恣肆、飘逸洒脱的性格。

登　高

杜　甫

风急天高猿啸哀，渚清沙白鸟飞回[1]。
无边落木萧萧下[2]，不尽长江滚滚来。
万里悲秋常作客[3]，百年多病独登台[4]。
艰难苦恨繁霜鬓[5]，潦倒新停浊酒杯[6]。

（选自《杜诗详注》二〇卷）

注释

[1]渚：水中小块陆地。回：回旋。[2]落木：落叶。萧萧：象声词，此指落叶的声音。[3]万里：离家万里。作客：漂泊他乡。[4]百年：多年，此指一生。[5]苦恨：恼恨。繁霜鬓：不断增多白发。[6]潦倒：衰颓不振。新：新近，最近。

作者简介

杜甫（712～770），字子美，原籍湖北襄阳，生于河南巩县，初唐诗人杜审言之孙。34 岁以前主要是读书与壮游，饱览祖国的壮丽河山，并结识了诗人李白、高适。35 岁赴长安应试，困居长安 10 年，才被授予微职；安史之乱起，只身投奔肃宗，曾被叛军所俘，后逃至凤翔，官左拾遗。因直言极谏，被贬为华州司功参军。后毅然辞官，辗转跋涉，定居成都浣华溪草堂。经友人严武推荐，做过剑南节度参谋、检校工部员外郎。故后世又称他杜工部。不久严武病故，杜甫漂泊西南十年。770 年，杜甫贫病交加，死在长沙至岳阳的一条破船上。

杜甫是我国古代最伟大的现实主义诗人，被称为“诗圣”。他半生流离失所的苦难经历使他得以深入社会，真切认识现实的黑暗和人民的疾苦。他的诗，深刻地反映了唐王朝由盛转衰过程中的社会风貌和时代苦难，被誉为“诗史”。

杜甫诗诸体皆备，尤以古体、律诗见长；风格多样，以沉郁顿挫为主。现存诗一千四百多首，有《杜少陵集》。

赏析

这首七律诗是诗人于767年秋在夔州（今四川奉节县）所作。此时诗人已56岁，正是他在西南漂泊的后期，由于安史之乱的影响，加之西部边患，蜀中军阀混战，人民生活困苦，诗人及其家人也是衣食艰难。夔州位于长江之滨，诗人通过登高所见到的长江秋天景色，寄寓身世飘零之感。同时他把个人身世与国家和人民的命运联系在一起，抒发了忧国伤时的思想感情。

这首诗可分为两部分。第一部分为前四句，写登高所见所闻，是写景。首先，登高所见到的是“风急”、“天高”，听到的是“猿啸”，这些写得是远景；然后由高处向低处移动视线，看到“渚清”、“沙白”、“鸟飞”，这些是近景的描写。夔州在江边，自古以风大闻名，抬头仰望秋天高远的天空，时而传来猿猴凄婉的叫声；再低头俯视，看到的是清静的江水环绕着江中的小洲，江边是一片雪白的沙地，群鸟盘旋飞翔。然后继续放开视野望去，满眼是无边的树木，枯黄的树叶萧萧落下，浩荡的江水奔流不息。这里描写的景物是一幅典型的秋色图，形成了一种悲凉、肃杀的气氛。诗人独自登高远眺，触景伤情，不禁百感交集，萧瑟的秋江景色，引发了他身世飘零的感慨，渗入了他老病孤愁的悲哀。第二部分为后四句，写诗人身世及其处境，是言情。诗人登高远望，不由自主地把望到的秋景和自己的心境紧紧联系在一起。看到满目萧瑟联想到自己离家万里，身在异乡，常年漂泊，怎能不伤感呢！更加上他年岁已高，身体多病，如今独自登高更感到孤独和怅惘。由此诗人自然想到国难家愁，个人生活艰辛，于是感到无限烦恼，因而白发频添，穷途落魄，自己又因病戒酒，悲秋之感就更难以排遣。这一部分抒发了诗人孤独、悲苦的思想感情，同时也暗示了时世艰难是潦倒不堪的根源。

这是一首被誉为“古今七言律第一”的旷世之作，是最能代表杜诗中景象苍凉阔大、气势浑厚深沉的七言律诗。因情选景，寓情于景是这首诗最重要的艺术特点。诗篇前两联描写登高闻见之景，后两联抒发登高感触之情，极有层次又浑然一体。作者要抒发的是身世之感和家国之思，所以笔下景物就是这样一幅凄凉萧瑟又雄浑豪迈的典型深秋图景，而诗人的情感又因这种景物而显得愈加悲苦。选用这样的景物，充分表达了诗人长年漂泊、忧国伤时、老病孤愁的复杂感情，而诗篇从头到尾却格调雄壮豪爽，慷慨激越，高浑一气，古今独步。

对仗工整，语言练达是这首诗又一个重要的特点。全诗八句四联，句句押韵，两两对偶，皆为工对。且首联两句，又句中自对，“风”、“天”、“渚”、“沙”、“猿啸”、“鸟飞”，天造地设，自然工稳。真是一篇之中，字字工对，这在律诗的佳作中也是不多见的。就写景而言，首联工笔细描，写出风、天、猿、渚、沙、鸟六种景物的形、声、色、态，每件景物均只用一字描写，却生动形象，精炼传神；领联又大笔写意，传达出秋的神韵。抒情则有纵的时间着笔，写“常做客”的追忆；也有横的空间的落墨，写“万里”行程后的“独登台”。从一生漂泊，写到老年孤独，最后将时世艰难归结为潦倒不堪的根源。手法错综复杂，把诗人忧国伤时，老病孤愁的苍凉，表现得沉郁而悲壮。

此外，本诗句法富于变化，能恰当地表达诗人感情上的起伏。对字句进行了精心锤炼，达到了用语惊人的程度。难怪明代胡应麟《诗薮》说，全诗“五十六字，如海底珊瑚，瘦劲难名，沉深莫测，而精光万丈，力量万钧。通篇章法、句法、字法，前无昔人，后无来学，微有说者，是杜诗，非唐诗耳。然此诗自当为古今七言律第一，不必为唐人七言律第一也”。

长恨歌

白居易

汉皇重色思倾国，御宇多年求不得[1]。
杨家有女初长成，养在深闺人未识[2]。
天生丽质难自弃，一朝选在君王侧。
回眸一笑百媚生，六宫粉黛无颜色[3]。
春寒赐浴华清池，温泉水滑洗凝脂[4]。
侍儿扶起娇无力，始是新承恩泽时。
云鬓花颜金步摇，芙蓉帐暖度春宵[5]。
春宵苦短日高起，从此君王不早朝。
承欢侍宴无闲暇，春从春游夜专夜。
后宫佳丽三千人，三千宠爱在一身。
金屋妆成娇侍夜[6]，玉楼宴罢醉和春。
姊妹弟兄皆列土，可怜光彩生门户[7]。
遂令天下父母心，不重生男重生女。
骊宫高处入青云[8]，仙乐风飘处处闻。
缓歌慢舞凝丝竹，尽日君王看不足。
渔阳鼙鼓动地来，惊破《霓裳羽衣曲》[9]。
九重城阙烟尘生[10]，千乘万骑西南行。
翠华摇摇行复止，西出都门百余里[11]。
六军不发无奈何，宛转蛾眉马前死[12]。
花钿委地无人收，翠翘金雀玉搔头[13]。
君王掩面救不得，回看血泪相和流。
黄埃散漫风萧索，云栈萦纡登剑阁[14]。
峨嵋山下少人行，旌旗无光日色薄。
蜀江水碧蜀山青，圣主朝朝暮暮情。
行宫见月伤心色[15]，夜雨闻铃肠断声。
天旋地转回龙驭[16]，到此踌躇不能去。
马嵬坡下泥土中，不见玉颜空死处。

君臣相顾尽沾衣，东望都门信马归[17]。
归来池苑皆依旧，太液芙蓉未央柳[18]。
芙蓉如面柳如眉，对此如何不泪垂。
春风桃李花开日，秋雨梧桐叶落时。
西宫南内多秋草[19]，落叶满阶红不扫。
梨园弟子白发新，椒房阿监青娥老[20]。
夕殿萤飞思悄然，孤灯挑尽未成眠。
迟迟钟鼓初长夜，耿耿星河欲曙天[21]。
鸳鸯瓦冷霜华重，翡翠衾寒谁与共[22]。
悠悠生死别经年，魂魄不曾来入梦。
临邛道士鸿都客[23]，能以精诚致魂魄。
为感君王展转思，遂教方士殷勤觅。
排空驭气奔如电[24]，升天入地求之遍。
上穷碧落下黄泉[25]，两处茫茫皆不见。
忽闻海上有仙山，山在虚无缥缈间。
楼阁玲珑五云起，其中绰约多仙子[26]。
中有一人字太真，雪肤花貌参差是[27]。
金阙西厢叩玉扃，转教小玉报双成[28]。
闻道汉家天子使，九华帐里梦魂惊[29]。
揽衣推枕起徘徊，珠箔银屏迤逦开[30]。
云鬓半偏新睡觉[31]，花冠不整下堂来。
风吹仙袂飘飘举，犹似霓裳羽衣舞。
玉容寂寞泪阑干[32]，梨花一枝春带雨。
含情凝睇谢君王[33]，一别音容两渺茫。
昭阳殿里恩爱绝，蓬莱宫中日月长[34]。
回头下望人寰处[35]，不见长安见尘雾。
惟将旧物表深情，钿合金钗寄将去[36]。
钗留一股合一扇，钗擘黄金合分钿[37]。
但教心似金钿坚，天上人间会相见。
临别殷勤重寄词，词中有誓两心知。
七月七日长生殿，夜半无人私语时。
在天愿作比翼鸟，在地愿为连理枝[38]。
天长地久有时尽，此恨绵绵无绝期！

（选自《白居易集》）

注释

[1]汉皇：汉武帝，此指唐玄宗李隆基。倾国：指绝色女子。《汉书·外戚传》载李延年歌："北方有佳人，绝世而独立。一顾倾人城，再顾倾人国。宁不知倾城与倾国，佳人难再得。"御宇：御临宇内，即统治天下。[2]杨家有女：指杨贵妃。杨玉环幼年丧父，寄养在叔

父家中。本为玄宗之子寿王李瑁妃，后被玄宗看中，先度为女道士，号太真，然后召其还俗，册封为贵妃。[3]粉黛：女子化妆用品，这里指代美女。[4]华清池：骊（lí）山上有温泉，开元中建温泉宫，天宝时改名华清宫。玄宗常去避寒，开浴池多处。凝脂：指白嫩柔滑的皮肤。[5]步摇：一种首饰，上有金花，下有垂珠，随人行走而摇动。芙蓉帐：绣有荷花图案的华丽床帐。[6]金屋：系用汉武帝"金屋藏娇"一事，指杨贵妃的住处。[7]"姊妹"二句：是说杨贵妃受宠，家族沾光，势焰熏天。列土：裂土受封，此指封官进爵。列：通"裂"。可怜：可爱，可羡。[8]骊宫：即华清宫。因在骊山之上而有此称。[9]"渔阳"二句：指安禄山叛乱。渔阳：唐郡名，是范阳节度使安禄山所辖八郡之一。鼙（pí）鼓：古代军中用的小鼓。《霓赏羽衣曲》：唐代大型舞曲。[10]九重城阙：指京城长安。[11]翠华：皇帝仪仗中一种用翠鸟羽毛装饰的旗帜，此指皇帝的车驾。百余里：指马嵬（wéi）驿。[12]六军不发：指哗变。护卫皇帝的御林军行至马嵬驿，不肯前进，请诛杨国忠、杨贵妃，玄宗无奈，赐贵妃自缢。娥眉：美女的代称，此指杨贵妃。[13]花钿（diàn）、翠翘、金雀、玉搔头：都是首饰。[14]云栈（zhàn）：高入云霄的栈道。萦纡（yū）：绵延曲折。剑阁：指剑门关，在今四川剑阁县北。[15]行宫：皇帝离京出行时住的地方。[16]天旋地转：指政局好转。龙驭：皇帝的车驾。此句是说肃宗至德二年（757）十月，郭子仪军收复长安，同年十二月，玄宗还京。[17]信马：任马随意而行，形容心神不定。[18]太液：汉宫池名。未央：汉宫名。这里泛指唐代宫殿池苑。[19]西宫：太极宫。南内：兴庆宫。玄宗还京后，初居兴庆宫，因临近大街，常和外界接触，肃宗听信谗言，将其迁至太极宫，加以变相软禁。[20]梨园弟子：指唐玄宗过去亲自训练的一批艺人。椒房：古代后妃居住的宫室。因以花椒和泥涂墙，故名。阿监：唐宫中女官名。青娥：青春美好的容颜。[21]初长夜：指秋夜，秋天夜开始变长。耿耿：明亮的样子。欲曙天：天快亮时。[22]鸳鸯瓦：即阴阳瓦，一俯一仰扣合在一起的屋瓦。翡翠衾（qīn）：绣着翡翠鸟图形的被子。[23]临邛（qióng）：今四川省邛崃县。鸿都：东汉首都洛阳宫门名，这里借指唐都长安。[24]排空驭气：腾云驾雾。[25]穷：尽，找遍。碧落：天上。[26]五云：五彩的云霞。绰约：形容姿态轻盈美好。[27]参差（cēn cī）：仿佛，差不多。[28]金阙：金碧辉煌的神仙宫殿。扃（jiōng）：门户。小玉：即紫玉，吴王夫差的女儿，相传死后成仙。双成：即董双成，传说中西王母的侍女。[29]九华帐：绘饰华美的帷帐。[30]珠箔：珠帘。屏：屏风。迤逦（yǐlǐ）：接连不断。[31]新睡觉：刚睡醒。觉：睡醒。[32]阑干：纵横的样子。[33]凝睇：凝视。[34]昭阳殿：汉宫殿名，汉成帝皇后赵飞燕所居，这里借指杨贵妃生前居处。蓬莱宫：泛指仙境。蓬莱是神话中的海外三山之一。[35]人寰：人间。[36]钿合：用珠宝镶嵌的一种首饰，有两片合成。一说是用珠宝镶嵌的首饰盒。[37]"钗留"二句：分开金钗、钿合，自己留下一半，寄给对方一半。擘（bò）：用手分开。[38]比翼鸟：传说中的一种雌雄双飞的鸟，叫鹣（jiān）鹣。连理枝：两棵不同根而枝干连生的树。

作者简介

白居易（772～846），字乐天，晚年号香山居士。原籍山西太原，后迁至下邽（今陕西渭南），生于新郑。少年时家境贫困，使他广泛地接触社会现实，较多地了解人民疾苦。贞元十六年擢进士第。累官至左拾遗。他曾屡次上书请求革除弊政，并写了大量的讽喻诗。元和十年（815），因上书请求追捕刺杀宰相武元衡的凶手而得罪权贵，被贬为江州司马，从此消沉起来。后历任忠州、杭州、苏州等地刺史，官至刑部尚书。846 年卒于洛阳。

白居易是中唐杰出的现实主义诗人。他与元稹倡导旨在揭露时弊的“新乐府运动”，主张“文章合为时而著，歌诗合为事而作”。写有《秦中吟》10首、《新乐府》50首等讽喻诗。白居易的诗歌，言浅意深，平易晓畅，富有情味，雅俗共赏。有《白氏长庆集》。

赏析

《长恨歌》是白居易诗作中脍炙人口的名篇，具有浪漫主义的传奇色彩和浓郁的抒情气氛。作于元和元年（806），当时诗人正在周至县（今属陕西）任县尉。这首诗是他和友人陈鸿、王质夫同游仙游寺，有感于唐玄宗、杨贵妃的故事而创作的。在这首长篇叙事诗里，作者以精炼的语言，优美的形象，叙事和抒情结合的手法，叙述了唐玄宗、杨贵妃二人的爱情悲剧。唐玄宗、杨贵妃都是历史人物，诗人并不拘泥于历史，而是参照当时人们的传说和街坊歌唱，编织出一个回旋曲折、婉转动人的故事。

全诗可分为四部分。从开始到“惊破《霓裳羽衣曲》”为第一部分，写李、杨二人相遇的经过及唐玄宗对杨贵妃的无比宠爱，写出了“长恨”的原因，揭示了“重色”是造成“长恨”的根本原因，表明了作者的批判与讽刺态度。第二部分到“夜雨闻铃肠断声”，写叛乱爆发，玄宗被迫在马嵬驿赐死杨贵妃。到这里，李、杨二人的爱情已成悲剧，而作者的态度也从一开始的讽刺与批判转而变为同情。第三部分到“魂魄不曾来入梦”，写唐玄宗重回长安后对杨贵妃的刻骨思念。后面的为第四部分，写临邛道士招魂，杨贵妃托物寄词，表达对玄宗忠贞不渝的爱情，揭示“长恨”的主题。这样，诗的主题思想便由批判转为对唐明皇与杨贵妃坚贞专一爱情的歌颂。

诗人采用现实主义与浪漫主义结合的手法，在诗篇前半部分以写实的笔法如实地写出了唐玄宗的荒淫误国这一导致他们爱情悲剧的根本原因，后半部分却用积极浪漫主义的手法写出李、杨从人间到仙境绵绵不绝的爱情。诗篇中心是歌“长恨”，但作者却从“重色”说起并且予以大力铺张和渲染，以暗示李、杨“长恨”的原因。之后安史之乱爆发，玄宗出逃，贵妃赐死。至此，诗歌的悲剧结局已经完成，诗篇可以就此结束，但是作者却以饱含同情的笔调写了玄宗对贵妃的无限思念，以描写人物的思想感情来开拓和推动情节的深入发展，有力地突出了“长恨”的主题。最后，作者又匠心独运，构思了一个道士招魂、升天入地寻找贵妃的情节，使整个故事更加波澜起伏，既出人意料，又在情理之中，再次强调了“长恨”的主题。这就使得整个诗歌情节生动曲折，扣人心弦。

本诗在人物形象的刻画上生动传神，细腻入微，着力塑造了唐玄宗与杨贵妃两个人物形象。对唐玄宗这个人物，作品主要突出他开始的重色误国和后来对杨贵妃的刻骨相思；对杨贵妃，则侧重描绘她的美貌和对爱情的忠贞不渝。作品不仅生动地描写了二人的行为举止，而且传神地刻画了他们丰富复杂的内心世界。作者努力揣摩人物的心理，又充分发挥艺术想像，把人物千回百转的心理表现得淋漓尽致。如马嵬坡杨贵妃之死一场，诗人刻画极其细腻，把唐玄宗那种不忍割爱但又欲救不得的内心矛盾和痛苦感情，都具体形象地表现出来了。诗人运用多种手法，使得二人的形象在精细的刻画中显得真实丰满，生动感人。

《长恨歌》是一首抒情成分很浓的叙事诗。在本诗中，叙事、写景和抒情和谐地结合在一起，水乳交融，自然无间。全诗在叙事、写景中带有浓郁的抒情成分。特别是后半部分，诗人时而把人物的思想感情注入景物，用景物描写来烘托人物的心境；时而抓住人物周围富有特征性的景物、事物，通过人物对它们的感受来表现内心的感情，层层渲染，恰如其分地表达人物蕴蓄在内心深处的难达之情。通过这样的反复抒情，回环往复，让人物的思想感情蕴蓄得更深邃丰富，使诗歌“肌理细腻”，更富有艺术的感染力。

水调歌头[1]

苏　轼

丙辰中秋[2]，欢饮达旦，大醉，作此篇，兼怀子由[3]。

明月几时有？把酒问青天[4]。不知天上宫阙[5]，今夕是何年。我欲乘风归去，又恐琼楼玉宇[6]，高处不胜寒[7]。起舞弄清影，何似在人间[8]！

转朱阁[9]，低绮户[10]，照无眠[11]。不应有恨，何事偏向别时圆[12]？人有悲欢离合，月有阴晴圆缺，此事古难全。但愿人长久，千里共婵娟[13]。

（选自《东坡乐府》上卷）

注释

[1]《水调歌头》：词牌名。《词谱》：“水调，乃唐人大曲，凡大曲有歌头，此必裁截其歌头，另倚新声也。”[2]丙辰：宋神宗熙宁九年（1076），当时苏轼在密州任上。[3]子由：苏轼弟弟苏辙，字子由。[4]“明月”二句：化用李白《把酒问月》：“青天有月来几时？我今停杯一问之”诗意。把酒：端起酒杯。[5]宫阙：宫殿。阙，宫门两边的望楼。[6]琼楼玉宇：指月中宫殿。[7]不胜（shēng）：禁受不住。[8]“起舞”二句：是说月下起舞，清影随人，天上哪里比得了人间。[9]朱阁：华丽的楼阁。[10]绮（qǐ）户：雕花的门窗。[11]无眠：指有心事而不能安眠。[12]“不应”二句：是说月亮对人不该有什么怨恨，为什么总在人们离别时圆呢？[13]婵娟：美好的样子。这里指月亮。

作者简介

苏轼（1037～1101），字子瞻，号东坡居士，眉州眉山（今四川眉山）人，出身于有良好文化教养的寒门地主家庭。与其父苏洵、其弟苏辙，都是北宋著名文学家，合称“三苏”。苏轼21岁中进士，曾任密州、徐州、湖州、杭州等地方官，并做过中书舍人、翰林学士等职。苏轼既主张改革又有保守倾向，在新旧党争中屡遭变法派和保守派的排斥打击，仕途极为坎坷，但失意时每能达观自解，始终保持着积极进取、欲有所为的精神，所以他在任地方官时政绩卓著。死后追谥“文忠”。

苏轼是宋代最著名的文学大家，具有多方面的创作才能和创新精神，在诗、词、散文等方面都取得了独特的成就。他的散文挥洒自如，汪洋恣肆，为“唐宋八大家”之一；他的诗歌自由奔放，新颖奇警而又富有理趣，堪称宋人诗风的代表；他的词开豪放一派，或雄健飘逸，或清新婉丽，影响极其深远。著作有《东坡集》、《东坡乐府》。

赏析

这是一首中秋咏月兼怀人的作品，作于熙宁九年（1076）。当时宋神宗用王安石变法，引起了激烈的新旧党争。苏轼因与王安石政见不合而自请外调，并屡受排挤，这使作者难免产生政治失意的郁闷。又兼他与在济南做官的胞弟苏辙已七年没有团聚，亦不无久别的怅恨。这首词抒写了作者对人生的感慨和对亲人的思念，表现出作者不为失意而忧，不因离别而苦的旷达胸怀和对现实的执著态度。

词的上片对月把酒，抒写了作者幻想超尘和复归现实的思想过程，反映了他遁世与入世的思想矛盾和自我解脱的感情变化过程。作品前四句起笔突兀奇崛，破空而来，既是痴问又是思索，表达了对明月的赞美和向往，又寄寓着作者的现实感慨。接着由此引发出“乘风归去”的遐想，却又顾虑“高处不胜寒”，表现了作者向往超脱尘世而又深自彷徨的复杂心态。这里明写月宫的高寒，反映出对人间生活的眷恋。最后作者深为现实生活的魅力所吸引，很快以超然达观的态度排解了消极的出世思想，终结到对现实人生的热爱。这里，苏轼以奇幻的想像，创造了一个空灵蕴藉的境界，极虚极活，若远若近，神余言外，寄意深远而幽隐，折射出他虽遭受挫折，仍存忠君爱国之心，但同时也透露出他内心的空虚和痛苦。下片对月怀人，抒写对弟弟苏辙的深切怀念，写得婉转缠绵而又富于理趣，展现了作者情感与理智的矛盾。作者与苏辙手足情深，于是由圆月联想到亲人不能团圆，抒发了对兄弟的深切怀念。下片起首三个短句：“转朱阁，低绮户，照无眠。”承前写月，以“转”、“低”、“照”三字细腻地描写月光移动的动态，并自然地从月的移动过渡到人的情愫，点出怀人者及其内心月圆人不圆的伤感。接着抒写内心的愤懑：“不应有恨，何事长向别时圆？”这里问得无理却有情，以此埋怨明月无端与人作对，反衬人间别离的缺憾。继而又自我宽解，从人到月，由古及今，将自然的变化与人事的迁移联系起来，人生遭际总有悲欢离合，月亮运转也会出现阴晴圆缺，天行有常而人事无常，对人世的悲欢离合做出了颇具哲理意味的解释。最后，作者以超迈豁达的心情发出了美好的祝愿：祝愿我们都能健康长久，即使远隔千里，也能共同欣赏这美丽的月光。下片怀人，写得婉转曲折，缱绻深沉，令人玩味不尽。

这首中秋词是苏轼词中最能表现他风格的作品之一，突出反映了苏轼在词的题材方面的开拓，创造出独特的意境。苏轼词的突出特点是“以诗为词”，即将通常只在诗中表现的内容无所顾忌地写到词中，而且利用词的体制特点取得了诗所难以取得的特殊艺术效果。这首词的突出特点是把人的现实感受同浪漫气息密切结合，由幻想到现实，由虚到实，构成了一种飘逸的意境。作者落笔奇拔，结构变幻莫测，以明月贯穿全篇，以月发端，以月作结，通篇咏月而处处关合人事，借“月”这种极富浪漫特色的物象来抒写胸怀，阐释人生，恰切而自然，极具哲理意味而又极富词的情致，这和作者自由挥洒的写作态度是密不可分的。

飘逸空灵的风格，豪迈奔放的感情，坦率开朗的胸怀，是这首词又一个重要特点。其时作者政治上甚不得意，又久未与其弟苏辙谋面，心中颇多积郁。但是作者始终保持着一种豁达乐观，坦率开朗的襟怀，很好地体现了苏轼豪放词的特色，笔势超迈，格调雄健，富有浪漫主义色彩，使人“登高望远，举首高歌，而逸怀浩气，超然乎尘垢之外。”（胡寅《酒边词序》）

此外，这首词的语言自然流畅，犹如行云流水。词中多处化用前人诗赋中的成句，达到了浑然无迹的程度。前人对此赞赏不已：“中秋词自东坡《水调歌头》一出，余词尽废。”（胡仔《苕溪渔隐丛话》）

八声甘州

柳　永

对潇潇暮雨洒江天，一番洗清秋[1]。渐霜风凄紧，关河冷落，残照当楼[2]。是处红衰翠减，苒苒物华休[3]。惟有长江水，无语东流。

不忍登高临远，望故乡渺邈，归思难收[4]。叹年来踪迹，何事苦淹留[5]？想佳人、妆楼颙望，误几回天际识归舟[6]。争知我、倚阑干处，正恁凝愁[7]。

（选自《全宋词》一册）

注释

[1]潇潇：雨势急骤的样子。清秋：清冷的秋天。[2]渐：逐渐。霜风：指秋风。凄紧：凄凉迫切。关河：山河。残照：落日的余晖。[3]是处：处处。红衰翠减：指花叶凋零。红：指代花。翠：指代绿叶。苒苒：意同“荏苒”，形容时光渐渐消逝。物华：美好的景物。休：这里是衰残的意思。[4]渺邈：遥远。[5]淹留：久久停留。[6]颙（yóng）望：抬头凝望。颙，头不转动的样子。“误几回”句意：多次把天边驶来的船，误当作心上人乘坐的归舟。[7]争：怎么，怎能。恁（nèn）：那样。凝愁：愁思凝结不解。

作者简介

柳永（987？～1053？），原名三变，字耆卿，崇安（今福建崇安县）人。他出身仕宦之家，生性放浪，早年常出入歌楼妓馆，屡试不第。宋仁宗景祐元年（1034）始中进士，官屯田员外郎，世称柳屯田。晚年穷困潦倒，相传死后由群妓聚资营葬。

柳永是北宋第一个专门写词的作者，也是第一个大量写作慢词的词人。他的词多写都市的繁华景象和下层市民的生活，表现悲欢离合和身世穷愁之感，尤善于表达羁旅行役的愁苦。他精通音律，长于铺叙，惯用白描手法，不避俚俗语言，因而其词雅俗共赏，流传很广。著有《乐章集》。

赏析

这是一首传颂千古的名作，融写景、抒情为一体，通过描写羁旅行役之苦，表达了强烈的思归情绪，语浅而情深，是柳永同类作品中艺术成就最高的一首。

词的上片写景，描绘出秋雨后的黄昏景象，以暮雨、霜风、江流描绘了一幅风雨急骤的深秋江边雨景："潇潇"状其雨势之狂猛；"洒江天"状暮雨铺天漫地之浩大，洗出一派清爽秋景。接着以"渐"字领起三句，又承接上句，当此清秋复经雨洗，那时光景物，遂又生出一番变化。这里以"霜风"、"关河"、"残照"之冷落，展现骤雨冲洗后的一派萧瑟凄凉的景象，景色苍茫辽阔、境界高远雄浑。苏轼一向瞧不起柳永，然而读了这三句，却大加赞赏，认为"此语于诗句不减唐人高处。"就因为这几句词不但形象鲜明，使人读之如亲历其境，而且所展示的境界在词中是稀有的。"是处"二句是"红衰翠减"的近景细节，词人情思转入深致低回，以"物华休"隐喻青春年华的消逝。"长江水"视野转远，景中见情，暗示词人内心惆怅、悲愁，恰似一江春水向东流，成为由景入情的过渡，引发下片抒情。下片即景抒情，从料想对方的心理活动落笔，拟想"想佳人妆楼颙望"的相思之苦，从侧面突出游子思乡怀人的心情。首句以"不忍"二字领起，在文章方面是转折翻腾，在感情方面是委婉深曲。"登高临远"是为了想望故乡，但故乡太远，望而"渺邈"，所闯入眼帘的，却是如上片所描写的更加引起乡思的凄凉景物，这就自然使人产生了"不忍登高"的感情。接下来两句，由想像而转到自念。归乡之情是如此强烈迫切，但想到自己落魄江湖，到处漂泊，这究竟是为了什么呢？这里用问句一提，就加重了语气，写出了词人千回百转的心思和四顾茫然的神态，含有多少难言之隐在内。下面从自己的望乡思归想到意中人的望归，想到佳人痴望江天，误认归舟的相思苦况。如此着笔，便把本来的独望变成了双方关山远隔的千里相望，见出两地同心，俱为情苦。最后两句，再由对方回到自己，感叹佳人怎知我此刻也在倚栏凝望。"争知我"三字化实为虚，使思归之苦、怀人之情表达更为曲折动人。

这首词最大的特点，是作者善于在自然景物的描写中加进自己浓重的感情色彩，使客观环境和内在情绪融为一体，从而创造出形神俱佳的艺术形象。本词以写景为主，情寓景中。上片写登楼所见景物，景中有情，"暮雨"、"江天"、"清秋"，加上"霜风"、"关河"、"残照"，都笼罩着悲凉的秋意，更有"红衰翠减"、"苒苒物华休"、"惟有长江水，无语东流"，这些描写，寄予了词人惆怅、悲苦的情感，突出地表达了词人的伤感情绪。而这些具有典型意义的景物描写又为下片的抒情铺垫了情感基调。下片中不管是词人的"不忍登高临远"，还是佳人的"妆楼颙望"都和上片所写的这些客观景物密切相关，他们看到的都是那些让人倍觉伤感的景物。这样人物的主观情感与客观环境和谐统一，就产生了寓情于景，情景交融的完美的艺术效果。

词的结构既紧密完整，又在时空的转换中见曲折动荡之妙，这是本词另一个重要特点。全词用一个“望”字贯穿全篇，作者的羁旅之愁，漂泊之恨，尽从“望”中透出。词的上片写景，是登楼所“望”之景，在满目萧瑟的秋景中流露出词人的无限归思。下片是“望”中所思，把词人与佳人的遥望而凝愁写得淋漓尽致。更为奇崛的是词人写自己“不忍登高临远”，却把思绪伸向远方，伸向另一个空间，想像着佳人也在凝望，从而暗示读者，其人未归而其心已归，这就更见出归思之切。

另外本词以赋为词，将铺陈叙事与写景抒情结合起来，用白描手法写景，上片铺叙景物，下片倾吐心情，大都层次分明；词句浅显，语言通俗，但并不俚俗；委婉含蓄，意新语工。这些都使本词成为柳永羁旅行役词的代表作。

摸 鱼 儿[1]

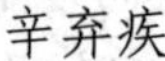

辛弃疾

淳熙己亥，自湖北漕移湖南，同官王正之置酒小山亭，为赋[2]。

更能消、几番风雨？匆匆春又归去[3]。惜春长怕花开早，何况落红无数[4]。春且住，见说道、天涯芳草无归路[5]。怨春不语。算只有殷勤、画檐蛛网，尽日惹飞絮[6]。

长门事，准拟佳期又误。娥眉曾有人妒。千金纵买相如赋，脉脉此情谁诉[7]？君莫舞[8]，君不见、玉环飞燕皆尘土[9]！闲愁最苦。休去倚危栏，斜阳正在、烟柳断肠处[10]。

（选自《稼轩词编年笺注》一卷）

注释

[1]《摸鱼儿》：一名《摸鱼子》，本为唐教坊曲名，后用为词调。[2]淳熙己亥：宋孝宗淳熙六年（1179）。漕：官职名，即漕司。宋代对各路掌管财赋及谷物转运等事物的官称转运司，简称漕司。移：调任。同官：辛弃疾离任后，由王正之接替他的职务，故称。小山亭：湖北转运副使官署内的一座小亭子。[3]消：经得起，经受。[4]长怕：总怕。落红：落花。[5]见说道：听说。三句意为：听说天的尽头也长满芳草，春将没有归路。表示作者希望春天找不到归路，长驻人间。[6]画檐：有彩画的屋檐。惹：沾惹，沾住。[7]“长门事”五句：司马相如《长门赋序》载：汉武帝陈皇后失宠，贬居长门宫愁闷悲苦，听说司马相如善写文章，就奉送黄金百斤，请相如作赋以解悲愁。司马相如的文章使汉武帝感悟，于是陈皇后再度得宠。这里借题发挥，意为陈皇后本可重新得宠，因有人嫉妒进谗，以致佳期又被耽误了，最终难诉衷情。准拟：准备，打算。娥眉：指美女。脉脉：含情的样子。[8]君莫舞：你且不要手舞足蹈。此句警告谗害忠良者不要高兴得太早。[9]玉环：唐玄宗宠妃杨贵妃小名，安禄山叛乱时，被赐死于玄宗赴蜀途中的马嵬坡。飞燕：汉成帝宠后赵飞燕，后废为庶人，自杀。[10]危栏：高栏。“斜阳”二句：以日落西山的暗淡景色喻南宋摇摇欲坠的衰微国势。

作者简介

辛弃疾（1140～1207），字幼安，号稼轩，历城（今山东济南）人。出生时，山东已为金人所占。21 岁参加抗金义军，不久归南宋，历任湖北、江西、湖南安抚使。一生坚决主张抗金，作《美芹十论》、《九议》等奏疏，剖析形势，提供策略，要求北伐。他所提出的抗金建议，均未被采纳，并遭到南宋统治者的歧视和排挤，曾长期落职闲居江西上饶、铅山一带。68 岁时含恨病逝。

辛弃疾是南宋伟大的爱国词人，是南宋豪放词派的主要代表。他兼具文才武略，志在抗金恢复中原却无法实现，遂将满腔忧愤尽寄于词。其词题材极为广泛，手法多样，善于用典。词风豪放而又苍凉沉郁，亦有清丽飘逸、缠绵妩媚之作。著作有《稼轩长短句》。

赏析

这是辛弃疾 40 岁时，也就是宋孝宗淳熙六年（1179）暮春写的一首寄托深远、词意哀怨的抒情词，是辛弃疾由湖北转运副使调任湖南时的赋别之作。作者借春愁宫怨，抒写了对国运衰微、抗金无望的愁苦忧虑和报国无门、壮志难酬的沉郁悲愤。

上片写伤春、惜春、留春、怨春的情怀，表现出词人对春光流逝的无限伤感而又无可奈何的心情。起首二句破空而来，写出了无限苍凉的暮春景色。"更"、"又"二字饱含着作者强烈的伤春之情。接着"惜春"二句，揭示自己惜春的心理活动：由于怕春去花落，他甚至于害怕春天的花开得太早。这是深入一层，抒发了作者深挚的惜春之情。"春且住"三句，对于正将离开的春天发出深情地挽留。但留春不住，所以"怨春"不解人意，依旧悄悄地溜走了。倒还是那檐下的蛛网，粘惹住那象征春意的杨柳飞絮，却是衰败冷清，令人怅惘。这里以春意衰残，春去难留，象征抗金力量的衰微和南宋政局风雨飘摇的危殆形势，表达了词人对南宋王朝暗淡前途的忧虑和自己有心报国却报国无门的痛苦。下片托古喻今，作者以遭谗失宠的陈皇后自喻，借陈皇后失宠、见妒、愁苦暗示自己屡遭排挤打击、长期被投闲置散的艰难处境，抒发词人对投降派的憎恨和自己年华虚度、抱负无法实现的苦闷愤激。下片一开始就用汉武帝陈皇后失宠的典故，来喻指自己的失意。而"娥眉曾有人妒"正是"佳期又误"的原因，"千金"二句表现无人理解的孤独苦闷。"君莫舞"二句借以警告杨玉环、赵飞燕之类嫉贤妒能而进谗言取得宠幸的小人，不要得意忘形。最后三句寄托词人不被重用、长期赋闲、壮志难酬的忧愤。"斜阳正在、烟柳断肠处"一句，与上片中风雨落花的暮春景色遥相呼应，象征南宋日薄西山的衰微国势，也表达了词人的忧国之痛。

这首词最重要的特点是通篇运用了比兴象征手法。此词直接继承了楚辞香草美人的比兴寄托手法，用男女之情来隐喻现实斗争，并构成了整体性的象征意蕴。上片明写春愁，实写忧国。暮春时风雨交加的景象象征了南宋王朝风雨飘摇的衰微国运；春无归路象征南宋王朝再无退路；春光不解人意象征南宋统治者不理解民众和抗金力量的心意，一味妥协投降；蛛网留春的无济于事象征着词人虽有殷勤报国的志向，却无法挽救大势已去的时局。下片明写宫怨，实写志士的怀才不遇。词人以陈皇后自喻，陈皇后的遭遇就是词人自己的遭遇。"佳期又误"象征抗金志士长期被冷落排斥，许多恢复中原的机会被一再错失。"娥眉曾有人妒"象征抗金志士的爱国行为遭到投降派的排挤与打击。"千金"二句象征抗金志士曾有许多收复失地的良策，终因投降派当道而无法实现，满腔爱国之情无处诉说。"玉环飞燕"一句象征主张投降的误国小人不会有好下场。全词无一句明写自己，也无一句明写国家，但实际上处处都在写自己的遭遇和国家的命运。表达了作者对国事和朝廷的无限忧虑。

这首词的结构开合跌宕，风格沉郁顿挫，熔豪放与婉约与一炉，字面上是凄艳婉媚，实质上却是沉郁悲壮，体现了辛词摧刚为柔的特殊风格。全词从暮春景色写起，以暮春景色结束，开合自如，能放能收，结构严谨，章法井然。词人摧刚为柔，将自己炽热的爱国情感和郁积已久的苦闷寄托在伤春、宫怨这种婉约的形式之中，把激昂慷慨的情感表现得既层次分明，又缠绵婉曲。全词貌似缠绵悱恻，实则豪迈苍凉，体现了辛词"肝肠似火，色貌如花"（夏承焘语）的艺术特色。

声　声　慢[1]

李清照

寻寻觅觅，冷冷清清，凄凄惨惨戚戚[2]。乍暖还寒时候，最难将息[3]。三杯两盏淡酒，怎敌他、晚来风急。雁过也，正伤心，却是旧时相识。

满地黄花堆积，憔悴损，如今有谁堪摘[4]？守着窗儿，独自怎生得黑[5]！梧桐更兼细雨，到黄昏、点点滴滴。这次第，怎一个愁字了得[6]。

（选自《李清照集校注》一卷）

注释

[1]《声声慢》：词牌名。[2]寻寻觅觅：形容恍然若有所失，似在寻找什么的情状。戚戚：忧伤的样子。[3]乍暖还寒时候：指秋天时暖时冷的天气。乍，刚。将息：调养，休养。[4]黄花：菊花。憔悴损：憔悴的厉害，这里指菊花枯萎凋谢的样子。[5]怎生得黑：怎么能捱到天黑。怎生：怎么，怎样。[6]次第：光景，情景。怎一个愁字了得：一个愁字怎能概括得尽。

作者简介

李清照（1084～1155？），号易安居士，济南（今山东济南市）人。父李格非为当时著名学者。她早年受到良好的文化教养，少年时便有诗名。18 岁与宰相之子太学生赵明诚结婚，夫妻志趣相投，共同致力于金石书画的搜集、整理和研究，唱和诗词，生活较为悠闲。靖康二年（1127），北宋亡，夫妻相继流寓南方。不久，赵明诚病死，从此她只身漂泊于杭州、越州、金华一带，晚景极其凄凉。

李清照工诗能文，尤擅长于词，是宋代著名女词人，提出“词别是一家”说。其词以南渡为界分前后两期。前期词多写闺情相思，描绘自然风光，表现出对大自然的热爱和对美好爱情生活的追求。后期词主要抒写国破家亡后的愁苦悲哀之情，身世之感中寄寓着家国之痛。风格以婉约为主，亦偶有豪放之作。前期词清丽明快，后期词则沉郁哀痛。有《漱玉词》。

赏析

这首词是李清照晚年的名作之一。词中通过残秋黄昏时的所见、所闻、所感，抒写了作者国破家亡后的孤寂处境和凄苦心情。丧夫之痛与国家残破、故土难回的深切哀愁相互交织，具有一定的时代色彩和社会意义。

词上片起首三句连下十四个叠字，从人物晨起后的空虚寂寞、百无聊赖的动作情态写到周围环境的清冷凄凉，再由外到内、由浅及深地描写人的内心情感，极有层次地抒写了作者孤独愁苦却无人慰藉的痛苦心境，构成了笼罩全词的凄凉氛围。接着以“乍暖还寒时候”一句既点出时令，又表示这个季节让人“最难将息”，这就与上文所着意渲染的气氛，在内在情绪上和谐统一，融为一体。为了御寒，也为了消解愁苦，词人只得借酒浇愁，但是“三杯两盏淡酒，怎敌他、晚来风急”两句明写淡酒不能抵御秋风，暗示饮酒也不能消愁，正是“举杯消愁愁更愁”。正当词人愁绪满怀的时候，却见北雁飞过，这雁作者未必认识，却说是“旧时相识”，就是为了表达作者抚今思昔，对故乡和亲人的无限怀念之情，寄寓了深沉的家国之痛。下片起句描写眼前景物，“满地”三句写菊花虽然盛开但因无人采摘而凋零败落，“憔悴损”既观人又写菊，借对菊花衰败的描写表达自己丧夫之后的孤寂落寞。“守着窗儿”两句把人物孤独无聊、魂不守舍的情态写得生动形象，使人读之如同亲历，如在目前，表现了作者度日如年的心境。在这样的无聊处境中，作者好不容易捱到了黄昏，无奈却又下起细雨，这雨“点点滴滴”似乎都滴在人的心里，让本就痛苦无状的词人更觉凄凉难耐。于是结句终于把自己遏止不住的愁苦抒发出来。全词抒写愁绪，但结句之前没有一字提到“愁”，直到这里才烘云托月般地逼出一个“愁”字揭示主旨，收束全篇，显得十分有力。

本词最大的特点是成功地运用了叠字。首先叠字用得十分精妙，准确地表现了人物的内心情感。开篇三句十四个叠字，写出三种意境：“寻寻觅觅”，状写人的动作、神态；“冷冷清清”，状写周围环境；“凄凄惨惨戚戚”，状写人物内心情感。这样十四个叠字就把人物孤寂无依的处境形容得生动传神。而下片的“点点滴滴”状写雨声，却写出了人的心声，它勾起了多少回忆，多少愁情。其次叠字用得极有层次感，几组叠字分写各个情景，层次感极为明显，通过层次感去展示人物情感的发展和升华，非常形象。另外，叠字和格律相符合，造成了本词音律和谐，节奏抑扬顿挫，恰到好处地表现了情感的起伏变化。

这首词另一个突出特点是构思奇警，笔致横放。开篇三句用叠字渲染出凄苦之感，接着便采用铺叙手法，层层深入地叙写所见、所闻，最后一句概括落在一个“愁”字上，结构严谨，收束有力。

本词通篇用寻常语写眼前景、身边事，明白如话而又含蕴深厚，把情感活动和自然景物、生活细节融合起来，委婉巧妙地加以铺叙、渲染和烘托，创造了动人的意境。作者赋予淡酒、寒风、过雁、黄花、梧桐、细雨等常见的事物以浓重的感情色彩，缘情取景，景随情迁，间又直抒胸臆，在物境和心境的感应交融中层层深入，淋漓尽致地抒写了词人愁肠百转的思绪，满纸呜咽，动人心弦。

关山月[1]

陆 游

和戎诏下十五年[2]，将军不战空临边。
朱门沉沉按歌舞[3]，厩马肥死弓断弦[4]。
戍楼刁斗催落月[5]，三十从军今白发。
笛里谁知壮士心，沙头空照征人骨[6]。
中原干戈古亦闻，岂有逆胡传子孙[7]。
遗民忍死望恢复[8]，几处今宵垂泪痕！

（选自《陆游集》八卷）

注释

[1]《关山月》：原为汉乐府《鼓角横吹曲》十五曲之一。这里是用乐府古题写时事。[2]“和戎”句：隆兴元年（1163），宋孝宗下诏与金议和，次年签订和约。到陆游作此诗，正好15年。[3]朱门：指古代权贵的宅第。沉沉：形容屋宇重叠深远的样子。按歌舞：依照乐曲的节拍表演歌舞。[4]厩（jiù）马：这里指官马。厩，马房。[5]戍楼：边防的岗楼。刁斗：古代军中白天用来做饭，晚上用来打更的铜器。[6]沙头：沙场。征人：远征的军人。[7]逆胡传子孙：金侵占中原至此已历五帝，故云。[8]遗民：指金人统治下的汉族人民。

作者简介

陆游（1125～1210），字务观，号放翁，越州山阴（今浙江绍兴市）人。出生于北宋灭亡的前两年，青少年时代就立志抗金报国。孝宗时赐进士出身，历任镇江、隆兴、夔州通判，先后入参四川宣抚使王炎、四川制置使范成大幕府。他因主张抗战而屡遭排挤打击，65岁被弹劾罢官，归居故乡，20年后去世。

陆游是南宋著名的爱国诗人，也是文学史上最高产的诗人，存诗9300多首。其诗主要表现抗金复国的愿望，抒发壮志难酬的感慨，具有强烈的战斗激情和爱国主义精神，风格激越悲愤，雄浑壮阔。一些反映民生疾苦和表现日常生活情趣的作品，则真实质朴，清新自然。陆游的词和散文也有很高的成就，其词“纤丽处似淮海，雄慨处似东坡”（杨慎《词品》），“其激昂感慨者稼轩不能过”（刘克庄《后村诗话续集》）。其散文用笔灵活委婉，生动感人。著有《剑南诗稿》、《放翁词》、《渭南文集》等。

赏析

陆游的诗歌按其内容主要有两大类，一类是以“征伐恢复”为主题的爱国诗篇，一类是描写山水田园生活的闲适诗歌，爱国诗是陆游诗歌中最具特色和成就最高的部分，《关山月》便是陆游爱国诗篇的代表作品。这首诗作于宋孝宗淳熙四年（1177），距隆兴元年（1163）南宋与金人议和将近15年，当时陆游正被罢官闲居成都。诗人毕生志在抗金复国，丝毫不忘关怀国事，于是他满怀壮志难酬的悲愤写下这首沉郁悲壮而又激越雄浑的爱国诗篇《关山月》。本诗以乐府旧题写时事，主要抒写戍边战士思乡怀人的情感，谴责苟且偷安、不图恢复的南宋统治者，对备受蹂躏的中原遗民寄予了深切同情。

全诗十二句，每四句一转韵，自然分成三个层次。第一层写南宋统治者屈辱求和，权贵将军不修战备、沉湎歌舞，以致武备废弛的惨痛现实，表现了统治集团麻木不仁、苟且偷安的心态，揭露了他们媚敌求和是为了声色享受，全不以国家民族为念，体现了诗人的强烈谴责和深切忧虑。第二层写戍边战士以身许国却壮志难酬、老死疆场的情景，进一步反衬统治者的卑劣无耻，表现诗人的无限忧愤。第三层写沦陷区人民渴望恢复、对月垂泪的悲痛，作者以古照今，既表现了坚信失地必将恢复的信念，又表达对南宋统治者不图恢复的激愤；同时极写遗民痛苦的深重，表达作者强烈的愤慨，集中地体现了作者反对妥协投降的政治主张和爱国精神，具有深刻的社会性和鲜明的时代感。

本诗的艺术构思十分巧妙。作者紧扣题目“关山月”着笔，以月绾结全篇，并选取具有典型特征的事物，如朱门、厩马、断弓、白发、征人骨、遗民泪等，把不同的人物、场景串联起来，扩展了这些物象所显示的时空范围，写出了同一关山月之下将军、士兵和遗民三种人不同的境遇和心情，创造出三个典型的场景——朱门歌舞、沙场白骨、遗民泪痕，并且使这三个画面在时间上保持了完整性和统一性。同一轮明月映照下的这三组不同的生活场景及其表现出的三种不同精神状态，在抗金的大背景下和谐地构成了一个整体，通过鲜明的形象、强烈的对比以及蕴涵其中的浓烈情感，生动地反映了“和戎诏下”以后的社会现实，取得了极具震撼力的艺术效果。

本诗的语言凝练自然，一片真情，出自肺腑，流入笔端。如诗中两次用到“空”字，却表达了不同的情感，前一个“空”字勾勒出将军权贵们麻木不仁、沉湎歌舞的丑态，表现出作者对他们的鄙视和愤恨；后一个“空”字则刻画出戍边战士空怀壮志、报国无门的怨愤，体现出诗人对战士们深切的同情和对统治者妥协投降的强烈控诉。而“厩马肥死弓断弦”中的“肥”和“断”两个字，沉痛揭露了南宋朝廷边备松弛、不恤国难的昏庸，传达出诗人极大的愤慨和深沉的忧虑。又如“遗民忍死望恢复”中的“忍”字，反映了中原人民忍辱含垢的悲惨处境和渴望恢复的痛苦心情，也包含了诗人对朝廷妥协投降政策的不满和谴责。可以看出，作品通篇运用白描，却以情取胜，风格沉郁悲壮。

第三节　中国现当代诗歌欣赏

凤 凰 涅 槃

郭沫若

天方国古有神鸟名“菲尼克司”（Phoenix），满五百岁后，集香木自焚，复从死灰中更生，鲜美异常，不再死。

按此鸟殆即中国所谓凤凰：雄为凤，雌为凰。《孔演图》云：“凤凰火精，生丹穴。”《广雅》云：“凤凰……雄鸣曰即即，雌鸣曰足足。”

序　　曲

除夕将近的空中，
飞来飞去的一对凤凰，
唱着哀哀的歌声飞去，
衔着枝枝的香木飞来，
飞来在丹穴山上。

山右有枯槁了的梧桐，
山左有消歇了的醴泉，
山前有浩茫茫的大海，
山后有阴莽莽的平原，
山上是寒风凛冽的冰天。

天色昏黄了，
香木集高了，
凤已飞倦了，
凰已飞倦了，
他们的死期将近了。

凤啄香木，
一星星的火点迸飞，
凰扇火星，

一缕缕的香烟上腾。

凤又啄，
凰又扇，
山上的香烟瀰散，
山上的火补光瀰满。

夜色已深了，
香木已燃了，
凤已啄倦了，
凰已扇倦了，
他们的死期已近了！

啊啊！

哀哀的凤凰！
凤起舞，低昂！
凰唱歌，悲壮！
凤又舞，
凰又唱，
一群的凡鸟，
自天外飞来观葬。

………

凤凰更生歌

鸡鸣
听潮涨了，
听潮涨了，
死了的光明更生了。

春潮涨了，
春潮涨了，
死了的宇宙更生了。

生潮涨了，
生潮涨了，
死了的凤凰更生了。
凤凰和鸣

我们更生了。
我们更生了。
一切的一，更生了。
一的一切，更生了
我们便是他，他们便是我。
我中也有你，你中也有我。
我便是你。
你便是我。
火便是凰。
凤便是火。
翱翔！翱翔！
欢唱！欢唱！

我们新鲜，我们净朗，
我们华美，我们芬芳，
一切的一，芬芳。
一的一切，芬芳。
芬芳便是你，芬芳便是我。
芬芳便是他，芬芳便是火。
火便是你。
火便是我。
火便是他。
火便是火。
翱翔！翱翔！
欢唱！欢唱！

我们热诚，我们挚爱。
我们欢乐，我们和谐。
一切的一，和谐。
一的一切，和谐。
和谐便是你，和谐便是我。
和谐便是他，和谐便是火。
火便是你。
火便是我。
火便是他。
火便是火。
翱翔！翱翔！
欢唱！欢唱！

我们生动，我们自由，

我们雄浑，我们悠久。
一切的一，悠久。
一的一切，悠久。
悠久便是你，悠久便是我。
悠久便是他，悠久便是火。
火便是你。
火便是我。
火便是他。
火便是火。
翱翔！翱翔！
欢唱！欢唱！

我们欢唱，我们翱翔。
我们翱翔，我们欢唱。
一切的一，常在欢唱。
一的一切，常在欢唱。
是你在欢唱？是我在欢唱？
是他在欢唱？是火在欢唱？
欢唱在欢唱！
欢唱在欢唱！
只有欢唱！
只有欢唱！
欢唱！
欢唱！
欢唱！

1920年1月20日初稿
1928年1月3日改削

(选自《郭沫若全集》)

作者简介

郭沫若（1892～1978），原名郭开贞，四川乐山人，1919年取“沫若”为笔名。现代诗人、作家、历史学家、社会活动家。1914年到日本留学，原学医，后弃医从文，1918年开始新诗创作。“五四”时期，积极投身革命活动。1921年出版了我国现代文学史上第一部优秀诗集《女神》，反映了“五四”时代精神，开创了中国新一代浪漫主义诗风。他参加了1926年的北伐战争、1928年的南昌起义，并加入了中国共产党。1928年流亡到日本，研究中国古代史、甲骨文和金文，历时10年，写有声誉卓著的科学论著《中国古代社会研究》、《甲骨文字研究》等。抗战爆发后，回国投身抗日救亡运动，解放后历任国家科学文化方面的领导职务。

郭沫若是现代中国的文化巨人。他学识渊博，才华横溢，在古代史、古文字研究上成果显著，在诗歌、历史剧、散文创作方面成就突出。代表作除《女神》外，还有诗集《星空》等，历史剧《屈原》、《孔雀胆》、《蔡文姬》、《武则天》等，现有《沫若文集》17卷。

赏析

《凤凰涅槃》写于1920年1月20日，发表于同年1月30日和31日上海《时事新报·学灯》，收入《女神》。《凤凰涅槃》是诗集《女神》中最具代表性的诗篇。

《凤凰涅槃》为6章，即《序曲》、《凤歌》、《凰歌》、《凤凰同歌》、《群鸟歌》、《凤凰更生歌》。可分为三个段落：一是《序曲》，写凤凰采集香木、准备自焚的情景；二是《凤歌》、《凰歌》、《凤凰同歌》、《群鸟歌》，写凤凰自焚前的歌唱，倾诉了长期郁积在胸中的辛酸、羞辱和愤懑，表达了与旧世界同归于尽的决心。同时，还通过一群凡鸟的丑恶、滑稽的表演，来反衬出凤凰高尚的灵魂，其中，《凤歌》和《凰歌》是全诗的重心；三是《凤凰更生歌》，表现了新生命的诞生，也象征着祖国新生，是全诗的高潮。

《凤凰涅槃》艺术特色主要表现在下面两个方面：

一是革命浪漫主义的创作方法。诗中把神话传说作为表现“五四”狂飙突进时代精神、张扬个性的载体，以奇特的想像、奔放恢弘的气势，用恣肆华美的语言，创造了具有传奇色彩的艺术世界，塑造了具有象征意义、叛逆个性的凤凰形象，艺术地表现了“歌唱祖国再生”的时代主题。

二是自由诗体的表现形式。诗作冲破了旧格律的束缚，大胆借鉴了西方近代自由诗体的表现形式。长短句相结合，长句抒发深沉、舒缓的感情，短句表现激越热烈的情怀。叙述与抒情相结合，用叙述展开诗剧情节，用抒情升华感情。旋律美与音乐美相结合，形成了庄严、华丽、雄放、柔婉的诗歌风格，酣畅淋漓地表现了时代的激情旋律和诗人的内心体验。

我不知道风

徐志摩

我不知道风
是在那一个方向吹——
我是在梦中，
在梦的轻波里依洄。

我不知道风

是在那一个方向吹——
我是在梦中，
她的温存，我的迷醉。

我不知道风
是在那一个方向吹——
我是在梦中，
甜美是梦里的光辉。

我不知道风
是在那一个方向吹——
我是在梦中，
她的负心，我的伤悲。

我不知道风
是在那一个方向吹——
我是在梦中，
在梦的悲哀里心碎！

我不知道风
是在那一个方向吹——
我是在梦中，
黯淡是梦里的光辉。

（选自《徐志摩文集》）

作者简介

徐志摩（1897～1931）现代诗人、散文家。名章垿，笔名南湖、云中鹤等。浙江海宁人。1916 年入北京大学法科，1918 年赴美国学习银行学，1921 年赴英国留学，入伦敦剑桥大学当特别生，在剑桥两年深受西方教育的熏陶及欧美浪漫主义和唯美派诗人的影响。1921 年开始创作新诗。1922 年 10 月回国。1931 年 11 月 19 日，由南京乘飞机到北平，因遇雾在济南附近触山，机坠身亡。徐志摩是 20 世纪二三十年代中国新诗界最有代表性的诗人之一，被赞为“新月下的夜莺”。他的生命虽然短暂，却洋溢着热情、挚爱和追求理想的强烈色彩，其诗集有《志摩的诗》、《翡冷翠的一夜》、《猛虎集》等。

赏析

《我不知道风》是一首流传久远的诗，可以说是徐志摩的“标签”之作。诗作问世后，文坛上只要听到这一声诵号，便知是公子驾到了。但诗人到底想说些什么呢？有一千个评论家，便有一千个徐志摩。但也许该说的已说，不明白却仍旧不明白。

有人说，这首诗是徐志摩最高的诗歌理想，那就是：回到生命本体中去！其实早在回国之初，徐志摩就多次提出过这种“回复天性”的主张（如《落叶》、《话》、《青年运动》等）。他为压在生命本体之上的各种忧虑、惧怕、猜忌、计算、懊恨所苦闷，蓄精励志，为要保持这一份生命的真与纯！他要人们张扬生命中的善，压抑生命中的恶，以达到人格完美的境界。他要摆脱物的羁绊，心游物外，去追寻人生与宇宙的真理。这是怎样的一个梦啊！它决不是“她的温存，我的迷醉”、“她的负心，我的伤悲”之类的恋爱苦情。这是一个大梦，一种大的理想，虽然到头来总不免黯然神伤，“在梦的悲哀里心碎。”从这一点上，可以推衍出《我不知道风，是在那一个方向吹》的一层积极的意义。

也有人说，这首诗包容了很大的感情容量。徐志摩是一个偏于理想型的诗人，他20世纪20年代初带着满脑子的平等博爱概念从英美留学归来，希望在中国实现西方资产阶级的民主自由制度。然而半殖民地半封建的中国现实同他的理想发生了越来越尖锐的矛盾，使他的热情日益冷却而走向感伤和消沉。这首隐藏在爱情幌子下的诗，就典型地概括了诗人的心灵历程，倾吐了他那理想的悲哀和彷徨无主的情绪。

无论其思想性如何，诗人在艺术上地成功是众家公认的。

诗人受19世纪英国浪漫派诗歌的主情艺术的影响，在这首诗中着意于抒写感情的波澜。在情感的表达上，作者采用了富于诗意的委婉曲折的表达方式。全诗以“我是在梦中”作为中心意象，用这非现实的意象来暗示自己同现实的游离。无论是前三节迷醉于甜美的梦境，还是后三节沉溺于黯淡的梦境，都同样回旋着“我不知道风，是在那一个方向吹”的主旋律。在反复回旋中，余音袅袅，将感情表现得强烈、深沉而又富于美感。

全诗共6节，每节的前3句相同，辗转反复，余音袅袅。这种刻意经营的旋律组合，渲染了诗中“梦”的氛围，也给吟唱者更添上几分“梦”态。熟悉徐志摩家庭悲剧的人，或许可以从中捕捉到一些关于这段罗曼史的影子。但它始终也是模糊的，被一股不知道往哪个方向吹的劲风冲淡了，以至于欣赏者也同吟唱者一样，最终被这一股强大的旋律感染得醺醺然，陶陶然了。

我用残损的手掌

戴望舒

我用残损的手掌
摸索这广大的土地：
这一角已变成灰烬，
那一角只是血和泥；
这一片湖该是我的家乡，
（春天，堤上繁花如锦幛，

嫩柳枝折断有奇异的芬芳）
我触到荇藻和水的微凉；
这长白山的雪峰冷到彻骨，
这黄河的水夹泥沙在指间滑出；
江南的水田，你当年新生的禾草
是那么细，那么软……现在只有蓬蒿；
岭南的荔枝花寂寞地憔悴，
在那边，我蘸着南海没有渔船的
苦水……
无形的手掌掠过无限的江山，
手指沾了血和灰，手掌沾了阴暗，
只有那辽远的一角依然完整，
温暖，明朗，坚固而蓬勃生春。
在那上面，我用残损的手掌轻抚，
像恋人的柔发，婴孩手中乳。
我把全部的力量运在手掌
贴在上面，寄予爱和一切希望，
因为只有那里是太阳，是春，
将驱逐阴暗，带来苏生，
因为只有那里我们不像牲口一样活，
蝼蚁一样死……那里，永恒的中国！

1942 年 7 月 3 日

（选自《戴望舒诗集》）

作家简介

戴望舒（1905～1950），笔名有梦鸥、望舒等，现代著名的诗人。生于浙江杭州，中学时代就开始文学创作。1923 年，考入上海大学文学系，1925 年，转入复旦大学法文班。1928 年《雨巷》一诗发表，受到人们注意，他由此获得“雨巷诗人”称号。1932 年参加《现代》杂志的编辑工作，11 月初赴法留学，1935 年春回国。抗战爆发后，在香港主编《大公报》文艺副刊，宣传抗日。1941 年日本占领香港，曾被捕入狱，在狱中写下了《狱中题壁》、《我用残损的手掌》等诗篇，表现了作者热爱祖国、热爱自由地崇高情感。1949 年 6 月，在北平出席了中华文学艺术工作代表大会。建国后，在新闻总署从事编译工作。不久在北京病逝。

其诗集有《我的记忆》、《望舒草》、《望舒诗稿》、《灾难的岁月》、《戴望舒诗选》、《戴望舒诗集》等，为中国现代象征派诗歌的代表。

赏析

1941 年 12 月 15 日，香港英国当局向日本侵略军投降。日军占领香港后，大肆搜捕抗日分子。1942年春，戴望舒也被日本宪兵逮捕入狱。在狱中，他受尽酷刑的折磨，但他并没有屈服。在牢狱里他写了几首诗，《我用残损的手掌》就是其中的一首。据冯亦代回忆：“我昔日和他在薄扶林道散步时，他几次谈到中国的疆土，犹如一张树叶，可惜缺了一块，希望有一天能看到一张完整的树叶。如今他以《残损的手掌》为题，显然以这手掌比喻他对祖国的思念，也直指他死里逃生的心声。”（《香港文学》1985年2月号）

这首诗，可分为两个部分。第一部分表现对祖国命运的深切关注：虽然自己的手掌已经“残损”，却仍然要摸索祖国“广大的土地”，触到的只是“血和灰”，从而感觉到祖国笼罩在苦难深重的“阴暗”之中。第二部分写诗人的手终于摸到了“那辽远的一角”，即“依然完整”，没有为侵略者所蹂躏的解放区，诗人对这块象征着“永恒的中国”的土地，发出了深情赞美。描写沦陷区阴暗，从实处着笔，用一幅幅富有特征的小画面缀连。抒写解放区的明丽，侧重于写意，用挚爱和柔情抚摩，加之一连串亲切温馨气息的比喻，使诗章透现出和煦明媚的色彩。可以说这首诗既是诗人长期孕育的情感的结晶，也是他在困苦抑郁中依旧保持着的爱国精神的升华。

在艺术手法上，这首诗并不回避直接抒发和对事物进行直接评价的陈述方法，但思想情感的表达，主要还是通过形象的构成来实现。运用幻觉和虚拟是创作这首诗的主要手法。诗人在狱中，想像祖国广阔土地好像就在眼前，不仅可以真切地看到它的形状、颜色，而且可以感触到它的冷暖，嗅到它的芬芳，这种虚拟，强烈地表现了诗人对祖国的深挚的情感。诗人在虚拟性的总体形象之中，又对现实事物作了直观式的细节描绘：堤上的繁花如锦幛，嫩柳枝折断发出的芬芳，以及长白山的雪峰，夹着泥沙的黄河，岭南的荔枝花等。这一些细节描绘正透露了诗人对祖国的眷恋、热爱之情，以及对祖国所遭受的沉重灾难所产生的哀痛。值得注意的是，在直观式的细节描绘之中，诗人还运用“虚拟性想像”的手法：触到水的“微凉”，感受到长白山的“冷到彻骨”，黄河水“夹泥沙在指间滑出”，都是直观式描绘中存在的想像与虚拟，是诗的开头“我用残损的手掌摸索”这一幻觉的具体化。至于写到蘸着“没有渔船的苦水”，“手指沾了血和灰，手掌沾了阴暗”，以及在写到对解放区的热爱时，说手掌轻抚“像恋人的柔发，婴孩手中乳”，则是在想像性的虚拟中，结合着隐喻和明喻。尤其是“像恋人的柔发，婴孩手中乳”这一比喻的恰切，包含的感情的丰富性，一再受到人们的称赞。

祖国啊，我亲爱的祖国

舒　婷

我是你河边上破旧的老水车，
千百年来纺着疲惫的歌；
我是你额上熏黑的矿灯，
照你在历史的隧洞里蜗行摸索；

我是干瘪的稻穗；是失修的路基；
是淤滩上的驳船
把纤绳深深
勒进你的肩膊；
——祖国啊！

我是贫困，
我是悲哀。
我是你祖祖辈辈
痛苦的希望啊，
是“飞天”袖间
千百年未落在地面的花朵；
——祖国啊！

我是你簇新的理想，
刚从神话的蛛网里挣脱；
我是你雪被下古莲的胚芽；
我是你挂着眼泪的笑涡；
我是新刷出的雪白的起跑线；
是绯红的黎明
正在喷薄；
——祖国啊！

我是你十亿分之一，
是你九百六十万平方的总和；
你以伤痕累累的乳房
喂养了
迷惘的我、深思的我、沸腾的我；
那就从我的血肉之躯上
去取得
你的富饶、你的荣光、你的自由；
——祖国啊，
我亲爱的祖国！

1979 年 4 月 20 日

（选自《诗刊》）

作者简介

舒婷（1952～），原名龚佩瑜，福建泉州人，当代著名女诗人。1967 年下乡插队，1972 年回城，曾当过工人。1979 年发表新诗《致橡树》、《祖国啊，我亲爱的祖国》而成名。1981 年调福建省文联从事专业创作，被公认为中国当代诗坛“朦胧诗派”的主要代表。著有诗集《双桅船》、《会唱歌的鸢尾花》以及散文集《心烟》等。

舒婷的诗具有细腻柔婉抒情浪漫的女性风格，忧伤而不悲观，充满对价值寻找的渴望，带有理想主义的色彩，表达的对理想的追寻，对传统的反思和对人的价值的呼唤。

赏析

《祖国啊，我亲爱的祖国》写于1977年，先刊于《今天》，后发表于《诗刊》。获1979~1982年全国优秀新诗奖。

这是一首充满着强烈爱国主义精神的诗歌。诗中抒发了对祖国的挚爱，表达了渴望祖国强盛的心愿，表现了愿为祖国富强而献身的牺牲精神。这首诗无论从思想上还是艺术上都堪称是舒婷最好的诗。第一节是对祖国历史的反思，精心选取五组意象，象征祖国千百年来落后、贫穷、灾难深重的面貌。第二节承上启下，揭示出蕴藏在中华民族灵魂中的希望之花从未消亡过，灾难虽重，理想永存，只是暂未实现。第三节倾吐希望，激情昂扬，连用五组意象描绘出处于历史转折期的祖国百废待兴的面貌。每一个意象有自己独特的意义，五组连用形成博喻排比，强化了亢奋热烈的情绪，表达出诗人欢欣鼓舞的情怀。第四节头两行用“十亿分之一”与“九百六十万平方”构成小与大的对比，寓意“我”是祖国的一分子，但“我”的胸中又包容着整个祖国。接着以乳房养“我”与从“我的血肉之躯上去取得”又成一对照，突出“我”同祖国的血乳关系，甚至迷惘、深思、沸腾，与富饶、荣光、自由，也是性质相反的对衬，以见出痛苦和欢欣的无限。

全诗无一字议论，皆以意象描绘，以情贯穿。所选意象既质朴又鲜明，既独特又贴切，每一个词也都与被描绘的景象紧密契合。抒情又非一览无余的倾泻，很注意其波动的节奏，由悲哀、低沉到欣喜、高昂，又由亢奋到深沉，其中纠结着悲怆、忧患、炽烈，失望与希望，叹息与追求等多种复杂而凝重的感情，体现出诗人独有的委婉幽深、柔美隽永的抒情个性。全诗用了比喻、排比、复沓、回环等多种手法，三唱一叹，具有音乐美与个性美。

汪国真诗五首

热爱生命

我不去想是否能够成功
既然选择了远方
便只顾风雨兼程

我不去想能否赢得爱情

既然钟情于玫瑰
就勇敢地吐露真诚

我不去想身后会不会袭来寒风冷雨
既然目标是地平线
留给世界的只能是背影

我不去想未来是平坦还是泥泞
只要热爱生命
一切，都在意料之中

是　否

是否　你已把我遗忘
不然为何　杳无音信
天各一方

是否　你已把我珍藏
不然为何　微笑总在装饰我的梦
留下绮丽的幻想

是否　我们有缘
只是源头水尾
难以相见

是否　我们无缘
岁月留给我的将是
愁绪萦怀　寸断肝肠

只要彼此爱过一次

如果不曾相逢
也许　心绪永远不会沉重
如果真的失之交臂
恐怕一生也不得轻松

一个眼神
便足以让心海　掠过飓风
在贫瘠的土地上
更深地懂得风景

一次远行
便足以憔悴了一颗　羸弱的心
每望一眼秋水微澜
便恨不得　泪水盈盈

死怎能不　从容不迫
爱又怎能　无动于衷
只要彼此爱过一次
就是无憾的人生

给我一个微笑就够了

不要给我太多情意
让我拿什么还你
感情的债是最重的呵
我无法报答　又怎能忘记

给我一个微笑就够了
如薄酒一杯，像柔风一缕
这就是一篇最动人的宣言呵
仿佛春天　温馨又飘逸

旅　行

凡是遥远的地方
对我们都有一种诱惑
不是诱惑于美丽
就是诱惑于传说

即使远方的风景
并不尽如人意
我们也无需在乎
因为这实在是一个
迷人的错

仰首是春　俯首是秋
愿所有的幸福都追随着你
月圆是画　月缺是诗

（选自《汪国真诗文集》）

作者简介

汪国真，男，祖籍福建厦门市，1956年6月22日生于北京。中学毕业到北京第三光学仪器厂当工人，1982年毕业于暨南大学中文系，在学校时，喜欢读写诗歌，1985年起将业余时间集中于诗歌创作，期间一首打油诗《学校一天》刊登在中国青年报上。1990年出版第一本诗集《年轻的潮》后，引起轰动。他的诗集创有新诗以来发行量之最。他的诗集和哲思短语集，连续获得三届全国图书“金钥匙”奖，台湾1993年也出版了“汪国真诗文系列”五种，诗集日文版也在同年出版。目前，中国出版的研究和赏析他作品的专著有《年轻的风采——专访汪国真》、《年轻的潇洒——与汪国真对白》、《论汪国真的诗》等16部。他应邀陆续担任《辽宁青年》、《中国青年》、《女友》、《新民晚报》、《今晚报》等20余家报刊专栏撰稿人。中央电视台《综艺大观》、《正大综艺》、《东方之子》等栏目都对他做过介绍。

汪国真自称创作得益于四个人：李商隐、李清照、普希金、狄金森（美国）。追求普的抒情、狄的凝练、李的警策、清的清丽。毕业后，分配在中国艺术研究院，后任《中国文艺年鉴》编辑部副主任。

赏析

汪国真是一位正在崛起的代表中国诗坛实力的诗歌高手。他就像诗歌王国里的一束绚丽的奇葩，植根于诗的土壤里健康地成长。读他的诗总是让你不由自主地读到底，总有一种美的诱惑在呼唤着你心灵深处的情感。读起来，总是那么轻快、潇洒。他的诗绝没有恍惚的朦胧，也没有故弄玄虚的艰难晦涩，更没有完全抛开艺术而使人产生厌恶、淫秽的感觉。全诗自始至终明朗、清晰、就像饮一杯甘泉那么赏心悦目，清凉可口。汪国真把自己心灵深处美丽真挚的情感化作潺潺流淌的小溪从自己心灵之河涓涓流出，滋润着千万读者的心田。

汪国真的诗不仅感情真挚充沛，而且哲理深刻，警句醒人，像淬过火一般。又如汹涌的江水，又似跳动的熊熊火焰，总能使你为之震颤，受到启迪和思索。在作者的笔下，刚毅的山、明丽的水、飘逸的云、圣洁的月、氤氲的雾、蒙蒙的雨都是绝好的抒情言志对象，无不写得那么深情、自然，引起你心灵的共鸣。汪国真的诗经过艰苦的创作，已形成了自己独特的风格，具有自然的美，如行云流水恬淡自然。不仅具有唐诗的韵律，更具有宋词的清新。每首诗都凝聚着作者对生活真挚的爱之情感，从没有模棱两可，让人琢磨不透，正如作者自己所言：“我不想用那迷雾/把我的心灵遮住……我不想用一道藩篱/把我的思想束缚”。诗人始终以一种谦恭的态度告诫自己：“也许，永远没有那一天/成功如灯火般辉煌/也许永远没有那一天/前程如鲜花般绚烂”。正是作者谦恭的心境才使得他在诗的王国里长成参天的大树，为后之来者树起一个醒目的坐标。

麦　地

海　子

吃麦子长大的
在月亮下端着大碗
碗内的月亮
和麦子
一样没有声响

和你俩不一样
在歌颂麦地时
我要歌颂月亮
月亮下
连夜种麦的父亲
身上像流动金子

月亮下
有十二只鸟
飞过麦田
有的衔起一颗麦粒
有的则迎风起舞，矢口否认

看麦子时我睡在地里
月亮照我如照一口井
家乡的风
家乡的云
收聚翅膀
睡在我的双肩

麦地——
天堂的桌子
摆在田野上
一块麦地

收割季节
麦浪和月光
洗着快镰刀

月亮知道我
有时比泥土还要累
而羞涩的情人
眼前晃动着
麦秸

我们是麦地的心上人
收麦这天我和仇人
握手言和
我们一起干完活
合上眼睛，命中注定的一切
此刻我们心满意足地接受

妻子们兴奋地
不停用白围裙
擦手

这时正当月光普照大地。
我们各自领着
尼罗河，巴比伦或黄河
的孩子　在河流两岸
在群蜂飞舞的岛屿或平原
洗了手
准备吃饭

就让我这样把你们包括进来吧
让我这样说
月亮并不忧伤
月亮下
一共有两个人
穷人和富人
纽约和耶路撒冷
还有我
我们三个人
一同梦到了城市外面的麦地
白杨树围住的
健康的麦地

健康的麦子
养我性命的麦子！

（选自《海子诗全编》）

作者简介

海子（1964～1989），原名查海生，生于安徽怀宁县高河查湾。1979 年考入北京大学法律系，1983 年毕业后任教于中国政法大学。1989 年 3 月 26 日卒于河北山海关。已出版作品有长诗《土地》（1990 年，春风文艺出版社）和短诗选集《海子、骆一禾作品集》（1991 年，南京大学出版社）。海子是一个极有天分的诗人，自由率真的抒情风格、对生命的崇高关怀、对美好事物的眷恋，使他的作品别具一种吸引力。

赏析

这首《麦地》算不上是海子的代表作，但是它和《五月的麦地》、《麦地与诗人》等一组“麦地”作品，在 20 世纪 80 年代的中国诗坛独树一帜，海子一度被大家称为“麦地诗人”，“麦地”是这首诗歌的中心意象，也是海子很多诗歌中常出现的一个意象之一。

“看麦子时我睡在地里／月亮照我如照一口井／家乡的风／家乡的云／收聚翅膀／睡在我的双肩”、“收割的季节／麦浪和月光／洗着快镰刀”。这里的麦地已不是一片具体的麦地，它其实是一方梦土，一方经诗人理想醇化了的古老农业文明的生活图景，它纯净、质朴、祥和、美丽，洋溢着醉人的浪漫气息。

麦子是粮食，在文中代表人类赖以生存的物质养料，麦地在滋养着人类的生命，麦地是我们生生不息的生命之源。所以诗人喊出了“健康的麦地／健康的麦子／养我性命的麦子！”整首诗字里行间充溢着作者对于粮食、劳作和与其相连的生命的素朴而强烈的感激之情。看麦时家乡的“风”“云”都收起翅“睡在我的双肩”，是“我”与家乡风土人情的交融，也是一种家乡人劳作时的奇妙感受。麦浪是摆在田野上的“天堂的桌子”，暗含对劳作与粮食的感恩情怀，也表达出了诗人内心深处的激动与欢欣。“我们是麦地的心上人／收麦这天我和仇人握手言和”，从正面歌颂田间的劳作，因为有了共同的劳动，有了共同的收获，甚至共同劳作的甘苦使人们由冷漠走向亲近，由敌对而握手言和，表现出了劳作的深远意义与对人类命运的关系，题旨由此进一步升华。麦地是诗人在世俗社会的精神圣地，那种简单而丰富，辛苦与健康的麦子也正是孕育生命根本的所在。

感情真挚，朴实，表达细腻也是本诗的一个重要特色。“月亮下／有十二只鸟／飞过麦田／有的衔起一颗麦粒／有的则迎风起舞，矢口否认”多么醉人的一幅图景啊，字里行间都流露着乡村气息与对乡间生活的深深的爱意。“洗了手／准备吃饭”，朴实无华，却真挚感人，产生一种特殊的艺术效果。

第四节　外国诗歌鉴赏

致 大 海

普希金

再见吧，自由的元素[1]！
这是你最后一次在我的眼前
滚动着蔚蓝色的波涛
和闪耀着骄傲的美色。

好像是朋友的忧郁的怨诉，
好像是他在别离时的呼唤，
我现在最后一次倾听
你悲哀的喧响，你召唤的喧响。

你是我心灵的愿望之所在呀！
我时常沿着你的岸边，
一个人静悄悄地、朦胧地徘徊，
还因为那个隐秘的愿望[2]而苦恼着！

我多么爱你的回音，
爱你阴沉的声调，你悠远无尽的音响，
还有那黄昏时分的静寂，
和那反复无常的激情！

渔夫们的谦卑的风帆，
靠了你的任性的保护，
在波涛之间勇敢地滑过，
但当你跳跃起来而无法控制时，
大群的船只就会被覆没。

我永不能舍弃
你这寂寞和静止的海岸，
我怀着欢乐之情来祝贺你，
和我的诗歌驰骋过

你波涛的顶峰。

你等待着，你召唤着……而我却被束缚住；
我的心灵在徒然挣扎：
我被一种强烈的热情所魅惑，
独自留在你的岸边。

有什么好怜惜？现在哪儿
才是我毫无牵挂的路程？
而在你的荒漠之中只有一样东西
会震惊我的心灵。

这是一个峭岩，一个光荣的坟墓……
沉溺在那儿寒冷的睡梦里的，
是那些威严的回忆：
拿破仑就在那儿消逝[3]。

在那儿，他长卧在苦难中。
而紧跟在他之后，正像风暴的喧腾一样，
另一个天才，我们思想上的另一个王者，
也从我们中间飞逝而去[4]。

自由之神所悲泣着的这位歌者消失了，
他把自己的桂冠留给了世界。
喧腾起来吧，激荡起阴恶的天气吧，
哦，大海，他曾经是你的歌者。

你的形象反映在他的身上，
他是用你的精神塑成，
他像你一样威严、深邃和阴沉，
他像你一样，什么都不能使他屈服。

世界空虚了……
海洋，你现在要把我带到哪儿？
人们的命运到处都是一样：
有着幸福的地方，早已有人看守，
或许是开明的贤者，或许是暴君。

哦，再见吧，大海！
我永不会忘记你庄严的美色，
我将长久地，长久地
倾听你黄昏时分的轰响。

我的心灵充满了你，
还把你的峭岩，你的港湾，
你的闪光，你的阴影，和波涛的喧响，
带进森林，带进静寂的荒原[5]。

（戈宝权 译）

（选自《世界抒情诗选》）

注释

[1]元素：指水。[2]愿望：指远离沙皇统治的俄国。[3]峭岩：指大西洋上的圣赫勒拿岛，拿破仑被囚于此，1821 年在此岛逝世。[4]他：指英国诗人拜伦。[5]荒原：指远离大海的陆地。

作者简介

亚历山大·谢尔盖耶维奇·普希金（1799～1837），是 19 世纪俄罗斯伟大的诗人，俄罗斯文学的鼻祖。既是俄国浪漫主义文学的杰出代表，又是现实主义文学的奠基人，现代标准俄语的创始人。

普希金 1799 年出生在莫斯科的一个古老的贵族家庭，早年受到农奴出身的保姆阿琳娜·罗季昂诺夫娜的影响，对文学产生了浓厚的兴趣。1811 年进皇村中学学习，受到民主主义思想影响。1812 年卫国战争所激起的爱国热潮给普希金极大鼓舞。1817 年，普希金毕业后在外交部任职，曾参加了由十二月党人直接领导的“绿灯社”，与十二月党人有深厚的友谊。由于他的许多谴责暴政、向往自由的政治抒情诗在当时产生了很大的影响，因此被沙皇政府流放到了南俄。从 1820 年始，他在南方度过了四年放逐的生活。

南俄一带是十二月党人南社的据点，普希金和他们关系密切，在思想上受他们的影响。流放生活和南方的自然风光也在这一时期普希金的创作中留下了印记。南方流放时期是普希金浪漫主义诗歌创作的高潮时期，在这几年里，他写下了许多著名的浪漫主义叙事诗。南方流放的后期，普希金与奥德萨总督关系恶化。1824 年当局截获普希金的一封“冒犯”上帝的私人信件，并以此为借口，将普希金放逐到他母亲的领地普斯科夫省米哈伊洛夫斯克村，软禁了起来。

就在他被软禁在乡间的时候，彼得堡爆发了十二月党人起义。普希金一直关心着事态的发展。起义失败后，新上台的沙皇尼古拉一世为了拉拢诗人为其服务，决定将其召回莫斯科。这时期，普希金写下了不少热情赞扬十二月党人的崇高志向的诗歌，《致西伯利亚的囚徒》就是其中著名的一首。1830 年秋天，普希金因故滞留波尔金诺，这三个月成了普希金创作中的丰收时期。他完成了

《叶甫盖尼·奥涅金》、《别尔金小说集》和几十首抒情诗。

1831年普希金与冈察罗娃结婚后，定居彼得堡。他的行动仍受到沙皇政府的监视。这一时期，普希金在创作上仍不断有优秀作品出现。19世纪30年代中期，普希金与当局的矛盾日益加剧，此时一个法国流亡者丹特士又放肆地追逐他的妻子，在忍无可忍的情况下，普希金于1837年2月8日与丹特士决斗，身负重伤，两天后去世。

普希金的创作极为丰富，他的作品是俄国民族意识高涨以及贵族革命运动在文学上的反映，其抒情诗内容之广泛在俄国诗歌史上前无古人。普希金从13岁开始写诗，15岁公开发表诗作。除了一些叙事诗、小说，他一生写了近九百首抒情诗。他的诗具有明快的哀歌式的忧郁、旋律般的美、高度的思想性和强烈的艺术感染力。别林斯基赞誉他的诗："所表现的音调的美和语言的力量到了令人惊异的地步；它像海波一样柔和、优美，像松脂一样鲜明，像水晶一样透明、洁净，像春天一样芬芳，像勇士剑击一样坚强有力。"高尔基说："我开始读普希金的诗，如同走进了一片树林的草地，到处盛开着鲜花，到处充溢着阳光。"

普希金是俄国文学史上第一位举世瞩目的伟大作家。果戈理曾评价说："一提到普希金的名字，就会立刻想到俄罗斯民族诗人。事实上，在我们的民族诗人中，没有一个及得上他，而且没有一个人能更适宜于被称为民族诗人……在他身上，俄罗斯的大自然，俄罗斯的精神，俄罗斯的语言，反映得这样的纯洁，这样的净美，有如突出的光学玻璃上面所反映出来的风景。"高尔基盛赞普希金是一位"伟大的俄国人民诗人"，他"无论在诗句的美或是在感情和思想的表现力上，从来没有人能够超过的一位诗人"，他是"伟大的俄国文学之始祖"。

赏析

《致大海》是诗人在南俄时期写的一篇浪漫主义的代表作，是一曲对大海的庄严颂歌，也是对人生命运的深沉感叹，更是对自由的热情礼赞。

普希金在青少年时代就为全国人民反对拿破仑战争的爱国激情所鼓舞，又受到十二月党人恰达耶夫等人的深刻影响，写下了许多反对专制暴政和歌颂自由的政治抒情诗。1820年，诗人被沙皇放逐到南俄，此后写的诗歌更加充满了反抗的激情。1824年夏天，他与奥德萨总督发生冲突，被军警押送到母亲的领地米哈伊洛夫斯克村，幽禁在那里达两年之久。在这里，诗人长期与大海相依为伴，把奔腾的大海看作自由的象征。当他将要离开这个地方时，心潮澎湃，思绪万千，于是提笔写下了这首诗作。

这首诗气势豪放、意境雄浑、思想深沉，是诗人作品中广为传诵的名篇。

作品歌颂大自然的美和崇高，反对世俗生活的丑恶与平庸，突出人与自然在感情上的共鸣，把自然景物拟人化，作为一种精神象征，寄托诗人自己的理想，即对自由和解放的热烈追求和对暴力统治的憎恶、反抗。

诗人赞叹大海的壮美：黄昏寂静时，大海温顺、宁静，闪耀着蔚蓝的波涛和“骄傲的美色”，仿佛在“怨诉”着心头的哀愁；波涛汹涌时，大海喧腾、激荡、傲岸不羁，仿佛又在召唤着诗人冲破牢笼，奔向自由的远方……诗人热爱大海：大海有广阔的襟怀，惊人的威力，壮丽的景色。诗人也羡慕大海：大海的自由奔放，勾起了他失去自由的懊丧，在变相的流放中，他感到像“囚徒”一样。诗人更依恋大海：大海使他缅怀起举世震惊的英雄。显赫一时的拿破仑只能在荒凉的海波上安息；普希金最钦佩的诗人拜伦，虽然天才卓绝，雄心勃勃，渡海远征，但终为他祖国所不容，客死于希腊。普希金空有抱负不得施展，拿破仑和拜伦的不幸结局自然增添了他前程渺茫、壮志难酬的悲哀。

诗歌具有强烈的时代感。诗人以高度的艺术概括力，反映了一个时代的精神，写出了人民的愿望、情绪和他们最关心的问题。他把自己对时代的感受，化为诗的情绪，融合在大海的形象中，竭力渲染，达到了寓情于景和借景抒情的目的。诗人从内心的感受出发来描写大海，并寄情于大海，使内在情感客观化，凭借外在的形象得到体现；又使客观景物主观化，使大海具有了人的性灵和性格，使人与自然天衣无缝地交融在一起，这也是浪漫主义诗歌的一个特点。

西风颂

雪莱

一

哦，狂暴的西风，秋之生命的呼吸！
你无形，但枯死的落叶被你横扫，
有如鬼魅碰到了巫师，纷纷逃避：

黄的，黑的，灰的，红得像患肺痨，
呵，重染疫疠的一群：西风呵，是你
以车驾把有翼的种子催送到

黑暗的冬床上，它们就躺在那里，
像是墓中的死穴，冰冷，深藏，低贱，
直等到春天，你碧空的姊妹吹起

她的喇叭，在沉睡的大地上响遍，
（唤出嫩芽，像羊群一样，觅食空中）
将色和香充满了山峰和平原。

不羁的精灵呵，你无处不远行；
破坏者兼保护者：听吧，你且聆听！

二

没入你的急流，当高空一片混乱，
流云像大地的枯叶一样被撕扯
脱离天空和海洋的纠缠的枝干。

成为雨和电的使者：它们飘落
在你的磅礴之气的蔚蓝的波面，
有如狂女的飘扬的头发在闪烁，

从天穹的最遥远而模糊的边沿
直抵九霄的中天，到处都在摇曳
欲来雷雨的卷发，对濒死的一年

你唱出了葬歌，而这密集的黑夜
将成为它广大墓陵的一座圆顶，
里面正有你的万钧之力的凝结；

那是你的浑然之气，从它会迸涌
黑色的雨，冰雹和火焰：哦，你听！

三

是你，你将蓝色的地中海唤醒，
而它曾经昏睡了一整个夏天，
被澄澈水流的回旋催眠入梦，

就在巴亚海湾的一个浮石岛边，
它梦见了古老的宫殿和楼阁
在水天辉映的波影里抖颤，

而且都生满青苔、开满花朵，
那芬芳真迷人欲醉！呵，为了给你
让一条路，大西洋的汹涌的浪波

把自己向两边劈开，而深在渊底
那海洋中的花草和泥污的森林
虽然枝叶扶疏，却没有精力；

听到你的声音，它们已吓得发青：
一边颤栗，一边自动萎缩：哦，你听！

四

哎，假如我是一片枯叶被你浮起，
假如我是能和你飞跑的云雾，
是一个波浪，和你的威力同喘息，

假如我分有你的脉搏，仅仅不如
你那么自由，哦，无法约束的生命！
假如我能像在少年时，凌风而舞

便成了你的伴侣，悠游天空
（因为呵，那时候，要想追你上云霄，
似乎并非梦幻），我就不致像如今

这样焦躁地要和你争相祈祷。
哦，举起我吧，当我是水波、树叶、浮云！
我跌在生活底荆棘上，我流血了！

这被岁月的重轭所制服的生命
原是和你一样：骄傲、轻捷而不驯。

五

把我当作你的竖琴吧，有如树林：
尽管我的叶落了，那有什么关系！
你巨大的合奏所振起的音乐

将染有树林和我的深邃的秋意：
虽忧伤而甜蜜。呵，但愿你给予我
狂暴的精神！奋勇者呵，让我们合一！

请把我枯死的思想向世界吹落，
让它像枯叶一样促成新的生命！
哦，请听从这一篇符咒似的诗歌，

就把我的话语，像是灰烬和火星
从还未熄灭的炉火向人间播散！
让预言的喇叭通过我的嘴唇

把昏睡的大地唤醒吧！要是冬天
已经来了，西风呵，春日怎能遥远？

（查良铮　译）

（选自《雪莱抒情诗选》）

作者简介

雪莱（1792～1822），英国杰出的浪漫主义诗人。1792 年 8 月出生于英国苏塞克斯郡的一个古老的贵族家庭。6 岁开始学习拉丁文，以后学习法文、德文、以及天文、地理、物理、化学等知识。12 岁进入贵族学校学习。1810 年入牛津大学学习，开始追求民主自由。1811 年，诗人因为写作哲学论文《无神论的必要性》，宣传无神论思想，被学校开除，也因此得罪父亲，离家独居。1813 年因发表长篇哲理诗《麦布女王》，揭露暴君和僧侣对人类“自由”和才智的摧残，对人民劳动果实的挥霍，热烈幻想一个没有剥削、人人丰衣足食的乌托邦社会而触怒统治阶级，英国当局便利用雪莱的婚姻生活对他大加诽谤中伤，诗人愤然离开祖国，旅居意大利。1822 年 7 月 8 日，雪莱出海航行，返回途中遭遇暴风雨，溺水而亡。

诗人一生创作了大量优秀的抒情诗及政治诗，《致云雀》、《西风颂》、《自由颂》、《解放了的普罗米修斯》、《暴政的假面游行》等诗都一直为人们传唱不衰。

赏析

《西风颂》写于 1819 年。这首诗将自然景物的描写和革命激情的抒发紧紧地结合在一起，以西风作为革命力量的象征，既赞美它对腐朽的旧势力的扫荡，又热情地讴歌他对新生事物的保护和促进作用，揭示出旧事物必将让位于新事物的客观规律，反映了诗人对反动腐朽势力的憎恨，对光明未来的信心和希望。

《西风颂》是欧洲诗歌史上的艺术珍品。全诗共五节，由五首十四行诗组成。从形式上看，五个小节格律完整，可以独立成篇。从内容来看，它们又熔为一体，贯穿着一个中心思想。第一节描写西风扫除林中残叶，吹送生命的种子。第二节描写西风搅动天上的浓云密雾，呼唤着暴雨雷电的到来。第三节描写西风掀起大海的汹涌波涛，摧毁海底花树。三节诗三个意境，诗人幻想的翅膀飞翔在树林、天空和大海之间，飞翔在现实和理想之间，形象鲜明，想像丰富，但中心思想只有一个，就是歌唱西风扫除腐朽、鼓舞新生的强大威力。从第四节开始，由写景转向抒情，由描写西风的气势转向直抒诗人的胸臆，抒发诗人对西风的热爱和向往，达到情景交融的境界，而中心思想仍然是歌唱西风。因此，结构严谨，层次清晰，主题集中，是《西风颂》一个突出的艺术特点。

其次，《西风颂》采用的是象征手法，整首诗从头至尾环绕着秋天的西风做文章，无论是写景还是抒情，都没有脱离这个特定的描写对象，没有使用过一句政治术语和革命口号。然而读了这首短诗却让人深深感受到，雪莱在歌唱西风，又不完全是歌唱西风，诗人实质上是通过歌唱西风来歌唱革命。诗中的西风、残叶、种子、流云、暴雨雷电、大海波涛、海底花树等，都不过是象征性的东西，它们包含着深刻的寓意，大自然风云激荡的动人景色，乃是人间蓬勃发展的革命斗争的象征性反映。从这个意义上说，《西风颂》不是风景诗，而是政治抒情诗，它虽然没有一句直接描写革命，但整首诗都是在反映革命。尤其是结尾脍炙人口的诗句，既概括了自然现象，也深刻地揭示了人类社会的历史规律，指出了革命斗争经过艰难曲折走向胜利的光明前景，寓意深远，余味无穷，一百多年来成了人们广泛传诵的名言警句。诗人也因而被称为“天才预言家”。

咏 水 仙

华兹华斯

我好似一朵孤独的流云，
高高地飘游在山谷之上，
突然我看到一大片鲜花，
是金色的水仙遍地开放。
它们开在湖畔，开在树下，
它们随风嬉舞，随风波荡。

它们密集如银河的星星，
像群星在闪烁一片晶莹；
它们沿着海湾向前伸展，
通往远方仿佛无穷无尽；
一眼看去就有千朵万朵，
万花摇首舞得多么高兴。

粼粼湖波也在近旁欢跳，
却不如这水仙舞得轻俏；
诗人遇见这快乐的旅伴，
又怎能不感到欢欣雀跃；
我久久凝视——却未领悟
这景象所给我的精神至宝。

后来多少次我郁郁独卧，
感到百无聊赖心灵空漠；
这景象便在脑海中闪现，
多少次安慰过我的寂寞；

我的心又随水仙跳起舞来，
我的心又重新充满了欢乐。

（顾子欣　译）

（选自《世界抒情诗选》）

作者简介

华兹华斯（1770～1850），19 世纪英国著名的“湖畔派”诗人，英国浪漫主义诗歌的奠基者。出生在英格兰西北部的湖区。1791 年毕业于剑桥大学。曾参与法国大革命活动，但革命后的混乱景象使诗人的心灵大为受伤。1799 年，他和骚塞、柯勒律治等人回到家乡，时常吟诗，求乐于山水之间。由于他们都喜欢歌颂大自然，描写宗法制农村生活，而且都厌恶资本主义的城市文明和冷酷的金钱关系，都远离城市隐居在昆布兰湖区和格拉斯密尔湖区，因此被称为“湖畔派”诗人。1798 年，诗人和柯勒律治共同出版了《抒情歌谣集》，一举成名。1800 年，当《抒情歌谣集》再版时，华兹华斯写了一篇序言，阐明了他的浪漫主义主张，被称为英国浪漫主义划时代的宣言。1813 年，诗人成为政府官员，诗情逐渐枯竭。诗人晚年被授予“桂冠诗人”的称号。华兹华斯一生创作了许多描写大自然的诗作，代表作品有《丁登寺旁》、《孤独的收割人》、《致杜鹃》等。

赏析

这首诗写于华兹华斯从法国回来不久。诗人带着对自由的向往去了法国，参加了一些革命活动。但法国革命并没有带来预期的结果，随之而来的反而是混乱。于是诗人感到了极度的失望，心灵也受到了沉重的打击，后在他的妹妹和朋友的帮助下，情绪才得以艰难地恢复。这首诗就写于诗人的心情平静之后不久。

在诗的开头，诗人将自己比喻为一朵孤独的流云，孤单地在高高的天空飘荡。孤傲的诗人发现了一大片金色的水仙，它们欢快地遍地开放。在诗人的心中，水仙已经不是一种植物了，而是一种象征，代表了一种灵魂，代表了一种精神。在诗人的心中，水仙代表了自然的精华，是自然心灵的美妙表现。但是，欢快的水仙并不能随时伴在诗人的身边，诗人离开了水仙，心中不时冒出忧郁孤寂的情绪。这时诗人写出了一种对社会、世界的感受：那高傲、纯洁的灵魂在现实的世界只能郁郁寡欢。当然，诗人脑海的深处会不时浮现水仙那美妙的景象，这时的诗人又情绪振奋，欢欣鼓舞。

诗歌的基调是浪漫的，同时带着浓烈的象征主义色彩。可以说，华兹华斯的一生只在自然中找到了精神的寄托。而那平静、欢欣的水仙就是诗人自己的象征，在诗中，诗人的心灵和水仙的景象融合了。这首诗虽然是在咏水仙，但同时也是诗人自己心灵的抒发和感情的外化。

一朵红红的玫瑰

彭 斯

啊，我的爱人像朵红红的玫瑰，
　六月里迎风初开，
啊，我的爱人像支甜甜的曲子，
　奏得合拍又和谐。

我的好姑娘，多么美丽的人儿！
　请看我，多么深挚的爱情！
亲爱的，我永远爱你，
　纵使大海干涸水流尽。

纵使大海干涸水流尽，
　太阳将岩石烧作灰尘，
亲爱的，我永远爱你，
　只要我一息犹存。

珍重吧，我唯一的爱人，
　珍重吧，让我们暂时别离。
但我定要回来，
　哪怕千里万里！

（王佐良　译）

（选自《彭斯诗选》）

作者简介

彭斯（1759～1796），杰出的苏格兰民间诗人，生于苏格兰的农民家庭。母亲是个民歌手，这使他在很小的时候就能熟悉苏格兰民歌的旋律，为以后的创作打下了坚实的基础。彭斯生活在资产阶级革命时期，他用饱满的热情歌颂革命，追求自由、平等，赞美爱情和友谊。彭斯的诗歌在18世纪最后30年的英国文学中占有重要地位。他的诗歌反映了人民反剥削、反压迫的愿望。在艺术上，彭斯用民歌体和苏格兰语写作。他的许多诗，如：《自由树》、《我的心呀在高原》、《一朵红红的玫瑰》等，至今仍广为流传。

赏析

这首诗出自彭斯的《主要用苏格兰方言写的诗集》，是诗集中流传最广的一首诗。诗人在诗中歌颂了恋人的美丽，表达了诗人的炽热感情和对爱情的坚定决心。

这首诗具有浓郁的民歌色彩，清新自然，真挚淳朴，抒情方式灵活多样。第一节是连续用比，借红红的玫瑰和甜甜的歌这两个美好的物象，委婉地、间接地抒发了抒情主人公对爱人的渴慕。第二节换成了直抒胸臆，向爱人掏心中蕴藏已久的情话。第三节是浪漫主义的假设与畅想，进一步表达了自己对爱人那坚贞不渝的高尚感情。第四节是在“暂时别离”情况下对爱人的慰藉与剖白：哪怕相隔千里万里，自己一定会如期归来。这淳朴厚实的誓言，成功地传达了诗人的无限深情。

这首诗是彭斯的代表作，它开了英国浪漫主义诗歌的先河，对济慈、拜伦等人有很大的影响。诗人用流畅悦耳的音调、质朴无华的词语和热烈真挚的情感打动了千百万恋人的心，也使得这首诗在问世之后成为人们传唱不衰的经典。诗歌吸收了民歌的特点，采用口语使诗歌朗朗上口，极大地显示了民歌的特色和魅力。另外，诗中使用了很多重复的句子，大大增强了诗歌的感情力度。

迷　娘　歌

歌　德

你可知道，那柠檬花开的地方？
黯绿的密叶中映着橘橙金黄，
骀荡的和风起自蔚蓝的天上，
还有那长春幽静和月桂轩昂——
你可知道吗？
　　那方啊！就是那方，
我心爱的人儿，我要与你同往！

你可知道，那圆柱高耸的大厦，
那殿宇的辉煌，和房栊的光华，
伫立的白石像向我脉脉凝视：
“可怜的人儿，你受了多少委屈？”——
你可知道吗？
　　那方啊！就是那方，
庇护我的恩人，我要与你同往！

你可知道，那高山和它的云径？

骡儿在浓雾里摸索它的旅程，
黝古的蛟龙在幽壑深处隐潜，
崖崩石转，瀑流在那上面飞溅——
你可知道吗？
　　那方啊！就是那方，
我们趱程罢，父亲，让我们同往！

（梁宗岱　译）

（选自《世界抒情诗选》）

作者简介

歌德（1749～1832）是德国伟大的民族诗人。他在长达60多年的创作生涯中，写出了大量优秀的诗歌、戏剧和小说。他以丰富多彩的著作，反映了欧洲的政治、经济、文化的巨大变化和发展，使自己成为18世纪中叶到19世纪初期欧洲最重要的文学大师，是德国文学上最有世界声誉的作家和诗人。歌德的创作可以分为三个时期：

早期，歌德的作品充满了狂飙突进运动的反叛精神，在诗歌、戏剧、散文等方面都有较高的成就，主要作品有剧本《葛兹·冯·伯里欣根》、中篇小说《少年维特的烦恼》、未完成的诗剧《普罗米修斯》等，此外还写了许多抒情诗和评论文章。

中期，在魏玛市的最初十年，歌德埋头事务，很少创作。到意大利后，他陆续完成了早已开始的一些作品，写出了《在陶里斯的伊菲格尼亚》和《哀格蒙特》等作品，也写了《塔索》和《浮士德》部分章节。

歌德晚年的创作极其丰富，重要的如自传性作品《诗与真》、《意大利游记》、长篇小说《亲和力》和《威廉·迈斯特的漫游时代》，抒情诗集《西方和东方的合集》，逝世前不久，又完成了《浮士德》第二部。这些作品表现了歌德重视实践、肯定为人类幸福而劳动的思想，说明他思想中的积极因素比前一时期有所增长。

1832年3月22日，歌德病逝。歌德是德国民族文学的杰出的代表，他的创作把德国文学提高到全欧的先进水平，并对欧洲文学的发展作出了巨大的贡献。

赏析

诗题中的迷娘，原是歌德长篇小说《威廉·迈斯特的学习时代》中的一个意大利姑娘。她早年被人拐带到德国，流落在一个马戏班里，备受虐待与摧残，13岁时才为小说主人公威廉所搭救。在威廉的保护和养育下，迷娘慢慢长成了少女，但对自己朦胧记忆里的意大利祖国，仍怀着深深的思念与渴慕，因而郁郁寡欢，终致夭折。在小说中，迷娘唱了四首述说自己忧伤心情与不幸身世的歌，本诗则是其中最为脍炙人口的一首。自从 1796 年《威廉·迈斯特的学习时代》问世以来，特别是 1815 年歌德将小说插曲全部摘出来放进自己的诗集之后，这首《迷娘歌》便在德国国内外广为流传，并由贝多芬、舒伯特、舒曼、柴可夫斯基等大音乐家谱曲达百次以上，被誉为世界抒情诗宝库中一颗光彩夺目的明珠。

诗歌的艺术魅力主要表现在这样几个方面：

首先是语言精炼、形象鲜明、情感炽烈。虽然诗歌只有短短的三节：但每节都是一幅色彩鲜明、形象生动而又富于浪漫情调的图画，读着读着，意大利这个美丽的南方古国便活现在读者面前。迷娘把对自己故乡山川草木的眷念唱得如此地情辞恳切，真使人忍不住想替威廉把她的请求一口答应下来。从她对威廉的“爱人”、“恩人”、“父亲”这三个相互矛盾的称呼中，更可以体会到她对自己的恩人怀有多么复杂而深厚的感情；她那唯一一句涉及自己身世的歌词——“可怜的人儿，你受了多少委屈？”又包含着多少自怨自怜的辛酸。读完全诗，心中不禁会油然产生一种悲凉之感，深深为迷娘的怀乡之情所打动。

其次是从民歌中汲取了营养，用语朴实而富于音乐性，读起来朗朗上口，谱上曲更娓娓动听。尤其是每节诗起首与结尾的询问和恳求，反复中又有变化，随内容的深化与情感的高涨而一次紧似一次地扣动读者心弦，使之发出强烈的共鸣，久久的回响。

夜莺颂

济慈

我的心在痛，困顿和麻木
刺进了感官，有如饮过毒鸠，
又像刚刚把鸦片吞服，
于是向着列斯忘川下沉：
并不是我嫉妒你的好运，
而是你的快乐使我太欢欣——
因为在林间嘹亮的天地里，
你呵，轻翅的仙灵，
你躲进山毛榉的葱绿和荫影，
放开歌喉，歌唱着夏季。

哎，要是有一口酒！那冷藏
在地下多年的清醇饮料，
一尝就令人想起绿色之邦，
想起花神，恋歌，阳光和舞蹈！
要是有一杯南国的温暖

充满了鲜红的灵感之泉，
杯沿明灭着珍珠的泡沫，
给嘴唇染上紫斑；
哦，我要一饮而离开尘寰，
和你同去幽暗的林中隐没：

远远地、远远隐没，让我忘掉
你在树叶间从不知道的一切，
忘记这疲劳、热病、和焦躁，
这使人对坐而悲叹的世界；
在这里，青春苍白、消瘦、死亡，
而“瘫痪”有几根白发在摇摆；
在这里，稍一思索就充满了
忧伤和灰色的绝望，
而“美”保持不住明眸的光彩，
新生的爱情活不到明天就枯凋。

去吧！去吧！我要朝你飞去，
不用和酒神坐文豹的车驾，
我要展开诗歌底无形羽翼，
尽管这头脑已经困顿、疲乏；
去了！呵，我已经和你同往！
夜这般温柔，月后正登上宝座，
周围是侍卫她的一群星星；
但这儿却不甚明亮，
除了有一线天光，被微风带过，
葱绿的幽暗，和苔藓的曲径。

我看不出是哪种花草在脚旁，
什么清香的花挂在树枝上；
在温馨的幽暗里，我只能猜想
这个时令该把哪种芬芳
赋予这果树，林莽，和草丛，
这白枳花，和田野的玫瑰，
这绿叶堆中易谢的紫罗兰，
还有五月中旬的娇宠，
这缀满了露酒的麝香蔷薇，
它成了夏夜蚊蚋的嗡萦的港湾。

我在黑暗里倾听：呵，多少次
我几乎爱上了静谧的死亡，
我在诗思里用尽了好的言辞，
求他把我的一息散入空茫；
而现在，哦，死更是多么富丽：
在午夜里溘然魂离人间，
当你正倾泻着你的心怀
发出这般的狂喜！
你仍将歌唱，但我却不再听见——
你的葬歌只能唱给泥草一块。

永生的鸟呵，你不会死去！
饥饿的世代无法将你蹂躏；
今夜，我偶然听到的歌曲
曾使古代的帝王和村夫喜悦；
或许这同样的歌也曾激荡
露丝忧郁的心，使她不禁落泪，
站在异邦的谷田里想着家；
就是这声音常常
在失掉了的仙域里引动窗扉：
一个美女望着大海险恶的浪花。

呵，失掉了！这句话好比一声钟
使我猛醒到我站脚的地方！
别了！幻想，这骗人的妖童，
不能老要弄它盛传的伎俩。
别了！别了！你怨诉的歌声
流过草坪，越过幽静的溪水，
溜上山坡；而此时，它正深深
埋在附近的溪谷中：
噫，这是个幻觉，还是梦寐？
那歌声去了：——我是睡？是醒？

（查良铮　译）

（选自《世界名诗鉴赏辞典》）

作家简介

济慈（1795～1821）是英国文学史上杰出的抒情诗人之一，和拜伦、雪莱齐名于世。生于伦敦一个马夫家庭。15 岁时父母相继去世，在别人的监护下成长。由于家境贫困，诗人不满 16 岁就离校学医，当学徒。济慈的创作生涯开始于 1816 年。1817 年诗人出版第一本诗集。1818 年，他根据古希腊美丽神话写成的《安狄米恩》问世。此后诗人进入诗歌创作的鼎盛时期，先后完成了《伊莎贝拉》、《拉米亚》、《海披里安》等著名长诗，还有脍炙人口的《夜莺颂》、《希腊古瓮颂》、《秋颂》等诗歌。也是在 1818 年，诗人爱上了范妮·布恩小姐，同时诗人的身体状况也开始恶化。在痛苦、贫困和甜蜜交织的状况下，诗人写下了大量的著名诗篇。1821 年，诗人前往意大利休养，不久病情加重，年仅 25 岁就离开了人世。

赏析

济慈创作的积极方面，主要是对现实的批判。最初，他用大自然、诗歌、友谊和爱情的美对照现实社会的黑暗，后来直接批判现实。济慈的诗歌中具有唯美的倾向，他是一个善于捕捉自然美的诗人，把想像和美感强调到独立自主的程度，感觉细腻，想像丰富，色彩感和立体感很强，可惜早逝，未能充分发挥诗歌才能。

济慈 23 岁那年，患上了肺痨，同时又正处于和范妮·布恩小姐的热恋中。正如济慈自己说的，他常常想的两件事就是爱情的甜蜜和自己死去的时间。在这样的情况下，诗人情绪激昂，心中充满着悲愤和对生命的渴望。在一个深沉的夜晚，在浓密的树枝下，在鸟儿嘹亮的歌声中，诗人一口气写下了这首《夜莺颂》。

《夜莺颂》是济慈抒情诗中的名篇。这首诗，诗人一面歌颂夜莺生活的自由天地，一面时时想到现实，想到自己的不幸，对“永恒的美”的喜悦和生活痛苦的重压交织在一起，形成强烈的对比。

相传，夜莺会死在月圆的晚上。在凄美而朦胧的月光中，夜莺会飞上最高的玫瑰枝，将玫瑰刺深深地刺进自己的胸膛，然后发出高亢的声音，大声歌唱，直到心中的血流尽，将花枝上的玫瑰染红。诗的题目虽然是“夜莺颂”，但是，诗中基本上没有直接描写夜莺的词，诗人主要是想借助夜莺这个美丽的形象来抒发自己的感情。诗歌第一、二节就写到诗人听到夜莺歌声后如同服麻醉剂般沉入幻想境界。诗人渴望借助南国佳酿的威力，激发诗兴，超脱尘世。第三、四节，诗人对苦难的现实进行强烈诅咒，希求诗神相助，能随夜莺登天入林。第五、六节，诗人在黑夜中醉卧花丛、虽不辨东西，然而芳香沁人心脾，又有夜莺迷人的歌喉相伴，不禁陶醉，愿就此离开人世。第七、八节，想到人生皆有一死，只有夜莺歌声能千古不灭，更觉情不自己。最后，梦幻终于破灭，夜莺歌声消失，而诗人犹如置身梦中，不知是睡？是醒？！

诗歌具有强烈的浪漫主义特色，用美丽的比喻和一泻千里的流利语言表达了诗人心中强烈的思想感情和对自由世界的深深向往。从这首诗中能很好体会到后人的评论：英国浪漫主义诗歌在济慈那里达到了完美。

去国行

拜　伦

别了，别了！故国的海岸
消失在海水尽头；
汹涛狂啸，晚风悲叹，
海鸥也惊叫不休。
海上的红日冉冉西斜，
我的船乘风直追，
向太阳、向你暂时告别，
我的故乡呵，再会！

不几时，太阳又会出来，
又开始新的一天，
我又会招呼蓝天、碧海，
却难觅我的家园。
华美的第宅已荒无人影，
炉灶里火灭烟消，
墙垣上野草密密丛生，
爱犬在门边哀叫。

“过来，过来，我的小书童！
你怎么伤心痛哭？
你是怕大海浪涛汹涌，
还是怕狂风震怒？
别哭了，快把眼泪擦干；
这条船又快又牢靠：
咱们家最快的猎鹰也难
飞得像这般轻巧。”

“风只管吼叫，浪只管打来，
我不怕惊风险浪，
可是，公子呵，您不必奇怪
我为何这样悲伤。
只因我这次拜别了老父，
又和我慈母分离，

离开了他们，我无亲无故，
只有您——还有上帝。

“父亲祝福我平安吉利，
没怎么怨天尤人；
母亲少不了唉声叹气，
巴望到我回转家门。”
“得了，得了，我的小伙子！
难怪你哭个没完；
若像你那样天真幼稚，
我也会热泪不干。

“过来，过来，我的好伴当！
你怎么苍白失色？
你是怕法国敌寇凶狂，
还是怕暴风凶恶？”
“公子，您当我贪生怕死？
我不是那种脓包，
是因为挂念家中的妻子，
才这样苍白枯槁。

“就在那湖边，离府上不远，
住着我妻儿一家；
孩子要他爹，声声哭喊，
叫我妻怎生回话？”
“得了，得了，我的好伙伴！
谁不知你的悲伤，
我的心性却轻浮冷淡，
一笑就去国离乡。”

谁会相信妻子或情妇
虚情假意的伤感？
两眼方才还滂沱如注，
又嫣然笑对新欢。
我不为眼前的危难而忧伤，
也不为旧情悲悼；
伤心的倒是：世上没一样
值得我珠泪轻抛。

如今我一身孤孤单单，
在茫茫大海漂流；
没有任何人为我嗟叹，
我何必为别人忧愁？
我走后哀吠不休的爱犬
又有了新的主子；
过不了多久，我若敢近前，
会把我咬个半死。

船儿呵，全靠你，疾驶如飞，
横跨那滔滔海浪；
任凭你送我到天南地北，
只莫回我的故乡。
我向你欢呼，苍茫的碧海！
当陆地来到眼前，
我就欢呼那石窟、荒埃！
我的故乡呵，再见！

（杨德豫　译）

（选自《恰尔德·哈洛尔德游记》）

作者简介

拜伦（1788～1824），19 世纪欧洲伟大的浪漫主义诗人和民主战士。出生于伦敦一个古老没落的贵族家庭。10 岁时继承了叔祖父的爵位和产业。1801～1809 年就读于哈罗中学和剑桥大学，期间广泛涉猎历史和传记著作，接受启蒙思想影响，并尝试诗歌写作。1809 年开始在欧洲各地游历，期间写下著名的《恰尔德·哈洛尔德游记》前两章（后两章在瑞士完成）。1812 年，他出席上议院，慷慨陈词，抨击英国政府枪杀破坏机器的工人，指责政府黑暗的政治，遭到英国政府的嫉恨。1816 年，政府利用他离婚之机对他大加诽谤，诗人不得不离开祖国，取道瑞士前往意大利，在瑞士和雪莱相识，两人结下了深厚的友谊。期间，拜伦写下了《普罗米修斯》、《锡隆的囚徒》等作品。在意大利期间，诗人积极参加烧炭党人反对暴政的起义，同时写下了长诗《青铜时代》、《唐璜》等。1823 年，拜伦前往希腊参加希腊人民反抗土耳其侵略的战斗。次年，因在战场上感染伤寒，医治无效，献出了自己的生命。

崇尚自由、反抗一切形式的压迫，是拜伦思想的突出特征。浓郁的抒情基调、强烈的主观性、主人公的非凡品质、感情的夸张、异国情调、驰骋的想像力构成其作品的重要特色。

赏析

这首诗出自拜伦著名的长诗《恰尔德·哈洛尔德游记》，是其中独立成章的一篇著名抒情诗。这首诗是拜伦受英国著名小说家司各特的一首小诗《晚安曲》的启发而写成的。1923年，离开祖国的中国诗人苏曼殊心忧祖国，心情沉重之余想起了这首诗，便将它译为《去国行》，诗名沿用至今。这首诗，是长诗的主人公恰尔德·哈洛尔德将要乘船离开英国海岸时所唱的歌曲。诗歌表现了诗人对祖国的深厚感情，也表达了诗人心中对社会现实的强烈不满，充满了强烈的浪漫主义精神和对自由的热切追求。

《恰尔德·哈洛尔德游记》是拜伦的代表作，也是一部优秀的浪漫主义诗作。诗篇将游记和抒情结合起来，塑造了一个高傲孤寂，愤世嫉俗，对现实有深深的不满，强烈追求个人的精神自由的主人公，他在一定程度上带有拜伦个人的影子，已经成了“拜伦式的英雄”。诗歌在艺术上有两个鲜明的特色。其一是浓厚的抒情性。长诗运用比喻、对照、联想，抒情手法灵巧多变，十分丰富，充分体现了浪漫主义的艺术特点。其二是绚丽多彩的风景描写。壮美的自然风光同丑恶的现实社会构成了鲜明的对照，寄寓了诗人的爱憎，也给人以美的享受和力的鼓舞。

第三章 小说欣赏

第一节　小说欣赏知识概述

一、小说知识

（一）小说定义

小说是文学的一个主要样式，也是最受读者欢迎的一个文学样式。它是以塑造人物形象为中心，通过描绘完整的故事情节和具体的生活环境，多方位地反映社会生活的叙事性文学体裁。小说的三要素包括人物、情节和环境。情节主要是展现人物的性格、行为、思想、感情及心理状况，包括开端、发展、高潮、结局几个部分，有的还包括序幕和尾声。人物形象是小说创作的中心任务，一般通过描绘人物的语言、动作、行为、心理等表现出人物的个性。环境一般包括自然环境和社会环境，它是人物故事发生的背景，起着推动情节发展、烘托气氛、衬托人物性格的作用。

（二）小说的种类

根据小说的篇幅长短可以将小说分为长篇、中篇、短篇和微型小说。

长篇小说一般容量大，篇幅长，所写人物众多，反映社会生活广阔而复杂。

短篇小说一般选取生活中的一个片断或一个侧面而写，最集中地展开矛盾冲突。人物较少，一般只有一到两个，描写人物一般不面面俱到，而是集中写其中某一个方面给人留下深刻印象。

中篇小说介于长篇和短篇之间，往往写几个人物，几组矛盾，比短篇小说更能揭示出深广的社会生活问题。

微型小说通常被人称作“小小说”、“一分钟小说”或“袖珍小说”，往往描写事件的一个小插曲或一个小片断，字数多在几百到几千字之间，情节简单，人物较少，对情节或环境一般不做精细的描写，只进行大致轮廓的勾勒，集中反映性格特征的闪光点或斑点，更像人物速写。这种小说是近年来发展起来的，最受读者的欢迎。

根据小说的内容分为历史小说、现代小说、科幻小说、公案小说、言情小说、武侠小说等。

根据创作风格分为心理小说、写实小说、意识流小说、荒诞小说等。

根据时代分为古代小说、现代小说、当代小说。

根据创作方法还可分为现实主义小说和浪漫主义小说。

二、小说欣赏方法

（一）欣赏小说塑造的典型人物

人物塑造是小说的中心任务，人物是故事中事件、情节发生的动因，也是使一个故事真正具有意义的根据。作者通过人物的肖像、语言，心理、行为等来表现人物的性格特征，还要通过环境的烘托来表现人物，通过矛盾冲突表现人物。所以在欣赏人物时，可以从分析人物的语言、心理、行为等入手来分析人物的性格特征。如《祝福》中的祥林嫂，鲁迅先生写她执着地要捐门槛这一行动来表现她的愚昧，通过对她的眼睛变化的描写来表现她被封建夫权、族权等迫害，一步步走向死亡的命运。故事中的人物有主人公、侧面人物，有正面人物、反面人物，从人物性格给人的不同审美感受看又有扁平人物和圆形人物，还有典型人物与性格人物等。

其次，要善于从情节发展中去把握人物性格。情节的发展过程就是小说中人物性格的发展过程。在阅读过程中，看情节是如何展开的，人物在矛盾冲突中是如何发展的，这样有助于更好地把握人物的性格特征。如小说《陈奂生上城》中，作者写陈奂生被安排进了招待所，开始他看着干干净净的被子不敢盖，看着漂亮的沙发不敢坐，等到他交了钱后，又是用毛巾擦脸，又是使劲地坐沙发，这些情节把陈奂生那种贫穷、落后、狭隘而又有些朴实可爱的农民本性揭示得淋漓尽致。

再者，还要善于从环境入手去体会人物性格。环境是人物活动的必要条件，是人物性格形成的不可少的客观场所。环境包括自然环境和社会环境，自然环境是故事发生的具体场所，常常交代人物活动、事件发生的时间、地点，常常起着烘托人物性格的作用。如《林教头风雪山神庙》中，林冲所在地是沧州，一个偏僻的边远地方，方圆百里无人烟，天气严寒，大雪纷飞，林冲一个八百万禁军教头，落到如此下场，令人愤怒，但林冲仍然安分守己，可见其愚忠和软弱的性格。社会环境包括政治制度、经济生活、民风民俗、地域文化、人际关系等，这些因素对人物性格的形成及其命运起着决定作用。如《荷花淀》中所发生的故事的大背景是抗日战争，水生和水生嫂在白洋淀的一个小村子里，鬼子要在同口安据点，当地游击队要抗击日本侵略者，因此水生当兵，夫妻分别，在这些环境中表现了主人公的战斗精神和对家乡的无比热爱，同时也体现了水生等保卫家乡的决心与信心，表现了他们质朴、乐观、无私的高尚品质。

（二）欣赏小说引人入胜的故事情节

情节是作者对生活的提炼，是刻画人物性格的主要手段，也是小说的要素之一，曲折起伏、变化多端的情节总能起到引人入胜、让人百读不厌的效果。因此欣赏情节时，首先要注意小说情节设置得如何，如《水浒传》中，关于林冲的情节的描写就非常精彩，“遭遇花太岁”、“误入白虎堂”、“刺配沧州”、“大闹野猪林”、“风雪山神庙”、“火烧草料场”、“被逼上梁山”等，这一连串的故事情节，把林冲这个八百万禁军教头一开始本分忍让、受到冤枉时忍气吞声、不做反抗，最后家破人亡，逼上梁山的性格与命运活生生地摆在了读者面前，同时把当时社会的黑暗与丑恶也表达得淋漓尽致，读来令人感慨万端。

欣赏情节还应看情节的发展与人物性格之间的关系，是否推动了人物性格的发展，如果一个故事与人物性格发展关系不大，那么无论这情节多么曲折也不是好作品。《水浒传》中林冲的性格是发展的，那些情节写出了林冲被一步步逼上梁山的过程。《复活》中，作者写了贵族聂赫留朵夫先是污辱了玛丝洛娃，后发现玛丝洛娃沦为妓女，他开始为玛丝洛娃上诉，上诉失败又陪玛丝洛娃流放西伯利亚，作品写了出了聂赫留朵夫和玛丝洛娃这两个人的精神复活过程。

（三）欣赏小说的艺术手法

小说以叙事和描写为主，常常是通过一定的环境中的人物的活动来表现作家思想情感和对社会的认识，与诗歌相比，小说的叙事成分是很重的，它常常用叙事描写环境、交代情节的发生发展、刻画人物心理、写人间百态，这种叙事与描写为主的特点正是小说文体最主要的表达方式。如鲁迅小说《祝福》中，关于祥林嫂的遭遇的叙述，关于祥林嫂的故事发生的地点的交代，这些都是作者叙述出来的。而关于祥林嫂的眼睛变化则进行了细节性描写，通过这一描写，表现出了祥林嫂由一个能干的利索的妇女被摧残成了一具行尸走肉，没有思想，没有活力，只是一具活物。叙述视角有第一人称、第二人称、第三人称，传统文学中多采用第三人称叙述，以旁观者的口吻叙事。较近晚的作品中第一人称多了起来，第二人称叙事较为少见一些。现在更多一种变换人称和视角的叙述方法，如《水浒传》中“林教头风雪山神庙”里有一段写到：“忽一日，李小二正在门前安排菜蔬下饭，只见一个人闪将进来，酒店里坐下，随后又有一个闪入来。看时，前面那个人是军官打扮，后面这个走卒模样，跟着也来坐下。”这一段述显然是从李小二的视角来看的，小二看见一个是军官，一个是走卒，然后到“看时”二字，实际进行了视角转换，这样可以把故事讲得更加生动。

小说的艺术手法也是灵活多样的，除了叙述描写外，其他文学体裁常用的抒情、议论、说明、象征、拟人、独白等各种手法也常被小说所使用，这使小说呈现出变化多端的艺术效果。如《查泰莱夫人的情人》中，作家就有用了抒情、描写、比喻、拟人、独白等手法，来表现女主人公康妮逐步苏醒的内心世界，令人产生无限的感动，并对主人公产生了深深的理解与同情。小说在叙述描写的基础上运用其他手法，可以使作品表现出更加丰富的社会生活，人生百态与人类复杂微妙的情感世界。使其作品更具动人的魅力与永久的艺术生命。高晓声在《陈奂生上城》中主要采用了动态心理描写的方法，陈奂生是一个处于新旧交替时代的农民，以前是漏斗户主，改革开放后，日子好过了一点，想买顶帽子，还遇到一些新奇的事情讲给大家听以提高自己的威信，这是他的精神需要。小说围绕他买帽子发生的一系列事情，写出了他的心理变化。先是高高兴兴上城，后买帽子未成，卖油绳少钱，着急上火又感冒，先怕“送了老命”，又觉得“一生干净”“问心无愧”，心情又高兴。后因生病被吴书记送进了高级招待所，醒来后不知所措，怕弄脏了被子，怕压坏了沙发。再后来服务员告诉他要交五元钱的住宿费时，先是心疼，继而又自我安慰，然后要捞回来，用枕巾搽脸，不脱衣服睡觉，又使劲坐沙发，这样感觉自己心理有了一些平衡。这样写出来，陈奂生的心理变化起伏有致，把一个贫穷落后有小农意识而又不失善良的陈奂生给写活了。

第二节　中国古代小说欣赏

窦　氏

蒲松龄

南三复，晋阳世家也。有别墅，去所居十余里，每驰　骑日一诣之。适遇雨，途中有小村，见一农人家，门内宽敞，因投止焉。近村人固皆威重南。少顷，主人出邀，踽踖甚恭[1]。入其舍斗如。客既坐，主人始操篲[2]，殷勤氾扫[3]。既而泼蜜为茶。命之坐，始敢坐。问其姓名，自言：“廷章，姓窦。”未几，进酒烹雏，给奉周至。有笄女行炙，时止户外，稍稍露其半体，年十五六，端妙无比。南心动。雨歇既归，系念綦切。越日，具粟帛往酬，借此阶进。是后常一过窦，时携肴酒，相与留连。女渐稔，不甚避忌，辄奔走其前。睨之，则低鬟微笑。南益惑焉，无三日不往者。一日，值窦不在，坐良久，女出应客。南捉臂狎之。女惭急，峻拒曰：“奴虽贫，要嫁，何贵倨凌人也[4]！”时南失偶，便揖之曰：“倘获怜眷，定不他娶。”女要誓，南指矢天日[5]，以坚永约，女乃允之。自此为始，瞰窦他出，即过缱绻。女促之曰：“桑中之约[6]，不可长也。日在帡幪之下[7]，倘肯赐以姻好，父母必以为荣，当无不谐。宜速为计！”南诺之。转念农家岂堪匹偶，姑假其词以因循之[8]。会媒来议婚于大家，初尚踌躇；既闻貌美财丰，志遂决。女以体孕，催并益急，南遂绝迹不往。无何，女临蓐，产一男。父怒搒女，女　以情告，且言：“南要妇，告南以苦。南亦置之。女夜亡，视弃儿犹活，遂抱以奔南。款关而告阍者曰：“但得主人一言，我可不死。彼即不念我，宁不念儿耶？”阍人具以达南，南戒勿内[9]。女倚户悲啼，五更始不复闻。至明视之，女抱儿坐僵矣。窦忿，讼之上官，悉以南不义，欲罪南。南惧，以千金行赂得免。大家梦女披发抱子而告曰：“必勿许负心郎！若许，我必杀之！”大家贪南富，卒许之。既亲迎，奁妆丰盛，新人亦娟好。然善悲，终日未尝睹欢容；枕席之间，时复有涕洟。问之，亦不言。过数日，妇翁来，入门便泪，南未遑问故[10]，相将入室。见女而骇曰：“适于后园，见吾女缢死桃树上；今房中谁也？”女闻言，色暴变，仆然而死。视之，则窦女。急至后园，新妇果自经死。骇极，往报窦。窦发女冢，棺启尸亡。前忿未蠲[11]，倍益惨怒，复讼于官。官因其情幻，拟罪未决。南又厚饵窦，哀令休结；官亦受其赇嘱[12]，乃罢。而南家自此稍替[13]。又以异迹传播，数年无敢字者。南不得已，远于百里外聘曹进士女。未及成礼，会民间讹传，朝廷将选良家女充掖庭[14]，以故有女者，悉送归夫家。一日，有妪导一舆至，自称曹家送女者。扶女入室，谓南曰：“选嫔之事已急，仓卒不能如礼，且送小娘子来。”问：“何无客？”曰：“薄有奁妆，相从在后耳。”妪草草径去。南视女亦风致，遂与谐笑。女俯颈引带[15]，神情酷类窦女。心中作恶[16]，第未敢言[17]。女登榻，引被幛首而眠，亦谓是新人常态，弗为意。日敛昏，曹人不至，始疑。捋被问女，而女亦奄然冰绝。惊怪莫知其故，驰伻告曹[18]，曹竟无送女之事。相传为异。时有姚孝廉女新葬，隔宿为盗所发，破棺失尸。闻其异，诣南所征之，果其女。启衾一视，四体裸然。姚怒，质状于官。官以南屡无行，恶之，坐发冢见尸，论死。

异史氏曰：“始乱之而终成之，非德也；况誓于初而绝于后乎？挞于室，听之；哭于门，仍听之，抑何其忍！而所以报之者，亦比李十郎惨矣[19]！”

（本文选自《聊斋志异》）

注释

[1]踽蹐（jú jí）：局促不安。[2]篲（huì）：扫帚。[3]氾（fàn）扫：遍地打扫。[4]贵倨凌人：仗着权势和地位欺侮人。[5]指矢天日：指着上天和太阳发誓。矢，同“誓”。[6]桑中之约：指男女私相幽会。《诗经·鄘风·桑中》有“期我乎桑中”句。[7]帡幪（píng méng）：帐幕。此处引申为荫庇、照顾。[8]姑假其词以因循之：姑且用一些话来敷衍、拖延着。[9]内：同“纳”。[10]未遑（huáng）：无暇。[11]蠲（juān）：消除。[12]赇（qiú）嘱：贿赂和嘱托。[13]替：衰败。[14]掖庭：指皇帝的后妃居住的地方。[15]俯颈引带：泛指一举一动。[16]恶（wù）：憎恶，厌恶。[17]第：但。[18]伻（bēng）：使者。[19]李十郎：唐传奇《霍小玉传》中的人物。李十郎名益，与霍小玉相爱，发誓永不相负，后考取进士，便遗弃霍小玉，另娶卢氏。霍小玉悲愤而死，化为厉鬼，使李益家无宁日。

作者简介

蒲松龄（1640～1715），字留仙，一字剑臣，别号柳泉居士，世以其斋名称聊斋先生，淄川（今山东淄博）人。他出身于一个热衷科举的家庭，少时颇有文名，但自19岁中秀才后，却屡试不第，一直考到六十余岁，也未能及第。为了谋生，他一面应考，一面做私塾教师，时间长达四十年。他的大半生在穷愁潦倒中度过，对统治者的罪恶、人民的疾苦有深切的感受。蒲松龄一生著述丰富，有诗词文章、戏曲小说、俚曲、杂著等。成就最高、影响最大的是《聊斋志异》。

《聊斋志异》是蒲松龄的短篇小说集，用文言写成，收集了近五百篇作品。

作者"用传奇手法，而以志怪"（鲁迅《中国小说史略》），借狐鬼反映社会现实，揭露了封建政治的黑暗和科举制度的弊端；通过对青年男女的爱情、婚姻生活的描写，赞扬了他们反对封建礼教的精神。《聊斋志异》在思想和艺术上都达到了我国古代文言短篇小说的最高成就。

赏析

本篇小说通过南三复对窦氏的始乱终弃及窦氏灵魂复仇的故事，对封建统治阶级玩弄女性的罪行进行了愤怒的控诉与鞭挞，对被污辱被损害的女子的悲惨命运寄予深切同情，赞扬了她们坚决复仇的精神，同时也寄托了作者惩恶扬善的道德观念。全文情节曲折生动，作者爱憎分明，感情强烈。

这篇小说的主要情节分为两部分。从开头到"南惧，以千金行贿得免"为作品的第一部分，写南三复对窦氏的诱骗过程以及窦氏被抛弃后的悲惨遭遇。后面的为第二部分，写窦氏死后鬼魂两次复仇的经过，最终使南三复家破人亡，得到应有的惩罚。

作品着重塑造了南三复和窦氏这两个个性鲜明的人物形象。作品中，南三复的性格特点十分鲜明，他是一个有钱有势的世家子弟，"近村人固皆威重南"。他好色贪财，卑鄙狡诈。为了占有窦氏，他先是信誓旦旦，"指矢天日，以坚永约"，表示"倘获怜眷，定不他娶"，对窦氏的要求百依百顺，但是当窦氏提出早日成婚的要求后，他当面答应，转念便以"农家岂堪匹偶"对窦氏推脱敷衍；接着他又听说大家之女貌美财丰，便立即背弃了窦氏，娶大家之女为妻。他冷酷无情，残忍歹毒，不顾窦氏已有身孕，就把她当作一件旧衣服一样随手抛弃；当窦氏抱着婴儿来找他时，他拒不接见，任凭窦氏母子僵死在他家门口，其冷酷残忍达到极点。他还倚仗财势，勾结官府，行贿脱罪。作者在小说的结尾处对他进行了尖锐的批判："始乱之而终成之，非德也；况誓于初而绝于后乎？挞于室，听之；哭于门，仍听之，抑何其忍！"这揭示了当时社会现实的黑暗腐朽。窦氏是一个单纯朴实的农家少女，她美丽、纯洁，自尊自爱。当南三复"捉臂狎之"，想戏弄她时，她当即严词拒绝，"奴虽贫，要嫁，何贵倨凌人也"，表现了她不畏权势，不贪钱财的质朴性格，但她单纯幼稚，缺乏生活经验，当南三复"指矢天日"之后，她就信以为真，并轻易地以身相许，致使自己有了身孕，她就更加期待尽早与南三复成婚，直到产下一子，被父亲认为败坏了门风而招致拷打，她仍深信"南要我矣"。她对南三复始终抱着幻想，不愿相信残酷的事实，总以为南三复不会抛弃她，因此抱儿"以奔南"，希望南三复会收留她们，可是南三复始终拒绝和她相见，直到她们母子"坐僵"门口。这一切都没有打动南三复，窦氏终于觉醒，她化为厉鬼，找南三复复仇，最终把他置于死地，表达了无辜者坚决彻底的斗争精神。

除了这两个人物之外，作品还塑造了窦廷章这个具有浓厚封建意识的人物形象。他卑怯恭顺，敬畏名人，贪财怕事。对南三复，他毕恭毕敬，"[illegible]甚恭"，"殷勤氾扫"，"既而泼蜜为茶"，"命之坐，始敢坐"。这种对名人的卑怯，实际是对权势的恭顺。而对于他认为是败坏了门风的窦氏，他备感羞耻，全不念及父女情深，他先是怒打窦氏，当听说“南要我”时，出于对权势和钱财的敬畏，他曾放过窦氏，但当南三复“立却不承”后，他又变本加厉地责打窦氏，甚至抛弃婴儿。窦氏死后，他才两次控告南三复，却又接受“厚饵”而罢讼，足见其贪财畏势。

本文最大的艺术特色是善于在各种矛盾冲突中塑造人物形象，表达思想感情。在小说中，南三复与窦氏的矛盾是主要矛盾，全文始终围绕这一矛盾冲突展开情节，塑造人物。文章前半部分以南三复为主要人物，他抛弃窦氏，另娶高门，第一次导致了矛盾的激化，表现出他的卑鄙无耻。后半部分以窦氏为主要人物，她死后化为厉鬼，为了复仇，多次破坏南三复的婚事，让他不得安宁，矛盾再次激化。最后终于如愿以偿，南三复被处死，矛盾冲突达到高潮，人物形象的塑造也达到完美。此外，作品通过窦氏父女的矛盾，表现出窦廷章的卑怯愚昧、粗暴无情；通过窦廷章与南三复的矛盾，表现窦廷章的昏庸贪财。多种矛盾交织在一起，共同为人物形象的塑造服务，使人物形象更加鲜明生动，情节更加扣人心弦。

其次，作品的又一个特色是现实主义与浪漫主义的完美结合。作品描写的是封建社会下层妇女深受欺凌这一普遍的社会现实，而在写作风格上，作品前半部分采用的是写实手法，记述了事情的发生、发展和结局，后半部分则运用浪漫主义的手法，以虚幻的鬼魂复仇的故事情节表达了受害者的反抗，用幻想中超现实的力量使南三复受到惩罚。这是那个时代弱者所能采用的唯一方法。这种现实与虚幻相结合的写法，既揭露了现实生活中的丑恶与黑暗，又充分表现了作者的理想和爱憎情感。这种手法也是整部《聊斋志异》中大多数篇章所采用的写作手法，也是这部作品最吸引人的地方。

范进中举

吴敬梓

范进进学回家，母亲、妻子俱各欢喜。正待烧锅做饭，只见他丈人胡屠户，手里拿着一副大肠和一瓶酒，走了进来。范进向他作揖，坐下。胡屠户道：“我自倒运，把个女儿嫁与你这现世宝[1]穷鬼，历年以来，不知累了我多少。如今不知因我积了甚么德，带挈你中了个相公，我所以带个酒来贺你。”范进唯唯连声，叫浑家[2]把肠子煮了，烫起酒来，在茅草棚下坐着。母亲自和媳妇在厨下造饭。胡屠户又吩咐女婿道：“你如今既中了相公，凡事要立起个体统来。比如我这行事[3]里，都是些正经有脸面的人，又是你的长亲，你怎敢在我们跟前妆大[4]？若是家门口这些做田的，扒粪的，不过是平头百姓，你若同他拱手作揖，平起平坐，这就是坏了学校规矩，连我脸上都无光了。你是个烂忠厚没用的人，所以这些话我不得不教导你，免得惹人笑话。”范进道：“岳父见教的是。”胡屠户又道：“亲家母也来这里坐着吃饭。老人家每日小菜饭，想也难过。我女孩儿也吃些。自从进了你家门，这十几年，不知猪油可曾吃过两三回哩！可怜！可怜！”说罢，婆媳两个都来坐着吃了饭。吃到日西时分，胡屠户吃的醺醺的。这里母子两个，千恩万谢。屠户横披了衣服，腆着肚子去了。

次日，范进少不得拜拜乡邻。魏好古又约了一班同案[5]的朋友，彼此来往。因是乡试年，做了几个文会[6]。不觉到了六月尽间，这些同案的人约范进去乡试。范进因没有盘费，走去同丈人商议，被胡屠户一口啐在脸上，骂了一个狗血喷头，道：“不要失了你的时了！你自己只觉得中了一个相公，就‘癞蛤蟆想吃起天鹅肉’来！我听见人说，就是中相公时，也不是你的文章，还是宗师看见你老，不过意，舍与你的。如今痴心就想中起老爷[7]来！这些中老爷的都是天上的‘文曲星’！你不看见城里张府上那些老爷，都有万贯家私，一个个方面大耳？像你这尖嘴猴腮，也该撒抛[8]尿自己照照！不三不四，就想天鹅屁吃！趁早收了这心，明年在我们行事里替你寻一个馆[9]，每年寻几两银子，养活你那老不死的老娘和你老婆是正经！你问我借盘缠，我一天杀一个猪还赚不得钱把银子，都把与你去丢在水里，叫我一家老小嗑西北风！” 一顿夹七夹八，骂的范进摸门不着。辞了丈人回来，自心里想：“宗师说我火候已到，自古无场外的举人，如不进去考他一考，如何甘心？”因向几个同案商议，瞒着丈人，到城里乡试。出了场，即便回家。家里已是饿了两三天。被胡屠户知道，又骂了一顿。

到出榜那日，家里没有早饭米，母亲吩咐范进道：“我有一只生蛋的母鸡，你快拿集上去卖了，买几升米来煮餐粥吃，我已是饿的两眼都看不见了。”范进慌忙抱了鸡，走出门去。才去不到两个时候[10]，只听得一片声的锣响，三匹马闯将来。那三个人下了马，把马拴在茅草棚上，一片声叫道：“快请范老爷出来，恭喜高中了！”母亲不知是甚事，吓得躲在屋里；听见中了，方敢伸出头来说道：“诸位请坐，小儿方才出去了。”那些报录人[11]道：“原来是老太太。”大家簇拥着要喜钱。正在吵闹，又是几匹马，二报、三报到了，挤了一屋的人，茅草棚地下都坐满了。邻居都来了，挤着看。老太太没奈何，只得央及一个邻居去寻他儿子。

那邻居飞奔到集上，一地里[12]寻不见；直寻到集东头，见范进抱着鸡，手里插个草标，一步一踱的，东张西望，在那里寻人买。邻居道：“范相公，快些回去！你恭喜中了举人，报喜人挤了一屋里。”范进道是哄他，只装不听见，低着头往前走。邻居见他不理，走上来，就要夺他手里的鸡。范进道：“你夺我的鸡怎的？你又不买。”邻居道：“你中了举了，叫你家去打发报子哩。”范进道：“高邻，你晓得我今日没有米，要卖这鸡去救命，为甚么拿这话来混我？我又不同你顽，你自回去罢，莫误了我卖鸡。”邻居见他不信，劈手把鸡夺了，掼在地下，一把拉了回来。报录人见了道：“好了，新贵人回来了。”正要拥着他说话，范进三两步走进屋里来，见中间报帖已经升挂起来，上写道：“捷报贵府老爷范讳[13]进高中广东乡试第七名亚元[14]。京报连登黄甲。”

范进不看便罢，看了一遍，又念一遍，自己把两手拍了一下，笑了一声道：“噫！好了！我中了！”说着，往后一跤跌倒，牙关咬紧，不省人事。老太太慌了，慌将几口开水灌了过来。他爬将起来，又拍着手大笑道："噫！好！我中了！"笑着，不由分说，就往门外飞跑，把报录人和邻居都吓了一跳。走出大门不多路，一脚踹在塘里，挣起来，头发都跌散了，两手黄泥，淋淋漓漓一身的水，众人拉他不住，拍着笑着，一直走到集上去了。众人大眼望小眼，一齐道："原来新贵人欢喜疯了。"老太太哭道："怎生这样苦命的事！中了一个甚么举人，就得了这个拙病[15]！这一疯了，几时才得好？"娘子胡氏道："早上好好出去，怎的就得了这样的病！却是如何是好？"众邻居劝道："老太太不要心慌。我们而今且派两个人跟定了范老爷。这里众人家里拿些鸡蛋酒米，且管待了报子上的老爹们，再为商酌。"

当下众邻居有拿鸡蛋来的，有拿白酒来的，也有背了斗米来的，也有捉两只鸡来的。娘子哭哭啼啼，在厨下收拾齐了，拿在草棚下。邻居又搬些桌凳，请报录的坐着吃酒，商议"他这疯了，如何是好？"报录的内中有一个人道："在下倒有一个主意，不知可以行得行不得？"众人问："如何主意？"那人道："范老爷平日可有最怕的人？他只因欢喜狠了，痰涌上来，迷了心窍。如今只消他怕的这个人来打他一个嘴巴，说：'这报录的话都是哄你，你并不曾中。'他吃这一吓，把痰吐了出来，就明白了。"众邻都拍手道："这个主意好得紧，妙得紧！范老爷怕的，莫过于肉案子上胡老爹。好了！快寻胡老爹来。他想是还不知道，在集上卖肉哩。"又一个人道："在集上卖肉，他倒好知道了；他从五更鼓就往东头集上迎猪，还不曾回来。快些迎着去寻他。"

一个人飞奔去迎，走到半路，遇着胡屠户来，后面跟着一个烧汤的二汉[16]，提着七八斤肉，四五千钱，正来贺喜。进门见了老太太，老太太大哭着告诉了一番。胡屠户诧异道："难道这等没福？"外边人一片声请胡老爹说话。胡屠户把肉和钱交与女儿，走了出来。众人如此这般，同他商议。胡屠户作难道："虽然是我女婿，如今却做了老爷，就是天上的星宿。天上的星宿是打不得的！我听得斋公[17]们说：打了天上的星宿，阎王就要拿去打一百铁棍，发在十八层地狱，永不得翻身。我却是不敢做这样的事！"邻居内一个尖酸人说道："罢么！胡老爹，你每日杀猪的营生，白刀子进去，红刀子出来，阎王也不知叫判官在簿子上记了你几千条铁棍；就是添上这一百棍，也打甚么要紧？只恐把铁棍子打完了，也算不到这笔帐上来。或者你救好了女婿的病，阎王叙功，从地狱里把你提上第十七层来，也不可知。"报录的人道："不要只管讲笑话。胡老爹，这个事须是这般，你没奈何，权变[18]一权变。"屠户被众人局[19]不过，只得连斟两碗酒喝了，壮一壮胆，把方才这些小心收起，将平日的凶恶样子拿出来，卷一卷那油晃晃的衣袖，走上集去。众邻居五六个都跟着走。老太太赶出来叫道："亲家，你只可吓他一吓，却不要把他打伤了！"众邻居道："这自然，何消吩咐。"说着，一直去了。

来到集上，见范进正在一个庙门口站着，散着头发，满脸污泥，鞋都跑掉了一只，兀自拍着掌，口里叫道："中了！中了！"胡屠户凶神似的走到跟前，说道："该死的畜生！你中了甚么？"一个嘴巴打将去。众人和邻居见这模样，忍不住的笑。不想胡屠户虽然大着胆子打了一下，心里到底还是怕的，那手早颤起来，不敢打到第二下。范进因这一个嘴巴，却也打晕了，昏倒于地。众邻居一齐上前，替他抹胸口，捶背心，舞了半日，渐渐喘息过来，眼睛明亮，不疯了。众人扶起，借庙门口一个外科郎中“跳驼子”板凳上坐着。胡屠户站在一边，不觉那只手隐隐的疼将起来；自己看时，把个巴掌仰着，再也弯不过来。自己心里懊恼道：“果然天上文曲星是打不得的，而今菩萨计较起来了。”想一想，更疼的很了，连忙问郎中讨了个膏药贴着。

范进看了众人，说道：“我怎么坐在这里？”又道：“我这半日，昏昏沉沉，如在梦里一般。”众邻居道：“老爷，恭喜高中了。适才欢喜的有些引动了痰，方才吐出几口痰来，好了。快请回家去打发报录人。”范进说道：“是了。我也记得是中的第七名。”范进一面自绾了头发，一面问郎中借了一盆水洗洗脸。一个邻居早把那一只鞋寻了来，替他穿上。见丈人在跟前，恐怕又要来骂。胡屠户上前道：“贤婿老爷，方才不是我敢大胆，是你老太太的主意，央我来劝你的。”邻居内一个人道：“胡老爹方才这个嘴巴打的亲切，少顷范老爷洗脸，还要洗下半盆猪油来！”又一个道：“老爹，你这手明日杀不得猪了。”胡屠户道：“我那里还杀猪！有我这贤婿，还怕后半世靠不着也怎的？我每常说，我的这个贤婿，才学又高，品貌又好，就是城里头那张府、周府这些老爷，也没有我女婿这样一个体面的相貌。你们不知道，得罪你们说，我小老这一双眼睛，却是认得人的。想着先年，我小女在家里长到三十多岁，多少有钱的富户要和我结亲，我自己觉得女儿像有些福气的，毕竟要嫁与个老爷，今日果然不错！”说罢，哈哈大笑，众人都笑起来。看着范进洗了脸，郎中又拿茶来吃了，一同回家。范举人先走，屠户和邻居跟在后面。屠户见女婿衣裳后襟滚皱了许多，一路低着头替他扯了几十回。

到了家门，屠户高声叫道：“老爷回府了！”老太太迎着出来，见儿子不疯，喜从天降。众人问报录的，已是家里把屠户送来的几千钱打发他们去了。范进拜了母亲，也拜谢丈人。胡屠户再三不安道：“些须几个钱，不够你赏人。”范进又谢了邻居。正待坐下，早看见一个体面的管家，手里拿着一个大红全帖[20]，飞跑了进来：“张老爷来拜新中的范老爷。”说毕，轿子已是到了门口。胡屠户忙躲进女儿房里，不敢出来。邻居各自散了。

范进迎了出去，只见那张乡绅下了轿进来，头戴纱帽，身穿葵花色圆领，金带、皂靴。他是举人出身，做过一任知县的，别号静斋，同范进让了进来，到堂屋内平磕了头，分宾主坐下。张乡绅先攀谈道：“世先生同在桑梓[21]，一向有失亲近。”范进道：“晚生久仰老先生，只是无缘，不曾拜会。”张乡绅道：“适才看见题名录[22]，贵房师高要县汤公，就是先祖的门生，我和你是亲切的世弟兄。”范进道：“晚生侥幸，实是有愧。却幸得出老先生门下，可为欣喜。”张乡绅四面将眼睛望了一望，说道：“世先生果是清贫。”随在跟的家人手里拿过一封银子来，说道：“弟却也无以为敬，谨具贺仪五十两，世先生权且收着。这华居其实住不得，将来当事拜往[23]，俱不甚便。弟有空房一所，就在东门大街上，三进三间，虽不轩敞，也还干净，就送与世先生；搬到那里去住，早晚也好请教些。”范进再三推辞，张乡绅急了，道：“你我年谊世好，就如至亲骨肉一般，若要如此，就是见外了。”范进方才把银子收下，作揖谢了。又说了一会，打躬作别。胡屠户直等他上了轿，才敢走出堂屋来。

范进即将这银子交与浑家打开看，一封一封雪白的细丝锭子，即便包了两锭，叫胡屠户进来，递与他道：“方才费老爹的心，拿了五千钱来。这六两多银子，老爹拿了去。”屠户把银子攥在手里紧紧的，把拳头舒过来，道：“这个，你且收着。我原是贺你的，怎好又拿了回去？”范进道：“眼见得我这里还有这几两银子，若用完了，再来问老爹讨来用。”屠户连忙把拳头缩了回去，往腰里揣，口里说道：“也罢，你而今相与了这个张老爷，何愁没有银子用？他家里的银子，说起来比皇帝家还多些哩！他家就是我卖肉的主顾，一年就是无事，肉也要用四五千斤，银子何足为奇！”又转回头来望着女儿说道：“我早上拿了钱来，你那该死行瘟的兄弟还不肯，我说：‘姑老爷今非昔比，少不得有人把银子送上门来给他用，只怕姑老爷还不稀罕。’今日果不其然！如今拿了银子家去，骂这死砍头短命的奴才！”说了一会，千恩万谢，低着头，笑眯眯的去了。

（选自《儒林外史》）

注释

[1]现世宝：丢人现眼的活宝。骂人的话。[2]浑家：妻子。[3]行（hánɡ）事：行业。[4]妆大：即装大，摆架子。[5]同案：指同时考取秀才的人。[6]文会：秀才们为了准备参加乡试而举行的讨论观摩文章的集会。[7]老爷：这里指中了举人，因为举人就可以放官了，所以称老爷。[8]抛：同“泡”。[9]馆：家教的职业。[10]两个时候：即两个时辰。每个时辰合今两小时。[11]报录人：报告考中的喜讯以索取报酬的人。[12]一地里：一路上。[13]讳：因有所顾忌而不直说。这里是表示尊敬而不直呼其名。[14]亚元：乡试中举，第一名称“解（xiè）元”，第二名至第十七名称“亚元”。[15]拙病：怪病，疯病。[16]二汉：佣工。[17]斋公：寺庙中管香火、做杂务的人，又称庙祝。[18]权变：灵活。[19]局：碍于情面而不得不做自己不愿的事。[20]全帖：旧时郑重礼节所用的署名红色柬帖。单幅的叫单帖，横阔十倍于单帖而折叠成册的叫全帖。用全帖表示特别敬重。[21]世先生：有世交的同辈人之间客气的称呼。桑梓：代指乡里。古代人家住宅旁常栽桑树和梓树，故后世以桑梓为家乡的代称。[22]题名录：同科考中的举人的名录，并载有主考和同考官的姓名。[23]当事拜往：秉理政事，拜会交往。

作者简介

吴敬梓（1701～1754），字敏轩，一字粒民，因他的书斋名“文木山房”，晚年自号文木老人。安徽全椒人。出身于以科第起家的名门望族，曾祖、祖父、叔祖都是从科举步入仕途。吴敬梓年幼聪颖，才识过人。23岁时，父亲去世，他因慷慨好施，挥霍无度，被族人看作败家子。33岁时迁居南京，家境已十分困窘。36岁时，安徽巡抚赵国麟推荐他应博学鸿词考试，他借病推辞。晚年生活更为贫困，最后客死扬州。

《儒林外史》通过生动的艺术形象，再现了科举制度腐蚀下的各类文士的面貌。作品以封建士大夫的生活和精神状态为中心，猛烈地抨击了腐蚀文人灵魂的八股取士制度，深刻地揭露了封建道德和封建礼教的虚伪，是我国古典文学讽刺艺术的高峰。

赏析

本文节选自吴敬梓《儒林外史》第三回，通过范进中举发疯以及他中举前后的不同境遇，揭露并批判了封建科举制度对当时读书人及各阶层人的思想毒害，表现了封建礼教的腐朽和虚伪。清统治者为了巩固自己的统治地位，对汉族知识分子采取高压和笼络相结合的政策，一方面施行残酷的文字狱，以压制人民思想上的反抗；一方面千方百计地借科举来收买文人。封建思想的禁锢和功名利禄的引诱，使大多数文人沉迷举业，迂腐而麻木。而且这种科举制度不仅腐蚀了读书人的灵魂，还严重地毒害着下层人民的灵魂。《儒林外史》借前朝故事，描绘了一幅封建社会"儒林"人物的百丑图。

《儒林外史》在结构上没有贯穿全书的中心人物和中心事件，而是以几个人物的活动构成若干相对独立的故事。本文分三个部分，第一部分为前两段，写胡屠户对范进中秀才后的训斥和挖苦。第二部分为三到八自然段，写范进因中举而发疯。第三部分为后四个自然段，写范进中举后，不但胡屠户曲意逢迎，张乡绅也来嘘寒问暖。

本文最突出的艺术特点是着力刻画了几个个性鲜明的人物形象。范进是一个深受科举制度腐蚀的下层知识分子，他在科举的道路上挣扎了三十多年，毫不厌倦地参加了历次的考试，屡次的失败，使他形成了逆来顺受、胆小卑怯的性格。他虽然对周围的事物很麻木，对任何人都卑怯恭顺，但对科举的追求却十分执着。为了实现自己的愿望，他可以备受生活的困苦和乡人的奚落。由于多次科场的失败，一旦真中了举，他根本不敢相信这是真的，以致发疯。范进是作者刻画极为成功的人物之一。胡屠户是一个以功名利禄为唯一荣辱标准的小市民，愚昧庸俗又自命不凡，趋炎附势又装腔作势。范进中举前，他肆意挖苦训斥范进；范进中举后，他又挖空心思讨好奉迎范进；当不得不打发疯的范进时，激烈的思想斗争更把他丑恶庸俗的市侩嘴脸活画出来，使他的性格得以鲜明地展示。除了这两个人物之外，文中还写张乡绅的攀亲套近，众邻居的趋炎附势等。作者这些描写都不是浅层的，而是写进了人物的灵魂深处，入木三分，力透纸背；而写人又不只是着眼于人物本身，而是着眼于整个社会环境，着眼于人情冷暖，世态炎凉。作者把当时社会上广泛流行的功名富贵热，放在这样的典型社会环境中展开，就写出了科举考试制度的深刻之处。从作者含着泪的微笑中，可以体会到《儒林外史》"戚而能谐，婉而多讽"的讽刺艺术及其特有的深度和力量。

本文另一个重要的艺术特点是鲜明的对比。全文围绕着范进中举前后的一系列变化，安排了几组鲜明的对比，着力刻画各种人物的色相。一是胡屠户对范进前后态度的对比。中举前，胡屠户多次辱骂范进，骂他是"现世宝穷鬼"、埋怨他"不知累了我多少"、说他"尖嘴猴腮"、"癞蛤蟆想吃起天鹅肉"，并"一口啐在脸上，骂了一个狗血喷头”等。中举后，胡屠户却对范进奉迎不及，不仅在众人面前夸范进是“文曲星”，称他“贤婿老爷”；在回家路上，替范进扯了几十回衣裳，到家门口又高叫“老爷回府了”；并当着乡邻奉承范进“才学又高，品貌又好”，前后真是判若两人。二是世人对范进一家前后的态度对比。中举前，范进家断炊两三天了，没有人送一口粮。而中举后，邻居却主动拿出鸡、蛋、酒、米等，连范进发疯时跑丢的一只鞋，也有人找回替他穿上；张乡绅也迫不及待地前来叙礼，送钱送房。三是范进中举前后生活状况的对比。中举前，家里人饿了两三天，母亲饿得两眼都看不见了，只等范进卖了鸡买米下锅；而中举后，田产房舍、金钱粮米等应有尽有。通过这些对比，世态炎凉被作者刻画得淋漓尽致。

文章还适当运用了夸张的手法。范进听说自己中举后居然发疯，这种夸张看似荒诞，却是无比真实地写出了范进几十年的悲苦辛酸，苦尽甘来，往往乐极生悲。胡屠户打了“文曲星”一巴掌，手掌竟然仰着，弯不过来，这些夸张似乎有些荒诞不经，但却将事物的本质以鲜明的形象揭示了出来。

最后作者善于用白描手法刻画人物，也是本文一个重要的特点。作者在作品中没有做主观的褒贬，而是让人物通过自己的言行来表现自己，让读者从场面和细节中去认识人物形象。这种白描的手法在小说中比比皆是，即使是一些次要的场面和细节，也写得很精彩。如写范进卖鸡的情景，虽是几笔，却通过他拿鸡的姿势、找买主的神情及步履的方式，形象地显示出这穷书生的迂拙。

宝玉挨打

曹雪芹

原来宝玉会过雨村[1]回来听见了，便知金钏儿含羞赌气自尽，心中早又五内摧伤，进来被王夫人数落教训，也无可回说。见宝钗进来，方得便出来，茫然不知何往，背着手，低头一面感叹，一面慢慢的走着，信步来至厅上。刚转过屏门，不想对面来了一人正往里走，可巧儿撞了个满怀。只听那人喝了一声“站住！”宝玉唬了一跳，抬头一看，不是别人，却是他父亲，不觉的倒抽了一口气，只得垂手一旁站了。贾政道：“好端端的，你垂头丧气咳些什么？方才雨村来了要见你，叫你那半天你才出来；既出来了，全无一点慷慨挥洒谈吐，仍是葳葳蕤蕤[2]。我看你脸上一团思欲愁闷气色，这会子又咳声叹气。你那些还不足，还不自在？无故这样，却是为何？”宝玉素日虽是口角伶俐，只是此时一心总为金钏儿感伤，恨不得此时也身亡命殒，跟了金钏儿去。如今见了他父亲说这些话，究竟不曾听见，只是怔呵呵的站着。

贾政见他惶悚[3]，应对不似往日，原本无气的，这一来倒生了三分气。方欲说话，忽有回事人来回：“忠顺亲王府里有人来，要见老爷。”贾政听了，心下疑惑，暗暗思忖道：“素日并不和忠顺府来往，为什么今日打发人来？”一面想，一面令“快请”，急走出来看时，却是忠顺府长史官，忙接进厅上坐了献茶。

未及叙谈，那长史官先就说道：“下官此来，并非擅造潭府[4]，皆因奉王命而来，有一件事相求。看王爷面上，敢烦老大人作主，不但王爷知情，且连下官辈亦感谢不尽。”贾政听了这话，抓不住头脑，忙陪笑起身问道：“大人既奉王命而来，不知有何见谕[5]，望大人宣明，学生好遵谕承办。”那长史官便冷笑道：“也不必承办，只用大人一句话就完了。我们府里有一个做小旦的琪官[6]，一向好好在府里，如今竟三五日不见回去，各处去找，又摸不着他的道路，因此各处访察。这一城内，十停[7]人倒有八停人都说，他近日和衔玉的那位令郎[8]相与甚厚。下官辈等听了。尊府不比别家，可以擅入索取，因此启明王爷。王爷亦云：‘若是别的戏子呢，一百个也罢了；只是这琪官随机应答，谨慎老诚，甚合我老人家的心，竟断断少不得此人。’故此求老大人转谕令郎，请将琪官放回，一则可慰王爷谆谆奉恳之意，二则下官辈也可免操劳求觅之苦。”说毕，忙打一躬。

贾政听了这话，又惊又气，即命唤宝玉来。宝玉也不知是何原故，忙赶来时，贾政便问：“该死的奴才！你在家不读书也罢了，怎么又做出这些无法无天的事来！那琪官现是忠顺王爷驾前承奉的人，你是何等草芥，无故引逗他出来，如今祸及于我。”宝玉听了唬了一跳，忙回道：“实在不知此事。究竟连‘琪官’两个字不知为何物，岂更又加‘引逗’二字！”说着便哭了。贾政未及开言，只见那长史官冷笑道：“公子也不必掩饰。或隐藏在家，或知其下落，早说了出来，我们也少受些辛苦，岂不念公子之德？”宝玉连说：“实在不知。恐是讹传，也未见得。”那长史官冷笑道：“现有据证，何必还赖？必定当着老大人说了出来，公子岂不吃亏？既云不知此人，那红汗巾子怎么到了公子腰里？”宝玉听了这话，不觉轰去魂魄，目瞪口呆，心下自思：“这话他如何得知！他既连这样机密事都知道了，大约别的瞒他不过，不如打发他去了，免的再说出别的事来。”因说道：“大人既知他的底细，如何连他置买房舍这样大事倒不晓得了？听得说他如今在东郊离城二十里有个什么紫檀堡，他在那里置了几亩田地，几间房舍。想是在那里也未可知。”那长史官听了，笑道：“这样说，一定是在那里，我且去找一回，若有了便罢，若没有，还要来请教。”说着，便忙忙的走了。贾政此时气的目瞪口歪，一面送那长史官，一面回头命宝玉：“不许动！回来有话问你！”一直送那官员去了。才回身，忽见贾环带着几个小厮一阵乱跑。贾政喝令小厮：“快打，快打!”贾环见了他父亲，唬的骨软筋酥，忙低头站住。贾政便问：“你跑什么？带着你的那些人都不管你，不知往那里逛去，由你野马一般!”喝令：“叫跟上学的人来。”贾环见他父亲盛怒，便乘机说道：“方才原不曾跑，只因从那井边一过，那井里淹死了一个丫头，我看见人头这样大，身子这样粗，泡的实在可怕，所以才赶着跑了过来。”贾政听了惊疑，问道：“好端端的，谁去跳井？我家从无这样事情。自祖宗以来，皆是宽柔以待下人。——大约我近年于家务疏懒，自然执事人操克夺之权[9]，致使生出这暴殄轻生[10]的祸患。若外人知道，祖宗颜面何在!”喝令：“快叫贾琏、赖大来!”小厮们答应了一声，方欲叫去，贾环忙上前拉住贾政的袍襟，贴膝跪下道：“父亲不用生气。此事除太太房里的人，别人一点也不知道。我听见我母亲说……”说到这里，便回头四顾一看。贾政知意，将眼一看众小厮，小厮们明白，都往两边后面退去。贾环便悄悄说道："我母亲告诉我说，宝玉哥哥前日在太太屋里，拉着太太的丫头金钏儿，强奸不遂，打了一顿。那金钏儿便赌气投井死了。"话未说完，把个贾政气的面如金纸，大喝："快拿宝玉来!"一面说一面便往里边书房里去，喝令："今日再有人劝我，我把这冠带家私[11]一应交与他和宝玉过去！我免不得做个罪人，把这几根烦恼鬓毛剃去，寻个干净去处自了[12]，也免得上辱先人、下生逆子之罪。"众门客仆从见贾政这个形景，便知又是为宝玉了，一个个都是啖指咬舌，连忙退出。那贾政喘吁吁直挺挺坐在椅子上，满面泪痕，一叠声"拿宝玉！拿大棍！拿索子捆上！把各门都关上！有人传信往里头去，立刻打死！"众小厮们只得齐声答应，有几个来找宝玉。

那宝玉听见贾政吩咐他"不许动"，早知凶多吉少，那里承望贾环又添了许多的话。正在厅上干转，怎得个人来往里头去捎信，偏生没个人，连焙茗也不知在那里。正盼望时，只见一个老姆姆出来。宝玉如得了珍宝，便赶上来拉他，说道："快进去告诉：老爷要打我呢！快去，快去！要紧，要紧！"宝玉一则急了，说话不明白；二则老婆子偏生又聋，竟不曾听见是什么话，把"要紧"二字只听作"跳井"二字，便笑道："跳井让他跳去，二爷怕什么？"宝玉见是个聋子，便着急道："你出去叫我的小厮来罢。"那婆子道："有什么不了的事？老早的完了。太太又赏了衣服，又赏了银子，怎么不了事的！"

宝玉急的跺脚，正没抓寻处，只见贾政的小厮走来，逼着他出去了。贾政一见，眼都红紫了，也不暇问他在外流荡优伶，表赠私物，在家荒疏学业，淫辱母婢等语，只喝令："堵起嘴来，着实打死！"小厮们不敢违拗，只得将宝玉按在凳上，举起大板，打了十来下。宝玉自知不能讨饶，只是呜呜的哭。贾政犹嫌打的轻，一脚踢开掌板的，自己夺过来，咬着牙狠命的又打了十几下。宝玉生来未经过这样苦楚，起先觉得打的疼不过，还乱嚷乱哭，后来渐渐气弱声嘶，哽咽不出。众门客见打的不祥[13]了，忙上前夺劝。贾政哪里肯听？说道："你们问问他干的勾当，可饶不可饶！素日皆是你们这些人把他酿坏了，到这步田地，还来劝解！明日酿到他弑父弑君，你们才不劝不成？"众人听这话不好，知道气急了，忙又退出，只得觅人进去给信。王夫人听了，不及去回贾母，便忙穿衣出来，也不顾有人没人，忙忙扶了一个丫头赶往书房中来，慌的众门客小厮等避之不及。

贾政正要再打，一见王夫人进来，更如火上浇油一般，那板子越发下去的又狠又快。按宝玉的两个小厮忙松了手走开，宝玉早已动弹不得了。贾政还欲打时，早被王夫人抱住板子，贾政道："罢了，罢了！今日必定要气死我才罢！"王夫人哭道："宝玉虽然该打，老爷也要自重。况且炎天暑日的，老太太身上也不大好，打死宝玉事小，倘或老太太一时不自在了，岂不事大！"贾政冷笑道："倒休提这话！我养了这不肖的孽障，我已不孝；平昔教训他一番，又有众人护持。不如趁今日一发勒死了，以绝将来之患！"说着，便要绳索来勒死。王夫人连忙抱住哭道："老爷虽然应当管教儿子，也要看夫妻分上。我如今已将五十岁的人，只有这个孽障，必定苦苦的以他为法，我也不敢深劝。今日越发要他死，岂不是有意绝我呢？既要勒死他，索性拿绳子来先勒死我，再勒死他。我们娘儿们不如一同死了，在阴司里也得个依靠。”说毕，抱住宝玉，放声大哭起来。贾政听了此话，不觉长叹一声，向椅上坐了，泪如雨下。王夫人抱着宝玉，只见他面白气弱，底下穿着一条绿纱小衣，一片皆是血渍。禁不住解下汗巾去，由腿看至臀胫，或青或紫，或整或破，竟无一点好处，不觉失声大哭起“苦命的儿”来，因哭出“苦命儿”来，忽又想起贾珠来，便叫着贾珠哭道：“若有你活着，便死一百个我也不管了！”此时里面的人闻得王夫人出来，那李纨、凤姐及迎、探姊妹两个也都出来了。王夫人哭着贾珠的名字，别人还可，惟有李纨禁不住也抽抽搭搭的哭起来了。贾政听了，那泪珠更似走珠一般滚了下来。

正没开交处，忽听丫鬟来说：“老太太来了。”一句话未了，只听窗外颤巍巍的声气说道：“先打死我，再打死他，岂不干净！”贾政见他母亲来了，又急又痛，连忙迎出来。只见贾母扶着丫头，喘吁吁的走来。贾政上前躬身陪笑道：“大暑热的天，老太太有什么吩咐，何必自己走来，有话只该叫了儿子进去吩咐便了。”贾母听说，便止住步喘息一回，厉声说道：“你原来是和我说话！我倒有话吩咐，只是我一生没养个好儿子，却教我和谁说去！”贾政听这话不象，忙跪下含泪说道：“为儿的教训儿子，也为的是光宗耀祖。老太太这话，儿子如何当得起？”贾母听说，便啐了一口，说道：“我说一句话，你就禁不起！你那样下死手的板子，难道宝玉就禁得起了？你说教训儿子是光宗耀祖，当初你父亲怎么教训你来！”说着，不觉就滚下泪来。贾政又陪笑道：“老太太也不必伤感，都是儿子一时性急，从此以后，再不打他了。”贾母便冷笑道：“你也不必和我使性子赌气的，你的儿子，自然你要打就打。我也不该管你打不打。想来你也厌烦我们娘儿们，不如我们赶早儿离了你，大家干净！”说着便令人：“去看轿！我和你太太、宝玉立刻回南京去！”家下人只得答应着。贾母又叫王夫人道：“你也不必哭了。如今宝玉年纪小，你疼他；他将来长大成人，为官作宰的，也未必想着你是他父亲了。你如今倒是不疼他，只怕将来还少生一口气呢！”贾政听说，忙叩头说道：“母亲如此说，儿子无立足之地了。”贾母冷笑道：“你分明使我无立足之地，你反说起你来！只是我们回去了，你心里干净，看有谁来不许你打！”一面说，一面只命：“快打点行李车辆轿马回去！”贾政直挺挺跪着，叩头认罪。

贾母一面说，一面又记挂宝玉，忙进来看时，只见今日这顿打不比往日，又是心疼，又是生气，也抱着哭个不了。王夫人与凤姐等解劝了一会，方渐渐的止住。早有丫鬟媳妇等上来要搀宝玉。凤姐便骂：“糊涂东西，也不睁开眼瞧瞧！这个样儿，怎么搀着走的？还不快进去把那藤屉子春凳抬出来呢！”众人听了，连忙进去，果然抬出春凳来，将宝玉放上，随着贾母王夫人等进去，送至贾母屋里。

彼时贾政见贾母气未全消，不敢自便，也跟了进去。看看宝玉，果然打重了，再看看王夫人一声“肉”一声“儿”的哭道：“你替珠儿早死了，留着珠儿，也免你父亲生气，我也不白操这半世的心了！这会子你倘或有个好歹，丢下我，叫我靠那一个！”数落一场，又哭“不争气的儿”。贾政听了，也就灰心，自悔不该下毒手打到如此地步。先劝贾母，贾母含泪说道：“儿子不好，原是要管的，不该打到这个分儿。你不出去，还在这里做什么！难道于心不足，还要眼看着他死了才去不成!”贾政听说，方退了出来。

此时薛姨妈、宝钗、香菱、袭人、湘云等也都在这里。袭人满心委屈，只不好十分使出来。见众人围着，灌水的灌水，打扇的打扇，自己插不下手去，便索性走出来，到二门前，命小厮们找了焙茗来细问：“方才好端端的，为什么打起来？你也不早来透个信儿!”焙茗急的说：“偏生我没在跟前，打到半中间我才听见了。忙打听原故，却是为琪官和金钏姐姐的事。”袭人道：“老爷怎么知道的？”焙茗道：“那琪官的事，多半是薛大爷素日吃醋，没法儿出气，不知在外头唆挑了谁来，在老爷跟前下的蛆。那金钏儿姐姐的事，大约是三爷说的，我也是听见老爷的人说的。”袭人听了这两件事都对景[14]，心中也就信了八九分。然后回来，只见众人都替宝玉疗治。调停完备，贾母命：“好生抬到他房内去。”众人答应，七手八脚，忙把宝玉送入怡红院内自己床上卧好。又乱了半日，众人渐渐散去了。袭人方进前来经心服侍细问。

话说袭人见贾母王夫人等去后，便走来宝玉身边坐下，含泪问他：“怎么就打到这步田地？”宝玉叹气说道：“不过那些事，问他做什么！只是下半截疼的很，你瞧瞧，打坏了那里？”袭人听说，便轻轻的伸手进去，将中衣[15]褪下，略动一动，宝玉便咬着牙叫“嗳哟”，袭人连忙停住手。如此三四次，才褪了下来。袭人看时，只见腿上半段青紫，都有四指阔的僵痕高了起来。袭人咬着牙说道：“我的娘！怎么下这般的狠手！你但凡听我一句话，也不到这个分儿。幸而没动筋骨，倘或打出个残疾来，可叫人怎么样呢？”

正说着，只听丫鬟们说：“宝姑娘来了。”袭人听见，知道穿不及中衣，便拿了一床袷纱被替宝玉盖了。只见宝钗手里托着一丸药走进来，向袭人说道：“晚上把这药用酒研开，替他敷上，把那淤血的热毒散开，就好了。”说毕，递与袭人。又问：“这会子可好些？”宝玉一面道谢，说：“好些了。”又让坐。宝钗见他睁开眼说话，不象先时，心中也宽慰了好些，便点头叹道：“早听人一句话，也不至有今日。别说老太太、太太心疼，就是我们看着，心里也——”刚说了半句，又忙咽住，自悔话说的急了，不觉的眼圈微红，双腮带赤，低头不语了。宝玉听得这话如此亲切，大有深意，忽见他又咽住不往下说，红了脸，低下头，只管弄衣带，那一种软怯娇羞、轻怜痛惜之情，竟难以言语形容，越觉心中感动，将疼痛早丢在九霄云外去了。想到：“我不过挨了几下打，他们一个个就有这些怜惜悲感之态，令人可亲可敬。假若我一时竟别有大故[16]，他们还不知何等悲感呢！既是他们这样，我便一时死了，得他们如此，一生事业纵然尽付东流，亦无足叹惜了。”

正想着，只听宝钗问袭人道：“怎么好好的动了气，就打起来了？”袭人便把焙茗的话悄悄说了。宝玉原来还不知道贾环的话，见袭人说出，方才知道。因又拉上薛蟠，惟恐宝钗沉心[17]，忙又止住袭人道：“薛大哥哥从来不这样的，你们别混猜度。”宝钗听说，便知道是怕他多心，用话拦袭人。因心中暗暗想道：“打的这个形象，疼还顾不过来，还是这样细心，怕得罪了人。可见在我们身上也算是用心了，你既这样用心，何不在外头大事上作工夫，老爷也喜欢了，也不能吃这样亏。但你固然怕我沉心，所以拦袭人的话，难道我就不知我哥哥素日恣心纵欲、毫无防范的那种心性？当日为一个秦钟，还闹的天翻地覆，自然如今比先又加利害了。”想毕，因笑道：“你们也不必怨这个怨那个，据我想，到底宝兄弟素日肯和那些人来往，老爷才生气。就是我哥哥说话不防头，一时说出宝兄弟来，也不是有心挑唆：一则也是本来的实话，二则他原不理论这些防嫌小事。袭姑娘从小儿只见过宝兄弟这样细心的人，何曾见过我哥哥那天不怕地不怕、心里有什么口里就说什么的人？”袭人因说出薛蟠来，见宝玉拦他的话，早已明白自己说造次了[18]，恐宝钗没意思；听宝钗如此说，更觉羞愧无言。宝玉又听宝钗这番话，半是堂皇正大，半是体贴自己的私心，更觉比先心动神移。方欲说话时，只见宝钗起身说道：“明儿再来看你，好生养着罢。方才我拿了药来，交给袭人，晚上敷上，管就好了。”说着便走出门去。袭人赶着送出院外，说：“姑娘倒费心了。改日宝二爷好了，亲自来谢。”宝钗回头笑道：“这有什么的？只劝他好生静养，别胡思乱想就好了。要想什么吃的玩的，悄悄的往我那里只管取去，不必惊动老太太、太太众人。倘或吹到老爷耳朵里，虽然彼时不怎么样，将来对景，终是要吃亏的。”说着去了。

袭人抽身回来，心内着实感激宝钗。进来见宝玉沉思默默、似睡非睡的模样，因而退出房外，自去栉沐[19]。宝玉默默的躺在床上，无奈臀上作痛，如针挑刀挖一般，更又热如火炙，略展转时，禁不住“嗳哟”之声。那时天色将晚，因见袭人去了，却有两三个丫鬟伺候，此时并无呼唤之事，因说道：“你们且去梳洗，等我叫时再来。”众人听了，也都退出。

这里宝玉昏昏默默，只见蒋玉菡走了进来，诉说忠顺府拿他之事；一时又见金钏儿进来，哭说为他投井之情。宝玉半梦半醒，都不在意。忽又觉有人推他，恍恍惚惚听得有人悲切之声。宝玉从梦中惊醒，睁眼一看，不是别人，却是黛玉。宝玉犹恐是梦，忙又将身子欠起来，向脸上细细一认，只见他两个眼睛肿的桃儿一般，满面泪光，不是黛玉却是那个？宝玉还欲看时，怎奈下半截疼痛难禁，支持不住，便“嗳哟”一声，仍就倒下，叹了口气说道：“你又做什么跑来！太阳才落，那地上的余气未散，倘或又受了暑，怎么好呢？我虽然捱了打，并不觉疼痛。我这个样儿，是装出来哄他们，好在外头布散与老爷听。其实是假的，你别信真了。”

此时林黛玉虽不是嚎啕大哭，然越是这等无声之泣，气噎喉堵，更觉得利害。听了宝玉这番话，心中虽有万句言语，要说时却不能说得半句。半日，方抽抽噎噎的道：“你从此可都改了罢！”宝玉听说，便长叹一声道：“你放心。别说这样话。我便为这些人死了，也是情愿的！”

一句话未了，只见院外人说：“二奶奶来了。”黛玉便知是凤姐来了，连忙立起身，说道：“我从后院子里去罢，回来再来。”宝玉一把拉住道：“这可奇了，好好的，怎么怕起他来？”黛玉急的跺脚，悄悄的说道：“你瞧瞧我的眼睛！回头又该他拿咱们取笑了。”宝玉听说，赶忙的放手。黛玉三步两步转过床后，出后院而去。

（选自《红楼梦》）

注释

[1]雨村：贾雨村。本是个潦倒文人，后经林黛玉之父林如海的推荐，结识了贾政，并借助贾府势力升任应天府尹。[2]葳蕤（wéi）蕤蕤（ruǐ）：精神不振的样子。[3]惶悚（sǒng）：惊惶害怕的样子。[4]擅造潭府：擅自到贵府来。造，到。潭府，旧时对别人住宅的尊称。[5]见谕：告诉我。见：用在动词前表示对我怎么样。[6]琪官：蒋玉函。唱小旦的优伶，与宝玉交往甚厚，后娶袭人为妻。[7]停：把总数分成若干份，其中一份叫一停。[8]令郎：对别人儿子的客气称呼。[9]克夺之权：生杀欲夺的权利。[10]暴殄（tian）：是指残暴毁灭他人生命。轻生：是指不重视自己的生命而自杀。[11]冠带家私：官职和家产。冠带，以官服代指官爵。[12]干净去处自了：指出家当和尚。[13]不祥：不吉利，不好。[14]对景：情景恰巧吻合。[15]中衣：贴身的衣裤。[16]大故：死亡。[17]沉心：指往心里去，造成不愉快。[18]造次：鲁莽，轻率。[19]栉（zhì）沐：梳洗。

作者简介

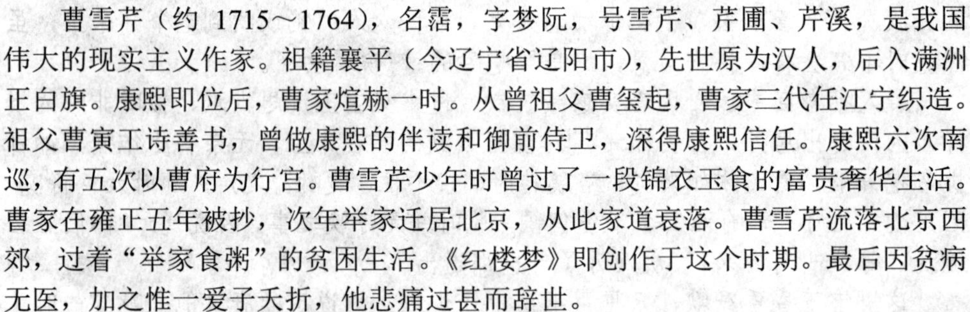

曹雪芹（约 1715～1764），名霑，字梦阮，号雪芹、芹圃、芹溪，是我国伟大的现实主义作家。祖籍襄平（今辽宁省辽阳市），先世原为汉人，后入满洲正白旗。康熙即位后，曹家煊赫一时。从曾祖父曹玺起，曹家三代任江宁织造。祖父曹寅工诗善书，曾做康熙的伴读和御前侍卫，深得康熙信任。康熙六次南巡，有五次以曹府为行宫。曹雪芹少年时曾过了一段锦衣玉食的富贵奢华生活。曹家在雍正五年被抄，次年举家迁居北京，从此家道衰落。曹雪芹流落北京西郊，过着“举家食粥”的贫困生活。《红楼梦》即创作于这个时期。最后因贫病无医，加之惟一爱子夭折，他悲痛过甚而辞世。

《红楼梦》共一百二十回，前八十回为曹雪芹作，后四十回一般认为是高鹗续作。全书以贾、王、史、薛四大家族为背景，以贾宝玉、林黛玉、薛宝钗之间的恋爱、婚姻悲剧为中心，描写了以贾府为代表的封建贵族大家庭由盛而衰的过程，深刻反映了当时广阔的社会生活，揭示了封建制度趋于崩溃和必然灭亡的历史趋势。小说规模宏大，结构严谨，善于刻画人物，语言优美生动。无论思想还是艺术成就，都达到了中国古典小说创作的最高峰。

赏析

本文节选自《红楼梦》第三十三回和第三十四回，通过宝玉挨打这一场面的描写，揭示了封建正统势力对封建叛逆者的无情镇压，反映了封建社会末期统治阶级内部的尖锐矛盾。同时还表现了贾府上下各主要人物的思想情感和性格特征，尤其表现了薛宝钗、林黛玉的个性和心理。选文是宝玉、黛玉、宝钗之间爱情纠葛的一个重要环节。

选文分三部分。第一部分主要写宝玉挨打的起因。这原因主要有三个：一是由于宝玉不愿与贾雨村“挥洒谈吐”，给贾政丢脸，并为投井自杀的丫头金钏儿“垂头丧气”，又令贾政“生了三分气”；二是由于宝玉与戏子蒋玉菡（琪官）平等交往，招惹了忠顺王爷，祸及于贾政，激起了贾政更大的怒火；三是贾政

庶出的儿子、宝玉的异母弟弟贾环，出于嫡庶间的矛盾和嫉恨，在贾政面前挑拨是非，这无异于火上浇油，于是贾政下狠心要痛打宝玉这不肖子孙。第二部分主要描述宝玉挨打的经过。这一部分主要包括三个情节：一是贾政下狠心要打死宝玉，先逼着小厮们狠打，接着又自己亲自狠打，最后还要勒死宝玉，以绝后患；二是王夫人苦苦哀劝贾政，先劝后哭，数落中想念死掉的长子贾珠；三是贾府至高无上的权威贾母出场，阻止了贾政，平息了风波。第三部分主要写宝玉挨打后，贾府上下探望宝玉的情形。这一部分重点写了三个人物的探视：一是袭人，她是宝玉的贴身丫头，待众人去后，她精心照料宝玉，细心探察宝玉挨打的原因和伤势；二是薛宝钗，她先送上治伤的丸药，然后安慰宝玉，并劝宝玉改悔；三是林黛玉，她见了宝玉并无言语，只有"无声哭泣"，最后怕被凤姐撞见，慌忙从后门逃走。

要把握本文的思想内容，首先要仔细分析文中的几个主要人物形象。宝玉是一个鄙视仕途经济、背离封建礼教的贵族叛逆者，他憎恶没有自由的贵族家庭，蔑视封建礼教，不愿走仕途科举之路，反对男尊女卑、主贵仆贱的封建伦理观念，渴望人与人之间的平等，虽贵为上层社会的公子，却和社会地位最低下的戏子琪官结为好友。即使惨遭毒打，也丝毫没有悔改的意思，并表示"我便为这些人死了，也是情愿的"。这说明宝玉对自己选定的道路意志坚决，至死不悔。贾政是封建制度和封建礼教的忠实卫道者，他循规蹈矩，谨小慎微。他从自己的阶级利益出发，竭力想巩固封建统治，当宝玉的行为"祸及于"他时，他凭借自己的家长权力，不惜对叛逆者采取无情的压制，甚至要"勒死"他以绝后患。这把贾政的残酷刻画的淋漓尽致，突出了他对封建制度的忠心和对叛逆思想的恐惧。

宝玉挨打后，薛宝钗和林黛玉先后前来探视，作品通过对她们两个不同行为的描写，展现了二人不同的感情表露方式和个性特征。宝钗生长于封建大家庭，深受封建礼教的熏陶，谙熟世故，八面玲珑，极富于心计。她对宝玉怀有少女的情感，所以她希望宝玉用心于仕途经济，立身扬名。她对宝玉的探视极有分寸，先是送药，再是问候，接着便切入正题"早听人一句话，也不至有今日。"表示了对宝玉的"轻怜痛惜"，让宝玉感动不已。最后当提及宝玉挨打涉及薛蟠时，宝钗的一番话冠冕堂皇，义正词严。这些语言及行为的描写，充分表现了宝钗工于心计、绵里藏针、欲露又掩的个性特征。而黛玉自幼父母双亡，寄人篱下，深知世态炎凉、人情冷暖，性格孤僻清高，说话语带锋芒，但为人真诚。更重要的是，她与宝玉志同道合，反对仕途科举，勇于追求自由幸福，所以她对宝玉的探视是出于惺惺相惜、心心相印的知己之爱。她见到宝玉并无一言，只有"无声之泣"，对宝玉她虽有千言万语，却说不出一句话，半天才抽抽搭搭地说："你可都改了罢！"话语不多，更反衬出黛玉与宝玉心性相通，同病相怜。

《红楼梦》是一部伟大的现实主义小说，在本文中，作者紧紧抓住宝玉挨打这一典型事件，将众多人物置于同一尖锐的矛盾冲突中，通过不同人物的语言、行动、表情和心理等方面细致而生动的刻画了人物的个性特征。特别是对贾政、贾宝玉、王夫人这几个处于事件中心位置的人物，作者善于抓住一些细节，进行精细和深刻的描写，如写贾政流泪和王夫人哭儿的细节，都写到了他们的灵魂深处，极富于典型性，是全书最有代表性的细节描写，具有很强的历史感和深厚的文化内涵。

其次，本文善于运用对比手法来刻画人物，让人物在性格、思想等各方面形成鲜明的对比。如贾政与贾宝玉父子之间的对比，两个人站在不同的阶级立场上，不仅性格相反，而且思想矛盾更为尖锐。通过他们父子的对比，突出了封建礼教的叛逆者和封建制度的卫道士之间不可调和的矛盾，指出了他们父子冲突的实质是封建统治思想与反封建思想的尖锐对立。又如薛宝钗与林黛玉之间的性格对比，是通过她们不同的语言、动作、神态、表情等来体现的，显得极其传神。

此外，本文的结构前后衔接，情节的组织安排，细针密线，巧运匠心，伏脉千里，却又不露痕迹，显得十分自然。

第三节　中国现当代小说欣赏

伤　逝

鲁　迅

如果我能够，我要写下我悔恨和悲哀，为子君，为自己。

会馆里的被遗忘在偏僻里的破屋是这样地寂静和空虚。时光过得真快，我爱子君，仗着她逃出这寂静和空虚，已经满一年了。事情又这么不凑巧，我重来时，偏偏空着的又只有这一间屋。依然是这样的破窗，这样的窗外的半枯的槐树和老紫藤，这样的窗前的方桌，这样的败壁，这样的靠壁的板床。深夜中独自躺在床上，就如我未曾和子君同居以前一般，过去一年中的时光全被消灭，全未有过，我并没有曾经从这破屋子搬出，在吉兆胡同创立了满怀希望的小小的家庭。

不但如此，在一年之前，这寂静和空虚是并不这样的，常常含着期待；期待子君的到来。在久待的焦躁中，一听到皮鞋的高底尖触着砖路的清响，是怎样地使我骤然生动起来呵！于是就看见带着笑涡的苍白的圆脸，苍白的瘦的臂膊，布的有条纹的衫子，玄色的裙。她又带了窗外的半枯的槐树的新叶来，使我看见，还有挂在铁似的老干上的一房一房的紫白的藤花。

然而现在呢，只有寂静和空虚依旧，子君却决不再来了，而且永远，永远地！……

子君不在我这破屋里时，我什么也看不见。在百无聊赖中，随手抓过一本书来，科学也好，文学也好，横竖什么都一样，看下去，看下去，忽而自己觉得，已经翻了十多页了，但是毫不记得书上所说的事。只是耳朵却分外地灵，仿佛听到大门外一切往来的履声，从中便有子君的，而且橐橐地逐渐临近，——但是，往往又逐渐渺茫，终于消失在别的步声的杂沓中了。我憎恶那不像子君鞋声的穿布底鞋的长班的儿子，我憎恶那太像子君鞋声的常常穿着新皮鞋的邻院的搽雪花膏的小东西！

莫非她翻了车么？莫非她被电车撞伤了么？……

我便要取了帽子去看她，然而她的胞叔就曾经当面骂过我。

蓦然，她的鞋声近来了，一步响于一步，迎出去时，却已经走过紫藤棚下，脸上带着微笑的酒窝。她在她叔子的家里大约并未受气；我的心宁帖了，默默地相视片时之后，破屋里便渐渐充满了我的语声，谈家庭，谈习惯，谈男女，谈伊孛生，谈泰戈尔，谈雪莱……她总是微笑点头，两眼里弥漫着稚气的好奇的光泽。壁上就钉着一张铜板的雪莱半身像，是从杂志上裁下来的，是他的最美的一张像。当我指给她看时，她却只草草一看，便低了头，似乎不好意思了。这些地方，子君就大概还未脱尽旧思想的束缚，——我后来也想，倒不如换一张雪莱淹死在海里的记念像或是伊孛生的罢；但也终于没有换，现在是连这一张也不知那里去了。

"我是我自己的，他们谁也没有干涉我的权利！"

这是我们交际了半年，又谈起她在这里的胞叔和在家的父亲时，她默想了一会之后，分明地，坚决地，沉静地说了出来的话。其时是我已经说尽了我的意见，我的身世，我的缺点，很少隐瞒；她也完全了解的了。这几句话很震动了我的灵魂，此后许多天还在耳中发响，而且说不出的狂喜，知道现代女性，并不如厌世家所说那样的无法可施，在不远的将来，便要看见辉煌的曙色的。

送她出门，照例是相离十多步远；照例是那鲇鱼须的老东西的脸又紧帖在脏的窗玻璃上了，连鼻尖都挤成一个小平面；到外院，照例又是明晃晃的玻璃窗里的那小东西的脸，加厚的雪花膏。她目不斜视地骄傲地走了，没有看见；我骄傲地回来。

"我是我自己的，他们谁也没有干涉我的权利！"这彻底的思想就在她的脑里，比我还透彻，坚强得多。半瓶雪花膏和鼻尖的小平面，于她能算什么东西呢？

我已经记不清那时怎样地将我的纯真热烈的爱表示给她。岂但现在，那时的事后便已模糊，夜间回想，早只剩了一些断片了，同居以后一两月，便连这些断片也化作无可追踪的梦影。我只记得那时以前的十几天，曾经很仔细地研究过表示的态度，排列过措辞的先后，以及倘或遭了拒绝以后的情形。可是临时似乎都无用，在慌张中，身不由己地竟用了在电影上见过的方法了。后来一想到，就使我很愧恧，但在记忆上却偏只有这一点永远留遗，至今还如暗室的孤灯一般，照见我含泪握着她的手，一条腿跪了下去……

不但我自己的，便是子君的言语举动，我那时就没有看得分明；仅知道她已经允许我了。但也还仿佛记得她脸色变成青白，后来又渐渐转作绯红，——没有见过，也没有再见的绯红；孩子似的眼里射出悲喜，但是夹着惊疑的光，虽然力避我的视线，张皇地似乎要破窗飞去。然而我知道她已经允许我了，没有知道她怎样说或是没有说。

她却是什么都记得：我的言辞，竟至于读熟了的一般，能够滔滔背诵；我的举动，就如有一张我所看不见的影片挂在眼下，叙述得如生，很细微，自然连那使我不愿再想的浅薄的电影的一闪。夜阑人静，是相对温习的时候了，我常是被质问，被考验，并且被命复述当时的言语，然而常须由她补足，由她纠正，像一个丁等的学生。

这温习后来也渐渐稀疏起来。但我只要看见她两眼注视空中，出神似的凝想着，于是神色越加柔和，笑窝也深下去，便知道她又在自修旧课了，只是我很怕她看到我那可笑的电影的一闪。但我又知道，她一定要看见，而且也非看不可的。

然而她并不觉得可笑。即使我自己以为可笑，甚而至于可鄙的，她也毫不以为可笑。这事我知道得很清楚，因为她爱我，是这样地热烈，这样地纯真。

去年的暮春是最为幸福，也是最为忙碌的时光。我的心平静下去了，但又有别一部分和身体一同忙碌起来。我们这时才在路上同行，也到过几回公园，最多的是寻住所。我觉得在路上时时遇到探索、讥笑、猥亵和轻蔑的眼光，一不小心，便使我的全身有些瑟缩，只得即刻提起我的骄傲和反抗来支持。她却是大无畏的，对于这些全不关心，只是镇静地缓缓前行，坦然如入无人之境。

寻住所实在不是容易事，大半是被托辞拒绝，小半是我们以为不相宜。起先我们选择得很苛酷，——也非苛酷，因为看去大抵不象是我们的安身之所；后来，便只要他们能相容了。看了二十多处，这才得到可以暂且敷衍的处所，是吉兆胡同一所小室里的两间南屋；主人是一个小官，然而倒是明白人，自住着正屋和厢房。他只有夫人和一个不到周岁的女孩子，雇一个乡下的女工，只要孩子不啼哭，是极其安闲幽静的。

我们的家具很简单，但已经用去了我的筹来的款子的大半；子君还卖掉了她唯一的金戒指和耳环。我拦阻她，还是定要卖，我也就不再坚持下去了；我知道不给她加入一点股分去，她是住不舒服的。

和她的叔子，她早经闹开，至于使他气愤到不再认她做侄女；我也陆续和几个自以为忠告，其实是替我胆怯，或者竟是嫉妒的朋友绝了交。然而这倒很清静。每日办公散后，虽然已近黄昏，车夫又一定走得这样慢，但究竟还有二人相对的时候。我们先是沉默的相视，接着是放怀而亲密的交谈，后来又是沉默。大家低头沉思着，却并未想着什么事。我也渐渐清醒地读遍了她的身体，她的灵魂，不过三星期，我似乎于她已经更加了解，揭去许多先前以为了解而现在看来却是隔膜，即所谓真的隔膜了。

子君也逐日活泼起来。但她并不爱花，我在庙会时买来的两盆小草花，四天不浇，枯死在壁角了，我又没有照顾一切的闲暇。然而她爱动物，也许是从官太太那里传染的罢，不一月，我们的眷属便骤然加得很多，四只小油鸡，在小院子里和房主人的十多只在一同走。但她们却认识鸡的相貌，各知道那一只是自家的。还有一只花白的叭儿狗，从庙会买来，记得似乎原有名字，子君却给它另起了一个，叫作阿随。我就叫它阿随，但我不喜欢这名字。

这是真的，爱情必须时时更新，生长，创造。我和子君说起这，她也领会地点点头。

唉唉，那是怎样的宁静而幸福的夜呵！

安宁和幸福是要凝固的，永久是这样的安宁和幸福。我们在会馆里时，还偶有讨论的冲突和意思的误会，自从到吉兆胡同以来，连这一点也没有了；我们只在灯下对坐的怀旧谭中，回味那时冲突以后的和解的重生一般的乐趣。

子君竟胖了起来，脸色也红活了；可惜的是忙。管了家务便连谈天的工夫也没有，何况读书和散步。我们常说，我们总还得雇一个女工。

这就使我也一样地不快活，傍晚回来，常见她包藏着不快活的颜色，尤其使我不乐的是她要装作勉强的笑容。幸而探听出来了，也还是和那小官太太的暗斗，导火线便是两家的小油鸡。但又何必硬不告诉我呢？人总该有一个独立的家庭。这样的处所，是不能居住的。

我的路也铸定了，每星期中的六天，是由家到局，又由局到家。在局里便坐在办公桌前钞，钞，钞些公文和信件；在家里是和她相对或帮她生白炉子，煮饭，蒸馒头。我的学会了煮饭，就在这时候。

但我的食品却比在会馆里时好得多了。做菜虽不是子君的特长，然而她于此却倾注着全力；对于她的日夜的操心，使我也不能不一同操心，来算作分甘共苦。况且她又这样地终日汗流满面，短发都粘在脑额上，两只手又只是这样地粗糙起来。

况且还要饲阿随，饲油鸡，……都是非她不可的工作。

我曾经忠告她：我不吃，倒也罢了；却万不可这样地操劳。她只看了我一眼，不开口，神色却似乎有点凄然；我也只好不开口。然而她还是这样地操劳。

我所豫期的打击果然到来。一日的傍晚，我呆坐着，她在洗碗。听到打门声，我去开门时，是局里的信差，交给我一张油印的纸条。料到了，到灯下去一看，果然，印着的就是——奉局长谕史涓生着毋庸到局办事

秘书处启　十月九号

这在会馆里时，我就早已料到了；那雪花膏便是局长的儿子的赌友，一定要去添些谣言，设法报告的。到现在才发生效验，已经要算是很晚的了。其实这在我不能算是一个打击，因为我早就决定，可以给别人去钞写，或者教读，或者虽然费力，也还可以译点书，况且《自由之友》的总编辑便是见过几次的熟人，两月前还通过信。但我的心却跳跃着。那么一个无畏的子君也变了色，尤其使我痛心；她近来似乎也较为怯弱了。

“那算什么。哼。我们干新的。我们……”她说。

她的话没有说完；不知怎地，那声音在我听去却只是浮浮的；灯光也觉得

格外黯淡。人们真是可笑的动物，一点极微末的小事情，便会受着很深的影响。我们先是默默地相视，逐渐商量起来，终于决定将现有的钱竭力节省，一面登“小广告”去寻求钞写和教读，一面写信给《自由之友》的总编辑，说明我目下的遭遇，请他收用我的译本，给我帮一点艰辛时候的忙。

“说做，就做罢！来开一条新的路！”

我立刻转身向了书案，推开盛香油的瓶子和醋碟，子君便送过那黯淡的灯来。我先拟广告；其次是选定可译的书，迁移以来未曾翻阅过，每本的头上都满漫着灰尘了；最后才写信。

我很费踌躇，不知道怎样措辞好，当停笔凝思的时候，转眼去一瞥她的脸，在昏暗的灯光下，又很见得凄然。我真不料这样微细的小事情，竟会给坚决的、无畏的子君以这么显著的变化。她近来实在变得很怯弱了，但也并不是今夜才开始的。我的心因此更缭乱，忽然有安宁的生活的影像——会馆里的破屋的寂静，在眼前一闪，刚刚想定睛凝视，却又看见了昏暗的灯光。

许久之后，信也写成了，是一封颇长的信；很觉得疲劳，仿佛近来自己也较为怯弱了。于是我们决定，广告和发信，就在明日一同实行。大家不约而同地伸直了腰肢，在无言中，似乎又都感到彼此的坚忍倔强的精神，还看见从新萌芽起来的将来的希望。

外来的打击其实倒是振作了我们的新精神。局里的生活，原如鸟贩子手里的禽鸟一般，仅有一点小米维系残生，决不会肥胖；日子一久，只落得麻痹了翅子，即使放出笼外，早已不能奋飞。现在总算脱出这牢笼了，我从此要在新的开阔的天空中翱翔，趁我还未忘却了我的翅子的扇动。

小广告是一时自然不会发生效力的；但译书也不是容易事，先前看过，以为已经懂得的，一动手，却疑难百出了，进行得很慢。然而我决计努力地做，一本半新的字典，不到半月，边上便有了一大片乌黑的指痕，这就证明着我的工作的切实。《自由之友》的总编辑曾经说过，他的刊物是决不会埋没好稿子的。

可惜的是我没有一间静室，子君又没有先前那么幽静，善于体帖了，屋子里总是散乱着碗碟，弥漫着煤烟，使人不能安心做事，但是这自然还只能怨我自己无力置一间书斋。然而又加以阿随，加以油鸡们。加以油鸡们又大起来了，更容易成为两家争吵的引线。

加以每日的“川流不息”的吃饭；子君的功业，仿佛就完全建立在这吃饭中。吃了筹钱，筹来吃饭，还要喂阿随，饲油鸡；她似乎将先前所知道的全都忘掉了，也不想到我的构思就常常为了这催促吃饭而打断。即使在坐中给看一点怒色，她总是不改变，仍然毫无感触似的大嚼起来。

使她明白了我的作工不能受规定的吃饭的束缚，就费去五星期。她明白之后，大约很不高兴罢，可是没有说。我的工作果然从此较为迅速地进行，不久就共译了五万言，只要润色一回，便可以和做好的两篇小品，一同寄给《自由之友》去。只是吃饭却依然给我苦恼。菜冷，是无妨的，然而竟不够；有时连饭也不够，虽然我因为终日坐在家里用脑，饭量已经比先前要减少得多。这是先去喂了阿随了，有时还并那近来连自己也轻易不吃的羊肉。她说，阿随实在瘦得太可怜，房东太太还因此嗤笑我们了，她受不住这样的奚落。

于是吃我残饭的便只有油鸡们。这是我积久才看出来的，但同时也如赫胥黎的论定“人类在宇宙间的位置”一般，自觉了我在这里的位置：不过是叭儿狗和油鸡之间。

后来，经多次的抗争和催逼，油鸡们也逐渐成为肴馔，我们和阿随都享用了十多日的鲜肥；可是其实都很瘦，因为它们早已每日只能得到几粒高粱了。从此便清静得多。只有子君很颓唐，似乎常觉得凄苦和无聊，至于不大愿意开口。我想，人是多么容易改变呵！

但是阿随也将留不住了。我们已经不能再希望从什么地方会有来信，子君也早没有一点食物可以引它打拱或直立起来。冬季又逼近得这么快，火炉就要成为很大的问题；它的食量，在我们其实早是一个极易觉得的很重的负担。于是连它也留不住了。

倘使插了草标到庙市去出卖，也许能得几文钱罢，然而我们都不能，也不愿这样做。终于是用包袱蒙着头，由我带到西郊去放掉了，还要追上来，便推在一个并不很深的土坑里。

我一回寓，觉得又清静得多多了；但子君的凄惨的神色，却使我很吃惊。那是没有见过的神色，自然是为阿随。但又何至于此呢？我还没有说起推在土坑里的事。

到夜间，在她的凄惨的神色中，加上冰冷的分子了。

“奇怪。——子君，你怎么今天这样儿了？”我忍不住问。

“什么？”她连看也不看我。

“你的脸色……”

“没有什么，——什么也没有。”

我终于从她言行上看出，她大概已经认定我是一个忍心的人。其实，我一个人，是容易生活的，虽然因为骄傲，向来不与世交来往，迁居以后，也疏远了所有旧识的人，然而只要能远走高飞，生路还宽广得很。现在忍受着这生活压迫的苦痛，大半倒是为她，便是放掉阿随，也何尝不如此。但子君的识见却似乎只是浅薄起来，竟至于连这一点也想不到了。

我拣了一个机会，将这些道理暗示她；她领会似的点头。然而看她后来的情形，她是没有懂，或者是并不相信的。

天气的冷和神情的冷，逼迫我不能在家庭中安身，但是往哪里去呢？大道上，公园里，虽然没有冰冷的神情，冷风究竟也刺得人皮肤欲裂。我终于在通俗图书馆里觅得了我的天堂。

那里无须买票；阅书室里又装着两个铁火炉。纵使不过是烧着不死不活的煤的火炉，但单是看见装着它，精神上也就总觉得有些温暖。书却无可看：旧的陈腐，新的是几乎没有的。

好在我到那里去也并非为看书。另外时常还有几个人，多则十余人，都是单薄衣裳，正如我，各人看各人的书，作为取暖的口实。这于我尤为合式。道路上容易遇见熟人，得到轻蔑的一瞥，但此地却决无那样的横祸，因为他们是永远围在别的铁炉旁，或者靠在自家的白炉边的。

那里虽然没有书给我看，却还有安闲容得我想。待到孤身枯坐，回忆从前，这才觉得大半年来，只为了爱，——盲目的爱，——而将别的人生的要义全盘疏忽了。第一，便是生活。人必生活着，爱才有所附丽。世界上并非没有为了奋斗者而开的活路；我也还未忘却翅子的扇动，虽然比先前已经颓唐得多……

屋子和读者渐渐消失了，我看见怒涛中的渔夫，战壕中的兵士，摩托车中的贵人，洋场上的投机家，深山密林中的豪杰，讲台上的教授，昏夜的运动者和深夜的偷儿……子君，——不在近旁。她的勇气都失掉了，只为着阿随悲愤，为着做饭出神；然而奇怪的是倒也并不怎样瘦损……

冷了起来，火炉里的不死不活的几片硬煤，也终于烧尽了，已是闭馆的时候。又须回到吉兆胡同，领略冰冷的颜色去了。近来也间或遇到温暖的神情，但这却反而增加我的苦痛。记得有一夜，子君的眼里忽而又发出久已不见的稚气的光来，笑着和我谈到还在会馆时候的情形，时时又很带些恐怖的神色。我知道我近来的超过她的冷漠，已经引起她的忧疑来，只得也勉力谈笑，想给她一点慰藉。然而我的笑貌一上脸，我的话一出口，却即刻变为空虚，这空虚又即刻发生反响，回响我的耳目里，给我一个难堪的恶毒的冷嘲。

子君似乎也觉得的，从此便失掉了她往常的麻木似的镇静，虽然竭力掩饰，总还是时时露出忧疑的神色来，但对我却温和得多了。

我要明告她，但我还没有敢，当决心要说的时候，看见她孩子一般的眼色，就使我只得暂且改作勉强的欢容。但是这又即刻来冷嘲我，并使我失却那冷漠的镇静。

她从此又开始了往事的温习和新的考验，逼我做出许多虚伪的温存的答案来，将温存示给她，虚伪的草稿便写在自己的心上。我的心渐被这些草稿填满了，常觉得难于呼吸。我在苦恼中常常想，说真实自然须有极大的勇气的；假如没有这勇气，而苟安于虚伪，那也便是不能开辟新的生路的人。不独不是这个，连这人也未尝有！

子君有怨色，在早晨，极冷的早晨，这是从未见过的，但也许是从我看来的怨色。我那时冷冷地气愤和暗笑了；她所磨练的思想和豁达无畏的言论，到底也还是一个空虚，而对于这空虚却并未自觉。她早已什么书也不看，已不知道人的生活的第一着是求生，向着这求生的道路，是必须携手同行，或奋身孤往的了，倘使只知道捶着一个人的衣角，那便是虽战士也难于战斗，只得一同灭亡。

我觉得新的希望就只在我们的分离；她应该决然舍去，——我也突然想到她的死，然而立刻自责，忏悔了。幸而是早晨，时间正多，我可以说我的真实。我们的新的道路的开辟，便在这一遭。

我和她闲谈，故意地引起我们的往事，提到文艺，于是涉及外国的文人，文人的作品：《诺拉》，《海的女人》，称扬诺拉的果决……也还是去年在会馆的破屋里讲过的那些话，但现在已经变成空虚，从我的嘴传入自己的耳中，时时疑心有一个隐形的坏孩子，在背后恶意地刻毒地学舌。

她还是点头答应着倾听，后来沉默了。我也就断续地说完了我的话，连余音都消失在虚空中了。

“是的。”她又沉默了一会，说，“但是，……涓生，我觉得你近来很两样了。可是的？你，——你老实告诉我。”

我觉得这似乎给了我当头一击，但也立即定了神，说出我的意见和主张来：新的路的开辟，新的生活的再造，为的是免得一同灭亡。

临末，我用了十分的决心，加上这几句话：

“……况且你已经可以无须顾虑，勇往直前了。你要我老实说；是的，人是不该虚伪的。我老实说罢：因为，因为我已经不爱你了！但这于你倒好得多，因为你更可以毫无挂念地做事……”

我同时豫期着大的变故的到来，然而只有沉默。她脸色陡然变成灰黄，死了似的；瞬间便又苏生，眼里也发了稚气的闪闪的光泽。这眼光射向四处，正如孩子在饥渴中寻求着慈爱的母亲，但只在空中寻求，恐怖地回避着我的眼。

我不能看下去了，幸而是早晨，我冒着寒风径奔通俗图书馆。

在那里看见《自由之友》，我的小品文都登出了。这使我一惊，仿佛得了一点生气。我想，生活的路还很多，——但是，现在这样也还是不行的。

我开始去访问久已不相闻问的熟人，但这也不过一两次；他们的屋子自然是暖和的，我在骨髓中却觉得寒冽。夜间，便蜷伏在比冰还冷的冷屋中。

冰的针刺着我的灵魂，使我永远苦于麻木的疼痛。生活的路还很多，我也还没有忘却翅子的扇动，我想。——我突然想到她的死，然而立刻自责，忏悔了。在通俗图书馆里往往瞥见一闪的光明，新的生路横在前面。她勇猛地觉悟了，毅然走出这冰冷的家，而且，——毫无怨恨的神色。我便轻如行云，漂浮空际，上有蔚蓝的天，下是深山大海，广厦高楼，战场，摩托车，洋场，公馆，晴明的闹市，黑暗的夜……

而且，真的，我豫感得这新生面便要来到了。

我们总算度过了极难忍受的冬天，这北京的冬天；就如蜻蜓落在恶作剧的坏孩子的手里一般，被系着细线，尽情玩弄，虐待，虽然幸而没有送掉性命，结果也还是躺在地上，只争着一个迟早之间。

写给《自由之友》的总编辑已经有三封信，这才得到回信，信封里只有两张书券：两角的和三角的。我却单是催，就用了九分的邮票，一天的饥饿，又都白挨给于自己一无所得的空虚了。

然而觉得要来的事，却终于来到了。

这是冬春之交的事，风已没有这么冷，我也更久地在外面徘徊；待到回家，大概已经昏黑。就在这样一个昏黑的晚上，我照常没精打采地回来，一看见寓所的门，也照常更加丧气，使脚步放得更缓。但终于走进自己的屋子里了，没有灯火；摸火柴点起来时，是异样的寂寞和空虚！

正在错愕中，官太太便到窗外来叫我出去。

“今天子君的父亲来到这里，将她接回去了。”她很简单地说。

这似乎又不是意料中的事，我便如脑后受了一击，无言地站着。

“她去了么？”过了些时，我只问出这样一句话。

“她去了。”

“她，——她可说什么？”

“没说什么。单是托我见你回来时告诉你，说她去了。”

我不信；但是屋子里是异样的寂寞和空虚。我遍看各处，寻觅子君；只见几件破旧而黯淡的家具，都显得极其清疏，在证明着它们毫无隐匿一人一物的能力。我转念寻信或她留下的字迹，也没有；只是盐和干辣椒，面粉，半株白菜，却聚集在一处了，旁边还有几十枚铜元。这是我们两人生活材料的全副，现在她就郑重地将这留给我一个人，在不言中，教我借此去维持较久的生活。

我似乎被周围所排挤，奔到院子中间，有昏黑在我的周围；正屋的纸窗上映出明亮的灯光，他们正在逗着孩子玩笑。我的心也沉静下来，觉得在沉重的迫压中，渐渐隐约地现出脱走的路径：深山大泽，洋场，电灯下的盛筵，壕沟，最黑最黑的深夜，利刃的一击，毫无声响的脚步……

心地有些轻松，舒展了，想到旅费，并且嘘一口气。

躺着，在合着的眼前经过的豫想的前途，不到半夜已经现尽，暗中忽然仿佛看见一堆食物，这之后，便浮出一个子君的灰黄的脸来，睁了孩子气的眼睛，恳托似的看着我。我一定神，什么也没有了。

但我的心却又觉得沉重。我为什么偏不忍耐几天，要这样急急地告诉她真话的呢？现在她知道，她以后所有的只是她父亲——儿女的债主——的烈日一般的严威和旁人的赛过冰霜的冷眼。此外便是虚空。负着虚空的重担，在严威和冷眼中走着所谓人生的路，这是怎么可怕的事呵！而况这路的尽头，又不过是——连墓碑也没有的坟墓。

我不应该将真实说给子君，我们相爱过，我应该永久奉献她我的说谎。如果真实可以宝贵，这在子君就不该是一个沉重的空虚。谎语当然也是一个空虚，然而临末，至多也不过这样地沉重。

我以为将真实说给子君，她便可以毫无顾虑，坚决地毅然前行，一如我们将要同居时那样。但这恐怕是我错误了。她当时的勇敢和无畏是因为爱。

我没有负着虚伪的重担的勇气，却将真实的重担卸给她了。她爱我之后，就要负了这重担，在严威和冷眼中走着所谓人生的路。

我想到她的死……我看见我是一个卑怯者，应该被摈于强有力的人们，无论是真实者，虚伪者。然而她却自始至终，还希望我维持较久的生活……

我要离开吉兆胡同，在这里是异样的空虚和寂寞。我想，只要离开这里，子君便如还在我的身边；至少，也如还在城中，有一天，将要出乎意料地访我，像住在会馆时候似的。

然而一切请托和书信，都是一无反响；我不得已，只好访问一个久不问候的世交去了。他是我伯父的幼年的同窗，以正经出名的拔贡，寓京很久，交游广阔的。

大概因为衣服的破旧罢，一登门便很遭门房的白眼。好容易才相见，也还相识，但是很冷落。我们的往事，他全都知道了。

“自然，你也不能在这里了，”他听了我托他在别处觅事之后，冷冷地说，“但那里去呢？很难。——你那，什么呢，你的朋友罢，子君，你可知道，她死了。”

我惊得没有话。

“真的？”我终于不自觉地问。

“哈哈。自然真的。我家的王升的家，就和她家同村。”

“但是，——不知道是怎么死的？”

“谁知道呢。总之是死了就是了。”

我已经忘却了怎样辞别他，回到自己的寓所。我知道他是不说谎话的；子君总不会再来的了，像去年那样。她虽是想在严威和冷眼中负着虚空的重担来走所谓人生的路，也已经不能。她的命运，已经决定她在我所给予的真实——无爱的人间死灭了！

自然，我不能在这里了；但是，“那里去呢？”

四围是广大的空虚，还有死的寂静。死于无爱的人们的眼前的黑暗，我仿佛一一看见，还听得一切苦闷和绝望的挣扎的声音。

我还期待着新的东西到来，无名的，意外的。但一天一天，无非是死的寂静。

我比先前已经不大出门，只坐卧在广大的空虚里，一任这死的寂静侵蚀着我的灵魂。死的寂静有时也自己战栗，自己退藏，于是在这绝续之交，便闪出无名的，意外的，新的期待。

一天是阴沉的上午，太阳还不能从云里面挣扎出来；连空气都疲乏着。耳中听到细碎的步声和咻咻的鼻息，使我睁开眼。大致一看，屋子里还是空虚；但偶然看到地面，却盘旋着一匹小小的动物，瘦弱的，半死的，满身灰土的……

我一细看，我的心就一停，接着便直跳起来。

那是阿随。它回来了。

我离开吉兆胡同，也不单是为了房主人们和他家女工的冷眼，大半就为着这阿随。但是，“那里去呢？”新的生路自然还很多，我约略知道，也间或依稀看见，觉得就在我面前，然而我还没有知道跨进那里去的第一步的方法。

经过许多回的思量和比较，也还只有会馆是还能相容的地方。依然是这样的破屋，这样的板床，这样的半枯的槐树和紫藤，但那时使我希望，欢欣，爱，生活的，却全都逝去了，只有一个虚空，我用真实去换来的虚空存在。

新的生路还很多，我必须跨进去，因为我还活着。但我还不知道怎样跨出那第一步。有时，仿佛看见那生路就像一条灰白的长蛇，自己蜿蜒地向我奔来，我等着，等着，看看临近，但忽然便消失在黑暗里了。

初春的夜，还是那么长。长久的枯坐中记起上午在街头所见的葬式，前面是纸人纸马，后面是唱歌一般的哭声。我现在已经知道他们的聪明了，这是多么轻松简截的事。

然而子君的葬式却又在我的眼前，是独自负着虚空的重担，在灰白的长路上前行，而又即刻消失在周围的严威和冷眼里了。

我愿意真有所谓鬼魂，真有所谓地狱，那么，即使在孽风怒吼之中，我也将寻觅子君，当面说出我的悔恨和悲哀，祈求她的饶恕；否则，地狱的毒焰将围绕我，猛烈地烧尽我的悔恨和悲哀。

我将在孽风和毒焰中拥抱子君，乞她宽容，或者使她快意……

但是，这却更虚空于新的生路；现在所有的只是初春的夜，竟还是那么长。我活着，我总得向着新的生路跨出去，那第一步，——却不过是写下我的悔恨和悲哀，为子君，为自己。

我仍然只有唱歌一般的哭声，给子君送葬，葬在遗忘中。

我要遗忘；我为自己，并且要不再想到这用了遗忘给子君送葬。

我要向着新的生路跨进第一步去，我要将真实深深地藏在心的创伤中，默默地前行，用遗忘和说谎做我的前导……

1925年10月21日

（选自《彷徨》）

作者简介

鲁迅（1881～1936），原名周树人，字豫才，浙江绍兴人。7岁开始读书，13岁那年家里发生一场重大的变故，经济状况渐入困顿，接着父亲一病不起，使他饱尝了冷眼和侮蔑的滋味，“看见世人的真面目”，后“逃异地，走异路，寻找别样的人们”到南京求学，接受进化论思想，1902年赴日留学，先学医，后弃医从文，致力于改变国民性的探索和战斗，开始文学活动。1918年在《新青年》上发表新文学的第一篇白话小说《狂人日记》，之后出版有小说集《呐喊》、《彷徨》、《故事新编》及散文诗集《野草》、散文集《朝花夕拾》和大量的杂文。1936年于上海病逝。

鲁迅是我国现代伟大的文学家、思想家和革命家，我国现代文学的奠基人。

赏析

《伤逝》是一篇反映五四时期社会现实的短篇小说，也是鲁迅先生唯一的以爱情为题材的作品。这篇让人流连忘返魂牵梦绕的小说，用诗的语言描述一场亘古未有的、让人心动的爱情悲剧。小说采用手记的形式，通过主人公涓生的回忆来展开描写，一对被五四新文化运动唤醒的知识青年子君和涓生，受到易卜生主义的影响，讲婚姻自由，重个性解放，对旧势力进行坚决的反抗，冲破封建家庭的牢笼，打破旧礼教的枷锁，自由结合了。但没过多久，他们美妙的幻想就被无情的现实所粉碎，作品通过这对青年男女从初恋、同居到最后悲惨分离的真实描写，再现了他们纯真而热烈的爱情生活，控诉了黑暗社会和吃人的封建势力对他们的压迫，批判爱情至上的虚幻信条，形象地表达了社会解放，才是个人解放和婚姻自由的前提这一卓越思想。

《伤逝》的艺术特色：

一是小说采取“手记”的方式，用诗一样的语言抒写了涓生的心境，寓批判于事实的叙述。有追忆中的内心独白与倾诉，也有回想里的细节点缀与刻画，具有浓郁的抒情色彩与精湛的白描技法。

二是小说的叙事、议论、写景都有浓郁的抒情色彩。小说大体上是按照会馆——吉兆胡同——会馆这样回顾式结构进行描述的，在具体事件回顾中，作者没有按照事件的时间顺序，而是根据主人公的情感，有详有略，跳跃式的追述。

沉沦·节选

郁达夫

三

他的故乡，是富春江上的一个小市，去杭州水程不过八九十里。这一条江水，发源安徽，贯流全浙，江形曲折，风景常新：唐朝有一个诗人赞这条江水说“一川如画”。他十四岁的时候，请了一位先生写了这四个字，贴在他的书斋里，因为他的书斋的小窗，是朝着江面的。虽则这书斋结构不大，然而风雨晦明，春秋朝夕的风景，也还抵得过滕王高阁，在这小小的书斋里过了十几个春秋，他才跟了他的哥哥到日本来留学。

他三岁的时候就丧了父亲，那时候他家里困苦得不堪。好容易他长兄在日本W大学卒了业，回到北京，考了一个进士，分发在法部当差，不上两年，武昌的革命起来了。那时候他已在县立小学堂卒了业，正在那里换来换去的换中学堂。他家里的人都怪他无恒性，说他的心思太活；然而依他自己讲来，他以为他一个人同别的学生不同，不能按部就班的同他们同在一处求学的。所以他进了K府中学之后，不上半年又忽然转到H府中学来；在H府中学住了三个月，革命就起来了。H府中学停学之后，他依旧只能回到那小小的书斋里来。第二年的春天，正是他十七岁的时候，他就进了H大学的预科。这大学是在杭州城外，本来是美国长老会捐钱创办的，所以学校里浸润了一种专制的弊风，学生的自由，几乎被压缩得同针眼儿一般的小。礼拜三的晚上有什么祈祷会，礼拜日非但不准出去游玩，并且在家里看别的书也不准的，除了唱赞美诗祈祷之外，只许看新旧约书；每天早晨从九点钟到九点二十分，定要去做礼拜，不去做礼拜，就要扣分数记过。他虽然非常爱那学校近旁的山水景物，然而他的心里，总有些反抗的意思，因为他是一个爱自由的人，对那些迷信的管束，怎么也不甘心服从。住不上半年，那大学里的厨子，托了校长的势，竟打起学生来。学生中间有几个不服的，便去告诉校长，校长反说学生不是。他看到这些情形，实在是太无道理了，就立刻去告了退，仍复回家，到那小小的书斋里去。那时候已经是六月初了。

在家里住了三个多月，秋风吹到富春江上，两岸的绿树就快凋落的时候，他又坐了帆船，下富春江，上杭州去。却好那时候石牌楼的W中学正在那里招插班生，他进去见了校长M氏，把他的经历说给了M氏夫妻听，M氏就许他插入最高的班里去。这W中学原来也是一个教会学校，校长M氏，也是一个糊涂的美国宣教师；他看看这学校的内容倒比H大学不如了。与一位很卑鄙的教务长——原来这一位先生就是H大学的卒业生——闹了一场，第二年的春天，他就出来了。出了W中学，他看看杭州的学校都不能如他的意，所以他就打算不再进别的学校去。

正是这个时候，他的长兄也在北京被人排斥了。原来他的长兄为人正直得很，在部里办事，铁面无私，并且比一般部内的人物又多了一些学识，所以部内上下都忌惮他。有一天，某次长的私人来问他要一个位置，他执意不肯，因此次长就同他闹起意见来。过了几天，他就辞了部里的职，改到司法界去做司法官去了。他的二兄，那时候正在绍兴军队里作军官，这一位二兄，军人习气颇深，挥金如土，专喜结交侠少。他们弟兄三人，到这时候都不能如意之所为，所以那一小市镇里的闲人都说他们的风水破了。

他回家之后，便整日整夜的蛰居在他那小小的书斋里。他父祖及他长兄所藏的书籍，就作了他的良师益友。他的日记上面，一天一天的记起诗来。有时候他也用了华丽的文章做起小说来；小说里就把他自己当作了一个多情的勇士，把他邻近的一家寡妇的两个女儿，当作了贵族的苗裔，把他故乡的风物，全编作了田园的情景；有兴的时候，他还把他自家的小说，用单纯的外国文翻释起来；他的幻想愈演愈大了，他的忧郁病的根苗，大约也就在这时候培养成功的。

在家里住了半年，到了七月中旬，他接到他长兄的来信说：

院内近有派予赴日本考察司法事务之意，予已许院长以东行，大约此事不日可见命令，渡日之先，拟返里小住。三弟居家，断非上策，此次当偕赴日本也。

他接到了这一封信之后，心中日日盼他长兄南来，到了九月下旬，他的兄嫂才自北京到家。住了一月，他就同他的长兄长嫂同到日本去了。

到了日本之后，他的 Dreams of the romantic age 尚未醒悟，模模糊糊的过了半载，他就考入了东京第一高等学校里去了。这正是他十九岁的秋天。

第一高等学校将开学的时候，他的长兄接到了院长的命令，要他回去。他的长兄便把他寄托在一家日本人的家里，几天之后，他的长兄长嫂和他的新生的侄女儿就回国去了。

东京的第一高等学校里有一班预备班，是为中国学生特设的。

在这预科里预备一年，卒业之后才能入各地高等学校的正科，与日本学生同学。他考入预科的时候，本来填的是文科，后来将在预科卒业的时候，他的长兄定要他改到医科去，他当时亦没有什么主见，就听了他长兄的话把文科改了。

预科卒业之后，他听说N市的高等学校是最新的，并且N市是日本产美人的地方，所以他就要求到N市的高等学校去。

四

他的二十岁的八月二十九日的晚上，他一个人从东京的中央车站乘了夜行车到N市去。

那一天大约刚是旧历的初三四的样子，同天鹅绒似的又蓝又紫的天空里，洒满了一天星斗。半痕新月，斜挂在西天角上，却似仙女的蛾眉，未加翠黛的样子。他一个人靠着了三等车的车窗，默默的在那里数窗外人家的灯火。火车在暗黑的夜气中间，一程一程地进去，那大都市的星星灯火，也一点一点的朦胧起来，他的胸中忽然生了万千哀感，他的眼睛里就忽然觉得热起来了。

“Sentimental，too sentimental！”

这样的叫一声，把眼睛揩了一下，他反而自家笑起自家来。

“你也没有情人留在东京，你也没有弟兄知己住在东京，你的眼泪究竟是为谁洒的呀！或者是对于你过去的生活的伤感，或者是对你二年间的生活的余情，然而你平时不是说不爱东京的么？”

“唉，一年人住岂无情。”

“黄莺住久浑相识，欲别频啼四五声！”

胡思乱想的寻思了一会，他又忽然想到初次赴新大陆去的清教徒的身上去。

“那些十字架下的流人，离开他故乡海岸的时候，大约也是悲壮淋漓，同我一样的。”

火车过了横滨，他的感情方才渐渐儿的平静起来。呆呆的坐了一忽，他就取了一张明信片出来，垫在海涅（Heine）的诗集上，用铅笔写了一首诗寄他东京的朋友。

峨眉月上柳梢初，又向天涯别故居，
四壁旗亭争赌酒，六街灯火远随车，
乱离年少无多泪，行李家贫只旧书，
夜后芦根秋水长，凭君南浦觅双鱼。

在朦胧的电灯光里，静悄悄的坐了一会，他又把海涅的诗集翻开来看了。

Ledet wohl，ihr glatten Saele，
Glatte Herren，glatte，Frauen!
Auf die Berge will ich steigen，
Lac end auf euch nieders chauen!”
Aus Heines，Buch der Lieder.
“浮薄的尘寰，无情的男女，
　　你看那隐隐的青山，我欲乘风飞去，

且住且住，

我将从那绝顶的高峰，笑看你终归何处。”

单调的轮声，一声声连连续续的飞到他的耳膜上来，不上三十分钟，他竟被这催眠的车轮声引诱到梦幻的仙境里去了。

早晨五点钟的时候，天空渐渐儿的明亮起来。在车窗里向外一望，他只见一线青天还被夜色包住在那里。探头出去一望，一层薄雾，笼罩着一幅天然的画图，他心里想了一想：

“原来今天又是清秋的好天气，我的福分，真可算不薄了。”

过了一个钟头，火车就到了N市的停车场。

下了火车，在车站上遇见了一个日本学生；他看看那学生的制帽上也有两条白线，便知道他也是高等学校的学生。他走上前去，对那学生脱了一脱帽，问他说：

“第X高等学校是在什么地方的？”

那学生回答说：“我们一路去吧。”

他就跟了那学生跑出火车站来；在火车站的前头，乘了电车。

时光还早得很，N市的店家都还未曾起来。他同那日本学生坐了电车，经过了几条冷清的街巷，就在鹤舞公园前面下了车。他问那日本学生说：

“学校还远得很么？”

“还有二里多路。”

穿过了公园，走到稻田中间的细路上的时候，他看看太阳已经起来了。稻上的露滴，还同明珠似的挂在那里。前面有一丛树林，树林荫里，疏疏落落的看得见几椽农舍。有两三条烟囱筒子，突出在农舍的上面，隐隐约约的浮在清晨的空气里。一缕两缕的青烟，同炉香似的在那里浮动，他知道农家已在那里炊早饭了。

到学校近边的一家旅馆去一问，他一礼拜前头寄出的几件行李，已经到在那里。原来那一家人家是住过中国留学生的，所以主人待他也很殷勤。在那一家旅馆里住下了之后，他觉得前途好像有许多欢乐在那里等他的样子。

他的前途的希望，在第一天的晚上，就不得不被目前的实情嘲弄了。原来他的故里，也是一个小小的市镇。到了东京之后，在人山人海的中间，他虽然时常觉得孤独，然而东京的都市生活，同他幼时的习惯尚无十分龃龉的地方。如今到了这N市的乡下之后，他的旅馆，是一家孤立的人家，四面并无邻舍，左首门外便是一条如发的大道，前后都是稻田，西面是一方池水，并且因为学校还没有开课，别的学生还没有到来，这一间宽旷的旅馆里，只住了他一个客人。白天倒还可以支吾过去，一到了晚上，他开窗一望，四面都是沉沉的黑影，并且因N市的附近是一大平原，所以望眼连天，四面并无遮障之处，远远里有一点灯火，明灭无常，森然有些鬼气。天花板里，又有许多虫鼠，息栗索落的在那里争食。窗外有几株梧桐，微风动叶，飒飒的响得不已，因为他住在二层楼上，所以梧桐的叶战声，近在他的耳边。他觉得害怕起来，几乎要哭出来了。

他对于都市的怀乡病（nostalgia），从未有比那一晚更甚的。

学校开了课，他朋友也渐渐儿地多起来。感受性非常强烈的他的性情，也同天空大地丛林野水融和了。不上半年，他竟变成了一个大自然的宠儿，一刻也离不了那天然的野趣了。

他的学校是在N市外，刚才说过N市的附近是一大平原，所以四边的地平线，界限广大的很。那时候日本的工业还没有十分发达，人口也还没有增加得同目下一样，所以他的学校的近边，还多是丛林空地，小阜低冈。除了几家与学生做买卖的文房具店及菜馆之外，附近并没有居民。荒野中间，只有几家为学生而设的旅馆，同晓天的星影似的，散缀在麦田瓜地的中央。晚饭毕后，披了黑呢的缦斗（lemanteau），拿了爱读的书，在迟迟不落的夕照中间散步逍遥，是非常快乐的。他的田园趣味，大约也是在这 Idyllic Wanderings 的中间养成的。

在生活竞争并不十分猛烈，逍遥自在，同中古时代一样的时候；在风气纯良，不与市井小人同处，清闲雅淡的地方，过日子正如做梦一般。他到了N市之后，转瞬之间，已经有半载多了。

熏风日夜的吹来，草色渐渐儿的绿起来。旅馆近旁麦田里的麦穗，也一寸一寸的长起来了。草木虫鱼都化育起来，他的从始祖传来的苦闷也一日一日的增长起来，他每天早晨，在被窝里犯的罪恶，也一次一次地加起来了。

他本来是一个非常爱高尚爱洁净的人，然而一到了这邪念发生的时候，他的智力也无用了，他的良心也麻痹了，他从小服膺的“身体发肤”“不敢毁伤”的圣训，也不能顾全了。他犯了罪之后，每深自痛悔，切齿的说，下次总不再犯了，然而到了第二天的那个时候，种种幻想，又活泼泼的到他的眼前来。他平时所看见的“伊扶”的遗类，都赤裸裸的来引诱他。中年以后的madam的形体，在他的脑里，比处女更有挑发他情动的地方。他苦闷一场，恶斗一场，终究不得不做她们的俘虏。这样的一次成了两次，两次之后就成了习惯了。他犯罪之后，每到图书馆里去翻出医书来看，医书上都千篇一律的说，于身体最有害的就是这一种犯罪。从此之后，他的恐惧心也一天一天的增加起来。有一天他不知道从什么地方得来的消息，好像是一本书上说，俄国近代文学的创设者Gogol也犯这一宗病，他到死竟没有改过来。他想到了Gogol心里就宽了一宽，因为这《死了的灵魂》的著者，也是同他一样的。然而这不过自家对自家的宽慰而已，他的胸里，总有一种非常的忧虑存在那里。

因为他是非常爱洁净的，所以他每天总要去洗澡一次，因为他是非常爱惜身体的，所以他每天总要去吃几个生鸡子和牛乳；然而他去洗澡或吃牛乳鸡子的时候，他总觉得惭愧得很，因为这都是他的犯罪的证据。

他觉得身体一天一天的衰弱起来，记忆力也一天一天的减退了。他又渐渐儿地生了一种怕见人面的心，见了妇女的时候，他觉得更加难受。学校的教科书，他渐渐的嫌恶起来，法国自然派的小说和中国那几本有名的诲淫小说，他念了又念，几乎记熟了。

有时候他忽然做出一首好诗来，他自家便喜欢得非常，以为他的脑力还没有破坏。那时候他每对着自家起誓说：

“我的脑力还可以使得，还能做得出这样的诗，我以后决不再犯罪了。过去的事实是没法，我以后总不再犯罪了。若从此自新，我的脑力还是很可以的。”

然而一到了紧迫的时候，他的誓言又忘了。

每礼拜四五，或每月的二十六七的时候，他索性尽意的贪起欢来。他的心里想，自下礼拜一或下月初一起，我总不犯罪了。有时候正合到礼拜六或月底的晚上，去剃头洗澡去，以为这就是改过自新的记号，然而过几天他又不得不吃鸡子和牛乳了。

他的自责心同恐惧心，竟一日也不使他安闲，他的忧郁症也从此厉害起来了。这样的状态继续了一二个月，他的学校里就放了暑假。暑假的两个月内，他受的苦闷，更甚于平时；到了学校开课的时候，他的两颊的颧骨更高起来，他的青灰色的眼窝更大起来，他的一双灵活的瞳仁，变了同死鱼眼睛一样了。

五

秋天又到了。浩浩的苍空，一天一天的高起来。他的旅馆旁边的稻田，都带起黄金色来。朝夕的凉风，刀也似的刺到人的心骨里去，大约秋冬的佳日，来也不远了。

一礼拜前的有一天午后，他拿了一本 Wordsworth 的诗集，在田塍路上逍遥漫步了半天。从那一天以后，他的循环性的忧郁症，尚未离他的身边。前几天在路上遇着的那两个女学生，常在他的脑里，不使他安静，想起那一天的事情，他还是一个人要红起脸来。

他近来无论上什么地方去，总觉得有坐立难安的样子。他上学校去的时候，觉得他的日本同学都似在那里排斥他。他的几个中国同学，也许久不去寻访了，因为去寻访了回来，他心里反觉得空虚。他的几个中国同学，怎么也不能理解他的心理。他去寻访的时候，总想得些同情回来的，然而谈了几句以后，他又不得不自悔寻访错了。有时候讲得投机，他就任了一时的热意，把他的内外的生活都讲了出来，然而到了归途，他又自悔失言，心理的责备，倒反比不去访友的时候更加厉害。他的几个中国朋友，因此都说他是染了神经病了。他听了这话之后，对于那几个中国同学，也同对日本学生一样，起了一种复仇的心。他同他的几个中国同学，一日一日的疏远起来。虽在路上，或在学校里遇见的时候，他同那几个中国同学，也不点头招呼。中国留学生开会的时候，他当然是不去出席的。因此他同他的几个同胞，竟宛然成了两家仇敌。

他的中国同学的里边，也有一个很奇怪的人，因为他自家的结婚有些道德上的罪恶，所以他专讲人的丑事，以掩己之不善，说他是神经病，也是这一位同学说的。

他交游离绝之后，孤冷得几乎到将死的地步，幸而他住的旅馆里，还有一个主人的女儿，可以牵引他的心，否则他真只能自杀了。他旅馆的主人的女儿，今年正是十七岁，长方的脸儿，眼睛大得很，笑起来的时候，面上有两颗笑靥，嘴里有一颗金牙看得出来，因为她觉得她的笑容是非常可爱，所以她也时常在那里笑的。

他心里虽然非常爱她，然而她送饭来或来替他铺被的时候，他总装出一种兀不可犯的样子来。他心里虽想对她讲几句话，然而一见了她，他总不能开口。她进他房里来的时候，他的呼吸竟急促到吐气不出的地步。他在她的面前实在是受苦不起了，所以近来她进他的房里来的时候，他每不得不跑出房外去。然而他思慕她的心情，却一天一天的浓厚起来。有一天礼拜六的晚上，旅馆里的学生，都上N市去行乐去。他因为经济困难，所以吃了晚饭，上西面池上去走了一回，就回来了。

回家来坐了一会，他觉得那空旷的二层楼上，只有他一个人在家。静悄悄的坐得不耐烦起来的时候，他又想跑出外面去。然而要跑出外面去，不得不由主人的房门口经过，因为主人和他女儿的房，就在大门的边上。他记得刚才进来的时候，主人和他的女儿正在那里吃饭。他一想到经过她面前的时候的苦楚，就把跑出外面去的心思丢了。

拿出了一本G.Gissing的小说来读了三四页之后，静寂的空气里，忽然传了几声煞煞的泼水声音过来。他静静儿的听了一听，呼吸又一霎时的急了起来，面色也涨红了。迟疑了一会，他就轻轻的开了房门，拖鞋也不脱，幽脚幽脚的走下扶梯去。轻轻的开了便所的门，他尽兀兀的站在便所的玻璃窗口偷看。原来他旅馆里的浴室，就在便所的间壁，从便所的玻琉窗里看去，浴室里的动静了了可见。他起初以为看一看就可以走的，然而到了一看之后，他竟同被钉子钉住的一样，动也不能动了。

那一双雪样的乳峰！

那一双肥白的大腿！

这全身的曲线！

呼气也不呼，仔仔细细的看了一会，他面上的筋肉都发起痉挛来。愈看愈颤得厉害，他那发颤的前额部竟向玻琉窗冲击了一下。被蒸气包住的那赤裸裸的“伊扶”便发了娇声问说：

“是谁呀？……”

他一声也不响，急忙跳出了便所，就三脚两步的跑上楼上去了。

他跑到了房里，面上同火烧的一样，口也干渴了。一边他自家打自家的嘴巴，一边就把他的被窝拿出来睡了。他在被窝里翻来覆去，总睡不着，便立起了两耳，听起楼下的动静来。他听听泼水的声音也息了，浴室的门开了之后，他听见她的脚步声好像是走上楼来的样子。用被包着了头，他心里的耳朵明明告诉他说：

“她已经立在门外了。”

他觉得全身的血液都在往上奔注的样子。心里怕得非常，羞得非常，也喜欢得非常，然而若有人问他，他无论如何，总不肯承认说，这时候他是喜欢的。

他屏住了气息，尖着了两耳听了一会，觉得门外并无动静，又故意咳嗽了一声，门外亦无声响。他正在那里疑惑的时候，忽听见她的声音，在楼下同她的父亲在那里说话。他手里捏了一把冷汗，拼命想听出她的话来，然而无论如何总听不清楚。停了一会，她的父亲高声的笑了起来，他把被蒙头的一罩，咬紧了牙齿说：

“她告诉了他了！她告诉了他了！”

这一天的晚上，他一点也不曾睡着。第二天的早晨，天亮的时候，他就提心吊胆的走下楼来。洗了手面，刷了牙，趁主人和他的女儿还没有起来之先，他就同逃也似的出了那个旅馆，跑到外面来。

官道上的沙尘，染了朝露，还未曾干着。太阳已经起来了。他不问皂白，一直的往东走去。远远有一个农夫，拖了一车野菜慢慢的走来。那农夫同他擦过的时候，忽然对他说：

“你早啊！”

他倒惊了一跳，那清瘦的脸上，又起了一层红潮，胸口又乱跳起来，他心里想：

“难道这农夫也知道了么？”

没头没脑的跑了好久，他回转头来看看他的学校，已经远得很了，太阳也升高了。他摸摸表看，那银饼大的表也不在身边。从太阳的角度看起来，大约已经是九点钟前后的样子。他虽然觉得饥饿得很，然而无论如何，总不愿意再回到那旅馆里去，同主人和他的女儿相见。想去买些零食充一充饥，然而他摸摸自家的袋看，袋里只剩了一角二分钱在那里。他到一家乡下的杂货店内，尽那一角二分钱，买了些零碎的食物，想去寻一处无人看见的地方去吃。走到了一处两路交叉的十字路口，他朝南的一望，只见与他的去路横交的那一条自北趋南的路上，行人稀少得很。那一条路是向南斜低下去的，两面更有高壁在那里，他知道这路是从一条小山中开辟出来的。他刚才走来的那条大道，便是这山的岭脊，十字路当作了中心，与岭脊上的那条大道相交的横路，是两边低斜下去的。在十字路口迟疑了一会，他就取了那一条向南斜下的路走去。走尽了两面的高壁，他的去路就穿入大平原去，直通到彼岸的市内。平原和彼岸有一簇深林，划在碧空的心里，他心里想：

“这大约就是A神官了。”

他走尽了两面的高壁，向左手斜面上一望，见沿高壁的那山面上有一道女墙，围住着几间茅舍，茅舍的门上悬着了“香雪海”三字的一方匾额。他离开了正路，走上几步，到那女墙的门前，顺手的向门一推，那两扇柴门竟自开了。他就随随便便地踏了进去，门内有一条曲径，自门口通过了斜面，直达到山上去的。曲径的两旁，有许多老苍的梅树种在那里，他知道这就是梅林了。顺了那一条曲径，往北的从斜面上走到山顶的时候，一片同图画似的平地，展开在他的眼前。这园自从山脚上起，跨有朝南的半山斜面，同顶上的一块平地，布置得非常幽雅。

山顶平地的西面是千仞的绝壁，与隔岸的绝壁相对峙，两壁的中间，便是他刚走过的那一条自北趋南的通路。背临着了那绝壁，有一间楼屋，几间平屋造在那里。因为这几间屋，门窗都闭在那里，他所以知道这定是为梅花开日，卖酒食用的。楼屋的前面，有一块草地，草地中间，有几方白石，围成了一个花园，圈子里，卧着一枝老梅，那草地的南尽头，山顶的平地正要向南斜下去的地方，有一块石碑立在那里，系记这梅林的历史的。他在碑前的草地上坐下之后，就把买来的零食拿出来吃了。

吃了之后，他兀兀的在草地上坐了一会。四面并无人声，远远的树枝上，时有一声两声的鸟鸣声飞来。他仰起头来看看澄清的碧空，同那皎洁的日轮，觉得四面的树枝房屋，小草飞禽，都一样的在和平的太阳光里，受大自然的化育。他那昨天晚上的犯罪的记忆，正同远海的帆影一般，不知消失到那里去了。

这梅林的平地上和斜面上，又来又去的曲径很多。他站起来走来走去的走了一会，方晓得斜面上梅树的中间，更有一间平屋造在那里。从这一间房屋往东的走去几步，有眼古井，埋在松叶堆中。他摇摇井上的唧筒看：呷呷的响了几声，却抽不起水来。他心里想：

“这园大约只有梅花开的时候开放一下，平时总没有人住的。”

想到这里，他又自言自语地说：

“既然空在这里，我何妨去问园主人去借住借住。”

想定了主意，他就跑下山来，打算去寻园主人去。他将走到门口的时候，却好遇见一个五十来岁的农夫走进园来。他对那农夫道歉之后，就问他说：

“这园是谁的，你可知道么？”

“这园是我经管的。”

“你住在什么地方的？”

“我住在路的那面。”

一边这样的说，一边那农民指着通路西边的一间小屋给他看。他向西一看，果然在西边的高壁尽头的地方，有一间小屋在那里。他点了点头，又问说：

“你可以把园内的那间楼屋租给我住住么？”

“可是可以的，你只一个人么？”

“我只一个人。”

“那你可不必搬来的。”

“这是什么缘故呢？”

“你们学校里的学生，已经有几次搬来过了，大约都因为冷静不过，住不上十天就搬走的。”

“我可同别人不同，你但能租给我，我是不怕冷静的。”

“这样岂有不租的道理，你想什么时候搬来？”

“就是今天午后罢。”

“可以的，可以的。”

“请你就替我扫一扫干净，免得搬来之后着忙。”

“可以可以。再会!”

“再会!”

…………

（选自《郁达夫·自叙小说》）

作者简介

郁达夫（1896～1945）现代作家。原名郁文，浙江富阳人。7 岁入私塾受启蒙教育，后到嘉兴、杭州等地中学求学。由于聪颖好学，少时已有中国古典文学的深厚基础。1913 年赴日本留学，广泛涉猎了中外文学和哲学著作。饱受屈辱和歧视的异国生活，激发了他的爱国热忱，也使他忧伤、愤世。1921 年参与发起成立创造社，出版了新文学最早的白话短篇小说集《沉沦》，以其“惊人的取材、大胆的描写”而震动了文坛。1922 年毕业于东京帝国大学经济部。回国后参加编辑《创造》季刊、《创造周报》等刊物。1923 年起在北京大学、武昌师范大学等校任教。1930 年参加中国左翼作家联盟。抗日战争爆发后，积极投入抗日救亡运动。1942 年流亡到苏门答腊，1945 年日本投降后被日本宪兵秘密杀害。1952 年，中央人民政府追认为“为民族解放殉难的烈士”，并在他的家乡建亭纪念。

郁达夫一生著述宏富。郁达夫的创作风格独特，成就卓著，尤以小说和散文最为著称，影响广泛。其中以小说《春风沉醉的晚上》、《薄奠》、《迟桂花》、《沉沦》、《她是一个弱女子》和《出奔》等最为著名。小说多以失意落魄的青年知识分子作为描写对象，往往大胆地进行自我暴露，富于浪漫主义的感伤气息，笔调洒脱自然，语言清新优美，具有强烈的主观抒情色彩。他的散文直抒胸臆，毫无隐饰地表现了一个富有才情的知识分子在动乱社会里的苦闷心情，写得清新秀丽，富有气势和神韵，与他的小说一样，具有真率热情、明丽、酣畅的风格。

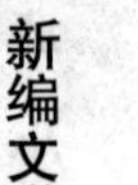

赏析

《沉沦》的主人公“他”出生在一个典型的中国传统家庭，在“他”四处求学中接受的则是较为开放的进步思想。在中西文化交融的环境下长大的主人公既有中国文人某种气质，同时又有一些自由与叛逆的思想。但在中国传统文化仍占统治地位的社会环境下，他的自由思想被压抑。当他离开 W 学校“打算不再进别的学校去”，他选择了蛰居在小小的书斋里。他的内心里也因此而压抑，产生了“忧郁症的根苗”。此后的留学生涯他的忧郁症就更加严重起来。在异国他乡，饱受“性的苦闷”与“外族冷漠歧视”的“他”渴望真挚的爱情，并愿为此抛弃一切。然而这种渴望在现实中难以实现，他的内心逐渐失去理智的控制，他开始自渎，窥视浴女，甚至到妓院寻欢，只为了寻求自己感官上的一时愉悦与满足，最终深陷在邪恶的沼泽里不能自拔。那饮鸩止渴的行为显然让“他”更加苦闷，愉悦过后是更大的空虚，欲望越来越大，他开始寻求更大的刺激，而他的经济状况却穷困潦倒，这就形成了一个恶性循环。最终“他”只有投海自尽来结束这个恶性循环。他在异国的遭遇，与祖国民族的命运密切相连，因而主人公在自杀前，悲愤地疾呼：“祖国呀祖国！我的死是你害我的！你快富起来，强起来吧！你还有许多儿女在那里受苦呢！”小说强烈的表达了一代青年要求自由解放、渴望祖国富强的心声。在处于半封建半殖民地屈辱地位的中国青年中引起同病相怜的强烈共鸣。

《沉沦》是郁达夫早期的代表作之一。郁达夫的《沉沦》在中国现代文学史上有着不可替代的地位，它在许多方面的探索与创新，开创了中国现代抒情小说的先河，将小说引向了关注内心世界的新高度。对于我们当代小说创作以及文艺理论都有许多值得研究与学习之处。

家·节选

巴 金

十二

旧历新年快来了。这是一年中的第一件大事。除了那些负债过多的人以外，大家都热烈地欢迎这个佳节的到来。但是这个佳节并不是突然跑来的；它一天一天地慢慢走近，每天都带来一些新的气象。整个的城市活动起来了。便是街上往来的行人，也比平日多些。市面上突然出现了许多灯笼、玩具和爆竹，到处可以听见喇叭的声音。

高公馆虽然坐落在一条很清静的街上，但是这个在表面上很平静的绅士家庭也活动起来了。大人们忙着准备过年时候礼节上和生活上需要的各种用品。仆人自然也跟着主子忙，一面还在等待新年的赏钱和娱乐。晚上厨子在厨房里做点心、做年糕；白天各房的女主人，大的和小的都聚在老太爷的房里，有时也在右上房的窗下，或者折金银锭，是预备供奉祖先用的；或者剪纸花（红的和绿的），是预备贴在纸窗上或放在油灯盘上面的。高老太爷还是跟往常一样，白天很少在家。他不是到戏院看戏，就是到老朋友家里打牌。两三年前他和几位老朋友组织了一个九老会，轮流地宴客作乐，或者鉴赏彼此收藏的书画和古玩。觉新和他的三叔克明两人在家里指挥仆人们布置一切，做过年的准备。堂屋里挂了灯彩，两边木板墙上也挂了红缎子绣花屏。高卧在箱子里的历代祖先的画像也拿出来，依次序挂在正中的壁上，享受这一年一度的供奉。

这一年除夕的前一天是高家规定吃年饭的日子。他们又把吃年饭叫做“团年”。这天下午觉慧和觉民一起到觉新的事务所去。他们在“华洋书报流通处”买了几本新杂志，还买了一本商务印书馆出版的翻译小说《前夜》。

他们刚走到觉新的办公室门口，就听见里面算盘珠子的响声，他们掀起门帘进去。

“你出来了？”觉新看见觉慧进来，抬起头看了他一眼，不觉吃惊地问道。

“我这几天都在外面，你还不晓得？”觉慧笑着回答。

“那么，爷爷晓得了怎么办？”觉新现出了为难的样子，但是他仍旧埋下头去拨算盘珠子。

“我管不了这许多，他晓得，我也不怕。”觉慧冷淡地说。

觉新又抬头看了觉慧一眼，便不再说话了。他只把眉头皱了皱，继续拨算盘珠子。

“不要紧，爷爷哪儿记得这许多事情？我想他一定早忘记了，”觉民在旁边解释道，他就在窗前那把藤椅上坐下来。

觉慧也拿着《前夜》坐在墙边一把椅子上。他随意翻着书页，口里念着：

“爱情是个伟大的字，伟大的感觉……但是你所说的是什么样的爱情呢？

什么样的爱情吗？什么样的爱情都可以。我告诉你，照我的意思看来，所有的爱情，没有什么区别。若是你爱恋……

一心去爱恋。”

觉新和觉民都抬起头带着惊疑的眼光看了他两眼，但是他并不觉得，依旧用同样的调子念下去：

“爱情的热望，幸福的热望，除此而外，再没有什么了！

我们是青年，不是畸人，不是愚人，应当给自己把幸福争过来！”

一股热气在他的身体内直往上冲，他激动得连手也颤抖起来，他不能够再念下去，便把书阖上，端起茶碗大大地喝了几口。

陈剑云从外面走了进来。

“觉慧，你刚才在说什么？你这样起劲，”剑云进来便用他的枯涩的声音问道。

“我在读书，”觉慧答道。他又翻开书，在先前看到的那几页上再念：

“宇宙唤醒我们爱情的需要，可是又不尽力使爱情满足。”

屋子里宁静了片刻，算盘珠子的声音也已经停止了。

“宇宙里有生有死……

爱情里也有死有生。”

“这是什么意思？”剑云低声说，没有人回答他。

一种莫名的恐怖在这小小的房间里飞翔，渐渐地压下来。一个共同的感觉苦恼着这四个处境不同的人。

“这样的社会，才有这样的人生！”觉慧觉得沉闷难受，愤愤不平地说，“这种生活简直是在浪费青春，浪费生命！”

这种思想近来不断地折磨他。他还是一个小孩的时候，他就有一种渴望：他想做一个跟他的长辈完全不同的人。他跟着做知县的父亲走过了不少高山大水，看见了好些不寻常的景物。他常常梦想着一个人跑到奇异的国土里，干一些不寻常的事业。在父亲的衙门里，他的生活还带了一点奇幻的色彩。可是他一旦回到省城里来，他的生活便更接近于平凡的现实了。在那个时候他对世界又开始有了新的认识。在这个大的绅士家庭里单是仆人、轿夫之类的“下人”就有几十个。他们这般人来自四面八方，可是被相同的命运团结在一起。这许多不相识的人，为了微少的工资服侍一些共同的主人，便住下来在一处生活，像一个大家族一样，和平地，甚至亲切地过活着，因为他们都是一样的人，一旦触怒了主人就不知道第二天怎样生活下去。他们的命运引起了觉慧的同情。他曾在这个环境中度过他的一部分的童年，甚至得到仆人们的敬爱。他常常躺在马房里轿夫的床上，在烟灯旁边，看那个瘦弱的老轿夫一面抽大烟一面叙述青年时代的故事；他常常在马房里和“下人们”围着一堆火席地坐着，听他们叙说剑仙侠客的事迹。那时候他常常梦想：他将来长大成人以后，要做一个劫富济贫的剑侠，没有家庭，一个人一把剑，到处漂游。后来他进了中学，他的世界又开始改变了面目。书本和教员们的讲解逐渐地培养了他的爱国主义的热情和改良主义的信仰。他变成了梁任公的带煽动性的文章的爱读者。这时候他爱读的书是《中国魂》和《饮冰室丛著》，他甚至于赞成梁任公在《国民浅训》里所主张的征兵制，还有投笔从戎的心思。可是五四运动突然地给他带来了一个新的世界。在梁任公的主张被打得粉碎之后，他连忙带着极大的热诚去接受新的、而且更激进的学说。他又成了他的大哥所称呼他的，或者可以说嘲笑他的："人道主义者。"大哥的第一个理由就是他不肯坐轿子。那时候他因为读了《人生真义》和《人生问题发端》等文章，才第一次想到人生的意义上面。但是最初他所理解的也不过是一些含糊的概念。生活的经验，尤其是最近这些日子里的幽禁的生活，内心的激斗和书籍的阅读，使他的眼界渐渐地宽广了。他开始明白了人生是怎么一回事，做一个人究竟应该怎样。他开始痛恨这种浪费青春、浪费生命的生活。然而他愈憎恨这种生活，便愈发现更多的无形的栅栏立在他的四周，使他不能够把这种生活完全摆脱。

"这种生活真该诅咒!"觉慧想到这里更加烦躁起来。他无意间遇见了觉新的茫然的眼光，连忙掉过头去，又看见剑云的忧郁的、忍受的表情。他转眼去看觉民，觉民埋着头在看书。屋子里是死一般的静寂。他觉得什么东西在咬他的心。他不能忍受地叫起来：

"为什么你们都不说话？……你们，你们都该诅咒。"众人惊讶地望着他，不知道他为什么缘故大叫。

"为什么要诅咒我们？"觉民阖了书温和地问，"我们跟你一样，都在这个大家庭里面讨生活。"

"就是因为这个缘故!"觉慧依旧愤恨地说，"你们总是忍受，你们一点也不反抗。你们究竟要忍受多久？你们口里说反对旧家庭，实际上你们却拥护旧家庭。你们的思想是新的，你们的行为却是旧的。你们没有胆量!……你们是矛盾的，你们都是矛盾的!"这时候他忘记了他自己也是矛盾的。

"三弟，平静点，你这样吵又有什么好处？做事情总要慢慢地来，"觉民依旧温和地说，"你一个人又能够做什么？你应该晓得大家庭制度的存在有它的经济的和社会的背景。"后一句话是他刚才在杂志上看见的，他很自然地把它说了出来。他又加上一句："我们的痛苦不见得就比你的小。"

觉慧无意间掉过头，又遇见觉新的眼光，这眼光忧郁地望着他，好像在责备他似的。他埋下头去，翻开手里的书，过了一会儿，他的声音又响了：

"弃了他们罢！父亲并没有和我白说：'我们不是奢侈家，不是贵族，也不是命运和自然的爱子，并且还不是烈士。我们只是劳动者。穿起我们自己的皮制的围裙，在自己的黑暗的工厂里，做自己的工作。让日光照耀在别人身上去！在我们这黯淡的生活里，也有我们自己的骄傲，自己的幸福！'"……

"这一段话简直是在替我写照。可是我自己的骄傲在哪儿？我自己的幸福又在哪儿？"剑云心里这样想。

“幸福？幸福究竟在什么地方？人间果然有所谓幸福吗？”觉新叹息道。

觉慧看了觉新一眼，又埋下头把书页往前面翻过去，翻到有折痕的一页，便高声念着下面的话，好像在答复觉新一般：

“我们是青年，不是畸人，不是愚人，应当给自己把幸福争过来!”

“三弟，请你不要念了，”觉新痛苦地哀求道。

“为什么？”觉慧追问。

“你不晓得我心里很难受。我不是青年，我没有青春。我没有幸福，而且也永远不会有幸福。”这几句话在别人说来也许是很愤激的，然而到觉新的口里却只有悲伤的调子。

“难道你没有幸福，就连别人说把幸福争过来的话也不敢听吗？”觉慧对他的大哥这样不客气地说，他很不满意大哥的那种日趋妥协的生活方式。

“唉，你不了解我，你的环境跟我的不同，”觉新推开算盘，叹口气，望着觉慧说：“你说得对，我的确怕听见人提起幸福，正因为我已经没有得到幸福的希望了。我一生就这样完结了。我不反抗，因为我不愿意反抗，我自己愿意做一个牺牲者。……我跟你们一样也做过美妙的梦，可是都被人打破了。我的希望没有一个实现过。我的幸福早就给人剥夺了。我并不怪别人。我是自愿地把担子从爹的肩膀上接过来的。我的痛苦你们不会了解。……我还记得爹病中告诉我的一段话。爹临死的前一天，五妹死了，妈去给她料理殓具。五妹虽然只有六岁，但是这个消息也使在病中的爹伤心。他流着泪握着我的手说：‘新儿，你母亲临死的时候，把你们弟兄姐妹六个人交给我，现在少了一个，我怎样对得起你母亲？’爹说了又哭，并且还说：‘我的病恐怕不会好了，我把继母同弟妹交给你，你好好地替我看顾他们。你的性情我是知道的，你不会使我失望。’我忍不住大声哭起来。爷爷刚刚走过窗子底下，以为爹死了，喘着气走进来。他看见这种情形，就责备我不该引起爹伤心，还安慰爹几句。过后爷爷又把我叫到他的房里，问我是怎么一回事。我据实说了。爷爷也流下泪来。他挥手叫我回去好好地服侍病人。这天晚上深夜爹把我叫到床前去笔记遗嘱，妈拿烛台，你们大姐端墨盒。爹说一句我写一句，一面写一面流泪。第二天爹就死了。爹肩膀上的担子就移到我的肩膀上来了。从此以后，我每想到爹病中的话，我就忍不住要流泪，同时我也觉得我除了牺牲外，再也没有别的路。我愿意做一个牺牲者。然而就是这样我也对不起爹，因为我又把你们大姐失掉了……”觉新愈说下去，心里愈难过，眼泪落下来，流进了他的嘴里。他结结巴巴地说到最后竟然俯在桌子上抬不起头来。

觉慧的眼泪快要流出来了，但是他极力忍住。他抬起头向四面看。他看见剑云拿着手帕在揩眼睛，觉民用杂志遮住了脸。

觉新把脸从桌上抬起来，揩了泪痕，又继续说：

“还有许多事你们都不晓得。我现在又要说老话了。有一年爹被派做大足县的典史，那时我才五岁多，你们都没有出世。爹妈带着我和你们大姐到了那里。当时那一带地方不太平，爹每夜都要出去守城，回来时总在一点钟以后。我们在家里等他回来才睡。那时候我已经被家人称为懂事的人。每夜我嗑着松子或者瓜子一搭一搭地跟妈谈话。妈要我发狠读书，给她争一口气，她又含着眼泪把她嫁到我们家来做媳妇所受的气一一告诉我。我那时候或者陪着她流眼泪，或者把她逗笑了才罢。我说我要发狠读书，只要将来做了八府巡按，妈也就可以扬眉吐气了。我此后果然用功读书。妈才渐渐地把愁肠放开。又过了几个月，省上另委一个人来接爹的事。我们临行时妈又含着眼泪把爹的痛苦一一告诉我。这时妈肚子里头怀着二弟已经有七八个月了。爹很着愁，怕她在路上辛苦。但是没有法子，不能不走。回省不到两个月就把二弟你生出来。第二年爹以过班知县的身份进京引见去了。妈在家里日夜焦急地等着，后来三弟你就出世。这时爹在北京因验看被驳，陷居京城，消息传来，爷爷时常发气，家里的人也不时揶揄。妈心里非常难过，只有我和你们大姐在旁边安慰她。她每接到爹的信总要流一两天的眼泪。一直到后来接到爹的信说'已经引见中秋后回家'，她才深深地叹一口气，算是放了心，可是气已经受够了。总之，妈嫁到我们家里，一直到死，并没有享过福。她那样爱我，期望我，我究竟拿什么来报答她呢？……为了妈我就是牺牲一切，就是把我的前程完全牺牲，我也甘愿。只要使弟妹们长大，好好地做人，替爹妈争口气，我一生的志愿也就实现了。……"

觉新说到这里便从衣袋里摸出手帕揩脸上的泪痕。

"大哥，你不要难过，我们了解你。"把脸藏在杂志后面的觉民说。

觉慧让眼泪流了下来，但是他马上又止住了泪。他心里想："过去的事就让它埋葬了罢！为什么还要挖开过去的坟墓？"但是他却不能不为他的亡故的父母悲伤。

"三弟，你刚才念的话很不错。我不是奢侈家，不是命运和自然的爱子。我只是一个劳动者。我穿着自己的围裙，在自己的黑暗的工厂里，做自己的工作。"觉新渐渐地安静下来，他望着觉慧凄凉地笑了笑，接着又说："然而我却是一个没有自己的幸福的劳动者，我——"他刚说了一个"我"字，忽然听见窗外的咳嗽声，便现出惊惶的神情，改变了语调低声对觉慧说："爷爷来了，怎么办？"

觉慧稍微现出吃惊的样子，但是马上又安静了。他淡淡地说："有什么要紧？他又不会吃人。"

果然高老太爷揭起门帘走了进来，仆人苏福跟在他后面，在门口站住了。房里的四个人都站起来招呼他。觉民还把藤椅让给他坐。

"你们都在这儿！"高老太爷的暗黄色的脸上现出了笑容，大概因为心里高兴，相貌也显得亲切了。他温和地说："你们可以回去了，今天'团年'，大家早点回家罢。"他在窗前的藤椅上坐下去。但是过了一会儿他又站起来说："新儿，我要买点东西，你跟我去看看。"他等觉新应了一声，便推开门帘，举起他那穿棉鞋的脚跨出了门槛。觉新和苏福也跟着出去了。

觉民看见祖父出去了，便对着觉慧伸出舌头，笑道："他果然把你的事忘记了。"

"如果我像大哥那样服从，恐怕会永远关在家里，"觉慧接口说，"其实我已经上当了。爷爷发脾气，不过是一会儿的事。事情一过，他把什么都忘记了。他哪儿还记得我在家里过那种痛苦的幽禁生活？……我们回去罢，不必等大哥了，横竖他坐轿子回去。我们早些走，免得再碰见爷爷。”

“好罢，”觉民答应了一声，又回头问剑云道，“你走不走？”

“我也要回去，我跟你们一路走。”

三个人一道走了出来。

在路上觉慧很兴奋。他把过去的坟墓又深深地封闭了。他想着：

“我是青年，我不是畸人，我不是愚人，我要给自己把幸福争过来。”

他又为不是大哥的自己十分庆幸了。

（选自《家》）

作家简介

巴金（1904～2005），原名李尧棠、字芾甘，四川成都人。在“五四”浪潮的冲击下，他毅然从封建家庭出走，到上海、南京等地求学。1927年初赴法国留学，开始文学创作，写成处女作长篇小说《灭亡》，发表时始用巴金的笔名。1928年底回到上海，从事创作和翻译。中华人民共和国成立后，巴金曾任全国文联副主席、中国作家协会主席、中国笔会中心主席、全国政协副主席等职，主要小说诗歌文学作品有长篇小说《爱情三部曲》：《雾》、《雨》、《电》；《激流三部曲》：《家》、《春》、《秋》；〈抗战三部曲〉：《火》之一、之二、之三；中篇小说《憩园》、《寒夜》；散文集《随想录》等。巴金被鲁迅称为“一个有热情的有进步思想的作家，在屈指可数的好作家之列的作家”。

赏析

长篇小说《家》是巴金的代表作，中国现代文学名著之一。1931年在《时报》上连载发表，1933年出版。《家》以20世纪20年代初期中国内地城市四川成都为背景，描写了封建大家庭的崩溃与没落，暴露了封建礼教和家长制的罪恶，表现出革命潮流对青年一代的巨大影响。书中描写了旧势力的腐朽与丑恶，揭露了高老太爷、冯乐山、周伯涛等封建卫道者的伪善与凶残，同时塑造了觉慧、觉民、琴等反抗旧礼教的进步青年形象，歌颂了“五四”时期青年一代的觉醒及其对恶势力的抗争。作品以其深刻的思想内容、生动的人物刻画和抒情的语言描写，赢得广大读者的喜爱，在国内外享有很高的声誉。

《家》取得了很高的艺术成就。其一，抒情色彩浓厚。巴金创作小说的目的是要与读者之间的思想感情互相沟通与交流，因而他常将自己的情感融进作品，借人物或场景描写加以倾诉。其二，从人物性格的对比中写出人物个性的差异。巴金对所写人物非常熟悉，即使身份、地位、教养、环境相似或相近的人物，也能准确把握其特征，作精细的比照，如瑞珏和钱梅芬、觉慧和觉新、克安和克定等。其三，结构严谨，叙事紧凑。《家》以觉新与李瑞珏、钱梅芬之间的感情纠葛和觉慧与鸣凤之间的爱情为情节发展的主线，以高家长辈的专制、青年一代的觉醒、反抗为副线，相互交织，鲜明地表现了主题。

倾城之恋·节选

张爱玲

…………

然而那天晚上，香港饭店里为他们接风一班人，都是成双捉对的老爷太太，几个单身男子都是二十岁左右的年轻人。流苏正在跳着舞，范柳原忽然出现了，把她从另一个男子手里接了过来，在那荔枝红的灯光里，她看不清他的黝暗的脸，只觉得他异样的沉默。流苏笑道："怎么不说话呀？"柳原笑道："可以当着人说的话，我全说完了。"流苏噗嗤一笑道："鬼鬼祟祟的，有什么背人的话？"柳原道："有些傻话，不但是要背着人说，还得背着自己。让自己听见了也怪难为情的。譬如说，我爱你，我一辈子都爱你。"流苏别过头去，轻轻啐了一声道："偏有这些废话！"柳原道："不说话又怪我不说话了，说话，又嫌唠叨！"流苏笑道："我问你，你为什么不愿意我上跳舞场去？"柳原道："一般的男人，喜欢把好女人教坏了，又喜欢感化坏的女人，使她变为好女人。我可不像那么没事找事做。我认为好女人还是老实些的好。"流苏瞟了他一眼道："你以为你跟别人不同么？我看你也是一样的自私。"柳原笑道："怎样自私？"流苏心里想：你最高的理想是一个冰清玉洁而又富于挑逗性的女人。冰清玉洁，是对于他人。挑逗，是对于你自己。如果我是一个彻底的好女人，你根本就不会注意到我。她向他偏着头笑道："你要我在旁人面前做一个好女人，在你面前做一个坏女人。"柳原想了一想道："不懂。"流苏又解释道："你要我对别人坏，独独对你好。"柳原笑道："怎么又颠倒过来了？越发把人家搅糊涂了！"他又沉吟了一会儿道："你这话不对。"流苏笑道："哦，你懂了。"柳原道："你好也罢，坏也罢，我不要你改变。难得碰见像你这样的一个真正的中国女人。"流苏微微叹了口气道："我不过是一个过了时的人罢了。"柳原道："真正的中国女人是世界上最美的，永远不会过了时。"流苏笑道："像你这样的一个新派人——"柳原道："你说新派，大约就是指的洋派。我的确不能算一个真正的中国人，直到最近几年才渐渐的中国化起来。可是你知道，中国化的外国人，顽固起来，比任何老秀才都要顽固。"流苏笑道："你也顽固，我也顽固，你说过的，香港饭店又是最顽固的跳舞场……"他们同声笑了起来。音乐恰巧停了。柳原扶着她回到座上，向众人笑道："白小姐有点头痛，我先送她回去吧。"流苏没提防他有这一着，一时想不起怎样对付，又不愿意得罪了他，因为交情还不够深，没有到吵嘴的程度，只得由他替她披上外衣，向众人道了歉，一同走了出来。

迎面遇见一群西洋绅士，众星捧月一般簇拥着一个女人。流苏先就注意到那人的漆黑的头发，结成双股大辫，高高盘在头上。那印度女人，这一次虽然是西式装束，依旧带着浓厚的东方色彩。玄色轻纱氅底下，她穿着金鱼黄紧身长衣，盖住了手，只露出晶亮的指甲，领口挖成极狭的V形，直开到腰际，那时巴黎最新的款式，有个名式，唤做"一线天"。她的脸色黄而油润，像飞了金的观音菩萨，然而她的影沉沉的大眼睛里躲着妖魔。古典型的直鼻子，只是太尖，太薄一点。粉红的厚重的小嘴唇，仿佛肿着似的。柳原站住了脚，向她微微鞠了一躬。流苏在那里看她，她也昂然望着流苏，那一双骄矜的眼睛，如同隔着几千里地，远远的向人望过来。柳原便介绍道："这是白小姐。这是萨黑夷妮公主。"流苏不觉肃然起敬。萨黑夷妮伸出一双手来，用指尖碰了一碰流苏的手，问柳原道："这位白小姐，也是上海来的？"柳原点点头。萨黑夷妮微笑道："她倒不像上海人。"柳原笑道："像哪儿的人呢？"萨黑夷妮把一只食指按在腮帮子上，想了一想，翘着十指尖尖，仿佛是要形容而又形容不出的样子，耸肩笑了一笑，往里走去。柳原扶着流苏继续往外走，流苏虽然听不大懂英文，鉴貌辨色，也就明白了，便笑道："我原是个乡下人。"柳原道："我刚才对你说过了，你是个道地的中国人，那自然跟她所谓的上海人有点不同了。"

他们上了车，柳原又道："你别看她架子搭得十足。她在外面招摇，说是克力希纳·柯兰姆帕王公的亲生女，只因王妃失宠，赐了死，她也就被放逐了，一直流浪着，不能回国。其实，不能回国倒是真的，其余的，可没有人能够证实。"流苏道："她到上海去过么？"柳原道："人家在上海也是很有名的。后来她跟着一个英国人上香港来。你看见她背后那老头子么？现在就是他养活着她。"流苏笑道："你们男人就是这样，当面何尝不奉承着她，背后就说得她一个钱不值。像我这样一个穷遗老的女儿，身份还不及她高的人，不知道你对别人怎样的说我呢！"柳原笑道："谁敢一口气把你们两人的名字说在一起？"流苏撇了撇嘴道："也许是她的名字太长了，一口气念不完。"柳原道："你放心。你是什么样的人，我就拿你当什么样的人看待，准没错。"流苏做出安心的样子，向车窗上一靠，低声道："真的？"他这句话，似乎并不是挖苦她，因为她渐渐发觉了，他们单独在一起的时候，他总是斯斯文文的，君子人模样。不知道为什么，他背着人这样的稳重，当众却喜欢放肆。她一时摸不清那到底是他的怪脾气，还是他另有作用。

到了浅水湾，他搀着她下车，指着汽车道旁郁郁的丛林道："你看那种树，是南边的特产。英国人叫它'野火花'。"流苏道："是红的么？"柳原道："红！"黑夜里，她看不出那红色，然而她直觉地知道它是红得不能再红了，红得不可收拾，一蓬蓬一蓬蓬的小花，窝在参天大树上，壁栗剥落燃烧着，一路烧过去，把那紫蓝的天也熏红了。她仰着脸望上去。柳原道："广东人叫它'影树'。你看这叶子。"叶子像凤尾草，一阵风过，那轻纤的黑色剪影零零落落颤动着，耳边恍惚听见一串小小的音符，不成腔，像檐前铁马的叮当。柳原道："我们到那边去走走。"流苏不做声。他走，她就缓缓的跟了过去。时间横竖还早，路上散步的人多着呢——没关系。从浅水湾饭店过去一截子路，空中飞跨着一座桥梁，桥那边是山，桥这边是一堵灰砖砌成的墙壁，拦住了这边的山。柳原靠在墙上，流苏也就靠在墙上，一眼看上去，那堵墙极高极高，望不见边。墙是冷而粗糙，死的颜色。她的脸，托在墙上，反衬着，也变了样——红嘴唇，水眼睛，有血，有肉，有思想的一张脸。柳原看着她道："这堵墙，不知为什么使我想起地老天荒那一类的话。……有一天，我们的文明整个的毁掉了，什么都完了——烧完了，炸完了，坍完了，也许还剩下这堵墙。流苏，如果我们那时候在这墙根底下遇见了……流苏，也许你会对我有一点真心，也许我会对你有一点真心。”

…………

停战了。困在浅水湾饭店的男女们缓缓向城中走去。过了黄土崖，红土崖，又是红土崖，黄土崖，几乎疑心是走错了道，绕回去了，然而不，先前的路上没有这炸裂的坑，满坑的石子。柳原与流苏很少说话。从前他们坐一截子汽车，也有一席话，现在走上几十里的路，反而无话可说了。偶然有一句话，说了一半，对方每每就知道了下文，没有往下说的必要。柳原道：“你瞧，海滩上。”流苏道：“是的。”海滩上布满了横七竖八割裂的铁丝网，铁丝网外面，淡白的海水汩汩吞吐淡黄的沙。冬季的晴天也是淡漠的蓝色。野火花的季节已经过去了。流苏道：“那堵墙……”柳原道：“也没有去看看。”流苏叹了口气道：“算了吧。”柳原走得热了起来，把大衣脱下来搁在臂上，臂上也出了汗。流苏道：“你怕热，让我给你拿着。”若在往日，柳原绝对不肯，可是他现在不那么绅士风度了，竟交了给她。再走了一程子，山渐渐高了起来。不知道是风吹着树呢，还是云影的飘移，青黄的山麓缓缓地暗了下来。细看时，不是风也不是云，是太阳悠悠地移过山头，半边山麓埋在巨大的蓝影子里。山上有几座房屋在燃烧，冒着烟——山阴的烟是白的，山阳的是黑烟——然而太阳只是悠悠地移过山头。

到了家，推开了虚掩着的门，拍着翅膀飞出一群鸽子来。穿堂里满积着尘灰与鸽粪。流苏走到楼梯口，不禁叫了一声“哎呀。”二层楼上歪歪斜斜大张口躺着她新置的箱笼，也有两只顺着楼梯滚了下来，梯脚便淹没在绫罗绸缎的洪流里。流苏弯下腰来，捡起一件蜜合色衬绒旗袍，却不是她自己的东西，满是汗垢，香烟洞与贱价香水气味。她又发现许多陌生女人的用品，破杂志，开了盖的罐头荔枝，淋淋漓漓流着残汁，混在她的衣服一堆。这屋子里驻过兵么？——带有女人的英国兵？去得仿佛很仓促。挨户洗劫的本地的贫民，多半没有光顾过，不然，也不会留下这一切。柳原帮着她大声唤阿栗。末一只灰背鸽，斜刺里穿出来，掠过门洞子里的黄色的阳光，飞了出去。

阿栗是不知去向了，然而屋子里的主人们，少了她也还得活下去。他们来不及整顿房屋，先去张罗吃的，费了许多事，用高价买进一袋米。煤气的供给幸而没有断，自来水却没有。柳原拎了铅桶到山里去汲了一桶泉水，煮起饭来。以后他们每天只顾忙着吃喝与打扫房间。柳原各样粗活都来得，扫地，拖地板，帮着流苏拧绞沉重的褥单。流苏初次上灶做菜，居然带点家乡风味。因为柳原忘不了马来菜，她又学会了作油炸“沙袋”，咖哩鱼。他们对于饭食上虽然感到空前兴趣，还是极力的撙节着。柳原身边的港币带得不多，一有了船，他们还得设法回上海。

在劫后的香港住下去究竟不是长久之计。白天这么忙忙碌碌也就混了过去。一到了晚上，在那死的城市里，没有灯，没有人声，只有那莽莽的寒风，三个不同的音阶，“喔……呵……呜……”无穷无尽地叫唤着，这个歇了，那个又渐渐响了，三条并行的灰色的龙，一直线地往前飞，龙身无限制地延长下去，看不见尾。“喔……呵……呜……”叫唤到后来，索性连苍龙也没有了，只是三条虚无的气，真空的桥梁，通入黑暗，通入虚空的虚空。这里是什么都完了。剩下点断墙颓垣，失去记忆力的文明人在黄昏中跌跌绊绊摸来摸去，像是找着点什么，其实是什么都完了。

流苏拥被坐着，听着那悲凉的风。她确实知道浅水湾附近，灰砖砌的那一面墙，一定还屹然站在那里。风停了下来，像三条灰色的龙，蟠在墙头，月光中闪着银鳞。她仿佛做梦似的，又来到墙根下，迎面来了柳原。她终于遇见了柳原。……在这动荡的世界里，钱财，地产，天长地久的一切，全不可靠了。靠得住的只有她腔子里的这口气，还有睡在她身边的这个人。她突然爬到柳原身边，隔着他的棉被，拥抱着他。他从被窝里伸出手来握住她的手。他们把彼此看得透明透亮，仅仅是一刹那的彻底的谅解，然而这一刹那够他们在一起和谐地活个十年八年。

不过是一个自私的男子，她不过是一个自私的女人。在这兵荒马乱的时代，个人主义者是无处容身的，可是总有地方容得下一对平凡的夫妻。

有一天，他们在街上买菜，碰着萨黑夷妮公主。萨黑夷妮黄着脸，把蓬松的辫子胡乱编了个麻花髻，身上不知从哪里借来一件青布棉袍穿着，脚下却依旧趿着印度式七宝嵌花纹皮拖鞋。她同他们热烈地握手，问他们现在住在哪里，急欲看看他们的新屋子。又注意到流苏的篮子里有去了壳的小蚝，愿意跟流苏学习烧制清蒸蚝汤。柳原顺口邀了她来吃便饭，她很高兴地跟了他们一同回去。她的英国人进了集中营，她现在住在一个熟识的，常常为她当点小差的印度巡捕家里。她有许久没有吃饱过。她唤流苏"白小姐"。柳原笑道："这是我太太。你该向我道喜呢！"萨黑夷妮道："真的么？你们几时结的婚？"柳原耸耸肩道："就在中国报上登了个启事。你知道，战争期间的婚姻，总是潦草的……"流苏没听懂他们的话。萨黑夷妮吻了他又吻了她。然而他们的饭菜毕竟是很寒苦，而且柳原声明他们也难得吃一次蚝汤。萨黑夷妮没有再上门过。

当天他们送她出去，流苏站在门槛上，柳原立在她身后，把手掌合在她的手掌上，笑道："我说，我们几时结婚呢？"流苏听了，一句话也没有，只低下了头，落下泪来。柳原拉住她的手道："来来，我们今天就到报馆里去登启事。不过你也许愿意候些时，等我们回到上海，大张旗鼓的排场一下，请请亲戚们。"流苏道："呸！他们也配！"说着，嗤的笑了出来，往后顺势一倒，靠在他身上。柳原伸手到前面去羞她的脸道："又是哭，又是笑！"

两人一同走进城去，走到一个峰回路转的地方，马路突然下泻，眼见只是一片空灵——淡墨色的，潮湿的天。小铁门口挑出一块洋瓷招牌，写的是："赵祥庆牙医。"风吹得招牌上的铁钩子吱吱响，招牌背后只是那空灵的天。

柳原歇下脚来望了半晌，感到那平淡中的恐怖，突然打起寒战来，向流苏道："现在你可该相信了：'死生契阔，'我们自己哪儿做得了主？轰炸的时候，一个不巧——"流苏嗔道："到了这个时候，你还说做不了主的话！"柳原笑道："我并不是打退堂鼓。我的意思是——"他看了看她的脸色，笑道："不说了。不说了。"他们继续走路。柳原又道："鬼使神差地，我们倒真的恋爱起来了！"流苏道："你早就说过你爱我。"柳原笑道："那不算。我们那时候太忙着谈恋爱了，哪里还有工夫恋爱？”

结婚启事在报上刊出了，徐先生徐太太赶了来道喜。流苏因为他们在围城中自顾自搬到安全地带去，不管她的死活，心中有三分不快，然而也只得笑脸相迎。柳原办了酒席，补请了一次客。不久，港沪之间恢复了交通，他们便回上海来了。

白公馆里流苏只回去过一次，只怕人多嘴多，惹出是非来。然而麻烦是免不了的。四奶奶决定和四爷进行离婚，众人背后都派流苏的不是。流苏离了婚再嫁，竟有这样惊人的成就，难怪旁人要学她的榜样。流苏蹲在灯影里点蚊烟香。想到四奶奶，她微笑了。

柳原现在从来不跟她闹着玩了。他把他的俏皮话省下来说给旁的女人听。那是值得庆幸的好现象，表示他完全把她当自家人看待——名正言顺的妻。然而流苏还是有点怅惘。

香港的陷落成全了她。但是在这不可理喻的世界里，谁知道什么是因，什么是果？谁知道呢，也许就因为要成全她，一个大都市倾覆了。成千上万的人死去，成千上万的人痛苦着，跟着是惊天动地的大改革……流苏并不觉得她在历史上的地位有什么微妙之点。她只是笑吟吟地站起身来，将蚊烟香盘踢到桌子底下去。

传奇里的倾城倾国的人大抵如此。

到处都是传奇，可不见得有这么圆满的收场。胡琴咿咿呀呀拉着，在万盏灯火的夜晚，拉过来又拉过去，说不尽的苍凉的故事——不问也罢！

（一九四三年九月）

（选自《张爱玲作品》）

作者简介

张爱玲（1920～1995），原名张瑛，祖籍河北丰润，1920年生于上海，出身名门。早年父母离异，母亲出国留学。张爱玲的文化素养既有满清贵族的豪华，又接受了西洋文化，少年时代即表现出早熟的文学才华。1943年开始职业写作生涯。1944年小说集《传奇》和散文集《流言》先后出版，名噪上海界。1952年赴香港，1955年定居美国，1995年9月病逝于美国洛杉矶租用的公寓，死时身边竟无一人。主要作品《倾城之恋》、《金锁记》、《赤地之恋》、《半生缘》等。在中国现代文学史上，张爱玲占有一席重要位置。她的作品，不论是小说还是散文，几乎都是以上海、香港等大都市作为背景的。她特别敏感都市生活的大雅大俗，一份独特的见解，一种越轨的笔致，十分耐人玩味。

赏析

《倾城之恋》写于1943年9月，收入《传奇》。这是一部香港式的“传奇”故事，一个寄居在娘家的离婚已有六七年的女人——白流苏，遇上了一个原本是介绍给她七妹的男人——范柳原，一个华侨富商之子。范柳原对流苏有一点点爱意，但这点爱不足以让玩世不恭的他承担起婚姻的责任。而流苏恰恰却只要一纸婚契。她知道爱情不能天长地久，而婚姻能提供给她生存所必需的一切！她只是想生存，生存的好一点而已！在缠绵的情话营造的虚幻的气氛中，展开的确是一场无声的战争，就像故事所处的大背景——太平洋战争！他们各自设立了精妙的陷阱，期待着获猎对方，却都不能如意。最后因香港的沦陷成全了他们世故的婚姻。战争成全了白流苏，使她得到了范太太的身份。而范柳原却不再和她闹着玩了，他把俏皮话省下来说给旁的女人听。

《倾城之恋》是张爱玲小说中写得最精彩的一篇，有两大特点。其一是故事的传奇性。大凡婚姻一般规律皆是两情相悦，有感生情，有情方嫁；而此篇却写了一对本不会见面的男女阴差阳错见了面，但男女都做着恋爱游戏，本不该成就的婚姻最后却因战争与硝烟成就了一段偶合的姻缘。不会见的，见了；不会成的，成了。其二是小说叙述的视点与技巧的华丽。一般作家阐释爱情故事，放在情感的忠贞，爱情的缠绵，结局的完美上，张爱玲却选择表现爱情在客观环境中的无奈和无常。正如张爱玲在小说结尾处写的那样："但是在不可理喻的世界里，谁知道什么是因，什么是果？谁知道呢？"这部小说对人性冷漠的描写令人震慑，仿佛出自一个饱经沧桑的大家之手，其艺术之圆熟，语言之精美，堪称中国现代爱情小说之经典。

小二黑结婚

赵树理

一　神仙的忌讳

刘家峧有两个神仙，邻近各村无人不晓：一个是前庄上的二诸葛，一个是后庄上的三仙姑。二诸葛原来叫刘修德，当年做过生意，抬脚动手都要论一论阴阳八卦，看一看黄道黑道。三仙姑是后庄于福的老婆，每月初一十五都要顶着红布摇摇摆摆装扮天神。

二诸葛忌讳"不宜栽种"，三仙姑忌讳"米烂了"。这里边有两个小故事：有一年春天大旱，直到阴历五月初三才下了四指雨。初四那天大家都抢着种地，二诸葛看了看历书，又掐指算了一下说："今日不宜栽种。"初五日是端午，他历年就不在端午这天做什么，又不曾种；初六倒是个黄道吉日，可惜地干了，虽然勉强把他的四亩谷子种上了，却没有出够一半。后来直到十五才又下雨，别人家都在地里锄苗，二诸葛却领着两个孩子在地里补空子。邻家有个后生，吃饭时候在街上碰上二诸葛便问道："老汉！今天宜栽种不宜？"二诸葛翻了他一眼，扭转头返回去了，大家就嘻嘻哈哈传为笑谈。

三仙姑有个女孩叫小芹。一天，金旺他爹到三仙姑那里问病，三仙姑坐在香案后唱，金旺他爹跪在香案前听。小芹那年才九岁，晌午做捞饭，把米下进锅里了，听见她娘哼哼得很中听，站在桌前听了一会，把做饭也忘了。一会，金旺他爹出去小便，三仙姑趁空子向小芹说："快去捞饭！米烂了！"这句话却不料就叫金旺他爹听见，回去就传开了。后来有些好玩笑的人，见了三仙姑就故意问别人"米烂了没有？"

二　三仙姑的来历

三仙姑下神，足足有三十年了。那时三仙姑才十五岁，刚刚嫁给于福，是前后庄上第一个俊俏媳妇。于福是个老实后生，不多说一句话，只会在地里死受。于福的娘早死了，只有个爹，父子两个一上了地，家里只留下新媳妇一个人。村里的年轻人们觉着新媳妇太孤单，就慢慢自动的来跟新媳妇做伴，不几天就集合了一大群，每天嘻嘻哈哈，十分哄伙。于福他爹看见不像个样子，有一天发了脾气，大骂一顿，虽然把外人挡住了，新媳妇却跟他闹起来。新媳妇哭了一天一夜，头也不梳，脸也不洗，饭也不吃，躺在炕上，谁也叫不起来，父子两个没了办法。邻家有个老婆替她请了一个神婆子，在她家下了一回神，说是三仙姑跟上她了，她也哼哼唧唧自称吾神长吾神短，从此以后每月初一十五就下起神来，别人也给她烧起香来求财问病，三仙姑的香案便从此设起来了。

青年们到三仙姑那里去，要说是去问神，还不如说是去看圣像。三仙姑也暗暗猜透大家的心事，衣服穿得更新鲜，头发梳得更光滑，首饰擦得更明，官粉搽得更匀，不由青年们不跟着她转来转去。

这是三十来年前的事。当时的青年，如今都已留下了胡子，家里大半都是子媳成群，所以除了几个老光棍，差不多都没有那些闲情到三仙姑那里去了。三仙姑却和大家不同，虽然已经四十五岁，却偏爱当个老来俏，小鞋上仍要绣花，裤腿上仍要镶边，顶门上的头发脱光了，用黑手帕盖起来，只可惜官粉涂不平脸上的皱纹，看起来好像驴粪蛋上下上了霜。

老相好都不来了，几个老光棍不能叫三仙姑满意，三仙姑又团结了一伙孩子们，比当年的老相好更多，更俏皮。

三仙姑有什么本领能团结这伙青年呢？这秘密在她女儿小芹身上。

三　小　芹

三仙姑前后共生过六个孩子，就有五个没有成人，只落了一个女儿，名叫小芹。小芹当两三岁时候，就非常伶俐乖巧，三仙姑的老相好们，这个抱过来说是"我的"，那个抱起来说是"我的"，后来小芹长到五六岁，知道这不是好话，三仙姑教她说："谁再这么说，你就说'是你的姑姑'。"说了几回，果然没有人再提了。

小芹今年十八了，村里的轻薄人说，比她娘年轻时候好得多。青年小伙子们，有事没事，总想跟小芹说句话。小芹去洗衣服，马上青年们也都去洗；小芹上树采野菜，马上青年们也都去采。

吃饭时候，邻居们端上碗爱到三仙姑那里坐一会，前庄上的人来回一里路，也并不觉得远。这已经是三十年来的老规矩，不过小青年们也这样热心，却是近二三年来才有的事。三仙姑起先还以为自已仍有勾引青年的本领，日子长了，青年们并不真正跟她接近，她才慢慢看出门道来，才知道人家来了为的是小芹。

不过小芹却不跟三仙姑一样：表面上虽然也跟大家说说笑笑，实际上却不跟人乱来，近二三年，只是跟小二黑好一点。前年夏天，有一天前晌，于福去地，三仙姑去串门，家里只留下小芹一个人，金旺来了，嘻皮笑脸向小芹说："这会可算是个空子吧？"小芹板起脸来说："金旺哥！咱们以后说话要规矩些！你也是娶媳妇大汉了！"金旺撇撇嘴说："咦！装什么假正经？小二黑一来管保你就软了！有便宜大家讨开点，没事；要正经除非自己锅底没有黑。"说着就拉住小芹的胳膊悄悄说："不用装模作样了！"不料小芹大声喊道："金旺！"金旺赶紧跑出来。一边还咄念道："等得住你！"说着就悄悄溜走了。

四　金旺弟兄

提起金旺来，刘家峧没有人不恨他，只有他一个本家兄弟名叫兴旺跟他对劲。

金旺他爹虽是个庄稼人，却是刘家峧一只虎，当过几十年老社首，捆人打人是他的拿手好戏。金旺长到十七八岁，就成了他爹的好帮手，兴旺也学会了帮虎吃食，从此金旺他爹想要捆谁，就不用亲自动手，只要下个命令，自有金旺兴旺代办。

抗战初年，汉奸敌探溃兵土匪到处横行，那时金旺他爹已经死了，金旺兴旺弟兄两个，给一支溃兵作了内线工作，引路绑票，讲价赎人，又做巫婆又做鬼，两头出面装好人。后来八路军来，打垮溃兵土匪，他两人才又回到刘家峧。

山里人本来就胆子小，经过几个月大混乱，死了许多人，弄得大家更不敢出头了。别的大村子都成立了村公所、妇救会、武委会，刘家峧却除了县府派来一个村长以外，谁也不愿意当干部。不久，县里派人来刘家峧工作，要选举村干部，金旺跟兴旺两个人看出这又是掌权的机会，大家也巴不得有人愿干，就把兴旺选为武委会主任，把金旺选为村政委员，连金旺老婆也被选为妇救会主席，其他各干部，硬捏了几个老头子出来充数，只有青抗先队长，老头子充不得。兴旺看见小二黑这个小孩子漂亮好玩，随便提了一下名就通过了，他爹二诸葛虽然不愿，可是惹不起金旺，也没有敢说什么。

村长是外来的，对村里情形不十分了解，从此金旺兴旺比前更厉害了，只要瞒住村长一个人，村里人不论那个都得由他两个调遣。这几年来，村里别的干部虽然调换了几个，而他两个却好像铁桶江山。大家对他两个虽是恨之入骨，可是谁也不敢说半句话，都恐怕扳不倒他们，自己吃亏。

五　小二黑

小二黑，是二诸葛的二小子，有一次反"扫荡"打死过两个敌人，曾得到特等射手的奖励。说到他的漂亮，那不只在刘家峧有名，每年正月扮故事，不论去到哪一村，妇女们的眼睛都跟着他转。

小二黑没有上过学，只是跟着他爹识了几个字。当他六岁时候，他爹就教他识字。识字课本既不是《五经》、《四书》，也不是常识国语，而是从天干、地支、五行、八卦、六十四卦名等学起，进一步便学些《百中经》、《玉匣记》、《增删卜易》、《麻衣神相》、《奇门遁甲》、《阴阳宅》等书。小二黑从小就聪明，像那些算属相、卜六壬课、念大小流年或“甲子乙丑海中金”等口诀，不几天就都弄熟了，二诸葛也常把他引在人前卖弄。因为他长得伶俐可爱，大人们也都爱跟他玩；这个说：“二黑，算一算十岁属什么？”那个说：“二黑，给我卜一课！”后来二诸葛因为说“不宜栽种”误了种地，老婆也埋怨，大黑也埋怨，庄上人也都传为笑谈，小二黑也跟着这事受了许多奚落。那时候小二黑十三岁，已经懂得好歹了，可是大人们仍把他当成小孩来玩弄，好跟二诸葛开玩笑的，一到了家，常好对着二诸葛问小二黑道：“二黑！算算今天宜不宜栽种？”和小二黑年纪相仿的孩子们，一跟小二黑生了气，就连声喊道：“不宜栽种不宜栽种……”小二黑因为这事，好几个月见了人躲着走，从此就和他娘商量成一气，再不信他爹的鬼八卦。

小二黑跟小芹相好已经二三年了。那时候他才十六七，原不过在冬天夜长时候，跟着些闲人到三仙姑那里凑热闹，后来跟小芹混熟了，好像是一天不见面也不能行。后庄上也有人愿意给小二黑跟小芹做媒人，二诸葛不愿意，不愿意的理由有三：第一小二黑是金命，小芹是火命，恐怕火克金；第二小芹生在十月，是个犯月；第三是三仙姑的名声不好。恰巧在这时候彰德府来了一伙难民，其中有个老李带来个八九岁的小姑娘，因为没有吃的，愿意把姑娘送给人家逃个活命。二诸葛说是个便宜，先问了一下生辰八字，掐算了半天说：“千里姻缘一线牵。”就替小二黑收作童养媳。

虽然二诸葛说是千合适万合适，小二黑却不认账。父子俩吵了几天，二诸葛非养不行，小二黑说：“你愿意养你就养着，反正我不要！”结果虽然把小姑娘留下了，却到底没有说清楚算什么关系。

六　斗争会

金旺自从碰了小芹的钉子以后，每日怀恨，总想设法报一报仇。有一次武委会训练村干部，恰巧小二黑发疟疾没有去。训练完毕之后，金旺就向兴旺说：“小二黑是装病，其实是被小芹勾引住了，可以斗争他一顿。”兴旺就是武委会主任，从前也碰过小芹一回钉子，自然十分赞成金旺的意见，并且又叫金旺回去和自己的老婆说一下，发动妇救会也斗争小芹一番。金旺老婆现任妇救会主席，因为金旺好到小芹那里去，早就恨得小芹了不得。现在金旺回去跟她说要斗争小芹，这才是巴不得的机会，丢下活计，马上就去布置。第二天，村里开了两个斗争会，一个是武委会斗争小二黑，一个是妇救会斗争小芹。

小二黑自己没有错，当然不承认，嘴硬到底，兴旺就下命令，把他捆起来送交政权机关处理。幸而村长脑筋清楚，劝兴旺说：“小二黑发疟疾是真的，不是装病，至于跟别人恋爱，不是犯法的事，不能捆人家。”兴旺说：“他已是有了女人的。”村长说：“村里谁不知道小二黑不承认他的童养媳。人家不承认是对的，男不过十六，女不过十五，不到订婚年龄。十来岁小姑娘，长大也不会来认这笔账。小二黑满有资格跟别人恋爱，谁也不能干涉。”兴旺没话说了，小二黑反要问他："无故捆人犯法不犯？"经村长双方劝解，才算放了完事。

兴旺还没有离村公所，小芹拉着妇救会主席也来找村长。她一进门就说："村长！捉贼要赃，捉奸要双，当了妇救会主席就不说理了？"兴旺见拉着金旺的老婆，生怕说出这事与自己有关，赶紧溜走。后来村长问了问情由，费了好大一会唇舌，才给他们调解开。

七　三仙姑许亲

两个斗争会开过以后，事情包也包不住了，小二黑也知道这事是合理合法的了，索性就跟小芹公开商量起来。

三仙姑却着了急。她跟小芹虽是母女，近几年来却不对劲。三仙姑爱的是青年们，青年们爱的是小芹。小二黑这个孩子，在三仙姑看来好像鲜果，可惜多一个小芹，就没了自己的份儿。她本想早给小芹找个婆家推出门去，可是因为自己名声不正，差不多都不愿意跟她结亲。开罢斗争会以后，风言风语都说小二黑要跟小芹自由结婚，她想要真是那样的话，以后想跟小二黑说句笑话都不能了，那是多么可惜的事，因此托东家求西家要给小芹找婆家。

"插起招军旗，就有吃粮人。"有个吴先生是在阎锡山部下当过旅长的退职军官，家里很富，才死了老婆。他在奶奶庙大会上见过小芹一面，愿意续她，媒人向三仙姑一说，三仙姑当然愿意。不几天过了礼帖，就算定了，三仙姑以为了却一宗心事。

小芹已经和小二黑商量得差不多了，如何肯听她娘的话？过礼那一天，小芹跟她娘闹起来，把吴先生送来的首饰绸缎扔下一地。媒人走后，小芹跟她娘说："我不管！谁收了人家的东西谁跟人家去！"

三仙姑愁住了，睡了半天，晚饭以后，说是神上了身，打了两个呵欠就唱起来。她起先责备于福管不了家，后来说小芹跟吴先生是前世姻缘，还唱些什么"前世姻缘由天定，不顺天意活不成……"于福跪在地下哀求，神非教他马上打小芹一顿不可。小芹听了这话，知道跟这个装神弄鬼的娘说不出什么道理来，干脆躲了出去，让她娘一个人胡说。

小芹一个人悄悄跑到前庄上去找小二黑，恰在路上碰上小二黑去找她，两个就悄悄拉着手到一个大窑里去商量对付三仙姑的法子。

八　拿　双

小芹把她娘怎样主婚怎样装神，唱些什么，从头至尾细细向小二黑说了一遍，小二黑说："不用理她！我打听过区上的同志，人家说只要男女本人愿意，就能到区上登记，别人谁也作不了主。……"说到这里，听见外边有脚步声，小二黑伸出头来一看，黑影里站着四五个人，有一个说："拿双拿双！"他两人都听出是金旺的声音，小二黑起了火，大叫道："拿？没有犯了法！"兴旺也来了，下命令道："捉住捉住！我就看你犯法不犯法？给你操了好几天心了！"小二黑说：“你说去哪里咱就去哪里，到边区政府你也不能把谁怎么样！走！”兴旺说：“走？便宜了你！把他捆起来！”小二黑挣扎了一会，无奈没有他们人多，终于被他们七手八脚打了一顿捆起来了。兴旺说：“里边还有个女的，也捆起来！捉奸要双，这是她自己说的！”说着就把小芹也捆起来了。

前庄上的人都还没有睡，听见有人吵架，有些人就跑出来看，麻秆火把下看见捆着的两个人，大家不问就都知道了八九分。二诸葛也出来了，见小二黑被人家捆起来，就跪在兴旺面前哀求道：“兴旺！咱两家没有什么仇！看在我老汉面上，请你们诸位高高手……”兴旺说：“这事情，我们管不了，送给上级再说吧！”小二黑说：“爹！你不用管！送到哪里也不犯法！我不怕他！”兴旺说：“好小子！要硬你就硬到底！”又逼住三个民兵说：“带他们走！”一个民兵问：“带到村公所？”兴旺说：“还到村公所干什么？上一回不是村长放了的？送给区武委会主任按军法处理！”说着就把他两个人拥上走了。

九　二诸葛的神课

邻居们见是兴旺弟兄们捆人，也没有人敢给小二黑讲情，直等到他们走后，才把二诸葛招呼回家。

二诸葛连连摇头说：“唉！我知道这几天要出事啦：前天早上我上地去，才上到岭上，碰上个骑驴媳妇，穿了一身孝，我就知道坏了。我今年是罗睺星照运，要谨防带孝的冲了运气，因此哪里也不敢去，谁知躲也躲不过？昨天晚上二黑她娘梦见庙里唱戏。今天早上一个老鸦落在东房上叫了十几声，……唉！反正是时运，躲也躲不过。”他罗里罗嗦念了一大堆，邻居们听了有些厌烦，又给他说了一会宽心话，就都散了。

有事人哪里睡得着？人散了之后，二诸葛家里除了童养媳之外，三个人谁也没有睡。二诸葛摸了摸脸，取出三个制钱占了一卦，占出之后吓得他面色如土。他说：“了不得呀了不得！丑土的父母动出午火的官鬼，火旺于夏，恐怕有些危险了。唉！人家把他选成青年队长，我就说过不叫他当，小杂种硬要充人物头！人家说要按军法处理，要不当队长哪里犯得了军法？”老婆也拍手跺脚道：“小爹呀！谁知道你要闯这么大的事啦？”大黑劝道：“不怕！事已经出下了，由他去吧！我想这又不是人命事，也犯不了什么大罪！既然他们送到区上了，我先到区上打听打听！你们都睡吧！”说着点了个灯笼就走了。

二诸葛打发大黑去后，仍然低头细细研究方才占的那一卦。停了一会，远远听着有个女人哭，越哭越近，不大一会就来到窗下，一推门就进来了。二诸葛还没有看清是谁，这女人就一把把他拉住，带哭带闹说：“刘修德！还我闺女！你的孩子把我的闺女勾引到哪里了？还我……”二诸葛老婆正气得死去活来，一看见来的是三仙姑，正赶上出气，从炕上跳下来拉住她道：“你来了好！省得我去找你！你母女两个好生生把我孩子勾引坏，你倒有脸来找我！咱两人就也到区上说说理！”这两个女人滚成一团，二诸葛一个人拉也拉不开，也再顾不上研究他的卦。三仙姑见二诸葛老婆已经不顾了命，自己先胆怯了几分，不敢恋战，少闹了一会挣脱出来就走了。二诸葛老婆追出门来，被二诸葛拦回去，还骂个不休。

十　恩典恩典

二诸葛一夜没有睡，一遍一遍念："大黑怎么还不回来，大黑怎么还不回来。"第二天天不明就起程往区上走，走到半路，远远看见大黑、三个民兵已都回来了，还来了区上一个助理员，一个交通员。他远远就喊叫道："大黑！怎么样？要紧不要紧？"大黑说："没有事！不怕！"说着就走到跟前，助理员跟三个民兵先走了。大黑告交通员说："这就是我爹！"又向二诸葛说："区上添传你跟于福老婆。你去吧，没有事！二黑跟小芹两个人，一到区上就放开了。区上早就听说兴旺和金旺两个人不是东西，已经把他两个人押起来了，还派助理员到咱村开大会调查他们横行霸道的证据。我赶到那里人家就问罢了，听说区上还许咱二黑跟小芹结婚。"二诸葛说："不犯罪就好，结婚可不行，命相不对！你没有听说添传我做什么？"大黑说："不知道，大约也没有什么大事。你去吧，我先回去告我娘说。"交通员说："老汉！这就算见了你了！你去吧，我再传那一个去！"说了就跟大黑相跟着走了。

二诸葛到了区上，看见小二黑跟小芹坐在一条板凳上，他就指着小二黑骂道："闯祸东西！放了你你还不快回去？你把老子吓死了！不要脸！"区长道："干什么？区公所是骂人的地方？"二诸葛不说话了。区长问："你就是刘修德？"二诸葛答："是！"问："你给刘二黑收了个童养媳？"答："是！"问："今年几岁了？"答："属猴的，十二岁了。"区长说："女不过十五不能订婚，把人家退回娘家去，刘二黑已经跟于小芹订婚了！"二诸葛说："她只有个爹，也不知逃难逃到哪里去了，退也没处退。女不过十五不能订婚，那不过是官家规定，其实乡间七八岁订婚的多着哩。请区长恩典恩典就过去了。……"区长说："凡是不合法的订婚，只要有一方面不愿意都得退！"二诸葛说："我这是两家情愿！"区长问小二黑道："刘二黑！你愿意不愿意？"小二黑说："不愿意！"二诸葛的脾气又上来了，瞪了小二黑一眼道："由你啦？"区长道："给他订婚不由他，难道由你啦？老汉！如今是婚姻自主，由不得你了！你家养的那个小姑娘，要真是没有娘家，就算成你的闺女好了。"二诸葛道："那也可以，不过还得请区长恩典恩典，不能叫他跟于福这闺女订婚！"区长说："这你就管不着了！"二诸葛发急道："千万请区长恩典恩典，命相不对，这是一辈子的事！"又向小二黑道："二黑！你不要糊涂了！这是你一辈子的事！"区长道："老汉！你不要糊涂了；强逼着你十九岁的孩子娶上个十二岁的小姑娘，恐怕要生一辈子气！我不过是劝一劝你，其实只要人家两个人愿意，你愿意不愿意都不相干。回去吧！童养媳没处退就算成你的闺女！"二诸葛还要请区长"恩典恩典"，一个交通员把他推出来了。

十一　看看仙姑

三仙姑去寻二诸葛，一来为的是逞逞闹气的本领，二来为的是遮遮外人的耳目，其实让小芹吃一吃亏她很高兴，所以跟二诸葛老婆闹了一阵之后，回去就睡了。第二天早上，她起得很迟，于福虽比她着急，可是自己既没有主意，又不敢叫醒她，只好自己先去做饭，饭快成的时候，三仙姑慢慢起来梳妆，于福问她道："不去打听打听小芹？"她说："打听她做甚啦？她的本领多大啦？"于福也再没有敢说什么，把饭菜做成了放在炉边等，直等到她梳妆罢了才开饭。

饭还没有吃罢，区上的交通员来传她。她好像很得意，嗓子拉得长长的说："闺女大了咱管不了，就去请区长替咱管教管教！"她吃完了饭，换上新衣服、新手帕、绣花鞋、镶边裤，又擦了一次粉，加了几件首饰，然后叫于福给她备上驴，她骑上，于福给她赶上，往区上去。

到了区上。交通员把她引到区长房子里，她趴下就磕头，连声叫道："区长老爷，你可要给我作主！"区长正伏在桌上写字，见她低着头跪在地下，头上戴了满头银首饰，还以为是前两天跟婆婆生了气的那个年轻媳妇，便说道："你婆婆不是有保人吗？为什么不找保人？"三仙姑莫明其妙，抬头看了看区长的脸。区长见是个擦着粉的老太婆，才知道是认错了人。交通员道："认错人了！这就是于小芹的娘！"区长又打量了她一眼道："你就是小芹的娘呀？起来！不要装神做鬼！我什么都清楚！起来！"三仙姑站起来了。区长问："你今年多大岁数？"三仙姑说："四十五。"区长说："你自己看看你打扮得像个人不像？"门边站着老乡一个十来岁的小闺女嘻嘻嘻笑了。交通员说："到外边耍！"小闺女跑了。区长问："你会下神是不是？"三仙姑不敢答话。区长问："你给你闺女找了个婆家？"三仙姑答："找下了！"问："使了多少钱？"答："三千五！"问："还有些什么？"答："有些首饰布匹！"问："跟你闺女商量过没有？"答："没有！"问："你闺女愿意不愿意？"答："不知道！"区长道："我给你叫来你亲自问问她！"又向交通员道："去叫小芹！"

刚才跑出去那个小闺女，跑到外边一宣传，说有个打官司的老婆，四十五了，擦着粉，穿着花鞋。邻近的女人们都跑来看，挤了半院，唧唧哝哝说："看看！四十五了！看那裤腿！看那花鞋！三仙姑半辈没有脸红过，偏这会儿撑不住气了，一道道热汗在脸上流。交通员领着小芹来了，故意说："看什么？人家也是个人吧，没有见过？闪开路！"一伙女人们哈哈大笑。

把小芹叫来，区长说："你问问你闺女愿意不愿意！"三仙姑只听见院里人说"四十五""穿花鞋"，羞得只顾擦汗，再也开不得口。院里的人们忽然又转了话头，都说"那是人家的闺女"，"闺女不如娘会打扮"，也有人说"听说还会下神"，偏又有个知道底细的断断续续讲"米烂了"的故事，这时三仙姑恨不得一头碰死。

区长说："你不问我替你问！于小芹，你娘给你找的婆家你愿意跟人家结婚不愿意？”小芹说：“不愿意！我知道人家是谁？”区长向三仙姑道：“你听见了吧？”又给她讲了一会儿婚姻自主的法令，说小芹跟小二黑订婚完全合法，还吩咐她把吴家送来的钱和东西原封退了，让小芹跟小二黑结婚。她羞愧之下，一一答应了下来。

十二　怎么到底

三个民兵回到刘家峧，一说区上把兴旺金旺两人押起来，又派助理员来调查他们的罪恶，真是人人拍手称快。午饭后，庙里开一个群众大会，村长报告了开会宗旨，就请大家举他两个人的作恶事实。起先大家还怕扳不倒人家，人家再返回来报仇，老大一会儿没有人说话，有几个胆子太小的人，还悄悄劝大家说：“忍事者安然。”有个被他两人作践垮了的年轻人说：“我从前没有忍过？越忍越不得安然！你们不说我说！”他先从金旺领着土匪到他家绑票说起，一连说了四五款，才说道：“我歇歇再说，先让别人也说几款！”他一说开了头，许多受过害的人也都抢着说起来：有给他们花过钱的，有被他们逼着上过吊的，也有产业被他们霸了的，老婆被他们奸淫过的。他两人还派上民兵给他们自己割柴，拨上民夫给他们自己锄地；浮收粮，私派款，强迫民兵捆人，……你一宗他一宗，从晌午说到太阳落，一共说了五六十款。

区上根据这些罪状把他两人送到县里，县里把罪状一一证实之后，除叫他们赔偿大家损失外，又判了十五年徒刑。

经过这次大会之后，村里人也都敢出头了。不久，村干部又都经过大改选，村里人再也不敢乱投坏人的票了。这其间，金旺老婆自然也落了选。偏她还变了口吻，说：“以后我也要进步了。”

两个神仙也有了变化：

三仙姑那天在区上被一伙妇女围住看了半天，实在觉着不好意思，回去对着镜子研究了一下，真有点打扮得不像话；又想到自己的女儿快要跟人结婚，自己还卖什么老俏？这才下了个决心，把自己的打扮从顶到底换了一遍，弄得像个当长辈人的样子，把三十年来装神弄鬼的那张香案也悄悄拆去。

二诸葛那天从区上回去，又向老婆提起二黑跟小芹的命相不对，他老婆道：“把你的鬼八卦收起吧！你不是说二黑这回了不得吗？你一辈子放个屁也要卜一课，究竟抵了些什么事？我看小芹满不错，能跟咱二黑过就很好！什么命相对不对？你就不记得‘不宜栽种’？”二诸葛见老婆都不信自己的阴阳，也就不好意思再到别人跟前卖弄他那一套了。

小芹和小二黑各回各家，见老人们的脾气都有些改变，托邻居们趁势和说和说，两位神仙也就顺水推舟同意他们结婚。后来两家都准备了一下，就过门。过门之后，小两口都十分得意，邻居们都说是村里第一对好夫妻。

夫妻们在自己卧房里有时候免不了说玩话：小二黑好学三仙姑下神时候唱“前世姻缘由天定”，小芹好学二诸葛说“区长恩典，命相不对”。淘气的孩子们去听窗，学会了这两句话，就给两位神仙加了新外号：三仙姑叫“前世姻缘”，二诸葛叫“命相不对”。

1943 年 5 月，写于太行

（选自：《李有才板话》）

作者简介

赵树理（1906～1970），原名赵树礼，山西沁水人，现代作家。幼年跟祖父识字，聪明好学，六岁即能背诵《三字经》、《百家姓》。读私塾时，“四书”倒背如流，甚为先生钟爱。少年时代，赵树理就喜爱地方民间文学、民谣、鼓词、评书、上党戏……优秀的上党地方文化，为他后来的写作提供很多宝贵的借鉴。1925 年，19 岁的赵树理考入山西省立第四师范（在长治），在四师，他接触了“五四”以来的新文化、新思想。1927 年春，参加了中国共产党。“文化大革命”中，这位著名作家无辜受到批判、斗争，1970 年 9 月 23 日，一代大师含冤去世。

主要作品有短篇小说《小二黑结婚》，中篇小说《李有才板话》，长篇小说《李家庄的变迁》、《三里湾》等。赵树理是中国新文学史上一代杰出的作家，他那独特的艺术风格，为中国老百姓喜闻乐见。作品曾被译为俄、英、法、日等国文字，在世界各地广为流传。

赏析

《小二黑结婚》作于 1943 年春，这是毛主席《在延安文艺座谈会上的讲话》发表后，我国新文学史上一篇里程碑性的作品，是赵树理的成名之作，也体现他在实际工作中发现问题，形成主题的创作思想的代表作品。

小说描写一青年农民二黑和同村的女青年小芹自由恋爱，遭双方家长反对。二黑爹二诸葛信迷信，说他们是“火克金”、命相不对不能成亲，并收了七八岁的逃难女孩给儿子做童养媳。小芹娘三仙姑贪图钱财，要把女儿嫁给一个死了老婆的反动退职军官。一天晚上，小二黑在一孔窑洞里商量第二天去区上登记，混进政权机构的恶霸金旺兄弟突然冲进来“捉奸”。他们将小芹、二黑捆绑起来后，扭送到区公所，对事情早有了解的区长把金旺兄弟押了起来，并为小芹、二黑办了结婚手续，同时也对他们的家长进行了批评教育。

小说生动地塑造了二诸葛、三仙姑两个落后农民和小二黑、小芹两个年轻进步农民的形象。小说通过这两对思想观念截然相反的农民对照，揭示了当时农村中旧习俗的封建势力对人们思想行为的束缚，以及新老两代人的意识冲突与变迁，说明实行民主改革、移风易俗的重要性，同时歌颂了民主政权的力量，反映了解放区的重大变化。小说结构完整，情节跌宕，语言通俗，富于地方色彩，开创中国评书体的现代小说形式。

青春之歌·节选

杨 沫

第十二章

黎明前，道静回到自己冷清的小屋里。疲倦、想睡，但是倒在床上却怎么也睡不着。除夕的鞭炮搅扰着她，这一夜的生活，像突然的暴风雨袭击着她。她一个个想着这些又生疏又亲切的面影，卢嘉川、罗大方、许宁、崔秀玉、白莉苹……都是多么可爱的人呵，他们都有一颗热烈的心，这心是在寻找祖国的出路，是在引人去过真正的生活。……想着这一夜的情景，想着和卢嘉川的许多谈话，她紧抱双臂，望着发白的窗纸忍不住独自微笑了。

二踢脚和小挂鞭响的正欢，白莉苹的小洋炉子也正旺，时间到了夜间两点钟，可是这屋子里的年轻人还有的在高谈，有的在玩耍，许宁和小崔跑到院子里放起鞭炮；罗大方和白莉苹坐在床边小声谈着、争论着，他似乎在劝说白莉苹什么，白莉苹哭了。罗大方的样子也很烦闷。后来他独自靠在床边不再说话，白莉苹就找许宁他们玩去了。听说罗大方原是白莉苹的爱人，不知怎的，他们当中似乎发生了不愉快的事情，因此两个人都显得怪别扭。

道静和卢嘉川两个人一直同坐在一个角落里谈着话。从短短的几个钟点的观察中，道静竟特别喜欢起她这个新朋友了。他诚恳、机敏、活泼、热情。他对于国家大事的卓见更是道静从来没有听见过的。他们坐在一块，他对她谈话一直都是自然而亲切。他问她的家庭情况，问她的出身经历，还问了一些她想不到的思想和见解。她呢，她忽然丢掉了过去的矜持和沉默，一下子，好像对待老朋友一样把什么都倾心告诉了他。尤其使她感觉惊异的是：他的每一句问话或者每一句简单的解释，全给她的心灵开了一个窍门，全能使她对事情的真相了解得更清楚。于是她就不知疲倦地和他谈起来。

"卢兄，（她跟许宁一样地这样称呼他）你可以告诉我吗？红军和共产党是怎么回事？他们真是为人民为国家的吗？怎么有人骂他们——土匪？"

卢嘉川坐在阴影里，面上浮着一丝调皮的微笑。他慢慢回过头来，睁着亮亮的大眼睛看着她，说："偷东西的人最喜欢骂别人是贼；三妻四妾的道德家，最会攻击女人不守贞操；中国的统治者自己杀害了几十万青年，却说别人是杀人放火的强盗和土匪……这些你不明白吗？"

道静笑了。这个人多么富有风趣呀！她和他谈话就更加大胆和自由了。

"卢兄，"道静又发问道，"你刚才说青年人要斗争、要反抗才有出路，可是，我还有点不大相信。"

卢嘉川稍稍惊异地睁大了眼睛："怎么，你以为要当顺民才有出路么？"

道静低着头，摆弄着一条素白麻纱手绢。好像有些难过，她低声说："你不知道，……我斗争过，我也反抗过，可是，我并没有找到出路。"

卢嘉川突然挥着手笑起来了。他笑得那么爽朗、诚恳，像对熟朋友一般地更加亲切和随便。

“原来如此！来，小林，我来给你打个比方。……”他看看一屋子喝酒畅谈的青年人都在一边说着、吃着，就用手比划着对道静说起来。“小林，这么说吧，一个木字是独木，两个木就成了你那个林，三个木变成巨大的森林时，那么，狂风再也吹不倒它们。你一个人孤身奋斗，当然只会碰钉子。可是当你投身到集体的斗争中，当你把个人的命运和广大群众的命运联结在一起的时候，那么，你，你就再也不是小林，而是——而是那巨大的森林啦。”

林道静忍不住地笑了起来：“卢兄，你说话真有意思。过去，我是只想自己该有一个高尚的灵魂，别的事我真很少去想。今夜里，听了你们那些谈话，我忽然觉得自己好像……”

“好像什么？”

“好像个糊涂虫！”林道静天真地迸出了这句话，自己也不禁为在一个刚刚认识的男子面前竟放肆地说出这种话而吃惊了。

卢嘉川还是随便地笑道：“大概，这是你在象牙之塔里住得太久的缘故。小林，在这个狂风暴雨的时代，你应当赶快从个人的小圈子走出来，看看这广大的世界——这世界是多么悲惨，可是又是多么美好……你赶快走出来看看吧！”

多么热情地关心别人，多么活泼洒脱，多么富于打开人的心灵的机智的谈话呵……道静越往下回忆，心头就越发快活而开朗。

“小林，你很纯洁、很直爽。”后来他又那么诚恳地赞扬了她，“你想知道许多各方面的事，那很好。我们今晚一下谈不清，我过一两天给你送些书来——你没有读过社会科学方面的书吧？可以读一读。还有苏联的文学著作也很好，你喜欢文艺，该读读《铁流》、《毁灭》，还有高尔基的《母亲》。”

第一次听到有人鼓励自己读书，道静感激地望着那张英俊的脸。

他们谈得正高兴，白莉苹忽然插进嘴来：“老卢，小林真是个诚实、有头脑的好孩子，可是咱们必须替她扔掉那块绊脚石。一朵鲜花插在牛粪上，真把她糟蹋啦。”

道静闹了个大红脸。她向白莉苹瞟了一眼，她真不喜欢有人在这个时候提到余永泽。

道静和白莉苹在深夜寒冷的马路上送着卢嘉川和罗大方。白莉苹和罗大方在一边谈着，道静和卢嘉川也边走边说：“真糟糕！卢兄，我对于革命救国的道理真是一窍不通。明天，请你一定把书给我送来吧。”

“好的，一定送来。再见！”卢嘉川的两只手热烈地握着白莉苹和道静的手。多么奇怪，道静竟有点不愿和他们分别了。

“这是些多么聪明能干的人啊！……”清晨的麻雀在窗外树上吱吱叫着，道静想到这儿微笑了。但是这时她也想起了余永泽。他放了寒假独自回家过年去了，和父母团聚去了。因为余敬唐的缘故，她不愿意回去，因此一个人留在公寓里，这才参加了这群流浪者的年夜聚会。想到他，一种沉痛的感觉突然攫住了她的心。

“和他们一比……呵，我多么不幸！”她叹息着，使劲用棉被蒙住了头。

和白莉苹、林道静分别以后，卢嘉川、罗大方二人一边在深夜的马路上走着，一边谈起话。

“老罗，你今天为什么这么沉闷？是和小白闹别扭了吗？”

机灵的卢嘉川回过头来向罗大方一笑，同时好像抚慰似的把手臂搭在他宽阔的肩膀上。

“就是这么回事！”罗大方激动地说道，“这女人变坏了！我看错了人……不爱我了没关系，可是她不该去追许宁。小崔和许宁好了好几年，蛮好的一对，可是这个不要脸的，她，她乱搞一气！老卢你信不信？一个人政治上一后退，生活上也必然会腐化堕落。小白原来是热情的、有进取心的，我确实很爱她。可是，如今书也不读了，什么集会也不参加了，只想演戏、当明星、讲恋爱……像我这样的，她当然不会再喜欢。”

卢嘉川默默地点点头，向冷清的马路上望望，然后对罗大方轻声说：“同志，我相信你是能够忍受过来的。爱情——只不过是爱情嘛……”他意味深长地瞅着罗大方，嘴角又浮上他那调皮的微笑。

罗大方伸手给了他一拳。一边走，一边嘟噜着：“对！我明白你的意思。可是奇怪，你是不大单独接近女人的，怎么对那个林道静却这么热情——一谈几个钟头。你不知道她有了白莉苹说的‘绊脚石’吗？她那个对象我认识，真是个胡博士的忠实信徒。我争取过他，可不容易。”

“别瞎扯！”卢嘉川严肃地驳斥着罗大方，“她的情形我早从我姐夫那里知道一些。对这样有斗争性有正义感的女孩子我们应当帮助，应当拉她一把，而不应该叫她沉沦下去。她在北戴河时，为了‘九一八’事变，痛心地和我姐夫争论，她说中国是不会亡国的。她那种神态和正直的精神确实使我很喜欢。但是，干吗扯到私人问题上？难道……你这张嘴巴，别瞎扯了！”

罗大方笑着说：“玩笑！玩笑！我了解你。为了咱们的事业，你从来是不考虑自己的。我们经常要和女孩子们打交道，但你却好像个清教徒，我可办不到。为小白——唉！不提她了。”

“我不是清教徒。”卢嘉川沉思着，“不过，目前的形势确实使自己顾不到这些。老罗，那个女孩子——你说的林道静，我看她有一种又倔强又纯朴的美。有反抗精神。我们应当培养她，使她找到正确的道路。你认为怎么样？”

罗大方回身看了他一眼，笑笑说：“对，应当把她引到革命的路上来。”

夜，虽然是年夜，拂晓之前，街上也已经行人稀少，只有昏暗的街灯，稀稀落落地照着马路上偶尔走过的行人。卢嘉川在和罗大方分手之前，他们又谈了些工作问题。卢嘉川从南京示威回来之后，北大早已不能存身，党已经调他离开学校，专门做秘密的学生工作。这时，他嘱咐着罗大方：“你要尽可能利用你父亲的关系，在北大存身下去。想想，反动者的压迫越来越紧，我们许多人都不能再公开活动，所以你和徐辉要尽可能迷惑敌人，必要时才能给敌人突然的袭击。告诉你，李孟瑜在唐山煤矿上，他做起工人工作来啦。”

“真的吗？”罗大方站住脚，高兴地瞪着眼睛瞅着卢嘉川，“老卢，我可也想去。在知识分子当中工作真是麻烦。”

“别说了，再见!”卢嘉川远远瞧见有人迎面走来，他轻轻推了罗大方一下，就和他分了手。接着，一边摇摆着身子，一边高声唱起来:

八月十五月光明——薛大哥在月下……

他摇摆着，唱着，消失在马路旁边的小胡同里。

余永泽在开学前，从家里回到北平来。他进门的第一眼，看见屋子里的床铺、书架、花盆、古董、锅灶全是老样儿一点没变，可是他的道静忽然变了!过去沉默寡言、常常忧郁不安的她，现在竟然坐在门边哼哼唧唧地唱着，好像一个活泼的小女孩。尤其使他吃惊的是她那双眼睛——过去它虽然美丽，但却呆滞无神，愁闷得像块乌云；现在呢，闪烁着欢乐的光彩，明亮得像秋天的湖水，里面还仿佛荡漾着迷人的幸福的光辉。

“看眼睛知道在恋爱的青年人。”余永泽想起《安娜·卡列尼娜》里面的一句话，灾祸的预感突然攫住了他。他不安地悄悄地看了她一会儿，趁着她出去买菜的当儿，他急急地在箱子里、抽屉里、书架上，甚至字纸篓里翻腾起来。当他别无所获，只看到几本左倾书籍放在桌上和床头时，他神经质地翻着眼珠，轻轻呻吟道:“一定，一定有人在引诱她了。”

道静看见余永泽回来，高高兴兴地替他把饭预备好。他吃着的时候，她挨在他身边向他叙谈起她新认识的朋友、她思想上的变化和这些日子她心情上的愉快来。她想他是自己的爱人，什么事都不该隐瞒他。谁知余永泽听着听着忽然变了颜色。他放下饭碗，皱紧眉头说:“静，想不到你变的这么快……”沉了半晌才接着说，“我，我要求你别这样——这是危险的!一顶红帽子往你头上一戴，要杀头的呀!”

一句话把道静招恼了。八字还没一撇，什么事也没做，不过认识几个新朋友，看了几本新书，就怕杀头!她鄙夷地盯着余永泽那困惑的眼色，半天才压住自己的恼火，激动地出乎自己意外地讲了她自己从没讲过的话:“永泽，你干吗这么神经过敏呀?你也不满意腐朽的旧社会，你也知道日本人已经践踏了祖国的土地，为什么咱们就不该前进一步，做一点有益大众、有益国家的事呢?”

“我想，我想……”余永泽喃喃着，“静，我想，这不是我们能够为力的事。有政府，有军队，我们这些白面书生赤手空拳顶什么事呢?喊喊空口号谁不会。你知道我也参加过学生爱国运动，可这是过去的事了。现在——现在我想还是埋头读点书好。我们成家了，还是走稳当点的路吧……”

“你真糊涂!”道静气愤地打断他的话，喊道，“你才是喊空口号呢!原来你就是这么个胆小鬼呀!”

余永泽用小眼睛瞪着道静，愣愣地半晌无言。忽然他脸色发白，双唇抽搐，把头埋在桌上猛烈地抽泣起来。他哭得这样伤心，比道静还伤心。他的痛苦，与其说是因为受了侮辱，还不如说是深深的嫉妒。

“……她、她变得残酷，这样的残酷，一定变心了。爱、爱上别人了……”他一边流着泪，一边思量着。他认为，天下只有爱情才能使女人有所改变的。

吵过嘴，道静和余永泽虽然彼此有好几天都不大说话，可是她的心里还是很高兴的。她做饭洗衣也轻声哼着唱着，快乐的黑眉毛扬得高高的。完了事，就抱着书本贪婪地读着。一点钟、两点钟过去了，动也不动、头也不抬，那种专注的神情，好像早已忘掉了余永泽的存在和这间蜗居的滞闷。她的精神飞扬到广阔的世界里去了。可是余永泽呢，他这几天可没心思去上课，成天憋在小屋里窥伺着道静的动静。他暗打主意一定要探出她的秘密来。可是看她的神情那么坦率、自然，并无另有所欢的迹象，他又有点茫然了。

晚上，道静伏在桌上静静地读着列宁的《国家与革命》，做着笔记，加着圈点，疲乏的时候，她就拿起高尔基的《母亲》。她时时被那里面澎湃着的、对于未来幸福世界的无限热情激荡着、震撼着，她感到了从未有过的快乐与满足。可是余永泽呢？他局促在小屋里，百无聊赖，只好拾起他最近一年正在钻研的"国故"来。他抱出书本，挨在道静身边寻章摘句地读起来。一大叠线装书，排满了不大的三屉桌，读着读着，慢慢，他也把全神贯注进去了。这时，他的心灵被牵回到遥远古代的浩瀚中，和许多古人、版本纠结在一起。当他疲倦了，休息一下，稍稍清醒过来的时候——"自立一家说"，——学者，——名流，——创造优裕的生活条件……许多幻想立刻涌上心来，鼓舞着他，使他又深深埋下了头。

道静呢，她不管许多理论书籍能不能消化，也不知如何去与实际结合，只是被奔腾的革命热情鼓舞着，渴望从书本上看到新的世界，找到她寻觅已久的真理。因此她也不知疲倦地读着。就这样，一今一古、一新一旧的两个青年人，每天晚上都各读各的直到深夜。自从大年初一卢嘉川给道静送来她从没读过的新书以后，她的思想认识就迅速地变化着；她的感受和情绪通过这些书籍也在迅速地变化着。多少年以后，她还清楚地记得卢嘉川给她阅读的第一本书名字叫《怎样研究新兴社会科学》。在大年初一的深夜里，她躺在被窝里，忍住寒冷——煤球炉子早熄灭了，透风的墙壁刮进了凛冽的寒风。但她兴奋地读着、读着，读了一整夜，直到把这本小册子一气读完。

卢嘉川给她的仅仅是四本用马克思列宁主义理论写成的一般社会科学的书籍，道静一个人藏在屋子里专心致志地读了五天。可是想不到这五天对于她的一生却起了巨大的作用——从这里，她看出了人类社会的发展前途；从这里，她看见了真理的光芒和她个人所应走的道路；从这里，她明白了"朱门酒肉臭，路有冻死骨"的原因，明白了她妈因为什么而死去……于是，她常常感受的那种绝望的看不见光明的悲观情绪突然消逝了；于是，在她心里开始升腾起一种渴望前进的、澎湃的革命热情……

书看完了，她盼望卢嘉川再来借书给她看，可是他没有来。她向白莉苹、许宁那里借到许多政治、经济、哲学、文学的书。有许多书她是看不懂的，像《反杜林论》、《哲学之贫困》，她看着简直莫名其妙。可是青年人热烈的求知欲望和好高骛远的劲头，管它懂不懂，她还是如饥如渴地读下去。当时余永泽还没回来，她一个人是寂寞的，因此她一天甚至读十五六个钟头。一边吃着饭一边也要读。钱少了，她每天只能买点棒子面蒸几个窝头吃。懒得弄菜，窝头不大好吃，可是因为捧着书本全神贯注在这上面，一个窝头不知不觉就吃完了。

自从发明了这种“佐食法”，她对于书本一会儿也不愿离开。

“许宁，请你告诉我：形而上学和形式论理学是一个东西吗？”

“辩证法三原则什么地方都能够应用，那你说，否定之否定应当怎么解释呢？……”

“苏联为什么还不实行共产主义社会？中国要到了共产主义社会，那将是个什么样子呀？”

许宁常去找白莉苹，顺便也常看看她。每次见到他，道静都要提出许多似懂不懂的问题。弄得许宁常常摇头摆手地笑道：“啊呀，小姐！你快要变成大腹便便的书虫子了！人怎么能一下子消化掉这么多的东西呀？我这半瓶子醋，可回答不了你。”话是这样说，可是谈起理论，许宁还是一套套地向道静谈得津津有味、头头是道。道静深深为她新认识的朋友们感到骄傲和幸福。于是她那似乎黯淡下去的青春的生命复活了，她快活的心情，使她常常不自觉地哼着、唱着，好像有多少精力施展不出来似的成天忙碌着。这心情是余永泽所不能了解的，因此，他发生了怀疑，他陷在莫名其妙的嫉妒的痛苦中。

（选自《青春之歌》）

作者简介

杨沫（1914～1995），原名杨成业，曾用笔名杨君默、杨默，祖籍湖南湘阴。1914 年 9 月 25 日出生于北京一个书香之家。后为了反抗封建包办婚姻，离家出走，在河北农村教过小学，后又在北平当家庭教师和书店店员。1933 年除夕，杨沫结识了一些革命青年，开始阅读马克思主义著作。1937 年抗日战争爆发后，到冀中参加中国共产党领导的游击战争，长期从事妇女、宣传工作。新中国成立后，在北京市妇女联合会宣传部工作，1952 年任中央电影局编剧，1957 年转为北京电影制片厂编剧。1963 年起成为北京市作家协会专业作家，兼任北京市作家协会副主席、中国作家协会理事。1978 年当选为全国人民代表大会常务委员会委员。主要作品长篇小说《青春之歌》、《东方欲晓》等。

赏析

《青春之歌》经典小说 1958 年作家出版社出版，作品以“九一八”事变到“一二九”运动这一时期的爱国学生运动为背景，塑造了以林道静为代表的知识分子群体形象。《青春之歌》，是当代文学史上第一部正面描写知识分子斗争生活的优秀长篇小说。《青春之歌》问世后，曾由郭开的一篇讨伐文章引起过一场争论。那场争论虽然由于茅盾先生的公允之言而得以平息，但作者此后对小说进行的增补修改，文艺界一直存有歧见。

小说成功塑造了典型人物形象。作者善于通过不同人物对同一事件的不同反应、及富有个性的细节描写等艺术手段来揭示人物的性格及心理，并且善于写人物的发展变化，如林道静的成长变化过程，复杂曲折，真实性强。另外，小说语言流畅，线索清晰。

组织部来了个年轻人·节选

王　蒙

一

三月，天空中纷洒着的似雨似雪。三轮车在区委会门口停住，一个年轻人跳下来。车夫看了看门口挂着的大牌子，客气地对乘客说："您到这儿来，我不收钱。"

传达室的工人、复员军人老吕微跛着脚走出，问明了那年轻人的来历后，连忙帮他搬下微湿的行李，又去把组织部的秘书赵慧文叫出来。赵慧文紧握着年轻人的两只手说："我们等你好久了。"这个叫林震的年轻人，在小学教师支部的时候就与赵慧文认识。她的苍白而美丽的脸上，两只大眼睛闪着友善亲切的光亮，只是下眼皮上有着因疲倦而现出来的青色。她带林震到男宿舍，把行李放好、解开，把湿了的毡子晾上，再铺被褥。在她料理这些事情的时候，常常撩一撩自己的头发，正像那些能干而漂亮的女同志们一样。

她说："我们等了你好久！半年前就要调你来，区人民委员会文教科死也不同意，后来区委书记直接找区长要人，又和教育局人事室吵了一回，这才把你调了来。"

"可我前天才知道，"林震说："听说调我到区委会，真不知怎么好。咱们区委会尽干什么呀？"

"什么都干。"

"组织部呢？"

"组织部就作组织工作。"

"工作忙不忙？"

"有时候忙，有时候不忙。"

赵慧文端详着林震的床铺，摇摇头，大姐姐似的不以为然地说："小伙子，真不讲卫生；瞧那枕头布，已经由白变黑；被头呢，吸饱了你脖子上的油；还有床单，那么多折子，简直成了泡泡纱……"

林震觉得，他一走进区委会的门，他的新的生活刚一开始，就碰到了一个很亲切的人。

他带着一种节日的兴奋心情跑着到组织部第一副部长的办公室去报到。副部长有一个古怪的名字：刘世吾。在林震心跳着敲门的时候，他正仰着脸衔着烟考虑组织部的工作规划。他热情而得体地接待林震，让林震坐在沙发上，自己坐在办公桌边，推一推玻璃板上叠得高高的文件，从容地问：

"怎么样？"他的左眼微皱，右手弹着烟灰。

"支部书记通知我后天搬来，我在学校已经没事，今天就来了，叫我到组织部工作，我怕干不了，我是个新党员，过去作小学教师，小学教师的工作与党的组织工作有些不同……”

林震说着他早已准备好的话，说得很不自然，正像小学生第一次见老师一样。于是他感到这间屋子很热。三月中旬，冬天就要过去，屋里还生着火，玻璃上的霜花融解成一条条的污道子。他的额头沁出了汗珠，他想掏出手绢擦擦，在衣袋里摸索了半天没有找到。

刘世吾机械地点着头，看也不看地从那一大叠文件中抽出一个牛皮纸袋，打开纸袋，拿出林震的党员登记表，锐利的眼光迅速掠过，宽阔的前额下出现了密密的皱纹，闭了一下眼，手扶着椅子背站起来，披着的棉袄从肩头滑落了，然后用熟练的毫不费力的声调说：

“好，好，好极了，组织部正缺干部，你来得好。不，我们的工作并不难作，学习学习就会作的，就那么回事。而且你原来在下边工作的……相当不错嘛，是不是不错？”

林震觉得这种称赞似乎有某种嘲笑意味，他惶恐地摇头：

“我工作作得并不好……”

刘世吾的不太整洁的脸上现出隐约的笑容，他的眼光聪敏地闪动着，继续说：“当然也可能有困难，可能。这是个了不起的工作。中央的一位同志说过，组织工作是给党管家的，如果家管不好，党就没有力量。”然后他不等问就加以解释：“管什么家呢？发展党和巩固党，壮大党的组织和增强党组织的战斗力，把党的生活建立在集体领导、批评和自我批评与密切联系群众的基础上。这样作好了，党组织就是坚强的、活泼的、有战斗力的，就足以团结和指引群众，完成和更好地完成社会主义建设与社会主义改造的各项任务……”

他每说一句话，都干咳一下，但说到那些惯用语的时候，快得像说一个字。譬如他说“把党的生活建立在……上，”听起来就像“把生活建在登登登上”，他纯熟地驾驭那些林震觉得是相当深奥的概念，像拨弄算盘子一样地灵活。林震集中最大的注意力，仍然不能把他讲的话全部把握住。

接着，刘世吾给他分配了工作。

当林震推门要走的时候。刘世吾又叫住他，用另一种全然不同的随意神情问；

“怎么样，小林，有对象了没有？”

“没……”林震的脸刷地红了。

“大小伙子还红脸？”刘世吾大笑了，“才 22 岁，不忙。”

他又问：“口袋里装着什么书？”

林震拿出书，说出书名：“《拖拉机站站长与总农艺师》。”

刘世吾拿过书去，从中间打开看了几行，问：“这是他们团中央推荐给你们青年看的吧？”

林震点头。

“借我看看。”

“您有时间看小说吗？”林震看着副部长桌上的大叠材料，惊异了。

刘世吾用手托了托书，试了试分量，微皱着左眼说：“怎么样？这么一薄本有半个夜车就开完啦。四本《静静的顿河》我只看了一个星期，就那么回事。”

当林震走向组织部大办公室的时候，天已经放晴，残留的几片云现出了亮晶晶的边缘。太阳照亮了区委会的大院子。人们都在忙碌：一个穿军服的同志夹着皮包匆匆走过，传达室的老吕提着两个大铁壶给会议室送茶水，可以听见一个女同志顽强地对着电话机子说："不行，最迟明天早上！不行……"还可以听见忽快忽慢的哐哧哐哧声——是一只生疏的手使用着打字机，“她也和我一样，是新调来的吧？”林震不知凭什么理由，猜打字员一定是个女的。他在走廊上站了一站，望着耀眼的区委会的院子，高兴自己新生活的开始。

二

组织部的干部算上林震一共二十四个人，其中三个人临时调到肃反办公室去了，一个人半日工作准备考大学，一个人请产假。能按时工作的只剩下 19 个人。四个人作干部工作，15 个人按工厂、机关、学校分工管理建党工作，林震被分配与工厂支部联系组织发展工作。

组织部部长由区委副书记李宗秦兼任，他并不常过问组织部的事，实际工作是由第一副部长刘世吾掌握。另一个副部长负责干部工作。具体指导林震工作的是工厂建党组的组长韩常新。

韩常新的风度与刘世吾迥然不同。他 27 岁，穿蓝色海军呢制服，干净得抖都抖不下土。他有高大的身材，配着英武的只因为粉刺太多而略有瑕疵的脸。他拍着林震的肩膀，用嘹亮的嗓音讲解工作，不时发出豪放的笑声，使林震想：“他比领导干部还像领导干部。”特别是第二天韩常新与一个支部的组织委员的谈话，加强了他给林震的这种印象。

“为什么你们只谈了半小时？我在电话里告诉你，至少要用两小时讨论发展计划！”

那个组织委员说：“这个月生产任务太忙……”

韩常新打断了他的话，富有教训意味地说：“生产任务忙就不认真研究发展工作了？这是把中心工作与经常工作对立起来，也是党不管党的一种表现……”

林震弄不明白什么叫“中心工作与经常工作对立起来”和“党不管党”，他熟悉的是另外一类名词：“课堂五环节”与“直观教具”。他很钦佩韩常新的这种气魄与能力——迅速地提高到原则上分析问题和指示别人。

他转过头，看见正伏在桌上复写材料的赵慧文，她皱着眉怀疑地看一看韩常新，然后扶正头上的假琥珀发卡，用微带忧郁的目光看向窗外。

晚上，有的干部去参加基层支部的组织生活，有的休息了，赵慧文仍然赶着复写“税务分局培养、提拔干部的经验”，累了一天，手腕酸痛，不时在写的中间撂下笔，摇摇手，往手上吹口气。林震自告奋勇来帮忙，她拒绝了，说：“你抄，我不放心。”于是林震帮她把抄过的美浓纸叠整齐，站在她身旁，起一点精神支援作用。她一边抄，一边时时抬头看林震，林震问：“干吗老看我？”赵慧文咬了一下复写笔，笑了笑。

三

林震是1953年秋天由师范学校毕业的，当时是候补党员，被分配到这个区的中心小学当教员。作了教师的他，仍然保持中学生的生活习惯：清晨练哑铃，夜晚记日记，每个大节日——五一、七一……以前到处征求人们对他的意见。曾经有人预言，过不了三个月他就会被那些生活不规律的成年人“同化”。但，不久以后，许多教师夸奖他也羡慕他了，说：“这孩子无忧无虑，无牵无挂，除了工作，就是工作……”他也没有辜负这种羡慕，1954年寒假，由于教学上的成绩，他受到了教育局的奖励。

人们也许以为，这位年轻的教师就会这样平稳地、满足而快乐地度过自己的青年时代。但是不，孩子般单纯的林震，也有自己的心事。

一年以后，他经常焦灼地鞭策自己。是因为社会主义高潮的推动，全国青年社会主义积极分子会议的召开，还是因为年龄的增长？

他已经22岁了，记得在初中一年级时作过一篇文，题目是“当我××岁的时候”，他写成“当我22岁的时候，我要……”现在22岁，他的生命史上好像还是白纸，没有功勋，没有创造，没有冒险，也没有爱情——连给某个姑娘写一封信的事都没做过。他努力工作，但是他作的少、慢、差。和青年积极分子们比较，和生活的飞奔比较，难道能安慰自己吗？他订规划，学这学那，作这作那，他要一日千里！

这时，接到调动工作的通知，“当我22岁的时候，我成了党工作者……”也许真正的生活在这里开始了？他抑制住对小学教育工作和孩子们的依恋，燃烧起对新的工作的渴望。

支部书记和他谈话的那个晚上，他想了一夜。

就这样，林震口袋里装着《拖拉机站站长与总农艺师》，兴高采烈地登上区委会的石阶，对于党工作者（他是根据电影里全能的党委书记的形象来猜测他们的）的生活，充满了神圣的憧憬。但是，等他接触到那些忙碌而自信的领导同志，看到来往的文件和同时举行的会议，听到那些尖锐争吵与高深的分析，他眨眨那有些特别的淡褐色眼珠的眼睛，心里有点怯……

到区委会的第四天，林震去通华麻袋厂了解第一季度发展党员工作的情况，去以前，他看了有关的文件和名叫《怎样进行调查研究》的小册子，再三地请教了韩常新，他密密麻麻地写了一篇提纲，然后飞快地骑着新领到的自行车，向麻袋厂驶去。

工厂门口的警卫同志听说他是区委会的干部，没要他签名，信任地请他进去了。穿过一个大空场，走过一片放麻的露天货场与机器隆隆响的厂房，他心神不安地去敲厂长兼支部书记王清泉办公室的门。得到了里面“进来”的回答后，他慢慢地走进去，怕走快了显得没有经验。他看见一个阔脸、粗脖子、身材矮小的男人正与一个头发上抹了许多油的驼背的男人下棋。小个子的同志抬起头，右手玩着棋子，问清了林震找谁以后，不耐烦地挥一挥手：“你去西跨院党支部办公室找魏鹤鸣，他是组织委员。”然后低下头继续下棋。林震找着了红脸的魏鹤鸣，开始按提纲发问了：“1956 年第一季度，你们发展了几个人？”

“一个半。”魏鹤鸣粗声粗气地说。

“什么叫‘半’？”

“有一个通过了，区委拖了两个多月还没有批下来。”

林震掏出笔记本记了下来。又问：

“发展工作是怎么样进行的，有什么经验？”

“进行过程和向来一样——和党章的规定一样。”

林震看了看对方，为什么他说出的话像搁了一个星期的窝窝头一样干巴？魏鹤鸣托着腮，眼睛看着别处，心里也像在想别的事。

林震又问：“发展工作的成绩怎么样？”

魏鹤鸣答：“刚才说过了，就是那些。”他好像应付似的希望快点谈完。

林震不知道应该再问什么了，预备了一下午的提纲，和人家只谈上五分钟就用完了。他很窘。

这时门被一只有力的手推开了。那个小个子的同志进来，匆匆忙忙地问魏鹤鸣：“来信的事你知道吗？”

魏鹤鸣无精打采地点了点头。

小个子的同志来回踱着步子，然后撇开腿站在房中央：“你们要想办法！质量问题去年就提出来了，为什么还等着合同单位给纺织工业部写信？在社会主义高潮当中我们的生产迟迟不能提高，这是耻辱！”

魏鹤鸣冷冷地看着小个子的脸，用颤抖的声音问：“您说谁？”

“我说你们大家！”小个子手一挥，把林震也包括在里面了。

魏鹤鸣因为抑制着的愤怒的爆发而显得可怕，他的红脸更红了，他站起来问：“那么您呢？您不负责任？”“我当然负责。”小个子的同志却平静了，“对于上级，我负责，他们怎么处分我！我也接受。对于我，你得负责，谁让你作生产科长呢？你得小心……”说完，他威胁地看了魏鹤鸣一眼，走了。

魏鹤鸣坐下，把棉袄的扣子全解开了，喘着气。林震问：“他是谁？”魏鹤鸣讽刺地说：“你不认识？他就是厂长王清泉。”

于是魏鹤鸣向林震详细地谈起了王清泉的情况。王清泉原来在中央某部工作，因为在男女关系上犯错误受了处分，1951 年调到这个厂子作副厂长，1953 年厂长他调，他就被提拔作厂长。他一向是吃饱了转一转，躲在办公室批批文件下下棋，然后每月在工会大会、党支部大会、团总支大会上讲话，批评工人群众竞赛没搞好，对质量不关心，有经济主义思想……魏鹤鸣没说完，王清泉又推门进来了。他看着左腕上的表，下令说：“今天中午 12 点 10 分，你通知党、团、工会和行政各科室的负责人到厂长室开会。”然后把门砰的一带，走了。

魏鹤鸣嘟哝着：“你看他怎么样？”

林震说：“你别光发牢骚，你批评他，也可以向上级反映，上级绝不允许有这样的厂长。”

魏鹤鸣笑了，问林震：“老林同志，你是新来的吧？”

“老林”同志脸红了。

魏鹤鸣说："批评不动！他根本不参加党的会议，你上哪儿批评去？偶尔参加一次，你提意见，他说：'提意见是好的，不过应该掌握分寸，也应该看时间、场合。现在，我们不应该因为个人意见侵占党支部讨论国家任务的宝贵时间。'好，不占用宝贵时间，我找他个别提，于是我们俩吵成了现在这个样子。"

"向上级反映呢？"

"1954 年我给纺织工业部和区委写了信，部里一位张同志与你们那儿的老韩同志下来检查了一回。检查结果是：'官僚主义较严重，但主要是作风问题，任务基本上完成了，只是完成任务的方法有缺点。'然后找王清泉'批评'了一下，又找我鼓励了一下开展自下而上的批评的精神，就完事了。此后，王厂长有一个来月对工作比较认真，不久他得了肾病，病好以后他说自己是'因劳致疾'，就又成了这个样子。"

"你再反映呀！"

"哼，后来与韩常新也不知说过多少次，老韩也不答理，反倒向我进行教育说，应该尊重领导，加强团结。也许我不该这样想，但我觉得也许要等到王厂长贪污了人民币或者强奸了妇女，上级才会重视起来！"

林震出了厂子再骑上自行车的时候，车轮旋转的速度就慢多了。他深深地把眉头皱了起来。他发现他的工作的第一步就有重重的困难，但他也受到一种刺激，甚至是激励——这正是发挥战斗精神的时候啊！他想着想着，直到因为车子溜进了急行线而受到交通民警的申斥。

四

吃完午饭，林震迫不及待地找韩常新汇报情况。韩常新有些疲倦地靠着沙发背，高大的身体显得笨重，从身上掏出火柴盒，拿起一根火柴剔牙。

林震杂乱地叙述他去麻袋厂的见闻，韩常新脚尖打着地不住地说："是的，我知道。"然后他拍一拍林震的肩膀，愉快地说："情况没了解上来不要紧，第一次下去嘛，下次就好了。"

林震说："可是我了解了关于王清泉的情况。"他把笔记本打开。

韩常新把他的笔记本合上，告诉他："对，这个情况我早知道。前年区委让我处理过这个事情，我严厉地批评过他，指出他的缺点和危险性，我们谈了至少有三四个钟头……"

"可是并没有效果呀，魏鹤鸣说他只好了一个月……"林震插嘴说。

"一个月也是效果，而且绝不止一个月。魏鹤鸣那个人思想上有问题，见人就告厂长的状……"

"他告的状是不是真的？"

"很难说不真，也很难说全真。当然这个问题是应该解决的，我和区委副书记李宗秦同志谈过。"

"副书记的意见是什么？"

"副书记同意我的意见，王清泉的问题是应该解决也是可能解决的……不过，你不要一下子就陷到这里边去。"

“我？”

“是的。你第一次去一个工厂，全面情况也不了解，你的任务又不是去解决王清泉的问题，而且，直爽地说，解决他的问题也需要更有经验的干部；何况我们并不是没有管过这件事……你要是一下子陷到这个里头，三个月也出不来，第一季度的建党总结还了解不了解？上级正催我们交汇报呢！”

林震说不出话。

韩常新又拍拍林震的肩膀：“不要急躁嘛。咱们区三千个党员，百十几个支部，你一来就什么问题都摸还行？”他打了个哈欠，有倦意的脸上的粉刺涨红了：“啊——哈，该睡午觉了。”

“那，发展工作怎么再去了解？”林震没有办法地问。

韩常新又去拍林震的肩膀，林震不由得躲开了。韩常新有把握地说：“明天咱们俩一齐去，我帮你去了解，好不？”然后他拉着林震一同到宿舍去。

第二天，林震很有兴趣地观察韩常新如何了解情况。三年前，林震在北京师范上学的时候，出去作过见习教师，老教师在前面讲，林震和学生一起听，学了不少东西。这次，他也抱着见习的态度，打开笔记本，准备把韩常新的工作过程详细记录下来。

韩常新问魏鹤鸣：“发展了几个党员？”

“一个半。”

“不是一个半，是两个，我是检查你们的发展情况，不是检查区委批没批。”韩常新纠正他，又问：“这两个人本季度生产计划完成的怎么样？”

“很好，他们一个超额 7%，一个超额 4%，厂里黑板报还表扬……”

谈起生产情况，魏鹤鸣似乎起劲了些，但是韩常新打断了他的话：“他们有些什么缺点？”

魏鹤鸣想了半天，空空洞洞地说了些缺点。

韩常新叫他给所举的缺点提一些例子。

提完例子，韩常新再问他党的积极分子完成本季度生产任务的情况，他特别感兴趣的是一些数字和具体事例，至于这些先进的工人克服困难、钻研创造的过程，他听都不要听。

回来以后，韩常新用流利的行书示范地写了一个“麻袋厂发展工作简况”，内容是这样的：

……本季度（1956 年 1 月至 3 月）麻袋厂支部基本上贯彻了积极慎重发展新党员的方针，在建党工作上取得了一定的成绩，新通过的党员朱××与范××受到了共产党员的光荣称号的鼓舞，增强了主人翁的观念，在第一季度繁重的生产任务中各超额 7%、4%。广大积极分子围绕在支部周围，受到了朱××与范××模范事例的教育，并为争取入党的决心所推动，发挥了劳动的积极性与创造性，良好地完成或者超额完成了第一季度的生产任务……（下面是一系列数字与具体事例）这说明：

一、建党工作不仅与生产工作不会发生矛盾，而且大大推动了生产，任何借口生产忙而忽视建党工作的作法是错误的。二、……但同时必须指出，麻袋厂支部的建党工作，也仍然存在着一定的缺点……例如……

林震把写着“简况”的片艳纸捧在手里看了又看，他有一刹那，甚至于怀疑自己去没去过麻袋厂。还是上次与韩常新同去时自己睡着了，为什么许多情况他根本不记得呢？他迷惑地问韩常新：

“这，这是根据什么写的？”

“根据那天魏鹤鸣的汇报呀。”

“他们在生产上取得的成绩是因为建党工作么？”林震口吃起来。

韩常新抖一抖裤脚，说：“当然。”

“不吧？上次魏鹤鸣并没有这样讲。他们的生产提高了，也可能是由于开展竞赛，也许由于青年团建立了监督岗，未必是建党工作的成绩……”

“当然，我不否认。各种因素是统一起来的，不能形而上学地割裂地分析这是甲项工作的成绩，那是乙项工作的成绩。”

“那，譬如我们写第一季度的捕鼠工作总结，是不是也可以用这些数字和事例呢？”

韩常新沉着地笑了，他笑林震不懂“行”，他说：“那可以灵活掌握……”

林震又抓住几个小问题问：

“你怎么知道他们的生产任务是繁重的呢？”

“难道现在会有一个工厂任务很清闲吗？”

林震目瞪口呆了。

五

初到区委会十天的生活，在林震头脑中积累起的印象与产生的问题，比他在小学呆了两年的还多。区委会的工作是紧张而严肃的，在区委书记办公室，连日开会到深夜。从汉语拼音到预防大脑炎，从劳动保护到政治经济学讲座，无一不经过区委会的忠实的手。林震有一次去收发室取报纸，看见一份厚厚的材料，第一页上写着“区人民委员会党组关于调整公私合营工商业的分布、管理、经营方法及贯彻市委关于公私合营工商业工人工资问题的报告的请示”。他怀着敬畏的心情看着这份厚得像一本书的材料和它的长题目。有时，一眼望去，却又觉得区委干部们是随意而松懈的，他们在办公时间聊天，看报纸，大胆地拿林震认为最严肃的题目开玩笑，例如，青年监督岗开展工作，韩常新半嘲笑地说：“吓，小青年们脑门子热起来啦……”林震参加的组织部一次部务会议也很有意思，讨论市委布置的一个临时任务，大家抽着烟，说着笑话，打着岔，开了两个钟头，拖拖沓沓，没有什么结果。这时，皱着眉思索了好久的刘世吾提出了一个方案，马上热烈地展开了讨论，很多人发表了使林震敬佩的精采意见。林震觉得，这最后的30多分钟的讨论要比以前的两个钟头有效十倍。某些时候，譬如说夜里，各屋亮着灯：第一会议室，出席座谈会的胖胖的工商业者愉快地与统战部长交换意见；第二会议室，各单位的学习辅导员们为“价值”与“价格”的关系争得面红耳赤；组织部坐着等待入党谈话的激动的年轻人，而市委的某个严厉的书记出现在书记办公室，找区委正副书记汇报贯彻工资改革的情况……这时，人声嘈杂，人影交错，电话铃声断断续续，林震仿佛从中听到了本区生活的脉搏的跳动，而区委会这座不新的、平凡的院落，也变得辉煌壮观起来。

在一切印象中，最突出和新鲜的印象是关于刘世吾的：刘世吾工作极多，常常同一个时间好几个电话催他去开会，但他还是一会儿就看完了《拖拉机站站长与总农艺师》，把书转借给了韩常新；而且，他已经把前一个月公布的拼音文字草案学会了，开始在开会时用拼音文字作记录了。某些传阅文件刘世吾拿过来看看题目和结尾就签上名送走，也有的不到三千字的指示他看上一下午，密密麻麻地划上各种符号。刘世吾有时一面听韩常新汇报情况，一面漫不经心地查阅其他的材料，听着听着却突然指出："上次你汇报的情况不是这样！"韩常新不自然地笑着，刘世吾的眼睛捉摸不定地闪着光；但刘世吾并不深入追究，仍然查他的材料，于是韩常新恢复了常态，有声有色地汇报下去。

赵慧文与韩常新的关系也被林震看出了一些疑窦：韩常新对一切人都是拍着肩膀，称呼着"老王"、"小李"，亲热而随便。独独对赵慧文，却是一种礼貌的"公事公办"的态度。这样说话："赵慧文同志，党刊第104期放在哪里？"而赵慧文也用顺从包含警戒的神情对待他。

……四月，东风悄悄地刮起，不再被人喜爱的火炉蜷缩在阴暗的贮藏室，只有各房间熏黑了的屋顶还存留着严冬的痕迹。往年，这个时候，林震就会带着活泼的孩子们去卧佛寺或者西山八大处踏青，在早开的桃李与混浊的溪水中寻找春天的消息……区委会的生活却不怎么受季节的影响，继续以那种紧张的节奏和复杂的色彩流转着。当林震从院里的垂柳上摘下一颗多汁的嫩芽时，他稍微有点怅惘，因为春天来得那么快，而他，却没作出什么有意义的事情来迎接这个美妙的季节……

晚上九点钟，林震走进了刘世吾办公室的门。赵慧文正在这里，她穿着紫黑色的毛衣。脸儿在灯光下显得越发苍白。听到有人进来，她迅速地转过头来，林震仍然看见了她略略突出的颧骨上的泪迹。他回身要走，低着头吸烟的刘世吾作手势止住他："坐在这儿吧，我们就谈完了。"

林震坐在一角，远远地隔着灯光看报，刘世吾用烟卷在空中划着圆圈，诚恳地说：

"相信我的话吧，没错。年轻人都这样，最初互相美化，慢慢发现了缺点，就觉得都很平凡。不要作不切实际的要求，没有遗弃，没有虐待，没有发现他政治上、品质上的问题，怎么能说生活不下去呢？才四年嘛。你的许多想法是从苏联电影里学来的，实际上，就那么回事……"

赵慧文没说话，她撩一撩头发，临走的时候，对林震惨然地一笑。

刘世吾走到林震旁边，问："怎么样？"他丢下烟蒂，又掏出一支来点上火，紧接着贪婪地吸了几口，缓缓地吐着白烟，告诉林震："赵慧文跟她爱人又闹翻了……"接着，他开开窗户，一阵风吹掉了办公桌上的几张纸，传来了前院里散会以后人们的笑声、招呼声和自行车铃响。

刘世吾把只抽了几口的烟扔出去，伸了个懒腰，扶着窗户，低声说："真的是春天了呢！”

“我想谈谈来区委工作的情况，我有一些问题不知道怎么解决。”林震用一种坚决的神气说，同时把落在地上的纸页拾起来。

“对，很好。”刘世吾仍然靠着窗户框子。

林震从去麻袋厂说起：“……我走到厂长室，正看见王清泉同志……”

“下棋呢还是打扑克？”刘世吾微笑着问。

“您怎么知道？”林震惊骇了。

“他老兄什么时候干什么我都算得出来，”刘世吾慢慢地说，“这个老兄棋瘾很大，有一次在咱这儿开了半截会，他出去上厕所，半天不回来，我出去一找，原来他看见老吕和区委书记的儿子下棋，他在旁边‘支’上‘招儿’了。”

林震把魏鹤鸣对他的控告讲了一遍。

刘世吾关上窗户，拉一把椅子坐下，用两个手扶着膝头支持着身体，轻轻地摆动着头：

“魏鹤鸣是个直性子，他一来就和王清泉吵得面红耳赤……你知道，王清泉也是个特殊人物，不太简单。抗日胜利以后，王清泉被派到国民党军队里工作，他作过国民党军的副团长，是个呱呱叫的情报人员。一九四七年以后他与我们的联系中断，直到解放以后才接上线。他是去瓦解敌人的，但是他自已也染上国民党军官的一些习气，改不过来，其实是个英勇的老同志。”

“这样……”

“是啊。”刘世吾严肃地点点头，接着说，“当然，这不能为他辩护，党是派他去战胜敌人而不是与敌人同流合污，所以他的错误是应该纠正的。”

“怎么去解决呢？魏鹤鸣说，这个问题已经拖了好久。他到处写过信……”

“是啊。”刘世吾又干咳了一会，作着手势说，“现在下边支部里各类问题很多，你如果一一地用手工业的方法去解决，那是事倍功半的。而且，上级布置的任务追着屁股，完成这些任务已经感到很吃力。作为领导，必须掌握一种把个别问题与一般问题结合起来，把上级分配的任务与基层存在的问题结合起来的艺术。再者，王清泉工作不努力是事实，但还没有发展到消极怠工的地步；作风有些生硬，也不是什么违法乱纪；显然，这不是组织处理问题而是经常教育的问题。从各方面看，解决这个问题的时机目前还不成熟。”

林震沉默着，他判断不清究竟哪样对；是娜斯嘉的“对坏事绝不容忍”对呢，还是刘世吾的“条件成熟论”对。他一想起王清泉那样的厂长就觉得难受，但是，他驳不倒刘世吾的“领导艺术”。刘世吾又告诉他：“其实，有类似毛病的干部也不只一个……”这更加使得林震睁大了眼睛，觉得这跟他在小学时所听的党课的内容不是一个味儿。

后来，林震又把看到的韩常新如何了解情况与写简报的事说了说，他说，他觉得这样整理简报不太真实。

刘世吾大笑起来，说：“老韩……这家伙……真高明……”笑完了，又长出一口气，告诉林震：“对，我把你的意见告诉他。”

林震犹豫着，刘世吾问：“还有别的意见么？”

于是林震勇敢地提出:“我不知道为什么,来了区委会以后发现了许多许多缺点,过去我想像的党的领导机关不是这样……”

刘世吾把茶杯一放:“当然,想像总是好的,实际呢,就那么回事。问题不在于有没有缺点,而在于什么是主导的。我们区委的工作,包括组织部的工作,成绩是基本的呢,还是缺点是基本的?显然成绩是基本的,缺点是前进中的缺点。我们伟大的事业,正是由这些有缺点的组织和党员完成着的。”

走出办公室以后,林震有一种奇怪的感觉;和刘世吾谈话似乎可以消食化气,而他自己的那些肯定的判断,明确的意见,却变得模糊不清了。他更加惶惑了。

(选自《组织部新来的年轻人》)

作者简介

王蒙,1934年生于北京。其第一篇长篇小说《青春万岁》写作于1953～1956年,描写50年代初期几个女子中学学生在新建的社会主义中国的兴奋和困惑。1956年发表小说《组织部新来的青年人》,1958至1962年王蒙在北京郊区劳动。1962年曾到北京师范学校任教一年。1963年至1978年在新疆生活工作,1979年平反。王蒙回京后写第一篇短篇小说《说客盈门》,其后王蒙撰写了多部小说、杂文,曾一时间成为中国文坛意识流文学的代表人物之一,于1986至1989年期间任文化部部长。

赏析

文章讲述的是关于20世纪现代中国的“疏离者”的故事。放弃了教师工作的林震,抱着无限的希望来到组织部这个新的环境,却发现现实中的工作不是他所憧憬的那样,他无法很好的融入工作,感到非常困惑,在困惑中和同事赵惠文互相鼓励,并看到微笑的希望的事。

作者用现实主义手法叙述了名叫林震的主人翁的所见所闻。作者用极其犀利的文笔,对生活极其细微的观察和缜密的思维,以充满激情的语言和对新中国无限的热爱,写出了一个中国区委会组织部门的真实工作状态,也鞭挞了官场早期的丑陋工作作风,抨击了为官者的官僚主义。林震是一名乡下教师,出于对党组织的无比热爱,他抑制住对教育工作和纯真可爱的孩子们的依恋,怀着对新工作的无比向往,带着一种节日的兴奋心情跑到组织部报到了。林震对于党务工作者的生活充满了神圣的憧憬,所以当他在组织部看到那些密密麻麻的文件,召开各种走走形式的会议,听到那些庸俗不堪的争吵与高深莫测却毫无用处的分析时,开始对这个组织产生了怀疑,他怀疑自己所见到的一切,甚至对那些在别人眼里习以为常的事情感到不解,最后在彷徨、挣扎、斗争后走向了新的开始。

作者采用对比的方法塑造人物,林震、赵慧文、刘世吾、韩常新之间形成多方对比,使人物性格丰富多样。细节描写和心理刻画也很成功。

第四节　外国小说欣赏

麦琪的礼物[1]

欧·亨利

一块八角七分钱。全在这儿了。其中六角还是零钱凑起来的。这些小钱是每次一个两个向杂货店、菜贩和肉店的老板硬扣下来的；人家虽然没有明说，自己总觉得这种掂斤播两的交易未免落个吝啬的恶名，当时羞得脸红。德拉数了三遍。数来数去还是一块八角七分钱。而第二天就是圣诞节了。

除了倒在那张破旧的小榻上大哭一场之外，显然没有别的办法。德拉就这么办了。这就使一种精神上的感慨油然而生，认为人生是由啜泣、抽噎和微笑组成的，其中抽噎占主导地位。

趁这家的女主人的悲伤逐渐地由第一级降到第二级的时候，让我们看一看她的家吧！一套备有家具的公寓，租金每周八元钱。虽然不能说绝对的难以形容，实际上，确实与贫民窟也相差无几了。

楼下的甬道里有一个信箱，但是永远不会有信件投进去；还有一个电铃，鬼才能把它按响。那里还贴着一张名片，上面写着“杰姆斯·狄林汉·杨先生”几个字。

“狄林汉”这个名号是主人先前富裕时，也就是每周赚三十元时，一时高兴，加在姓名之间的，现在进款减缩到二十元了，“狄林汉”几个字看起来有些模糊，仿佛它们正在慎重地考虑是否缩成一个质朴而谦虚的“狄”字为妙。但是每逢杰姆斯·狄林汉·杨先生回家上楼，走进房门时，杰姆斯·狄林汉·杨太太——就是前面已经介绍过的德拉——总是把他叫做“杰姆”，并且热烈地拥抱他。这当然是很好的。

德拉哭完了以后，小心地用破粉扑在面颊上扑了些粉。她站在窗前，呆呆地看着外面灰蒙蒙的后院里有一只灰色的猫在一个灰色篱笆上走着。明天就是圣诞节了。而她只能拿一块八角七分钱给杰姆买一件礼物。几个月来，她尽可能地节省了每一分钱，结果不过如此。每周二十元本来不经花。支出的总比她预算的多。总是这样。只有一块八角七分钱拿来给杰姆买礼物。她的杰姆。为了给他买一件好东西，德拉自得其乐地筹划了好些日子。要买一件精致、珍奇而真正有价值的东西——够得上给杰姆持有的东西固然很少，可是总得有些相称才成呀。

屋里两扇窗户中间有一面壁镜。读者也许见过房租八元钱的公寓里的壁镜。一个非常瘦小灵活的人，从一连串纵的片断的映象里，也许可以对自己的容貌得到一个大致不错的概念。德拉全靠身材纤细，才精通了这种艺术。

突然她从窗口转过身来，站在镜子前面。她的两眼晶莹明亮，但是在二十秒钟内她的脸失色了。她很快地把头发解开，叫它完全披散下来。

且说，杰姆斯·狄林汉·杨夫妇有两样东西是他们特别引以自豪的。一样是杰姆三代祖传的金表。另一样是德拉的头发。如果希巴皇后住在气窗对面的公寓里，德拉总会有一天把头发悬在窗外去晾干，只是为了使那位皇后的珠宝和首饰相形见绌。如果所罗门王做了看门人，把他所有的财富都堆在地下室里，杰姆每次经过那儿时会掏出他的金表看看，让所罗门忌妒得吹胡子瞪眼。

这时德拉的美丽的头发披散在身上，像一股褐色的小瀑布一样，波浪起伏，金光闪闪。头发一直垂到膝盖下，仿佛给她披上一件衣服。她又神经质地很快地把头发梳起来。她踌躇了一会儿，静静地站在那里，有一两滴泪水溅落在破旧的红地毯上。

她穿上她那褐色的旧外套，戴上她那褐色的旧帽子。眼睛里还留着晶莹的泪光，裙子一摆，她飘然走出房门，走下楼梯，来到街上。

她走到一块招牌前停住了，招牌上面写着："莎弗朗尼娅夫人——经营各种头发用品"。德拉跑上一楼，一面喘着气，一面定下神来。那位夫人身躯肥大，肤色白得过分，一副冷冰冰的样子，和"莎弗朗尼娅"这个名字太不相称。

"您要买我的头发吗？"德拉问道。

"我买头发，"夫人说，"把你的帽子脱下来，让我看看你的头发什么样儿！"

那股褐色的小瀑布泻了下来。

"二十块钱。"夫人用熟练的手法抓起头发说。

"赶快把钱给我。"德拉说。

啊！随后的两个钟头仿佛长了玫瑰色的翅膀似的飞掠过去了。请不要理会这种杂凑的比喻吧！总之，德拉为了给杰姆买礼物，搜索了所有的铺子。

最后，她终于把它找到了。它确是专为杰姆，不为别人制造的。她把所有的商店都搅翻了一遍，各家都没有像那样的东西。那是一条白金表链，式样简单朴素，只以货色来宣示它的价值，不凭什么俗不可耐的装潢——一切好东西都应该是这样的。它还真配得上那只金表。她一看到这表链就认为非给杰姆买下来不可。它简直像他的为人。文静而有价值——这句话拿来形容表链和杰姆本人都恰到好处。店里以二十一块钱的价格卖给了她，她带着剩下的八角七分钱匆匆地赶回家。杰姆有了这条表链，在任何场合都可以毫无顾虑地看看钟点了。那只表虽然华贵，可是因为他用一根旧皮条来代替表链，他有时只是偷偷地看一眼。

德拉回家以后，她稍稍用谨慎与理智来代替了陶醉。她拿出烫发铁钳，点起煤气，开始补救由于爱情加上慷慨而造成的灾害。那始终是一件艰巨的工作。亲爱的朋友们——简直是了不起的工作。

不出四十分钟，她头上布满紧贴头皮的小发卷，变得活像一个逃学的小学生。她仔细而苛刻地对着镜子照了又照。

"如果杰姆看了我一眼不把我杀死才怪呢，"她自言自语地说，"他会说我是康奈岛游戏场里的卖唱姑娘。但是我有什么办法呢？——唉！只有一块八角七分钱，叫我有什么办法呢？”

到了七点钟，咖啡已经煮好了，煎锅也放在炉子后面热着，随时准备煎肉排。

杰姆一向准时回家。德拉把表链对折了握在手里，在他进来必经的门口的桌子角上坐下来。接着，她听到楼下梯级上响起了他的脚步声，她立刻脸色变白了。她有一个习惯，往往为了日常最简单的事情默祷几句，现在她悄声说："求求上帝，让他认为我还是美丽的。”

门开了，杰姆迈步走进来把门关上。他很瘦削，非常严肃。可怜的人，他只有二十二岁——就担负起家庭的担子！他需要一件新大衣，手套也没有。

一进门杰姆就站住了，像一条猎犬嗅到鹌鹑似的纹丝不动。他两眼盯着德拉，有一种她捉摸不透的表情，这使她大为惊慌。那既不是愤怒，也不是惊讶，又不是不满，更不是厌恶，不是她所预料的任何一种神情。他只是带着那种奇怪的神情死死地盯着她。

德拉忐忑不安地从桌上跳下来，走到他身边。

“杰姆，亲爱的，”她喊道，“别那样盯着我看。我把头发剪掉卖了，因为我不送你一件礼物，我过不了圣诞节。头发会再长起来的——你不会在意吧，是不是？我实在没办法才这么做的。我的头发长得快得要命。说句‘恭贺圣诞’吧！杰姆，让我们高高兴兴的。你猜不到我给你买了一件多么好——多么美丽的礼物。”

“你把头发剪掉了？”杰姆吃力地问道，仿佛他绞尽脑汁之后，还没有把那个显而易见的事实弄明白似的。

“非但剪了，而且卖了，”德拉说，“不管怎样，你还是一样地喜欢我，是不是？没有了头发，我还是我，不是吗？”

杰姆好奇地向房里四下张望。

“你说你的头发没有了？”他带着近乎白痴的神情问道。

“你用不着找了，”德拉说，“我告诉你，已经卖了——卖了，没有了。今天是圣诞前夜，亲爱的，好好地对待我，我剪掉头发为的是你呀。我的头发可能数得清，”她突然非常温柔地接下去说，“但是我对你的爱情谁也数不清。我把肉排烧上好吗？杰姆！”

杰姆好像忽然从恍惚中醒过来。他把德拉搂在怀里。为了不要冒昧，让我们花十秒钟工夫瞧瞧另一方面无关紧要的东西吧。每周八块钱的房租，或者每年一百万块钱的房租——其中有什么区别？一个数学家或是一个滑稽家可能给你一个不正确的答复。麦琪带来了珍贵的礼物，但是其中没有那样东西。这句晦涩的话，下文将有说明。

杰姆从大衣口袋里掏出一包东西，把它扔在桌上。

“不要对我有任何误会，德儿，”他说，“不管是剪发、修脸、洗头，我对我的姑娘的爱情是绝不会减低一分的。但是，你一打开那包东西，就会明白，刚才你为什么把我愣住了。”

白皙的手指敏捷地撕开了绳子和包皮纸。接着是一声狂喜的叫喊；紧接着，哎呀！突然转变成女性神经质的眼泪和号哭，立刻需要公寓的主人用尽办法来安慰她。

因为摆在眼前的是那套插在头发上用的梳子——全套的发梳，两鬓用的，后面用的，应有尽有；那是百老汇路一个橱窗里的、德拉渴望了好久的东西。纯玳瑁做的、边上镶着珠宝的美丽的发梳——配那已经失去的美发，颜色恰恰合适。她知道这套发梳是很贵重的，她心向神往了好久，但从来没有存过占有它的希望。现在居然为她所有了，可是用来装饰那一向向往的装饰品的头发却没有了。

但是她还是把它紧紧地抱在怀中，隔了好久，她才能抬起迷蒙的泪眼，含笑对杰姆说："我的头发长得多快啊，杰姆！"

接着，德拉像一只挨了烫的小猫似的跳了起来，喊道："噢！噢！"

杰姆还没有看到送给他的美丽礼物呢！她热切地把它托在自己的掌心上递给他。这无知无觉的贵重金属似乎闪闪地反映着她的快活和热诚的神情。

"漂亮吗，杰姆？我跑遍了全城才找到它。现在你每天要把表看上一百次了。把你的表拿给我。我要看看它配上是什么样子！"

杰姆并没有照她的话去做，却倒在小榻上，双手枕着头，微笑着。

"德儿，"他说，"让我们把圣诞节的礼物搁在一边，暂时保存起来。它们实在太好了，现在用了未免可惜。我是卖了金表换了钱给你买的发梳。现在请你煎肉排吧！"

那三位麦琪，读者都知道，全是有智慧的人——非常有智慧的人——他们带来礼物，送给生在马槽里的圣婴耶稣。他们首创了圣诞节馈赠礼物的风俗。他们既然有智慧，他们的礼物无疑也是聪明的，可能还附带一种碰上收到同样的东西时可以交换的权利。我的拙笔在这里向读者叙述了一个没有曲折、不足为奇的故事：那两个住在一间公寓里的笨孩子，极不聪明地为了对方牺牲了他们家里最宝贵的东西。但是，让我对目前一般聪明人说一句最后的话，在所有馈赠礼物的人当中，他们两个是最聪明的。在一切授受礼物的人当中，像他们这样的人也是最聪明的。他们就是麦琪。

（刘若端　译）

（选自《世界文学精品大系》）

注释

[1]麦琪：指基督初生时从东方来耶路撒冷给他送礼物的三位贤人：梅尔基奥尔、加斯帕和巴尔撒泽。麦琪首开了圣诞赠送礼物的风俗。

作者简介

欧·亨利（1862～1910），原名威廉·西德尼·波特，是美国著名的短篇小说家，现代短篇小说的创始人。他出身于美国北卡罗来纳州格林斯波罗镇一个医师家庭。他的一生富于传奇性，当过药房学徒、牧牛人、会计员、土地局办事员、新闻记者、银行出纳员。当银行出纳员时，因银行短缺了一笔现金，为避免审讯，离家流亡到中美洲的洪都拉斯。后因回家探视病危的妻子而被捕入狱，并在监狱医务室任药剂师。他在银行工作时，曾有过写作的经历，担任监狱医务室的药剂师后开始认真写作。1901 年提前获释后，迁居纽约，专门从事写作。他一生写有 300 余篇短篇小说。代表作有小说集《剪亮的灯》、《四百万》、《命运之路》、《西部之心》等。其中一些名篇如《警察与赞美诗》、《黄雀在后》、《麦琪的礼物》、《最后一片藤叶》等使他获得了世界声誉。

欧·亨利的短篇小说构思巧妙，尤以出人意料之外的结局而著名。作家常常在故事结尾时，笔锋一转，让主人公的命运来一个出乎意料之外的变化。这种变化看起来好像有点儿荒谬，但细想一下又是合情合理的，所以读者在惊愕之余，仍会感到信服。欧·亨利的小说对后来的美国短篇小说家有一定的影响。同时，由于作品内容贴近群众生活，篇幅短小精悍，情节引人入胜，语言富于艺术表现力，深为广大读者所喜爱，又被誉为“美国的莫泊桑”，“美国生活的幽默百科全书”。

赏析

本文通过一对穷困的年轻夫妇忍痛割爱互赠礼物的故事，反映了美国下层人民生活的艰难，赞美了主人公的善良心地和纯真爱情。

以圣诞前夜馈赠礼物为题材创作的小说，在西方文坛并不少见，其中也不乏精心之作，而欧·亨利的《麦琪的礼物》却成为这类题材的杰作，确实是令人深思的。

首先，从内容上看。全篇以馈赠圣诞礼物为中心线，写了美国一对贫穷而恩爱的夫妇。这个家庭的主妇为了节省每个铜子儿，不得不“每次一个、两个向杂货铺、菜贩和肉店老板那儿死乞白赖地硬扣下来”。尽管如此，到圣诞前夕全家也只剩下一块八毛七分钱。欧·亨利用貌似平淡的话语作素描，营构出一种忧郁凄凉气氛，让读者沉湎其中，领味和思考人物的命运。“一块八毛七分钱”为这个“没有曲折、不足为奇的故事”营构的气氛始终贯穿全文，即使写到夫妇看到礼物时的瞬时惊喜和欢乐时也明显地带有这种气氛袒露的伤痛。“人生是由啜泣、抽噎和微笑组成的，而抽噎占了其中绝大部分”，这句话似乎折射出欧·亨利对当时美国现实的深沉思考。作家写出了一对贫穷夫妇的痛苦，也在对人物思想性格和故事情节的描写中，把读者的趣味引向高尚的境界，给人以启迪，让人从中获得美的陶冶。

其次，作品构思精巧。主要表现在材料的剪裁和故事结局的处理上。两位主人公同样痴情，同样善良，各自牺牲了自己的心爱之物以换钱购置对方的意中物，但作家只细致地写了德拉卖头发买表链的行为和心理过程，却惜墨如金地避开了吉姆卖金表买发梳的经过。这种虚实结合的结构方式，一方面避免了重复，另一方面造成了强烈的悬念，在作品结尾形成了一个令人惊愕、出人意料而又不违背情理的精彩结局。

另外，作家还善于通过人物的外部行动和表情描写来刻画人物的心理活动。

小说揭示社会现实不靠说教，而是用人物感情起伏的发展变化引为脉络，启发读者去触摸、感受人物带有悲剧色彩的思想性格。在那个金钱可以买卖爱情，心理和感情出现畸变的社会中，德拉夫妇之间真挚深厚的爱充满了作家的理想主义的色彩。

米龙老爹

莫泊桑

一个月以来，烈日在田地上展开了炙人的火焰。喜笑颜开的生活都在这种火雨下面出现了，地面上一望全是绿的，蔚蓝的天色一直和地平线相接。那些在平原上四处散布的诺曼第省的田庄，在远处看来像是一些围在细而长的山毛榉树的圈子里的小树林子。然而走到跟前，等到有人打开了天井边的那扇被虫蛀坏的棚栏门，却自信是看见了一个广阔无边的园子，因为所有那些像农夫身体一般骨干嶙峋的古老苹果树正都开着花。乌黑钩曲的老树干在天井里排列成行，在天空之下展开它们那些雪白而且粉红的光彩照人的圆顶。花的香气和敞开的马房里的浓厚气味以及正在发酵的兽肥的蒸气混在一块儿——兽肥的上面是被成群的鸡盖满了的。

已经是日中了。那一家人正在门前的梨树的阴影下面吃午饭：男女家长，四个孩子，两个女长工和三个男长工。他们几乎没有说话。他们吃着菜羹，随后他们揭开了那盘做荤菜的马铃薯煨咸肉。

一个女长工不时立起身来，走到储藏饮食物品的房里，去斟满那只盛苹果酒的大罐子。

男人，年约四十的强健汉子，端详他房屋边的一枝赤裸裸的没有结实的葡萄藤，它曲折得像一条蛇，在屋檐下面沿着墙发展。

末了他说："老爹这枝葡萄，今年发芽的时候并不迟。也许可以结果子了。"

妇人也回过头来端详，却一个字也不说。

那枝葡萄，正种在老爹从前被人枪决的地点。

那是一八七〇年打仗时候的事。普鲁士人占领了整个地方。法国的裴兑尔白将军正领着北军抵抗他们。

普军的参谋处正驻扎在这个田庄上。庄主是个年老的农人，名叫彼德的米龙老爹，竭力款待他们，安置他们。

一个月以来，普军的先头部队留在这个村落里做侦察工作。法军却在相距十法里内外一带地方静伏不动；然而每天夜晚，普兵总有好些骑兵失踪。

凡是那些分途到附近各处去巡逻的人，若是他们只是两三个成为一组出发的，都从没有转来过。

到早上，有人在一块地里，一个天井旁边，一条壕沟里，寻着了他们的尸首。至于他们的马也伸着腿倒在大路上，项颈被人一刀割开了。

这类的暗杀举动，仿佛是被一些同样的人干的，然而普兵没有法子破案。

地方上感到恐怖了。许多乡下人，每每因为一个简单的告发就被普兵枪决了，妇女们也被他们拘禁起来了，他们原来想用恐吓手段使儿童们有所透漏，结果却什么也没有发现。

但是某一天早上，他们瞧见了米龙老爹躺在自己马房里，脸上有一道刀伤。

两个刺穿了肚子的普国骑兵在一个和这庄子相距三公里远的地方被人寻着了，其中的一个，手里还握着他那件血迹模糊的马刀。可见这一个是曾经格斗过的，自卫过的。

一场军事审判立刻在这庄子前面的露天里开庭了，那老头子被人带过来了。

他的年龄是六十八岁。身材矮瘦，脊梁是略带弯曲的，两只大手简直像一对蟹螯。一头稀疏得像是乳鸭羽绒样的乱发，使得他头颅上的肌肉随处都可以被人望见。项颈上的枯黄而起皱的皮显出好些粗的静脉管，这些静脉管延到腮骨边失踪却又在鬓角边出现。在本地，他是一个以难于妥协和吝啬出名的人。

他们教他站在一张由厨房搬到外面的小桌子跟前，前后左右有四个普兵看守。五个军官和团长坐在他的对面。

团长用法国话发言了：

“米龙老爹，自从到了这里以后，我们对于您，除了夸奖以外真没有一句闲话。在我们看来，您对于我们始终是殷勤的，并且甚至可以说是很肯留心的。但是您今日却有一件很可怕的事被人告发了，自然非问个明白不成。您脸上的那道伤是怎样来的呢？”

那个乡下人一个字也不回答。

团长接着又说：

“您现在不说话，这就定了您的罪，米龙老爹，但是我要您回答我，您听见没有？您知道今天早上在伽尔卫尔附近寻着的那两个骑兵是谁杀的吗？”

那老翁干脆地答道：

“是我。”

团长吃了一惊，缄默了一会，双眼盯着这个被逮捕的人了。米龙老爹用他那种乡下人发呆的神气安闲自在地待着，双眼如同向他那个教区的神父说话似的低着没有抬起来。唯一可以显出他心里慌张的事，就是他如同喉管完全被人扼住了一般，所以用一阵看得明白的劲儿不断地吞咽自己的口水。

这老翁的一家人：儿子约翰，儿媳妇和两个孙子，都惊慌失措地立在他后面十步内外的地方。

团长接着又说：

“您可也知道这一月以来，每天早上，我们部队里那些被人在田里寻着的侦察兵是被谁杀了的吗？”

老人用同样的乡愚式的安闲自在态度回答：

“是我。”

“全体都是您杀的吗？”

“全体，对呀，是我。”

“您一个人？”

“我一个人。”

“您从前怎样着手干的，告诉我罢。”

这一回，那汉子现出了心焦的样子，因为事情非得多说话不可，这真明显地使他为难。他吃着嘴说：

“我现在哪儿还知道？我从前做的正同发现了的事一样。”

团长接着说：

“我通知您，您非全盘告诉我们不可。您很可以立刻就打定主意。您从前怎样开始的呢？”

那汉子向着他那些立在后面注意的家属不放心地瞧了一眼，又迟疑了一会儿，后来突然打定了主意：

“我记得那是某一天夜晚，你们到这里来的第二天夜晚，也许在十点钟光景。您和您的弟兄们，用过我二百五十多个金法郎的草料和一条牛两只羊。我当时想道：他们就是接连再来拿我一百个，我一样会问他们讨回来。并且那时候我心上还有别样的盘算，等会儿我再对您说。我望见了你们有一个骑兵坐在我的仓后面的壕沟边抽烟斗。我取下了我的镰刀，蹑着脚从后面掩过去，使他听不见一点声音。蓦地一下，只有一下，我就如同割下一把小麦似的割下了他的脑袋，他当时连说一下‘喔’的功夫都没有得到。您只需在水荡里去寻：您就会发现他和一块顶住栅栏门的石头一齐装在一只装煤的口袋里。”

“我那时就有了我的盘算。我剥下了他全身的服装配备，从靴子剥到帽子，后来一齐送到了那个名叫马丁的树林子里的石灰窑的地道后面藏好。”

那老翁不做声了。那些感到惊惶的军官面面相觑了。后来讯问又开始了，下文就是他们所得的口供：

那汉子干了这次谋杀敌兵的勾当，心里就存着这个观念：“杀些普鲁士人罢！”原来他用热忱爱国的农人的智勇兼备的心计憎恨他们。正如他说的一样，他是有他的盘算的。他等了几天。

普军听凭他自由来去，随意出入，因为他对于战胜者的退让是用很多的服从和殷勤态度表示的，他并且由于和普兵常有往来学会了几句必要的德国话。现在，他每天傍晚总看见有些传令兵出发，他听明白那些骑兵要去的村落名称以后，就在某一个夜晚出门了。

他由他的天井里走出来，溜到了树林里，进了石灰窑，再钻到了窑里那条长地道的末端，最后在地上寻着了那个死兵的服装和配备，就把自己穿戴停当。

后来他在田里徘徊一阵，为了免得被人发觉，他沿着那些土坎子爬着走，他听见极小的声响，就像一个偷着打猎的人一样放心不下。

到他认为钟点已经到了的时候，于是向着大路前进，后来就躲在矮树丛里了。他依然等着。末了，在夜半光景，一阵马蹄的“大走”声音在路面的硬土上响起来了。为了判断前面来的是否只有一个单独的骑兵，这汉子先把耳朵贴在地上，随后他就准备起来。

骑兵带着一些紧要文件用“大走”步儿走过来了。那汉子睁眼张耳地走过去。等到相隔不过十来步，米龙老爹就横在大路上像受了伤似的爬着走，一面用德国话喊着“救人呀！救人呀！”骑兵勒住了马，认明白那是一个失了坐骑的德国兵，以为他是受了伤的，于是滚鞍下马，毫不疑虑的走近前来，他刚刚俯着身躯去看这个素不相识的人，肚皮当中却吃了米龙老爹的马刀的弯弯儿的长刃。他倒下来了，立刻死了，只用最后的颤抖动作挣扎了几下。

于是这个诺曼第人感到一种老农式的无声快乐因而心花怒放了，自己站起来了，并且为了闹着玩儿又割断了那尸首的头颈。随后他把尸首拖到壕沟边就扔在那里面。

那匹安静的马等候他的主人。米龙老爹骑了上去，教它用“大颠”的步儿穿过平原走开了。

一小时以后，他又看见两个归营的骑兵并辔而来。他一直对准他们赶过去，又用德国话喊着“救人！救人！”那两个普兵认明了军服，让他走近前来，绝没有一点疑忌。于是他，老翁，像弹丸一般在他们两人之间溜过去，一马刀一手枪，同时干翻了他们两个人。

随后他又宰了那两匹马，那都是德国马！然后从容地回到了石灰窑，把自己骑过的那匹马藏在那阴暗的地道中间。他在那里卸了军服，重新披上了他自己那套破衣裳，末了回家爬到床上，一直睡到第二天早晨。

他有四天没有出门，等候那场业已开始的侦查的公案的结束，但是，第五天，他又出去了，并且又用相同的计略杀了两个普兵。从此他不再住手了，每天夜晚，他总逛到外面去找机会，骑着马在月光下面驰过荒废无人的田地，时而在这里，时而在那里，如同一个迷路的德国骑兵，一个专以猎取人头的猎人似的，杀过了一些普鲁士人。每次，工作完了以后，这个年老的骑士任凭那些尸首横在大路上，自己却回到了石灰窑，藏起了自己的坐骑和军服。

第二天日中光景，他安闲地带些清水和草料去喂那匹藏在地道中间的马，为了要它担负一个重大的工作，他是不惜工本去喂它的。

但是，被审的前一天，那两个被他袭击的人，其中有一个很能够抵抗，并且在乡下老翁的脸上割了一刀。

然而他把那两个一齐杀死了！他依然又转来藏好了那匹马，换好了他的破衣裳，但是回家的时候，他衰弱得精疲力竭了，只能勉强拖着脚步走到了马房跟前，再也不能回到房子里。

有人在马房里发现了他浑身是血，躺在那些麦秸上面……

等到他口供完了之后，他突然抬起头来自负地瞧着那些普鲁士军官。

那团长抚弄着自己的髭须，向他问：

“您再没有旁的话要说吗？”

“没有。再也没有，账目是公正的：我一共杀了十六个，一个不多，一个不少。”

“您可知道自己快要死吗？”

“我没有向您要求赦免。”

“您当过兵吗？”

"当过，我从前打过仗。并且从前也就是你们杀了我的爹，他老人家是一世皇帝[1]的部下。我还应该算到上一个月，你们又在艾弗勒附近杀了我的小儿子法朗索阿。从前你们欠了我的帐，现在我讨清楚了。我们现在是收付两讫。"

军官们彼此面面相觑了。

老翁接着又说：

"八个算是替我的爹讨还了帐，八个算是替我儿子讨还的。我们是收付两讫了。我本不要找你们惹事，我！我不认识你们！我也不知道你们是从哪儿来的。现在你们已经在我家里，并且要这样，要那样，像在你们自己家里一般。我如今在旁的那些人身上复了仇。我一点也不后悔。"

老翁挺起了关节不良的脊梁，并且用一种谦逊的英雄的休息姿势在胸前叉起了两只胳膊。

那几个普鲁士人低声谈了好半天。其中有一个上尉，他也在上一个月有一个儿子阵亡，这时候，他替这个志气高尚的穷汉辩护。

于是团长站起来走到米龙老爹身边，并且低声向他说：

"你听明白，老头儿，也许有一个法子救您性命，就是要……"

但是那老翁绝不细听，向着战胜的军官竖直了两只眼睛，这时候，一阵微风搅动了他头颅上的那些稀少的头发，他那副伤痕显然的瘦脸儿突然大起收缩显出一副怕人的难看样子，他终于鼓起了他的胸膛，向那普鲁士人劈面唾了一些唾沫。

团长发呆了，扬起了一只手，而那汉子又向他的脸上唾了第二次。

所有的军官都站起了，并且同时喊出了好些道命令。

不到一分钟，那个始终安闲自在的老翁被人推到了墙边，那时候他才向着他的长子约翰，他的儿媳妇和他的两个孙子送了一阵微笑，他们都惶惑万分地望着他，他终于立刻被人枪决了。

（李青崖　译）

（选自《世界文学经典名著：莫泊桑短篇小说选》）

注释

[1]一世皇帝：指拿破仑一世。

作者简介

莫泊桑（1850～1893），法国19世纪著名小说家。1850年8月5日生于法国西北部诺曼底省迪耶普城的一个没落的贵族家庭。1870年到巴黎攻读法学，适逢普法战争爆发，应召入伍，亲眼目睹了法军的惨败。退伍后，从1872年开始，先后在海军部和教育部任职，同时师从母亲的好友、著名文学家福楼拜学习写作。1880年春天，以左拉为首包括莫泊桑在内的六位作家在左拉的梅塘别墅聚会，商定各写一篇以普法战争为背景的小说，以《梅塘之夜》为名结集出版。莫泊桑的小说《羊脂球》被公认为其中最优秀的一篇，莫泊桑也因此一举成名，登上法国文坛。莫泊桑一生写作了大约三百篇短篇小说，六部长篇小说，三部游记，其中尤以短篇小说成就突出，被誉为“短篇小说之王”。他的作品揭露了上层社会道德的堕落和生活的荒淫，表现了法国人民的爱国主义精神，歌颂了下层人民的优秀品质。主要作品有长篇小说《漂亮的朋友》、《一生》，短篇小说《两个朋友》、《羊脂球》、《项链》、《我的叔叔于勒》等。

赏析

本文是以普法战争为背景写出的一篇小说。通过对一个普通农民在普法战争中英勇行为的描述，成功地塑造了一个勤劳朴实、机智勇敢、大义凛然的农民英雄的形象，表现出法国人民抗击侵略者的英雄主义和爱国主义精神。

首先，小说采用了倒叙的叙述手法。作品一开始描述了一派丰收在望的景象和人们喜笑颜开的生活，然后写到了后辈对老爹的怀念，接着才叙述老爹机智杀敌的故事。这一方式，一方面非常自然地引出了老人的故事，使作品显得结构紧凑，衔接自然；另一方面也暗示着现在的丰收景象及安定的生活与先前老爹奋勇杀敌、英勇就义的内在关联。

其次，《米龙老爹》运用第一人称和第三人称交互使用的叙述方式，成功地塑造了米龙老爹的形象。米龙老爹是一个具有朴素的爱国主义精神、勤劳朴实、机智勇敢而又视死如归的农民形象，一个智勇双全的老人形象。

第三，小说的肖像描写和细节描写也很出色。比如写到米龙老爹时，说“他的年龄是六十八岁。身材矮瘦，脊梁是略带弯曲的，两只大手简直像一对蟹螯。一头稀疏的像是乳鸭羽绒样的乱发，使得他头颅上的肌肉随处可以被人望见。项颈上的枯黄而起皱的皮显出好些粗的静脉管，这些静脉管延到腮骨边失踪却又在鬓脚边出现。”脊梁弯曲、像蟹螯的大手、枯黄而起皱的皮表明老人长年累月地经受着风吹日晒，表示着他的勤劳；“身材矮瘦”与后来的杀敌十六人形成对比，为老人以智胜人作了铺垫；这一肖像描写生动传神，增强了人物形象的立体感。在老人讲完自己杀敌的故事以后，作者有一段细节描写：“老翁挺起了关节不良的脊梁，并且用一种谦逊的英雄的休息姿势在胸前叉起了两只胳膊。”这一描写将老人精神上的对敌人的蔑视和视死如归非常形象地表现出来，同时深化了读者对人物内心世界的理解。

苦恼

契诃夫

——我拿我的烦恼向谁去诉说？……[1]

暮色晦暗。大片的湿雪绕着刚点亮的街灯懒洋洋地飘飞，落在房顶、马背、肩膀、帽子上，积成又软又薄的一层。车夫姚纳·波达波夫周身白色，像个幽灵。

他坐在车座上一动也不动，身子往前伛着，伛到了活人的身子所能伛到的最大限度。哪怕有一大堆雪落在他身上，仿佛他也会觉得用不着抖掉似的……他的小母马也是一身白，也一动不动。它那呆呆不动的姿势、它那瘦骨嶙峋的身架，它那棍子一样笔直的四条腿，使得它活像拿一个小钱就可以买到的马形蜜糖饼。它大概在想心思吧。不管是谁，只要被人从犁头上硬拉开，从熟悉的灰色景致里硬拉开，硬给丢到这个充满古怪的亮光、不断的喧哗、熙攘的行人的漩涡里，那它就不会不想心事……

姚纳和他的小马有好久没动了。还是在午饭以前，他们就走出了院子，至今还没拉到一趟生意。可是现在黄昏的暗影笼罩全城了。街灯的黯淡的光已经变得明亮生动，杂乱的街上也热闹多了。

“车夫，到维堡区[2]去！”姚纳听见有人喊车。“车夫！”

姚纳猛的哆嗦一下，从粘着雪的睫毛望出去，看见一个军人，穿一件军大衣，头戴一定兜囊[3]。

“到维堡区去！”军人又说一遍，“你是睡着了还是怎么的？拉到维堡区去！”

为了表示同意，姚纳抖了抖缰绳；这样一来，一片片的雪就从马背上和他的肩膀上纷纷掉下来……军人坐上了雪橇。车夫嘬起嘴唇，对那匹马发出啧的一响，跟天鹅那样伸出脖子，在车座上微微挺起身子，与其说是由于需要还不如说是出于习惯地扬起鞭子。那小母马也伸出脖子，弯一弯像棍子一样笔直的腿，迟迟疑疑地走动了……

“你往哪儿闯啊，鬼东西！”姚纳立刻听见黑暗里有人嚷起来，一团团黑影在他跟前游过来游过去，“你到底是往哪儿走啊？靠右！”

“你不会赶车！靠右走！”军人生气地说。

一个赶四轮轿车的车夫朝他咒骂；一个行人穿过马路，肩膀刚好擦着马鼻子，就狠狠地瞪他一眼，抖掉袖子上的雪。姚纳坐在车座上局促不安，仿佛坐在针尖上似的，向他两旁撑开胳膊肘儿，眼珠乱转，就跟有鬼附了体一样，仿佛他不知道自己在哪儿，也不知道为什么在那儿似的。

“这些家伙真是混蛋！”军人打趣地说。“他们简直是极力跑来撞你，或者扑到马蹄底下去。他们这是预先商量好的。”

姚纳回头瞧着他的乘客，张开嘴唇……他分明想要说话，可是喉咙里没有吐出一个字来，只是哼了一声。

“什么？”军人问。

姚纳咧开苦笑的嘴，嗓子里用一下劲，这才干哑地说出来：

“老爷，我的……嗯……我的儿子在这个星期死了。”

“哦！……他害什么病死的？”

姚纳掉转整个身子朝着乘客说：

“谁说得清呢，多半是得了热病吧……他在医院里躺了三天就死了……上帝的旨意哟。”

“拐弯呀，鬼东西！”黑暗里有人喊，“瞎了眼还是怎么的，老狗？用眼睛瞧着！”

"赶车吧，赶车吧……"乘客说，"照这样走下去，明天也到不了啦。快点赶车吧！

车夫又伸出脖子，微微挺起身子，笨重而优雅地挥动他的鞭子。他有好几回转过身去看军官，可是军官闭着眼睛，分明不愿意再听了。姚纳把车赶到维堡区，让乘客下车，再把车子赶到一个饭馆的左近停下来，坐在车座上伛下腰，又不动了……湿雪又把他和他的马涂得挺白。一个钟头过去了，又一个钟头过去了……

三个青年沿着人行道走过来，两个又高又瘦，一个挺矮，驼背；他们互相谩骂，他们的雨鞋踩出一片响声。

"车夫，上巡警桥去！"驼背用破锣似的声音喊道，"我们三个人……二十个戈比！

姚纳抖动缰绳，把嘴唇嘬得啧啧地响。二十个戈比是不公道的，可是他顾不得讲价了。现在，一个卢布也好，五个戈比也好，在他全是一样，只要有人坐车就行……青年们互相推挤着，骂着下流话，拥上雪橇，三个人想一齐坐下来。这就有了需要解决的问题：该哪两个坐着？该哪一个站着呢？经过很久的吵骂、变卦、责难，他们总算得出了结论：该驼背站着，因为他顶矮。

"好啦，赶车吧！"驼背站稳，用破锣样的声音说，他的呼吸吹着姚纳的后脑壳，"快走！你戴的这是什么帽子呀，老兄！走遍彼得堡，再也找不到比这更糟的了……"

"嘻嘻！……嘻嘻！……"姚纳笑，"这帽子本来就不行啦！"

"得啦，本来不行了，你啊，赶车吧！你就打算一路上都照这样子赶车吗？啊？要我给你一个脖儿拐吗？……"

"我的脑袋要炸开了……"一个高个子说，"昨天在杜科玛索夫家里，华斯卡和我两个人一共喝了四瓶白兰地。"

"我真不懂你为什么要胡说！"另一个高个子生气地说，"你跟下流人似的胡说白道。"

"要是我胡说，让上帝惩罚我！我说的是实在的情形嘛！……"

"要是这实在，跳蚤咳嗽就也实在罗。"

"嘻嘻！"姚纳笑了，"好有兴致的几位老爷！"

"呸！滚你的！……"驼背愤愤地喊叫，"你到底肯不肯快点走啊，你这老不死的？难道就这样赶车？给它一鞭子！他妈的！快走！结结实实地抽它一鞭子！"

姚纳感到了背后那驼背的扭动的身子和抖动的声音。他听着骂他的话，看着这几个人，孤单的感觉就渐渐从他的胸中消散了。驼背一股劲儿地骂他，诌出一长串稀奇古怪的骂人话，直说得透不过气来，连连咳嗽。那两个高个子开始讲到一个叫娜节日达·彼得罗芙娜的女人。姚纳不住地回头看他们。等到他们的谈话有了一个短短的停顿，他又回过头去，叽叽咕咕地说：

"这个星期我……嗯……我的儿子死了！"

"大家都要死的，……"驼背咳了一阵，擦擦嘴唇，叹口气说，"算了，赶车吧，赶车吧！诸位先生啊，车子照这么爬，我简直受不了啦！什么时候他才会把我们拉到啊？”

“那么，你给他一点小小的鼓励也好，……给他一个脖儿拐！”

“你听见没有，你这老不死的？我要给你一个脖儿拐啦！要是跟你们这班人讲客气，那还不如索性走路的好！……听见没有，你这条老龙[4]？莫非我们说的话你不放在心上吗？

于是姚纳，与其说是觉得，不如说是听见脖子后面啪的一响。

“嘻嘻！……”他笑，“好有兴致的几位老爷……求上帝保佑你们！”

“赶车的，你结过婚没有？”一个高个子问。

“我？嘻嘻……好有兴致的老爷！现在我那老婆成了烂泥地罗……嘻嘻嘻！……那就是，在坟里头啦！这会儿，我儿子也死了，我却活着……真是怪事，死神认错了门啦……它没来找我，却去找了我的儿子……”

姚纳回转身去，想说一说他儿子是怎么死的，可是这当儿驼背轻松地吁一口气，说是谢天谢地，他们总算到了。姚纳收下二十个戈比，对着那几个玩乐的客人的后影瞧了好半天，他们走进一个漆黑的门口，不见了。他又孤单了，寂静又向他侵袭过来……苦恼刚淡忘了不久，现在又回来了，更为有力地撕扯他的胸膛。姚纳的眼睛焦灼而痛苦地打量大街两边川流不息的人群：难道在那成千上万的人当中，连一个愿意听他讲话的人都找不到吗？人群匆匆地来去，没有人理会他和他的苦恼……那苦恼是浩大的，无边无际。要是姚纳的胸裂开，苦恼滚滚地流出来的话，那苦恼仿佛会淹没全世界似的，可是话虽如此，那苦恼偏偏没人看见。那份苦恼竟包藏在这么渺小的躯壳里，哪怕在大白天举着火把去找也找不到……

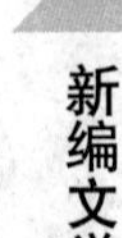

姚纳看见一个看门人提着一个袋子，就下决心跟他攀谈一下。

“现在什么时候啦，朋友？”他问。

“快到十点了……你停在这儿做什么？把车子赶开！”

姚纳把雪橇赶到几步以外，伛下腰，任凭苦恼来折磨他。……他觉得向别人诉说也没有用了。可是还没过上五分钟，他就挺起腰板，摇着头，仿佛感到一阵剧烈的疼痛似的；他拉了拉缰绳……他受不住了。

“回院子里去，”他想，“回院子里去！”

他那小母马仿佛领会了他的想头似的，踩着小快步跑起来。过了一个半钟头，姚纳已经坐在一个又大又脏的火炉旁边了。炉台上，地板上，凳子上，全睡得有人，正在打鼾。空气又臭又闷……姚纳看一看那些睡熟的人，搔一搔自己的身子，后悔回来得太早了……

“其实我连买燕麦[5]的钱还没挣到呢，”他想，“这就是为什么我会这么苦恼的缘故了。一个人，要是会料理自己的事……让自己吃得饱饱的，自己的马也吃得饱饱的，那他就会永远心平气和……”

墙角上，有一个年青的车夫爬起来，睡意朦胧地嗽了嗽喉咙，走到水桶那儿去。

“想喝水啦？”姚纳问他。

"是啊，想喝水!"

"那就喝吧。……喝点水，身体好……可是，老弟，我的儿子死了……听见没有？这个星期在医院里死的……真是怪事!"

姚纳看一看他的话生了什么影响，可是什么影响也没有看见。那年青小伙子已盖上被子蒙着头，睡着了。老头儿叹口气，搔搔自己的身子……如同那青年想喝水似的，他想说话。他儿子去世快满一个星期了，他却至今还没跟别人好好地谈过这件事……应当有条有理，有声有色地讲一讲……应当讲一讲他儿子怎样得的病，怎样受苦，临死之前说过些什么话，怎样去世的……他要描摹一下儿子怎样下葬，后来他怎样上医院里去取死人的衣服。他还有个女儿阿尼霞住在乡下……他也想谈一谈她……他现在可以讲的话还会少吗？听讲的人应该哀伤，叹息，惋惜……倒还是跟娘们儿谈一谈的好。她们虽是些蠢东西，不过听不上两句话就会呜呜地哭起来。

"出去看看马吧，"姚纳想，"有的是工夫睡觉……总归睡得够的，不用担心。"

他穿上大衣，走进马棚，他的马在那儿站着。他想到燕麦，想到草料，想到天气……他孤单单一个人的时候，不敢想儿子……对别人谈一谈儿子倒还可以，至于想他，描出他的模样，那是会可怕得叫人受不了的……

"你在嚼草吗？"姚纳问他的马，看见它亮晶晶的眼睛。"好的，嚼吧，嚼吧……我们挣的钱既然不够吃燕麦，那就吃干草吧……对了……我呢，岁数大了，赶车不行啦……应当由我儿子来赶车才对，不该由我来赶了……他可是个地道的马车夫……要是他活着才好……"

姚纳沉默一忽儿，接着说：

"是这么回事，小母马……库司玛·姚尼奇下世了……他跟我说了再会……他一下子就无缘无故死了……哪，打个比方，你生了个小崽子，你就是那小崽子的亲妈了……突然间，比方说，那小崽子跟你告别，死了……你不是要伤心吗？……"

小母马嚼着干草，听着，闻闻主人的手……

姚纳讲得有了劲，就把心里的话统统讲给它听了……

（汝龙　译）

（选自《契诃夫小说选》上）

注释

[1]语出《旧约全书》。[2]维堡区：彼得堡的一个区。[3]兜囊：与大衣连在一起，用作御寒的可以折叠的帽子。[4]老龙：原文是"高雷内奇龙"，俄国神话中的一条怪龙。在此用做骂人的话。[5]燕麦：马的饲料。

作者简介

契诃夫（1860～1904），俄国小说家、戏剧家。出生于俄国塔甘罗格的一个破产商人家庭。童年被迫在他父亲开设的一家杂货铺干活，饱尝生活的艰辛。1884年毕业于莫斯科大学医学系。学生时代即开始以"契洪特"为笔名写作诙谐小品和幽默短篇小说。内容大多平庸，但也不乏暴露黑暗、针砭时弊的佳作，如《苦恼》、《小公务员之死》、《变色龙》等。契诃夫的成功主要在于他中后期的中短篇小说和戏剧创作上。《万卡》、《草原》、《第六病室》、《带阁楼的房子》、《农民》、《套中人》都是很优秀的小说。此外，他还写了不少剧本，如《万尼亚舅舅》、《三姐妹》和《樱桃园》等。契诃夫的小说言简意赅，冷峻客观，独树一帜。

赏析

《苦恼》是契诃夫前期短篇小说中的名篇。小说描写了一个情节十分简单的故事：一个刚死了儿子的老车夫，想向别人倾诉心中的痛苦，然而偌大的一个彼得堡竟找不到一个能听他讲话的人，最后他只好对着自己的小马去诉说。这是一件发生在社会底层的微不足道的小事，但作者却能匠心独运，借此揭示出社会下层小人物悲惨无援的处境和苦恼孤寂的心态，反映出当时社会的黑暗和人与人关系的自私、冷漠。这是一个多么简单的故事。简单得几乎没有什么情节。然而，小说却能以准确、简洁的叙事语言，从头至尾吸引着读者的阅读兴趣，牵动着读者那悲悯的心。

这篇小说何以具有这样的魅力呢？

小说所塑造的人物是一个贫困的，失却亲人，失去了人生欢乐的马车夫。一个悲剧氛围中的悲剧人物。一个真实的艺术典型。人物的出场是在一个"暮色晦暗"湿雪纷飞的夜晚。色调浓重，气氛压抑。姚纳伛着身子，一动不动，雪落在他身上，他也不抖动，像个白色的幽灵。在军人要车的喊声中，他"猛地哆嗦一下"，才显出一点活气来。他在人的吆喝中拉客，在人的鄙视与辱骂中赶车。他向军官倾诉他的不幸，军官却只搭讪了一句，便闭上了眼睛，不愿意再听；他向三个满嘴粗话的青年人说起他的不幸，得到的却是一句呛白和一个脖儿拐；本想跟看门人攀谈攀谈，而他听到的却是："你停在这儿做什么？把车子赶开！"他把自己的不幸告诉给一位睡意朦胧的青年车夫，对方还是没有任何反映……当一个人连自己的不幸都无处诉说的时候，会是怎样一种心态呢？这种心态又会使人做出什么样的反常举动呢？小说为我们描写了车夫那由无告产生的颠狂"姚纳讲得有了劲，就把心里的话统统讲给它听了……"这是一种无处诉说的诉说，一种变态的疾患！我们从人物外形的僵化，到人物语言的僵化，再到人物行为的僵化的一系列典型细节的描述中，暴露出那个阴晦黑暗的社会里人与人的关系还不如人与马的关系的冷酷现实，从而感受到契诃夫那冷峻、辛辣的笔触所产生艺术感染力。

主人公与小马，主人公与军人，主人公与三个青年人，还有看门人及年轻的车夫。人物简单，人物关系也简单。然而，在这简单的关系中，我们看到了作家运用衬托与对比手法的娴熟。

三三两两的人物，简简单单的情节，在阴霾的氛围中，显示了一个社会的大主题。由此，我们可以透视出契诃夫作为一个短篇小说大师的艺术洞察力。

驿 站 长

普希金

十四品文官，

驿站的独裁者。

维亚捷姆斯基公爵[1]

谁没有咒骂过驿站长，谁没有同他们骂过架？谁没有在气愤的时候向他们索取过那要命的本子以便在上面写下自己对他们的压制、粗暴和怠慢的无济于事的控诉？谁不把他们当做人类的恶棍，犹如过去衙门里的师爷，或者，至少也和摩罗姆的强盗无异？但是，我们如果公平一些，尽量为他们设身处地想一想，也许，我们批评他们的时候就会宽容得多。什么是驿站长呢？一个十四品的真正的受气包，他的官职只能使他免于挨打，而且这也并非总能做到（请读者扪心自问）。维亚捷姆斯基开玩笑称他是独裁者，他的职务是怎样的呢？是不是一种真正的苦役？白天黑夜都不得安宁。旅客把在枯燥乏味的旅途中积聚起来的全部怨气都发泄在驿站长身上：天气恶劣，道路难行，车夫脾气犟，马不肯拉车——都成了驿站长的过错。旅客走进他贫寒的住所，像敌人似的望着他。要是他能赶快打发掉这个不速之客，还好；但是如果正碰上没有马呢？……天哪！咒骂、威吓就会劈头盖脸而来！他得冒着雨、踩着泥泞挨家挨户奔走。遇上狂风暴雨天气或是受洗节前后的严寒日子，他得躲进穿堂间，只是为了休息片刻，避开激怒的投宿客人的叫嚷和推搡。来了一位将军，浑身发抖的驿站长就得给他最后的两辆三套马车，其中包括一辆急行车。将军连谢也不谢一声就走了。过了五分钟——又是铃声！……一个信使把自己的驿马使用证往桌上一扔！……如果我们把这些都好好地想一想，那么我们心里就会怒气消释而充满真挚的同情。我再说几句：连续二十年，我走遍了俄罗斯的东南西北，差不多所有驿道我都知道；好几代的车夫我都熟悉；很少有驿站长我不面熟；很少有驿站长我不曾跟他们打过交道。希望在不久的将来，我所积累的饶有趣味的旅途见闻能够问世。目前我只想说，人们对驿站长阶层的看法是很错误的。这些备受诽谤的驿站长，一般来说都是和善的人，生性愿意为人效劳，容易相处，对荣誉看的很淡薄，不太爱钱财。从他们的言谈（不巧得很，过路的老爷们却瞧不起这种言谈）中，可以吸取许多有趣的东西，得到许多教益。至于我呢，我是宁愿听他们谈话，也不要听一位因公外出的六品文官的高谈阔论。

不难猜到，我有一些朋友就是属于可尊敬的驿站长阶层的。真的，有一位驿站长给我留下了很珍贵的记忆。我们曾有机缘一度相识，我现在准备同亲爱的读者谈谈他的故事。

1816年5月，我曾经乘车在一条已经废弃的驿道上经过某省。我官卑职小，只能乘驿车，只付得起两匹驿马的租钱。因此驿站长们对我并不客气，我常常要经过力争才能得到我认为是我名分应得的东西。当时我由于年少气盛，要是驿站长把给我预备的三匹马套到一位官老爷的马车上，我对他的低贱和胆怯感到愤慨；在省长的宴会上如果善于辨别身份的仆人上菜时把我漏掉，我也总是耿耿于怀。如今呢，我觉得这两件事都理所当然了。真的“阶层论等”是一条大家称便的规律，如果用另一条规律，比方说，用“凭才智论等”来代替它，那我们会碰到什么事呢？会发生怎样的争论啊！仆人上菜又从谁开始呢？但是我还是回过来讲的我的故事吧。

那是一个炎热的日子。某驿站还有三俄里的时候开始落下稀疏的雨点。转眼之间，倾盆大雨已经把我淋得浑身湿透。到了驿站，第一件要办的事就是赶快换衣服，第二件事要一杯茶。“嗳，杜妮亚！”[2]驿站长叫道，“生好茶饮，再去拿点奶油来。”一听到这两句话，从隔扇后面出来一个十四五岁的姑娘，跑到穿堂间去了。她的美丽使我吃惊。“这是你的女儿吗？”我问驿站长。“是我的女儿，”他带着得意洋洋的神气回答说，“她聪明、伶俐，跟过了世的母亲一模一样。”这时他动手登记我的驿马使用证，我就欣赏起他那简朴而整洁的住屋的图画来。它们画的是浪子回头的故事：第一幅画上画着一个头戴尖顶帽，身穿长袍的可敬的老人给一个样子浮躁的青年送行，青年人急匆匆的接受他的祝福和一口袋金钱。另一幅画以鲜明的线条画出这个年轻人的放荡行为：他坐在桌旁，一群虚情假意的朋友和无耻的女人围着他。再往下，这个把钱挥霍尽了的青年人衣衫褴褛，戴着三角帽在喂猪，并且和猪分食；他脸上露出深切的悲伤和忏悔。最后画着他回到父亲那里。仍旧戴着尖顶帽、穿着长袍的慈祥老人跑出来迎接他。浪子跪着，远景是厨子在宰一头肥牛犊，哥哥向仆人们询问如此欢乐的原因。在每一幅画下面我都读到相当不错的德文诗句。这一切，还有那几盆凤仙花、挂着花布幔帐的床，以及当时我周围的其他什物，至今还保存在我的记忆中。这位五十来岁的主人，精神饱满，容光焕发，绿色长礼服上用褪色的绶带挂着三枚奖章，仍然历历如在目前。

我还没有跟送我的老车夫把账结清，杜妮亚已经拿着茶炊回来了。这小妖精看了我第二眼就觉察了她给我的印象；她垂下了浅蓝色的大眼睛。我开始同她说话，她很大方地回答我，像个见过世面的姑娘。我请他父亲喝一杯潘趣酒，给杜妮亚一杯茶，我们三人就聊起天来，仿佛认识了很久似的。

马匹早就准备好了，可是我仍旧不愿意同驿站长和他的女儿分手。最后我同他们告别了；父亲祝我一路平安，女儿送我上车。到穿堂间我停下来，请她允许我吻她一下。杜妮亚同意了……

从我做这件事以来，我曾经有过许多次亲吻，但是没有一次亲吻，曾在我的心里留下这样悠长、这样愉快的回忆。

过了几年，机缘又把我带到那条驿道，使我重临旧地。我想起老站长的女儿，想到又可以看到她而感到高兴。但是我又想，老驿站长也许已经被撤换，杜妮亚大概已经出嫁。我头脑里也闪过他或她会不会死去的念头。我怀着悲伤的预感走近驿站。

马在驿站前停下。一走进房间，我立刻认出了那几张描绘浪子回头的故事的画，桌子和床还放在原来的地方。但是窗台上已经没有花，四周的一切都显出破败和无人照管的景象。驿站长盖着皮袄睡着；我的到来把他惊醒，他稍稍抬起身来……这正是萨姆松·维林，但是他衰老的多么厉害啊！他准备抄下我的驿马使用证的时候，我望着他花白的头发，望着他那好久没刮胡子的脸上的深深的皱纹，望着他那驼背……不能不感到惊奇，怎么三四年的工夫竟会把一个精力旺盛的汉子变成一个衰弱的老头。“你认得我吗？”我问他，“我和你是老相识了。”“可能。”他阴沉地回答道，“这里是大路，来往旅客到过我这里的很多。”“你的杜妮亚好吗？”我继续问。老头的眉头皱起来了。“天知道她。”他回答说。“这么说她是嫁人了？”我说。老头装作没有听见我的问话，继续轻声念我的驿马使用证。我不再问下去，吩咐烧茶。好奇心开始使我不得安宁，我希望潘趣酒能使我的老相识开口。

我没有想错，老头没有拒绝送过去的杯子。我发觉甜酒驱散了他的阴郁。一杯下肚，他变得爱说话了。不知是他记起来了呢，还是装出记起我的样子，于是我便从他口中知道了当时强烈吸引了我并且使我深为感动的故事。

“这样说来，您认识我的杜妮亚罗？”他开始讲了，“有谁不认识她呢？唉，杜妮亚，杜妮亚！是一个多么好的姑娘啊！以前，凡是过路的人，都要夸她，谁也不会说她不好。太太们有的送她一块小手帕，有的送她一副耳环。过路的老爷们故意停下来，好像要用午餐或晚餐，其实只是为了多看她几眼。不管火气多么大的老爷，一看见她就会平静下来，宽厚地同我谈话。您相信吗？先生：信使们跟她一谈就是半个钟头。家由她管：收拾房子啦，做饭啦，样样都安排得妥妥当当。我这个老傻瓜，对她看也看不厌，有时，连喜欢都喜欢不过来；是我不爱我的杜妮亚，不疼我的孩子呢，还是她的日子过得不称心呢？都不是，灾祸是躲不了的；命该如此，要逃也逃不了！”于是他开始向我倾诉他的痛苦。三年前，在一个冬天的晚上，驿站长正在一本新的簿子上划格子。他的女儿在隔扇后面给自己缝衣服，这时候，来了一辆三套马车，一个头戴契尔克斯帽、身穿军外套、裹着披肩的旅客走进来要马。马都派出去了。一听说没马，旅客就提高嗓门，扬起了马鞭。见惯这种场面的杜妮亚，从隔扇后面跑出来，殷勤地问那个旅客，要不要吃点什么？杜妮亚的出现起了它惯有的效用。旅客的怒火烟消云散了，他同意等待马匹，并且要了晚餐。旅客脱下毛茸茸的湿帽子，解下披肩，脱掉外套，原来是一个年轻的骠骑兵，体格匀称，蓄着黑口髭。他坐到驿站长旁边，开始高高兴兴地同他们父女交谈。晚餐端上来了。这时有几匹马回来了，驿站长吩咐不用喂食，马上把它们套在旅客的车上。但是他回来的时候，却发现那个年轻人躺在长凳上，几乎失去了知觉；他感到非常不舒服，头痛得厉害，不能上路……怎么办呢！驿站长把自己的床让给他，如果病情不见好转，还准备第二天一早就派人到C城去请医生。

第二天，骠骑兵的病情更恶化了。他的仆从骑了马到城里去请医生。杜妮亚用醋浸的手帕包扎他的头，坐在他床边做针线活。当着驿站长的面，病人直哼，几乎一言不发，但是却喝了两杯咖啡，并且哼哼着要了午餐。杜妮亚没有离开过他。他不断要水喝，杜妮亚就把她做的柠檬水端给他。病人润着嘴唇，每次递还杯子的时候，都用他的无力的手握握杜妮亚的手，表示感谢。午餐前医生来了。他摸了摸病人的脉，用德语同他谈了几句，然后用俄语宣称，病人只需要静养，过两三天就可以上路。骠骑兵付给他二十五个卢布的出诊费，并请他用午餐。医生同意了，两人的胃口都很好，喝了一瓶酒，才彼此非常满意的分别。

再过一天，骠骑兵精神完全恢复了。他非常高兴，不停地一会儿同杜妮亚，一会儿同驿站长开玩笑。他吹着曲子，同旅客们交谈，把他们的驿马使用证登记在驿站册子上。他大大博得了好心的驿站长的喜欢，到了第三天早上，驿站长竟舍不得同他的可爱的客人分别了。那天是星期日，杜妮亚预备去做礼拜。骠骑兵的马车来了。他同驿站长告别，为了在这里又吃又住，重赏了驿站长。他也同杜妮亚告别，并且表示愿意送她到村边的教堂。杜妮亚犹豫不决地站着……“你怕什么？”父亲对她说，“这位大人又不是狼，不会把你吃掉的；你就坐车子去教堂吧。”杜妮亚上了车挨着骠骑兵坐下，仆人跳上赶车的座位，车夫吹了一声口哨，马儿就奔驰起来。

可怜的驿站长不明白，他怎能让他的杜妮亚同骠骑兵一起坐车走呢？他怎么会瞎了眼，怎么会让鬼迷了心窍？过了不到半小时，他心里开始烦躁起来。他感到六神不安，忍不住自己也跑去做礼拜。到了教堂跟前，他看到人们已经散去，但是杜妮亚既不在围墙边，也不在台阶口。他急忙走进教堂，神父正从祭坛走出来，教堂执事在吹灭蜡烛，有两个老妇人还在角落里祈祷，但是杜妮亚却不在教堂里。可怜的父亲好容易才决心去问教堂执事，杜妮亚有没有来做过礼拜。教堂执事回答说没有来过。驿站长半死不活地走回家去。他只留下一个希望：也许，杜妮亚因为年轻不懂事，竟忽发奇想，乘车到下一站去看她的教母去了。他痛苦而焦急地等待他让她乘坐的那辆三驾马车回来。车夫好久还没回来。最后，到傍晚时分，车夫独自醉醺醺地回来了，带来了骇人的消息：“杜妮亚从那一站又跟着骠骑兵往前走了。”

老头禁不住这不幸的打击，他立时倒在那个年轻骗子昨夜躺过的床上。现在驿站长回想起种种情况，猜到病是假装的。可怜的老人患了极其厉害的热病，他被送到C城，派了一个人暂来代替他。给他治病的就是给骠骑兵看病的那个医生。他对驿站长确凿有据地说，那个年轻人身体完全健康，当时他就猜到他不怀好意，但是因为怕他的鞭子，所以没有作声。这个德国医生的话不知是真的呢，还是只想夸耀自己有先见之明，但是他的话丝毫安慰不了可怜的病人。驿站长的病体刚好，他就向C城的邮政局长请了两个月的假，对任何人都不提自己的打算，步行找寻女儿去了。他从驿马使用证上知道骑兵大尉明斯基是从斯摩棱斯克去彼得堡的。给他驾车的车夫说：杜妮亚一路啼哭，尽管她似乎自己情愿去的。“也许”，驿站长想道，“我能把我迷途的羔羊带回家来。”他怀着这个念头到了彼得堡，在伊兹玛依洛夫军团一个退职的上士，他的老同事家里住下，就开始四下寻找。不久他就打听出来，骑兵大尉明斯基是在彼得堡，住在杰摩托夫饭店。驿站长决定去找他。

一清早，他来到明斯基的前厅，请求禀报大人，说有一个老兵求见。一个勤务兵在擦用鞋楦撑着的皮靴，他说主人在睡觉，十一点钟以前不接见任何人。驿站长走了，到指定的时间又回来。明斯基穿着晨衣，戴着红色小帽亲自出来见他。“老兄，你要什么？”他问他。老头的心沸腾起来，泪水涌到眼睛里。他用颤抖的声音只说出了：“大人！……请行行好吧！……”明斯基迅速地瞥了他一眼，脸一红，就抓住他的手，把他带到书房里，随手关上门。“大人！”老头接下去说，“过去的事情就算了；至少，请您把我可怜的杜妮亚还给我吧。您已经把她玩够了；别平白无故地毁了她吧。”“生米已成熟饭，无法挽回了，”年轻人很尴尬地说，“我对不起你，很希望求得你的宽恕。可是你别以为我会抛弃杜妮亚，她会幸福的，我可以向你保证。你要她做什么？她爱我，她对以前的环境已经不习惯了。无论你也好，她也好——你们都不会忘记已经发生过的事情。”接着，他把一样东西塞到老人的衣袖里，就打开了门。驿站长自己也不记得，他是怎样到了街上的。

他呆呆地站了好久，最后在自己衣袖的折袖里看到一卷纸；他抽出来打开一看，是几张揉皱的五卢布和十卢布的钞票。泪水又涌到他的眼睛里，是愤懑的泪水啊！他把钞票揉做一团，扔在地上，又用鞋跟踩了一脚，走了。……走了几步，他停了下来，想了一想，又回转身来。……但是钞票已经不见了。一个衣着漂亮的年轻人一看见他，就奔向一辆出租马车，急忙坐上车，喊道：“走！……”驿站长没有去追他。他决定回自己的驿站，但是先要看看他的可怜的杜妮亚，哪怕见一次也好。因此，两天之后，他又回到明斯基那里；但是勤务兵厉声告诉他，主人不接见任何人，胸一挺就把他挤出前厅，冲着他的脸砰地关上了门。驿站长站了一会，只好走了。

就在这一天晚上，他在“一切悲伤的人们”教堂做过祈祷，在利捷伊区上走着。忽然他前面驶过一辆华丽的马车，驿站长认出了明斯基。马车在一座三层楼房的大门口停下，骠骑兵就跑上了台阶。驿站长的头脑里闪过一个侥幸的念头。他折了回来，同车夫并肩站住。“老弟，是谁的马？”他问，“不是明斯基的吗？”“正是”，车夫回答，“你有什么事？”“是这么回事：你的主人吩咐我送一张字条给他的杜妮亚，可是我把他的杜妮亚住在哪里忘记了。”“就在这儿二层楼上，你送信送得太晚了，老兄，现在他本人已经在她那里了。”“不要紧，”驿站长心里激动得不可名状，“谢谢你的指点，可是我还要把我的事办完。”说着这话他就走上了楼梯。

门锁着。他按了铃，焦急地等待了几秒钟。钥匙响了，有人给他开了门。“阿芙多季娅·萨姆松诺夫娜在这里吗？”他问。“在这里，”一个年轻的女仆回答着，“你找她有什么事？”驿站长并不回答，径自走进客厅。“不行，不行！”女仆跟在他后面叫道，“阿芙多季娅·萨姆松诺夫娜有客。”但是驿站长不听，继续往前走。头两间屋子很暗，第三间里有灯光。他走到开着的门边，停了下来。在布置得很精致的房间里，明斯基坐在那儿沉思。杜妮亚穿着极其华丽的时装，坐在他的安乐椅的扶手上，像女骑士坐在她的英国马鞍上一样。她深情地望着明斯基，把他的乌黑的鬈发绕在她的闪闪发光的手指上，可怜的驿站长啊！他从来不曾看见他的女儿有这么美，他情不自禁地叹赏起来。“是谁？”她问道，并没有抬起头来。他仍旧默不作声。没有听到回答，杜妮亚抬起头来……一声惊叫，就倒在地毯上了。明斯基吓了一跳，跑过去扶她，猛然看见老驿站长在门口。他放下杜妮亚，走到他跟前，气得浑身发抖。“你要干什么？”他咬牙切齿地对他说，“你怎么像强盗似的悄悄地到处跟着我？还是你想杀死我？你给我滚!”说着就用一只有力的手抓住老头的衣领，把他推到楼梯上。

老头回到自己的住处。他的朋友劝他去控告，但是驿站长想了想，挥了挥手，就决计让步了。两天之后，他从彼得堡动身回到自己的驿站，重新去干自己的工作。“我失去了杜妮亚单独生活到现在已经第三个年头了，没有得到她一点消息。她是死是活，只有上帝知道。什么事都可能发生。被过路的浪子勾引的，她不是第一个，也不是最后一个，把她弄去供养一阵，然后就抛弃了。在彼得堡，这种年轻的傻丫头多的是，今天穿绸缎，穿天鹅绒；可是明天，你瞧吧，就会跟穷酒鬼在一起扫大街了。有时候一想到杜妮娅也许会流落在那边，就不由得动了罪恶的念头，希望她早点进坟墓……”

这就是我的朋友，年老的驿站长讲的故事，不止一次被泪水打断的故事，——他像德米特里耶夫的美丽的叙事诗里的热心的捷连季伊奇[3]那样用衣裙拭着眼泪，样子非常感人。这眼泪部分是由于他在讲故事时喝的五杯潘趣酒所引起的，但是不管怎样，这眼泪使我十分感动。同他分别后，我久久不能忘掉年老的驿站长，我久久想念着可怜的杜妮亚……

还在不久以前，我路过某地，想起了我的朋友。我探听到他主管的驿站已经撤销了。我问起；“老站长还活着吗？”没有人能给我满意的答复。我决定去重访旧地，就向私人租了几匹马，前往H村。

那时正是秋天。满天灰色的云朵；冷风从收割过的田野吹来，风过之处，树上的红叶和黄叶都被吹走。我进村时太阳已经落山，我在驿舍前停下。从穿堂间里（可怜的杜妮亚曾在那里吻过我）走出一个胖胖的村妇，她回答我说，老站长已经死了快一年了，他的房子现在住进了一个做啤酒的师傅，她就是啤酒师傅的妻子。我开始为白跑一趟和白花了七个卢布而感到惋惜。“他是怎么死的?”我问啤酒师傅的妻子。“喝酒喝死的，老爷。”她回答说。“他葬在什么地方？”“在村外，在他死去的妻子旁边。”“能带我到他坟上去吗？”“怎么不能，嗳，万卡！你玩猫该玩够了。陪这位老爷到坟地去，指给他看老站长的坟在哪里。”

她这样说的当儿，一个穿得破破烂烂、红头发、独眼的男孩跑到我面前，立即领我到村外去。

“你认识死去的站长吗？”路上我问他。

“怎么不认识！他教我削风笛。从前他（愿他进天国）从酒店出来，我们就跟着他：‘老爷爷，老爷爷！给点榛子!’他就把榛子分给我们。从前，他总是跟我们玩。”

“那么，旅客们还记得他吗？”

“不过现在旅客少了，有时候陪审员顺路拐过来，可是他也不谈死了的站长了。夏天倒来了一位太太，她问起老站长，后来到他的坟上去过。”

“什么样的太太？”我好奇地问。

“一位美极了的太太，”小男孩回答道，“她坐着一辆六匹马拉的马车，带着三个小少爷和一个保姆，还有一只黑哈巴狗。她一听说老站长死了，就哭起来，对孩子们说：‘你们乖乖地坐着，我到坟场去一下’。我说我愿意领她去，可是那位太太说：‘我自己认得路。’还给我一个五戈比的银币——真是个好心的太太！……”

我们到了墓地，四周光秃秃的，毫无遮拦，满眼都是木头十字架，没有一棵小树遮荫。有生以来我不曾见过这样凄凉的墓地。

“这就是老站长的坟。”小男孩跳上一个沙墩告诉我说，沙墩上插着一个有铜质圣像的黑十字架。

“那位太太也到这儿来过吗？”我问。

“来过。”万卡回答说，“那时我从远处望着她。她趴到这儿，趴了好久。后来那位太太回到村子里，叫来了牧师，给了他一些钱，走了。我呢，她给了一个五戈比的银币——真是个好太太！”

我也给了小男孩一个五戈比银币，而且已经不为这次旅行和花掉七个卢布而惋惜了。

（水夫 译

（选自《名家点评外国小说中学生读本：俄国小说卷》（上））

注释

[1]维亚捷姆斯基（1792～1878）：俄国诗人，评论家。这两句诗引自他的诗《驿站》。[2]杜妮亚：阿芙多季娅的小名。[3]德米特里耶夫：俄国诗人，寓言作家，普希金的同时代人。捷连季伊奇是他的诗《漫画》中的主人公。

作者简介

普希金（1799～1837），是19世纪俄罗斯最伟大的诗人，俄罗斯文学的鼻祖。既是俄国浪漫主义文学的杰出代表，又是现实主义文学的奠基人，现代标准俄语的创始人。

普希金的创作极为丰富，他的作品是俄国民族意识高涨以及贵族革命运动在文学上的反映。其抒情诗内容之广泛在俄国诗歌史上前无古人。既有政治抒情诗《致恰达耶夫》（1818）、《自由颂》（1817）、《致西伯利亚的囚徒》（1827）等，也有爱情诗和田园诗，如《我记得那美妙的一瞬》（1825）和《我又重新造访》（1835）等。普希金一生创作了12部叙事长诗，其中最主要的是《鲁斯兰和柳德米拉》（1820）、《高加索的俘虏》（1822）、《青铜骑士》（1833）等。普希金剧作不多，最重要的是历史剧《鲍里斯·戈都诺夫》（1825）。此外，他还创作了诗体小说《叶甫盖尼·奥涅金》（1831）、散文体小说《别尔金小说集》（1831）及长篇小说《上尉的女儿》（1836）。普希金在自己的作品中提出了时代的重大问题：专制制度与民众的关系问题，贵族的生活道路问题、农民问题；塑造了有高度概括意义的典型形象："多余人"、"小人物"、农民运动领袖等。这些问题的提出和文学形象的产生，大大促进了俄国社会思想的前进，有利于唤醒人民，有利于俄国解放运动的发展。

作为民族意识的体现者，普希金在自己的作品中反映了俄罗斯人民要求民族尊严、国家独立、社会进步的愿望和心声。普希金的优秀作品达到了内容与形式的高度统一，他的抒情诗内容丰富、感情深挚、形式灵活、结构精巧、韵律优美。他的散文及小说情节集中、结构严整、描写生动简练。普希金的创作对俄国文学及世界文学的发展都有重要影响，高尔基称赞普希金为"俄国文学之鼻祖"，"是伟大的俄国人民诗人"。

赏析

《驿站长》是俄国现实主义文学创作中描写"小人物"命运的开山之作。整篇小说通过作者虚构的人物三次访问驿站，描写了驿站长一生悲惨的命运。

驿站长维林长久过着被侮辱被欺压的生活，他生命中唯一的安慰和幸福是女儿杜妮亚，然而这仅有的幸福也被过路的军官明斯基夺走了。作者通过维林多次寻女，逐步展示了贵族军官的凶暴和社会的不公，揭示了造成小人物惶惶不可终日处境的社会原因是他们卑下无权的地位，是统治者的骄横暴虐和专制农奴制度的反动黑暗。

普希金塑造人物简洁鲜明，但并不单薄。小说中维林扔掉明斯基的钞票，后又回去寻找的细节，将人物性格的复杂性深刻地展现出来。同时，对明斯基的描绘也没有止于花花公子的形象，毕竟他对杜妮亚没有始乱终弃。

小说结尾，杜妮亚回来了。这个美丽、勤劳的姑娘，这个维林视为珍宝的女儿，是来求得父亲的谅解，是来弥补心灵的愧疚的，可面对的却是老人凄凉的坟墓……树欲静而风不止，子欲孝而亲不待。这是何等的创痛，又是何等的无奈与悲哀啊！

热　爱　生　命

杰克·伦敦

能够保留下来的就这么一点点，
　　他们经历了生活和苦难；
有如此的所获还算是胜利，
　　虽然他们输掉了赌一下的本钱。

两个男子一跛一颠，痛苦地走下河岸。前面的那个有一次在乱石间因失足摇晃了一下。他们又累又乏，脸上都露着苦熬的神情，紧紧地咬着牙。这显然是因为长时间忍受痛苦所致。两个各自背着毯子裹成的背包儿，沉甸甸的。幸好那条勒在额头上的皮带还真顶用，承住了背包，助了一臂之力。每人都拿着一枝来复枪。他们走路的样子都是弯着身子，肩膀和脑袋冲着最前方，眼睛也总是看着地面。

“我们藏在地窖里的那些子弹要是带在身边，哪怕有两三发也好。”后面的那个人说。

那语调是阴沉沉冷冰冰的，且毫无情感。前面那个人一句话也不说，只顾一个人向小河走去，一瘸一拐。小河流过岩石，激起了一层白色的泡沫。

后面那个跟着他走下河去。两人谁都没脱掉鞋袜。河水冰凉，冷得冻脚腕子，两脚麻木。每逢走到没膝深的地方，因为河水冲击，他们都摇摇晃晃地站不稳。

走在后面的那个在一块光滑的圆石上滑了一下，差点儿掉下去。他用力猛地一挣，竟站稳了，同时也痛苦地尖叫了一下。他仿佛有些头晕眼花，边摇晃着，边伸出那只空着的手，似乎想要扶住什么东西。等站稳之后，才又朝前边走去。不料他又晃了一下，几乎要摔倒。于是，站住不动，看着走在前面的那个从未回头的伙伴儿。

就这样，他一动不动地站了足足一分钟，好像是跟自己过不去。接着，他便喊了起来。

“喂，比尔！我的脚腕子扭伤了。”

比尔在白茫茫的河水里摇摇晃晃地走着，没有回头。后面那个瞧着他这样走去。脸上虽然没有什么表情，眼睛里却流露出一种神色，像一头受伤的鹿。

前面那个人一颠一跛，登上了对面的河岸，没有回头，只顾向前走去。河里的人眼睁睁地瞧着，他的嘴唇有些发抖。因此，他嘴上那丛乱棕似的胡子也在明显地抖动。他甚至不知不觉地伸出舌头来舔嘴唇。

“比尔！”他大声地喊着。

这是一个坚强的人在危险中求援的喊声。但比尔没有回头。那人盯着比尔，只见他滑稽而古怪地颠跛着，趺趺撞撞地往前走，蹒跚地登上那片平缓的坡地，向着矮矮的山头上柔和的天际走去。他一直瞧着比尔跨过山头，消失了踪影。于是他转换了目光，慢慢扫视着比尔走后留给他的那一片世界。

靠近地平线的落日像一团就要熄灭的火球，几乎被那苍茫的暮霭淹没了。让你觉得它似乎像是什么混沌而迷蒙、令人不可捉摸的东西。这人撑着一条腿，掏出了表，是四点钟。在这种季节，七月底或八月初——他说不清这一两个礼拜之内的确切日期——他知道太阳大约是在西北方。他向南面看了看，晓得在那些荒凉的小山后面就是大熊湖，同时他还知道在那个方向，北极圈的禁区线深入到加拿大冻原区内。他站着的地方是铜矿河的一条支流。铜矿河则向北流，注入加冕湾和北冰洋。他从来未到过那儿。但是，有一次他在哈得逊湾公司的地图上曾经见过那地方。

他又把周围那一圈世界重新扫视了一遍。这是一片看了便令人发愁的景象，周围是一片迷茫的天际线，山冈全都是低低的。没有树，没有灌木，没有草，什么都没有。只见一片空寂可怕的荒野。他的两眼一下子就露出了恐惧的神色。

他悄悄地、一遍又一遍地喊着:“比尔!比尔!”

他在白茫茫的河水里畏缩着。茫茫宇宙似乎正在用压倒一切的力量挤压着他，摆出一副得意的架势，威风而残忍地摧毁他。他像发疟疾似的颤抖起来，手里的枪也哗啦一声掉到水里。这一声总算把他惊醒了。他与恐惧斗争着，尽力打起精神，在水里摸索着，找到了那枝枪。他把包袱向左肩挪了一下，以便减轻脚腕子的负担，因为它受了伤。接着他便向河岸走去，走得那样缓慢，小心谨慎，疼痛几乎使他裹足不前。

他发疯似的拼着命，一步也没有停，不顾疼痛，匆匆登上斜坡，走向他的同伴失去了踪影的那个山头。比起那个瘸着腿、一颠一跛的家伙来，他的样子显得更加古怪可笑。然而到了山头，只见一片死气沉沉的浅谷，一片不毛之地。他又和恐惧斗争着，并且克服了它。他把包袱又往左挪了挪，蹒跚地走下山坡。

谷底是潮湿的。厚厚的苔藓像海绵一样，吸饱了水。他每走一步，水就从脚下溅出来。每次提起脚，都会发出一种喳叭喳叭的声音。潮湿的苔藓总是吸住他的脚，不肯放松。他选好走的地方从一块沼地走到另一块沼地，并沿着比尔的足迹，走过一堆堆的岩石。它们像是这片苔藓海洋中的小岛。

他孤零零的一个人，但却没有迷路。他知道，再往前走就到了一个小湖边。那儿有许多枯死的极细小的枞树。当地人称之为“提奇因尼其利”——意思是“小棍子地”。而且还有一条小溪淌到湖里。溪水不是白茫茫的，溪流里长着灯心草——这个他还清楚地记着——但是没有树木。沿着小溪，他可一直走到源头的分水岭。翻过分水岭，是另一条小溪的源头。那小溪向西流，他可以沿小溪到达其流入狄斯河的地方。在那儿，一只翻着的独木舟下，有个小坑儿，里面堆着许多石块儿。坑里有那只空枪需要的子弹，还有钓钩、钓丝和一张小渔网——钓鱼打猎找食的所有工具。那儿还能找到点儿面粉。此外，还有块儿腌肉和豆子。

比尔一定会等他的。他们能顺着狄斯河划小舟向南去大熊湖。接着，在湖上朝南方划，一直向南便到了马肯吉河。从那儿，他们还得继续南下，那么冬天就怎么也追不上他们了。让河流冻结吧!让天气变得更冷冽吧!他们会南下到达哈得逊湾公司一个暖和的站点。那里不仅树木高大茂盛，吃的东西也多的是。

他一路向前挣扎的时候，脑子里就是这样想着的。他不仅苦苦地拼着体力，也同样苦苦地绞着脑汁。他尽力想比尔是不会抛弃他的，而且一定会在藏东西的地方等他。他不得不这样想，不然他用不着这样拼命。他早就会躺下来死掉了。当那团模糊的落日缓慢地向西北方沉下去的时候，他再三盘算着在冬天追上他和比尔之前，他们向南逃遁的每一步路途。他反复地想着地窖里和哈得逊湾公司的站点上吃的东西。他已经两天没吃东西了。至于没有像样地好好吃到他要吃的东西的日子，那就更不止两天了。他常常要弯下腰，摘沼地上灰白色的浆果，塞进嘴里，嚼几下，然后吐出来。这种沼地浆果只有一小粒种子，外面包着一层浆水。一放到嘴里，水就化了。种子又辣又苦。他知道浆水并没有营养，但是他仍耐心地嚼着，全然不顾常识、经验、教训和希望。

走到九点钟，他在一块岩石上绊了一下，因为极度疲倦和虚弱，他晃了一下就摔倒了。他侧着身子，躺了一会儿，没有动。然后他从捆背包的皮带中脱出来，挣扎着勉强而笨拙地坐在那儿。这时候，天并未完全黑下来，暮色苍茫之中，他在乱石里摸索着找些干枯的苔藓。不久，他收集了一堆，点起了一堆火——一堆不旺、冒着浓烟的火——还有一个白铁罐儿的水放在火上烧。

他打开背包，先数了数他那些火柴，总共是六十七根。为了搞清楚，他又数了三遍。随后将火柴分成几份儿，用油纸包好。一份儿放在空烟草袋里，一份放在他那破帽圈里，那另一份放在贴胸的衬衣里。刚完事，他突然感到一阵恐慌，于是又全都拿出来，再重新数过。是六十七根，没错。

他在火堆旁烘烤着潮湿的鞋袜。鹿皮靴已成碎片。毡袜子有多处都磨穿了。两脚皮开肉绽，流着血。一只脚腕子鼓胀地血管直跳。他仔细查看了一遍，脚腕已肿得与膝盖一样粗了。他有两条毯子，为了把脚腕捆紧，他从其中的一块撕下了一长条。之后，又撕下来几条，裹在脚上，代替鹿皮靴和袜子。然后他喝下了那罐子烧好的热水，上好了表的发条，爬进了两条毯子之中。

他睡得像个死人一样。午夜前后那短暂的黑暗来而往复。太阳从东北方升起——那就算是出现了黎明的曙光。因为乌云遮住了太阳的影子。

六点钟的时候，他醒了，静静地仰面躺着，始终在凝视着灰蒙蒙的天空。他觉得肚子饿了。在他用胳膊肘撑着翻身的时候，一种很响的呼噜声把他吓了一跳。只见一头公鹿在惊奇地盯着他，离开他不过五十英尺。他立刻下意识地想到在火上烤鹿肉的情景。火上的鹿肉烤得咝咝作响，还有那诱人的肉香。他情不自禁地拿起那枝没有了子弹的空枪，瞄准目标，扣动了枪机，那公鹿哼了一声，一跃就跑开了。远处传来了那家伙跑过山岩时得得的响声。

他咒骂着，扔掉了那枝空枪。他挣扎着站起来，还大声地哼哼着。整个动作极为缓慢，极为吃力。他全身的关节都像是生了锈的铰链，僵硬而迟钝。每个动作，一屈一伸都得咬紧牙关才行。最后，两条腿算是站住了。但是，又用了约一分钟的工夫才挺起腰。他这才像个人那样站得直直的。

他蹒跚地登上一个小山丘，看了看周围的地形。既没有树木，也没有灌木丛，只有一片一望无际的苔藓，灰灰的颜色，其间夹杂着些灰色的岩石。几个灰色的小湖，几条灰色的小溪点缀其间。连天空也是灰色的，没有太阳，连太阳的影子也没有。他辨不出哪是北方。他已经忘记了昨天晚上是怎样摸到这儿来的。但是他并没有迷路。他心里明白，不要多久他就会走到那块“小棍子地”。他意识到它就在左边的什么地方，而且不会很远——可能翻过前面的小山丘就到了。

于是，他回到原地，捆好背包，准备动身。他确信那三包分别放开的火柴还在，他虽然没有停下来再数数，可他还是踌躇了一下，使劲在那儿盘算。这次是为了一个厚实的鹿皮袋子。那玩意并不大，他用两只手就能把它完全盖住。袋子约有十五磅重，与背包里的东西重量相当。他对那袋子真感到发愁。最后，他把它搁在一旁，裹那个背包。可是，他又停下来，看着那个袋子。他一下子把它抓到手里，用一种敌对的目光看着周围，仿佛这片荒原要把它从他手里夺走似的。当他站起来，摇晃着开始一天行程的时候，那个袋子依然在他的背包里。

他转身向左走着，不时还停下来摘沼地上的浆果往嘴里送。扭伤的脚腕子都僵了。和以前比，他跛得更厉害了。但是，与肚子里的痛苦相比，脚部的疼痛却算不了什么了。饥饿的痛苦一阵一阵地发作，像是啃着他的胃。那疼痛使他不能把思绪集中在去“小棍子地”那要走的路线上。沼地上的浆果不但不能减轻胃部那剧烈的疼痛，那刺激性味道反而使他的舌头和口腔热辣辣的。

他来到一处谷地。这儿有好多松鸡。它们从岩石和沼地里飞起来，呼呼地拍打着翅膀，发出一种“咯儿——咯儿——咯儿”的叫声。他用石块打它们，但打不中。他把背包放在地上，就像猫抓麻雀那样偷偷地爬过去。锋利的岩石划破了他的裤子；膝盖流出的血在地面上留下一道血迹。但是，在饥饿的痛苦中，这种痛苦也就算不了什么。他在湿漉漉的苔藓上爬着，衣服弄得透湿，身体阴冷，可这些他全然没有觉得。他想吃东西的念头是那么强烈。而那些松鸡却总是在他面前飞起来，呼呼地兜着圈儿，那种“咯儿——咯儿——咯儿”的叫声简直是对他的嘲笑。于是他咒骂那些松鸡，居然随着它们的叫声大喊大叫起来。

有一次，他爬到一只松鸡旁边了，那家伙肯定是睡着了。他竟然没有看见，当那只松鸡从岩石的角落里冲着他迎面飞起来的时候，他才发现。他像那只飞起的松鸡一样惊慌，抓了一把，只捞到了三根尾巴上的羽毛。他一面瞧着它飞走，一面恨它，好像那松鸡做了什么对不起他的事。尔后他回到原地，背起背包。

时光慢慢地流逝。他走进连绵的谷地，或者说是沼地。这种地方野物颇多。一群驯鹿过去了，大约二十多头，都在来复枪的射程之内，那么诱人。他有种发狂似的念头儿，想追赶它们。他确信能追上去捉住它们。一只黑毛狐狸朝着他走来，叼着一只松鸡。他喊了一嗓子，那喊声还真可怕，狐狸被吓跑了，却没有丢下松鸡。

傍晚时分，他顺着小河走去。含有石灰的乳白色的河水在稀疏的灯心草丛中流过。他紧紧地抓住灯心草的草根，拔出一种嫩葱芽似的东西。那玩意儿只有木瓦上的钉子那么大小，很嫩。用牙一咬会发出咯吱咯吱的声音，味道似乎很不错。可是它的纤维却很难咀嚼。一丝丝的纤维，充满水分，和沼地上的浆果一样，根本就没有营养。他放下包袱，爬进灯心草丛，像头牛似地大嚼起来。

他疲倦极了。总是想歇一会儿，躺下去睡一觉，可是他不得不挣扎着继续前进。这并不一定是因为他急于要赶到“小棍子地”，倒是饥饿逼迫着他。他还到小水坑里找青蛙，或用指甲挖泥土找小虫子充饥。尽管他也知道在这么遥远的北方，压根儿就没有什么青蛙或者小虫儿。

他看遍了所有的水坑，全都白费劲儿。当苍茫的暮色降临时，他才在一个水坑里发现了唯一的一条类似鲦鱼的小鱼。他把手伸进水里，直没到肩头。然而小鱼却溜走了。于是，他两只手都下了水，把坑底乳白色的泥浆搅起来。就在这个紧要时刻，他还掉进了坑里，半截身子都湿透了。水也被搅混了，没法子找到那条鱼。他只得再等，等泥浆沉淀下去，水变清。他又重新捉那条鱼，直到又搅混水。可是他等不及。解下身上的白铁罐儿，舀坑里的水。开始，他发狂似的干着，水溅了一身。因为泼水的距离太近，水又流回坑里。后来，他就更小心地舀着，尽管他心跳得厉害，手也在发抖，他还是尽量冷静下来。这样过了半小时，坑里的水快舀完了，剩下不足一杯。可是那条鱼却不见了。他这才发现石头中间有一条暗缝儿，那条鱼已经从那儿溜到了旁边的一个大坑里。那坑里的水他一天一夜都舀不完的。如果他早知道这个暗缝儿的话，一开始就会用石块儿给堵死，那条鱼也早就属于他了。

他这样想着，身子瘫在潮湿的地上。最初，他只是自己偷偷地哭泣。过了一会儿，他就对着那把他包围着的荒野号啕大哭起来，那荒野是那么无情。后来，他又大声地抽泣了好久。

他点起了一堆儿火，喝了几罐儿热水，好使自己暖和一些。他还像那天晚上那样，在一块岩石上露宿。最后，他察看了一下火柴，看看是否还保持干燥；还上足了表的发条。毯子又湿又冷，脚腕子疼得直发抖，可他只是觉得饥饿难忍，在不安的睡眠中，他梦见了好多酒会和盛宴，餐桌上摆满了各式各样的菜肴。

醒来的时候，他觉得又冷又难受。没有太阳，灰蒙蒙的大地和天空愈加阴沉昏暗。刮过一阵刺骨的寒风，白茫茫的初雪覆盖了山顶。空气也愈加浓厚，茫茫一片。这会儿，他又点起了火，又烧了一罐儿水。湿润润的雪花儿飘落下来，一半是雨，雪花又大又湿。开始一落地就化掉。雪越下越大，雪花盖住了地面，淋灭了那堆儿火，淋湿了他那些烧火用的干苔藓。

这是对他的警告。于是他背起背包儿，一颠一拐地向前走，可连自己到哪儿去都不清楚。他既没有想到“小棍子地”，也没想到比尔和狄斯河边那翻着的独木舟下的地窖。他满脑子里只有“吃”一个词儿。他要饿疯了。他哪里还管什么路，只要能走出这个谷底就成。他在湿雪里摸索着，在湿漉漉的沼地找浆果儿，又一面拔起连根的灯心草，一面试探着往前走。可是灯心草这东西既没有味儿，又不能填饱肚子。后来，发现了一种带酸味的草，凡是能找到的，他都吃下去了。然而却没有多少。这种草是一种蔓生植物，很容易被几寸厚的积雪盖住。

那个晚上，他没有火，也没有热水喝。只好钻进毯子里睡觉，还不时地饿醒。雪又变成了冰冷的雨。他仰面躺着，雨水落到脸上，有几次把他淋醒。天亮了，又是灰蒙蒙的一天，不见太阳。雨停了，刀绞般的饥饿也消失了。他已经没有渴望吃东西的那种感觉了，而只觉得胃在隐约作痛，但并不是很难受。脑子清醒多了。于是他又一心想着“小棍子地”和狄斯河边的那个地窖了。

他把撕剩的那条毯子撕成一条条的，裹好那双血淋淋的脚。又捆好受伤的脚腕子，准备好这一天的旅程。在他收拾背包时，又盯着那个厚厚鹿皮袋子想了好久。最后，还是把它带上了。

雨水淋化了积雪，只有山顶仍是白色的。太阳露了脸。他总算能确定罗盘的方位了。尽管他已迷了路。前两天，他走的方向可能是偏左了。为了偏正方向，他得偏右走，方向才对头。

现在，他对饥饿的痛苦都不怎么敏感了，但却感到非常虚弱。当他采沼地上的浆果或拔灯心草时，不得不常常停下来休息片刻。他觉得舌头干燥得厉害，又很大，上面好像长满了细毛毛，而且又苦又涩。他的心脏又添了不少磨损。每走几分钟，心脏就猛烈地扑通、扑通地跳动，而后就痛苦地一下一下急速地猛烈跳动，逼得他透不过气来，只觉得头晕眼花。

中午的时候，他在一个大水坑里发现了几条鲦鱼。他现在比较冷静，要舀干坑里的水是不可能的，只能想办法用铁罐儿去捞。那些小鱼只有小指头那么长，而他并不感到特别饿。隐隐作痛的胃已变得麻木了，而且愈来愈没有什么感觉了。他的胃似乎是睡着了。他费劲儿地嚼着生鱼，把它们吃下去。吃东西已经成了一种纯粹下意识的动作。虽然他不想吃，可是他晓得为了活着，他得吃。

黄昏的时候，他又捉了三条。吃了两条，留下一条作第二天的早点。太阳晒干了零零散散的苔藓，所以他能点火烧水，使自己暖和暖和了。这天，他走了不到十里，第二天，只要他那心脏允许，他总是往前赶。但是总共才走了五里多点儿。这会儿，他的胃没有一点不舒服的感觉，完全麻木了。他到了一个陌生的地方。这地方驯鹿多了起来；而狼也愈来愈多了。荒原上常常传来狼嗥的声音。有一次，他还看见了三只狼，在他前面过去。

又过了一夜，早晨，他头脑比较清醒，便解开那个厚实的鹿皮袋子的皮绳。从袋子里面倒出一股黄色的粗金砂和金块儿。他把这些金子分成大约相等的两份儿，一份儿包在毯子里，藏在了一块显眼的岩石下；另一份儿仍旧装进袋子里。随后，他又从剩下的毯子上撕下几条儿，裹好他的脚。他仍然不舍得扔掉那只枪。狄斯河边的地窖里还有子弹。

这一天下雾。他又有了饥饿感。他极为虚弱，一阵阵头晕，有时候什么都看不见。这会儿，他是一碰就会摔倒。有一次，他被绊了一下，正巧倒在一个松鸡窝里。里面有四只新孵出的小松鸡，才出壳一天——鲜活的小东西只够他吃一口。他狼吞虎咽，都给活生生地塞进嘴里，像嚼蛋壳似的吃着。母松鸡大吵大叫，在他周围飞过来扑过去。他用枪当棍子打它，却都闪开了。他又用石子打，碰巧伤了那只松鸡的翅膀，那鸡拍打着受伤的翅膀逃开了。他便跟在后面追。

那几只小松鸡只不过引起了他的胃口而已，使他有了吃东西的强烈欲望。他拖着受伤的脚腕子，一跛一拐，跌跌撞撞地追，时而向它打石子，时而嘶哑地吆喝着。有时候，他只是一跛一拐、不声不响地追赶。摔倒了就咬着牙爬起来，有时候，头晕眼花，揉揉眼睛，支撑着。

这么一追，竟然穿过了谷底的沼地。当他在潮湿的苔藓上走着的时候，发现了一些脚印。他看得出不是自己的脚印，是比尔的，一定是比尔的。可他不能停下来，那母鸡还在向前跑。他得抓住它，而后才能看个究竟。

母松鸡被追得筋疲力尽；可他自己也累瘫了。那只母松鸡歪在地上喘个不停；他也倒在地上喘个不停。彼此相去仅十来尺。但他没有力气爬过去。等他恢复过来，那松鸡也恢复过来。他那只饥饿的手一伸出去，它就扑打着翅膀，逃到了他抓不到的地方。就这样，这场追杀持续着。那只母鸡在天黑之后终于逃掉了。他身子一软，便头重脚轻地绊倒在地上。背包压在身上，脸也划破了。好长时间，他一动不动；后来才翻过身，侧着身子躺在那儿，上好表，直躺到早晨。

又是一个有雾的日子。剩下的那条毯子有一半儿都已做了包脚布。他没找到比尔的踪迹。但那也没关系。饥饿愈加厉害地逼迫着他，然而，他却想比尔是不是也迷路了。走到中午，那个背包压得他实在难受。于是，他重新又把金子分开，但是这次他只扔掉了一半。下午，他把剩下的也扔掉了。这会儿，他只有半条毯子、那个铁罐儿和那枝枪。

一种幻觉开始找他的麻烦。他确信还剩下一粒子弹。就在枪膛里，而自己却一直没想起来。但是，他又明明记得那枪是空的。这种幻觉老是缠着他，他真想摆脱这幻觉，好几个钟头斗争着，后来，他索性把枪打开，看着那个空枪膛。这种失望真让他痛苦极了，仿佛他本来会能找到那粒子弹似的。

这种幻觉在半小时的跋涉之后又来了。于是，他又与之斗争，而这幻觉却缠着不放。为了摆脱它，他又一次打开枪膛，以便打消那种幻觉。有时候，他想的却不着边儿，只好一方面凭着本能自动向前艰难地行进，另一方面，让那些稀奇古怪的想法像虫子似的啃他的脑子。然而，这类脱离现实的遐思冥想大都维持不了多久。因为饥饿这种痛苦总会把他唤醒。一次，正当他这样胡思乱想的时候，突然一下子猛地惊醒了。他看到了一个东西，几乎让他昏倒。他像醉汉似的摇晃着，坚持着没让自己摔倒。他面前有一匹马。一匹马！他简直不能相信自己的眼睛。他觉得眼前一片漆黑，霎时间又满眼金星。为了看清，他狠狠地揉着眼睛。原来那不是一匹马，而是只大棕熊。那个畜生正用一种好奇的目光盯着他，像是爱找茬儿的家伙。

这人把枪举起来，才到一半儿便想起来是只空枪。他放下枪，从屁股后面镶珠子的刀鞘里拔出了猎刀。他面前是肉和生命。他用拇指试试刀刃，很锋利，刀尖也很锋利。本来他会一下子扑到那畜生身上，杀了他。可是，他的心口却开始砰、砰、砰地猛烈地跳动，像是对他发警告。接着便往上猛顶，突突地跳动。脑门儿就像被铁箍箍得紧紧的。顿时他觉得晕乎乎的。

极端的恐惧已将他那不顾一切的勇气给赶跑了。他是这么虚弱，一旦那畜生真的向他发起攻击，他可怎么办呢？他只好尽力摆出一副极其威风的样子，握紧刀子，狠命地盯着那只熊。那畜生笨拙地朝前挪了两步，直立起来，还试探性地吼着。如果这人逃跑的话，熊就会追赶。幸好他没有跑。由于恐惧而产生的勇气已经使他振奋了起来。他也同样吼叫着，那声音更凶猛，极其可怕。他的那种吼叫里透着一种生死攸关、将生命缠得死死的恐惧。

那熊向旁边慢慢地挪动了一下，发出威胁的吼叫。它似乎被这个站得笔直、毫不害怕的神秘家伙吓住了。但是这人像雕像一样，站住不动。直到危险过去，他才猛然哆嗦了一阵儿，瘫在潮湿的苔藓里。

他重新振作起来继续朝前走着，心里却又产生了一种新的恐惧，倒不是害怕自己会死于断粮而束手无策的那种恐惧，而是害怕饥饿还未耗尽自己最后一点儿求生的气力之前，他已经被凶残地毁掉了。这地方狼很多，荒原上回荡着狼嗥的声音，在空中交织成一张危险的罗网，仿佛是被风鼓紧了的帐篷，伸手就能触摸到。他感到害怕，不由自主地伸出双手，把它向后推。

那些狼不时地三三两两地从他面前走过。但是它们都躲着他。一是因为它们为数不多，二是它们要找的是不会搏斗的驯鹿。而这个直立走动的怪物很可能又会抓又会咬。

傍晚，他看到了许多零散的骨头。说明狼在这儿咬死过一只野兽。这些残留的骨头在一个小时前可能还是头小驯鹿，一面尖叫着，一面迅跑，充满了生命力。他默默地瞧着这些骨头，都被啃得光光的，只有部分未死去的细胞还泛着粉红色。天黑之前，难道他也会变成这种样子吗，嗯？这就是生命，真是一种虚幻的、转瞬即逝的东西，只有活着才是痛苦的。死并不是什么难过的事儿。死就和睡觉一样，意味着休息，一切都结束。那么他为什么不甘心情愿地死呢？

但是，他并没有用较长的时间去想这些大道理。他在苔藓地上蹲着，啃着一块骨头，吸吮着那上面略微泛着红色的残存的生命。那甜滋滋的肉味，像是模模糊糊的回忆，使他难以捉摸，引得他似乎要发疯。他使劲儿咬着，啃着。偶尔咬碎一点点骨头，有时候还崩碎了自己的牙齿。于是他就用石块砸，把骨头砸成酱沫，再吞下去。急切之中，有时砸了自己的手指，但让他奇怪的是，并不觉得痛。

随后的几天又是可怕的雨雪。他不知道什么时候该睡，什么时候收拾行装，他没日没夜地赶路。摔倒的时候，他就休息，一旦那垂危的生命火花闪烁起来并微微燃烧的时候，他就往前走，是因为他还活着，他不愿意死。但他也不再痛苦了。他精神麻木而迟钝，脑子里却充满了奇异的幻想和美妙的梦境。

然而，他却一直咀嚼着那只小鹿的碎骨头，不停地吸吮着。他收集的这一点残屑一直带着。他不再去翻山越岭，而是自动沿着溪流往前走，这溪流在一片宽阔的谷底流淌着。其实，他并没有看见那溪水，也未看见山谷，只是幻想罢了。他的灵魂和肉体在并排前进着、爬行着。实际上是分开的；两者之间联系极微弱。

有一天，他醒过来，仰卧在一块石头上，神智清楚。太阳是明朗而温暖的。他听到小驯鹿在远处尖叫的声音。这会儿，他还隐约记得刮过风，下过雨和雪。究竟他被暴风雨吹打了两天还是两个礼拜，他根本就不晓得。

好一阵子，他躺在那儿一动不动。太阳暖暖地照在他身上，让他那受着磨难的身子充满了温暖。他明白这是一个好天儿。没准儿他还能想法子确定一下自己的方位。他痛苦地偏过身子。身下是一条陌生而奇怪的河流，缓缓地流着。他慢慢地顺着河流望过去，宽阔的河湾蜿蜒在众多的光秃秃的小山之间。这些小山与他以前所遇到的那些相比都显得更光秃、更荒凉、更低矮。他毫无所动，于是便缓慢而从容地，最多是以一种极偶然的兴致，顺着这条河，顺着这条顶奇怪的河向天边望过去。他这才发现这条河流入一片光辉明亮的大海，他依然不激动，他觉得这太奇怪了。他想这是幻象吗？或许是海市蜃楼吧——多半是自己的神情错乱搞出的把戏，是幻象。后来，他又看见在明亮的大海上停着一艘大船。他确信这准是自己的幻觉。他把眼睛闭了一会儿，再睁开。这幻象竟会这么持久！其实他晓得这一点也不奇怪，在一片荒原里绝对不会有什么大海，大船。这正如他知道他那只枪里没有子弹一样。

他听见背后有种吸鼻子的声音——像憋住气或咳嗽的声音。他极其缓慢地翻了个身，因为他是那么虚弱和僵硬。他没有发现在附近有什么东西，但是他耐心地等着。过一会儿又听到了同样的声音，他隐约看到一只灰狼的脑袋，在离他不到二十尺的两块唇齿状的岩石中间。两只尖耳朵不像别的狼那样能竖起来，脑袋也有气无力地耷拉着。那畜生的眼睛红红的，那么昏暗，还不停地在阳光下眨着，显得十分苦恼，看来是病了。在他瞧着它的这会儿，它又发出了吸鼻和咳嗽的声音。

看来这是真的。他这样想着，又翻了个身。好看清先前被幻象蒙蔽住的真实世界。然而远处仍旧是光辉的大海，那大船也停在那儿，清清楚楚。难道这都是真的？于是他闭上眼睛想了好一阵儿，终于想起来了。他一直向东北方向走，已离开了狄斯河，到了铜矿谷。这条河就是铜矿河，宽阔的河面缓缓地流淌着。那片光辉的大海是北冰洋。那艘船是一艘捕鲸船，本应开往马肯吉河口，但是航线太偏东了。现在正停泊在加冕湾。他想起来很久以前看过的那张哈得逊湾公司的地图。是的，没错儿，清清楚楚，合情合理。

他坐起来，想着那些切身的急事儿。裹脚的毯子全磨破了，脚也磨烂了没一处好肉。最后一条毯子也用光了。枪和猎刀也都不见了踪影。帽子也更不知丢到了什么地方。帽圈里的那包火柴也随之不见了。幸好贴胸放在烟袋儿里的那包用油纸包着的还在，还是干燥的。他看了看表，十一点钟，表还在走。显然他一直没有忘记上表。

他极为沉着、冷静。身体虽然非常虚弱，却没有痛苦的感觉，也不知道饥饿。连想吃东西的快感都没有。这会儿，不管他做什么都是理智的。他撕下膝盖以下的两条裤腿儿，裹上脚。幸好他总算保住了那个铁罐儿。他想先喝点热水，然后再往那艘船走去。他已经预料到前面这段路是很可怕的。

他动作极为缓慢，像中了风一样地哆嗦着。当他准备去采干苔藓时，才发现自己已经站不起来了。他试了又试，不行，只好算了。他用手和膝盖爬来爬去。有一次，爬到了那只病狼附近。那畜生一面极不情愿地躲开他，一面还用它那条连弯一下的力气都没有的舌头舔它的牙床。他发现它的红舌头与健康的不一样，是暗黄色的，上面盖了一层半干而粗糙的黏膜。

他喝了热水之后觉得可以站起来了，甚至还能像想像中行将死亡的人那样走路了。他每走一两分钟，就得停下来休息一会儿。他的步子是虚的，走不稳。那情形就像跟在他身后的那只狼一样。那天晚上，当光辉的大海被黑夜笼罩的时候，他觉得自己与大海之间仅缩短了不足四英里。

整整一夜他总是听到那病狼咳嗽的声音。有时还听到小驯鹿的叫声。他的周围全是生命，而且是强壮的生命，是非常活跃和健康的生命。同时他也晓得，那只病狼所以要紧紧地尾随着他这个病人，是想他先死。早晨，他一睁开眼睛，就看见那个畜生正用饥饿的目光盯着他。那家伙夹着尾巴，蹲在那儿，像一只可怜巴巴倒霉的狗。寒冷的晨风吹得它直哆嗦。每当这个人对着它勉强发出低声的吆喝，咕哝点什么，它就无精打采地龇着牙。

明亮的太阳升起来了。早晨他一直蹒跚着、跌跌绊绊地朝着那光辉的大海上那般大船走着。天气好极了，这是高纬地区的短暂的晚秋时分。可能会持续一个礼拜，也许一两天就会结束。

这天下午，他发现了一些痕迹。是另一个人留下的爬行的痕迹。他意识到可能是比尔留下的，不过他只是漠不关心地想了一下而已，现在他没有一点儿好奇了。其实，他早就失去了热情和兴致。他已不再感到任何痛苦了，他的胃和神经全都麻木了。然而，内在的生命力却迫使他、逼着他往前走。他疲倦极了，而生命绝不肯死。因为生命是不肯死的，所以他才吃沼地上的浆果和鲦鱼、喝热水，并一直提防着那只病狼。

他顺着那个人挣扎着前行所留下的痕迹往前走去。没多久便到了尽头儿——潮湿的苔藓上散乱着几根刚刚啃光的骨头。附近还有许多狼的脚印。他看见了一个厚实的鹿皮袋儿，跟他自己的那个完全一样，但是已被尖利的牙齿咬破了。他的手连一点气力都没有了，但他硬是把它提起来了。比尔到死都带着它！哈哈！这会儿他可以嘲笑比尔了。他能活下去，并把它带到那艘停泊在光辉大海上的船上去。他发出可怕的笑声，那声音沙哑，活像乌鸦的怪叫。而那只病狼也跟着一阵一阵地嗥叫。突然，他不笑了。如果真是比尔的骸骨，他怎么能嘲笑比尔呢？假如这些被啃得光光的骨头，有红的、有白的，真的是比尔的！

他转身走开了。比尔抛弃了他，这是真的；然而，他不愿意带走比尔留下的那袋金子，也不愿意吸吮比尔的骨头。但是，如果这事情倒个个儿的话，比尔也许会做得出来。他一面蹒跚前行，一面暗暗地思索着。

他走到一个水坑儿旁边。就在他弯下腰找鲦鱼的时候，猛然抬起头，像是被戳了一下。他的脸映在水里，他看见了一张可怕的脸。那脸色可怕极了，一下子便使他恢复了知觉，他大为震惊。水坑儿里有三条鱼。但是那水坑太大，不好办。他用白铁罐去舀，试了几次，都不成，他就不肯再干了。他怕自己太虚弱，跌到坑里淹死。正是因为这个道理，他才没有爬上那沿沙洲漂浮的木头，让河水把他带走。

那天，他与那艘船的距离缩短了三英里；第二天，又缩短了两英里。现在他像比尔一样地在爬行；第五天，他发现那艘船与他还有七英里。他每天连一英里都爬不到。幸亏天气仍然晴好，于是他继续爬着，继续晕厥，就这样不停地爬着。那只狼也一直跟着他，不断地咳嗽和喘息。和他的脚一样，双膝鲜血淋漓。他撕下衬衫把它们垫着。可身后的苔藓和岩石上仍旧留下一路血迹。一次，他回头看见那病狼饿得发慌，正舔他留下的血迹。他一下子清楚地意识到自己可能遭到的下场——除非他把那只狼干掉。于是，一幕从未演出的残酷而求生的悲剧开始了——病人一路爬着，病狼一路尾随着。两个生灵就这样在荒原上拖着垂死的躯壳，彼此渴想着猎取对方的生命。

倘若这是一只健康的狼，那他倒觉得没啥；可是，一想到自己要被这么一个令人作呕、只剩一口气的病狼吃掉，他就觉得很厌恶。他可真够吹毛求疵。

脑子里又开始胡思乱想，被幻想弄得迷迷糊糊。神智清醒的时候也越来越少，越来越短了。

一次，昏迷中他被一种紧贴着耳朵的喘息声惊醒了。只见那只狼一跛一拐地往回跳，因为虚弱，一失足摔倒了。那样子挺可笑，但他可一点没觉得有趣。他甚至都没有感到害怕。到了这步田地，也就谈不上什么怕了。不过，这会儿，他可很清醒，于是便躺在那儿，仔细捉摸着。那艘船距他不过四英里，他擦了擦眼睛，可以看得更清楚点儿。这时，他还看见大海上一片白帆，清清楚楚是一只破浪前进的小船。可是，无论如何他也爬不了四英里了。这一点他很清楚。然而，他却非常镇静。他知道自己连半英里也爬不了了。不过，他还得要活下去。经过千辛万苦，他竟然还要死掉，那未免太不合情理了。命运对他实在太苛刻。他虽然奄奄一息，但还是不愿意死去。或许这种想法压根就是发疯。不过他就是落入了死神的掌心，也绝对不肯就范，绝对不肯死。

他闭上眼睛，极为小心地让自己镇静下来。疲倦像潮水一样涌上全身，他强打起精神，不让令人窒息的疲倦淹没自己。这种疲倦真是要命，像大海一样，涨了又涨，一点一点地淹没了他的意识。有时候，他几乎全被淹没了，漂游在一片冥冥之中。有的时候，又会凭着一种奇怪的心灵作用，凭着那么一丝意志力，越发坚强的挣扎着。

他静静地仰面躺着，他听到那病狼喘气的声音，那家伙一呼一吸，缓慢地向他逼近。它越来越近，毫不放松。似乎过了很久，而他却一点儿没动。它已经到了他的耳边儿。它用那条粗糙的干舌头摩擦着他的面颊，像砂纸一样。他一下子伸出了两只手，或许这至少是凭着毅力伸出来的。他的手指弯曲得像鹰爪一样，但是抓了个空。敏捷和准确是要气力的，而他已经没有这种气力了。

那狼的耐心实在可怕。这人的耐心也同样可怕。他躺在那儿半天一动没动，尽最大的努力与昏迷抗争着，等着那个想把他吃掉，而他也想把它吃掉的家伙。有的时候，疲倦的浪潮一下子涌上来淹没了他，他还做起了长长的梦。无论是醒着还是梦着，他都在等那种喘息，等那条粗糙的舌头来舔他。

其实，他根本就没有听到那种喘息，只不过是从梦中慢慢地醒来，觉得有条舌头在顺着手舔着。他静静地等着。那家伙的牙齿轻轻地压上来，劲也越来越大。狼正用尽最后一点儿力气咬进它想吃的东西里面，为此这家伙已等了很久。然而，这人也已等了很久。他那只被狼咬破的手抓住了狼的牙床。于是，就在狼慢慢地无力地挣扎着，他的手无力地掐着的时候，他的另外一只手已经慢慢地摸过来，一下子把狼抓住。五分钟之后，他便把全身的重量都压在了狼的身上。尽管他的手劲还不足以把狼掐死，但是他的脸已经紧紧地抵住了狼的咽喉，满嘴都是狼毛。半小时后，他觉得有一股液体，暖暖的，缓慢地流进了他的喉咙。那东西可真难吃，就像硬灌进胃里的铅液，而且是按照自己的意愿去做的。随后他便翻了个身，仰面睡着了。

在贝德福号捕鲸船上，几名科学考察队队员从甲板上远远地望见岸上有个怪东西。那个玩意儿在沙滩那面的地上挪动着。他们弄不清楚那究竟是个什么动物。可他们是从事科学研究的，于是便上了一只捕鲸的小艇，上岸看个究竟。

结果他们看见的是一个不知名的活物，怎么都不会把那东西当做人。那东西的两只眼睛已经瞎了，失去了知觉。它在蠕动着爬行的时候，真像一条大虫子。其实，全是在那儿白费劲儿，可却还是坚持着，不停地扭动着，折腾着。照这个样子，一小时大约能往前爬二十英尺。

三个礼拜之后，这人躺在贝德福号捕鲸船上的铺位上，他讲清了自己的姓名和经历。眼泪顺着他那削瘦的脸颊流下来。他还在断断续续地谈到了他的母亲；谈到了阳光灿烂的南加州，还有桔树和花丛中的家园。

过了不几天，他就与那些科学家和船员们坐在一个餐桌上吃饭了。他盯着眼前那么多好吃的东西，眼巴巴地干瞧着别人吃，馋得要命。别人每吃一口，他的眼睛里便流露出一种深深的惋惜之情。他神志是清醒的。但是，一到吃饭的时候，免不了他总要恨和他一块吃饭的人，他总是感到恐惧；他还老是担心，怕吃的东西维持不了多久。他还问做饭的厨师、仆役和船长，想知道贮存的食物还有多少。他们都无数次地对他保证，但是，他总是不相信。他还是照旧狡猾地溜到贮藏室附近，亲眼窥探，想弄个究竟。

这人看上去在不断发胖，每天总会胖一点。科学家们都在摇脑袋，提出他们的理论，他们限制他的饭量；然而他的腰围还是在不断增加，发福，胖得都有点吓人。

船上的水手们都咧着嘴笑。他们知道怎么对付他。当科学家们让人监视他的时候，水手们自然都心里有数。早餐之后，他们发现那家伙懒散而萎靡地晃荡着，仍旧像一个讨饭的叫花子似的，伸手要吃的。一个水手笑了笑，给了他一块硬面包。他拿在手里，那贪婪的样子真像个守财奴盯着金子似的盯着那块面包，随后塞进衬衣里面。别的水手也给他同样的礼物。人们都咧着嘴，笑着。

船上的科学家都极为谨慎。表面上他们让那个人自作自便，但是往往会偷偷地检查他的铺位。他的铺上摆着一排排的硬面包，连褥子里也塞得鼓鼓的；每个角落里都塞满了。是的，他神志非常清醒。显然他是在防备可能再一次出现的饥荒。就是这么回事。科学家说，他会恢复得和正常人一样。事实也正是这样。贝德福号捕鲸船的铁锚还未在圣弗兰西斯科海湾隆隆地抛下去之前，这个人已经完完全全地正常了。

（赵希友　译）

（选自《杰克·伦敦小说选：异教徒》）

作者简介

杰克·伦敦（1876～1916），美国著名小说家。生于加利福尼亚旧金山一个破产农民家庭。他从幼年起就不得不出卖体力养活自己。他当过牧童、报童、童工、工人、水手。他还参加过 1893 年大恐慌中失业大军组成的抗议队伍，以流浪罪被捕入狱，罚做苦工几个月。出狱后，他一边拼命干活，一边刻苦学习，广泛涉猎达尔文、斯宾塞、尼采和马克思等人的著作。他曾考进加利福尼亚大学，一年后辍学。后来他受了阿拉斯加淘金热的影响，加入了淘金者的行列，虽因病空手而归，却带回了北方故事的丰富素材。

杰克·伦敦从 1898 年开始文学创作。最初创作短篇小说，主要描写普通淘金者在缺吃少穿、天气极为寒冷的条件下与自然界作斗争的情况，如《热爱生命》；还有一些作品反映资本主义自由竞争的残酷，如《黄金谷》。这些被称为“北方故事”的作品，题材新颖，富于传奇色彩。

为杰克·伦敦获得了声誉和代表了其最高成就的是长篇小说《铁蹄》和《马丁·伊登》。前者以幻想的形式，揭露垄断金融寡头的反动本质和美国资产阶级民主的真相，是美国第一部具有无产阶级性质的文学作品；后者以自传和虚构相结合的手法，通过一个青年作家的悲剧，控诉了资本主义社会的腐朽、空虚以及拜金主义的世俗习气。

杰克·伦敦一生创作了19部中长篇小说，150多部短篇小说，3部戏剧，1部纪实文学和若干政论。代表作为《野性的呼唤》、《马丁·伊登》、《热爱生命》等。

成名以后的杰克·伦敦，挥霍无度，着意追求个人享乐，因而不惜粗制滥造，迎合一部分读者的庸俗趣味，创作了一些脱离社会主题的作品。最后，他因病、债和精神空虚而自尽。

赏析

《热爱生命》是杰克·伦敦最著名的短篇小说之一。小说的题材来自作家所熟悉的北方淘金者同大自然作残酷斗争的生活。杰克·伦敦以雄浑、粗犷的笔触，描述了一个特殊险恶环境的下人与狼的斗智斗勇的故事，精彩地表现了人性的伟大和顽强不屈。在那近乎残忍的严峻环境中，主人公不仅要与寒冷、饥饿、伤痛作斗争，还遇上了凶恶的病狼。在生与死的抗争中，激发出人性最闪光的智慧，展示出人坚韧、顽强的生命力，奏响了一曲与野兽搏击到底的人生赞歌，读后令人感到有一种穿透心魄的震撼力。

《热爱生命》中的主人公是杰克·伦敦刻画的最为成功的人物形象之一。他意志坚强、富于毅力、不畏困难，同大自然勇敢斗争；在饥饿、寒冷和伤痛中顽强挣扎；在同病狼的搏斗中获得胜利，终于战胜死亡。主人公具有一种超越常人的特殊意志和“超人”的品质，他的顽强意志和勇敢精神几乎超越了生命的极限——这就是他的“生命意志”，一种原始的生命的本能力量；“事实上，他早已失去了兴致和热情”。但他就是凭着超人的意志和对生命的热爱和执著向象征生机与希望的远方“明亮光辉的大海”和大船爬去并最终获救，高奏了一曲令人荡气回肠的生命的赞歌。

《热爱生命》既有严肃的现实主义写实性，同时又洋溢着浪漫主义的传奇色彩。通过比喻和象征手法的运用，成功地塑造了一个生命意志坚强，具有鲜明性格和超人勇气的强者形象。小说歌颂了劳动人民坚毅勇敢、顽强拼搏的高尚品格，揭露了资本主义“文明”社会空虚、腐朽和没落的本质，批判了资产阶级“利己主义”的道德观和“金钱至上”的价值观。

第四章 散文欣赏

第一节　散文欣赏知识概述

一、散文知识

（一）散文含义

文学体裁之一，散文这个名称，随着文学的发展，它的含义和范围也在不断的演变。我国古代把与韵文、骈体文相对的散体文章称为“散文”，即除诗、词、曲、赋之外，不论是文学作品还是非文学作品，都一概称之为“散文”。现代的散文指除诗歌、戏剧、小说以外的文学作品，包括杂文、小品文、随笔、游记、传记、见闻录、回忆录、报告文学等。近年来，由于传记、报告文学、杂文等已发展为独具特色的文体，所以人们又趋于把散文的范围缩小。现在我们所说的散文就是指狭义的散文。篇幅短小、形式自由、取材广泛、写法灵活、语言优美，能比较迅速地反映生活的一种文学体裁。

（二）种类

根据散文的内容和性质可分为以下几类：

叙事散文：指以写人记事为主的散文。以对人和事物的具体叙述和描绘为其突出特色，同时表现作者的认识和感受，也带有浓厚的抒情成分。如鲁迅的《藤野先生》。

抒情散文：指注重表现作者的思想感受，抒发作者的思想感情的散文。这类散文有对具体事物的记叙和描绘，但通常没有贯穿全篇的情节，强烈的抒情性为其突出特点。如魏巍的《依依惜别的深情》。

写景散文：这是以描绘景物为主的散文。这类文章多是在描写景物的同时抒发感情，采用的方式或是借景抒情，或是寓情于景。例如刘白羽的《长江三峡》，作者描写了轮船穿过三峡时所见的瑰丽奇特的景象，又融进了热爱祖国，热爱生活的激情，产生了一股催人奋进的力量。

哲理散文：善于抓住哲理闪光的瞬间，诉诸笔墨，内涵丰厚、耐人寻味，作者往往通过一件小事或某一景物的描写，其中蕴含着深刻的人生哲理，如刘墉《迟》。

（三）散文基本特征

1. 散文一般都有“文眼”

凡是构思精巧、富有意境或写得含蓄的诗文，往往都有“眼”的安置。鉴赏散文时，要全力找出能揭示全篇旨趣和有画龙点睛妙用的“文眼”，以便领会作者为文的缘由与目的。“文眼”的设置因文而异，可以是一个字、一句话、一个细节、一缕情丝，乃至一景一物。如《荷塘月色》中的“这几天心里颇不宁静”便是全篇文章的“文眼”，全文的处处景物与点点心迹全是由此而来，并围绕它而写。当然并非每篇散文都有必要的“文眼”。

2. 散文一般都有线索

结构是文章的骨架，线索是文章的脉络，二者是紧密联系的。抓住散文中的线索，便可对作品的思路了然于胸，不仅有助于理解作者的写作意图，而且也是对作者谋篇布局本领的鉴赏，从而透过散文的“形散”的表象抓住其传神的精髓，遵循作者的思路，分析文章的立意。线索通常有以下几种：

（1）以事物的形象为线索，如巴金的《灯》。

（2）以感情的发展为线索，如杨朔的《荔枝蜜》。

（3）以时间顺序为线索，如刘白羽的《长江三日》。

（4）以空间顺序为线索，如朱自清的《绿》。

（5）以人物活动为线索，如鲁迅的《从百草园到三味书屋》。

（6）以事理为线索，如唐韬的《琐忆》。

3. 散文语言优美凝练

散文的一大特色就是语言美。一篇好的散文，语言凝练、优美，又自由灵活，接近口语。优美的散文，更是富于哲理、诗情、画意。杰出的散文家的语言又各具不同的语言风格：鲁迅的散文语言精练深邃，茅盾的散文语言细腻深刻，郭沫若的散文语言气势磅礴，巴金的散文语言朴素优美，朱自清的散文语言清新隽永，冰心的散文语言委婉明丽，孙梨的散文语言质朴，刘白羽的散文语言奔放，杨朔的散文语言精巧，何为的散文语言雅致。一些散文大家的语言，又常常因内容而异。如鲁迅的《纪念刘和珍君》的语言，锋利如匕首；《好的故事》的语言，绚丽如云锦；《风筝》的语言，凝重如深潭。体味散文的语言风格，就可以对散文的内容体味地更加深刻。

二、散文欣赏方法

（一）欣赏斯文“形散神聚”的艺术构思

散文常常托物寄意，为了使读者具体感受到所寄寓的丰富内涵，作者常常对所写的事物作细致的描绘和精心的刻画，就是所谓的“形得而神自来焉”。我们读文章就要抓住“形”的特点，由“形”见“神”，深入体会文章内容。

“形散”主要是说散文取材十分广泛自由，不受时间和空间的限制；表现手法不拘一格：可以叙述事件的发展，可以描写人物形象，可以托物抒情，可以发表议论，而且作者可以根据内容需要自由调整、随意变化。“神不散”主要是从散文的立意方面说的，即散文所要表达的主题必须明确而集中，无论散文的内容多么广泛，表现手法多么灵活，无不为更好的表达主题服务。

为了做到形散而神不散，在选材上应注意材料与中心思想的内在联系，在结构上借助一定的线索把材料贯穿成一个有机整体，散文中常见的线索有以含有深刻意义或象征意义的事物为线索；很多作品以“我”作线索，由于写的都是“我”的所见所闻所思所感，侃侃而谈，自由畅达，使读者觉得更加真实可信、亲切感人。

散文构思很讲艺术性，作者总会考虑如何布局、如何谋篇，从而使自己的思想感情表达得如行云流水，天衣无缝。作者常常是在平常不经意间蕴含着精巧的构思，使读者在阅读过程中逐渐感受到作者的艺术匠心。如冰心《腊八粥》这篇散文，煮腊八粥本是民间的一种风俗，因为作者的外婆和母亲恰好都是在腊八这天去世的，所以这一天又成了作者纪念亲人的一个特殊节日，更为凑巧的是我们敬爱的国家总理周恩来也是在腊八这天逝世的。作者正是借这种巧合写出了一种必然的结果，体现出了作者的敏锐的洞察力和深刻的思考。如果文章只是写作者家里如何用煮腊八粥的方式来纪念亲人，那么文章的立意就只会停留在普通的亲情上面，对读者不会有很大的震撼。重点是文章的下部分，作者偶然发现自己的孩子用煮腊八粥这种方式去纪念自己的亲人的方式来缅怀周总理，说明周总理真是全国人民心中最敬爱的人。如果作者只写后半部分，只能说明人们缅怀周总理，立意也显得一般，文章高明的地方就在于作者把两部分有机地结合起来，运用孩子自己的话语，表白那种纯洁高尚的心灵世界，这种写法使文章主题有了情感深度。作者偶然发现一个新世界，内心激起了波澜，文章却写“我没有说什么，只泫然低下头去，和他们一同剥起花生来。”这给读者留下了广阔的思考空间。这篇散文的构思可谓是精心巧妙，然而又非常自然。

不同作者往往构思方式不一样，如《猎户》，作者采用串联式联想的方式，“尚二叔→百中老人→董昆”；《土地》中作者采用辐射式联想的方式，“土地”为中心生发开去，写“热爱生活，保卫土地，建设土地”；而《风景谈》中作者则采用屏风式的构思方法，由此及彼，由浅入深，由实到虚，阐明了更深刻的道理。

当代散文更是各具特色，如巴金先生的《随想录》，依时依事依物而谈，信笔书写，娓娓道来，自然恬淡，如行云流水，平淡中蕴涵深深的思想。又如《空中楼阁》，构思中追求一种类似我国江南园林建筑的审美效果，虚实相生，紧凑而匀称，把实际景观融于迷离朦胧的神奇意境之中，正是本文构思的绝妙之处。

作者借助想像与联想，由此及彼，由浅入深，由实而虚的依次写来，可以融情于景、寄情于事、寓情于物、托物言志，表达作者的真情实感，实现物我的统一，展现出更深远的思想，使读者领会更深的道理。如冰心《笑》中创造了一个具有象征性的优美意境，从而形象地表达出了作者的思想情感。文中进行了三处环境描写，一是“苦雨孤灯之后”，“雨声渐渐地住了”，“凉云散了”，“微微的觉得凉意侵入”。这种情境总让人有点失落，然而作者笔锋一转，“窗帘后隐隐的透进清光来”，“树叶上的残滴，映着月儿，好似萤光千点，闪闪烁烁的动着”，真是“一幅清美的图画”！光线明亮了，给人带来了希望。月亮在中国传统意义上一般象征着美好的希望，月光下的景色，作者描绘得生机勃勃，充满着生命的活力。“白衣的安琪儿，抱着花儿，扬着翅儿，向着我微微的笑”。安琪儿是人类美好心愿的象征，其微笑使人的心灵得到安宁与慰藉。第二处环境描写是，“一条很长的古道。驴脚下的泥，兀自滑滑的”，孩子“赤着脚儿”。这也是一种暗色调，古道长长的，十分泥泞，然而作者也是给它增添了明亮的色调，“田沟里的水，潺潺的流着。近村的绿树，都笼在湿烟里。弓儿似的新月，挂在树梢。”潺潺的流水，碧绿的绿树，轻笼的湿烟，弓似的新月，又是一重清新宁静的意境，其中渗透着深深的人类之爱。第三处环境描写是，“茅檐下的雨水，一滴一滴的落到衣上来，土边的水泡，泛来泛去的乱转”。“门前的麦陇和葡萄架子，都濯得新黄嫩绿的非常鲜丽”，“迎头看见月儿从海面上来了”，新黄嫩绿的麦陇和葡萄，新升的月儿，滴滴嗒嗒的雨水，宁静而慈祥的老妇，这又是一重美丽的意境，渗透了爱意的意境。

（二）体会散文美丽的语言

散文语言的美首先体现在优美上，所谓优美就是指散文的语言清新明丽，生动活泼，富于音乐感，行文如涓涓流水，叮咚有声，如娓娓而谈，情真意切。散文素有“美文”之称，它除了有精深的见解、优美的意境外，还有清新隽永、质朴无华的文采，能给人以直观美感。读一篇散文常常为它的景美、物美、情美、意美而陶醉，这些美都是在美丽的文字中体现出来的，这些又常常使散文有着独具一格的审美特质。

散文语言优美首先体现在它文采飞扬，如王勃的《滕王阁序》中，写出了一种山川景物与人文景观的美，文中词采华美，才情飞动，气势雄壮，自然流畅，成为千古名篇，为人不断吟唱。又如朱自清《荷塘月色》，作者用清丽的文字写出荷塘月夜的幽美，特别是作者对“塘上月色”和“月下荷塘”的描写，语言优美，文采飞扬，多少年来为人们所传诵。

其次散文的语言美还体现在凝练上。所谓凝练，是说散文的语言简洁质朴，自然流畅，寥寥数语就描绘出生动的形象，勾勒出动人的场景，显示出深远的意境。散文力求写景如在眼前，写情沁人心脾。鲁迅的《野草》、何其芳的《画梦录》、朱自清的《荷塘月色》、杨朔的《雪浪花》、余光中的《听听那冷雨》、史铁生的《我与地坛》等都是语言凝练的典范。

再次，散文的语言美也体现在质朴自然上。散文本身就是一种个性展示，它崇尚自然天成的本色美，行文者如诉衷肠，读文者如与之谈，不加粉饰，以真率质朴见长。如张洁的《拾麦穗》中，用乡童口音，自然天成，读来有一股浓浓的乡土气息扑面而来，有一种质朴美。“五四”时的著名散文家林语堂、周作人等，倡导一种“读者如闻其声，听语如见其人”的谈话风，这大概就是那一种了。

当然不同的作者语言风格不同，或丰厚、或俏拔、或幽默、或简练不一而足，读者在阅读时认真体味，总会有所收获，有所启发。如余光中《听听那冷雨》，写得婉转缠绵，别有一番韵味，其中有几句写到："雨"字，点点滴滴，滂滂沱沱，淅淅沥沥，一切云情雨意，就宛然其中了。读来令人觉得似乎是在消受一种雨的淋淋漓漓、淅淅沥沥，体会一种雨的形感与质感，作者充分利用了汉字双声叠韵的特点，将古诗言语的组合方式化用入文，叠字连绵，雨态、雨情、雨声全融汇在一起，给人一种别样的美感。又如周晓枫的《鸟群》，作者时而用诗一般的语言创造一种富有蕴涵和意境的美质，时而如做杂文，嬉笑怒骂，入木三分，时而寓庄于谐，亦庄亦谐，在轻松幽默中抒写深沉的忧愤，尖刻犀利。

经常读一些好的散文，不仅可以丰富知识、开阔眼界，培养高尚的思想情操，还可以从中学习选材立意、谋篇布局和选词造句的技巧，提高自己的语言表达能力。

（三）欣赏散文中多种表现手法的运用

散文以叙述描写为主，叙述方式多样，倒叙、顺叙、插叙、补叙等，常常使所要表达的内容真实生动。在叙述过程中往往还要进行人叙述人称的转换、叙述方式的转换、及叙述技巧的转换。描写时可以白描、工笔细描，作者常常借助多种修辞手法，如比喻、象征、拟人、通感、夸张等，来充分展示所描写的对象，给人以鲜明的印象。如朱自清的《荷塘月色》中写"月下荷塘"与"塘上月色"两段文字，运用多种修辞手法，把月下荷塘与塘上月色写得朦胧幽美。

第二节　中国古代散文欣赏

郑伯克段于鄢[1]

《左传》

初，郑武公娶于申[2]，曰武姜。生庄公及共叔段。庄公寤生[3]，惊姜氏，故名曰寤生，遂恶之[4]。爱共叔段，欲立之，亟请于武公[5]，公弗许。

及庄公即位，为之请制[6]。公曰："制，岩邑也[7]，虢叔死焉[8]，佗邑唯命[9]。"请京，使居之，谓之京城大叔[10]。祭仲曰[11]："都城过百雉[12]，国之害也。先王之制，大都，不过参国之一[13]；中，五之一；小，九之一。今京不度[14]，非制也，君将不堪[15]。"公曰："姜氏欲之，焉辟害[16]？"对曰："姜氏何厌之有[17]！不如早为之所[18]，无使滋蔓[19]。蔓，难图也[20]。蔓草犹不可除，况君之宠弟乎？"公曰："多行不义必自毙[21]，子姑待之[22]。"

既而大叔命西鄙、北鄙贰于己[23]。公子吕曰[24]："国不堪贰[25]，君将若之何？欲与大叔，臣请事之。若弗与，则请除之，无生民心[26]。”公曰：“无庸[27]，将自及[28]。”大叔又收贰以为己邑，至于廪延[29]。子封曰：“可矣。厚将得众[30]。”公曰：“不义不昵[31]，厚将崩。”

大叔完聚[32]，缮甲兵[33]，具卒乘[34]，将袭郑。夫人将启之[35]。公闻其期，曰：“可矣。”命子封帅车二百乘以伐京[36]。京叛大叔段，段入于鄢。公伐诸鄢。五月辛丑[37]，大叔出奔共。

遂置姜氏于城颍[38]，而誓之曰：“不及黄泉[39]，无相见也。”既而悔之。颍考叔为颍谷封人[40]，闻之，有献于公。公赐之食。食舍肉[41]。公问之，对曰：“小人有母，皆尝小人之食矣。未尝君之羹[42]，请以遗之[43]。”公曰：“尔有母遗，繄我独无[44]。”颍考叔曰：“敢问何谓也？”公语之故，且告之悔。对曰：“君何患焉？若阙地及泉[45]，隧而相见[46]，其谁曰不然？”公从之。公入而赋[47]：“大隧之中，其乐也融融[48]。”姜出而赋：“大隧之外，其乐也泄泄[49]。”遂为母子如初。

君子曰[50]：颍考叔，纯孝也[51]，爱其母，施及庄公[52]。《诗》曰：“孝子不匮，永锡尔类[53]。”其是之谓乎[54]。

（选自《左传 · 隐公元年》）

注释

[1]郑伯克段于鄢：此是《春秋》经文中的一句，用为标题，意思是：郑庄公在鄢这个地方打败了共叔段。郑，姬姓封国，在今河南新郑一带，为伯爵之国，故国君称伯，此指郑庄公。克：战胜。段，共叔段，庄公之弟。鄢，郑国地名，今河南鄢陵县。[2]娶于申：娶妻于申国。申，姜姓国，在今河南南阳县北。[3]寤生：胎儿出生时脚先出来，即难产。寤：通“忤”，逆，倒着。[4]恶（wù）：厌恶。[5]亟（qì）：屡次。（6）制：地名，在今河南荥阳汜水镇西北。[7]岩邑：险要的城邑。[8]虢（guó）叔：东虢国君。东虢为郑武公所灭，虢叔死在这个地方。[9]佗邑：别的城邑。佗：同“他”。唯命：“唯命是从”的省略。[10]京：郑国邑名，在今河南荥阳县东南。大（tài）叔：时人对段的尊称。[11]祭（zhài）仲：郑国大夫。[12]雉（zhì）：古代度量单位，城墙长三丈高一丈为一雉。[13]参（cān）国之一：国都的三分之一。参：同“三”。国，国都。春秋时代侯伯的城墙方五里，计三百雉，大都不过其三分之一，故不能超过百雉。[14]不度：不合法度。[15]不堪：不能忍受。这里有控制不住的意思。[16]辟：同“避”，避免。[17]厌：同“餍”，满足。[18]为之所：给他安排个地方。为，安排。所，处所。[19]滋蔓：滋长蔓延。[20]图：图谋，谋取。[21]毙：跌倒，倒下去。[22]子姑待之：你姑且等待这件事的发展。子，对人的尊称。姑，姑且，暂且。[23]既而：不久。鄙：边邑。贰于己：指本来属于一个人，现在属于两个人。贰，两属。[24]公子吕：郑大夫，字子封。[25]国不堪贰：国家受不了两属的情况。[26]无生民心：不要使民生二心。[27]无庸：不用，指用不着动手。[28]自及：自己赶上（灾祸），指自取灭亡。及，到，赶上。[29]廪（lǐn）延：地名，在今河南延津县北。[30]厚：大，多。指领地扩大。众：指百姓。[31]不义不昵：对君不义，对兄不亲。一说，多行不义，别人就不会亲近他。[32]完聚：指修好城郭，聚集民众。[33]缮：修补，整治。甲：铠甲。兵：兵器。[34]具：准备。卒：步兵。乘（shèng）：战车。[35]夫人：指武姜。启之：为他打开城门，即作内应。[36]帅：同“率”率领，带领。[37]五月辛丑：指鲁隐公元年五月二十三日。辛丑，干支纪日。古人用十天干

和十二地支相配，用以纪日。[38]置：安置，这里有幽禁的意思。城颍：地名，在今河南临颍县西北。[39]黄泉：地下的泉水，指人死后埋葬的地方。[40]颍谷：郑国边邑，在今河南登封县西南。封人：官名，掌管土地疆界。[41]食舍肉：吃的时候把肉放在一边。[42]羹（gēng）：带汁的肉。[43]遗（wèi）：赠，送给。[44]繄（yī）：语助词。[45]阙（jué）：同“掘”，挖掘。[46]隧：隧道。这里用作动词，指挖掘隧道。[47]赋：吟诵，这里为赋诗。[48]融融：和睦快乐的样子。[49]泄泄（yì）：舒畅愉快的样子。[50]君子曰：《左传》中作者用以发表议论的方式。[51]纯：纯正，纯粹。[52]施（yì）：延及，推及。[53]“孝子”二句：出自《诗经·大雅·既醉》。意思是说，孝子的孝心没有穷尽，长久的赐给你的同类。匮（kuì），尽。锡，赐给，赏赐。[54]“其是”句：大概说的就是这种情况吧。其，语气词，表示揣测。是之谓，即谓是。

作品简介

《左传》又称《左氏春秋》、《春秋左氏传》，相传为春秋末年鲁国史官左丘明所编著，大约成书于战国初年。它是我国第一部叙事详细完备的编年史著，记录了鲁隐公元年（前772）至鲁哀公27年（前468）二百多年间各诸侯国的政治、经济、军事、文化、外交等方面的重大事件，着重记叙了诸侯列国之间的矛盾斗争。

《左传》是我国古代历史散文的典范，它记叙线索分明，取材详略得当，条理清晰，尤其善于通过细节描写战争、刻画人物，笔法多变，语言凝练，对后代文学、史学和语言的发展产生了很大的影响。

赏析

本篇选自《左传·隐公元年》，记叙了庄公与其弟共叔段之间争夺君位，致使矛盾不断激化，最终兵戎相见，兄弟骨肉相残的历史事件，反映了当时统治阶级内部斗争的残酷，同时也暴露了封建伦理道德的虚伪。

全篇可分三个层次，第一层交代了斗争的起因，写郑庄公与共叔段矛盾的由来和现状，由最初的君位继承权的争夺发展到后来领土和势力的暗中争斗，表现了姜氏偏私任性的性格特征；第二层写共叔段不断扩张势力，郑庄公等待时机，最终出兵击败共叔段，着力刻画了庄公老谋深算、阴险虚伪的奸雄形象；最后一层写郑庄公断绝与姜氏的关系，既而后悔，在颍考叔的帮助下，庄公母子重新和好，表现了庄公的虚伪狡诈。

本文集中体现了《左传》长于叙事的特点，注意叙述事件的全过程，探究事情发展的前因后果。作者用顺序、追叙和补叙的表达方法，将整个事件发生的时间、地点、人物及事件的起因、发展、结局，都交代得清清楚楚，而且叙述层次分明，详略有致，带有明显的故事化倾向。在简洁、明晰的记叙中，深刻地揭露了春秋时期统治阶级内部为争夺权力进行的激烈而又残酷的斗争。

文章在刻画人物方面也极为成功。全文着力刻画了两个人物庄公与武姜，他们都在激烈的矛盾冲突中表现出鲜明的性格特征。郑庄公是本文的中心人物，他老谋深算，胸有成竹，一手导演了事件的全过程。作者对他的刻画，主要是通过一系列的对话来表现的。文中几次记述共叔段扩张势力、准备叛乱的动向，郑庄公的态度都是以极其简短的对话来表达的：“多行不义必自毙，子姑待之”、“无庸，将自及”、“不义不昵，厚将崩”、“可矣”，这么简洁的四句话，果断而冷静，把郑庄公老谋深算、凶狠毒辣的性格特点生动地描摹了出来。他从一开始就识破了共叔段的计谋，而且始终站在所谓“义”的立场上，掌握着事件的主动权。他欲擒故纵，表面上豁达大度、宽厚仁慈，而实际上却是在步步诱导其弟共叔段将兵叛乱，以便使自己有借口讨伐，将其弟逐出郑国。最后郑庄公与其母亲姜氏相见的戏剧性场面，更暴露他虚伪狡诈的性格。姜氏是一个乖戾昏聩、偏私任性的人物形象，她长期生活在富贵安逸的环境中，因难产受惊而嫉恨儿子几十年，已可见她的自私，她参与了小儿子的阴谋，想帮他夺取君位，又可见其偏心到达了多么可怕的程度。但最终她又不得不扮演慈母的角色，依附于长子。封建伦理道德的虚伪在庄公母子的丑剧中得到了充分暴露。其他几个人物，如共叔段的贪得无厌、狂妄愚蠢，祭仲的忠厚老成，公子吕的忠诚直率，颍考叔的机敏聪慧等，都表现得十分鲜明生动。

应该指出的是，作品对所有人物的刻画，还只是侧重描写了其性格要素的某一方面，并且带有明显的政治倾向，而作者的褒贬态度正是从这种倾向性中表现出来的。

秋　水[2]（节选）

庄　子

秋水时至[2]，百川灌河。泾流之大[3]，两涘渚崖之间[4]，不辩牛马[5]。于是焉河伯欣然自喜[6]，以天下之美为尽在己。顺流而东行，至于北海，东面而视，不见水端。于是焉河伯始旋其面目[7]，望洋向若而叹曰[8]：“野语有之曰[9]，‘闻道百[10]，以为莫己若’者[11]，我之谓也。且夫我尝闻少仲尼之闻而轻伯夷之义者[12]，始吾弗信。今我睹子之难穷也，吾非至于子之门，则殆矣[13]，吾长见笑于大方之家[14]。”

北海若曰：“井蛙不可以语于海者[15]，拘于虚也[16]；夏虫不可以语于冰者，笃于时也[17]；曲士不可以语于道者[18]，束于教也[19]。今尔出于崖涘，观于大海，乃知尔丑，尔将可与语大理矣。天下之水，莫大于海。万川归之，不知何时止而不盈[20]；尾闾泄之[21]，不知何时已而不虚[22]；春秋不变，水旱不知。此其过江河之流[23]，不可为量数[24]。而吾未尝以此自多者，自以比形于天地[25]，而受气于阴阳，吾在于天地之间，犹小石小木之在大山也。方存乎见少[26]，又奚以自多[27]！计四海之在天地之间也，不似礨空之在大泽乎[28]？计中国之在海内[29]，不似稊米之在大仓乎[30]？号物之数谓之万[31]，人处一焉[32]；人卒九州[33]，谷食之所生，舟车之所通，人处一焉[34]。此其比万物也，不似豪末之在于马体乎[35]？五帝之所连[36]，三王之所争[37]，仁人之所忧，任士之所劳[38]，尽此矣！伯夷辞之以为名[39]，仲尼语之以为博[40]，此其自多也；不似尔向之自多于水乎[41]？”

（选自《庄子·秋水》）

注释

[1]《秋水》一文由七部分组成，这里节选的是第一部分。[2]时：按时，按季节。[3]泾（jīng）流：直流的河水。泾，直，通。[4]两涘（sì）：河的两岸。渚（zhǔ）崖：水中小块陆地的岸沿。[5]辩：通“辨”，辨别。[6]河伯：黄河之神。[7]旋其面目：改变了他（原来欣然自喜）的面容。[8]望洋：翘首远望的样子。若：海神名，即下文的“北海若”。[9]野语：俗语，谚语。[10]闻道百：听过一百种道理。[11]莫己若：即“莫若己”，没有人比得上自己。[12]少（shaǒ）：轻视，瞧不起。仲尼：孔子，字仲尼。伯夷：商代诸侯孤竹君的长子，与弟叔齐互让君位，一起逃亡到周。武王伐纣，伯夷、叔齐劝阻，认为臣弑君是不义之举。商亡后，兄弟隐于首阳山，不食周粟而死。[13]殆：危险。[14]大方之家：学识修养高的人。[15]以：与。语：谈论。[16]拘：拘束，局限。虚：同“墟”，居所。[17]笃：固定，限制。时：时令，季节。[18]曲士：指见识浅陋之人。[19]束于教：受到所受教育的束缚。束，捆，约束。[20]止：停止。盈：满。[21]尾闾：传说中排泄海水的地方。[22]已：停止。虚：虚空。[23]“此其”句：大海的容水量超过了长江、黄河的水量。过，超过。[24]量数（shǔ）：测量计算。[25]“自以”句：我自知列身于天地间。[26]方存乎见少：正想着自己见识太少。[27]奚以：何以，凭什么。[28]罍（lěi）空：小穴，小窟窿。[29]中国：中原地区。[30]稊（tí）米：一种草的籽粒。大（tài）仓：大粮仓。[31]号：称。[32]人处一：个人只是天下万物中的一类。[33]卒：尽，这里指遍布。[34]人处一：个人只是天下人中的一个。[35]豪末：毫毛的末梢。豪，同“毫”。[36]五帝：指传说中的黄帝、颛顼（zhuān xū）、帝喾（kù）、尧、舜。连：连续。[37]三王：指夏禹、商汤、周文王。[38]任士：以天下为己任的贤能之士。[39]“伯夷”句：伯夷以辞让君位而博取名声。[40]“仲尼”句：孔子以论说天下而显示知识渊博。[41]向：刚才。

作者简介

庄子（约公元前369～公元前286），名周，战国时宋国蒙（今河南商丘市东北）人，曾为蒙漆园吏。据说楚威王曾以千金聘其为相，庄子拒绝，后隐居，终老一生。庄子是继老子之后道家学派的主要代表。他主张顺应自然，提倡无为而无不为，既有合理因素，又有消极成分。

《庄子》三十三篇，其中《内篇》七篇，《外篇》十五篇，《杂篇》十一篇。一般认为《内篇》七篇可确认为庄子所作。庄子的文章多用寓言形式，行文汪洋恣肆，想像丰富，构思奇特，辞藻瑰丽，富有浪漫色彩，代表了先秦诸子散文的最高成就，对后世文学有深远的影响。

赏析

《秋水》是外篇之一，取篇首二字为题名，全篇七部分，这里节选的是“河伯七问”中的第一问。这一部分写河伯因秋水时至而自以为大，到了海边，看见了无边无际的大海，才觉得自己渺小。而北海若却认为自己“在天地之间，犹小石小木之在大山也”。文章在河伯的不知有大和北海若的知己之小的两相对照中，揭示出宇宙无限、知识无限的道理，启发人们不能囿于个人有限的见闻而自满，应该努力学习知识，永不满足。

庄子在这里探讨的是严肃而玄妙的哲学问题，但文章却没有枯燥的说教和论证，而是将抽象的哲理化为具体的形象，将不可道之道论说得鲜明清晰。以生动的寓言故事说明深奥的人生哲理，正是这篇散文的主要特点。文章别出心裁地虚构了一个河神与海神对话的寓言故事，以对话的方式展开说理、阐述观点。作者以其丰富的想像，用寓言故事进行说理，构思奇特，又极富幽默感，使庄子的散文具有极大的感染力，充满奇幻的浪漫主义色彩。

其次，作者善于对客观事物作细致的描绘。如文章在展开说理之前，先设置了一段形象的描写，写秋天大水的情景是“秋水时至，百川灌河。泾流之大，两涘渚崖之间，不辩牛马”，将秋雨到来时，沟满河平、百川奔流的景象，描写得气势磅礴，为下文河神的自以为大做好了铺垫。又如对大海“东面而视，不见水端”的描写，则为北海若的知己之小做了强烈的反衬。

再次，庄子还善于运用对比的手法，增强说理的效果。如“百川灌河”、“泾流之大，两涘渚崖之间，不辩牛马”的秋水暴涨的景象与“东面而视，不见水端”的北海汪洋浩瀚的景象构成对比，不仅说明了人不能自足于现状的道理，而且还显示了两种不同的认识境界。又如河伯先沾沾自喜，后卑微自谦的神态对比，河伯的自以为大与北海若的知己之小的对比，都增强了文章说理的形象性。

最后，庄子运用比喻的修辞手法来阐述深奥玄妙的哲理，而且所用比喻连类而及、层见叠出，使抽象的道理蕴涵于形象的比喻之中，引人联想，发人深思。如为了阐明人的认识要受到多方面的限制，庄子连用了井蛙“拘于虚”、夏虫“笃于时”、曲士“束于教”三个比喻；在论述宇宙无限、知识无限时，又连用了“犹小石小木之在大山也”、“似礨空之在大泽”、“似稊米之在大仓”、“似豪末之在于马体”四组比喻。比喻手法的使用，使文章所说明的道理形象生动，极有说服力。

此外，本文的论证层次也极具特色，庄子运用由小到大、再由大到小的层层推进的论证方法，比如先说河，再说海，再说到天地万物，这是由小到大的过程；由天地到四海再到中国，由万物到人类再到个人，这是由大到小的过程。这种顺序，使论证层次十分清晰，而且使结论自然而然地呈现在读者面前，令人信服。再加上大量排比句与反问句的配合使用，造成了文章汪洋恣肆、铿锵有力的气势，强化了说理的力量，具有极强的感染力和说服力。

垓下之围

司马迁

项王军壁垓下[1]，兵少食尽，汉军及诸侯兵围之数重。夜闻汉军四面皆楚歌，项王乃大惊曰：“汉皆已得楚乎？是何楚人之多也！”项王则夜起，饮帐中。

有美人名虞，常幸从[2]；骏马名骓[3]，常骑之。于是项王乃悲歌慷慨，自为诗曰："力拔山兮气盖世，时不利兮骓不逝[4]。骓不逝兮可奈何，虞兮虞兮奈若何[5]！"歌数阕，美人和之[6]。项王泣数行下，左右皆泣，莫能仰视。

于是项王乃上马骑，麾下壮士骑从者八百余人[7]，直夜溃围南出[8]，驰走。平明[9]，汉军乃觉之，令骑将灌婴以五千骑追之。项王渡淮，骑能属者[10]，百余人耳。项王至阴陵[11]，迷失道，问一田父，田父绐曰[12]："左。"左，乃陷大泽中。以故汉追及之。项王乃复引兵而东，至东城[13]，乃有二十八骑。汉骑追者数千人。项王自度不得脱[14]，谓其骑曰："吾起兵至今，八岁矣，身七十余战，所当者破[15]，所击者服，未尝败北[16]，遂霸有天下。然今卒困于此，此天之亡我，非战之罪也。今日固决死[17]，愿为诸君快战，必三胜之，为诸君溃围，斩将，刈旗[18]，令诸君知天亡我，非战之罪也。"乃分其骑以为四队，四向。汉军围之数重。项王谓其骑曰："吾为公取彼一将。"令四面骑驰下，期山东为三处[19]。于是项王大呼驰下，汉军皆披靡[20]，遂斩汉一将。是时，赤泉侯为骑将[21]，追项王，项王嗔目而叱之[22]，赤泉侯人马俱惊，辟易数里[23]。与其骑会为三处。汉军不知项王所在，乃分军为三，复围之。项王乃驰，复斩汉一都尉，杀数十百人，复聚其骑，亡其两骑耳。乃谓其骑曰："何如？"骑皆伏曰[24]："如大王言！"

于是项王乃欲东渡乌江[25]。乌江亭长舣船待[26]，谓项王曰："江东虽小，地方千里，众数十万人，亦足王也。愿大王急渡。今独臣有船，汉军至，无以渡。"项王笑曰："天之亡我，我何渡为[27]！且籍与江东子弟八千人渡江而西，今无一人还，纵江东父兄怜而王我[28]，我何面目见之？纵彼不言，籍独不愧于心乎[29]？"乃谓亭长曰："吾知公长者。吾骑此马五岁，所当无敌，尝一日行千里，不忍杀之，以赐公。"乃令骑皆下马步行，持短兵接战。独籍所杀汉军数百人。项王身亦被十余创[30]，顾见汉骑司马吕马童[31]，曰："若非吾故人乎？"马童面之[32]，指王翳曰[33]："此项王也。"项王乃曰："吾闻汉购我头千金[34]，邑万户，吾为若德[35]。"乃自刎而死。

（选自《史记·项羽本纪》）

注释

[1]壁：营垒，这里用作动词，修营驻扎。垓（gāi）下：地名，在今安徽灵壁县。[2]幸从：受宠爱而跟随身边。[3]骓（zhuī）：毛色青白相间的马。[4]逝：奔跑。[5]奈若何：把你怎么安排。若，你。[6]阕：曲终。乐曲每终止一次为一阕。和（hè）：应和，跟着一同唱。[7]麾下：部下。麾，帅旗。[8]直夜：趁着夜色。溃围：突破包围。（9）平明：天亮。[10]骑能属者：能跟上他的骑兵。属，连接，此指跟随。[11]阴陵：地名，在今安徽定远县西北。[12]绐（dài）：欺骗。[13]东城：地名，在今安徽定远县东南。[14]度（duó）：揣测，估计。[15]所当者；所遇到的敌人。当，面对，遇上。[16]败北：战败，败逃。[17]固：本来。决死：必死无疑。决，必，一定。[18]刈（yì）：砍倒。[19]期：约定。山东：山的东面。为三处：分三个地方集合。[20]披靡：形容草木随风而倒，比喻汉军溃败的样子。[21]赤泉侯：汉将杨喜，后封赤泉侯。[22]嗔（chēn）目：瞪大眼睛。叱（chì）：大声呵斥。[23]辟易：

倒退，退避。[24]伏：通“服”，佩服。[25]乌江：乌江浦，在今安徽和县东北。[26]亭长：当时的乡官。舣（yí）：使船靠岸。[27]何渡为：渡何为，渡河干什么呢。[28]纵：即使。王（wàng）我：让我为王。上文“亦足王也”的“王”也读 wàng，称王。[29]独：岂，难道。[30]被：遭受。创（chuāng）：创伤。[31]顾见：回头看见。骑司马：骑兵将领的官名。吕马童：项羽旧部，后背楚归汉。[32]面：面对。[33]指王翳：把项王指给王翳看。王翳，汉将。[34]购：悬赏征求。[35]吾为若德：我给你个好处。

作者简介

司马迁（约前 145～前 87），字子长，夏阳（今陕西韩城）人，西汉伟大的史学家、文学家。少时好学，20 岁开始遍游大江南北。初任郎中，多次随武帝出游各地。38 岁时继其父司马谈之职任太史令，开始为撰写《史记》做准备，并于太初元年（前 104）开始编撰《史记》。天汉二年（前 99），因替李陵辩解，被下狱，受腐刑。出狱后，忍辱偷生，发奋著述，终于完成《史记》。

《史记》原名《太史公书》，是我国第一部纪传体通史，记载了上自黄帝，下至汉武帝太初年间约三千年的历史。全书 130 篇，包括“本纪”十二篇，“表”十篇，“书”八篇，“世家”三十篇，“列传”七十篇。在《史记》中，司马迁开创了以历史人物为中心的传记文学，刻画了一大批性格鲜明的人物形象，见解深刻，语言生动。《史记》既是一部伟大的历史著作，也是一部伟大的文学著作，对我国后世文学产生了深远的影响。

赏析

本篇选自《史记·项羽本纪》，《项羽本纪》是《史记》人物传记中最富有文学色彩的篇章之一。有人把《史记》誉为悲剧英雄的画廊，而西楚霸王项羽则是悲剧群像中的典型，司马迁不以成败论英雄，打破了“成者王侯败者寇”的统治阶级的历史偏见，怀着喜爱、同情、敬重、惋惜等复杂的情感，塑造了这么一位失败的英雄，充分肯定了项羽在亡秦事业中的巨大功绩，以尊重客观事实的态度，将这位一度控制全国政权的“西楚霸王”列入了“本纪”。本文就记叙了这位悲剧英雄在最后时刻的英雄风采。

本文由垓下之围、东城快战、乌江自刎三个场面组成。这些场面包括了四面楚歌、霸王别姬、阴陵失道、东城快战、东城溃围、拒渡赠马、赐头故人等一连串惊心动魄的情节，从多侧面、多层次地表现了项羽在成败垂危的情势之下，重情重义、淳朴仁慈、勇猛善战、恃勇自负等多种性格特征。司马迁怀着满腔激情，运用史实、传说和想像，传写了项羽的穷途末路，不断丰富和发展了他的性格，取得了可歌可泣的艺术效果。

本文最突出的艺术特点是塑造了丰富饱满、生动鲜明的人物形象。作者善于从多角度、多层面，运用多种方法表现人物的思想性格和特征。作品尽力避免一般梗概地叙述，而是抓住主要事件，具体细致地描写人物的活动，使其外在形象和内心世界都展现得十分突出，从而使人物形象浑厚而富于立体感。“东城快战”这一情节，通过具体的战斗场面的描写，主要表现项羽能征善战、勇猛无敌的主导性格，但其中“天之亡我”的反复陈述，又充分暴露了他恃勇自负的性格弱点。而霸王别姬、拒渡赠马、赐头故人等情节的描写又充分展示了人物内心世界中多情重义、淳朴仁爱的一面。

其次，本文在语言表达上也极富于特色。作者善于用符合人物身份的语言来表现人物的神情态度和性格特点。文中项羽曾多次述说“天之亡我，非战之罪”，语气极为自负，可以想见他恃勇自负的性格；而“今日固决死，愿为诸君快战，必三胜之，为诸君溃围，斩将，刈旗”，则鲜明的表现出项羽勇猛强悍的性格；“籍与江东子弟八千人渡江而西，今无一人还，纵江东父兄怜而王我，我何面目见之？纵彼不言，籍独不愧于心乎”一语则体现了项羽重情重义、真诚淳朴的性格。这些语言生动地表现了人物复杂的性格特征，自然真切，使文章达到了雄奇悲壮的美学境界，令人荡气回肠。

钴鉧潭西小丘记

柳宗元

得西山后八日[1]，寻山口西北道二百步[2]，又得钴鉧潭。潭西二十五步，当湍而浚者为鱼梁[3]。梁之上有丘焉，生竹树。其石之突怒偃蹇[4]，负土而出[5]，争为奇状者，殆不可数[6]。其嵚然相累而下者[7]，若牛马之饮于溪；其冲然角列而上者[8]，若熊罴之登于山。

丘之小不能一亩[9]，可以笼而有之[10]。问其主，曰：“唐氏之弃地，货而不售[11]。”问其价，曰：“止四百。”余怜而售之[12]。李深源、元克己时同游[13]，皆大喜，出自意外。即更取器用[14]，铲刈秽草[15]，伐去恶木，烈火而焚之[16]。嘉木立，美竹露，奇石显。由其中以望，则山之高，云之浮，溪之流，鸟兽鱼之遨游，举熙熙然回巧献技[17]，以效兹丘之下[18]。枕席而卧，则清泠之状与目谋[19]，潛潛之声与耳谋[20]，悠然而虚者与神谋[21]，渊然而静者与心谋[22]。不匝旬而得异地者二[23]，虽古好事之士，或未能至焉。

噫！以兹丘之胜，致之沣、镐、鄠、杜[24]，则贵游之士争买者，日增千金而愈不可得。今弃是州也，农夫、渔父过而陋之。贾四百[25]，连岁不能售。而我与深源、克己独喜得之，是其果有遭乎[26]？书于石，所以贺兹丘之遭也。

（选自《中国古代文学》）

注释

[1]得：访得，发现。西山：在永州（今湖南零陵）城西五里。[2]寻：沿着，顺着。道：用作动词，在道路上行走，即步行。[3]湍（tuān）：水流势迅急。浚（jùn）：深。鱼梁：阻水捕鱼的堰，中间留有空洞，装上鱼笼可以捕鱼。[4]突怒偃蹇（yǎn jiǎn）：形容怪石嶙峋。突怒，突起耸立的样子。偃蹇，盘曲高耸的样子。[5]负土：指石头上有土。[6]殆：几乎，差不多。[7]嵚（qīn）然：石头高耸的样子。相累而下：指石头堆叠而下。[8]冲然：向前突

出的样子。角列而上：指石头像兽角一样排列而上。[9]不能：不足，不到。[10]笼而有之：把小丘装在笼子里。笼，作动词用，装入笼中。[11]货而不售：标价出售却卖不出去。货，出卖。售，卖出。[12]怜：喜爱。售之：使之售出，即把它买下。[13]李深源、元克己：柳宗元的朋友，此时同贬永州。[14]更取器用：轮流拿工具使用。更，轮流更替。器用，指割草、伐木的工具。[15]刈：割。秽草：荒草。 [16]烈火：使火烧得炽烈。烈，使动用法。[17]举：全。熙熙然：和谐欢乐的样子。回巧献技：运用智巧，献出技艺。技，技艺，本事。[18]效：呈献。[19]清泠（líng）：清澈明净。谋：计议。这里是接触、遇合的意思。[20]瀯瀯（yíng）：形容水流的声音。[21]悠然而虚：悠远空阔的境界。[22]渊然而静：深沉宁静的境界。[23]不匝旬：不满十天。匝，周，遍。旬，十天。异地者二：两处风景奇异的地方，指西山和钴鉧潭西小丘。异地，奇异的地方。[24]致之：把它移到。沣（fēng）、镐（hào）、鄠（hù）、杜：都是地名，这四个地方都在长安附近，是当时贵族居住的地方。[25]贾：同“价”。[26]遭：遭遇，机遇。指碰到赏识的人。

作者简介

柳宗元（773～819），字子厚，河东（今山西永济）人，世称柳河东，官终柳州刺史，故亦称柳柳州。少有文名，21 岁中进士。他曾积极参加王叔文革新朝政的活动，失败后，被贬为永州司马，后调任柳州刺史，病逝于任所。

在文学上，他和韩愈同是古文运动的倡导者，唐宋八大家之一。其文学主张与韩愈相近，和韩愈并称“韩柳”。散文中山水游记清新优美，富有诗情画意，尤为后人称道。在诗歌创作上亦颇有成就，诗风峻峭明净，自成一家。有《柳河东集》。

赏析

柳宗元因参加王叔文政治革新运动失败，在唐顺宗永贞元年（805）被贬到永州，这使柳宗元深感失意，从此放浪形骸，寄情于山水之间，以排遣内心的郁闷，创作了不少山水游记，《永州八记》是备受人们传诵的名篇。本文是其中的第三篇，主要描写了钴鉧潭西小丘的胜景，写出了自己喜爱自然的心情，抒发了自己内心的感慨，表现了作者对现实中压抑人才的愤懑不平。

全文一共三个自然段，第一段写小丘的位置，着重描绘了小丘上千姿百态的嶙峋怪石。作者先是顺着行踪，目力所及，交代小丘的位置，很快作者就像一位高明的画家那样，生动传神地描绘了小丘上怪石的奇形怪状：“其嵚然相累而下者，若牛马之饮于溪；其冲然角列而上者，若熊罴之登于山。”这样在人们面前仿佛展开了一副景色优美的山水画。第二段写购买、修理小丘的经过，以及修整后小丘的美丽风光，抒发了作者赏识小丘的感受。这一段分三层来写，先写了购买到小丘“出自意外”。“唐人之弃地”一语双关，明指小丘，暗喻自己。第二层写小丘经过修理，“嘉木立，美竹露，奇石显”，一派迷人的风景。第三层写从小丘观望到的美丽风光及作者在这优美的景色中悠然自得的情怀。这一段通过小丘美好风景的描写，融情入景，以物喻人，抒发作者的内心感受。第三段抒发感慨，喜小丘的得人赏识，暗寓作者怀才见弃、沦落地方的惆怅。

这里作者感叹小丘之美，却为“唐之弃地”，“农夫、渔父过而陋之”，以此隐喻自己怀才不遇、被贬偏远之地的遭遇。最后以“贺小丘之遭”寄托了作者希望再度被起用，重新回到长安的愿望。

柳宗元的山水游记并不是单纯地去描摹景物，而是以全部感情去观照山水之后，借对自然的描述来抒发自己的感受。这篇游记散文突出地表现了作者善于选材，剪裁巧妙，融情入景的艺术技巧。文中不惜笔墨，浓墨重彩的描写了小丘上形态奇异的怪石和美竹嘉木，写得形象生动，细致入微，有景、有情，有动、有静，有声、有感，使整个景物动静结合，情景交融。这山水已不仅仅是一种视觉、听觉的客观对象，而是投射了作者情感的、活生生的亲切的自然。所以，他笔下的山水，都具有他所向往的高洁、幽静、清雅的情趣，也有他诗中孤寂、凄清、幽怨的格调。

此外，本文善于运用比拟手法，把静物动化，既“肖其貌”又“传其神”，使静止不动的怪石活动起来，极有情致。如写小丘上石头的形态，用人的神情意态、用鸟兽的动作神态来比拟，就把静止不动的石头写的能“负”能“争”，能“上”能“下”，能“饮”能“登”，这样写，使这些石头显得争奇斗胜，活灵活现。再如写登临小丘所见高山、浮云、溪流、鸟兽无不生机盎然，使作者的目、耳、神、心皆与之谋，让这些景物具有了与人相遇合的灵气。作者在文中抒发感慨，语意双关，使文章言尽而意不尽。

待漏院记

王禹偁

天道不言[1]，而品物亨、岁功成者[2]，何谓也？四时之吏[3]，五行之佐[4]，宣其气矣[5]。圣人不言[6]，而百姓亲、万邦宁者，何谓也？三公论道[7]，六卿分职[8]，张其教矣[9]。是知君逸于上，臣劳于下，法乎天也[10]。古之善相天下者[11]，自皋、夔至房、魏[12]，可数也。是不独有其德，亦皆务于勤尔。况夙兴夜寐，以事一人。卿大夫犹然，况宰相乎！

朝廷自国初，因旧制，设宰臣待漏院于丹凤门之右[13]，示勤政也。至若北阙向曙[14]，东方未明，相君启行[15]，煌煌火城[16]。相君至止，哕哕銮声[17]。金门未辟[18]，玉漏犹滴。撤盖下车，于焉以息[19]。待漏之际，相君其有思乎？

其或兆民未安[20]，思所泰之；四夷未附，思所来之；兵革未息，何以弭之[21]；田畴多芜，何以辟之；贤人在野，我将进之；佞臣立朝，我将斥之；六气不和[22]，灾眚荐至[23]，愿避位以禳之[24]；五刑未措[25]，欺诈日生，请修德以厘之[26]。忧心忡忡，待旦而入。九门既启，四聪甚迩[27]。相君言焉，时君纳焉。皇风于是乎清夷[28]，苍生以之而富庶。若然，总百官[29]，食万钱[30]，非幸也，宜也[31]。

其或私仇未复，思所逐之；旧恩未报，思所荣之；子女玉帛，何以致之；车马器玩，何以取之；奸人附势，我将陟之[32]；直士抗言，我将黜之；三时告灾[33]，上有忧色，构巧词以悦之；群吏弄法[34]，君闻怨言，进谄容以媚之。私心慆慆[35]，假寐而坐[36]。九门既开，重瞳屡回[37]。相君言焉，时君惑焉。政柄于是乎隳哉[38]，帝位以之而危矣。若然，则死下狱，投远方，非不幸也，亦宜也。

是知一国之政，万人之命，悬于宰相，可不慎欤！复有无毁无誉，旅进旅退[39]，窃位而苟禄，备员而全身者[40]，亦无所取焉。

棘寺小吏王禹偁为文[41]，请志院壁[42]，用规于执政者[43]。

（选自《中国古代文学》下册）

注释

[1]天道：指化育万物之大道。[2]品物：万物。亨：通达、顺利。岁功：一年农事的收获。[3]四时之吏：掌管四季的天神。上古设官，以四时为名，春官宗伯、夏官司马、秋官司寇、冬官司空，分管教育、军事、司法、财政等工作。[4]五行之佐：掌管五行（金、木、水、火、土）的天神。佐，辅佐。[5]宣：疏导。气：指阴阳四时之气。[6]圣人：指黄帝。[7]三公：宋代沿用汉唐旧制，以太尉、司徒、司空为三公。这里泛指主持朝政的最高长官。论道：讨论治国之道。[8]六卿：隋唐以后，吏、户、礼、兵、刑、工为六部尚书，也称六卿。这里泛指中央各部的长官。[9]张其教：发扬教化。[10]法乎天：取法于天道。乎，于。[11]相（xiàng）天下：辅佐皇帝，治理天下。[12]皋（gāo）、夔（kuí）：即皋陶（yáo）和后夔，都是舜时的贤臣。房、魏：房玄龄和魏征，唐太宗时的贤臣。[13]丹凤门：北宋汴京（今河南开封市）皇城的南门。[14]至若：至于。北阙：古代宫殿北面的门楼。这里指皇帝接见群臣议论政事的宫殿。向曙：天将亮。[15]相君：对宰相的尊称。[16]煌煌：光明的样子。火城：每大朝会，天未亮时百官已先集中在待漏院。而宰相后至，途中列烛多至数百支，谓之“火城”。宰相火城至，众官皆灭烛以避。火城是朝会时的火炬仪仗。[17]哕哕（huì）：象声词，形容徐缓而有节奏的铃声。[18]金门：汉代宫殿金马门的简称。这里借指宋朝宫门。辟：开。[19]于焉：在此。[20]其或：恐怕，或许，可能是。兆民：百姓。[21]弭：平息，消除。[22]六气不和：指气候反常，天时不正。六气，指阴、阳、风、雨、晦、明等六种自然现象。[23]灾眚（shěng）：灾祸。荐至：迭至，一次次地发生。[24]禳（ráng）：古代祈祷天神除邪消灾的祭祀活动。[25]五刑：古代五种刑罚。措：废除不用。[26]厘：治理，改正。[27]四聪：指能听到四面八方反映的人，就是国君。迩：近。[28]皇风：朝廷的政治风气。清夷：清明安定。[29]总：统领。[30]食万钱：指享受优厚的俸禄。[31]“非幸”二句：不是侥幸得来的，而是理应如此的。[32]陟（zhì）：进用，提拔。[33]三时：春、夏、秋三个农忙季节。[34]弄法：舞弊。[35]慆慆（tāo）：放纵无度。[36]假寐：和衣而睡，指打瞌睡。[37]重瞳：传说舜目有两个眸子，后世常以“重瞳”指天子。屡回：一再顾视。[38]隳（huī）：崩毁，毁坏。[39]旅：俱，共同。[40]备员而全身：虚充职位，保全身家。[41]棘寺：大理寺（古代掌管刑狱的最高机关）的别称。[42]志院壁：刻在院子的墙壁上。志，记。[43]规：劝诫。

作者简介

王禹偁（954～1001），字元之，巨野（今山东巨野）人，出身农家。太平兴国八年（983）进士，历官左司谏、知制诰、翰林学士。因敢言直谏，曾三次被贬官。最后被贬黄州（今湖北黄冈），迁蕲州（今湖北蕲春），病逝。

王禹偁是宋代诗文革新运动的先驱者之一。他反对晚唐、五代的浮艳文风，提倡文章学习韩愈、柳宗元，诗歌学习李白、杜甫、白居易。所作诗文风格平易，语言朴素清新，有不少同情民生疾苦、揭露社会黑暗的作品。有《小畜集》、《小畜外集》。

赏析

《待漏院记》是王禹偁为世人传诵的政论性篇章之一，作于宋太宗淳化(990~991)初年，作者时任大理寺评事。这是一篇充满政治色彩的政论文，以宰相于“待漏之际”的不同想法，将他们分为贤相、奸相、庸相三个类型，褒贬之意非常鲜明。文章旨在告诫宰相为政当勤，忠直无私，保国安民，而不应图谋私利，惑君乱政，或窃取高位，苟求厚禄，庸碌无为。反映了作者开明的政治主张和实现清明吏治的进步要求。

文章分三层意思。第一层为文章第一、二自然段，说明朝廷设置待漏院的目的，是“示勤政也”。文章一开篇先探究天道的运行规律，“圣人”的政治格局，借以导出宰相勤于政务的重要性与必要性，从而自然转到具有“示勤政”之意的待漏院，“勤政”成了文章的中心内容。第二层是文章的三、四、五自然段，作者总结了历史上贤相、奸相、庸相的情状，并加以曲折地描绘，义正词严，淋漓尽致。文章以“待漏之际，相君其有思乎”这个设问句作为过渡，围绕“待漏之际”宰相们的所思、所想，勾画了三种宰相各自不同的面孔与灵魂。最后一段为第三层，告诫执政者，以表明文章主旨。

本文最大的特点是构思缜密，脉络清晰，一气贯注，浑然天成。全文以“勤”字立说，由“勤”字引出待漏院，又于“待漏之际”生出“思”，由“思”的内容带出贤相、奸相、庸相的种种不同，从而以“慎”字收结，点明文章主旨。这样层层推进，使整篇文章的结构显得完整严密，中心集中而鲜明，具有很强的说服力。

其次，本文运用对比的手法，增强了表达效果。文章的第二层从不同宰相所“思”的不同内容引出了贤相与奸相的对比：贤者“忧心忡忡”于安黎民、抚四夷、息兵革、辟荒田、荐贤才、斥佞臣、禳灾眚、措五刑，而奸者“私心慆慆”于复私仇、报旧恩、敛财富、陟同党、斥异己、巧言谄媚取悦君王；贤者居高官食厚禄而无愧，奸者不保于自身。这两种人在思想上针锋相对，对权力与责任的理解和运用亦截然不同，他们最终的结果也就截然相反。作者用对比手法分别刻画二者的内心世界，表现他们对帝王乃至国家政事的不同影响，以及各自的结局，使得贤相与奸相势同水火的状态更为鲜明地呈现在读者眼前。

此外，本文的语言特色也十分突出。王禹偁是北宋倡导诗文革新的第一人，主张行文要明白晓畅，自然平易。《待漏院记》语言成就非常突出，语言表达明快平易而琅琅上口，充满节奏美、韵律美。如文章三、四段中，以四字句为主，不仅在意思上形成对比，在句式上也互为呼应，尤其以“之”字收尾的一系列句式，整齐匀称，给人对称的美感。

登泰山记

姚鼐

泰山之阳[1]，汶水西流[2]；其阴，济水东流[3]。阳谷皆入汶，阴谷皆入济。当其南北分者[4]，古长城也[5]。最高日观峰，在长城南十五里。

余以乾隆三十九年十二月，自京师乘风雪，历齐河、长清[6]，穿泰山西北谷，越长城之限[7]，至于泰安[8]。是月丁未[9]，与知府朱孝纯子颍由南麓登[10]。四十五里，道皆砌石为磴[11]，其级七千有余。泰山正南面有三谷，中谷绕泰安城下，郦道元所谓环水也[12]。余始循以入，道少半[13]，越中岭，复循西谷，遂至其巅。古时登山，循东谷入，道有天门[14]。东谷者，古谓之天门溪水，余所不至也。今所经中岭及山巅崖限当道者[15]，世皆谓之天门云。道中迷雾冰滑，磴几不可登。及既上，苍山负雪，明烛天南[16]，望晚日照城郭，汶水、徂徕如画[17]，而半山居雾若带然。

戊申晦[18]，五鼓[19]，与子颍坐日观亭，待日出。大风扬积雪击面。亭东自足下皆云漫。稍见云中白若樗蒱数十立者[20]，山也。极天云一线异色，须臾成五采，日上，正赤如丹[21]，下有红光动摇承之。或曰，此东海也[22]。回视日观以西峰，或得日、或否，绛皓驳色[23]，而皆若偻[24]。

亭西有岱祠[25]，又有碧霞元君祠[26]。皇帝行宫在碧霞元君祠东。是日，观道中石刻，自唐显庆以来[27]，其远古刻尽漫失[28]。僻不当道者[29]，皆不及往。

山多石，少土。石苍黑色，多平方，少圆。少杂树，多松，生石罅[30]，皆平顶。冰雪，无瀑水，无鸟兽音迹。至日观数里内，无树，而雪与人膝齐。

桐城姚鼐记。

（选自《中国文学》修订本）

注释

[1]阳：古时称山南为阳，山北为阴。[2]汶（wèn）水：即大汶河，发源于山东莱芜县东北的原山，向西南流经泰安。[3]济水：也叫沇（yǔn）水，发源于河南济源西的王屋山，流经山东入渤海。[4]当其南北分者：在南北两面山谷的分界处。[5]古长城：战国时齐国修筑的长城。[6]齐河、长清：皆山东省县名。[7]限：门槛。这里比喻长城横过泰山，像一道门槛。[8]泰安：今山东泰安市，清代为泰安府治所在。[9]是月丁未：指乾隆三十九年十二月二十八日。[10]朱孝纯子颍：朱孝纯，字子颍。乾隆年间进士，时任泰安府知府。是姚鼐的挚友。[11]磴（dèng）：石阶。[12]郦道元：字子善，北魏范阳（今河北省涿州市）人，地理学家。著有《水经注》。环水：指泰安的护城河。[13]道少半：走了一小半路。[14]道有天门：路上有天门。泰山有一天门、中天门、南天门。[15]崖限：像门槛一样横在路上的山崖。[16]明烛天南：雪光映照着南面的天空。烛，作动词用，照。[17]徂徕：山名，在今泰安城东南四十里。[18]戊申晦：指农历十二月二十九日。晦，农历每月的最后一天。[19]五鼓：五更，黎明之前。[20]樗蒱（chū pū）：古代赌博游戏用具，共有五子，以木制成，观其彩色来赌胜负。[21]正赤：大红。丹，朱砂。[22]东海：泛指东方的海。[23]绛皓驳色：红白两种颜色错杂。绛，红色。皓，白色。驳，杂。（24）皆若偻：都像弯腰曲背的样子。

[25]岱祠：东岳大帝的庙。东岳泰山又称岱宗、岱岳。[26]碧霞元君：女神，传说是东岳大帝的女儿。[27]显庆：唐高宗年号（656～660）。[28]漫失：磨灭消失。[29]僻不当道者：指偏僻不近路边的石刻。[30]罅（xià）：裂缝。

作者简介

姚鼐（1731～1815），字姬传，一字梦谷，其室名惜抱轩，故人称惜抱先生，安徽桐城人。姚鼐 20 岁中举人，33 岁（1763）中进士。历任山东、湖南乡试考官，会试同考官，刑部郎中，《四库全书》编修官。乾隆三十九年（1774）44 岁时辞官归里，专力古文创作，并先后主持江宁、扬州等地的书院，时间长达三十多年，广授门徒，大倡桐城派古文。

姚鼐是桐城派古文的主要作家之一，所作散文风格严整典雅，简洁凝练，在写作技巧上有一定成就。他主编的《古文辞类纂》流传广泛，对清代后期散文影响很大。主要著述有《惜抱轩全集》、《九经说》等。

赏析

本文是姚鼐于乾隆三十九年底（1774），同友人朱孝纯游览泰山之后写下的一篇游记散文，是姚鼐的代表作品。文章写出了泰山静穆庄严、雄伟壮丽的景色，表现了作者开阔的胸怀和对祖国壮丽河山的热爱。

全文分四个层次。第一层为第一自然段，写泰山的地理位置和周围环境。文章从泰山南北两面的汶水和济水写起，由两条河水的流向引出山谷，再由山谷写到古长城，最后写出在古长城南十五里的日观峰。这样由远及近，由低到高依次写来，有山有水，互相映衬，别有情致。作者从大处着眼，小处落笔，逐渐拉近视线，使日观峰清晰的出现在读者眼前。第二层是第二自然段，写登山的时间、路径和沿途所见。这一层按照时间的先后和登山的顺序来写，写了三个方面的内容：一是叙述了前往泰山的时间、出发时环境和途经之处，表达了作者急于登山的心情；二是记述登山的具体时间、同游者和登山的路线，描述了登山的过程，表现了登山的艰难和作者游兴之高昂，为下文登高所见埋下伏笔；三写登上泰山顶峰后极目远望所看到的景色：苍山、白雪、夕阳、城郭、流水、云雾，真是山清水秀，夕阳晚照，一派赏心悦目的迷人风光。第三层是第三自然段，着力描绘在日观峰看日出时所见到的壮丽景色。这里按照日出的顺序，写了四个细节。日出前，风大雪多，云雾弥漫，为日出渲染出一个壮阔的背景。接着用一“稍”字写出天空由暗转明，光线由“异彩”变“五彩”，作者用光线的变化写出日出前一刹那间的景色，给人极强的层次感；日出时，先是“正赤如丹”，用颜色给读者一鲜明的印象，而“下有红光动摇承之”，用红霞烘托旭日，景色极其雄伟壮丽；日出后，群峰“绛皓驳色，而皆如偻”，用周围山峰的色彩进一步衬托日出的景色无比瑰丽。第四层是文章最后三段，写山上的古迹和山间的自然景观。作者通过记述日观亭附近的祠庙及山下的古迹，点出泰山古老的历史和前人的游踪；又用“三多”、“三少”、“三无”概括归纳了泰山的环境特点，给人具体印象，与开头概括的描述遥相呼应。最后注明作者姓名。

记述重点突出、繁简得当是本文最突出的艺术特点。作者善于选材，使文章主次分明，脉络清晰。全篇仅数百字，但所记内容却很丰富。作者重点是写登泰山观日出，因此与这一中心无关的、或关系不大的内容，有的一概舍弃，有的一笔带过。如写出京师到泰山的一路经历，只一笔带过。而下山过程只字未提，只简略写了道中所见的名胜古迹。但对登山过程，文章却写得很详细。观日出是全文重点，作者不惜笔墨，详加描写，细致入微，又能寓细密于简洁。如对日出总体形象的描写极为具体细致，从不同角度着墨，动静结合，五彩缤纷，使日出的景色显得巍巍壮观；而对这一景色中的每个组成部分，如风、云、日、海、山等，却写得极其简约。这种严整典雅的特点，正是桐城派散文的主要风格。

善于抓住景物特点，反复渲染是本文又一重要特点。作者抓住泰山高峻雄伟的特点，从各个方面进行渲染，如写山路有四十五里长、七千多石阶、站在山顶看到东海日出、“半山居雾”、西峰弯腰曲背等，都恰当地烘托了泰山之高。另外，作者还抓住冬季泰山的景物特点，极写泰山冰雪，如“苍山负雪”、“迷雾冰滑”、“大风扬积雪击面”、“雪与人漆齐”等景象，处处显示出泰山冬季的景色特点。

第三节　中国现当代散文欣赏

下　棋

梁实秋

有一种人我最不喜欢和他下棋，那便是太有涵养的人。杀死他一大块，或是抽了他一个车，他神色自若，不动火，不生气，好像是无关痛痒，使得你觉得索然寡味。君子无所争，下棋却是要争的。当你给对方一个严重威胁的时候，对方的头上青筋暴露，黄豆般的汗珠一颗颗的在额上陈列出来，或哭丧着脸作惨笑，或咕嘟着嘴作吃屎状，或抓耳挠腮，或大叫一声，或长吁短叹，或自怨自艾口中念念有词，或一串串的噎膈打个不休，或红头涨脸如关公，种种现象，不一而足，这时节你“行有余力”便可以点起一枝烟，或啜一碗茶，静静的欣赏对方的苦闷的象征。我想猎人追逐一只野兔的时候，其愉快大概略相仿佛。因此我悟出一点道理，和人下棋的时候，如果有机会使对方受窘，当然无所不用其极，如果被对方所窘，便努力做出不介意状，因为既然不能积极的给对方以苦痛，只好消极地减少对方的乐趣。

自古博弈并称，全是属于赌的一类，而且只是比“饱食终日无所用心”略胜一筹而已。不过弈虽小术，亦可以观人，相传有慢性人，见对方走当头炮，便左思右想，不知是跳左边的马好，还是跳右边的马好，想了半个钟头而迟迟不决，急得对方拱手认输。是有这样的慢性人，每一着都要考虑，而且是加慢的考虑，我常想这种人如加入龟兔竞赛，也必定可以获胜。也有性急的人，下棋如赛跑，噼噼啪啪，草草了事，这仍旧是饱食终日无所用心的一贯作风。下棋不能无争，争的范围有大有小，有斤斤计较而因小失大者，有不拘小节而眼观全局者，有短兵相接作生死斗者，有各自为战而旗鼓相当者，有赶尽杀绝一步不让者，有好勇斗狠同归于尽者，有一面下棋一面诮骂者，但最不幸的是争的范围超出了棋盘，而拳足交加。有下象棋者，久而无声响，排闼视之，阒不见人，原来他们是在门后角里扭做一团，一个人骑在另一个人的身上，在他的口里挖车呢。被挖者不敢出声，出声则口张，口张则车被挖回，挖回则必悔棋，悔棋则不得胜，这种认真的态度憨得可爱。我曾见过二人手谈，起先是坐着，神情潇洒，望之如神仙中人。俄而棋势吃紧，两人都站起来了，剑拔弩张，如斗鹌鹑，最后到了生死关头，两个人跳到桌子上去了！

笠翁《闲情偶寄》说弈棋不如观棋，因观者无得失心，观棋是有趣的事，如看斗牛、斗鸡、斗蟋蟀一般，但是观棋也有难过处，观棋不语是一种痛苦。喉间硬是痒得出奇，思一吐为快。看见一个人要入陷阱而不作声是几乎不可能的事，如果说得中肯，其中一个人要厌恨你，暗暗地骂一声“多嘴驴！”另一个人也不感激你，心想“难道我还不晓得这样走！”如果说得不中肯，两个人要一齐嗤之以鼻，“无见识奴！”如果根本不说，憋在心里，受病。所以有人于挨了一个耳光之后还要抚着热辣辣的嘴巴大呼“要抽车，要抽车！”

下棋只是为了消遣，其所以能使这样多人嗜此不疲者，是因为它颇合于人类好斗的本能，这是一种“斗智不斗力”的游戏。所以瓜棚豆架之下，与世无争的村夫野老不免一枰相对，消此永昼；闹市茶寮之中，常有闲阶级的人士下棋消遣，“不为无益之事，何以遣此有涯之生？”宦海里翻过身最后退隐东山的大人先生们，髀肉复生，而英雄无用武之地，也只好闲来对弈，了此残生，下棋全是“剩余精力”的发泄。人总是要斗的，总是要勾心斗角的和人争逐的。与其和人争权夺利，还不如在棋盘上多占几个官，与其招摇撞骗，还不如在棋盘上抽上一车。宋人笔记曾载有一段故事：“李讷仆射，性卞急，酷好奕棋，每下子安详，极于宽缓，往往躁怒作，家人辈则密以弈具陈于前，讷睹，便忻然改容，以取其子布弄，都忘其恚矣。”（《南部新书》）下棋，有没有这样陶冶性情之功，我不敢说，不过有人下起棋来确实是把性命都可置之度外。我有两个朋友下棋，警报作，不动声色，俄而弹落，棋子被震得在盘上跳荡，屋瓦乱飞，其中棋瘾较小者变色而起，被对方一把拉住：“你走！那就算是你输了。”此公深得棋中之趣。

（选自《梁实秋散文》）

作者简介

梁实秋（1903～1987）原籍浙江杭县，生于北京。学名梁治华，字实秋，一度以秋郎、子佳为笔名。著名文学评论家、散文家、翻译家。

1915年秋考入清华大学，在该校期间开始写作。第一篇翻译小说《药商的妻》1920年9月发表于《清华周刊》增刊第6期。第一篇散文诗《荷水池畔》发表于1921年5月28日《晨报》第7版。1923年毕业后赴美留学，1926年回国任教于南京东南大学。第二年到上海编辑《时事新报》副刊《青光》，同时与张禹九合编《苦茶》杂志。不久任暨南大学教授。后迁至台，历任台北师范学院英语系主任、英语教研所主任、文学院院长、国立编译馆馆长。代表作有《雅舍小品》、《雅舍谈吃》、《看云集》、《偏见集》、《秋室杂文》、长篇散文集《槐园梦忆》等。译有《莎士比亚全集》等。主编有《远东英汉大辞典》。

梁实秋散文集文人散文与学者散文的特点于一体，旁征博引，内涵丰盈，行文崇尚简洁，重视文调，追求“绚烂之极趋于平淡”的艺术境界，文调雅洁与感情渗入的有机统一。又因作者洞察人生百态，文笔机智闪烁，谐趣横生，严肃中见幽默，幽默中见文采。晚年怀念故人、思恋故土的散文更写得深沉浓郁，感人至深。

赏析

《下棋》是梁实秋散文中较有代表性的一篇，其显著特点之一，就是细致入微地写出了下棋、观棋和悟棋的独到而深刻的感受。下棋的最大乐趣在于自己局势有利时，静静地欣赏对方痛苦不堪的种种窘态。梁实秋先生一口气用了七个“或”字，把对方的窘态绘声绘色、惟妙惟肖地列举出来，使人如临其境，如闻其声。如“太有涵养的人”偏偏在重创面前装出一副满不在乎的样子，使人不禁“索然寡味”。无奈之中，只得在被对方困窘时以牙还牙，“努力做出不介意状”，“消极地减少对方的乐趣”。观棋的描写也同样细腻。人说“观棋不语真君子”，而事实上大多数人难于做到，梁实秋先生也不能免俗。然而脱俗的是，他居然用一句近似格言的警句写出这种感受：“观棋不语是一种痛苦。”为什么？两难呀！不出声是万万做不到的——“喉间硬是痒的出奇，思一吐为快”；出声也难——说得中肯，一个人骂你“多嘴驴”，另一个人也不感激你，“难道我还不晓得这样走？”说得不中肯，下棋的两个人会一起嗤之以鼻，同样挨骂。梁实秋先生能写出这种“人人心中有、个个笔下无”的极为深刻细腻的感受，启示读者，要写出好的散文，就必须从深入观察和体验生活入手。

《下棋》的另一个显著特点是语言流畅、生动、诙谐、风趣。细细体会，可以发现散文主要运用了以下几种手法：一是抓住典型细节进行漫画式的勾勒。例如描写一个人观棋时怎么也憋不住要说，挨了下棋人的耳光后，“还要抚着热辣辣的嘴巴大呼‘要抽车，要抽车！’”实在令人忍俊不禁。又例如写一个人要悔棋，另一个人不许悔时，他们“在门后角里扭做一团，一个人骑在另一个人的身上，在他的口里挖车呢。被挖者不敢出声，出声则口张，口张则车被挖回，挖回则必悔棋，悔棋则不得胜，这种认真的态度憨得可爱”，寥寥几笔，形神毕现，妙趣横生。二是准确地运用了对比、类比、排比、比喻、顶真等修辞手法。对七种下棋时窘态的描写，以棋观人时列举的种种类型的人物等，运用了排比的手法；说下棋时欣赏对方的窘态，与“猎人追逐一只野兔”的感觉相似，这是类比；说对方受窘时“红头涨脸如关公”，这是比喻；说两个人下棋时先是神情潇洒，“如神仙中人”，后棋势吃紧，便剑拔弩张，“如斗鹌鹑”，这是对比兼比喻；说悔棋之争时“被挖者不敢出声，出声则口张，口张则车被挖回，挖回则必悔棋，悔棋则不得胜”，这是顶真。以上种种手法的灵活运用，平添了散文流畅、生动、诙谐、风趣的语言个性。

秋　夜

鲁　迅

在我的后园，可以看见墙外有两株树，一株是枣树，还有一株也是枣树。

这上面的夜的天空，奇怪而高，我生平没有见过这样的奇怪而高的天空。他仿佛要离开人间而去，使人们仰面不再看见。然而现在却非常之蓝，闪闪地䀹着几十个星星的眼，冷眼。他的口角上现出微笑，似乎自以为大有深意，而将繁霜洒在我的园里的野花草上。

我不知道那些花草真叫什么名字，人们叫他们什么名字。我记得有一种开过极细小的粉红花，现在还开着，但是更极细小了，她在冷的夜气中，瑟缩地做梦，梦见春的到来，梦见秋的到来，梦见瘦的诗人将眼泪擦在她最末的花瓣上，告诉她秋虽然来，冬虽然来，而此后接着还是春，胡蝶乱飞，蜜蜂都唱起春词来了。她于是一笑，虽然颜色冻得红惨惨地，仍然瑟缩着。

枣树，他们简直落尽了叶子。先前，还有一两个孩子来了他们别人打剩的枣子，现在是一个也不剩了，连叶子也落尽了，他知道小粉红花的梦，秋后要有春；他也知道落叶的梦，春后还是秋。他简直落尽叶子，单剩干子，然而脱了当初满树是果实和叶子时候的弧形，欠伸得很舒服。但是，有几枝还低压着，护定他从打枣的竿梢所得的皮伤，而最直最长的几枝，却已默默地铁似的直刺着奇怪而高的天空，使天空闪闪地鬼䀹眼；直刺着天空中圆满的月亮，使月亮窘得发白。

鬼䀹眼的天空越加非常之蓝，不安了，仿佛想离去人间，避开枣树，只将月亮剩下。然而月亮也暗暗地躲到东边去了。而一无所有的干子，却仍然默默地铁似的直刺着奇怪而高的天空，一意要制他的死命，不管他各式各样地䀹着许多蛊惑的眼睛。

哇的一声，夜游的恶鸟飞过了。

我忽而听到夜半的笑声，吃吃地，似乎不愿意惊动睡着的人，然而四围的空气都应和着笑。夜半，没有别的人，我即刻听出这声音就在我嘴里，我也立即被这笑声所驱逐，回进自己的房。灯火的带子也即刻被我旋高了。

后窗的玻璃上丁丁地响，还有许多小飞虫乱撞。不多久，几个进来了，许是从窗纸的破孔进来的。他们一进个又在玻璃的灯罩上撞得了丁丁地响。一个从上面撞进去了，他于是遇到火，而且我以为这火是真的。两三个却休息在灯的纸罩上喘气。那罩是昨晚新换的罩，雪白的纸，折出波浪纹的叠痕，一角还画出一枝猩红色的栀子。

猩红的栀子开花时，枣树又要做小粉红花的梦，青葱地弯成弧形了……我又听到夜半的笑声；我赶紧砍断我的心绪，看那老在白纸罩上的小青虫，头大尾小，向日葵子似的，只有半粒小麦那么大，遍身的颜色苍翠得可爱，可怜。

我打一个呵欠，点起一支纸烟，喷出烟来，对着灯默默地敬奠这些苍翠精致的英雄们。

1924 年 9 月 15 日

（选自《野草》）

作者简介

鲁迅（1881～1936），原名周树人，字豫才，浙江绍兴人，中国现代伟大的文学家、思想家、革命家。鲁迅出生在浙江绍兴一个破落的大家庭里，幼年受过经书教育，青年时代受进化论、尼采超人哲学和托尔斯泰博爱思想的影响。1902 年去日本留学，原在仙台医学院学医，后从事文艺工作，企图用以改变国民精神。1909 年，与其弟周作人一起合译《域外小说集》，介绍外国文学，同年回国，先后在杭州、绍兴任教。辛亥革命后，曾在南京临时政府和北京政府教育部任职，并在北京大学、女子师范大学等校授课。1918 年 5 月，首次用“鲁迅”的笔名，发表中国现代文学史上第一篇白话小说《狂人日记》，1918 年到 1926 年间，陆续创作出版了小说集《呐喊》、《彷徨》、论文集《坟》、散文诗集《野草》、散文集《朝花夕拾》、杂文集《热风》、《华盖集》、《华盖集续编》等专集。其中，1921 年 12 月发表的中篇小说《阿 Q 正传》，是中国现代文学史上的不朽杰作。1926 年 8 月，因支持北京学生爱国运动，为北洋军阀政府所通缉，南下到厦门大学任中文系主任。1927 年 1 月，到当时的革命中心广州，在中山大学任教。1927 年 10 月到达上海，从 1927 年到 1936 年，创作了历史小说集《故事新编》中的大部分作品，大量的杂文收辑在《而已集》、《三闲集》、《二心集》、《南腔北调集》、《伪自由书》、《准风月谈》、《花边文学》、《且介亭杂文》、《且介亭杂文二编》、《且介亭杂文末编》、《集外集》和《集外集拾遗》等专集中。

赏析

这是一篇寓意深刻、意境独特的散文。作者以象征的手法，借景抒情，托物言志，寄托了自己与黑暗势力抗争，在艰难中顽强求索的精神。其思想性、艺术性结合得十分完美。

本篇文章意境冷寂而深邃，“奇怪而高”的天空，映着冷眼的星星，洒在野花草上的繁霜，夜游的恶鸟……”这一切，构成了一个清冷肃杀又似乎大有深意的秋夜。作者为自己所写的秋夜所选定的景物，均是冷峻、清寂、肃穆的。它们以静态居多，静态中往往突然杂以鲜明的动态，肃穆、冷寂、深邃的意境更突出了。比如在一系列静态的描写之后，突然笔锋一转：“哇一声，夜游的恶鸟飞过了。”这样收到了“鸟鸣山更幽”的效果。

其次是复杂心绪的成功表现。贯穿文章始末的既孤独又悲壮、既彷徨又执着、既虚幻又清醒的心绪，作者善于运用象征手法、借景抒情、借物言志、借客体的氛围传达主体的心绪。文中那脱尽了叶子，“默默地铁似的直刺天空的树”，那知道“秋后要有春”的小粉红花，做着“春后还有秋”的梦的落叶，那“夜游的恶鸟”，那“夜半的笑声”，还有那“遍身的颜色苍翠得可爱、可怜”的小青虫，无一不浸透了作家的情感，无一不在默默传达着作家的心声。这些浓烈的感情与心声，和那冷漠、高远、深邃的秋夜相糅合、相呼应，既协调又互为映衬，造成了一种具有复合之美的丰满、多棱、立体的美学效果。

昆明的雨

汪曾祺

宁坤要我给他画一张画，要有昆明的特点。我想了一些时候，画了一幅：右上角画了一片倒挂着的浓绿的仙人掌，末端开出一朵金黄色的花；左下画了几朵青头菌和牛肝菌。题了这样几行字：“昆明人家常于门头挂仙人掌一片以辟邪，仙人掌悬空倒挂，尚能存活开花。于此可见仙人掌生命之顽强，亦可见昆明雨季空气之湿润。雨季则有青头菌、牛肝菌，味极鲜腴。”我想念昆明的雨。

我以前不知道有所谓雨季。“雨季”，是到昆明以后才有了具体感受的。

我不记得昆明的雨季有多长，从几月到几月，好像是相当长的。但是并不使人厌烦。因为是下下停停、停停下下，不是连绵不断，下起来没完。而且并不使人气闷。我觉得昆明雨季气压不低，人很舒服。

昆明的雨季是明亮的、丰满的，使人动情的。城春草木深，孟夏草木长。昆明的雨季，是浓绿的。草木的枝叶里的水分都到了饱和状态，显示出过分的、近于夸张的旺盛。

我的那张画是写实的。我确实亲眼看见过倒挂着还能开花的仙人掌。旧日昆明人家门头上用以辟邪的多是这样一些东西：一面小镜子，周围画着八卦，下面便是一片仙人掌，——在仙人掌上扎一个洞，用麻线穿了，挂在钉子上。昆明仙人掌多，且极肥大。有些人家在菜园的周围种了一圈仙人掌以代替篱笆。——种了仙人掌，猪羊便不敢进园吃菜了。仙人掌有刺，猪和羊怕扎。

昆明菌子极多。雨季逛菜市场，随时可以看到各种菌子。最多，也最便宜的是牛肝菌。牛肝菌下来的时候，家家饭馆卖炒牛肝菌，连西南联大食堂的桌子上都可以有一碗。牛肝菌色如牛肝，滑，嫩，鲜，香，很好吃。炒牛肝菌须多放蒜，否则容易使人晕倒。青头菌比牛肝菌略贵。这种菌子炒熟了也还是浅绿色的，格调比牛肝菌高。菌中之王是鸡土从，味道鲜浓，无可方比。鸡土从是名贵的山珍，但并不真的贵得惊人。一盘红烧鸡土从的价钱和一碗黄焖鸡不相上下，因为这东西在云南并不难得。有一个笑话：有人从昆明坐火车到呈贡，在车上看到地上有一棵鸡土从，他跳下去把鸡土从捡了，紧赶两步，还能爬上火车。这笑话用意在说明昆明到呈贡的火车之慢，但也说明鸡土从随处可见。有一种菌子，中吃不中看，叫做干巴菌。乍一看那样子，真叫人怀疑：这种东西也能吃？颜色深褐带绿，有点像一堆半干的牛粪或一个被踩破了的马蜂窝。里头还有许多草茎、松毛、乱七八糟！可是下点功夫，把草茎松毛择净，撕成蟹腿肉粗细的丝，和青辣椒同炒，入口便会使你张目结舌：这东西这么好吃？还有一种菌子，中看不中吃，叫鸡油菌。都是一般大小，有一块银圆那样大，的溜圆，颜色浅黄，恰似鸡油一样。这种菌子只能做菜时配色用，没甚味道。

雨季的果子，是杨梅。卖杨梅的都是苗族女孩子，戴一顶小花帽子，穿着扳尖的绣了满帮花的鞋，坐在人家阶石的一角，不时吆唤一声："卖杨梅——"，声音娇娇的。她们的声音使得昆明雨季的空气更加柔和了。昆明的杨梅很大，有一个乒乓球那样大，颜色黑红黑红的，叫做"火炭梅"。这个名字起得真好，真是像一球烧得炽红的火炭！一点都不酸！我吃过苏州洞庭山的杨梅、井冈山的杨梅，好像都比不上昆明的火炭梅。

雨季的花是缅桂花。缅桂花即白兰花，北京叫做"把儿兰"(这个名字真不好听)。云南把这种花叫做缅桂花，可能最初这种花是从缅甸传入的，而花的香味又有点像桂花，其实这跟桂花实在没有什么关系。——不过话又说回来，别处叫它白兰、把儿兰，它和兰花也挨不上呀，也不过是因为它很香，香得像兰花。我在家乡看到的白兰多是一人高，昆明的缅桂是大树！我在若园巷二号住过，院里有一棵大缅桂，密密的叶子，把四周房间都映绿了。缅桂花盛开的时候，房东（是一个五十多岁的寡妇）就和她的一个养女，搭了梯子上去摘，每天要摘下来好些，拿到花市上去卖。她大概是怕房客们乱摘她的花，时常给各家送去一些。有时送来一个七寸盘子，里面摆得满满的缅桂花！带着雨珠的缅桂花使我的心软软的，不是怀人，不是思乡。

雨，有时是会引起人一点淡淡的乡愁的。李商隐的《夜雨寄北》是为许多久客的游子而写的。我有一天在积雨稍住的早晨和德熙从联大新校舍到莲花池去。看了池里的满池清水，看了作比丘尼装的陈圆圆的石像（传说陈圆圆随吴三桂到云南后出家，暮年投莲花池而死），雨又下起来了。莲花池边有一条小街，有一个小酒店，我们走进去，要了一碟猪头肉，半市斤酒（装在上了绿釉的土磁杯里），坐了下来。雨下大了。酒店有几只鸡，都把脑袋反插在翅膀下面，一只脚着地，一动也不动地在檐下站着。酒店院子里有一架大木香花。昆明木香花很多。有的小河沿岸都是木香。但是这样大的木香却不多见。一棵木香，爬在架上，把院子遮得严严的。密匝匝的细碎的绿叶，数不清的半开的白花和饱涨的花骨朵，都被雨水淋得湿透了。我们走不了，就这样一直坐到午后。四十年后，我还忘不了那天的情味，写了一首诗：

莲花池外少行人，
野店苔痕一寸深。

浊酒一杯天过午，
木香花湿雨沉沉。

我想念昆明的雨。

（选自《人间草木》）

作者简介

汪曾祺，1920年生，江苏高邮人，肄业于西南联大中文系。解放前当过中学教员，历史博物馆职员，解放后长期担任编辑工作，后在一个京剧团任编剧，在此期间曾参与创作样板戏《沙家浜》的剧本。1940年发表第一篇作品，1947年曾出版过短篇小说集《邂逅集》，1963年出版《羊舍的夜晚》，文革后出版《汪曾祺小说选》、《晚饭花集》等。创作以散文、小说居多，文风恬淡。20世纪80年代中期，他的《受戒》、《大淖纪事》被视为是“寻根文学”的一部分。

赏析

本文语言恬淡、自然、平白如画。作者将自己的所历、所思、所想、缓缓地地道来，唠家常般的语气，像一位岁月老人给人们讲述一些很有意义的往事，使人感到那样的朴素、亲切和自然。从一幅画开始，自然移到了雨，又在不经意中就联想到了昆明的雨季特有的物产——菌子、杨梅、缅桂花和木香，这些往事已过去多年，作者还能如数家珍，一一道来，平淡冲和之中透出一股浓浓的乡情。

描写简练传神是本文有另一个重要特色。如“卖杨梅的都是苗族女孩子，戴一顶小花帽子，穿着扳尖的绣了满帮花的鞋，坐在人家阶石的一角，不时吆唤一声：‘卖杨梅——’，声音娇娇的。”寥寥几笔就勾画出了卖杨梅的苗族女孩的娇美可爱。“昆明的雨季是明亮的、丰满的，使人动情的。”“……院里有一棵大缅桂，密密的叶子，把四周房间都映绿了。”这些文字干净、洗练，毫不拖泥带水，生动地写出了昆明雨季的特点。

听听那冷雨

余光中

惊蛰一过，春寒加剧。先是料料峭峭，继而雨季开始，时而淋淋漓漓，时而淅淅沥沥，天潮潮地湿湿，即连在梦里，也似乎把伞撑着。而就凭一把伞，躲过一阵潇潇的冷雨，也躲不过整个雨季。连思想也都是潮润润的。每天回家，曲折穿过金门街到厦门街迷宫式的长巷短巷，雨里风里，走入霏霏令人更想入非非。想这样子的台北凄凄切切完全是黑白片的味道，想整个中国整部中国的历史无非是一张黑白片子，片头到片尾，一直是这样下着雨的。这种感觉，不知道是不是从安东尼奥尼那里来的。不过那一块土地是久违了，二十五年，四分之一的世纪，即使是雨也隔断千山万山，千伞万伞。二十五年，一切都断了，只有气候，只有气象报告还牵连在一起。大寒流从那块土地上弥天卷来，这种酷冷吾与古大陆分担。不能扑进她怀里，被她的裾边扫一扫吧也算是安慰孺慕之情。

这样想时，严寒里竟有一点温暖的感觉了。这样想时，他希望这些狭长的巷子永远延伸下去，他的思路也可以延伸下去，不是金门街到厦门街，而是金门到厦门。他是厦门人，至少是广义的厦门人，二十年来，不住在厦门，住在厦门街，算是嘲弄吧，也算是安慰，不过说到广义，他同样也是广义的江南人，常州人，南京人，川娃儿，五陵少年。杏花春雨江南，那是他的少年时代了。再过半个月就是清明。安东尼奥尼的镜头摇过去，摇过去又摇过来。残山剩水犹如是。皇天后土犹如是。纭纭黔首纷纷黎民从北到南犹如是。那里面是中国吗？那里面当然还是中国永远是中国。只是杏花春雨已不再，牧童遥指已不再，剑门细雨渭城轻尘也都已不再。然而他日思夜梦的那片土地，究竟在哪里呢？

在报纸的头条标题里吗？还是香港的谣言里？还是傅聪的黑键白键马思聪的跳弓拨弦？还是安东尼奥尼的镜底勒马洲的望中？还是呢，故宫博物院的壁头和玻璃橱内，京戏的锣鼓声中太白和东坡的韵里？

杏花。春雨。江南。六个方块字，或许那片土就在那里面。而无论赤县也好神州也好中国也好，变来变去，只要仓颉的灵感不灭美丽的中文不老，那形象，那磁石一般的向心力当必然长在。因为一个方块字是一个天地。太初有字，于是汉族的心灵他祖先的回忆和希望便有了寄托。譬如凭空写一个“雨”字，点点滴滴，滂滂沱沱，淅沥淅沥淅沥，一切云情雨意，就宛然其中了。视觉上的这种美感，岂是什么 rain 也好 pluie 也好所能满足？翻开一部“辞源”或“辞海”，金木水火土，各成世界，而一入“雨”部，古神州的天颜千变万化，便悉在望中，美丽的霜雪云霞，骇人的雷电霹雹，展露的无非是神的好脾气与坏脾气，气象台百读不厌门外汉百思不解的百科全书。

听听，那冷雨。看看，那冷雨。嗅嗅闻闻，那冷雨，舔舔吧那冷雨。雨在他的伞上这城市百万人的伞上雨衣上屋上天线上雨下在基隆港在防波堤在海峡的船上，清明这季雨。雨是女性，应该最富于感性。雨气空而迷幻，细细嗅嗅，清清爽爽新新，有一点点薄荷的香味，浓的时候，竟发出草和树沐发后特有的淡淡土腥气，也许那竟是蚯蚓蜗牛的腥气吧，毕竟是惊蛰了啊。也许地上的地下的生命也许古中国层层叠叠的记忆皆蠢蠢而蠕，也许是植物的潜意识和梦吧，那腥气。

第三次去美国，在高高的丹佛他山居了两年。美国的西部，多山多沙漠，千里干旱，天，蓝似安格罗萨克逊人的眼睛，地，红如印第安人的肌肤，云，却是罕见的白鸟。落基山簇簇耀目的雪峰上，很少飘云牵雾。一来高，二来干，三来森林线以上，杉柏也止步，中国诗词里“荡胸生层云”，或是“商略黄昏雨”的意趣，是落基山上难睹的景象。落基山岭之胜，在石，在雪。那些奇岩怪石，相叠互倚，砌一场惊心动魄的雕塑展览，给太阳和千里的风看。那雪，白得虚虚幻幻，冷得清清醒醒，那股皑皑不绝一仰难尽的气势，压得人呼吸困难，心寒眸酸。不过要领略“白云回望合，青霭入看无”的境界，仍须回来中国，台湾湿度很高，最饶云气氤氲雨意迷离的情调。两度夜宿溪头，树香沁鼻，宵寒袭肘，枕着润碧湿翠苍苍交叠的山影和万籁都歇的岑寂，仙人一样睡去。山中一夜饱雨，次晨醒来，在旭日未升的原始幽静中，冲着隔夜的寒气，踏着满地的断柯折枝和仍在流泻的细股雨水，一径探入森林的秘密，曲曲弯弯，步上山去。溪头的山，树密雾浓，蓊郁的水气从谷底冉冉升起，时稠时稀，蒸腾多姿，幻化无定，只能从雾破云开的空处，窥见乍现即隐的一峰半壑，要纵览全貌，几乎是不可能的。至少入山两次，只能在白茫茫里和溪头诸峰玩捉迷藏的游戏，回到台北，世人问起，除了笑而不答心自闲，故作神秘之外，实际的印象，也无非山在虚无之间罢了。云缭烟绕，山隐水迢的中国风景，由来予人宋画的韵味。那天下也许是赵家的天下，那山水却是米家的山水。而究竟，是米氏父子下笔像中国的山水，还是中国的山水上纸像宋画。恐怕是谁也说不清楚了吧？

雨不但可嗅，可观，更可以听。听听那冷雨。听雨，只要不是石破天惊的台风暴雨，在听觉上总有一种美感。大陆上的秋天，无论是疏雨滴梧桐，或是骤雨打荷叶，听去总有一点凄凉，凄清，凄楚，于今在岛上回味，则在凄楚之外，更笼上一层凄迷了。饶你多少豪情侠气，怕也经不起三番五次的风吹雨打。一打少年听雨，红烛昏沉。二打中年听雨，客舟中，江阔云低。三打白头听雨在僧庐下，这便是亡宋之痛，一颗敏感心灵的一生：楼上，江上，庙里，用冷冷的雨珠子串成。十年前，他曾在一场摧心折骨的鬼雨中迷失了自己。雨，该是一滴湿漓漓的灵魂，窗外在喊谁。

雨打在树上和瓦上，韵律都清脆可听。尤其是铿铿敲在屋瓦上，那古老的音乐，属于中国，王禹在黄冈，破如椽的大竹为屋瓦。据说住在竹楼上面，急雨声如瀑布，密雪声比碎玉，而无论鼓琴，咏诗，下棋，投壶，共鸣的效果都特别好。这样岂不像住在竹筒里面，任何细脆的声响，怕都会加倍夸大，反而令人耳朵过敏吧。

雨天的屋瓦，浮漾湿湿的流光，灰而温柔，迎光则微明，背光则幽暗，对于视觉，是一种低沉的安慰。至于雨敲在鳞鳞千瓣的瓦上，由远而近，轻轻重重轻轻，夹着一股股的细流沿瓦槽与屋檐潺潺泻下，各种敲击音与滑音密织成网，谁的千指百指在按摩耳轮。“下雨了”，温柔的灰美人来了，她冰冰的纤手在屋顶拂弄着无数的黑键啊灰键，把晌午一下子奏成了黄昏。在古老的大陆上，千屋万户是如此。二十多年前，初来这岛上，日式的瓦屋亦是如此。先是天暗了下来，城市像罩在一块巨幅的毛玻璃里，阴影在户内延长复加深。然后凉凉的水意弥漫在空间，风自每一个角落里旋起，感觉得到，每一个屋顶上呼吸沉重都覆着灰云。雨来了，最轻的敲打乐敲打这城市，苍茫的屋顶，远远近近，一张张敲过去，古老的琴，那细细密密的节奏，单调里自有一种柔婉与亲切，滴滴点点滴滴，似幻似真，若孩时在摇篮里，一曲耳熟的童谣摇摇欲睡，母亲吟哦鼻音与喉音。或是在江南的泽国水乡，一大筐绿油油的桑叶被啮于千百头蚕，细细琐琐屑屑，口器与口器咀咀嚼嚼。雨来了，雨来的时候瓦这么说，一片瓦说千亿片瓦说，说轻轻地奏吧沉沉地弹，徐徐地叩吧挞挞地打，间间歇歇敲一个雨季，即兴演奏从惊蛰到清明，在零落的坟上冷冷奏挽歌，一片瓦吟千亿片瓦吟。

在日式的古屋里听雨，听四月，霏霏不绝的黄梅雨，朝夕不断，旬月绵延，湿黏黏的苔藓从石阶下一直侵到他舌底，心底。到七月，听台风台雨在古屋顶上一夜盲奏，千海底的热浪沸沸被狂风挟来，掀翻整个太平洋只为向他的矮屋檐重重压下，整个海在他的蜗壳上哗哗泻过。不然便是雷雨夜，白烟一般的纱帐里听羯鼓一通又一通，滔天的暴雨滂滂沛沛扑来，强劲的电琵琶忐忐忑忑忐忑忑，弹动屋瓦的惊悸腾腾欲掀起。不然便是斜斜的西北雨斜斜，刷在窗玻璃上，鞭在墙上打在阔大的芭蕉叶上，一阵寒濑泻过，秋意便弥漫日式的庭院了。

在日式的古屋里听雨，春雨绵绵听到秋雨潇潇，从少年听到中年，听听那冷雨。雨是一种单调而耐听的音乐是室内乐是室外乐，户内听听，户外听听，冷冷，那音乐。雨是一种回忆的音乐，听听那冷雨，回忆江南的雨下得满地是江湖下在桥上和船上，也下在四川在秧田和蛙塘下肥了嘉陵江下湿布谷咕咕的啼声。雨是潮潮润润的音乐下在渴望的唇上舐舐那冷雨。

因为雨是最原始的敲打乐从记忆彼端敲起。瓦是最低沉的乐器灰蒙蒙的温柔覆盖着听雨的人，瓦是音乐的雨伞撑起。但不久公寓的时代来临，台北你怎么一下子长高了，瓦的音乐竟成了绝响。千片万片的瓦翩翩起舞。美丽的灰蝴蝶纷纷飞起，飞入历史的记忆。现在雨下下来下在水泥的屋顶和墙上，没有音韵的雨季。树也砍光了，那月桂，那枫树，柳树和擎天的巨椰，雨来的时候不再有丛叶嘈嘈切切，闪动湿湿的绿光迎接。鸟声减了啾啾，蛙声沉了阁阁。秋天的虫吟也减了唧唧。七十年代的台北不需要这些，一个乐队接一个乐队便遣散尽了。要听鸡叫，只有去诗经的韵里寻找。现在只剩下一张黑白片，黑白的默片。

正如马车的时代去后，三轮车的时代也去了。曾经在雨夜，三轮车的油布篷挂起，送她回家的途中，篷里的世界小得多可爱，而且躲在警察的辖区以外。雨衣的口袋越大越好，盛得下他的一只手里握一只纤纤的手。台湾的雨季这么长，该有人发明一种宽宽的双人雨衣，一人分穿一只袖子，此外的部分就不必分得太苛。而无论工业如何发达，一时似乎还废不了雨伞。只要雨不倾盆，风不横吹，撑一把伞在雨中仍不失古典的韵味。任雨点敲在黑布伞或是透明的塑胶伞上，将骨柄一旋，雨珠向四方喷溅，伞缘便旋成了一圈飞檐。跟女友共一把雨伞，该是一种美丽的合作吧。最好是初恋，有点兴奋，更有点不好意思，若即若离之间，雨不妨下大一点。真正初恋，恐怕是兴奋得不需要伞的，手牵手在雨中狂奔而去，把年轻的长发和肌肤交给漫天的淋淋漓漓，然后向对方的唇上颊上尝凉凉甜甜的雨水。不过那要非常年轻且激情，同时，也只能发生在法国的新潮片里吧。

大多数的雨伞想不会为约会张开。上班下班，上学放学，菜市来回的途中，现实的伞，灰色的星期三。握着雨伞，他听那冷雨打在伞上。索性更冷一些就好了，他想。索性把湿湿的灰雨冻成干干爽爽的白雨，六角形的结晶体在无风的空中回回旋旋地降下来，等须眉和肩头白尽时，伸手一拂就落了。二十五年，没有受故乡白雨的祝福，或许发上下一点白霜是一种变相的自我补偿吧。一位英雄，经得起多少次雨季？他的额头是水成岩削成还是火成岩？他的心底究竟有多厚的苔藓？厦门街的雨巷走了二十年与记忆等长，一座无瓦的公寓在巷底等他，一盏灯在楼上的雨窗子里，等他回去，向晚餐后的沉思冥想去整理青苔深深的记忆。前尘隔海。古屋不再。听听那冷雨。

（选自《余光中选集》）

作者简介

余光中，1928 年生于江苏南京，台湾著名诗人、散文家、评论家、翻译家，出版诗文及译著近四十种。祖籍福建永春，1947 年入金陵大学外语系（后转入厦门大学），1949 年随父母迁香港，次年赴台，就读于台湾大学外文系。1953 年，与覃子豪、钟鼎文等共创“蓝星”诗社。后赴美进修，获爱荷华大学艺术硕士学位。返台后任师大、政大、台大及香港中文大学教授，后任台湾中山大学文学院院长。在台湾早期的诗歌论战和 20 世纪 70 年代中期的乡土文学论战中，余光中的诗论和作品都相当强烈地显示了主张西化、无视读者和脱离现实的倾向。20 世纪 80 年代后，他开始认识到自己民族居住的地方对创作的重要性，把诗笔“伸回那块大陆”，写了许多动情的乡愁诗，对乡土文学的态度也由反对变为亲切，显示了由西方回归东方的明显轨迹，因而被台湾诗坛称为“回头浪子”。著有诗集《舟子的悲歌》、《蓝色的羽毛》、《钟乳石》，《万圣节》、《白玉苦瓜》等十余种。

赏析

意境优美。作者创造出了一种朦胧沉郁的诗的意境。全文以淅淅沥沥的冷雨贯穿始终，构成一种灰蒙蒙、潮湿湿的朦胧氤氲的美丽而忧伤的意境。而弥漫在这氤氲雨气中的是诗人绵延不绝的乡愁，是游子眷恋与赞美中国文化的一颗赤诚之心。余光以文为诗，雨滴如泪，淅淅沥沥地诉说着那乡愁难搁的凄苦，读来让人感慨。

多种修辞手法运用，使文字生动多变。本文中作者运用了多种修辞手法，有比喻如“雨，该是一滴湿漓漓的灵魂”，“据说住在竹楼上面，急雨声如瀑布，密雪声比碎玉……”“天，蓝似安格罗萨克逊人的眼睛，地，红如印地安人的肌肤，云，却是罕见的白鸟。”拟人如“温柔的灰美人来了，她冰冰的纤纤手在屋顶拂弄着无数的黑键啊灰键，把晌午一下子奏成了黄昏。”对偶如“天潮潮地湿湿”，排比如“只是杏花春雨已不在，牧童遥指已不再，剑门细雨渭城轻尘也都已不再。”“鸟声减了啾啾，蛙声沉了阁阁，秋天的虫吟也减了唧唧。”倒装如“窗外在喊谁”“握着雨伞，他听那冷雨打在伞上，索性更冷一些就好了，他想。”另外，作者还善于运用一些富有表现力的动词，文字生动而富于变化，如用“挟”、“掀”、“压”、“泻”、“扑”、“弹”、“刷”、“鞭”、“打”等动词，生动的表现了七月台风台雨的狂野，凝练而准确。

语言具有音乐美。文中使用了大量的叠音词，如“淋淋漓漓”“点点滴滴”等，不仅把雨写得生动形象，也使散文具有了一种和谐的音韵美。“听听，那冷雨。看看，那冷雨。嗅嗅闻闻，那冷雨，舔舔吧那冷雨……”连成一气的双声词接着用也让语句错落有致，富有乐感。象声词与叠词的联用，使抽象的内容变得具体，如“鸟声减了啾啾，蛙声沉了阁阁，秋天的虫吟也减了唧唧。”“……徐徐地叩吧，挞挞打，间间歇歇敲击着一个雨季……”整篇文章如同一首长诗，韵味无穷。

一个王朝的背影·节选

余秋雨

一

我们这些人，对清代总有一种复杂的情感阻隔。记得很小的时候，历史老师讲到“扬州十日”、“嘉定三屠”时眼含泪花，这是清代的开始；而讲到“火烧圆明园”、“戊戌变法”时又有泪花了，这是清代的尾声。年迈的老师一哭，孩子们也跟着哭，清代历史，是小学中唯一用眼泪浸润的课程。从小种下的怨恨，很难化解得开。

老人的眼泪和孩子们的眼泪拌和在一起，使这种历史情绪有了一种最世俗的力量。我小学的同学全是汉族，没有满族，因此很容易在课堂里获得一种共同语言。好像汉族理所当然是中国的主宰，你满族为什么要来抢夺呢？抢夺去了能够弄好倒也罢了，偏偏越弄越糟，最后几乎让外国人给瓜分了。于是，在闪闪泪光中，我们懂得了什么是汉奸，什么是卖国贼，什么是民族大义，什么是气节。我们似乎也知道了中国之所以落后于世界列强，关键就在于清代，而辛亥革命的启蒙者们重新点燃汉人对清人的仇恨，提出“驱除鞑虏，恢复中华”的口号，又是多么有必要，多么让人解气。清朝终于被推翻了，但至今在很多中国人心里，它仍然是一种冤孽般的存在。

年长以后，我开始对这种情绪产生警惕。因为无数事实证明，在我们中国，许多情绪化的社会评判规范，虽然堂而皇之地传之久远，却包含着极大的不公正。我们缺少人类普遍意义上的价值启蒙，因此这些情绪化的社会评判规范大多是从封建正统观念逐渐引申出来的，带有很多盲目性。先是姓氏正统论，刘汉、李唐、赵宋、朱明……在同一姓氏的传代系列中所出现的继承人，哪怕是昏君、懦夫、色鬼、守财奴、精神失常者，都是合法而合理的，而外姓人氏若有觊觎，即便有一千条一万条道理，也站不住脚，真伪、正邪、忠奸全由此划分。由姓氏正统论扩而大之，就是民族正统论。这种观念要比姓氏正统论复杂得多，你看辛亥革命的闯将们与封建主义的姓氏正统论势不两立，却也需要大声宣扬民族正统论，便是例证。民族正统论涉及到几乎一切中国人都耳熟能详的许多著名人物和著名事件，是一个在今后仍然要不断争论的麻烦问题。在这儿请允许我稍稍回避一下，我需要肯定的仅仅是这样一点：满族是中国的满族，清朝的历史是中国历史的一部分；统观全部中国古代史，清朝的皇帝在总体上还算比较好的，而其中的康熙皇帝甚至可说是中国历史上最好的皇帝之一，他与唐太宗李世民一样使我这个现代汉族中国人感到骄傲。

既然说到了唐太宗，我们又不能不指出，据现代历史学家考证，他更可能是鲜卑族而不是汉族之后。如果说先后在巨大的社会灾难中迅速开创了“贞观之治”和“康雍乾盛世”的两位中国历史上最杰出帝王都不是汉族，如果我们还愿意想一想那位至今还在被全世界历史学家惊叹的建立了赫赫战功的元太祖成吉思汗，那么我们的中华历史观一定会比小学里的历史课开阔得多。汉族当然非常伟大，汉族当然没有理由要受到外族的屠杀和欺凌，当自己的民族遭受危难时当然要挺身而出进行无畏的抗争，为了个人的私利不惜出卖民族利益的无耻之徒当然要受到永久的唾弃，这些都是没有异议的。问题是，不能由此而把汉族等同于中华，把中华历史的正义、光亮、希望，全都押在汉族一边。与其他民族一样，汉族也有大量的污浊、昏聩和丑恶，它的统治者常常一再地把整个中国历史推入死胡同。在这种情况下历史有可能做出超越汉族正统论的选择，而这种选择又未必是倒退。

《桃花扇》中那位秦淮名妓李香君，身份低贱而品格高洁，在清兵浩荡南下、大明江山风雨飘摇时节保持着多大的民族气节！但是，她万万没有想到，就在她和她的恋人侯朝宗为抗清扶明不惜赴汤蹈火、奔命呼号的时候，恰恰正是苟延残喘而仍然荒淫无度的南明小朝廷，作践了他们。那个在当时当地看来既是明朝也是汉族的最后代表的弘光政权，根本不要她和她的姐妹们的忠君泪、报国心，而只要她们作为一个女人最可怜的色相。李香君真想与恋人一起为大明捐躯流血，但叫她恶心的是，竟然是大明的官僚来强逼她成婚，而使她血溅纸扇，染成“桃花”。“桃花扇底送南朝”，这样的朝廷就让它去了吧，长叹一声，气节、操守、抗争、奔走，全都成了荒诞和自嘲。《桃花扇》的作者孔尚任是孔老夫子的后裔，连他，也对历史转折时期那种盲目的正统观念产生了深深的怀疑。他把这种怀疑，转化成了笔底的沉寂和苍凉。

对李香君和侯朝宗来说，明末的一切，看够了，清代会怎么样呢，不想看了。文学作品总要结束，但历史还在往前走，事实上，清代还是很可看的。为此，我要写写承德的避暑山庄。清代的史料成捆成扎，把这些留给历史学家吧，我们，只要轻手轻脚地绕到这个消夏的别墅里去偷看几眼也就够了。这种偷看其实也是偷看自己，偷看自己心底从小埋下的历史情绪和民族情绪，有多少可以留存，有多少需要校正。

二

承德的避暑山庄是清代皇家园林，又称热河行宫、承德离宫，虽然闻名史册，但久为禁苑，又地处塞外，历来光顾的人不多，直到这几年才被旅游者搅得有点热闹。我原先并不知道能在那里获得一点什么，只是今年夏天中央电视台在承德组织了一次国内优秀电视编剧和导演的聚会，要我给他们讲点课，就被他们接去了。住所正在避暑山庄背后，刚到那天的薄暮时分，我独个儿走出住所大门，对着眼前黑黝黝的山岭发呆。查过地图，这山岭便是避暑山庄北部的最后屏障，就像一张罗圈椅的椅背。在这张罗圈椅上，休息过一个疲惫的王朝。奇怪的是，整个中华版图都已归属了这个王朝，为什么还要把这张休息的罗圈椅放到长城之外呢？清代的帝王们在这张椅子上面南而坐的时候在想一些什么呢？月亮升起来了，眼前的山壁显得更加巍然怆然。北京的故宫把几个不同的朝代混杂在一起，谁的形象也看不真切，而在这里，远远的，静静的，纯纯的，悄悄的，躲开了中原王气，藏下了一个不羼杂的清代。它实在对我产生了一种巨大的诱惑，于是匆匆讲完几次课，便一头埋到了山庄里边。

山庄很大，本来觉得北京的颐和园已经大得令人咋舌，它竟比颐和园还大整整一倍，据说装下八九个北海公园是没有问题的。我想不出国内还有哪个古典园林能望其项背。

山庄外面还有一圈被称之为“外八庙”的寺庙群，这暂不去说它，光说山庄里面，除了前半部有层层叠叠的宫殿外，主要是开阔的湖区、平原区和山区。尤其是山区，几乎占了整个山庄的八成左右，这让游惯了别的园林的人很不习惯。园林是用来休闲的，何况是皇家园林大多追求方便平适，有的也会堆几座小山装点一下，哪有像这儿的，硬是圈进莽莽苍苍一大片真正的山岭来消遣？这个格局，包含着一种需要我们抬头仰望、低头思索的审美观念和人生观念。

山庄里有很多楹联和石碑，上面的文字大多由皇帝们亲自撰写，他们当然想不到多少年后会有我们这些陌生人闯入他们的私家园林，来读这些文字，这些文字是写给他们后辈继承人看的。朝廷给别人看的东西很多，有大量刻印广颁的官样文章，而写在这里的文字，尽管有时也咬文嚼字，但总的来说是说给儿孙们听的体己话，比较真实可信。我踏着青苔和蔓草，辨识和解读着一切能找到的文字，连藏在山间树林中的石碑都不放过，读完一篇，便舒松开筋骨四周看看。一路走去，终于可以有把握地说，山庄的营造完全出自一代政治家在精神上的强健。首先是康熙，山庄正宫午门上悬挂着的“避暑山庄”四个字就是他写的，这四个汉字写得很好，撇捺间透露出一个胜利者的从容和安详，可以想见他首次踏进山庄时的步履也是这样的。他一定会这样，因为他是走了一条艰难而又成功的长途才走进山庄的，到这里来喘口气，应该。

他一生的艰难都是自找的。他的父辈本来已经给他打下了一个很完整的华夏江山，他八岁即位，十四岁亲政，年轻轻一个孩子，坐享其成就是了，能在如此辽阔的疆土、如此兴盛的运势前做些什么呢？他稚气未脱的眼睛，竟然疑惑地盯上了两个庞然大物，一个是朝廷中最有权势的辅政大臣鳌拜，一个自恃当初做汉奸领清兵入关有功、拥兵自重于南方的吴三桂。平心而论，对于这样与自己的祖辈、父辈都有密切关系的重要政治势力，即便是德高望重的一代雄主也未免下得了决心去动手，但康熙却向他们、也向自己挑战了，十六岁上干脆利落地除了鳌拜集团，二十岁开始向吴三桂开战，花八年时间的征战取得彻底胜利。他等于把到手的江山重新打理了一遍，使自己从一个继承者变成了创业者。他成熟了，眼前几乎已经找不到什么对手，但他还是经常骑着马，在中国北方山林草泽间徘徊，这是他祖辈崛起的所在，他在寻找着自己的生命和事业的依托点。

他每次都要经过长城，长城多年失修，已经破败。对着这堵受到历代帝王切切关心的城墙，他想了很多。他的祖辈是破长城进来的，没有吴三桂也绝对进得了，那么长城究竟有什么用呢？堂堂一个朝廷，难道就靠这些砖块去保卫？但是如果没有长城，我们的防线又在哪里呢？他思考的结果，可以从一六九一年他的一份上谕中看出个大概。那年五月，古北口总兵官蔡元向朝廷提出，他所管辖的那一带长城“倾塌甚多，请行修筑”，康熙竟然完全不同意，他的上谕是：秦筑长城以来，汉、唐、宋亦常修理，其时岂无边患？明末我太祖统大兵长驱直入，诸路瓦解，皆莫能当。可见守国之道，惟在修得民心。民心悦则邦本得，而边境自固，所谓“众志成城”者是也。如古北、喜峰口一带，朕皆巡阅，概多损坏，今欲修之，兴工劳役，岂能无害百姓？且长城延亵数千里，养兵几何方能分守？说得实在是很有道理。我对埋在我们民族心底的“长城情结”一直不敢恭维，读了康熙这段话，简直是找到了一个远年知音。由于康熙这样说，清代成了中国古代基本上不修长城的一个朝代，对此我也觉得不无痛快。当然，我们今天从保护文物的意义上修理长城是完全另外一回事了，只要不把长城永远作为中华文明的最高象征就好。

康熙希望能筑起一座无形的长城。“修得安民”云云说得过于堂皇而蹈空，实际上他有硬的一手和软的一手。硬的一手是在长城外设立“木兰围场”，每年秋天，由皇帝亲自率领王公大臣、各级官兵一万余人去进行大规模的“围猎”，实际上是一种声势浩大的军事演习，这既可以使王公大臣们保持住勇猛、强悍的人生风范，又可顺便对北方边境起一个威慑作用。“木兰围场”既然设在长城之外的边远地带，离北京就很有一点距离，如此众多的朝廷要员前去秋猎，当然要建造一些大大小小的行宫，而热河行宫，就是其中最大的一座；软的一手是与北方边疆的各少数民族建立起一种常来常往的友好关系，他们的首领不必长途进京也有与清廷彼此交谊的机会和场所，而且还为他们准备下各自的宗教场所，这也就需要有热河行宫和它周围的寺庙群了。总之，软硬两手最后都汇集到这一座行宫、这一个山庄里来了，说是避暑，说是休息，意义却又远远不止于此。把复杂的政治目的和军事意义转化为一片幽静闲适的园林，一圈香火缭绕的寺庙，这不能不说是康熙的大本事。然而，眼前又是道道地地的园林和寺庙，道道地地的休息和祈祷，军事和政治，消解得那样烟水葱茏、慈眉善目，如果不是那些石碑提醒，我们甚至连可以疑惑的痕迹都找不到。

避暑山庄是康熙的“长城”，与蜿蜒千里的秦始皇长城相比，哪个更高明些呢？

康熙几乎每年立秋之后都要到“木兰围场”参加一次为期二十天的秋猎，一生参加了四十八次。每次围猎，情景都极为壮观。先由康熙选定逐年轮换的狩猎区域（逐年轮换是为了生态保护），然后就搭建一百七十多座大帐篷为“内城”，二百五十多座大帐篷为“外城”，城外再设警卫。第二天拂晓，八旗官兵在皇帝的统一督导下集结围拢，在上万官兵齐声呐喊下，康熙首先一马当先，引弓射猎，每有所中便引来一片欢呼，然后扈从大臣和各级将士也紧随康熙射猎。康熙身强力壮，骑术高明，围猎时智勇双全，弓箭上的功夫更让王公大臣由衷惊服，因而他本人的猎获就很多。晚上，营地上篝火处处，肉香飘荡，人笑马嘶，而康熙还必须回帐篷里批阅每天疾驰送来的奏章文书。康熙一生身先士卒打过许多著名的仗，但在晚年，他最得意的还是自己打猎的成绩，因为这纯粹是他个人生命力的验证。一七一九年康熙自“木兰围场”行猎后返回避暑山庄时曾兴致勃勃地告谕御前侍卫：

朕自幼至今已用鸟枪弓矢获虎一百五十三只，熊十二只，豹二十五只，猞二十只，麋鹿十四只，狼九十六只，野猪一百三十三口，哨获之鹿已数百，其余围场内随便射获诸兽不胜记矣。朕于一日内射兔三百一十八只，若庸常人毕世亦不能及此一日之数也。

这笔流水帐，他说得很得意，我们读得也很高兴。身体的强健和精神的强健往往是连在一起的，须知中国历史上多的是有气无力病恹恹的皇帝，他们即便再“内秀”，也何以面对如此庞大的国家。由于强健，他有足够的精力处理挺复杂的西藏事务和蒙古事务，解决治理黄河、淮河和疏通漕运等大问题，而且大多很有成效，功泽后世。由于强健，他还愿意勤奋地学习，结果不仅武功一流，“内秀”也十分了得，成为中国历代皇帝中特别有学问、也特别重视学问的一位，这一点一直很使我震动，而且我可以肯定，当时也把一大群冷眼旁观的汉族知识分子震动了。

谁能想得到呢，这位清朝帝王竟然比明代历朝皇帝更热爱和精通汉族传统文化！大凡经、史、子、集、诗、书、音律，他都下过一番工夫，其中对朱熹哲学钻研最深。他亲自批点《资治通鉴纲目大全》，与一批著名的理学家进行水平不低的学术探讨，并命他们编纂了《朱子大全》、《理性精义》等著作。他下令访求遗散在民间的善本珍籍加以整理，并且大规模地组织人力编辑出版了卷帙浩繁的《古今图书集成》、《康熙字典》、《佩文韵府》、《大清会典》，文化气魄铺地盖天，直到今天，我们研究中国古代文化还离不开这些极其重要的工具书。他派人通过对全国土地的实际测量，编成了全国地图《皇舆全览图》。在他倡导的文化气氛下，涌现了一大批在整个中国文化史上都可以称得上第一流大师的人文科学家，在这一点上，几乎很少有朝代能与康熙朝相比肩。

以上讲的还只是我们所说的“国学”，可能更让现代读者惊异的是他的“西学”。因为即使到了现代，在我们印象中，国学和西学虽然可以沟通但在同一个人身上深潜两边的毕竟不多，尤其对一些官员来说更是如此。然而早在三百年前，康熙皇帝竟然在北京故宫和承德避暑山庄认真研究了欧几里得几何学，经常演算习题，又学习了法国数学家巴蒂的《实用和理论几何学》，并比较它与欧几里得几何学的差别。他的老师是当时来中国的一批西方传教士，但后来他的演算比传教士还快，他亲自审校译成汉文和满文的西方数学著作，而且一有机会就向大臣们讲授西方数学。以数学为基础，康熙又进而学习了西方的天文、历法、物理、医学、化学，与中国原有的这方面知识比较，取长补短。在自然科学问题上，中国官僚和外国传教士经常发生矛盾，康熙不袒护中国官僚，也不主观臆断而是靠自己发愤学习，真正弄通西方学说，几乎每次都做出了公正的裁断。他任命一名外国人担任钦天监监副，并命令礼部挑选一批学生去钦天监学习自然科学，学好了就选拔为博士官。西方的自然科学著作《验气图说》、《仪像志》、《赤道南北星图》、《穷理学》、《坤舆图说》等被一一翻译过来，有的已经译成汉文的西方自然科学著作如《几何原理》前六卷他又命人译成满文。

这一切，居然与他所醉心的“国学”互不排斥，居然与他一天射猎三百一十八只野兔互不排斥，居然与他一连串重大的政治行为、军事行为、经济行为互不排斥！我并不认为康熙给中国带来了根本性的希望，他的政权也做过不少坏事，如臭名昭著的“文字狱”之类；我想说的只是，在中国历代帝王中，这位少数民族出身的帝王具有超乎寻常的生命力，他的人格比较健全。有时，个人的生命力和人格，会给历史留下重重的印记。与他相比，明代的许多皇帝都活得太不像样了，鲁迅说他们是“无赖儿郎”，确有点像。尤其让人生气的是明代万历皇帝（神宗）朱翊钧，在位四十八年，亲政三十八年，竟有二十五年时间躲在深宫之内不见外人的面，完全不理国事，连内阁首辅也见不到他，不知在干什么。没见他玩过什么，似乎也没有好色的嫌疑，历史学家们只能推断他躺在烟榻上抽了二十多年的鸦片烟！他聚敛的金银如山似海，但当清军起事，朝廷束手无策时问他要钱，他也死不肯拿出来，最后拿出一个无济于事的小零头，竟然都是因窖藏太久变黑发霉、腐蚀得不能见天日的银子！这完全是一个失去任何人格支撑的心理变态者，但他又集权于一身，明朝怎能不垮？他死后还有儿子朱常洛（光宗）、孙子朱由校（熹宗）和朱由检（思宗）先后继位，但明朝已在他的手里败定了，他的儿孙们非常可怜。康熙与他正相反，把生命从深宫里释放出来，在旷野、猎场和各个知识领域挥洒，避暑山庄就是他这种生命方式的一个重要吐纳口站，因此也是当时中国历史的一所“吉宅”。

（选自《文化苦旅》）

作者简介

余秋雨，1946年生，浙江余姚人，散文家、艺术理论家，中国文化史学者。曾任上海戏剧学院院长、教授，上海写作学会会长。曾以散文集《文化苦旅》震动文坛，从此打出“学者散文”（或曰“文化散文”）的旗帜，其作品沉静而具有文化底蕴，因而受到读者喜爱，另有散文集《文明的碎片》与《霜冷长河》。在艺术理论创作方面，他完成于1983年的专著《戏剧理论史稿》，是中国大陆首部完整阐述世界各国自古代到现代的文化发展和戏剧思想的理论著作，1985年创作的《戏剧审美心理学》是中国首部戏剧美学著作。这两部专著均曾获国家级奖励。在内地和台湾出版中外艺术史论专著多部，曾赴海内外许多大学和文化机构讲学。1987年被授予“国家级突出贡献专家”荣誉称号。

赏析

本文有三大特点。第一，气势雄浑。在本文中，作者写清朝的历史，是从明朝说起的，对于避暑山庄前后二百多年里发生的大小事件，如数家珍。写了相当多的历史人物与事件，对文化、政治、社会、个人进行思考，立足于历史与现实，对人类社会的过去、现在及将来的关注渐次突现。文章纵横拓阖，大气包容，立足整个王朝，其时间空间距离的跨度之广，歌颂与批判，赞美与追怀，智性的概括情感的渲染，历史的沉吟与个体经验的叙述，诸多意念纷至沓来，跌荡起伏，本篇散文不是传统的性灵小品，是货真价实的大散文话语，本文选择的是大场景、大主题，有大的思想容量和深度，唱出了对于历史文化人物，对于文化遗产唱出颂歌和悲歌。

第二，文笔优美。把诗的激情、文化历史的沉思和哲学的概括统一起来，善用抑扬顿挫的排比句群，使文章读起来错落有致，语言典雅，处处散发出哲理的光芒。多种表达方式的综合运用，多种修辞手法的妙用，极大地增加了文字的感染力。有时叙事简约明快，说理明白晓畅，朴素自然，毫无雕琢之感；有时又典雅华丽，浓彩重墨，造语新奇，极尽描摹刻画之能事，有一种酣畅淋漓之美。如“这一切，居然与他所醉心的‘国学’互不排斥，居然与他一天射猎三百一十八只野兔互不排斥，居然与他一连串重大的政治行为、军事行为、经济行为互不排斥！”作者连用三个“居然”句，把清康熙皇帝“中学”与“西学”全都精通且融汇一起的气度表达出来了。作者综合地运用描写、议论、抒情等表达方式，还采用了小说笔法、戏剧笔法、故事传奇、镜头特写、典故引证等多种手法，写得声情并茂、优美感人。

第三，想像丰富，形散而神聚。这是余秋雨文化散文的一个显著特点，也是本文的一个显著特点。本文从明末写起，然后写到整个清王朝，讲述了许多鲜为人知的掌故、轶闻、趣事、传说、故事，想像丰富、说理畅达。这些因素构成纵的张力，使他的笔如同奔马，纵横驰骋，叙事、联想显得自由自在、游刃有余，显现出“情溢于言，理胜于辞”的文章气势。融叙述、描写、议论、抒情于一体，但叙事、写景、议论和一切知识性材料，时时、处处都紧扣住说理或抒情的“中心”，散而归一，杂而不乱，形散而神不散。

下放记别

杨　绛

中国社会科学院，以前是中国科学院哲学社会科学部，简称学部。我们夫妇同属学部；默存在文学所，我在外文所。一九六九年，学部的知识分子正在接受“工人、解放军宣传队”的“再教育”。全体人员先是“集中”住在办公室里，六七人至九十人一间，每天清晨练操，上下午和晚饭后共三个单元分班学习。过了些时候，年老体弱的可以回家住，学习时间渐渐减为上下午两个单元。我们俩都搬回家去住，不过料想我们住在一起的日子不会长久，不日就该下放干校了。干校的地点在纷纷传说中逐渐明确，下放的日期却只能猜测，只能等待。

我们俩每天各在自己单位的食堂排队买饭吃。排队足足要费半小时；回家自己做饭又太费事，也来不及。工、军宣队后来管束稍懈，我们经常中午约会同上饭店。饭店里并没有好饭吃，也得等待；但两人一起等，可以说说话。那年十一月三日，我先在学部大门口的公共汽车站等待，看见默存杂在人群里出来。他过来站在我旁边，低声说："待会儿告诉你一件大事。"我看看他的脸色，猜不出什么事。

我们挤上了车，他才告诉我："这个月十一号，我就要走了。我是先遣队。"

尽管天天在等待行期，听到这个消息，却好像头顶上着了一个焦雷。再过几天是默存虚岁六十生辰，我们商量好：到那天两人要吃一顿寿面庆祝。再等着过七十岁的生日，只怕轮不到我们了。可是只差几天，等不及这个生日，他就得下干校。

"为什么你要先遣呢？"

"因为有你。别人得带着家眷，或者安顿了家再走；我可以把家撂给你。"

干校的地点在河南罗山，他们全所是十一月十七号走。

我们到了预定的小吃店，叫了一个最现成的沙锅鸡块——不过是鸡皮鸡骨。我舀些清汤泡了半碗饭，饭还是咽不下。

只有一个星期置备行装，可是默存要到末了两天才得放假。我倒借此赖了几天学，在家收拾东西。这次下放是所谓"连锅端"——就是拔宅下放，好像是奉命一去不复返的意思。没用的东西、不穿的衣服、自己宝贵的图书、笔记等，全得带走，行李一大堆。当时我们的女儿阿圆、女婿得一，各在工厂劳动，不能叫回来帮忙。他们休息日回家，就帮着收拾行李，并且学别人的样，把箱子用粗绳子密密缠捆，防旅途摔破或压塌。可惜能用粗绳子缠捆保护的，只不过是木箱铁箱等粗重行李；这些木箱、铁箱，确也不如血肉之躯经得起折磨。

经受折磨，就叫锻炼；除了准备锻炼，还有什么可准备的呢。准备的衣服如果太旧，怕不经穿；如果太结实，怕洗来费劲。我久不缝纫，胡乱把耐脏的绸子用缝衣机做了个毛毯的套子，准备经年不洗。我补了一条裤子，坐处像个布满经线纬线的地球仪，而且厚如角壳。默存倒很欣赏，说好极了，穿上好比随身带着个座儿，随处都可以坐下。他说，不用筹备得太周全，只需等我也下去，就可以照看他。至于家人团聚，等几时阿圆和得一乡间落户，待他们迎养吧。

转眼到了十一号先遣队动身的日子。我和阿圆、得一送行。默存随身行李不多，我们找个旮旯儿歇着等待上车。候车室里，闹嚷嚷、乱哄哄人来人往；先遣队的领队人忙乱得只恨分身无术，而随身行李太多的，只恨少生了几双手。得一忙放下自己拿的东西，去帮助随身行李多得无法摆布的人。默存和我看他热心为旁人效力，不禁赞许新社会的好风尚，同时又互相安慰说：得一和善忠厚，阿圆有他在一起，我们可以放心。

得一掮着、拎着别人的行李，我和阿圆帮默存拿着他的几件小包小袋，排队挤进月台。挤上火车，找到个车厢安顿了默存。我们三人就下车，痴痴站着等火车开动。

我记得从前看见坐海船出洋的旅客，登上摆渡的小火轮，送行者就把许多彩色的纸带抛向小轮船；小船慢慢向大船开去，那一条条彩色的纸带先后迸断，岸上就拍手欢呼。也有人在欢呼声中落泪；迸断的彩带好似迸断的离情。这番送人上干校，车上的先遣队和车下送行的亲人，彼此间的离情假如看得见，就决不是彩色的，也不能一迸就断。

默存走到车门口，叫我们回去吧，别等了。彼此遥遥相望，也无话可说。我想，让他看我们回去还有三人，何以放心释念，免得火车驰走时，他看到我们眼里，都在不放心他一人离去。我们遵照他的意思，不等车开，先自走了。几次回头望望，车还不动，车下还是挤满了人。我们默默回家；阿圆和得一接着也各回工厂。他们同在一校而不同系，不在同一工厂劳动。

过了一两天，文学所有人通知我，下干校的可以带自己的床，不过得用绳子缠捆好，立即送到学部去。粗硬的绳子要缠捆得服贴，关键在绳子两头；不能打结子，得把绳头紧紧压在绳下。这至少得两人一齐动手才行。我只有一天的期限，一人请假在家，把自己的小木床拆掉。左放、右放，怎么也无法捆在一起，只好分别捆；而且我至少还欠一只手，只好用牙齿帮忙。我用细绳缚住粗绳头，用牙咬住，然后把一只床分三部分捆好，各件重复写上默存的名字。小小一只床分拆了几部，就好比兵荒马乱中的一家人，只怕一出家门就彼此失散，再聚不到一处去。据默存来信，那三部分重新团聚一处，确也害他好生寻找。

文学所和另一所最先下放。用部队的词儿，不称“所”而称“连”。两连动身的日子，学部敲锣打鼓，我们都放了学去欢送。下放人员整队而出；红旗开处，俞平老和俞师母领队当先。年逾七旬的老人了，还像学龄儿童那样排着队伍，远赴干校上学，我看着心中不忍，抽身先退；一路回去，发现许多人缺乏欢送的热情，也纷纷回去上班。大家脸上都漠无表情。

我们等待着下干校改造，没有心情理会什么离愁别恨，也没有闲暇去品尝那“别是一般”的“滋味”。学部既已有一部分下了干校，没下去的也得加紧干活儿。成天坐着学习，连“再教育”我们的“工人师傅”们也腻味了。有一位二十二三岁的小“师傅”嘀咕说：“我天天在炉前炼钢，并不觉得劳累；现在成天坐着，屁股也痛，脑袋也痛，浑身不得劲儿。”显然炼人比炼钢费事；“坐冷板凳”也是一项苦功夫。

炼人靠体力劳动。我们挖完了防空洞——一个四通八达的地下建筑，就把图书搬来搬去。捆，扎，搬运，从这楼搬到那楼，从这处搬往那处；搬完自己单位的图书，又搬别单位的图书。有一次，我们到一个积尘三年的图书馆去搬出书籍、书柜、书架等，要腾出屋子来。有人一进去给尘土呛得连打了二十来个喷嚏。我们尽管戴着口罩，出来都满面尘土，咳吐的尽是黑痰。我记得那时候天气已经由寒转暖而转热。沉重的铁书架、沉重的大书橱、沉重的卡片柜——卡片屉内满满都是卡片，全都由年轻人狠命用肩膀打，贴身的衣衫磨破，露出肉来。这又使我惊叹，最经磨的还是人的血肉之躯！

弱者总占便宜；我只干些微不足道的细事，得空就打点包裹寄给干校的默存。默存得空就写家信；三言两语，断断续续，白天黑夜都写。这些信如果保留下来，如今重读该多么有趣！但更有价值的书信都毁掉了，又何惜那几封。

他们一下去，先打扫了一个土积尘封的劳改营。当晚睡在草铺上还觉得燥热。忽然一场大雪，满地泥泞，天气骤寒。十七日大队人马到来，八十个单身汉聚居一间屋里，分睡在几个炕上。有个跟着爸爸下放的淘气小男孩儿，临睡常绕炕撒尿一匝，为炕上的人“施肥”。休息日大家到镇上去买吃的：有烧鸡，还有煮熟的乌龟。我问默存味道如何；他却没有尝过，只悄悄做了几首打油诗寄我。

罗山无地可耕，干校无事可干。过了一个多月，干校人员连同家眷又带着大堆箱笼物件，搬到息县东岳。地图上能找到息县，却找不到东岳。那儿地僻人穷，冬天没有燃料生火炉子，好多女同志脸上生了冻疮。洗衣服得蹲在水塘边上“投”。默存的新衬衣请当地的大娘代洗，洗完就不见了。我只愁他跌落水塘；能请人代洗，便赔掉几件衣服也值得。

在北京等待上干校的人，当然关心干校生活，常叫我讲些给他们听。大家最爱听的是何其芳同志吃鱼的故事。当地竭泽而渔，食堂改善伙食，有红烧鱼。其芳同志忙拿了自己的大漱口杯去买了一份；可是吃来味道很怪，愈吃愈怪。他捞起最大的一块想尝个究竟，一看原来是还未泡烂的药肥皂，落在漱口杯里没有拿掉。大家听完大笑，带着无限同情。他们也告诉我一个笑话，说钱钟书和丁××两位一级研究员，半天烧不开一锅炉水！我代他们辩护：锅炉设在露天，大风大雪中，烧开一锅炉水不是容易。可是笑话毕竟还是笑话。

他们过年就开始自己造房。女同志也拉大车，脱坯，造砖，盖房，充当壮劳力。默存和俞平伯先生等几位“老弱病残”都在免役之列，只干些打杂的轻活儿。他们下去八个月之后，我们的“连”才下放。那时候，他们已住进自己盖的新屋。

我们“连”是一九七零年七月十二日动身下干校的。上次送默存走，有我和阿圆还有得一。这次送我走，只剩了阿圆一人，得一已于一月前自杀去世。

得一承认自己总是“偏右”一点，可是他说，实在看不惯那伙“过左派”。他们大学里开始围剿“五一六”的时候，几个有“五一六”之嫌的“过左派”供出得一是他们的“组织者”，“五一六”的名单就在他手里。那时候得一已回校，阿圆还在工厂劳动；两人不能同日回家。得一末了一次离开我的时候说：“妈妈，我不能对群众态度不好，也不能顶撞宣传队；可是我决不能捏造个名单害人，我也不会撒谎。”他到校就失去自由。阶级斗争如火如荼，阿圆等在厂劳动的都返回学校。工宣队领导全系每天三个单元斗得一，逼他交出名单。得一就自杀了。

阿圆送我上了火车，我也促她先归，别等车开。她不是一个脆弱的女孩子，我该可以放心撇下她。可是我看着她踽踽独归的背影，心上凄楚，忙闭上眼睛；闭上了眼睛，越发能看到她在我们那破残凌乱的家里，独自收拾整理，忙又睁开眼。车窗外已不见了她的背影。我又合上眼，让眼泪流进鼻子，流入肚里。火车慢慢开动，我离开了北京。

干校的默存又黑又瘦，简直换了个样儿，奇怪的是我还一见就认识。

我们干校有一位心直口快的黄大夫。一次默存去看病，她看他在签名簿上写上钱钟书的名字，怒道："胡说！你什么钱钟书！钱钟书我认识！"默存一口咬定自己是钱钟书。黄大夫说："我认识钱钟书的爱人。"默存经得起考验，报出了他爱人的名字。黄大夫还待信不信，不过默存是否冒牌也没有关系，就不再争辩。事后我向黄大夫提起这事，她不禁大笑说："怎么的，全不像了。"

我记不起默存当时的面貌，也记不起他穿的什么衣服，只看见他右下颌一个红包，虽然只有榛子大小，形状却峥嵘险恶：高处是亮红色，低处是暗黄色，显然已经灌脓。我吃惊说："啊呀，这是个疽吧？得用热敷。"可是谁给他做热敷呢？我后来看见他们的红十字急救药箱，纱布上、药棉上尽是泥手印。默存说他已经生过一个同样的外疹，领导上让他休息几天，并叫他改行不再烧锅炉。他目前白天看管工具，晚上巡夜。他的顶头上司因我去探亲，还特地给了他半天假。可是我的排长却非常严厉，只让我跟着别人去探望一下，吩咐我立即回队。默存送我回队，我们没说得几句话就分手了。得一去世的事，阿圆和我暂时还瞒着他，这时也未及告诉。过了一两天他来信说：那个包儿是疽，穿了五个孔。幸亏打了几针才渐渐痊愈。

我们虽然相去不过一小时的路程，却各有所属，得听指挥、服从纪律，不能随便走动，经常只是书信来往，到休息日才许探亲。休息日不是星期日；十天一次休息，称为大礼拜。如有事，大礼拜可以取消。可是比起独在北京的阿圆，我们就算是同在一处了。

（选自《干校六记》）

作者简介

杨绛，本名杨季康，祖籍江苏无锡，1911 生于北京，中国社会科学院外国文学研究员、作家、评论家、翻译家。1932 年毕业于苏州东吴大学。1935～1938 年留学英法，回国后曾在上海震旦女子文理学院、清华大学任教。1949 年后，在中国社会科学院文学研究所、外国文学研究所工作。主要作品有剧本《称心如意》、《弄假成真》，长篇小说《洗澡》。文革后主要的散文创作成果是《干校六记》，记述作者 1969 年底到 1972 年春在河南"五七干校"中的生活经历。另一个随笔集《将饮茶》，部分也写到了"文革"期间的遭遇，但更有价值的，是回忆亲人往事的部分。另出版有《杨绛译文集》。

赏析

《下放记别》是散文集《干校六记》的第一篇，作者及其丈夫钱钟书先生都是中国社会科学院的高级知识分子，在"文化大革命"中再一次被列为"接受工农兵再教育"的劳动改造对象，被下放到河南农村"五七干校"接受劳动改造。本篇主要写了他们夫妇下放去"干校"前后，身边发生的一些事情：下放前的不安等待，为丈夫准备行装，送别丈夫，女儿为自己送行，在"干校"与丈夫会面等的一些事情。

本文语言朴素，情真意切。在记述亲友及个人生活经历时，没有激愤的宣泄，没有愤怒的控诉，而是以平淡含蓄的语言，以平常心及普通人的情感，揭示社会的悲剧和个人悲剧的关系。淡泊中蕴涵着浓郁，平静中饱含着深情，意蕴淳厚，耐人咀嚼。

本文文字明净、干练。作者善用冷静白描手法，寥寥几笔勾勒出事物的轮廓。杨绛采用的白描是冷静的，她有大智慧也有大知识，但在文中她没有张扬这份渊博，而是选择直白，选择了浅切、通俗的常用语，却也能达到传神。如“两连动身的日子，学部敲锣打鼓，我们都放了学去欢送。下放人员整队而出；红旗开处，俞平老和俞师母领队当先。年逾七旬的老人了，还像学龄儿童那样排着队伍，远赴干校上学。”作者轻轻几句话就把当时那些年岁很大的知识分子在那个特定的历史时期的特殊遭遇，及当时那种令人啼笑皆非的场面描绘出来了。杨绛对白描的成功运用增强了文章话语的含蓄性和理解的多重性。

本文仅映出作者平静而淡泊的生活态度。作者围绕一个“别”字，娓娓讲述，在那个特殊的年代里，杨绛女士也有悲痛与忧愁，如夫妻离别、母女分别、女婿之死等，但文字始终平淡和静，表现出作者哀而不伤、怨而不怒，平和中不乏幽默，显现出宁静、乐观的生活态度。

怀念萧珊

巴　金

一

今天是萧珊逝世六周年的纪念日。六年前的光景还非常鲜明地出现在我的眼前。那一天我从火葬场回到家中，一切都是乱糟糟的，过了两三天我渐渐地安静下来了，一个人坐在书桌前，想写一篇纪念她的文章。在五十年前我就有了这样一种习惯：有感情无处倾吐时我经常求助于纸笔。可是1972年8月里那几天，我每天坐三四个小时望着面前摊开的稿纸，却写不出一句话。我痛苦地想，难道给关了几年的“牛棚”，真的就变成“牛”了？头上仿佛压了一块大石头，思想好像冻结了一样。我索性放下笔，什么也不写了。

六年过去了。林彪、“四人帮”及其爪牙们的确把我搞得很“狼狈”，但我还是活下来了，而且偏偏活得比较健康，脑子也并不糊涂，有时还可以写一两篇文章。最近我经常去火葬场，参加老朋友们的骨灰安放仪式。在大厅里，我想起许多事情。同样地奏着哀乐，我的思想却从挤满了人的大厅转到只有二三十个人的中厅里去了，我们正在用哭声向萧珊的遗体告别。我记起了《家》里面觉新说过的一句话：“好像珏死了，也是一个不祥的鬼。”四十七年前我写这句话的时候，怎么想得到我是在写自己！我没有流眼泪，可是我觉得有无数锋利的指甲在搔我的心。我站在死者遗体旁边，望着那张惨白色的脸，那两片咽下千言万语的嘴唇，我咬紧牙齿，在心里唤着死者的名字。我想，我比她大十三岁，为什么不让我先死？我想，这是多么不公平！她究竟犯了什么罪？她也给关进“牛棚”，挂上“牛鬼蛇神”的小纸牌，还扫过马路。究竟为什么？理由很简单，她是我的妻子。她患了病，得不到治疗，也因为她是我的妻子。想尽办法一直到逝世前三个星期，靠开后门她才住进医院。但是癌细胞已经扩散，肠癌变成了肝癌。

她不想死，她要活，她愿意改造思想，她愿意看到社会主义建成。这个愿望总不能说是痴心妄想吧。她本来可以活下去，倘使她不是“黑老K”的“臭婆娘”。一句话，是我连累了她，是我害了她。

在我靠边的几年中间，我所受到的精神折磨她也同样受到。但是我并未挨过打，她却挨了“北京来的红卫兵”的铜头皮带，留在她左眼上的黑圈好几天以后才褪尽。她挨打只是为了保护我，她看见那些年轻人深夜闯进来，害怕他们把我揪走，便溜出大门，到对面派出所去，请民警同志出来干预。那里只有一个人值班，不敢管。当着民警的面，她被他们用铜头皮带狠狠抽了一下，给押了回来，同我一起关在马桶间里。

她不仅分担了我的痛苦，还给了我不少的安慰和鼓励。在“四害”横行的时候，我在原单位（中国作家协会上海分会）给人当做“罪人”和“贱民”看待，日子十分难过，有时到晚上九十点钟才能回家。我进了门看到她的面容，满脑子的乌云都消散了。我有什么委屈、牢骚，都可以向她尽情倾吐。有一个时期我和她每晚临睡前要服两粒眠尔通才能够闭眼，可是天刚刚发白就都醒了。我唤她，她也唤我。我诉苦般地说：“日子难过啊!”她也用同样的声音回答：“日子难过啊!”但是她马上加一句：“要坚持下去。”或者再加一句：“坚持就是胜利。”我说：“日子难过”，因为在那一段时间里，我每天在“牛棚”里面劳动、学习、写交代、写检查、写思想汇报。任何人都可以责骂我、教训我、指挥我。从外地到“作协分会”来串连的人可以随意点名叫我出去“示众”，还要自报罪行。上下班不限时间，由管理“牛棚”的“监督组”随意决定。任何人都可以闯进我家里来，高兴拿什么就拿走什么。这个时候大规模的群众性批斗和电视批斗大会还没有开始，但已经越来越逼近了。

她说“日子难过”，因为她给两次揪到机关，靠边劳动，后来也常常参加陪斗。在淮海中路“大批判专栏”上张贴着批判我的罪行的大字报，我一家人的名字都给写出来“示众”，不用说“臭婆娘”的大名占着显著的地位。这些文字像虫子一样咬痛她的心。她让上海戏剧学院“狂妄派”学生突然袭击、揪到“作协分会”去的时候，在我家大门上还贴了一张揭露她的所谓罪行的大字报。幸好当天夜里我儿子把它撕毁。否则这一张大字报就会要了她的命！人们的白眼，人们的冷嘲热骂蚕蚀着她的身心。我看出来她的健康逐渐遭到损害。表面上的平静是虚假的。内心的痛苦像一锅煮沸的水，她怎么能遮盖住！怎么能使它平静！她不断地给我安慰，对我表示信任，替我感到不平。然而她看到我的问题一天天地变得严重，上面对我的压力一天天地增加，她又非常担心。有时同我一起上班或者下班，走近巨鹿路口，快到“作协分会”，或者走近湖南路口，快到我们家，她总是抬不起头。我理解她，同情她，也非常担心她经受不起沉重的打击。我记得有一天到了平常下班的时间，我们没有受到留难，回到家里她比较高兴，到厨房去烧菜。我翻看当天的报纸，在第三版上看到当时做了“作协分会”的“头头”的两个工人作家写的文章《彻底揭露巴金的反革命真面目》。真是当头一棒!我看了两三行，连忙把报纸藏起来，我害怕让她看见。她端着烧好的菜出来，脸上还带笑容，吃饭时她有说有笑。饭后她要看报，我企图把她的注意力引到别处。但是没有用，她找到了报纸。她的笑容一下子完全消失。这一夜她再没有讲话，早早地进了房间。我后来发现她躺在床上小声哭着。一个安静的夜晚给破坏了。今天回想当时的情景，她那张满是泪痕的脸还在我的眼前。我多么愿意让她的泪痕消失，笑容在她那憔悴的脸上重现，即使减少我几年的生命来换取我们家庭生活中一个宁静的夜晚，我也心甘情愿!

二

我听周信芳同志的媳妇说，周的夫人在逝世前经常被打手们拉出去当做皮球推来推去，打得遍体鳞伤。有人劝她躲开，她说：“我躲开，他们就要这样对付周先生了。”萧珊并未受到这种新式体罚。可是她在精神上给别人当皮球打来打去。她也有这样的想法：她多受一点精神折磨，可以减轻对我的压力。其实这是她一片痴心，结果只苦了她自己。我看见她一天天地憔悴下去，我看见她的生命之火逐渐熄灭，我多么痛心。我劝她，安慰她，我想拉住她，一点也没有用。

她常常问我：“你的问题什么时候才解决呢?”我苦笑地说：“总有一天会解决的。”她叹口气说：“我恐怕等不到那个时候了。”后来她病倒了，有人劝她打电话找我回家，她不知从哪里得来的消息，她说：“他在写检查，不要打岔他。他的问题大概可以解决了。”等到我从“五七”干校回家休假，她已经不能起床。她还问我检查写得怎样，问题是否可以解决。我当时的确在写检查，而且已经写了好几次了。他们要我写，只是为了消耗我的生命。但她怎么能理解呢?

这时离她逝世不过两个多月，癌细胞已经扩散，可是我们不知道，想找医生给她认真检查一次，也毫无办法。平日去医院挂号看门诊，等了许久才见到医生或者实习医生，随便给开个药方就算解决问题。只有在发烧到摄氏三十九度才有资格挂急诊号，或者还可以在病人拥挤的观察室里待上一天半天。当时去医院看病找交通工具也很困难，常常是我女婿借了自行车来，让她坐在车上，他慢慢地推着走。有一次她雇到小三轮车去看病，看好门诊回家雇不到车了，只好同陪她看病的朋友一起慢慢地走回来，走走停停，走到街口，她快要倒下了，只得请求行人到我们家通知。她一个表侄正好来探病，就由他去把她背了回家。她希望拍一张X光片子查一查肠子有什么病，但是办不到。后来靠了她一位亲戚帮忙开后门两次拍片，才查出她患肠癌。以后又靠朋友设法开后门住进了医院。她自己还很高兴，以为得救了。只有她一个人不知真实的病情，她在医院里只活了三个星期。

我休假回家假期满了，我又请过两次假，留在家里照料病人。最多也不到一个月。我看见她病情日趋严重，实在不愿意把她丢开不管，我要求延长假期的时候，我们那个单位的一个“工宣队”头头逼着我第二天就回干校去。我回到家里，她问起来，我无法隐瞒。她叹了一口气，说：“你放心去吧。”她把脸掉过去，不让我看她。我女儿、女婿看到这种情景，自告奋勇跑到巨鹿路向那位“工宣队”头头解释，希望同意我在市区多留些日子照料病人。可是那个头头“执法如山”，还说：他不是医生，留在家里，有什么用！“留在家里对他改造不利!”他们气愤地回到家中，只说机关不同意，后来才对我传达了这句“名言”。我还能讲什么呢？明天回干校去！

整个晚上她睡不好，我更睡不好。出乎意外，第二天一早我那个插队落户的儿子在我们房间里出现了，他是昨天半夜里到的。他得到了家信，请假回家看母亲，却没有想到母亲病成这样。我见了他一面，把他母亲交给他，就回干校去了。

在车上我的情绪很不好。我实在想不通为什么会有这样的事情。我在干校待了五天，无法同家里通消息。我已经猜到她的病不轻了。可是人们不让我过问她的事情。这五天是多么难熬的日子!到第五天晚上在干校的造反派头头通知我们全体第二天一早回市区开会。这样我才又回到了家，见到我的爱人。靠了朋友帮忙，她可以住进中山医院肝癌病房，一切都准备好，她第二天就要住院了。她多么希望住院前见我一面，我终于回来了。连我也没有想到她的病情发展得这么快。我们见了面，我一句话也讲不出来。她说了一句：“我到底住院了。”我答说：“你安心治疗吧。”她父亲也来看她，老人家双目失明，去医院探病有困难，可能是来同他的女儿告别了。

我吃过中饭，就去参加给别人戴上反革命帽子的大会，受批判、戴帽子的人不止一个，其中有一个我的熟人王若望同志，他过去也是作家，不过比我年轻。我们一起在“牛棚”里关过一个时期，他的罪名是“摘帽右派”。他不服，不听话，他贴出大字报，声明“自己解放自己”，因此罪名越搞越大，给捉去关了一个时期不算，还戴上了反革命的帽子监督劳动。在会场里我一直像在做怪梦。开完会回家，见到萧珊我感到格外亲切，仿佛重回人间。可是她不舒服，不想讲话，偶尔讲一句半句。我还记得她讲了两次：“我看不到了。”我连声问她看不到什么？她后来才说：“看不到你解放了。”我还能再讲什么呢？

我儿子在旁边，垂头丧气，精神不好，晚饭只吃了半碗，像是患感冒。她忽然指着他小声说：“他怎么办呢?”他当时在安徽山区农村已经待了三年半，政治上没有人管，生活上不能养活自己，而且因为是我的儿子，给剥夺了好些公民权利。他先学会沉默，后来又学会抽烟。我怀着内疚的心情看看他。我后悔当初不该写小说，更不该生儿育女。我还记得前两年在痛苦难熬的时候她对我说：“孩子们说爸爸做了坏事，害了我们大家。”这好像用刀子在割我身上的肉。我没有出声，我把泪水全吞在肚里。她睡了一觉醒过来忽然问我：“你明天不去了？”我说：“不去了。”就是那个“工宣队”头头今天通知我不用再去干校就留在市区。他还问我：“你知道萧珊是什么病？”我答说：“知道。”其实家里瞒住我，不给我知道真相，我还是从他这句问话里猜到的。

（选自《随想录》）

作者简介

巴金（1904～2005）现当代作家。原名李尧棠、字芾甘，笔名佩竿、余一、王文慧等。四川成都人。1920年入成都外国语专门学校。1923年从封建家庭出走，就读于上海和南京的中学。1927年初赴法国留学，写成了处女作长篇小说《灭亡》，发表时始用巴金的笔名。中华人民共和国成立后，巴金曾任全国文联副主席、中国作家协会主席、中国笔会中心主席、全国政协副主席等职，并主编《收获》杂志。20世纪30年代至40年代创作长篇小说《激流三部曲》中的《家》、《寒夜》而出名。建国后著有小说散文集《英雄的故事》、《新生集》，散文集《随想录》等。

赏析

本文感情真挚。巴金先生于1979年饱蘸着积压已久的血和泪，融合着满腔的真诚，深沉的思念，写下了这篇动人心弦，催人泪下的悼亡散文。萧珊质朴无华，她与巴金恋爱八年，在他们三十多年的共同生活中，面对种种艰难困苦，战乱中的颠沛流离，她一往情深，从不抱怨。每当丈夫落在困苦的境地里，她总是亲切地在丈夫的耳边说："不要难过，我不会离开你，我在你的身边。"对萧珊逝世，巴金痛苦之极，悲愤不已，近乎狂怒地质问苍天："为什么不让我先死"。从文中可以感受到作者痛失爱妻的悲伤心情。

本文文字朴素自然，平易流畅。本文从整体构思到遣词造句，都是出于感情的自然流露，没有雕琢、虚饰，笔到情至，通过这些质朴无华的词句，人们可以真切地感受到作家对亡妻的无限深情。

第四节　外国散文欣赏

归来的温馨

聂鲁达

我的住所幽深，院内树木繁茂。久别之后，房子的许多去处吸引我躲进去尽情享受归来的温馨。花园里长起神奇的灌木丛，发出我从未领受过的芬芳。我种在花园深处的杨树，原来是那么细弱，那么不起眼，现在竟长成了大树。它直插云天，表皮上有了智慧的皱纹，梢头不停地颤动着新叶。

最后认出我的是栗树。当我走近时，它们光裸干枯的、高耸纷繁的枝条，显出莫测高深和满怀敌意的神态，而在它们躯干周围正萌动着无孔不入的智利的春天。我每日都去看望它们，因为我心里明白，它们需要我去巡礼。在清晨的寒冷中，我凝然伫立在没有叶子的枝条下，直到有一天，一个羞怯的绿芽从树梢高处远远地探出来看，随后出来了更多的绿芽。我出现的消息就这样传遍了那棵大栗树所有躲藏着的满怀疑虑的树叶，现在，它们骄傲地向我致意，并且已经习惯了我的归来。

鸟儿在枝头重新开始往日的啼鸣，仿佛树叶下什么变化也未曾发生。

书房里等待我的是冬天和残冬的浓烈气息。在我的住所中，书房最深刻地反映了我离家的迹象。

封存的书籍有一股亡魂的气味，直冲鼻子和心灵深处，因为这是遗忘——业已湮灭的记忆——所产生的气味。

在那古老的窗子旁边，面对着安第斯山顶上白色和蓝色的天空，在我的背后，我感到了正在与这些书籍进行搏斗的春天的芬芳。书籍不愿摆脱长期被人抛弃的状态，依然散发一阵阵遗忘的气息。春天身披新装，带着忍冬的香气，正在进入各个房间。

在我离家期间，书籍给弄得散乱不堪。这不是说书籍短缺了，而是它们的位置给挪动了。在一卷十七世纪的严肃的培根著作旁边，我看到艾·萨尔加里的《尤卡坦旗舰》；尽管如此，它们倒还能够和睦相处。然而，一册拜伦诗集却散开了，我拿起来的时候，书皮像信天翁的黑翅膀那样掉落下来。我费力地把书脊和书皮缝上，事前我先饱览了那冷漠的浪漫主义。

海螺是我住所里最沉默的居民。从前海螺连年在大海里度过，养成了极深的沉默。如今，近几年的时光又给它增添了岁月和尘埃。可是，它那珍珠般冷冷的闪光，它那哥特式的同心椭圆形，或是它那张开的壳瓣，都使我记起远处的海岸和事件。这种闪着红光的珍贵海螺叫 Rostellaria，是古巴的软体动物学家——深海的魔术师——卡洛斯·德·拉·托雷有一次把它当作海底勋章赠给我的。这些加利福尼亚海里的黑“橄榄”，以及同一处来的带红刺的和带黑珍珠的牡蛎，都已经有点儿褪色，而且盖满尘埃了。从前，就在有那么多宝藏的加利福尼亚海上，我们险些遇难。

还有一些新居民，就是从封存了很久的大木箱里取出的书籍和物品。这些松木箱来自法国，箱子板上有地中海的气味，打开盖子时发出嘎吱嘎吱的歌声，随即箱内出现金光，露出维克多·雨果著作的红色书皮。旧版的《悲惨世界》便把形形色色令人心碎的生命，在我家的几堵墙壁之内安顿下来。

不过，从这口灵柩般的大木箱里我找出了一张妇女的可亲的脸，木头做的高耸的乳房，一双浸透音乐和盐水的手。我给她取名叫“天堂里的玛丽亚”，因为她带来了失踪船只的秘密。我在巴黎一家旧货店里发现她光彩照人，当时她因为被人抛弃而面目全非，混在一堆废弃的金属器具里，埋在郊区阴郁的破布堆下面。现在，她被放置在高处，再次焕发着活泼、鲜艳的神采出航。每天清晨，她的双颊又将挂满神秘的露珠，或是水手的泪水。

玫瑰花在匆匆开放。从前，我对玫瑰很反感，因为她没完没了地附丽于文学，因为她太高傲。可是，眼看她们赤身裸体顶着严冬冒出来，当她在坚韧多刺的枝条间露出雪白的胸脯，或是露出紫红的火团的时候，我心中渐渐充满柔情，赞叹她们骏马一样的体魄，赞叹她们含着挑战意味发出的浪涛般神秘的芳香与光彩；而这是她们适时从黑色土地里尽情吸取之后，像是责任心创造奇迹，在露天地里表露的爱。而现在，玫瑰带着动人的严肃神情挺立在每个角落，这种严肃与我正相符，因为她们和我都摆脱了奢侈与轻浮，各自尽力发出自己的一分光。

可是，四面八方吹来的风使花朵轻微起伏、颤动，飘来阵阵沁人心脾的芳香。

青年时代的记忆涌来，令人陶醉：已经忘却的美好名字和美好时光，那轻轻抚摩过的纤手、高傲的琥珀色双眸以及随着时光流逝已不再梳理的发辫，一起涌上心头。

这是忍冬的芳香，这是春天的第一个吻。

（林光　译）

（选自《为心灵煮杯咖啡：感动大学生的100篇散文》）

作者简介

巴勃鲁·聂鲁达（1904～1973）智利诗人。16岁入圣地亚哥智利教育学院学习法语。1928年进入外交界任驻外领事、大使等职。1945年被选为国会议员，并获智利国家文学奖，同年加入智利共产党。后因国内政局变化，流亡国外。曾当选世界和平理事会理事，获斯大林国际和平奖金。1952年回国，1957年任智利作家协会主席。1973年逝世。

聂鲁达少年时代就喜爱写诗并起笔名为聂鲁达，27岁出版第一部诗集《黄昏》，第二年发表成名作《二十首情诗和一支绝望的歌》。这些诗作具有浪漫主义色彩，贯穿其中的是有关爱情和大自然的主题。以后，他的诗风几经嬗变。《大地上的居所》第一卷是诗人精神危机时代的产物，充满悲观虚无情绪。《大地上的居所》第二卷写于在西班牙任外交官期间，作品色彩较前明快。投身于西班牙内战使他的诗风彻底转变，这时他成为了一个关心人类苦难的人民诗人。代表作《漫歌集》涵盖了他一生的人生经验和理想，显示出诗人广阔的视野、博大的胸怀和卓越的诗歌才能。它的规模和美学深度是拉美诗坛绝无仅有的。作品热情歌颂美洲大地的瑰丽风光和人物历史，凡美洲一草一木，从水手、渔夫、矿工，到历史英雄全部融于一集。晚年他的诗歌格调幽暗、思想空虚、内容庞杂。1945年，获得智利国家文学奖金，1971年获诺贝尔文学奖。他从一个抒情诗人出发，吸收了先锋派、西班牙谣曲、惠特曼的自由诗体、马雅可夫斯基的政治抒情诗等各种诗歌流派的优秀诗艺技巧，创造出自己独特的声音，成为拉美和世界诗坛的一代宗师。

赏析

文章的题目叫《归来的温馨》，“归来”两字是文眼，全篇都围绕这一点写自己的感受，而且这是“久别之后”的归来，所以更加有一种深厚的激动之情。

聂鲁达是一位历尽沧桑的诗人，在世界许多地方漂泊过，或许因为如此，他对家的感觉比一般人更细腻，“花园里长起神奇的灌木丛，发出我从未领受过的芬芳”。要是长期待在家里，也许对花香就没有这样敏感了。

作者还仔细地描写了自己家里的种种情形，他写了自己的书：“在我的住所中，书房最深刻地反映了我离家的迹象。”他说自己的书都有一股“亡魂的气味”，这反映出作者的内心。当他在家里时，想必是那些书陪伴他度过许多时光，但现在它们长期被人抛弃，散发一阵阵遗忘的气息，这都是因为作者的漂泊，而这些书正是作者沧桑经历的见证。

然而漂泊已是过去，毕竟已回到家里。栗树和玫瑰带来的春的气息让作者心中充满柔情。他原来并不喜欢玫瑰，如今也欣赏起她那“动人的严肃神情”。为什么？“因为她们和我都摆脱了奢侈与轻浮”，都经受了岁月的考验。在阵阵沁人心脾的芳香中，作者回忆起青年时代的美好时光，回忆起爱情，那种归来的温馨感在此时达到了顶峰。

聂鲁达的文字精练、准确，感情丰富而细腻，能够准确而诗意葱茏地表达主题。阅读本文，读者也会深深沉浸在一种温馨的氛围中。

生活在大自然的怀抱里

卢　梭

为了到花园里看日出，我比太阳起得更早；如果这是一个晴天，我最殷切的期望是不要有信件或来访扰乱这一天的清宁。我用上午的时间做各种杂事。每件事都是我乐意完成的，因为这都不是非立即处理不可的急事，然后我匆忙用膳，为的是躲避那些不受欢迎的来访者，并且使自己有一个充裕的下午。即使最炎热的日子，在中午一时前我就顶着烈日带着芳夏特[1]出发了。由于担心不速之客会使我不能脱身，我加紧了步伐。可是，一旦绕过一个拐角，我觉得自己得救了，就激动而愉快地松了口气，自言自语说：“今天下午我是自己的主宰了！”从此，我迈着平静的步伐，到树林中去寻觅一个荒野的角落，一个人迹不至因而没有任何奴役和统治印记的荒野的角落，一个我相信在我之前从未有人到过的幽静的角落，那儿不会有令人厌恶的第三者跑来横隔在大自然和我之间。那儿，大自然在我眼前展开一幅永远清新的华丽的图景。金色的燃料木、紫红的欧石南非常繁茂，给我深刻的印象，使我欣悦；我头上树木的宏伟、我四周灌木的纤丽、我脚下花草的惊人的纷繁使我目不暇给，不知道应该观赏还是赞叹；这么多美好的东西争相吸引我的注意力，使我眼花缭乱，使我在每件东西面前留连，从而助长我懒惰和爱空想的习气，使我常常想：“不，全身辉煌的所罗门也无法同它们当中任何一个相比。”

我的想像不会让如此美好的土地长久渺无人烟。我按自己的意愿在那儿立即安排了居民，我把舆论、偏见和所有虚假的感情远远驱走，使那些配享受如此佳境的人迁进这大自然的乐园。我将把他们组成一个亲切的社会，而我相信自己并非其中不相称的成员。我按照自己的喜好建造一个黄金的世纪，并用那些我经历过的给我留下甜美记忆的情景和我的心灵还在憧憬的情境充实这美好的生活，我多么神往人类真正的快乐，如此甜美、如此纯洁，但如今已经远离人类的快乐。甚至每当念及此，我的眼泪就夺眶而出！啊！这个时刻，如果有关巴黎、我的世纪、我这个作家的卑微的虚荣心的念头来扰乱我的遐想，我就怀着无比的轻蔑立即将它们赶走，使我能够专心陶醉于这些充溢我心灵的美妙的感情！然而，在遐想中，我承认，我幻想的虚无有时会突然使我的心灵感到痛苦。甚至即使我所有的梦想变成现实，我也不会感到满足：我还会有新的梦想、新的期望、新的憧憬。我觉得我身上有一种没有什么东西能够填满的无法解释的空虚，有一种虽然我无法阐明、但我感到需要的对某种其他快乐的向往。然而，先生，甚至这种向往也是一种快乐，因为我从而充满一种强烈的感情和一种迷人的感伤——而这都是我不愿意舍弃的东西。

我立即将我的思想从低处升高，转向自然界所有的生命，转向事物普遍的体系，转向主宰一切的不可思议的上帝。此刻我的心灵迷失在大千世界里，我停止思维，我停止冥想，我停止哲学的推理；我怀着快感，感到肩负着宇宙的重压，我陶醉于这些伟大观念的混杂，我喜欢任由我的想像在空间驰骋；我禁锢在生命的疆界内的心灵感到这儿过分狭窄，我在天地间感到窒息，我希望投身到一个无限的世界中去。我相信，如果我能够洞悉大自然所有的奥秘，我也许不会体会这种令人惊异的心醉神迷，而处在一种没有那么甜美的状态里；我的心灵所沉湎的这种出神入化的佳境使我在亢奋激动中有时高声呼唤："啊，伟大的上帝呀！啊，伟大的上帝呀！"但除此之外，我不能讲出也不能思考任何别的东西。遗忘，但他们肯定不会把我忘却；不过，这又有什么关系？反正他们没有任何办法来搅乱我的安宁。摆脱了纷繁的社会生活所形成的种种尘世的情欲，我的灵魂就经常神游于这一氛围之上，提前跟天使们亲切交谈，并希望不久就将进入这一行列。我知道，人们将竭力避免把这样一处甘美的退隐之所交还给我，他们早就不愿让我呆在那里，但是他们却阻止不了我每天振想像之翼飞到那里，一连几个小时重尝我住在那里时的喜悦。我还可以做一件更美妙的事，那就是我可以尽情想像。假如我设想我现在就在岛上，我不是同样可以遐想吗？我甚至还可以更进一步，在抽象的、单调的遐想的魅力之外，再添上一些可爱的形象，使得这一遐想更为生动活泼。在我心醉神迷时这些形象所代表的究竟是什么，连我的感官也时常是不甚清楚的；现在遐想越来越深入，它们也就被勾画得越来越清晰了。跟我当年真在那里时相比，我现在时常是更融洽地生活在这些形象之中，心情也更加舒畅。不幸的是，随着想像力的衰退，这些形象也就越来越难以映上脑际，而且也不能长时间地停留。唉！正在一个人开始摆脱他的躯壳时，他的视线却被他的躯壳阻挡的最厉害！

（沈琪　译）

（选自《外国散文经典100篇》）

注释

[1]芳夏特：卢梭养的一条狗的名字。

作者简介

卢梭（1712～1778），法国著名启蒙思想家、哲学家、教育家、文学家。出生于瑞士日内瓦一个钟表匠的家庭。一生经历坎坷。9 岁开始流浪，曾当过学徒、仆人、家庭教师等，遭受过种种屈辱和迫害。1741 年他到巴黎去，结识了年轻一代的启蒙思想家狄德罗、格利姆等人，启蒙思想逐渐形成。在哲学上，卢梭主张感觉是认识的来源，坚持“自然神论”的观点；强调人性本善，信仰高于理性。在社会观上，卢梭坚持社会契约论，主张建立资产阶级的“理性王国”；主张自由平等，反对大私有制及其压迫；提出“天赋人权说”，反对专制、暴政。在教育上，他主张教育目的在培养自然人；反对封建教育戕害、轻视儿童，要求提高儿童在教育中的地位；主张改革教育内容和方法，顺应儿童的本性，让他们的身心自由发展，反映了资产阶级和广大劳动人民从封建专制主义下解放出来的要求。主要著作有《论人类不平等的起源和基础》、《社会契约论》、《爱弥儿》、《忏悔录》、《新爱洛绮斯》等。

赏析

卢梭是法国杰出的散文作家之一。他的散文不仅说理性强，富于雄辩，而且饶有抒情风味。推崇感情，热爱大自然，赞扬自我是卢梭文学作品的特点。他把自然与文明尖锐对立起来，并为人类返回自然大声疾呼。他认为，在自然的怀抱里，人可以暂时忘却尘世的烦恼，自然人性可以得到一定程度的复归。这篇文章即写作者逃脱人世的扰乱，走进大自然中的愉快感觉以及由此引发的丰富联想。

贪心的紫罗兰

纪伯伦

在一座孤零零的花园里，有一株紫罗兰，花瓣艳丽，芳香四溢，幸福愉快地生活在同伴之中，得意洋洋地在群芳之间左右摆动。

一天早晨，紫罗兰戴着露珠桂冠，抬头朝四周一望，看到一朵玫瑰花，躯干苗条，翘首天空，恰似一柄火炬，插在宝石灯上。

紫罗兰咧开她那蓝色的嘴唇，叹息道：“唉，在群芳当中，我最不走运；在百卉之中，我地位最低！大自然造就了我如此低矮渺小，我只配伏在地上生存，不能像玫瑰那样，枝插蓝天，面朝太阳。”

玫瑰花听到邻居紫罗兰的哀叹，笑着摇了摇头，说：“在百花群里，你最糊涂。你身在福中不知福。大自然赋予你其他花草都不具备的芳香、文雅、美貌。

赶快打消你这些奇怪的念头和有害的愿望吧！满足天赐予你的福气吧！你要知道：虚怀若谷的人，地位无比高尚；贪得无厌者，永远贫困饥荒。”

紫罗兰回答：“玫瑰花，你之所以来抚慰我，因为你已得到了我欲得到的一切；你之所以用格言来掩盖我的低下地位，因为你伟大高尚。在倒霉者的心中，幸运儿的劝诫是何等苦涩；在弱者面前慷慨演说的强者，何其冷若冰霜！”

大自然听了玫瑰与紫罗兰的对话，禁不住打了个寒战，提高嗓门说：“紫罗兰，我的女儿，你怎么啦？我了解你，你朴实无华，小巧玲珑，温文尔雅。究竟是贪欲缠住了你的身，还是虚荣占据了你的心？”

紫罗兰乞怜道：“力大恩深的母亲，我谨向您倾诉我心中的恳求和希望，万望您答应我的要求，让我变成一株玫瑰花，哪怕只有一天。”

大自然说：“你不知道你的要求意味着什么。你不知道华美外观的背后所隐藏的巨大灾难。倘若你的身躯变高，外貌改观，成为一株玫瑰花，恐怕到时候连后悔都来不及了。”

紫罗兰说：“改变我的外貌吧！让我变成一株身躯高大、昂首蓝天的玫瑰花……到那时候，无论如何，我的欲望总算实现啦。”

大自然说：“叛逆的傻瓜，我答应你的恳求！倘使遇上灾祸，你只能抱怨自己太傻。”

大自然伸出她那无形的神手，轻轻触摸紫罗兰的根部，顿时出现了一株高出群芳之首、色彩斑斓夺目的玫瑰花。

那天傍晚，天色突变，乌云急聚，暴风骤起，撕破世界沉寂，电闪雷鸣相继而来，风雨一齐向花园发动攻击。刹那间，只见万木枝条摧折，百卉躯干弯曲，枝长杆高的花草被连根拔掉，幸免者只有伏在地面上、隐身石头间的矮小花木荆棘。

与此同时，那座孤零的花园遭受了其他花园所未经历过的浩劫和冲击。

风暴未停，乌云未消，已见园中花落满地。风暴过后，只有隐蔽在墙根下的紫罗兰安然无恙。

一位紫罗兰少女抬起头来，望着园中花木败落的惨状，得意地微笑了。她当即呼唤同伴：“姐妹们，快来看看吧！看看风暴是怎样对待那些傲气的高大花木的！”

另一位紫罗兰姑娘说：“我们低下，匍匐在地面上，但经过暴风骤雨，我们安然无恙。”

第三位紫罗兰姑娘说：“我们虽然躯体微小，但暴风雨没把我们压倒。”

就在这时，紫罗兰王后出来一看，发现昨天还是紫罗兰的那株玫瑰就在自己身边，只见它已被风暴连根拔掉，叶子散落了一地，仿佛身中利箭，被风神抛到湿漉漉的草丛之间。

紫罗兰王后直起腰杆，舒展叶片，呼唤着：“我的女儿们，你们仔细看看！这株紫罗兰为贪欲所怂恿，变成了一株玫瑰花，挺拔一时，然后被抛入了万丈深渊。愿此成为你们的明鉴。”

玫瑰花战栗着，使尽全身气力，上气不接下气地说：“知足安分的傻姐妹们，你们听我说，昨天，我像你们一样，端坐在绿叶中间，满足于天赐之福。知足是难以逾越的障碍，它将我与生活的风暴分离开来，使我心地坦然，无忧无虑。我本来可以像你们一样，静静伏在地面上，冬来雪花裹身，未知大自然秘密，便与同伴一起步入死一般的沉寂。我本可以避开令人贪婪的事情，弃绝那些超越我天性的东西。但是，我在静夜里听到上天对人间说：‘存在的目的在于追求存在以外的东西。’于是我自己背弃了自己的灵魂，贪图得到我不应得到的东西。我一直在渴望得到我没有的东西，致使这种背弃心理变成了一种巨大力量，我的渴望变成了异想天开的幻想，于是要求大自然——大自然只不过是我们心中梦想的外观——将我变成一株玫瑰花。大自然当即令我如愿以偿。大自然常用她那偏爱和渴望改变自己的形象。”

玫瑰花沉默稍许，又自豪、得意地说：“我当了一小时的皇后。我用玫瑰花的眼睛观看了宇宙，用玫瑰花的耳朵听到了太苍的窃窃私语，用玫瑰花的叶子感触了光明。在诸位之间，谁能得到我这份荣幸？”

之后，她弯下脖子，用近似喘息的声音说：“我就要死了。在我的心中有着一种特有的感触，这是在我之前的紫罗兰不曾有过的感触。我就要死去了，我了解到了我出生的有限天地之外的一些事情。这就是生活的目的。这就是隐藏在昼夜间发生的偶然事件背后的真正本质。”

玫瑰花合上叶子，浑身一颤，便死去了。此时，她脸上浮现出神圣的微笑——愿望实现后的微笑——胜利的微笑——上帝的微笑。

（选自《人一生要读的60篇散文》）

作者简介

纪伯伦（1883～1931），黎巴嫩著名诗人和作家，阿拉伯现代文学史上的重要文学流派——“旅美派”的杰出代表人物，黎巴嫩和阿拉伯现代小说和散文诗的奠基者之一。生于黎巴嫩北部山乡卜舍里的一个农民家庭。因家贫，12岁时跟母亲一起随移民辗转到美国的波士顿。由于渴望了解祖国和人民，两年后只身返回黎巴嫩，进贝鲁特睿智学校学习阿拉伯文、法文和绘画。学习期间，曾创办《真理》杂志，态度激进。1908年发表小说《叛逆的灵魂》，激怒当局，作品遭到查禁焚毁，本人被逐，再次前往美国。后去法国，在巴黎艺术学院学习绘画和雕塑，曾得到艺术大师罗丹的奖掖。1911年重返波士顿，次年迁往纽约长住，从事文学艺术创作活动，1931年因病逝世。

纪伯伦青年时代以创作小说为主，他的小说几乎都用阿拉伯文写成，他的小说以主人公充满哲学意味的独白、对话和叙述，特别是被压迫被损害者充满激情的倾诉取胜。著有短篇小说集《草原新娘》、《叛逆的灵魂》和中篇小说《折断的翅膀》等。定居美国后以写散文和散文诗为主。纪伯伦的散文诗想像丰富，结构奇特，寓意深刻，抒情色彩浓郁，曾对阿拉伯文学的发展产生了巨大的影响。发表有散文诗集《先驱者》、《先知》、《沙与沫》、《先知园》、《流浪者》等。《先知》被认为是他的代表作。

纪伯伦的作品多以“爱”和“美”为主题，通过大胆的想像和象征的手法，表达深沉的感情和高远的理想。他的思想受尼采哲学影响较大。他的作品常常流露出愤世嫉俗的态度或表现某种神秘的力量。他的作品已译成世界多种文字，受到各国读者的欢迎。

赏析

一棵“愚蠢而不听话”的紫罗兰，请求造物主——大自然把它变成一棵玫瑰花，最终却为一天的光艳照人付出了生命的代价。这在大多数人看来是得不偿失之举，是贪慕虚荣、不安于现状的人的必然下场，面对紫罗兰皇后、众多的紫罗兰姐妹、天生丽质的玫瑰花及大自然的嘲笑和劝诫，贪心的紫罗兰贪心不改且至死不悔。对于这种执着，该做何感想呢？

纪伯伦在《泪与笑》的引言中说道：“我愿为追求理想而死，不愿百无聊赖而生。我希望在自己内心深处，有一种对爱与美如饥似渴的追求。”他正是把自己的人生信念融注到“贪心的紫罗兰”这则人生寓言中，借濒死的紫罗兰之口道出了“生活的意义”：存在的目的在于追求存在以外的东西。

论　学　问

培　根

读书为学底用途是娱乐、装饰和增长才识。在娱乐上学问底主要用处是幽居养静；在装饰上学问底用处是辞令；在长才上学问底用处是对于事务的判断和处理。因为富于经验的人善于实行，也许能够对个别的事情一件一件地加以判断；但是最好的有关大体的议论和对事务的计划与布置，乃是从有学问的人来的。在学问上费时过多是偷懒；把学问过于用做装饰是虚假；完全依学问上的规则而断事是书生底怪癖。学问锻炼天性，而其本身又受经验底锻炼；盖人底天赋有如野生的花草，他们需要学问底修剪；而学问底本身，若不受经验底限制，则其所指示的未免过于笼统。多诈的人渺视学问，愚鲁的人羡慕学问，聪明的人运用学问；因为学问底本身并不教人如何用它们；这种运用之道乃是学问以外、学问以上的一种智能，是由观察体会才能得到的。不要为了辩驳而读书；也不要为了信仰与盲从；也不要为了言谈与议论；要以能权衡轻重、审察事理为目的。

有些书可供一尝，有些书可以吞下，有不多的几部书则应当咀嚼消化；这就是说，有些书只要读读他们底一部分就够了，有些书可以全读，但是不必过于细心地读；还有不多的几部书则应当全读，勤读，而且用心地读。有些书也可以请代表去读，并且由别人替我作出节要来，但是这种办法只适于次要的议论和次要的书籍，否则录要的书就和蒸馏的水一样，都是无味的东西。阅读使人充实，会谈使人敏捷，写作与笔记使人精确。因此，如果一个人写得很少，那么他就必须有很好的记性；如果他很少与人会谈，那么他就必须有很敏捷的机智；并且假如他读书读得很少的话，那么他就必须要有很大的狡黠之才，才可以强不知以为知。史鉴使人明智；诗歌使人巧慧；数学使人精细；博物使人深沉；伦理之学使人庄重；逻辑与修辞使人善辩。“学问变化气质”。不特如此，精神上的缺陷没有一种是不能由相当的学问来补救的，就如同肉体上各种的病患都有适当的运动来治疗似的。“地球”[1]有益于结石和肾脏；射箭有益于胸肺；缓步有益于胃；骑马有益于头脑；诸如此类。同此，如果一个人心志不专，他顶好研究数学，因为在数学底证理之中，如果他底精神稍有不专，他就非从头再做不可。如果他底精神不善于辨别异同，那么他最好研究经院学派底著作，因为这一派的学者是条分缕析的人。如果他不善于推此知彼，旁征博引，他顶好研究律师们底案卷。如此看来，精神上各种的缺陷都可以有一种专门的补救之方了。

（水天同　译）

（选自《培根论说文集》）

注释

[1]地球：这里指一种体育运动。

作者简介

弗兰西斯·培根（1561～1626）英国著名的唯物主义哲学家和科学家。马克思称他是“英国唯物主义和整个现代实验科学的真正始祖”。

培根于1561年1月22日出生于伦敦一个贵族家庭。父亲是伊丽莎白女王的掌玺大臣，曾在剑桥大学攻读法律，思想倾向进步，信奉英国国教，反对教皇干涉英国内部事物。母亲是一位颇有名气的才女。他娴熟的掌握希腊文和拉丁文，是加尔文教派的信徒。良好的家庭教育使培根成熟较早，各方面都表现出异乎寻常的才智。培根小时候身体很弱，经常生病，但他却很爱学习，喜欢阅读比他的年龄应读的书更为高深的书籍，13岁时便进入英国著名的剑桥大学读书。当时的剑桥受“经院哲学”的统治，不重视科学研究，而注重研究神学，用繁琐的方法来证明宗教教条的正确。培根对此非常反感，于是便离开了那里。

在剑桥大学学习三年后，培根作为英国驻法大使埃米阿斯·鲍莱爵士的随员来到了法国，在旅居巴黎两年半的时间里，他几乎走遍了整个法国，接触到不少的新鲜事物，汲取了许多新的思想，这对他的世界观的形成起到了很大的作用。1579年，培根的父亲突然病逝，培根的生活开始陷入贫困。在回国奔父丧之后，培根住进了葛莱法学院，一面攻读法律，一面四处谋求职位。1582年，他终于取得了律师资格，1584年当选为国会议员，1589年，成为法院出缺后的书记，然而这一职位竟长达20年之久没有出现空缺。他四处奔波，却始终没有得到任何职位。

培根一生在学问上成就很大，然而作为政客他饱尝了仕途之艰辛。做女王掌玺大臣的父亲去世后，他一直未得到女王的重用。直到詹姆斯一世当政，他才逐渐得到升迁，先后担任过法院院长、检察长、掌玺大臣等，还被封男爵、子爵等贵族尊号。然而，后来他又被免除了一切官职。成为平民之后，培根将全部的精力投入到学问研究中，最终成为中世纪英国著名的唯物主义哲学创始者。1626年4月培根离开了人世。

赏析

培根不仅是一位著名的哲学家，还是一位杰出的散文作家。在他的一生中，虽然有繁杂的事务分心，可他在写作上从来没有懈怠过，他一生写下了不少光辉的著作，其中最著名的传世之作是《培根论说文集》。

《培根论说文集》是英国随笔文学的开山之作。该文集荟萃了培根在政治、经济、文化、社交、情感等各个方面的散文59篇，另有其名篇《四偶像》和《所罗门院》。该文集博采众家，包罗万象。其语言简洁明快，不蔓不枝；其论述切中肯綮，深刻透辟；其文章逻辑严谨，言简意丰；其谋篇尺幅之间，腾挪百变；其论点多点到为止，给读者的想像与思考留下了广阔空间。

本文主要论述了学问的用途和读书治学的目的方法。培根认为，读书为学有三方面的用途：即娱乐（幽居养静）、装饰（熟悉辞令）和增长才识。而治学的目的则是为了“能权衡轻重，审察事理”。在治学方法方面，他主张对不同的书应采取不同的方法。而且，读书应与会谈、笔记、写作等结合起来，以弥补个人精神上的不足，增强个性气质。这种思想至今仍有巨大的认识价值。

本文说理简要明晰，语言洗练精当。且多用比喻和排比句式，说理生动、富有气势。

母亲的诗

米斯特拉尔

被　吻

我被吻之后成了另一个人：由于同我脉搏合拍的脉搏，以及从我气息里察觉的气息，我成了另一个人。如今，我的腹部像我的心一般崇高……

我甚至发现我的呼吸中有一丝花香：这都是因为那个像草叶上的露珠一样轻柔地躺在我身体里的小东西的缘故！

他会是什么模样？

他会是什么模样？我久久地凝视玫瑰的花瓣，欢愉地抚摸它们：我希望他的小脸蛋像花瓣一般娇艳。我在盘缠交错的黑莓丛中玩耍，因为我希望他的头发也长得这么乌黑卷曲。不过，假如他的皮肤像陶工喜欢的黏土那般黑红，假如他的头发像我的生活那般平直，我也不在乎。

我远眺山谷，雾气笼罩那里的时候，我把雾想像成女孩的侧影，一个十分可爱的女孩，因为也可能是女孩。

但是最要紧的是，我希望他看人的眼神跟那个人一样甜美，声音跟那个人对我说话一样微微颤抖，因为我希望在他身上寄托我对那个吻我的人的爱情。

智　慧

我现在明白，二十年来我为什么沐浴阳光，在田野上采摘花卉。在那些旖旎的日子里，我常常自问：和煦阳光，如茵芳草，大自然这些美妙的恩赐有什么意义？

像照射一串发青的葡萄那样，阳光照射着我，让我奉献出甜美。我身体深处的小东西正靠我的血管在点滴酝酿，他就是我的美酒。

我为他祈祷，让上帝的名字贯穿我全身的泥土，他也将由这泥土组成。当我激动地读一首诗时，美的感受把我燃烧得炽热，这也是为了他，因为我希望他会从我身上得到永不熄灭的热情。

甜　蜜

我怀着的孩子在熟睡，我脚步静悄悄。我怀了这个神秘的东西以来，整个心情是虔诚的。

我的声音轻柔，仿佛加上了爱的弱音器，因为我怕惊醒他。

如今我的眼光在人们的脸上寻找内心的痛苦，以便别人看到并了解我脸色苍白的原因。

我小心翼翼地拨动鹌鹑安巢的草丛。我轻手轻脚地走在田野上，我相信树木也有熟睡的孩子，所以低着头在守护他们。

姐　妹

今天我看见一个女人在地里干活，她的腰像我的一样因爱情而充实，她弯着身子在地里劳动。

我抚摸她的背，带她一起回家。她将从我的杯子里喝稠厚的奶浆，分享我回廊下的凉爽，她也因爱情而孕育。如果我的乳汁不够慷慨，我的孩子可以把嘴唇凑上她丰满的乳房。

祈　求

但是不会的！上帝既然让我腰围宽大，又怎么会使我的乳房枯竭？我觉得胸脯在增长，像池塘里的水无声无息地涌冒。它丰满的轮廓在我腹部投下了影子，仿佛向它做出许诺。

如果我的乳房不能湿润，山谷里还有谁比我更贫困？

妇女们晚上把杯子放在户外承接露水，我把胸脯袒露在上帝面前；我给上帝起了一个新的名字：我管他叫充实者，我祈求他赐给生命的琼浆。我饥渴的孩子会来寻求。

敏　感

我不再在草地上游戏，我怕同姑娘们玩秋千，我仿佛是树上挂果的枝条。

我身体软弱，今天中午在花园里，玫瑰的香气都使我感到眩晕。随风飘来的歌声，残阳抹在天际的红霞，都使我不安，使我痛苦。今晚我主人如果冷冷地看我一眼，也会使我伤心透顶。

永恒的痛苦

如果他在我身体里受罪，我会苍白失色；我为他隐秘的压迫感到痛苦，我看不到的人稍一活动可能要我的命。

可是你们别以为我只在怀着他的时候，才跟他有千丝万缕的联系。当他下地自由行走的时候，即使离我很远，抽打在他身上的风会撕裂我的皮肉，他的呼号会通过我的嗓子喊出。我的哭泣和我的微笑都以你的脸色为转移，我的孩子。

为　了　他

为了他，为了像草丛下的细水流一样睡熟的他，别损害我，别叫我干重活，我讨厌食物，厌恶声响，这一切都请原谅。

暂且别对我说家里的悲哀、贫困和烦恼，这一切都等我把他裹在襁褓之后再告诉我。

我前额，我胸口，你能摸的地方，他都存在。他会发出呻吟，如果受了伤害。

宁　静

我已不能在外面走动：我为肥大的腰身和沉陷的眼眶觉得害羞。可是把花盆拿到这儿来，放在我身旁，久久地弹奏齐特拉琴：我要在美妙中沉浸。

我对熟睡的他诵读永恒的诗句。我在回廊里一小时又一小时地晒太阳。我要像果实一样，酝酿甘美的汁液，让它甜到我心底。我让松林里吹来的风抚拂我的面庞。

阳光和风使我的血液鲜红清洁。为了净化血液，我不让自己憎恨、抱怨，只让自己充满爱情！

我在这种宁谧安静中织成一个奇妙的身体，有血管、面孔、明亮的眼睛和纯洁的心灵。

白色的小衣服

我织了小不点的鞋子，裁了柔软的尿布。我希望这一切由我亲手来做，他从我身体里娩出，会辨认我的气息。

绵羊柔软的绒毛，今年夏天特地为他剪的。八个月来，绵羊把它长得轻柔蓬松，一月的月亮使它变得洁白。里面没有夹杂牛蒡或黑霉的小刺。他睡在我的身体里肯定像睡在绒毛上一样松软。

白色的小衣服！他通过我的眼睛看到这些衣服，觉得柔软极了，露出了微笑……

大地的形象

以前我没有见过大地真正的形象。大地的模样像是一个怀里抱着孩子的女人（生物偎依在她宽阔的怀抱）。

我逐渐明白了事物的母性。俯视着我的山岭也是母亲，黄昏时分，薄雾象孩子似的在她肩头和膝前玩耍。

现在我想起了溪谷。溪底的流水给荆棘遮住，还看不见，只听到它潺潺歌唱。

我也像溪谷；我觉得细流在我深处歌唱，被我身体的荆棘遮住，还没有见到光亮。

致丈夫

丈夫，别搂紧我。你使他像水里的百合似的在我身体深处浮起。让我像静水一样呆着吧！

爱我吧，多给我一点爱！我多么娇小，将同你形影不离；我多么可怜，将另给你眼睛、嘴唇，让你享受世界的乐趣；我多么脆弱，爱情将使我像陶罐一般坼裂，倾泻出生命的美酒。

原谅我吧！我步履蹒跚，替你端酒时笨手笨脚；是你把我充实成现在的模样，是你使我行动变得这么怪里怪气。

比以往任何时候更亲切地对待我吧！别殷切地搅扰我的血液，别激动我的呼吸。

如今我只是一幅纱幕，我整个躯体只是一幅有个孩子在底下睡觉的纱幕！

母亲

我妈妈来看我，她坐在我身边，我们有生以来第一次像姐妹似的谈论未来的大难关。

她用颤抖的手抚摸我的肚子，轻轻地解开我的上衣。经她的手触摸，我觉得我的内心像含羞草缓缓舒展，乳汁的波浪涌上胸脯。

我臊红了脸，不知所措，向她诉说我的苦恼和忧虑。我扑到她胸前，又成了一个小姑娘，为了生命的恐惧在她怀里啜泣！

告诉我，妈妈……

妈妈，把你以前的苦恼统统告诉我。告诉我，镶嵌在我脏腑里的小身体是怎么出生的。

告诉我，他自己会找我的奶头呢，还是该由我去凑他，逗他吮吸。

妈妈，现在把你所知道的爱的学问讲给我听，教我新的爱抚方式，比丈夫的爱抚更温柔。

在以后的日子里，怎么替他洗小脑袋，怎么包裹才不会把他弄痛。

妈妈，教我唱你以前哄我入睡的摇篮曲，那支歌比别的歌更能使他睡得香甜。

黎　明

我折腾了一宿，为了奉献礼物，整整一宿我浑身哆嗦。我额头上全是死亡的汗水；不，不是死亡，是生命！

上帝，为了让他顺顺当当出生，我现在管你叫无限甜蜜。

出生了吧，我痛苦的呼吸升向黎明，和鸟鸣汇合！

神圣的规律

人们说，经过生育，生命在我身体里受到了削弱，我的血液像葡萄汁从压榨机流出，可我只觉得像是吐了一口大气，心头舒畅！

我自问道：我是谁，膝头能有一个孩子吗？

我自己回答说：一个怀着爱的人，在被吻时，她的爱情要求天长地久。

大地瞧我怀抱着孩子，为我祝福，因为我像棕榈一样丰饶。

（雷怡　译）

（选自《〈世界文学〉50 年诗歌散文精选》）

作者简介

米斯特拉尔（1889～1957），智利女诗人。原名卢西拉·戈多伊·阿尔卡亚加。父亲早故，靠自学获得文化知识。少年时代即酷爱文学艺术。14 岁开始发表诗作，以《死的十四行诗》一举成名。1922 年第一部诗集《绝望》出版，从此跻身诗坛。此后陆续问世的诗集和散文集有《柔情》、《白云朵朵》、《智利掠影》、《母亲的诗》、《有刺的树》等。1922 年赴墨西哥考察并参加教育改革工作。1934 年起进入外交界，先后担任智利驻西班牙等国领事，晚年出任驻联合国特使。1945 年获诺贝尔文学奖，成为拉丁美洲获得该项奖金的第一位作家。

米斯特拉尔早期沉湎于个人爱情的悲欢，作品格调委婉凄恻，但感情细腻，文字清新。1938 年后题材和情调有明显变化，广泛反映了受压迫、被遗弃的人们的困苦，对资本主义社会的不合理现象作了一定的揭露和抨击。晚年思想境界较高，艺术技巧也日臻圆熟。诗人善于发现美，赞颂美，激发人们对美好事物的热爱和追求。其创作能从大处着眼，小处着墨，颇具功力，但常夹杂若干宗教色彩。

赏析

这篇作品写得情深意切，笔触细腻，典型地表现了米斯特拉尔的写作风格。

第一是比喻生动形象。作者以一个母亲特有的“私心”将世上一切美好的东西都凝聚到孩子的身上。孩子像草叶上的露珠一样轻柔，脸蛋像玫瑰花瓣一样娇艳；阳光和轻风变成他的身体，诗歌和音乐化作他的心灵；他是二十年鲜花如云、芳草如茵的旖旎日子的结晶，是爱与美的珍品；就连他的小衣服，也是由洁白的月光染成。这一连串多种多样的比喻，既十分形象地表现了母爱，又充分宣泄了感情，使人感受到母爱的潮水扑面而来，激动、欣喜、欢愉之情洋溢在字里行间，仿佛就要流淌下来。

第二是情感细腻丰富。诗人的敏感加上母亲的细致，更使作家在常人看不到的地方发现了感情。动物、植物，山谷、平原，眼光掠过哪里，哪里就充满了母爱。把感情加到景物上去，将风景人格化，这样的写法感情色彩十分强烈，委婉曲折而又淋漓尽致地表达了作者的思想情感，颇具艺术魅力。

第三是语言新鲜清丽，优美生动。“如果我的乳房不能湿润，山谷里还有谁比我更贫困。”母亲无限的忧虑、无限的祈求、无限的热爱都浓缩在这短短的诗句中，简单朴素的句子充满真切的感情，平淡化为隽永。“出生了吧，我痛苦的呼吸升向黎明，和鸟鸣汇合”。这里既有象征，又有隐喻，黎明象征着新的生命将诞生，鸟鸣暗示着婴儿的啼哭，象征和隐喻展开了广阔的联想；人类与大自然同形同构，伟大庄严，优美辉煌。“我的声音轻柔，仿佛加上了爱的弱音器”，“我的内心像含羞草缓缓舒展”。新鲜、优美、贴切的比喻在作品中随处可见，含蓄精致，流利婉转，充满诗意的魅力。

第四是结构新颖别致。文章没有按照常规顺序叙述描写，而是采取了灵活的小标题形式。一个个小标题，就是一个个情绪点，它们独立成形，各自表达一个完整的意思，虽然没有前因后果联系，但它们之间却互为补充，相映成趣，构成共同的抒情境界。这种结构方式最擅长表现情绪和感触，捕捉一点火花，不渲染、不铺排，连缀精粹而不敷衍成篇，既有浓郁的整体氛围，又有突出的闪光点，同时使作品有一种内在的韵律和节奏。

第五章 戏剧欣赏

第一节 戏剧欣赏知识概述

一、戏剧知识

（一）戏剧含义

它是一种在舞台上表演的综合艺术，它借助文学、音乐、舞蹈、美术等艺术手段来塑造人物形象，揭示社会矛盾，反映社会生活，与小说、诗歌、散文并列的文学样式。

戏剧文学以人物台词为主要手段，在相对集中的场景中通过一定的剧情冲突来塑造典型人物，再现社会生活。它是供舞台或广播电视演出用的文学底本，是戏剧、影视作为综合艺术的重要组成部分，戏剧的文字底本决定着戏剧艺术成品的思想高度和艺术价值，并且具有独立的文学品格和特性。作为文学体裁的戏剧文学，是作家通过戏剧中所创造的人物之间的矛盾冲突关系的发生发展演化过程和人物自身的动作来反映对生活的认识和体验的。它是供演出的，因此与鉴赏者的关系比小说更为直接，在比较集中的场景中面对面地观赏，使它与观赏者有很近的距离，便于观众参与，使其受到艺术感染，从而进入艺术情境。戏剧文学具有二重性：一方面作为文学产品，具有独立的出版、欣赏价值；另一方面，它作为戏剧这种综合艺术演出的底本，又必须通过演员来完成艺术形象的塑造，展示它丰富的审美价值。它既要符合文学产品所共有的特性，又要遵循综合艺术表演规律。

（二）戏剧的分类

按照不同的标准戏剧有不同的分法。

按题材分为现代剧、历史剧、童话剧、神话剧等。

按表演形式不同分为戏曲、话剧、歌剧、舞剧、歌舞剧、哑剧、音乐剧等。

按戏剧结构分为独幕剧、多幕剧等。

按演出手段分为舞台剧、广播剧、电视剧等。

按戏剧冲突的性质分为悲剧、喜剧、正剧。

（三）戏剧文学的特点

1. 通过动作来表现主题或塑造人物，推动情节，营造戏剧氛围

马克思也曾说过：“正如亚里士多德所说，动作是支配戏剧的法律。”曹禺的《雷雨》中几个主要人物之间的紧张关系和性格通过激烈的戏剧动作表现得淋漓尽致。周朴园的专制、残忍和自私，周萍的软弱、委琐，蘩漪的忍耐、不堪和痛苦。大儿子和继母乱伦，父亲高高在上的夫权，他们复杂的伦理关系和各自的家庭角色使戏剧动作呈现出极大的张力，戏剧场面在戏剧动作的推动下呈现出紧张、压抑、郁闷的戏剧氛围。

动作一般分为外部动作和心理动作。外部动作主要用于展示事件的发生发展。在曹禺的《家》第三幕第一场景中，当冯乐山由阁门缓缓出现，叫一声“婉姑”时，“婉姑吓的得立刻站起”，这一外部动作很好的展示了他们之间的主仆关系。冯乐山笑里藏刀的虚伪嘴脸和婉姑可怜柔弱的人物性格显露无疑。紧接着，冯乐山逼迫婉姑要她招供她给王氏说的话，他“拿起桌上还在燃烧着的烟蒂头，吹了一下，抓着婉儿的手腕，就按在上面”，这一连串外部动作充分显示了冯乐山残忍卑鄙，毫无人性，色厉内荏，满嘴仁义道德却一肚子寡廉鲜耻的病态形象。外部动作是直接作用于观众视觉的动作，它能对观众造成强烈的视觉冲击力，它和其他的戏剧动作共同构成了戏剧舞台的表演形态，使戏剧动作具有鲜明的“艺术的直观性”。

心理动作，主要指演员的面部表情，主要用于刻画人物性格、揭示人物非直观的心理内容。如曹禺的《北京人》中，当懦弱无能的文清离开囚笼一样的家又灰溜溜的回来时，对他寄予希望的愫方的整个的精神世界一下子崩塌了。

> 思懿（惊喜）是文清回来了么？
> 愫方（音哑）回来了！
> 思懿立刻跑进自己的卧室。
> 愫方呆呆的愣在那里。

这里，愫方只说了简简单单的三个字，然后就是“呆呆的愣在那里”，这一静止动作此时极有动作性，真是“无声胜有声”，愫方内心巨大的绝望、疼痛、悲哀就像沉重的滚石碾过所有观众的心头，让人深深体会到愫方心中涌起的无比痛苦的内心风暴。

2. 戏剧有独特的语言风格

戏剧文学的语言主要是台词，台词是推动情节、展示戏剧冲突、表现人物性格的有力手段。戏剧台词一般包括对话、独白和旁白，它们都是表现言语动作的基本手段。对话作为言语动作必须要有冲击力，必须要能体现人物处境和心理状况，必须要能表现戏剧情节的冲突和紧张关系。在萨特的《死无葬身之地》中，三个被法西斯拷打、侮辱的抵抗运动成员在生命最后关头的对话就是生动的范例。在戏剧中，独白经常运用在戏剧角色的塑造上，好的独白往往给人强烈的心灵感应和灵魂震撼，是人物裸露心灵世界的自我曝光，在莎士比亚

的《哈姆莱特》中，哈姆莱特关于生存还是死亡的大段独白就长久地撼动着观众的心灵。透过这段著名的独白，观众能深刻的体会到哈姆雷特那颗在痛苦中挣扎的心灵，他的独白成为了人类永恒的存在困境和思想主题的深刻表达。

动作性。戏剧是一种动作艺术，戏剧动作主要体现在剧中人物发自内心的语言上，所以剧本台词必须体现出强烈的动作性。《雷雨》第二幕中，周朴园与侍萍的对话就极富动作性。周朴园不知面前的女人就是 30 年前被他遗弃的侍萍，在侍萍叙述悲惨身世过程中，他四次发问："你——你贵姓？""你姓什么？""你是谁？""哦，你，你，你是——"从随便敷衍到惊惧，最后终于不得不当面承认，鲜明地展示了他渐趋紧张的内心动作。戏曲中一些优美的唱词也极富动作性，如《西厢记》"长亭送别"中开头一段唱词，从眼神的顾盼来说就有鲜明的动作性："碧云天"，是高而远；"黄花地"，是低而阔；"西风紧，北雁南飞"，是自右到左；"晓来谁染霜林醉"，是遥遥相问；"总是离人泪"，则以凝视的目光对之。这些都极有层次地表现了人物的感情变化。《牡丹亭》中的许多唱词也很有动作性，如"惊梦"中的一段："停半晌，整花钿，没揣菱花，偷人半面，施逗的彩云偏。步香闺怎便把全身现。"——她先是沉思，继而整理饰物，接着侧身斜视，惊讶地发现自己被镜子偷映进去，然后徐步香闺。这段唱词包含了许多漂亮的表演动作：转身、抖袖、碎步、凝神等。

个性化。戏剧语言要符合人物的年龄、性别、职业、地位、情趣，要能显示人物的性格特征。在《茶馆》中，唐铁嘴一上场第一句话就是："王掌柜，捧捧唐铁嘴吧！送给我碗茶喝，我就先给您相相面吧！手相奉送，不取分文！"活灵活现地表现出一个油滑而又可怜的江湖相士的嘴脸。

形象化。形象的语言易上口，内涵深，也充满着生活气息。《茶馆》第一幕中，常四爷斥责在兵营当差的二德子只会欺压自己人时说："要抖威风，跟洋人干去，洋人厉害！英法联军烧了圆明园，尊家吃着官饷，可没见您去冲锋打仗。"极其形象地表现了二德子的品性。

哲理性。戏剧语言必须给人启迪，发人深省，必须精辟，有一定思想深度。如《茶馆》第三幕中，常四爷说："我爱我们的国家啊，可是谁爱我们呢？"这话是很有哲理性的。《窦娥冤》第三折中，窦娥对天地的控诉，深刻地揭示了封建社会的黑暗，也点明了作者的写作意图。

3. 高度的集中性

人物集中。一场戏一般只着力写几个（或一两个）人物，一切可有可无的人物应略写。人物众多，笔力分散，往往会给观众浮光掠影的印象。

情节集中。剧本故事有一条最能表现主题的中心线索，构成单纯明晰的情节。剧本的分幕、分场、正是他的情节集中的具体表现。

场景集中。频频换景，很难深入细致的刻画人物性格。戏剧要求一个故事一般在几个甚至一个场景里演完。

4. 舞台性

戏剧是一种舞台艺术，它的最大特点就是舞台性。剧本虽然也以文字为其表现形式，但剧本却不以文字表现为满足。因此剧本在艺术处理的方法上，就和其他文学样式有明显的区别。比如在小说中可以用第三人称的手法，对人物事件、环境气氛、声音动作、心理状态等，进行细致刻画和描写，甚至可以由作者出面发表议论，表达对人物的评价和态度，而在剧本中这一切都要靠人物的对话和动作来表现；在小说中可以连贯地叙述人物的行动和事件的进程，自由的描写各种场景，而戏剧则必须把发生在广阔空间和漫长时间里的事情，浓缩在几十平方米的舞台和二、三个小时的演出中。这就要求戏剧的内容高度集中，剧本的篇幅不能过长，人物不能太多，故事不宜太复杂，场景也不能有过多的变化。只有做到时间、地点和人物事件的三集中，才能使剧情主线突出，一贯到底，而不至产生庞杂、冗长、松散地的弊病。

二、戏剧欣赏方法

（一）欣赏戏剧冲突

戏剧的情节结构分为开端、发展、高潮和结局，戏剧冲突贯穿始终。欣赏冲突时，首先要弄明白冲突发生的原因，这样才能更好地理解后边的内容。还应明白冲突的构成，如《雷雨》中，有侍萍与周朴园的冲突，周朴园与鲁大海的冲突，四凤与蘩漪的冲突，周平与蘩漪的冲突等，这许多冲突纠缠在一起，揭示出了深刻的主题，而人物的性格也在冲突中得到了很好的发展。另外，分析戏剧冲突的组织方法各种各样，有些戏剧是依人物间的敌对关系来组织的，如莎士比亚的《哈姆雷特》；有的是根据人物的亲缘关系来组织冲突的，如莫里哀《悭吝人》；有的戏剧是根据人物自身的心理矛盾来组织冲突的；还有的是根据场内外的关系来组织冲突的，如果戈理的《钦差大臣》，剧中的冲突是由剧里的人物和观众组成的，是邪恶与正义的冲突。总之，冲突组成的方法很多，只要我们认真领会，就能很好地把握其中的冲突，并获得审美感受。

戏剧这一艺术形式刻画人物形象主要是通过矛盾的发展而展开的。没有矛盾冲突便无从刻画人物形象，没有矛盾冲突便没有情节的发展，也就不可能吸引观众，也就没戏了。戏剧要有戏，就必须注重揭示矛盾和斗争。如《雷雨》，其中有资本家与工人阶级之间的阶级矛盾，集中表现为周朴园与鲁大海之间的矛盾与斗争，也有封建家庭内部的矛盾，例如蘩漪与周朴园、周朴园与周萍、周萍与周冲等夫妻之间，父子之间、兄弟之间的矛盾，还有这个封建家庭与社会上其他人的矛盾，诸如周朴园与侍萍之间、周萍与四凤之间、蘩漪与四凤之间等，均存在错综复杂的矛盾。诸多人物的典型性格，如周朴园的虚伪、奸诈，侍萍的勤劳、善良，四凤的单纯、多情，周冲的正直、稚气等，均是在具体的矛盾冲突中得以表现的。

一般而言，戏剧中的高潮部分是戏剧冲突最尖锐、最集中的地方，也是戏剧的精彩之处。欣赏戏剧冲突时，不仅要认真观赏，还要细致分析，戏剧中有哪些冲突，这冲突是如何形成的，矛盾是如何激化到极点的，冲突结果如何，这一系列问题涉及到了作者的重要思想，戏剧的思想价值与社会价值等。

（二）品味戏剧别具特色的语言

个性化语言是指人物的语言符合并表现人物的身份、性格。即什么人说什么话；听其声则知其人。个性化语言，是刻画人物达到合理性、真实性的重要手段。如《雷雨》中一段对话：

周朴园　（忽然严厉地）你来干什么？

鲁侍萍　不是我要来的。

周朴园　谁指使你来的？

鲁侍萍　（悲愤）命，不公平的命指使我来的！

周朴园，先前是努力寻找，这里是厉声斥责，充分表现了他性格中虚伪、狠毒的一面。

潜台词即是言中有言，意中有意，弦外有音。它实际上是语言的多意现象。“潜”，是隐藏的意思。即语言的表层意思之内还含有别的不愿说或不便说的意思。潜台词不仅充分体现了语言的魅力，而且通过它还可以窥见人物丰富的内心世界。如《雷雨》中一段对话：

周朴园　（汗涔涔地）哦。

鲁侍萍　她不是小姐，她是无锡周公馆梅妈的女儿，她叫侍萍。

周朴园　（抬起头来）你姓什么？

弦外之音是：你是谁，怎么这么清楚？

周朴园　那个小孩呢？

鲁侍萍　也活着。

周朴园　（忽然立起）你是谁？

弦外之音是：你是否就是鲁侍萍？

动作语言也叫情节语言，是指人物的语言流向（人物语言间的交流和交锋）起着推动或暗示故事情节发展的作用。它不是静止的，它是人物性格在情节发展中内在力的体现。

例：　繁漪在第二幕结尾与周萍的对话——

繁漪　（冷笑）小心，小心！你不要把一个女人逼得太狠心了，她是什么事都做的出来的。

暗示：繁漪之死。

周萍　我已经准备好了。

暗示：周萍携四凤出逃。

繁漪　好，你去吧！小心，现在（望窗外，自语，暗示着恶兆地）风暴就要来了！

暗示：暴风雨中周家树倒猢狲散。

（三）欣赏戏剧中塑造的人物形象

戏剧要有戏，故事情节占据重要地位，但故事是人的故事，因而戏剧中人物形象的塑造是剧本成败之关键。好的戏剧总是给后人留下难以忘记的形象的，如周朴园、哈姆雷特、罗密欧与朱丽叶等。那么如何欣赏剧中的人物形象呢？首先，要抓住人物主要特征。其次，要认真分析人物语言。最后，应随着剧情的发展。弄清人物性格的发展变化。如曹禺《原野》中的仇虎，是一个有着血海深仇的旧式农民。善良淳朴和愚昧迷信集于一身，“复仇英雄”是他的主要特征。随着情节的发展，仇虎回乡报仇，却杀死了无辜的周大星与小黑子，内心充满了恐惧，由此陷入了灵魂深处激烈斗争的深渊，陷入到了人格冲突和内心冲突之中，最终不能自拔，在迷茫痛苦中走向了灭亡。无论是个人复仇还是整体性复仇，复仇者可以不承担任何道德和心理上的负担，是义无反顾的。而且从道德人格上来说，也应该给予肯定。相反，在向弱者复仇的过程中，没有泯灭人性良知的复仇者的内心感受并不是平衡的，包含有复杂的情感。而人们对于这种复仇行为的外在评价中，也同样是复杂的。单纯从政治学的角度来看，具有阶级的正义性；从人性伦理来看，则具有人性的残忍和人格的卑怯。仇虎的激烈的复仇行动最后成为封建传统思想的外化，生命的意义因此而明显淡化。所以说，仇虎反抗得愈激烈、愈彻底，只能说明受传统观念束缚得愈深重，从而表现为一种文化的罪恶与悲剧。

再看仇虎语言：

“我原来只是恨瞎子！我只想把她顶疼的人亲手毁了，我再走路。可大星死后，我就不成了，那一会儿工夫，我什么心事都没有了。我忘了屋里有个黑子，我看见她走去，妈的！（敲自己的脑袋）我就忘记黑子这段事情，等到你一提醒，可是已经‘砰’一下子——”

这表明仇虎曾经有过动摇。而正是这一动摇，透露了仇虎的内心本质其实还是不坏的。

总之，欣赏戏剧，要从主题、戏剧冲突、戏剧语言、人物等多方面进行分析，深入思考。这样才能很好地理解作品、欣赏作品。

第二节　中国古代戏剧欣赏

西厢记·长亭送别

王实甫

（夫人长老上[1]，云）今日送张生赴京，十里长亭，安排下筵席。我和长老先行，不见张生小姐来到。

（旦、末、红同上[2]）（旦云）今日送张生上朝取应[3]，早是离人伤感，况值那暮秋天气，好烦恼人也呵！悲欢聚散一杯酒，南北东西万里程。（旦唱）

[正宫][端正好][4]碧云天，黄花地，西风紧，北雁南飞。晓来谁染霜林醉？总是离人泪。

[滚绣球]恨相见得迟，怨归去得疾。柳丝长玉骢难系[5]，恨不倩疏林挂住斜

晖。马儿迍迍的行[6]，车儿快快的随，却告了相思回避，破题儿又早别离[7]。听得道一声“去也”，松了金钏[8]；遥望见十里长亭，减了玉肌。此恨谁知？

（红云）姐姐今日怎么不打扮？（旦云）你那知我的心里呵！（旦唱）

[叨叨令]见安排着车儿、马儿，不由人熬熬煎煎的气；有甚么心情花儿、靥儿[9]，打扮得娇娇滴滴的媚；准备着被儿、枕儿，则索昏昏沉沉的睡[10]；从今后衫儿、袖儿，都揾做重重叠叠的泪[11]。兀的不闷杀人也么哥[12]！兀的不闷杀人也么哥！久已后书儿、信儿，索与我凄凄惶惶的寄[13]。

（做到科[14]）（见夫人科）（夫人云）张生和长老坐，小姐这壁坐，红娘将酒来。张生，你向前来，是自家亲眷，不要回避。俺今日将莺莺与你，到京师休辱末了俺孩儿，挣揣一个状元回来者。（末云）小生托夫人余荫，凭着胸中之才，视官如拾芥耳。（洁云[15]）夫人主见不差，张生不是落后的人。（把酒了，坐）（旦长吁科）（旦唱）

[脱布衫]下西风黄叶纷飞，染寒烟衰草萋迷。酒席上斜签着坐的，蹙愁眉死临侵地[16]。

[小梁州]我见他阁泪汪汪不敢垂[17]，恐怕人知；猛然见了把头低，长吁气，推整素罗衣。

[幺篇]虽然久后成佳配，奈时间怎不悲啼。意似痴，心如醉，昨宵今日，清减了小腰围。

（夫人云）小姐把盏者！（红递酒，旦把盏长吁科，云）请吃酒！（旦唱）

[上小楼]合欢未已，离愁相继。想着俺前暮私情，昨夜成亲，今日别离。我谂知这几日相思滋味[18]，却原来比别离情更增十倍。

[幺篇]年少呵轻远别，情薄呵易弃掷。全不想腿儿相挨，脸儿相偎，手儿相携。你与俺崔相国做女婿，妻荣夫贵，但得一个并头莲，煞强如状元及第。

（夫人云）红娘把盏者！（红把酒科）（旦唱）

[满庭芳]供食太急，须臾对面，顷刻别离。若不是酒席间子母每当回避[19]，有心待与他举案齐眉[20]。虽然是厮守得一时半刻，也合着俺夫妻每共桌而食。眼底空留意，寻思起就里[21]，险化做望夫石。

（红云）姐姐不曾吃早饭，饮一口儿汤水。（旦云）红娘，甚么汤水咽得下！（唱）

[快活三]将来的酒共食，尝着似土和泥。假若便是土和泥，也有些土气息、泥滋味。

[朝天子]暖溶溶玉醅[22]，白泠泠似水，多半是相思泪。眼面前茶饭怕不待要吃，恨塞满愁肠胃。蜗角虚名[23]，蝇头微利，拆鸳鸯在两下里。一个这壁，一个那壁，一递一声长吁气。

（夫人云）辆起车儿，俺先回去，小姐随后和红娘来。（下）（末辞洁科）（洁云）此一行别无话儿，贫僧准备买登科录看，做亲的茶饭少不得贫僧的。先生在意，鞍马上保重者！从今经忏无心礼，专听春雷第一声。（下）（旦唱）

[四边静]霎时间杯盘狼藉，车儿投东，马儿向西，两意徘徊，落日山横翠。知他今宵宿在那里？在梦也难寻觅。

（旦云）张生，此一行得官不得官，疾便回来。（末云）小生这一去白夺一个状元，正是“青霄有路终须到，金榜无名誓不归”。（旦云）君行别无所赠，口占一绝，为君送行：“弃掷今何在，当时且自亲。还将旧来意，怜取眼前人。”（末云）小姐之意差矣，张珙更敢怜谁？谨赓一绝[24]，以剖寸心：“人生长远别，孰与最关亲？不遇知音者，谁怜长叹人？”（旦唱）

[耍孩儿]淋漓襟袖啼红泪[25]，比司马青衫更湿[26]。伯劳东去燕西飞，未登程先问归期。虽然眼底人千里，且尽生前酒一杯。未饮心先醉，眼中流血，心内成灰。

[五煞]到京师服水土，趁程途节饮食，顺时自保揣身体。荒村雨露宜眠早，野店风霜要起迟！鞍马秋风里，最难调护，最要扶持。

[四煞]这忧愁诉与谁？相思只自知，老天不管人憔悴。泪添九曲黄河溢，恨压三峰华岳低[27]。到晚来闷把西楼倚，见了些夕阳古道，衰柳长堤。

[三煞]笑吟吟一处来，哭啼啼独自归。归家若到罗帏里，昨宵个绣衾香暖留春住，今夜个翠被生寒有梦知。留恋你别无意，见据鞍上马，阁不住泪眼愁眉。

（末云）有甚言语嘱咐小生咱？（旦唱）

[二煞]你休忧文齐福不齐[28]，我只怕你停妻再娶妻。休要一春鱼雁无消息！我这里青鸾有信频须寄[29]，你却休“金榜无各誓不归”。此一节君须记：若见了那异乡花草，再休似此处栖迟[30]。

（末云）再谁似小姐？小生又生此念？（旦唱）

[一煞]青山隔送行，疏林不做美，淡烟暮霭相遮蔽。夕阳古道无人语，禾黍秋风听马嘶。我为甚么懒上车儿内，来时甚急，去后何迟？

（红云）夫人去好一会，姐姐，咱家去！（旦唱）

[收尾]四围山色中，一鞭残照里。遍人间烦恼填胸臆，量这些大小车儿如何载得起？

（旦、红下）（末云）仆童赶早行一程儿，早寻个宿处。泪随流水急，愁逐野云飞。（下）

（选自《西厢记》）

注释

[1]长老：寺院住持僧的通称。这里指普救寺的法本长老。[2]旦：杂剧中女角的通称，分正旦、小旦、老旦、花旦等，这里指扮演崔莺莺的正旦。末：杂剧中男角的通称，分正末、副末、冲末、外末等，这里指扮演张生的正末。红：红娘。[3]取应：赶考，应试。[4]正宫：宫调名。端正好：曲牌名。元杂剧每折戏限用一个宫调，下面用属于同一宫调的若干曲牌组成套曲，一韵到底。[5]玉骢（cōng）：原指青白色的马，这里是马的代称。[6]迍迍（tún）：行动迟缓的样子。[7]“却告了”二句：意为相思刚结束，又早早开始了别离。破题儿：开始，起头。[8]松了金钏：因人消瘦，手镯松落。金钏，指手镯。[9]靥（yè）儿：原指嘴边的酒窝，这里指古代女子面部的装饰物。[10]则索：只须。[11]揾（wēn）：擦。[12]兀的：这。也么哥：语助词，无义。[13]凄凄惶惶：急急忙忙。[14]科：元杂剧术语，表示动作、表情、

舞台效果等。[15]洁：元杂剧中称和尚为洁郎，简称洁。这里指长老法本。[16]死临侵：无精打采、呆呆发愣的样子。[17]阁：通“搁”，忍住。[18]谂（shěn）知：深知。[19]每：们，有时放在名词后表示复数。[20]举案齐眉：东汉梁鸿的妻子孟光给丈夫递饭时，总是把盛饭菜的托盘举得高高的。后用来形容夫妻感情融洽。[21]就里：内情。[22]玉醅（pēi）：美酒。[23]蜗角虚名：《庄子·则阳》篇载，有两个建于蜗牛左右角上的国家，经常为争地而战。这里以蜗角形容虚名的微不足道。[24]赓（gēng）：续，酬和。[25]红泪：王嘉《拾遗记》载，魏文帝时，薛灵芸被选入宫，泣别父母时，以玉唾壶承泪，壶即现红色。后因称女子的眼泪为红泪。[26]司马青衫：白居易《琵琶行》：“座中泣下谁最多？江州司马青衫湿。”[27]三峰华岳：指西岳华山的莲花峰、毛女峰、松桧峰。[28]文齐福不齐：当时俗语，意为有才学而无考中的福气。[29]青鸾：传说中为西王母报信的神鸟。[30]栖迟：留恋，淹留。

作者简介

王实甫，名德信，字实甫，元大都（今北京市）人，生卒年不详。元代杰出的剧作家。生平事迹已难确考，创作活动大约在元成宗元贞大德年间（1295～1307）。他的杂剧有名目可考者共14种，今全存的有《西厢记》、《丽堂春》、《破窑记》（一说关汉卿作）三种，此外，《贩茶船》、《芙蓉亭》两剧各存一折曲文。王实甫的杂剧擅长写“儿女风情”，剧作多以青年女性反抗封建礼教为题材，表现人物的复杂情感，曲词清丽华美，风格优雅，颇具抒情诗的韵致。代表作《西厢记》尤为出色，历来极受推崇，对元杂剧和后世戏曲的发展有深远影响。

《西厢记》全名《崔莺莺待月西厢记》。故事出自唐代元稹的传奇小说《莺莺传》。王实甫在金代董解元的《西厢记诸宫调》基础上，精心创作了《西厢记》这部古典戏剧杰作。剧本打破了杂剧一本四折的惯例，以五本二十一折的宏伟篇幅写出了相国小姐崔莺莺和张生的爱情故事，表达了“愿普天下有情的人都成了眷属”的良好愿望。

赏析

“长亭送别”是《西厢记》第四本第三折，写张生被老夫人所逼进京赶考，老夫人和莺莺、红娘到十里长亭为他送别的情景。张生的“上朝取应”，就他自己和莺莺来说，都是不愿意的，但在老夫人的压力下，只好忍痛分离。整折戏有莺莺主唱，戏剧冲突主要有人物内心独白的形式得到表现和推进。作品通过对莺莺隐秘、复杂的内心活动的细腻刻画，暴露了封建势力对人性、人情的严重束缚、压制和摧残，显示出人物纯真美好的思想性格，从而加强了剧本的反封建主题。

这折戏可分赴长亭途中、离别宴上、宴后话别三层，共有十九支曲文。赴长亭途中莺莺所唱的三支曲子，[端正好]一支寓情于景，用特定的景物描写，衬托出莺莺面临分别时痛苦压抑的心情。[滚绣球]用由情及景的写法，借助一系列鲜明生动的形象，从不同侧面展示了莺莺“恨相见得迟，怨归去得疾”的内心活动。[叨叨令]是莺莺直抒胸臆的一段唱词，用一连串排比句尽情倾泻与张生别离在即的愁闷。离别宴上莺莺所唱的八支曲子，精细入微地刻画了莺莺碍于老夫人在场，只能“一递一声长吁气”的情景。[脱布衫]、[小梁州]两支曲子，写莺莺由张生满腹哀愁而又强自掩饰的神态体察出恋人隐微的情绪波动。接着[幺篇]以下几支曲子则对比描写相思和离别，表达无法吐露衷情的痛苦，既有担心将来会被遗弃的隐忧，又表现出对作为爱情对立物的功名利禄的叛逆思想，体现了莺莺思想性格的发展。[快活三]、[朝天子]写出莺莺因离情别恨而无心于酒食的情景，用极其精当的比喻，将她此时柔肠寸断的痛苦心情表达的淋漓尽致。宴后话别是后面的八支曲子，写老夫人离开后，莺莺向张生倾诉离情。[四边静]、[耍孩儿]写离别在即的哀伤，曲文将莺莺跌宕起伏的感情波澜表现得鲜明突出。接下来的几支曲子写莺莺对张生的反复叮咛和她深深的隐忧。莺莺既盼望张生功成名就，以实现他们的美满婚姻，又有沉重的忧虑，怕被张生遗弃，于是反复试探、叮嘱、告诫，从而进一步袒露了莺莺复杂的内心世界。

这折戏没有曲折复杂的戏剧情节，其艺术魅力主要在于作者用诗一般的语言，对人物心理及其思想性格的成功刻画，特别是通过莺莺主唱的十九支曲文，极为深刻细腻地揭示了人物隐秘复杂的心理活动，展示了人物独特的思想性格。作者将艺术笔触深入到处于“长亭送别”这一特定情境的莺莺的心灵深处，成功地塑造了一个感情细腻、纯真而又充满内心矛盾的少女形象，多层次地展示了莺莺复杂的心理内涵。这里有对即将离别的丈夫的无限依恋，有对即将来临的别离的无限忧伤，有对“强拆鸳鸯在两下里”的做法的强烈不满，有对金榜题名后停妻再娶的婚姻悲剧的深切忧虑，诸多情感在莺莺这个人物身上得到充分的展示，深刻地揭示了莺莺这个充满复杂心理内涵的人物纯洁美丽的灵魂。

这折戏的另一个突出的艺术特色是景物描写与抒情、叙事融为一体，烘托出人物复杂的感情和微妙的心理。在[端正好]这支曲子中，作者用具有暮秋时节萧瑟悲凉的景物构成特定的戏剧情境，渲染出带有浓重主观色彩的凄清氛围，衬托出莺莺面临分别时痛苦压抑的心情。[滚绣球]一曲情中设景，根据人物当时特定的心境，设置了一组具体的形象：“柳丝长玉骢难系，恨不倩疏林挂住斜晖”，细腻地写出了莺莺的离愁别绪。[一煞]这支曲子以景衬情，烘托出莺莺依依不舍而又痛苦无奈的心情。最后[收尾]一曲的景物描写，更刻画了莺莺的无限怅恨。这折戏把“离人感伤”和“暮秋天气”相互融合，景为情设，情由景生，情与景水乳交融，妙合无间，充满诗情画意。

此外，这折戏的语言雅俗相济，优美精湛，有浓郁的抒情意味。曲词有的华美典雅，含蓄蕴藉，化用前人诗词名句入曲，浑然无迹，颇具古典诗词的韵致；有的浅俗本色，提炼民间生动活泼的口语，极富生活气息。如[端正好]曲文化用范仲淹词句，为人物活动提供了充满诗情画意的戏剧意境；[快活三]曲文则用全无修饰的口语，生动准确地写出了人物的纷乱思绪。

最后，选文善于运用多样化的艺术手段创造鲜明生动的形象，将抽象的人物感情写得十分具体真切。比喻、夸张、对仗、对比、排比等手法的运用，都取得了极为独特美妙的艺术效果。

汉宫秋·第二折

马致远

〔番王引部落上，云〕某呼韩单于[1]，昨遣使臣款[2]汉，请嫁公主与俺；汉皇帝以公主尚幼为辞，我心中好不自在。想汉家宫中，无边宫女，就与俺一个，打甚不紧？直将使臣赶回。我欲待起兵南侵，又恐失了数年和好；且看事势如何，别做道理。〔毛延寿上，云〕某毛延寿，只因刷选宫女，索要金银，将王昭君美人图点破，送入冷宫。不想皇帝亲幸，问出端的[3]，要将我加刑。我得空逃走了，无处投奔。左右是左右，将着这一轴美人图，献与单于王，着他按图索要，不怕汉朝不与他。走了数日，来到这里，远远的望见人马浩大，敢是穹庐[4]也。〔做问科，云〕头目，你启报单于王知道，说汉朝大臣来投见哩。〔卒报科〕〔番王云〕着他过来。〔见科，云〕你是什么人？〔毛延寿云〕某是汉朝中大夫毛延寿。有我汉朝西宫阁下美人王昭君，生得绝色。前者大王遣使求公主时，那昭君情愿请行；汉主舍不的，不肯放来。某再三苦谏，说："岂可重女色，失两国之好？"汉主倒要杀我。某因此带了这美人图献与大王。可遣使按图索要，必然得了也。这就是图样。〔进上看科〕〔番王云〕世间哪有如此女人！若得他做阏氏[5]，我愿足矣。如今就差一番官，率领部从，写书与汉天子，求索王昭君，与俺和亲；若不肯与，不日南侵，江山难保。就一壁厢[6]引控[7]甲士，随地打猎，延入塞内，侦候动静，多少是好。〔下〕〔旦引宫女上，云〕妾身王嫱，自前日蒙恩临幸，不觉又旬月[8]。主上昵爱[9]过甚，久不设朝。闻的今日升殿去了，我且向妆台边梳妆一会，收拾齐整，只怕驾来好服侍。〔做对镜科〕〔驾上，云〕自从西宫阁[10]下，得见了王昭君，使朕如痴似醉，久不临朝。今日方才升殿，等不的散了，只索再到西宫看一看去。〔唱〕

【南吕】【一枝花】四时雨露匀，万里江山秀；忠臣皆有用，高枕已无忧。守着那皓齿星眸，争忍的虚白昼。近新来染得些症候，一半儿为国忧民，一半儿愁花病酒。

【梁州第七】我虽是见宰相，似文王[11]施礼；一头地离明妃[12]，早宋玉悲秋。怎奈他带天香着莫定龙衣袖。他诸馀[13]可爱，所事儿相投；消磨人幽闷，陪伴我闲游；偏宜[14]向梨花月底登楼，芙蓉烛下藏阄[15]。体态是二十年挑剔就的温柔，姻缘是五百载该拨下的配偶，脸儿有一千般说不尽的风流。寡人乞求他左右[16]，他比那落伽山观自在[17]无杨柳，见一面得长寿。情系人心早晚休，则除[18]是雨歇云收。〔做望见科，云〕且不要惊着他，待朕悄地看咱。〔唱〕

【隔尾】恁地[19]般长门前抱怨的宫娥旧，怎知我西宫下偏心儿梦境熟。爱他晚妆罢，描不成，画不就，尚对菱花自羞。〔做到旦背后看科〕〔唱〕我来到这妆台背后，原来广寒殿嫦娥，在这月明里有。

〔旦做见接驾科〕〔外扮尚书，丑扮常侍上，诗云〕调和鼎鼐[20]理阴阳，秉轴持钧[21]政事堂；只会中书陪伴食，何曾一日为君王。某尚书令五鹿充宗是也，这个是内常侍石显。今日朝罢，有番国遣使来索王嫱和番，不免奏驾。来到西宫阁下，只索进去。〔做见科，云〕奏的我主得知：如今北番呼韩单于差一使臣前来，说毛延寿将美人图献与他，索要昭君娘娘和番，以息刀兵；不然，他大势南侵，江山不可保矣。

〔驾云〕我养军千日，用军一时；空有满朝文武，哪一个与我退的番兵！都是些畏刀避箭的，恁[22]不去出力，怎生[23]教娘娘和番？〔唱〕

【牧羊关】兴废从来有，干戈不肯休。可不食君禄，命悬君手。太平时、卖你宰相功劳，有事处、把俺佳人递流。你们干[24]请了皇家俸，着甚的分破帝王忧？那壁厢锁树[25]的怕弯着手，这壁厢攀栏[26]的怕攧破了头。

〔尚书云〕他外国说陛下宠昵王嫱，朝纲尽废，坏了国家。若不与他，兴兵吊伐。臣想纣王[27]只为宠妲己[28]，国破身亡，是其鉴也。〔驾唱〕

【贺新郎】俺又不曾彻青霄高盖起摘星楼；不说他伊尹扶汤，则说那武王伐纣。有一朝身到黄泉后，若和他留侯厮遘[29]，你可也羞那不羞？您卧重茵，食列鼎，乘肥马，衣轻裘。您须见舞春风嫩柳宫腰瘦，怎下的教他环佩影摇青塚月，琵琶声断黑江秋！

〔尚书云〕陛下，咱这里兵甲不利，又无猛将与他相持，倘或疏失，如之奈何？望陛下割恩与他，以救一国生灵之命。〔驾唱〕

【斗虾蟆】当日个谁展英雄手，能枭[30]项羽头，把江山属俺炎刘[31]？全亏韩元帅[32]九里山前战斗，十大功劳成就。恁也丹墀[33]里头，枉被[34]金章紫绶；恁也朱门里头，都宠着歌衫舞袖。恐怕边关透漏，殃及家人奔骤。似箭穿着雁口，没个人敢咳嗽。吾当僝僽[35]，他也、他也红妆年幼，无人搭救。昭君共你每有甚么杀父母冤仇？休、休，少不的满朝中都做了毛延寿！我呵，空掌着文武三千队，中原四百州；只待要割鸿沟。陡[36]恁的千军易得，一将难求！

〔常侍云〕见今番使朝外等宣。〔驾云〕罢、罢、罢！教番使临朝来。〔番使入见科，云〕呼韩耶单于差臣南来奏大汉皇帝：北国与南朝自来结亲和好；曾两次差人求公主不与。今有毛延寿将一美人图献与俺单于。特差臣来，单索昭君为阏氏，以息两国刀兵。陛下若不从，俺有百万雄兵，刻日[37]南侵，以决胜负，伏望圣鉴不错。〔驾云〕且教使臣馆驿中安歇去。〔番使下〕〔驾云〕您众文武商量，有策献来，可退番兵，免教昭君和番。大抵是欺娘娘软善，若当时吕后在日，一言之出，谁敢违拗！若如此，久已后也不用文武，只凭佳人平定天下便了！〔唱〕

【哭皇天】你有甚事疾忙奏，俺无那鼎镬边滚热油。我道您文臣安社稷，武将定戈矛。您只会文武班头[38]，山呼万岁，舞蹈扬尘，道那声诚惶顿首。如今阳关路上，昭君出塞；当日未央宫里，女主[39]垂旒。文武每，我不信你敢差排吕太后。枉以后，龙争虎斗，都是俺鸾交凤友[40]。

〔旦云〕妾既蒙陛下厚恩，当效一死，以报陛下。妾情愿和番，得息刀兵，亦可留名青史。但妾与陛下闱房之情，怎生抛舍也！〔驾云〕我可知舍不的卿哩！〔尚书云〕陛下割恩断爱，以社稷为念，早早发送娘娘去罢。〔驾唱〕

【乌夜啼】今日嫁单于，宰相休生受[41]。早则俺汉明妃有国难投。它那里黄云不出青山岫。投至两处凝眸，盼得一雁横秋。单注着寡人今岁揽闲愁。王嫱这运添憔瘦，翠羽冠，香罗绶，都做了锦蒙头暖帽，珠络缝貂裘。

〔云〕卿等今日先送明妃到驿中，交付番使，待明日朕亲出灞陵桥，送饯一杯去。〔尚书云〕只怕使不的，惹外夷耻笑。〔驾云〕卿等所言，我都依着；我的意思，如何不依？好歹去送一送。我一会家只恨毛延寿那厮！〔唱〕

【三煞】我则恨那忘恩咬主贼禽兽，怎生不画在凌烟阁[42]上头？紫台行都是俺手里的众公侯，有那桩儿不共卿谋，那件儿不依卿奏？争忍教第一夜梦迤逗，从今后不见长安望北斗，生扭做织女牵牛！

〔尚书云〕不是臣等强逼娘娘和番，奈番使定名索取；况自古以来，多有因女色败国者。〔驾唱〕

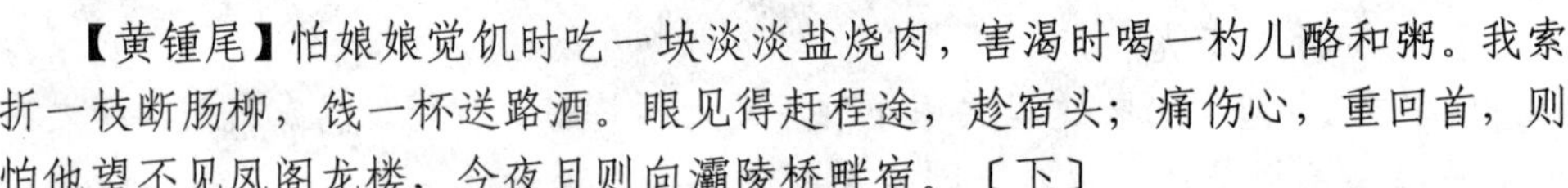

【二煞】虽然似昭君般成败都皆有，谁似这做天子的官差不自由！情知他怎收那膘满的紫骅骝。往常时翠轿香兜，兀自倦朱帘揭绣，上下处要成就。谁承望月自空明水自流，恨思悠悠。

〔旦云〕妾身这一去，虽为国家大计，争奈舍不的陛下！〔驾唱〕

【黄锺尾】怕娘娘觉饥时吃一块淡淡盐烧肉，害渴时喝一杓儿酪和粥。我索折一枝断肠柳，饯一杯送路酒。眼见得赶程途，趁宿头；痛伤心，重回首，则怕他望不见凤阁龙楼，今夜且则向灞陵桥畔宿。〔下〕

(选自《汉宫秋》)

注释：

[1]单于（chān yú）：匈奴君主的称号。[2]款：至。[3]端的：真的，果然。[4]穹庐：牧民族居住的毡帐。[5]阏氏（yān zhī）：汉代匈奴君主的正妻。[6]一壁厢：一边，一面。[7]引控：带领。[8]苟月：满一个月。[9]昵爱：过分宠爱。[10]阁：门扇。[11]文王：商末周族领袖，其子周武王是西周王朝建立者。[12]明妃：王昭君。[13]诸余：于我。[14]偏宜：特别适合。[15]阄（jiū）：古时抓取物具以较胜负，多用于饮酒游戏。[16]左右：相违背、相反、不顺从的意思。[17]观自在：观世音菩萨的别称。[18]则除：除非。[19]恁的：如此。[20]鼎鼐：大鼎。旧以宰相治理国事，如鼎鼐之调和五味，故以喻宰相之权位。[21]秉轴持钧：秉：执掌、主持；轴钧：指国家政务重任，亦指掌握国家大权的人。[22]恁：您、如此、那。[23]怎生：哪能。[24]干：白拿。[25]锁树：西晋末刘聪欲为皇后建殿，延尉陈元达锁腰绕树切谏，不畏死。[26]攀栏：汉成帝时槐里令朱云谏杀佞臣张禹，帝不从，欲诛朱云，朱云攀殿槛，槛折。[27]纣王：商朝最后的国君，沉迷酒色，统治暴虐。[28]妲（dá）己：商王的宠妃。[29]厮遘：相遇。[30]枭（xiāo）：悬挂（砍下的人头）。[31]炎刘：汉朝。[32]韩元帅：韩信。[33]丹墀（chí）：红色的台阶。[34]被：披。[35]僝僽(chán zhòu)：忧愁、苦闷。[36]陡（dǒu）恁地：直如此。[37]刻日：约定，限时间；很快。[38]班头：排在前头，一班人中的头领。[39]女主：刘邦后吕氏。[40]鸾交凤友：交上贤俊之士。[41]生受：麻烦。[42]凌烟阁：画有开国功臣的阁，以纪念旧臣。

作者简介

马致远（1250～1321），元代著名的杂剧家、散曲家。号东篱，大都（今北京）人。与关汉卿、白朴、郑光祖合称“元曲四大家”。所作杂剧，今知十五本，现存《汉宫秋》、《岳阳楼》、《青衫泪》、《黄粱梦》等七种。《汉宫秋》是他的代表作。他的散曲现存一百二十多首，其中著名作品有《双调夜行船》（秋思）、《般涉调耍孩儿》（借马）等。

赏析

《汉宫秋》第二折，写毛延寿在奸计败露后，叛投匈奴，并把“美人图”献给番王。于是，呼韩耶单于以武力相威胁，要汉朝交出王昭君“和亲”。在外邦的胁迫面前，汉朝的文武大臣一个个龟头缩脑，畏力避箭，无人敢出头退敌。汉元帝迫于无奈，只好屈辱地割恩断爱，把王昭君交付番邦。据史籍记载，历史上的汉元帝并没有宠幸过王昭君，他在位时期，汉朝还比较强盛，而北方的匈奴则已经衰落。当时，昭君和亲乃是出于巩固汉朝与匈奴的友好关系，而不是受到匈奴的胁迫。但在《汉宫秋》中，作者为了影射蒙元灭宋的现实政治，抒写自己的亡国之叹，于是，“借他人之酒杯，浇自己胸中块垒”，把汉、番关系作了对立的处理安排。

这出戏一开始，作者就对汉元帝沉湎酒色、荒淫误国，重用奸邪、朝政腐败的行径，作了含蓄而深刻的描写和谴责。作者借王昭君之口说：“妾身王嫱，自前日蒙恩临幸，不觉又旬月，主上见爱过甚，久不设朝。”汉元帝也自述自道：“自从西宫阁下，得见了王昭君，使朕如痴如醉，久不临朝。并且自诩“四时雨露匀，万里江山秀，忠臣皆有用，高枕已无忧。”真是一副沉溺酒色的风流太平天子形象。但是，一传来匈奴索要王昭君和亲的消息，他所宠信的那些“忠臣”，也就马上显露出了“庸臣”的本来面目。尚书令五鹿充宗和内常侍石显等文武大臣，不但不敢挺身而出，率兵拒敌，为国尽职，反而借番邦之口，攻击汉元帝“宠昵王嫱，朝纲尽废，坏了国家”，撺掇汉元帝以昭君奉献番邦，“以救一国生灵”。在〔牧羊关〕、〔贺新郎〕、〔斗虾蟆〕、〔哭皇天〕几支曲中，作者借汉元帝之口，对这班尸位素餐的昏庸奸佞之臣，进行了无情的鞭挞和痛斥。他们“卧重茵，食列鼎，乘肥马，衣轻裘”，“恁也丹墀里头，枉被金章紫绶，恁也朱门里头，都宠着歌衫舞袖”，但这些本应承担起“安社稷、定戈矛”重任的文臣武将，却“只会文武班头，山呼万岁，舞蹈扬尘，道那声诚惶顿首”，在番邦的威胁面前，一个个“似箭穿着雁口，没个人敢咳嗽”！这些生动形象的描写，把这些平时鱼肉人民、骄横恣肆、作威作福，到国难当头时却贪生怕死、胆小如鼠的封建官僚的丑恶嘴脸暴露无遗。面对这些“太平时，卖你宰相功劳，有事处，把俺佳人递流”，“干请了皇家俸”，不能“分破帝王忧”的酒囊饭袋，汉元帝只能发出“我呵，空掌着文武三千队，中原四百州：只待要割鸿沟。陡恁地千军易得，一将难求”的感叹！人们看到这里、不禁会问：是谁重用了这班尸位素餐昏庸臣？是谁宠幸了卖国求荣毛延寿？这难道不是由于汉元帝自己昏聩荒淫有眼无珠，宠用奸佞自作自受吗？

曲词构想宏伟、感情充沛、愤激之情回环起伏而气脉贯通。作者以“感叹伤悲”的南吕套谱词，声情尤为贴切。语言俊丽典雅又明白畅达，口头语的采用使表情更直接有力。艺术的真实源于生活的真实。剧中所写的汉番关系，虽然不符合公元前一世纪的历史情况，却与作者所经所见的软弱无能的南宋小朝廷与强兵压境的蒙元王朝之间的关系，有极大的相似之处。作者在剧中通过汉元帝之口，重点地对他手下的庸臣、佞臣进行了谴责和暴露，对汉元帝的批判相对地显得委婉、曲折，但二者所具的思想力量却同样强烈、同样深刻。

第三节　中国现当代戏剧欣赏

雷雨·节选

曹　禺

第二幕（节选）

（四凤下。鲁妈周围望望，走到柜前，抚摸着她从前的家俱，低头沉思。忽然听见屋外花园里走路的声音。她转过身来，等候着。）

（鲁贵由中门上。）

鲁　贵　四凤呢？

鲁　妈　这儿的太太叫了去啦。

鲁　贵　你回头告诉太太，说找着雨衣，老爷自己到这儿来穿，还要跟太太说几句话。

鲁　妈　老爷要到这屋里来？

鲁　贵　嗯，你告诉清楚了，别回头老爷来到这儿，太太不在，老头儿又发脾气了。

鲁　妈　你跟太太说吧。

鲁　贵　这上上下下许多底下人都得我支派，我忙不开，我可不能等。

鲁　妈　我要回家去，我不见太太了。

鲁　贵　为什么？这次太太叫你来，我告诉你，就许有点什么很要紧的事跟你谈谈。

鲁　妈　我预备带着凤儿回去，叫她辞了这儿的事。

鲁　贵　什么？你看你这点——

（周繁漪由饭厅上。）

鲁　贵　太太。

繁　漪　向门内）四凤，你先把那两套也拿出来，问问老爷要哪一件。（里面答应）哦，（吐出一口气，向鲁妈）这就是四凤的妈吧？叫你久等了。

鲁　贵　等太太是应当的。太太准她来跟您请安就是老大的面子。(四凤由饭厅出，拿雨衣进)

繁　漪　请坐！你来了好半天啦。(鲁妈只在打量着，没有坐下。)

鲁　妈　不多一会，太太。

四　凤　太太。把这三件雨衣都送给老爷那边去啦。

鲁　贵　老爷说放在这儿，老爷自己来拿，还请太太等一会，老爷见您有话说呢。

繁　漪　知道了。(向四凤)你先到厨房，把晚饭的菜看看，告诉厨房一下。

四　凤　是，太太。(望着鲁贵，又疑惧地望着繁漪由中门下。)

繁　漪　鲁贵，告诉老爷，说我同四凤的母亲谈话，回头再请他到这儿来。

鲁　贵　是，太太。(但不走)

繁　漪　(见鲁贵不走)你有什么事么？

鲁　贵　太太，今天早上老爷吩咐德国克大夫来。

繁　漪　二少爷告诉过我了。

鲁　贵　老爷刚才吩咐，说来了就请太太去看。

繁　漪　我知道了。好，你去吧。

(鲁贵由中门下。)

繁　漪　(向鲁妈)坐下谈，不要客气。(自己坐在沙发上)

鲁　妈　(坐在旁边一张椅子上)我刚下火车，就听见太太这边吩咐，要我来见见您。

繁　漪　我常听四凤提到你，说你念过书，从前也是很好的门第。

鲁　妈　(不愿提到从前的事)四凤这孩子很傻，不懂规矩，这两年叫您多生气啦。

繁　漪　不，她非常聪明，我也很喜欢她。这孩子不应当叫她伺候人，应当替她找一个正当的出路。

鲁　妈　太太多夸奖她了。我倒是不愿意这孩子帮人。

繁　漪　这一点我很明白。我知道你是个知书达理的人，一见面，彼此都觉得性情是直爽的，所以我就不妨把请你来的原因现在跟你说一说。

鲁　妈　(忍不住)太太，是不是我这小孩平时的举动有点叫人说闲话？

繁　漪　(笑着，故为很肯定地说)不，不是。

(鲁贵由中门上)

鲁　贵　太太。

繁　漪　什么事？

鲁　贵　克大夫已经来了，刚才汽车接来的，现时在小客厅等着呢。

繁　漪　我有客。

鲁　贵　客？——老爷说请太太就去。

繁　漪　我知道，你先去吧。

(鲁贵下)

繁　漪　(向鲁妈)我先把我家里的情形说一说。第一我家里的女人很少。

鲁　妈　是，太太。

繁　漪　我一个人是个女人，两个少爷，一位老爷，除了一两个老妈子以外，其余用的都是男下人。

鲁　妈　是，太太，我明白。

繁　漪　四凤的年纪很轻，哦，她才十九岁，是不是？

鲁　妈　不，十八。

繁　漪　那就对了，我记得好像比我的孩子是大一岁的样子。这样年青的孩子，在外边做事，又生得很秀气的。

鲁　妈　太太，如果四凤有不检点的地方，请您千万不要瞒我。

繁　漪　不，不，（又笑了）她很好的。我只是说说这个情形。我自己有一个孩子，他才十七岁，——恐怕刚才你在花园见过——一个不十分懂事的孩子。

（鲁贵自书房门上）

鲁　贵　老爷催着太太去看病。

繁　漪　没有人陪着克大夫么？

鲁　贵　王局长刚走，老爷自己在陪着呢。

鲁　妈　太太，您先看去。我在这儿等着不要紧。

繁　漪　不，我话还没有说完。（向鲁贵）你跟老爷说，说我没有病，我自己并没有要请医生来。

鲁　贵　是，太太。（但不走）

繁　漪　（看鲁贵）你在干什么？

鲁　贵　我等太太还有什么旁的事情要吩咐。

繁　漪　（忽然想起来）有，你跟老爷回完话之后，你出去叫一个电灯匠，刚才我听说花园藤萝架上的旧电线落下来了，走电，叫他赶快收拾一下，不要电了人。

鲁　贵　是，太太。

（鲁贵由中门下）

繁　漪　（见鲁妈立起）鲁奶奶，你还是坐呀。哦，这屋子又闷起来啦。（走到窗户，把窗户打开，回来，坐）这些天我就看着我这孩子奇怪，谁知这两天，他忽然跟我说他很喜欢四凤。

鲁　妈　什么？

繁　漪　也许预备要帮助她学费，叫她上学。

鲁　妈　太太，这是笑话。

繁　漪　我这孩子还想四凤嫁给他。

鲁　妈　太太，请您不必往下说，我都明白了。

繁　漪　（追一步）四凤比我的孩子大，四凤又是很聪明的女孩子，这种情形……

鲁　妈　（不喜欢繁漪的暧昧的口气）我的女儿，我总相信是个懂事，明白大体的孩子。我向来不愿意她到大公馆帮人，可是我信得过，我的女儿就帮这儿两年，她总不会做出一点糊涂事的。

繁　漪　鲁奶奶，我也知道四凤是个明白的孩子，不过有了这种不幸的情形，我的意思，是非常容易叫人发生误会的。

鲁　妈　（叹气）今天我到这儿来是万没想到的事，回头我就预备把她带走，现在我就请太太准了她的长假。

繁　漪　哦，哦，——如果你以为这样办好，我也觉得很妥当的，不过有一层，我怕，我的孩子有点傻气，他还是会找到你家里见四凤的。

鲁　妈　您放心。我后悔得很，我不该把这个孩子一个人交给她的父亲管的，明天，我准离开此地，我会远远地带她走，不会见着周家的人。太太，我想现在带着我的女儿走。

繁　漪　那么，也好。回头我叫账房把工钱算出来。她自己的东西我可以派人送去，我有一箱子旧衣服，也可以带去，留着她以后在家里穿。

鲁　妈　（自语）凤儿，我的可怜的孩子！（坐在沙发上，落泪）天哪。

繁　漪　（走到鲁妈面前）不要伤心，鲁奶奶。如果钱上有什么问题，尽管到我这儿来，一定有办法。好好地带她回去，有你这样一个母亲教育她，自然比这儿好的。

（朴园由书房上）

周朴园　繁漪！（繁漪抬头。鲁妈站起，忙躲在一旁，神色大变，观察他。）你怎么还不去？

繁　漪　（故意地）上哪儿？

周朴园　克大夫在等你，你不知道么？

繁　漪　克大夫，谁是克大夫？

周朴园　跟你从前看病的克大夫。

繁　漪　我的药喝够了，我不预备再喝了。

周朴园　那么你的病……

繁　漪　我没有病。

周朴园　（忍耐）克大夫是我在德国的好朋友，对于妇科很有研究。你的神经有点失常，他一定治得好。

繁　漪　谁说我的神经失常？你们为什么这样咒我？我没有病，我没有病，我告诉你，我没有病！

周朴园　（冷酷地）你当着人这样胡喊乱闹，你自己有病，偏偏要讳疾忌医，不肯叫医生治，这不就是神经上的病态么？

繁　漪　哼，我假若是有病，也不是医生治得好的。（向饭厅门走）

周朴园　（大声喊）站住！你上哪儿去？

繁　漪　（不在意地）到楼上去。

周朴园　（命令地）你应当听话。

繁　漪　（好像不明白地）哦！（停，不经意地打量他）你看你！（尖声笑两声）你简直叫我想笑。（轻蔑地笑）你忘了你自己是怎么样一个人啦！（又大笑，由饭厅跑下，重重地关上门。）

周朴园　来人！

（仆人上。）

仆　人　老爷！

周朴园　太太现在在楼上。你叫大少爷陪着克大夫到楼上去给太太看病。

仆　人　是，老爷。

周朴园　你告诉大少爷，太太现在神经病很重，叫他小心点，叫楼上老妈子好好地看着太太。

仆　人　是，老爷。

周朴园　还有，叫大少爷告诉克大夫，说我有点累，不陪他了。

仆　人　是，老爷。

（仆人下。周朴园点着一枝吕宋烟，看见桌上的雨衣。）

周朴园　（向鲁妈）这是太太找出来的雨衣吗？

鲁侍萍　（看着他）大概是的。

周朴园　（拿起看看）不对，不对，这都是新的。我要我的旧雨衣，你回头跟太太说。

鲁侍萍　嗯。

周朴园　（看她不走）你不知道这间房子底下人不准随便进来么？

鲁侍萍　（看着他）不知道，老爷。

周朴园　你是新来的下人？

鲁侍萍　不是的，我找我的女儿来的。

周　朴　你的女儿？

鲁侍萍　四凤是我的女儿。

周朴园　那你走错屋子了。

鲁侍萍　哦。——老爷没有事了？

周朴园　（指窗）窗户谁叫打开的？

鲁侍萍　哦。（很自然地走到窗户，关上窗户，慢慢地走向中门。）

周朴园　（看她关好窗门，忽然觉得她很奇怪）你站一站，（鲁妈停）你——你贵姓？

鲁侍萍　我姓鲁。

周朴园　姓鲁。你的口音不像北方人。

鲁侍萍　对了，我不是，我是江苏的。

周朴园　你好像有点无锡口音。

鲁侍萍　我自小就在无锡长大的。

周朴园　（沉思）无锡？嗯，无锡（忽而）你在无锡是什么时候？

鲁侍萍　光绪二十年，离现在有三十多年了。

周朴园　哦，三十年前你在无锡？

鲁侍萍　是的，三十多年前呢，那时候我记得我们还没有用洋火呢。

周朴园　（沉思）三十多年前，是的，很远啦，我想想，我大概是二十多岁的时候。那时候我还在无锡呢。

鲁侍萍　老爷是那个地方的人？

周朴园　嗯，（沉吟）无锡是个好地方。

鲁侍萍　哦，好地方。

周朴园　你三十年前在无锡么？

鲁侍萍　是，老爷。

周朴园　三十年前，在无锡有一件很出名的事情——

鲁侍萍　哦。

周朴园　你知道么？

鲁侍萍　也许记得，不知道老爷说的是哪一件？

周朴园　哦，很远的，提起来大家都忘了。

鲁侍萍　说不定，也许记得的。

周朴园　我问过许多那个时候到过无锡的人，我想打听打听。可是那个时候在无锡的人，到现在不是老了就是死了，活着的多半是不知道的，或者忘了。

鲁侍萍　如若老爷想打听的话，无论什么事，无锡那边我还有认识的人，虽然许久不通音信，托他们打听点事情总还可以的。

周朴园　我派人到无锡打听过。——不过也许凑巧你会知道。三十年前在无锡有一家姓梅的。

鲁侍萍　姓梅的？

周朴园　梅家的一个年轻小姐，很贤惠，也很规矩，有一天夜里，忽然地投水死了，后来，后来，——你知道么？

鲁侍萍　不敢说。

周朴园　哦。

鲁侍萍　我倒认识一个年轻的姑娘姓梅的。

周朴园　哦？你说说看。

鲁侍萍　可是她不是小姐，她也不贤惠，并且听说是不大规矩的。

周朴园　也许，也许你弄错了，不过你不妨说说看。

鲁侍萍　这个梅姑娘倒是有一天晚上跳的河，可是不是一个，她手里抱着一个刚生下三天的男孩。听人说她生前是不规矩的。

周朴园　（苦痛）哦！

鲁侍萍　这是个下等人，不很守本分的。听说她跟那时周公馆的少爷有点不清白，生了两个儿子。生了第二个，才过三天，忽然周少爷不要她了，大孩子就放在周公馆，刚生的孩子抱在怀里，在年三十夜里投河死的。

周朴园　（汗涔涔地）哦。

鲁侍萍　她不是小姐，她是无锡周公馆梅妈的女儿，她叫侍萍。

周朴园　（抬起头来）你姓什么？

鲁侍萍　我姓鲁，老爷。

周朴园　（喘出一口气，沉思地）侍萍，侍萍，对了。这个女孩子的尸首，说是有一个穷人见着埋了。你可以打听得她的坟在哪儿么？

鲁侍萍　老爷问这些闲事干什么？

周朴园　这个人跟我们有点亲戚。

鲁侍萍　亲戚？

周朴园　嗯，——我们想把她的坟墓修一修。

鲁侍萍　哦——那用不着了。

周朴园　怎么？

鲁侍萍　这个人现在还活着。

周朴园　（惊愕）什么？

鲁侍萍　她没有死。

周朴园　她还在？不会吧？我看见她河边上的衣服，里面有她的绝命书。

鲁侍萍　不过她被一个慈善的人救活了。

周朴园　哦，救活啦？

鲁侍萍　以后无锡的人是没见着她，以为她那夜晚死了。

周朴园　那么，她呢？

鲁侍萍　一个人在外乡活着。

周朴园　那个小孩呢？

鲁侍萍　也活着。

周朴园　（忽然立起）你是谁？

鲁侍萍　我是这儿四凤的妈，老爷。

周朴园　哦。

鲁侍萍　她现在老了，嫁给一个下等人，又生了个女孩，境况很不好。

周朴园　你知道她现在在哪儿？

鲁侍萍　我前几天还见着她！

周朴园　什么？她就在这儿？此地？

鲁侍萍　嗯，就在此地。

周朴园　哦！

鲁侍萍　老爷，你想见一见她么？

周朴园　不，不，谢谢你。

鲁侍萍　她的命很苦。离开了周家，周家少爷就娶了一位有钱有门第的小姐。她一个单身人，无亲无故，带着一个孩子在外乡什么事都做，讨饭、缝衣服、当老妈、在学校里伺候人。

周朴园　她为什么不再找到周家？

鲁侍萍　大概她是不愿意吧？为着她自己的孩子，她嫁过两次。

周朴园　以后她又嫁过两次？

鲁侍萍　嗯，都是很下等的人。她遇人都很不如意，老爷想帮一帮她么？

周朴园　好，你先下去。让我想一想。

鲁侍萍　老爷，没有事了？（望着周朴园，眼泪要涌出）老爷，您那雨衣，我怎么说？

周朴园　你去告诉四凤，叫她把我樟木箱子里那件旧雨衣拿出来，顺便把那箱子里的几件旧衬衣也捡出来。

鲁侍萍　旧衬衣？

周朴园　你告诉她在我那顶老的箱子里，纺绸的衬衣，没有领子的。

鲁侍萍　老爷那种纺绸衬衣不是一共有五件？您要哪一件？

周朴园　要哪一件？

鲁侍萍　不是有一件，在右袖襟上有个烧破的窟窿，后来用丝线绣成一朵梅花补上的？还有一件，……

周朴园　（惊愕）梅花？

鲁侍萍　还有一件绸衬衣，左袖襟也绣着一朵梅花，旁边还绣着一个萍字。还有一件，……

周朴园　（徐徐立起）哦，你，你，你是——

鲁侍萍　我是从前伺候过老爷的下人。

周朴园　哦，侍萍！（低声）怎么，是你？

鲁侍萍　你自然想不到，侍萍的相貌有一天也会老得连你都不认识了。

周朴园　你——侍萍？（不觉地望望柜上的相片，又望鲁妈。）

鲁侍萍　朴园，你找侍萍么？侍萍在这儿。

周朴园　（忽然严厉地）你来干什么？

鲁侍萍　不是我要来的 。

周朴园　谁指使你来的？

鲁侍萍　（悲愤）命！不公平的命指使我来的。

周朴园　（冷冷地）三十年的工夫你还是找到这儿来了。

鲁侍萍　（愤怨）我没有找你，我没有找你，我以为你早死了。我今天没想到到这儿来，这是天要我在这儿又碰见你。

周朴园　你可以冷静点。现在你我都是有子女的人，如果你觉得心里有委屈，这么大年纪，我们先可以不必哭哭啼啼的。

鲁侍萍　哭？哼，我的眼泪早哭干了，我没有委屈，我有的是恨，是悔，是三十年一天一天我自己受的苦。你大概已经忘了你做的事了！三十年前，大年三十的晚上我生下你的第二个儿子才三天，你为了要赶着娶那位有钱有门第的小姐，你们逼着我冒着大雪出去，要我离开你们周家的门。

周朴园　从前的恩怨，过了几十年，又何必再提呢？

鲁侍萍　那是因为周大少爷一帆风顺，现在也是社会上的好人物。可是自从我被你们家赶出来以后，我没有死成，我把我的母亲可给气死了，我亲生的两个孩子你们家里逼着我留在你们家里。

周朴园　你的第二个孩子你不是已经抱走了么？

鲁侍萍　那是你们老太太看着孩子快死了，才叫我抱走的。（自语）哦，天哪，我觉得我像在做梦。

周朴园　我看过去的事不必再提起来吧。

鲁侍萍　我要提，我要提，我闷了三十年了！你结了婚，就搬了家，我以为这一辈子也见不着你了；谁知道我自己的孩子个个命定要跑到周家来，又做我从前在你们家做过的事。

周朴园　怪不得四凤这样像你。

鲁侍萍　我伺候你，我的孩子再伺候你生的少爷们。这是我的报应，我的报应。

周朴园　你静一静。把脑子放清醒点。你不要以为我的心是死了，你以为一个人做了一件于心不忍的是就会忘了么？你看这些家俱都是你从前顶喜欢的东西，多少年我总是留着，为着纪念你。

鲁侍萍　（低头）哦。

周朴园　你的生日——四月十八——每年我总记得。一切都照着你是正式嫁过周家的人看，甚至于你因为生萍儿，受了病，总要关窗户，这些习惯我都保留着，为的是不忘你，弥补我的罪过。

鲁侍萍　（叹一口气）现在我们都是上了年纪的人，这些傻话请你不必说了。

周朴园　那更好了。那么我们可以明明白白地谈一谈。

鲁侍萍　不过我觉得没有什么可谈的。

周朴园　话很多。我看你的性情好像没有大改，——鲁贵像是个很不老实的人。

鲁侍萍　你不明白。他永远不会知道的。

周朴园　那双方面都好。再有，我要问你的，你自己带走的儿子在哪儿？

鲁侍萍　他在你的矿上做工。

周朴园　我问，他现在在哪儿？

鲁侍萍　就在门房等着见你呢。

周朴园　什么？鲁大海？他！我的儿子？

鲁侍萍　他的脚趾头因为你的不小心，现在还是少一个的。

周朴园　（冷笑）这么说，我自己的骨肉在矿上鼓励罢工，反对我！

鲁侍萍　他跟你现在完完全全是两样的人。

周朴园　（沉静）他还是我的儿子。

鲁侍萍　你不要以为他还会认你做父亲。

周朴园　（忽然）好！痛痛快快地！你现在要多少钱吧？

鲁侍萍　什么？

周朴园　留着你养老。

鲁侍萍　（苦笑）哼，你还以为我是故意来敲诈你，才来的么？

周朴园　也好，我们暂且不提这一层。那么，我先说我的意思。你听着，鲁贵我现在要辞退的，四凤也要回家。不过——

鲁侍萍　你不要怕，你以为我会用这种关系来敲诈你么？你放心，我不会的。大后天我就会带四凤回到我原来的地方。这是一场梦，这地方我绝对不会再住下去。

周朴园　好得很，那么一切路费，用费，都归我担负。

鲁侍萍　什么？

周朴园　这于我的心也安一点。

鲁侍萍　你？（笑）三十年我一个人都过了，现在我反而要你的钱？

周朴园　好，好，好，那么你现在要什么？

鲁侍萍　（停一停）我，我要点东西。

周朴园　什么？说吧？

鲁侍萍　（泪满眼）我——我只要见见我的萍儿。

周朴园　你想见他？

鲁侍萍　嗯，他在哪儿？

周朴园　他现在在楼上陪着他的母亲看病。我叫他，他就可以下来见你。不过是——

鲁侍萍　不过是什么？

周朴园　他很大了。

鲁侍萍　（追忆）他大概是二十八了吧？我记得他比大海只大一岁。

周朴园　并且他以为他母亲早就死了的。

鲁侍萍　哦，你以为我会哭哭啼啼地叫他认母亲么？我不会那么傻的。我难道不知道这样的母亲只给自己的儿子丢人么？我明白他的地位，他的教育，不容他承认这样的母亲。这些年我也学乖了，我只想看看他，他究竟是我生的孩子。你不要怕，我就是告诉他，白白地增加他的烦恼，他自己也不愿意认我的。

周朴园　那么，我们就这样解决了。我叫他下来，你看一看他，以后鲁家的人永远不许再到周家来。

鲁侍萍　好，希望这一生不至于再见你。

周朴园　（由衣内取出皮夹的支票签好）很好，这一张五千块钱的支票，你可以先拿去用。算是弥补我一点罪过。

鲁侍萍　（接过支票）谢谢你。（慢慢撕碎支票）

周朴园　侍萍。

鲁侍萍　我这些年的苦不是你那钱就算得清的。

周朴园　可是你——

（外面争吵声。鲁大海的声音："放开我，我要进去。"三四个男仆声："不成，不成，老爷睡觉呢。"门外有男仆等与大海的挣扎声。）

周朴园　（走至中门）来人！（仆人由中门进）谁在吵？

仆　人　就是那个工人鲁大海！他不讲理，非见老爷不可。

周朴园　哦。（沉吟）那你叫他进来吧。等一等，叫人到楼上请大少爷下楼，我有话问他。

仆　人　是，老爷。

（仆人由中门下。）

周朴园　（向鲁妈）侍萍，你不要太固执。这一点钱你不收下，将来你会后悔的。

鲁侍萍　（望着他，一句话也不说。）

（仆人领着大海进，大海站在左边，三四仆人立一旁。）

鲁大海　（见鲁妈）妈，您还在这儿？

周朴园　（打量鲁大海）你叫什么名字？

鲁大海　（大笑）董事长，您不要向我摆架子，您难道不知道我是谁么？

周朴园　你？我只知道你是罢工闹得最凶的工人代表。

鲁大海　对了，一点儿也不错，所以才来拜望拜望您。

周朴园　你有什么事吧？

鲁大海　董事长当然知道我是为什么来的。

周朴园　（摇头）我不知道。

鲁大海　我们老远从矿上来，今天我又在您府上大门房里从早上六点钟一直等到现在，我就是要问问董事长，对于我们工人的条件，究竟是允许不允许？

周朴园　哦，那么——那么，那三个代表呢？

鲁大海　我跟你说吧，他们现在正在联络旁的工会呢。

周朴园　哦，——他们没告诉旁的事情么？

鲁大海　告诉不告诉与你没有关系。——我问你，你的意思，忽而软，忽而硬，究竟是怎么回子？

（周萍由饭厅上，见有人，即想退回。）

周朴园　（看萍）不要走，萍儿！（视鲁妈，鲁妈知萍为其子，眼泪汪汪地望着他。）

周　萍　是，爸爸。

周朴园　（指身侧）萍儿，你站在这儿。（向大海）你这么只凭意气是不能交涉事情的。

鲁大海　哼，你们的手段，我都明白。你们这样拖延时候不就是想去花钱收买少数不要脸的败类，暂时把我们骗在这儿。

周朴园　你的见地也不是没有道理。

鲁大海　可是你完全错了。我们这次罢工是有团结的，有组织的。我们代表这次来并不是来求你们。你听清楚，不求你们。你们允许就允许；不允许，我们一直罢工到底，我们知道你们不到两个月整个地就要关门的。

周朴园　你以为你们那些代表们，那些领袖们都可靠吗？

鲁大海　至少比你们只认识洋钱的结合要可靠得多。

周朴园　那么我给你一件东西看。

（周朴园在桌上找电报，仆人递给他；此时周冲偷偷由左书房进，在旁偷听。）

周朴园　（给大海电报）这是昨天从矿上来的电报。

鲁大海　（拿过去看）什么？他们又上工了。（放下电报）不会，不会。

周朴园　矿上的工人已经在昨天早上复工，你当代表的反而不知道么？

鲁大海　（惊，怒）怎么矿上警察开枪打死三十个工人就白打了么？（又看电报，忽然笑起来）哼，这是假的。你们自己假作的电报来离间我们的。（笑）哼，你们这种卑鄙无赖的行为！

周　萍　（忍不住）你是谁？敢在这儿胡说？

周朴园　萍儿！没有你的话。（低声向大海）你就这样相信你那同来的代表么？

鲁大海　你不用多说，我明白你这些话的用意。

周朴园　好，那我把那复工的合同给你瞧瞧。

鲁大海　（笑）你不要骗小孩子，复工的合同没有我们代表的签字是不生效力的。

周朴园　哦，（向仆）合同！（仆由桌上拿合同递他）你看，这是他们三个人签字的合同。

鲁大海　（看合同）什么？（慢慢地，低声）他们三个人签了字。他们怎么会不告诉我就签了字呢？他们就这样把我不理啦？

周朴园　对了，傻小子，没有经验只会胡喊是不成的。

鲁大海　那三个代表呢？

周朴园　昨天晚车就回去了。

鲁大海　（如梦初醒）他们三个就骗了我了，这三个没有骨头的东西，他们就把矿上的工人们卖了。哼，你们这些不要脸的董事长，你们的钱这次又灵了。

周　萍　（怒）你混帐！

周朴园　不许多说话。（回头向大海）鲁大海，你现在没有资格跟我说话——矿上已经把你开除了。

鲁大海　开除了？

周　冲　爸爸，这是不公平的。

周朴园　（向冲）你少多嘴，出去！（冲由中门走下）

鲁大海　哦，好，好，（切齿）你的手段我早就领教过，只要你能弄钱，你什么都做得出来。你叫警察杀了矿上许多工人，你还——

周朴园　你胡说！

鲁侍萍　（至大海前）别说了，走吧。

鲁大海　哼，你的来历我都知道，你从前在哈尔滨包修江桥，故意在叫江堤出险——

周朴园　（低声）下去！

（仆人等拉他，说"走！走！"）

鲁大海　（对仆人）你们这些混帐东西，放开我。我要说，你故意淹死了二千二百个小工，每一个小工的性命你扣三百块钱！姓周的，你发的是绝子绝孙的昧心财！你现在还……

周　萍　（忍不住气，走到大海面前，重重地打他两个嘴巴。）你这种混帐东西！（大海立刻要还手，倒是被周宅的仆人们拉住。）打他。

鲁大海　（向萍高声）你，你（正要骂，仆人一起打大海。大海头流血。鲁妈哭喊着护大海。）

周朴园　（厉声）不要打人！（仆人们停止打大海，仍拉着大海的手。）

鲁大海　放开我，你们这一群强盗！

周　萍　（向仆人）把他拉下去。

鲁侍萍　（大哭起来）哦，这真是一群强盗！（走至萍前，抽咽）你是萍，——凭，——凭什么打我的儿子？

周　萍　你是谁？

鲁侍萍　我是你的——你打的这个人的妈。

鲁大海　妈，别理这东西，您小心吃了他们的亏。

鲁侍萍　（呆呆地看着萍的脸，忽而又大哭起来）大海，走吧，我们走吧。（抱着大海受伤的头哭。）

（选自《雷雨》）

作者简介

曹禺（1910～1996），剧作家、戏剧教育家。本名万家宝，字小石，祖籍湖北潜江。1910年9月24日生于天津一个封建官僚家庭。1922年入南开中学，1925年加入南开新剧团，成为骨干，1928年入南开大学政治系，次年转入清华大学西洋文学系，1936年8月始在国立戏剧专科学校教授戏剧。抗日战争开始后，他随戏校迁至四川，1946年返回上海，后应美国国务院邀请赴美讲学，1947年1月回国，应聘于上海实验戏剧学校。1949年初，由上海经香港抵达北平（今北京），后参加中国人民政治协商会议，并参与筹备全国文学艺术工作者代表大会，1949年7月文代会召开，曹禺被选为主席团成员，1950年、1952年先后被任命为中央戏剧学院副院长和北京人民艺术剧院院长。文化大革命中，曹禺遭到迫害，被迫搁笔。1988年11月在中国文学艺术界联合会第五次代表大会上他被选为执行主席。曹禺广泛借鉴和吸收了中国古典戏曲和欧洲近代戏剧的表现方法，把中国的话剧艺术提到了一个新的高度。《雷雨》成为中国话剧艺术成熟的标志，另有作品《日出》（1935年）、《原野》（1937年）《蜕变》（1939年）、《北京人》（1941年）、《家》（1942年，根据巴金同名小说改编）、《艳阳天》（1947年，电影剧本）、《明朗的天》（1952年）、《胆剑篇》（1961年）、《王昭君》（1978年）。此外，曹禺还翻译了英国剧作家莎士比亚的《罗密欧与朱丽叶》等。

赏析

作品结构精巧。《雷雨》采用的是紧凑集中的戏剧结构，作者巧妙运用了“回顾”和“穿插”的方法，把“现在的戏剧”和“过去的戏剧”交织在一起，充分表现周鲁两家的矛盾冲突，剧情发展紧张激烈。

作品以周朴园为中心，在错综复杂的尖锐冲突中展开剧情。

作品人物集中，空间集中。以周朴园为中心，以周蘩漪为情节发展的枢纽，剧中八个人，都有其独特的思想感情与经历，但他们的命运又都和周朴园相牵连。家庭关系把他们联结为—个整体，又把他们集中在同一空间，在家庭中来表现各自的性格；作品时间集中，凝练。周、鲁两家30年的恩怨，周家内部由来已久的矛盾，周朴园与工人的长期对抗，都高度概括在一天一夜之间加以表现；矛盾错综复杂。在众多的冲突线中，周朴园与繁漪的冲突是一条明线，周朴园和鲁侍萍的关系是条暗线，这两条线索同时并存，彼此交织互为影响，交相钳制，使剧情紧张曲折，引人入胜。

作品情节富有戏剧性。作者采用在危机上开幕的结构方法，不是渐次展开剧情，而是在后果的猝然爆发中交代复杂的前因。因而创造了一种紧张、强烈的戏剧情境。剧情的发展，入情入理，既合乎生活逻辑，又合乎人物性格逻辑。这一幕前半部分鲁侍萍为带走女儿来到周家，发现周朴园正是30年前抛弃自己的人，而周朴园却没有认出她，正是在这种情况下把一个虚伪、狡诈的周朴园的形象揭示得淋漓尽致。后半部分中，带领工人罢工的是周朴园自己的亲儿子，周萍愤怒下出手打伤的是自己的亲弟弟，而四凤则是周萍的亲妹妹，这一切很富戏剧性，戏剧性中深含悲剧性，读来又令人悲愤不已。

作品语言精练传神。周朴园与鲁侍萍的一场对话精妙传神，把两个怀有不同心情的人物刻画得鲜明突出；另外还具有抒情性，作品对周家环境的描绘尤其是夏天雷雨的描绘是具有抒情性的。语言暗示性，如其中繁漪和周萍在周朴园面前的谈话，既冠冕堂皇又传出话外之音，即繁漪对周萍的不满，和对周朴园的暗示。富于动作性，人物的语言伴随着动作，而动作也伴随着语言，更主要的是人物的语言中包含着动作，因此非常符合舞台演出的需要。

茶馆·节选

老 舍

第一幕（节选）

人物：王利发、刘麻子、庞太监、唐铁嘴、康六、小牛儿、松二爷、黄胖子、宋恩子、常四爷、秦仲义、吴祥子、李三、老人、康顺子、二德子、乡妇、茶客甲、乙、丙、丁、马五爷、小妞、茶房一二人

时间：一九九八年（戊戌）初秋，康梁等的维新运动失败了。早半天。

地点：北京，裕泰大茶馆。

幕启：这种大茶馆现在已经不见了。在几十年前，每城都起码有一处。这里卖茶，也卖简单的点心与菜饭。玩鸟的人们，每天在遛够了画眉、黄鸟等之后，要到这里歇歇腿，喝喝茶，并使鸟儿表演歌唱。商议事情的，说媒拉纤的，也到这里来。那年月，时常有打群架的，但是总会有朋友出头给双方调解；三

五十口子打手，经调人东说西说，便都喝碗茶，吃碗烂肉面（大茶馆特殊的食品，价钱便宜，作起来快当），就可以化干戈为玉帛了。总之，这是当日非常重要的地方，有事无事都可以来坐半天。

在这里，可以听到最荒唐的新闻，如某处的大蜘蛛怎么成了精，受到雷击。奇怪的意见也在这里可以听到，像把海边上都修上大墙，就足以挡住洋兵上岸。这里还可以听到某京戏演员新近创造了什么腔儿，和煎熬鸦片烟的最好的方法。这里也可以看到某人新得到的奇珍——一个出土的玉扇坠儿，或三彩的鼻烟壶。这真是个重要的地方，简直可以算作文化交流的所在。

我们现在就要看见这样的一座茶馆。

一进门是柜台与炉灶——为省点事，我们的舞台上可以不要炉灶；有些锅勺的响声也就够了。屋子非常高大，摆着长桌与方桌，长凳与小凳，都是茶座儿。隔窗可见后院，高搭着凉棚，棚下也有茶座儿。屋里和凉棚下都有挂鸟笼的地方。各处都贴着"莫谈国事"的纸条。

有两位茶客，不知姓名，正眯着眼，摇着头，拍板低唱。有两三位茶客，也不知姓名，正入神地欣赏瓦罐里的蟋蟀。两位穿灰色大衫的——宋恩子与吴祥子，正低声地谈话，看样子他们是北衙门的办案的（侦缉）。

今天又有一起打群架的，据说是为了争一只家鸽，惹起非用武力解决不可的纠纷。假若真打起来，非出人命不可，因为被约的打手中包括着善扑营的哥儿们和库兵，身手都十分厉害。好在，不能真打起来，因为在双方还没把打手约齐，已有人出面调停了——现在双方在这里会面。三三两两的打手，都横眉立目，短打扮，随时进来，往后院去。

马五爷在不惹人注意的角落，独自坐着喝茶。

王利发高高地坐在柜台里。

唐铁嘴趿拉着鞋，身穿一件极长极脏的大布衫，耳上夹着几张小纸片，进来。……

（秦仲义，穿得很讲究，满面春风，走进来。）

王利发　哎哟！秦二爷，您怎么这样闲在，会想起下茶馆来了？也没带个底下人？

秦仲义　来看看，看看你这年轻小伙子会做生意不会！

王利发　唉，一边作一边学吧，指着这个吃饭嘛。谁叫我爸爸死的早，我不干不行啊！好在照顾主儿都是我父亲的老朋友，我有不周到的地方，都肯包涵，闭闭眼就过去了。在街面上混饭吃，人缘儿顶要紧。我按着我父亲遗留下的老办法，多说好话，多请安，讨人人的喜欢，就不会出大岔子！您坐下，我给您沏碗小叶茶去！

秦仲义　我不喝！也不坐着！

王利发　坐一坐！有您在我这儿坐坐，我脸上有光！

秦仲义　也好吧！（坐）可是，用不着奉承我！

王利发　李三，沏一碗高的来！二爷，府上都好？您的事情都顺心吧？

秦仲义　不怎么太好！

王利发　您怕什么呢？那么多的买卖，您的小手指头都比我的腰还粗！

唐铁嘴　（凑过来）这位爷好相貌，真是天庭饱满，地阁方圆，虽无宰相之权，而有陶朱之富！

秦仲义　躲开我！去！

王利发　先生，你喝够了茶，该外边活动活动去！（把唐铁嘴轻轻推开）

唐铁嘴　唉！（垂头走出去。）

秦仲义　小王，这儿的房租是不是得往上提那么一提呢？当年你爸爸给我的那点租钱，还不够我喝茶用的呢！

王利发　二爷，您说的对，太对了！可是，这点小事用不着您分心，您派管事的来一趟，我跟他商量，该长多少租钱，我一定照办！是！嗻！

秦仲义　你这小子，比你爸爸还滑！哼，等着吧，早晚我把房子收回去！

王利发　您甭吓唬着我玩，我知道您多么照应我，心疼我，决不会叫我挑着大茶壶，到街上卖热茶去！

秦仲义　你等着瞧吧！

（乡妇拉着个十来岁的小妞进来。小妞的头上插着一根草标。李三本想不许她们往前走，可是心中一难过，没管。她们俩慢慢地往里走。茶客们忽然都停止说笑，看着她们。）

小　妞　（走到屋子中间，立住）妈，我饿！我饿！（乡妇呆视着小妞，忽然腿一软，坐在地上，掩面低泣。）

秦仲义　（对王利发）轰出去！

王利发　是！出去吧，这里坐不住！

乡　妇　哪位行行好？要这个孩子，二两银子！

常四爷　李三，要两个烂肉面，带她们到门外吃去！

李　三　是啦！（过去对乡妇）起来，门口等着去，我给你们端面来！

乡　妇　（立起，抹泪往外走，好像忘了孩子；走了两步，又转回身来，搂住小妞吻她）

宝贝！宝贝！

王利发　快着点吧！

（乡妇、小妞走出去。李三随后端出两碗面去。）

王利发　（过来）常四爷，您是积德行好，赏给她们面吃！可是，我告诉您：这路事儿太多了，太多了！谁也管不了！（对秦仲义）二爷，您看我说的对不对？

常四爷　（对松二爷）二爷，我看哪，大清国要完！

秦仲义　（老气横秋地）完不完，并不在乎有人给穷人们一碗面吃没有。小王，说真的，我真想收回这里的房子！

王利发　您别那么办哪，二爷！

秦仲义　我不但收回房子，而且把乡下的地，城里的买卖也都卖了！

王利发　那为什么呢？

秦仲义　把本钱拢在一块儿，开工厂！

王利发　开工厂？

秦仲义　嗯，顶大顶大的工厂！那才救得了穷人，那才能抵制外货，那才能救国！（对王利发说而眼看着常四爷）唉，我跟你说这些干什么，你不懂！

王利发　您就专为别人，把财产都出手，不顾自己了吗？

秦仲义　你不懂！只有那么办，国家才能富强！好啦，我该走啦。我亲眼看见了，你的生意不错，你甭再要无赖，不涨房钱！

王利发　您等等，我给您叫车去！

秦仲义　用不着，我愿意溜跶溜跶！

（秦仲义往外走，王利发送。）

（小牛儿搀着庞太监走进来。小牛儿提着水烟袋。）

庞太监　哟！秦二爷！

秦仲义　庞老爷！这两天您心里安顿了吧？

庞太监　那还用说吗？天下太平了，圣旨下来，谭嗣同问斩！告诉您，谁敢改祖宗的章程，谁就掉脑袋！

秦仲义　我早就知道！

（茶客们忽然全静寂起来，几乎是闭住呼吸地听着。）

庞太监　您聪明，二爷，要不然您怎么发财呢！

秦仲义　我那点财产，不值一提！

庞太监　太客气了吧？您看，全北京城谁不知道秦二爷！您比做官的还厉害呢！听说呀，好些财主都讲维新！

秦仲义　不能这么说，我那点威风在您的面前可就施展不出来了！哈哈哈！

庞太监　说得好，咱们就八仙过海，各显其能吧！哈哈哈！

秦仲义　改天过去给您请安，再见！（下）

庞太监　（自言自语）哼，凭这么个小财主也敢跟我逗嘴皮子，年头真是改了！（问王利发）刘麻子在这儿哪？

王利发　总管，您里边歇着吧！

（刘麻子早已看见庞太监，但不敢靠近，怕打搅了庞太监、秦仲义的谈话。）

刘麻子　喝，我的老爷子！您吉祥！我等了您好大半天了！（搀庞太监往里面走）

（宋恩子、吴祥子过来请安，庞太监对他们耳语。）

（众茶客静默了一阵之后，开始议论纷纷。）

茶客甲　谭嗣同是谁？

茶客乙　好像听说过！反正犯了大罪，要不，怎么会问斩呀！

茶客丙　这两三个月了，有些做官的，念书的，乱折腾乱闹，咱们怎能知道他们捣的什么鬼呀！

茶客丁　得！不管怎么说，我的铁杆庄稼又保住了！姓谭的，还有那个康有为，不是说叫旗兵不关钱粮，去自谋生计吗？心眼多毒！

茶客丙　一份钱粮倒叫上头克扣去一大半，咱们也不好过！

茶客丁　那总比没有强啊！好死不如赖活着，叫我去自己谋生，非死不可！

王利发　诸位主顾，咱们还是莫谈国事吧！

（大家安静下来，都又各谈各的事。）

庞太监　（已坐下）怎么说？一个乡下丫头，要二百银子？

刘麻子　（侍立）乡下人，可长得俊呀！带进城来，好好地一打扮、调教，准保是又好看，又有规矩！我给您办事，比给我亲爸爸做事都更尽心，一丝一毫不能马虎！

（唐铁嘴又回来了。）

王利发　铁嘴，你怎么又回来了？

唐铁嘴　街上兵荒马乱的，不知道是怎么回事！

庞太监　还能不搜查搜查谭嗣同的余党吗？唐铁嘴，你放心，没人抓你！

唐铁嘴　嗻，总管，您要能赏给我几个烟泡儿，我可就更有出息了。

（有几个茶客好像预感到什么灾祸，一个个往外溜。）

松二爷　咱们也该走了吧！天不早啦！

常四爷　嗻！走吧！

（二灰衣人——宋恩子和吴祥子走过来。）

宋恩子　等等！

常四爷　怎么啦？

宋恩子　刚才你说“大清国要完”？

常四爷　我，我爱大清国，怕它完了！

吴祥子　（对松二爷）你听见了？他是这么说的吗？

松二爷　哥儿们，我们天天在这儿喝茶。王掌柜知道，我们都是地道老好人！

吴祥子　问你听见了没有？

松二爷　那，有话好说，二位请坐！

宋恩子　你不说，连你也锁了走！他说“大清国要完”，就是跟谭嗣同一党！

松二爷　我，我听见了，他是说……

宋恩子　（对常四爷）走！

常四爷　上哪儿？事情要交代明白了啊！

宋恩子　你还想拒捕吗？我这儿可带着“王法”呢！（掏出腰中带着的铁链子。）

常四爷　告诉你们，我可是旗人！

吴祥子　旗人当汉奸，罪加一等！锁上他！

常四爷　甭锁，我跑不了！

宋恩子　量你也跑不了！（对松二爷）你也走一趟，到堂上实话实说，没你的事！

（黄胖子同三五个人由后院过来。）

黄胖子　得啦，一天云雾散，算我没白跑腿！

松二爷　黄爷！黄爷！

黄胖子　（揉揉眼）谁呀？

松二爷　我！松二！您过来，给说句好话！

黄胖子　（看清）哟，宋爷，吴爷，二位爷办案啊？请吧！

松二爷　黄爷，帮帮忙，给美言两句！

黄胖子　官厅儿管不了的事，我管！官厅儿能管的事呀，我不便多嘴！（问大家）是不是？

众　嗻！对！

（宋恩子、吴祥子带着常四爷、松二爷往外走。）

松二爷　（对王利发）看着点我们的鸟笼子！

王利发　您放心，我给送到家里去！

（常四爷、松二爷、宋恩子、吴祥子同下。）

黄胖子　（唐铁嘴告以庞太监在此）哟，老爷在这儿哪？听说要安份儿家，我先给您道喜！

庞太监　等吃喜酒吧！

黄胖子　您赏脸！您赏脸！（下。）

（乡妇端着空碗进来，往柜上放。小妞跟进来。）

小　妞　妈！我还饿！

王利发　唉！出去吧！

乡　妇　走吧，乖！

小　妞　不卖妞妞啦？妈！不卖啦？妈！

乡　妇　乖！（哭着，携小妞下。）

（康六带着康顺子进来，立在柜台前。）

康　六　姑娘！顺子！爸爸不是人，是畜生！可你叫我怎办呢？你不找个吃饭的地方，你饿死！我不弄到手几两银子，就得叫东家活活地打死！你呀，顺子，认命吧，积德吧！

康顺子　我，我……（说不出话来。）

刘麻子　（跑过来）你们回来啦？点头啦？好！来见见总管！给总管磕头！

康顺子　我……（要晕倒）

康　六　（扶住女儿）顺子！顺子！

刘麻子　怎么啦？

康　六　又饿又气，昏过去了！顺子！顺子！

庞太监　就要活的，可不要死的！

（静场。）

茶客甲　（正与乙下象棋）将！你完啦！

——幕落。

（选自《茶馆》）

作者简介

老舍（1899～1966），原名舒庆春，字舍予，生于北京，满族人。父亲是一名满族的护军，阵亡在八国联军攻打北京城的炮火中，母亲靠替人洗衣裳做活计维持一家人的生活。1918 年夏天，他以优秀的成绩由北京师范学校毕业，被派到北京第十七小学去当校长。1924 年夏应聘到英国伦敦大学东方学院当中文讲师，在英期间开始文学创作。长篇小说《老张的哲学》是第一部作品，由 1926 年 7 月起在《小说月报》杂志连载，立刻震动文坛。以后陆续发表了长篇小说《赵子曰》和《二马》，奠定了老舍作为新文学开拓者之一的地位。1930 年老舍回国后，先后在齐鲁大学和山东大学任教授。这个时期创作了《猫城记》、《离婚》、《骆驼祥子》等长篇小说，《月牙儿》、《我这一辈子》等中篇小说，《微神》等短篇小说。1944 年开始，创作近百万字的长篇巨著《四世同堂》。他担任全国文联和全国作协副主席兼北京文联主席，是全国人大代表和全国政协常委。1966 年“文革”中投湖自尽。

赏析

1898 年戊戌变法失败后。裕泰茶馆生意兴隆，三教九流，各色人物云集此处：信洋教的小恶霸，依仗洋人，神气十足，连官府也怕他三分；有钱有势的人家为了一只鸽子，可以请来官方的打手和差人打群架；吃朝廷钱粮的旗人整日游手好闲；朝中的太监总管不仅家中人生活奢华，而且还可以用高价买来妻子；农民和城市贫民却卖儿卖女；常四爷谈国事被抓；秦仲义雄心勃勃兴办工厂，工业救国。这种剪影式的描写，展现了清末社会的众生相，深刻反映了帝国主义的渗透、侵略和封建统治的荒淫、腐败所造成的农民的破产、市民贫困和社会黑暗，表明了中国封建社会的末日即将来临。

人物语言个性化是本剧的一大的特色，老舍善于从人物的身份、思想、性格出发，让他们说出符合自己个性的语言。如王利发谦恭、周到、善于与各种人物打交道，对不同的人使用不同的语言，与他的掌柜生涯非常吻合。

幽默是本剧语言的又一特色。作者把对黑暗社会的讽刺、批判与对劳动人民的同情、对祖国的热爱联系起来，在微笑中蕴含着严肃和悲哀，形成自己独特的幽默风格。比如唐铁嘴夸耀自己如何抽“白面儿”时，表面看滑稽可笑，但仔细琢磨却又蕴含着深意，明明是受人侵害却偏偏要自我夸耀，这是一种让人带泪的笑。

独特的戏剧结构也是本文一大特色。以往的话剧作品大多属于叙事剧，老舍《茶馆》别开生面。戏中没有贯穿全剧的矛盾冲突，没有统领首尾的情节链条，只是一些小人物的遭遇、小单元故事，四下铺展，彼此连缀，汇集出来了一幅足以反映三个历史时代的世情长卷。

幕与幕之间时间跳荡幅度很大，相隔十几年或几十年。老舍用一种“串联”的方式，把三个远远相隔的年代，悬吊在一条垂直的岁月长索上，营造了感观效果上大气魄的史诗意境。而在每个具体的时代（也就是每一幕）里，又选择了另外一种“并联”的方式，把一个个彼此邂逅的人物和事件，缜密地拼装到有限时空之间。

幕与幕之间时间跨度大，人物与人物、事件与事件又不一定全有内在关联，作者把三幕戏，都设定在一个不变的空间——裕泰茶馆的正堂，这能让观众摆脱各幕时间相距遥远带来的脱节感觉，时代变迁造成的这座茶馆和它的主人客人的命运，像一条内在的线索，把三个时代勾连起来。另外，剧中的几个主要的枢纽性人物，比如王利发、常四爷等，都叫他们从第一幕到第三幕贯穿始终，剧情再怎么铺张，还有这些核心角色在拉动全局；而松二爷、康顺子和李三等次要的人物时隐时现，也起着整合剧情的辅助作用；还有一些剧中人物，虽不是每幕都出现，像刘麻子父子、唐铁嘴父子、宋恩子父子、吴祥子父子、二德子父子、庞太监与其侄媳妇都是老少两代传承不断的，他们两两组合，也有利于作品的连贯性。老舍用这样一些行之有效的手段，把《茶馆》写得形散而神聚，意阔而气凝。

车　站

高行健

（以下的话分为三组，基本上同时进行，又互有交叉。同时进行的各组对话和独白有强有弱，时而突出这一组，时而突出那一组。）

第一组

大　爷　（强）该正经学门手艺了，将来没姑娘肯跟你的。

愣小子　（强）没人肯收还不白搭。

大　爷　（强，使眼色）师傅不就在你跟前？

愣小子　（强，鼓足勇气）师傅，您还收不收徒弟？

师　傅　（次强）看啥样的。

愣小子　（次强）您收什么样的？

师　傅　（次强）学手艺不是做学问，就要个手脚利落，人勤快。

愣小子　（强）师傅，您看我这手脚怎么样？

师　傅　（强）就是油了些。

第二组

戴眼镜的　（次强）我已经错过了报考的年龄，我还去干什么，我不知不觉地，青春就过去了……

姑　娘　（次强，用肩膀碰他）你不会去考夜大？还有函授大学呢，你会考上的，一定会考上的。

戴眼镜的　（强）你相信？

姑　娘　（强）我相信。（戴眼镜的悄悄地握住她的手）这多不好，别这样。（连忙把手抽回来，转身抱着做母亲的胳膊。戴眼镜的抱住膝盖听她们的话）

第三组

做母亲的　（弱）有回呀，我走夜路，也是下雨，哗哗地下个不停。我就觉得后面跟了个人，我偷偷回头看了一下，雨大，又没看清楚，就知道有个人，也打把伞，不近不远地。你赶紧走，他也紧跟上，你放慢脚步，他也就走得慢。我真发毛，心跳得呀，扑通扑通的，都要蹦出来！

姑　娘　（次强）后来呢？。

做母亲的　（次强）好容易到了家门口——

（以下众人就七嘴八舌地一起交谈开了。）

做母亲的　我站住了。路灯下，那人过来了。我一看，也是女的，她也怕呢。又怕没人做伴，又怕碰上了坏人。

师　傅　世上坏人还是少，可你不能不提防呀，俺不算计人，人要算计俺呢？

大　爷　坏就坏在这算计上了。我挤你，你踩我。要都互相关照点，日子就好过多啦。

做母亲的　要大家都这样近乎，心心相通多好。

（静场。寒风沉吟。）

师　傅　往里靠。

大　爷　挤紧点。

戴眼镜的　大家背靠背。

做母亲的　这样暖和。

姑　娘　我怕痒痒。

愣小子　谁胳肢谁呀？

（众人靠得更紧了。寒风吼叫声中传来马主任的声音："等等——别走呀！"）

师　傅　（对愣小子）那边叫个啥？看看去。

愣小子　（把头从雨布下伸出来）那是供销社的马主任！

（马主任哆哆嗦嗦地跑上，连忙往雨布下钻。）

做母亲的　湿衣服穿着会生病的，快脱下来！

马主任　还没走出多远就……就……就……阿嚏！（连连打喷嚏）

大　爷　您一个人偏往回跑，要跟大家伙在一起，也就不会成这落进汤里的香酥鸡了。

马主任　哦，您老还健在？

大　爷　总不能栽在半道上呀。您还去城里奔关系户的那顿饭？

马主任　您还在等您那盘早散了的棋？

大　爷　咱，咱会棋友去不行？

做母亲的　别抬扛了。

马主任　是他那张讨人嫌的臭嘴。

大　爷　您也瞧瞧您那副德行。

做母亲的　都在一块雨布下躲雨——

马主任　是他先损——呵——（喷嚏没打出来）

做母亲的　等太阳出来就好了。

马主任　嗬，这雨！

大　爷　这哪是雨？是雪！

(众人各在一方，从雨布下伸出手脚试探。)

姑　娘　是雨呢。

戴眼镜的　（伸出脚踩踩）下的是雪。

愣小子　（跑出去，直蹦直跳)嗬，真他娘下雹子了！

师　傅　你小子又野啦？撑住！

（愣小子乖乖地回来撑住雨布。风雨交加，也还有别的各种声响，像是汽车的发动声，又像是刹车声，而沉默的人的音乐又隐约响起来了，这回是激的。）

做母亲的　总归是走不了。（收拾她的提包）也不知道还要等到哪年哪月啊……这雨啊雪的下起来就没完没了

戴眼镜的　（低头背诵英语卡片）It is rain，that is snow.

大　爷　（在地上比划棋谱）炮七平八，马九平五。

（姑娘沉思着，从雨布下她的角色中走了出来，一步一步地、都带着明显的变化，到观众席的时候，则全然超脱出剧中的人物，而舞台上的光线逐渐全暗。）

姑　娘　管它是雨还是雪呢，三年、五年还是十年，你一生中又有几个十年？

（以下三个声音同时说。）

姑　娘　你的一生，就这样耽误了，

戴眼镜的　（弱）It rains，it rained.

大　爷　（更弱）马九进八，炮四退三。

姑　娘　就这样耽误，永远耽误下去？

戴眼镜的　it is raining，it will rain.

大　爷　士六平五，车五进一。

姑　娘　你就这样抱怨，就这样痛苦？

戴眼镜的　It snows，it snowed.

大　爷　士五退六，炮四平七，

姑　娘　就这样无止境地痛苦地无止境地等待下去？

戴眼镜的　It is snowing and it will snow.

大　爷　车三进五啊——仕五退六！

姑　娘　老的已经老了，新生的就要出世，

戴眼镜的　Rain is rain，snow is snow.

大　爷　车三进二，炮四退一，

姑　娘　今天过了还有今天，未来的永远是未来，

戴眼镜的　Rain is not snow，snow is not rain.
大　爷　象五啊退三，炮四啊平七，
姑　娘　你就这样等待下去，抱怨终生？
戴眼镜的　Rain is'nt snow and snow is'nt rain！
大　爷　象七退五，车三进七，将！
（舞台转亮，姑娘则已经回到台上，又回到她的角色中去了。风雨声也已止住了。）
师　傅　（看天）俺说这雨长不了，太阳这不露脸了？（对愣小子）把雨布收起来。
愣小子　嗳！（连忙把雨布折起来）
做母亲的　我们上路吧？
姑　娘　（望着戴眼镜的）我们还走吗？
大　爷　你们这往哪儿去呀？
愣小子　进城去，师傅？
师　傅　跟住俺就是了。
大　爷　还进城去呀？我这年纪了还能走到吗？
戴眼镜的　您回去不也还得走吗？
大　爷　这话倒也是。
做母亲的　可我这包真沉啊。
戴眼镜的　大婶，这包我替你拎吧！（拎起大提包。）
做母亲的　多谢你了。老人家，您脚下留点神，别踩水了。
姑　娘　当心！（扶大爷一把。）
大　爷　你们前面走，别叫我这老头子拖累你们。我呀，要倒在哪儿，烦大家给我刨个坑。别忘了插上个牌子。就这么写上一笔，就说是有那么个死不知悔的棋迷，啥本事没有，就下了一辈子棋，老惦着寻个机会，进城里文化宫去显派显派。等呀，等呀，人也朽了，就栽在进城的路上了。
姑　娘　您这是哪儿的话呀。
大　爷　好姑娘呀！（看看戴眼镜的，戴眼镜的不很自在，推推眼镜）马主任，您倒是还走不走呀？
马主任　走！我得进城告他们汽车公司去！我要找他们经理，问问他们到底替谁开车，是他们自己方便，还是为乘客服务？这样折腾乘客，他们要负责任！我要去法院起诉，要他们赔偿乘客的年龄和健康的损失！
姑　娘　您别逗了，没这么告的。
马主任　（对戴眼镜的）你看看站牌子，这是哪一站？你那电子表这会儿什么时间了？
都记下来，找汽车公司算账！
戴眼镜的　（看站牌子）怎么，没站名？

大　爷　　怪事。

马主任　　没站名还竖个牌子干什么？再仔细看看。

姑　娘　　是没有。

愣小子　　师傅，咱们白等了，叫汽车公司给坑啦！

大　爷　　再看看，既有站牌子怎么能没站名儿呢？

愣小子　（跑到牌子的另一面，对戴眼镜的）你来看，像是贴过张纸，就剩点印儿了。

戴眼镜的　（细端详）大概是张通告。

马主任　　那通告哪里去了？找找看！

姑　娘　（朝地上四下张望）风吹雨打的，还不早没影儿了。

愣小子　（站到铁栏杆上，看站牌子）浆糊的印儿都灰不拉几的，哪八辈子的事了。

做母亲的　怎么，这站取消了？可上星期六我还……

姑　娘　　哪个上星期六呀？

做母亲的　不就上上，上，上，上，上，上……

戴眼镜的　您说是哪年哪月的那个星期六？（眼镜几乎贴在手表上瞅。）

愣小子　　甭瞅了，大白板。早该换电池啦。

师　傅　　难怪汽车都不站哩。

大　爷　　咱们在这站上白等了？

戴眼镜的　可不白等了。

大　爷　（伤心）干吗这牌子还竖着，这不捉弄人吗？

姑　娘　　咱们走吧！咱们走吧！

马主任　　不行，得告他们去！

戴眼镜的　您告谁？

马主任　　汽车公司呀，这样糊弄乘客还行？我挤了这主任不当了！

戴眼镜的　您还是告告您自己吧。谁叫我们不看清楚的？谁叫我们左等右等的？走吧，再没什么好等的了。

师　傅　　俺们走！

众　人　（喃喃地）走吧，走吧，走吧，走吧，走吧，走吧……

大　爷　　还能走得到吗？

做母亲的　不会是去城里的路上发大水把桥冲了，路不通？

戴眼镜的　（急躁）怎么会不通？车都过了多少！

（选自《高行健戏剧集》）

作者简介

高行健（1940～），原籍江苏泰州，出生于江西赣州。目前为法籍华人。2000年10月12日获得诺贝尔文学奖。事后报道中称他为剧作家、画家、小说家、翻译家、导演和评论家。不过，高行健早期在国内，是以创作先锋戏剧著称。他与铁路话剧团创作员刘会远（中共元老谷牧的儿子）合作创作了《车站》《绝对信号》等话剧，由北京人艺演出，引起轰动。后来他又写了《野人》，采用更多探索手法，更展现出艺术魄力和深邃的历史感。《绝对信号》一剧，被列入“共和国50年10部戏剧”。高行健在大陆发表的作品不多，他在1981年发表《现代小说技巧初探》的小说评论，1984年发表中篇小说集《有只鸽子叫红唇儿》。主要作品戏剧有《绝对信号》、《野人》、《车站》等，小说及评论集《灵山》、《一个人的圣经》、《给我老爷买鱼竿》、《有只鸽子叫红唇儿》、《没有主义》、《现代小说技巧初探》、《高行健戏剧集》等。

赏析

本剧没有传统戏剧中激烈的冲突，也没有完整的故事情节，只是一些片断：打架骂人、挤车排队、聊商品、拉关系走后门等。剧中也没有性格典型的人物，只是一些身份代码：姑娘、大爷、愣小子、师傅、戴眼镜的等人。戏剧的主题不是一目了然，也不是确定集中，而是呈现出多义性与不确定性。这是一个先锋剧，有着很强的实验特色。它不像传统戏剧那样连贯，只是一些碎片，并且无场次多声部，作者将剧中人物分为三组，他们的对话同时进行而又互相交叉，几个声音同时说话，形成一种多声部的对话形式。有受西方荒诞剧影响的明显痕迹。

第四节　外国戏剧欣赏

哈姆雷特·节选

莎士比亚

《哈姆雷特》是莎士比亚悲剧的代表作。它描写的是丹麦王子哈姆雷特得知叔父克劳狄斯谋害国王、篡夺王位的真相后立志为父复仇的故事。

第　三　幕

第一场　城堡中一室

(国王、王后、波洛涅斯、奥菲利娅、罗森格兰兹及吉尔登斯吞上。)

国　　王　你们不能用迂回婉转的方法，探出他为什么这样神魂颠倒，让紊乱而危险的疯狂困扰他的安静的生活吗？

罗森格兰兹　他承认他自己有些神经迷惘，可是绝口不肯说为了什么缘故。

吉尔登斯吞　他也不肯虚心接受我们的探问；当我们想要引导他吐露他自己的一些真相的时候，他总是用假作痴呆的神气故意回避。

王　　后　他对待你们还客气吗？

罗森格兰兹　很有礼貌。

吉尔登斯吞　可是不大自然。

罗森格兰兹　他很吝惜自己的话，可是我们问他话的时候，他回答起来却是毫无拘束。

王　　后　你们有没有劝诱他找些什么消遣？

罗森格兰兹　娘娘，我们来的时候，刚巧有一班戏子也要到这儿来，给我们赶过了；我们把这消息告诉了他，他听了好像很高兴。现在他们已经到了宫里，我想他已经吩咐他们今晚为他演出了。

波洛涅斯　一点不错，他还叫我来请两位陛下同去看看他们演得怎样哩。

国　　王　那好极了，我非常高兴听见他在这方面有兴趣。请你们两位还要更进一步鼓起他的兴味，把他的心思移转到这种娱乐上面。

罗森格兰兹　是，陛下。（罗森格兰兹、吉尔登斯吞同下。）

国　　王　亲爱的乔特鲁德，你也暂时离开我们；因为我们已经暗中差人去唤哈姆雷特到这儿来，让他和奥菲利娅见见面，就像他们偶然相遇一般。她的父亲跟我两人将要权充一下密探，躲在可以看见他们、却不能被他们看见的地方，注意他们会面的情形，从他的行为上判断他的疯病究竟是不是因为恋爱上的苦闷。

王　　后　我愿意服从您的意旨。奥菲利娅，但愿你的美貌果然是哈姆雷特疯狂的原因；更愿你的美德能够帮助他恢复原状，使你们两人都能安享尊荣。

奥菲利娅　娘娘，但愿如此。（王后下。）

波洛涅斯　奥菲利娅，你在这儿走走。陛下，我们就去躲起来吧。（向奥菲利娅）你拿这本书去读，他看见你这样用功，就不会疑心你为什么一个人在这儿了。人们往往用至诚的外表和虔敬的行为，掩饰一颗魔鬼般的内心，这样的例子是太多了。

国　　王　（旁白）啊，这句话是太真实了！它在我的良心上抽了多么重的一鞭！涂脂抹粉的娼妇的脸，还不及掩藏在虚伪的言辞后面的我的行为更丑恶。难堪的重负啊！

波洛涅斯　我听见他来了，我们退下去吧，陛下。（国王及波洛涅斯下。）

（哈姆雷特上。）

哈姆雷特　生存还是毁灭，这是一个值得考虑的问题；默然忍受命运的暴虐的毒箭，或是挺身反抗人世的无涯的苦难，通过斗争把它们扫清，这两种行为，哪一种更高贵？死了；睡着了；什么都完了；要是在这一种睡眠之中，我们心头的创痛，以及其他无数血肉之躯所不能避免的打击，都可以从此消失，那正是我们求之不得的结局。死了；睡着了；睡着了也许还会做梦；嗯，阻碍就在这儿：因为当我们摆脱了这一具朽腐的皮囊以后，在那死的睡眠里，究竟将要做些什么梦，那不能不使我们踌躇顾虑。人们甘心久困于患难之中，也就是为了这个缘故；谁愿意忍受人世的鞭挞和讥嘲、压迫者的凌辱、傲慢者的冷眼、被轻蔑的爱情的惨痛、法律的迁延、官吏的横暴和费尽辛勤所换来的小人的鄙视，要是他只要用一柄小小的刀子，就可以清算他自己的一生？谁愿意负着这样的重担，在烦劳的生命的压迫下呻吟流汗，倘不是因为惧怕不可知的死后，惧怕那从来不曾有一个旅人回来过的神秘之国，是它迷惑了我们的意志，使我们宁愿忍受目前的折磨，不敢向我们所不知道的痛苦飞去？这样，重重的顾虑使我们全变成了懦夫，决心的赤热的光彩，被审慎的思维盖上了一层灰色，伟大的事业在这一种考虑之下，也会逆流而退，失去了行动的意义。且慢！美丽的奥菲利娅——女神，在你的祈祷之中，还要忘记替我忏悔我的罪孽。

奥菲利娅　我的好殿下，您这许多天来贵体安好吗？

哈姆雷特　谢谢你，很好，很好，很好。

奥菲利娅　殿下，我有几件您送给我的纪念品，我早就想把它们还给您；请您现在收回去吧。

哈姆雷特　不，我不要；我从来没有给你什么东西。

奥菲利娅　殿下，我记得很清楚您把它们送给了我，那时候您还向我说了许多甜言蜜语，使这些东西格外显得贵重；现在它们的芳香已经消散，请您拿回去吧，因为在有骨气的人看来，送礼的人要是变了心，礼物虽贵，也会失去了价值。拿去吧，殿下。

哈姆雷特　哈哈！你贞洁吗？

奥菲利娅　殿下！

哈姆雷特　你美丽吗？

奥菲利娅　殿下是什么意思？

哈姆雷特　要是你既贞洁又美丽，那么你的贞洁应该断绝跟你的美丽来往。

奥菲利娅　殿下，难道美丽除了贞洁以外，还有什么更好的伴侣吗？

哈姆雷特　嗯，真的；因为美丽可以使贞洁变成淫荡，贞洁却未必能使美丽受它自己的感化；这句话从前像是怪诞之谈，可是现在时间已经把它证实了。我的确曾经爱过你。

奥菲利娅　那么我真是受了骗了。

哈姆雷特　进尼姑庵去吧；为什么你要生一群罪人出来呢？我自己还不算是一个顶坏的人；可是我可以指出我的许多过失，一个人有了那些过失，他的母亲还是不要生下他来的好。我很骄傲，有仇必报，富于野心，我的罪恶是那么多，连我的思想也容纳不下，我的想像也不能给它们形象，甚至于我都没有充分的时间可以把它们实行出来。像我这样的家伙，匍匐于天地之间，有什么用处呢？我们都是些十足的坏人；一个也不要相信我们。进尼姑庵去吧。你的父亲呢？

奥菲利娅　在家里，殿下。

哈姆雷特　把他关起来，让他只好在家里发发傻劲。再会！

奥菲利娅　哎哟，天哪！救救他！

哈姆雷特　要是你一定要嫁人，我就把这一个诅咒送给你做嫁奁；尽管你像冰一样坚贞，像雪一样纯洁，你还是逃不过谗人的诽谤。进尼姑庵去吧，去！再会！或者要是你必须嫁人的话，就嫁给一个傻瓜吧；因为聪明人都明白你们会叫他们变成怎样的怪物。进尼姑庵去吧，去；越快越好。再会！

奥菲利娅　天上的神明啊，让他清醒过来吧！

哈姆雷特　我也知道你们会怎样涂脂抹粉；上帝给了你们一张脸，你们又替自己另外造了一张。你们姻视媚行，淫声浪气，替上帝造下的生物乱取名字，卖弄你们不懂事的风骚。算了吧，我再也不敢领教了；它已经使我发了狂。我说，我们以后再不要结什么婚了；已经结过婚的，除了一个人以外，都可以让他们活下去；没有结婚的不准再结婚；进尼姑庵去吧，去。（下）

奥菲利娅　啊，一颗多么高贵的心是这样殒落了！朝臣的眼睛、学者的辩舌、军人的利剑、国家所瞩望的一朵娇花；时流的明镜、人伦的雅范、举世瞩目的中心，这样无可挽回地殒落了！我是一切妇女中间最伤心而不幸的，我曾经从他音乐一般的盟誓中吮吸芬芳的甘蜜，现在却眼看着他的高贵无上的理智，像一串美妙的银铃失去了谐和的音调，无比的青春美貌，在疯狂中凋谢！啊！我好苦，谁料过去的繁华，变作今朝的泥土！（国王及波洛涅斯重上。）

国　王　恋爱！他的精神错乱不像是为了恋爱；他说的话虽然有些颠倒，也不像是疯狂。他有些什么心事盘踞在他的灵魂里，我怕它也许会产生危险的结果。为了防止万一，我已经当机立断，决定了一个办法：他必须立刻到英国去，向他们追索延宕未纳的贡物；也许他到海外各国游历一趟以后，时时变换的环境，可以替他排解去这一桩使他神思恍惚的心事。你看怎么样？

波洛涅斯　那很好；可是我相信他的烦闷的根本原因，还是为了恋爱上的失意。啊，奥菲利娅！你不用告诉我们哈姆雷特殿下说些什么话；我们全都听见了。陛下，照您的意思办吧；可是您要是认为可以的话，不妨在戏剧终场以后，让他的母后独自一人跟他在一起，恳求他向她吐露他的心事；她必须很坦白地跟他谈谈，我就找一个所在听他们说些什么。要是她也探听不出他的秘密来，您就叫他到英国去，或者凭着您的高见，把他关禁在一个适当的地方。

国　王　就这样吧；大人物的疯狂是不能听其自然的。（同下）

（选自《莎士比亚全集》）

作者简介

威廉·莎士比亚（1564～1616）是英国文艺复兴时期最伟大的戏剧家和诗人。生于英国中部斯特拉福镇的一个杂货商人家庭。幼时即对戏剧产生兴趣。13岁时因家庭贫困辍学，后到伦敦谋生。先后任剧院杂差、演员、编剧、专职作家和剧团股东，他在与一些大学和新贵族的交往中，受到人文主义思想的影响。晚年回到家乡。

莎士比亚一生创作了大量作品，留存的有37个剧本，2首叙事长诗，154首14行诗。这些作品，塑造了众多个性鲜明的人物形象，广泛而深刻地反映了英国封建主义衰落和资本原始积累时期的社会现实，表现了新兴资产阶级的理想。情节生动丰富，语言精练活泼，具有极强的感染力。其中剧本的影响更为深远，他因而获得“英国戏剧之父”的美誉。代表作有早期的“四大喜剧”（《威尼斯商人》、《无事生非》、《皆大欢喜》、《第十二夜》）和著名悲剧《罗密欧与朱丽叶》，创作高峰期的四大悲剧《哈姆雷特》、《奥赛罗》、《李尔王》和《麦克白》等。

赏析

《哈姆雷特》是莎士比亚戏剧中最杰出最重要的一部悲剧。全剧共分五幕。剧情大致是：哈姆雷特是丹麦王国一位年轻有为的王子，他在德国威登堡大学上学时，突闻父亲死讯，回国奔丧后又目睹了叔叔称王和母亲改嫁的情景。哈姆雷特怀疑叔叔克劳迪斯弑君篡位，不久便从先王的鬼魂和他特意安排的戏中戏里得到证实。但出于种种原因，哈姆雷特没能果断行动，终于造成了大家同归于尽的悲剧。该剧剧情生动丰富，人物形象个性鲜明，尤其善于使用内心独白手法直接揭示人物内心世界。

本文节选的是《哈姆雷特》的第三幕第一场。为弄清真相，哈姆雷特装疯卖傻，而克劳狄斯设下圈套让哈姆雷特的情人奥菲利娅去试探他。这里的哈姆雷特陷入了由于现实与理想的矛盾引起的思想危机之中。“生存还是毁灭”这段独白，深刻揭示了他对现实的思考和批判，他的内心矛盾和苦闷，典型地反映了他思考多于行动，而行动又犹豫不决的性格特点。运用独白刻画哈姆雷特的思想性格，是本文也是全剧的一个突出特点。

伪君子·节选

莫里哀

《伪君子》代表了莫里哀喜剧艺术的最高成就，是世界戏剧史上的经典之作。剧本讲述宗教骗子答尔丢夫以伪装的虔诚骗得富商奥尔贡的信任，成为他家的上宾。奥尔恭背弃女儿原有婚约，欲招答尔丢夫为婿，还取消了儿子的继承权，把财产全部奉送给了这个骗子。他的做法遭到全家人反对，他们巧妙地揭露了答尔丢夫的真相，使奥尔恭幡然悔悟。骗子凶相毕露，企图陷害奥尔恭，但得到了应有的惩罚。

第 四 幕

第 五 场

出 场 人：答尔丢夫，欧米尔，奥尔恭。

答尔丢夫　有人告诉我说您愿意在这儿跟我谈几句话。

欧 米 尔　是的，有几句私话要对您谈谈。不过未说以前您先关上这扇门，先到处去看一看，不要被人捉住。像刚才发生的那种事，这儿可不能再重演一次了，从来也没见过这样被人当场捉住的，达米斯那样做法真让我替您捏了好大的一把汗，您总看明白了吧，我曾尽力劝他不要那样做，叫他压住他的暴脾气。可是说真的，当时我也真吓糊涂了，会一点没想起反驳他的话，不过靠天保佑，一切反倒因此更好了，倒更觉得安全了。我的丈夫对您的敬仰把这场风暴全给吹散了。他对您不但并没有起疑，并且为了更好地来斗一斗那些不怀好意的种种议论，他偏要咱们时时刻刻老在一起；因此我可以不用害怕受指责，和您关着门一起在这儿待着，也就是仗着这个，我可以对您谈一谈我的心事，来接受您的热爱，这样说也许有点言之过早吧。

答尔丢夫　这番话真有点令人不容易明白，太太，您方才说话可不是这个语气啊。

欧 米 尔　唉！如果刚才那样的拒绝竟会使您恼怒，那么您真可算是不懂得一个妇人的心了！您会看不出这颗心的言外之音吗？您没觉得当时抵拒您的时候是那样微弱无力吗？在那种时候，我们的贞操观念老是和人们给我们的温情作斗争的。无论我们觉得那个控制我们的爱情是有多大的理由，可是由嘴里坦白承认这个爱情，总还觉得有点害羞；所以最初总是先加抵拒；不过从当时抵拒的神气来看，就已足够让人知道我们的心已是被征服的了；为了面子关系我们的嘴还在违背着我们的心愿说话，可是那样的拒绝早已等于把一切都答应了。我对您说的这番话无疑是一种过于放肆的自白，从我们女人的贞操方面来看，未免有点太不给自己留余地。不过话已经是冲口说出了，爽性说个明白吧。如果对于您贡献给我的心，我没有一点意思，我又怎能那样关切地去劝阻达米斯呢？我又怎能那样和颜悦色地从头到尾听完了您的情话？我又怎能像大家所看见的那样对待这个事呢？并且当我亲自强逼您拒绝他们所提的那门亲事的时候，您心里还不明白我那种要求究竟是什么意思吗？那不就是表示了我对您的关怀和因此可能受到的苦恼吗？因为那门亲事如果成功，我原想整个儿得到手的那颗心就得与别人平分享受了。

答尔丢夫　太太，我能够听见从我所爱的嘴里说出这番话来，当然是一桩极端甜美的事。您这几句甜蜜蜜的话把我从来没有尝过的一种芳香川流不息地输进了我的全身毛孔里面；能够得到您的欢心，原是我一向所寻求的幸福；现在居然蒙您这般垂爱，我的心实在满足万分了，不过这颗心，请您准许它胆敢对于这种幸福还有点怀疑，因为我很可以把这些话当作是一种手段：无非是要我来打破正在进行中的那个婚姻。跟您痛快说吧，如果不给我一点实惠，我一向所希望的实惠，来替这话作担保，使我的心能够永久相信您对我的好情好意，我是绝不能听信这么甜美的话的。

欧 米 尔　（咳嗽一声，为关照她的丈夫）怎么？你竟这样心急，一下手就要挤干一颗心的柔情？人家正在拼命向您倾诉最甜蜜的情意，可是在您看来还觉得不够，总得逼得我把最后的甜头也拿给您，才能让您心满意足！

答尔丢夫　一种好处，我们越自问不配得到手，就越不敢希望它。我们的希望光凭一套空话是很难安然放心的。这样一种充满了光荣的好运气真有点叫人难以置信，所以我们必须在实际享受之后，才能深信不疑；我相信，我是不配得到您的慈悲的，因此我很怀疑我的胆大妄为竟会真的达到了幸福目的；太太，您若不弄出点真实的东西让我的爱情火焰心服口服，我是任什么也不能相信的。

欧 米 尔　天呀！您的爱情行出事来可真像个暴虐君王，把我的精神已经弄得颠颠倒倒了，它又多么疯狂地辖制着我的心！它又多么狂暴地要求满足它的欲望！怎么？您已经把我逼迫得无法躲避，您可连一点喘气的工夫都不给人家留下，您竟这样丝毫不放松，要什么就得马上到手，一刻也不准迟缓；您知道人家已爱上了您，您就利用这个弱点加劲地来逼人，您想想这样合适吗？

答尔丢夫　如果您真是用慈悲的眼光来看我对您这份爱慕的意思，那您为什么还不肯给我那种确实的保证呢？

欧米尔　不过真的答应了您所要求的那件事，又怎能不同时得罪了您总不离口的上帝呢？

答尔丢夫　如果您只抬出上帝来反对我的愿望，那么索性拔去这样一个障碍吧，这在我是算不了一回事的，不应该再让这个来管住您的心。

欧米尔　不过上帝的御旨是让大家说得那样的可怕。

答尔丢夫　我可以替您除掉这些可笑的恐惧，太太，并且我有消灭这些顾虑的巧妙方法。不错，对于某些欲望的满足，上帝是加以禁止的，不过我们还可以和上帝商量出一些妥协的办法。有一种学问，它能按照各种不同的需要来减少良心的束缚，它可以用动机的纯洁来补救行为上的恶劣。这里面的诀窍，太太，我可以慢慢教给您；只要您肯随着我的指示去做就成了。您尽管满足我的希望吧！一点用不着害怕，一切都由我替您负责，有什么罪过全归我承担好了。您咳嗽得很厉害，太太。

欧米尔　是的，我难受极了。

答尔丢夫　这儿有甘草糖，您要吃一块吗？

欧米尔　我的伤风无疑地是一种顽抗性的恶伤风；我知道世界上任何什么药也治不好我的病。

答尔丢夫　这当然是很讨厌的。

欧米尔　是的，简直没法儿说。

答尔丢夫　说到最后，您的顾虑是容易打消的。您可以万安，这儿的事是绝对秘密的。一件坏事只是被人嚷嚷得满城风雨的时候才成其为坏事；所以叫人不痛快，只是因为要挨大众的指摘，如果一声不响地犯个把过失是不算犯过失的。

欧米尔　（又咳嗽）说了半天，我看出来我不答应是不行的了。必须把我的一切都给了您，如果不这么办，我就别想让您心满意足，别想让您心服口服。当然，逼得非走这一步不可，是很讨厌的；我跨过这一关，实在是身不由己；但是，既然有人一定要逼着我这么办，既然我不管说什么他也不肯信，非得要更确凿的证据不可，那么我只好下了决心听人去摆布了，如果答应这样办，本身会有什么害处，那就是逼着我这么办的人，他自己活该倒霉，有什么错处当然不能派在我身上。

答尔丢夫　是的，太太，有人负责的，这个事本来就……

欧米尔　您把门打开一点儿，请您看看我的丈夫是不是在走廊里。

答尔丢夫　您又何必对他操这份心呢？咱们俩说句私话，他是一个可以牵了鼻子拉来拉去的人，咱们这儿谈的这些话，他还认为是给他增光露脸呢，再说，我已经把他收拾得能够见什么都不信了。

欧米尔　不管怎么样，还是请您出去一会，在外面到处仔细去看一看。

（选自《外国戏剧选》）

作者简介

莫里哀（1622～1673）是法国古典主义文学杰出的代表，也是欧洲著名的喜剧作家。原名约翰·巴蒂斯特·波克兰，莫里哀是他的笔名。他出生在巴黎一个世袭的宫廷挂毯商家庭，从小就爱好戏剧，经常在街上观看流浪艺人的表演。1643 年开始戏剧生活，领着剧团在外省走乡串镇，流浪演出。1658 年回到巴黎，从此直到逝世，创作并演出了二十多个喜剧。其中最著名的有《妇人学堂》、《伪君子》、《唐璜》、《恨世者》、《悭吝人》、《醉心贵族的小市民》和《无病呻吟》等。他和莎士比亚一样，在世界戏剧发展史上起过巨大作用。他继承了文艺复兴时期人文主义文学的现实主义传统，在创作内容上抨击封建贵族和教会势力，也鞭挞资产阶级，具有鲜明的进步思想倾向；在艺术上，体现了古典主义的一些要求，但又能不受那些要求的束缚，吸收民间戏剧的艺术因素，从而达到了 17 世纪法国古典主义文学的最高成就。

赏析

《伪君子》是一部思想深刻、艺术成熟的喜剧。全剧共分五幕。这部喜剧大胆地把讽刺的矛头指向支持君主专制的天主教会，揭露了宗教道德的伪善以及僧侣们的卑鄙无耻、自私自利和假仁假义的行为。《伪君子》矛头所向实质上是针对当时现实中由皇亲国戚们组织的反动的天主教“圣体会”，因为这个组织是在宗教幌子的掩盖下，进行着危害人民、巩固专制的罪恶勾当。剧中塑造的答尔丢夫形象是很成功的艺术典型，这个名词成了“伪善”的同义语。

本文节选的是第四幕第五场。为了让被骗的奥尔恭清醒，彻底看清答尔丢夫的嘴脸，他的家人精心布了一个局，利用答尔丢夫想占有奥尔贡年轻漂亮妻子的心理，诱其上钩，通过其言行不一的自我暴露揭露了其丑恶的面目。

玩偶之家·节选

易卜生

《玩偶之家》的主要情节是：女主人公娜拉为了给丈夫海尔茂治病，为了不让重病的父亲为她担忧，曾伪造父亲的签字向别人借钱，触犯了当时的法律。剧本开始时，海尔茂即将担任银行经理，打算辞退一个名叫柯洛克斯泰的职员。娜拉的女友林丹太太来看她，海尔茂答应把这个职位让给她的女友。但是被辞退的柯洛克斯泰正是娜拉从前的债主，为了报复，他要挟娜拉，并将娜拉假冒签字一事写信告诉海尔茂。一方面，娜拉不忍心牵连自己深爱的丈夫，准备自杀以承担责任；另一方面，她又盼望着“奇迹”出现：丈夫能够挺身而出保护自己，承担责任。但是她的梦幻破灭了。海尔茂看过信后，勃然大怒，斥责娜拉为“犯罪的人”、“下贱女人”，还扬言要剥夺她教育子女的权利。正在此时，柯洛克斯泰受到娜拉女友的感化，退回字据。海尔茂看到危险解除，又转怒为喜，巧言哄骗。至此，娜拉如梦初醒，意识到自己生活的现实，毅然决定离家出走。

出场人：娜拉，海尔茂，林丹太太，爱伦。

还是那间屋子。桌子摆在当中，四面围着椅子。桌上点着灯。通门厅的门敞着。楼上有跳舞音乐的声音。

林丹太太坐在桌子旁边，用手翻弄一本书。她想看书，可是没心绪。她时时朝着通门厅的门望一眼，仔细听听有没有动静。

……

林丹太太　（整理屋子，把自己的衣帽归置在一块儿。）多大的变化!多大的变化!现在我的工作有了目标，我的生活有了意义!我要为一个家庭谋幸福!万一做不成，决不是我的错。我盼望他们快回来。（细听）喔，他们回来了!让我先穿上衣服。

（她拿起帽子和大衣。外面传来海尔茂和娜拉的说话声音。门上锁一转，娜拉几乎硬被海尔茂拉起来。娜拉穿着意大利服装，外面裹着一块黑的大披肩。海尔茂穿着大礼服，外面罩着一件附带假面具的黑舞衣，敞着没扣好。）

娜　　拉　（在门洞里跟海尔茂挣扎）不，不，不，我不进去！我还要上楼去跳舞。我不愿意这么早回家。

海 尔 茂　亲爱的娜拉，可是——

娜　　拉　亲爱的托伐，我求你，咱们再跳一点钟。

海 尔 茂　一分钟都不行。好娜拉，你知道这是咱们事先说好的。快进来，在这儿你要着凉了。（娜拉尽管挣扎，还是被他轻轻一把拉进来。）

林丹太太　你们好!

娜　　拉　克立斯替纳!

海 尔 茂　什么！林丹太太！这么晚你还上这儿来？

林丹太太　是，请你别见怪。我一心想看看娜拉怎么打扮。

娜　　拉　你一直在这儿等我们?

林丹太太　是，我来迟了一步，你们已经上楼了，我不看见你，舍不得回去。

海 尔 茂　（把娜拉的披肩揭下来）你仔细赏鉴吧！她实在值得看。林丹太太，你说她漂亮不漂亮？

林丹太太　真漂亮。

海 尔 茂　她真美极了。谁都这么说。可是这小宝贝脾气真倔强。我不知该把她怎么办。你想，我差不多是硬把她拉回来的。

娜　　拉　喔，托伐，今天你不让我在楼上多待一会儿——哪怕是多待半点钟——将来你一定会后悔。

海 尔 茂　你听她说什么，林丹太太！她跳完了特兰特拉土风舞，大家热烈鼓掌。难怪大家都鼓掌，她实在跳得好，不过就是表情有点儿过火，严格说起来，超过了艺术标准。不过那是小事情，主要的是，她跳得很成功，大家全都称赞她。难道说，大家鼓完掌我还能让她待下去，减少艺术的效果？那可使不得。所以我就一把挽着我的意大利姑娘——我的任性的意大利姑娘——阵风儿似的转了个圈儿，四面道过谢，像小说里描写的，一转眼漂亮的妖精就不见了！林丹太太，下场时候应该讲效果，可惜娜拉不懂这道理。嘿，这屋子真热。（把舞衣脱下来扔在椅子上，打开自己书房的门）什么！里头这么黑？哦，是了。林丹太太，失陪了。（进去点蜡烛。）

娜　　拉　（提心吊胆地急忙低声问）事情怎么样？

林丹太太　（低声回答）我跟他谈过了。

娜　　拉　他——

林丹太太　娜拉，你应该把这件事全部告诉你丈夫。

娜　　拉　（平板的声调）我早就知道。

林丹太太　你不用怕柯洛克斯泰。可是你一定得对你丈夫说实话。

娜　　拉　我不说实话怎么样？

林丹太太　那么，那封信会说实话。

娜　　拉　谢谢你，克立斯替纳。现在我知道怎么办了。嘘！

海 尔 茂　（从书房出来）怎么样，林丹太太，你把她仔细赏鉴过没有？

林丹太太　赏鉴过了。现在我要走了。明天见。

……

海 尔 茂　（送她到门口）明天见，明天见，一路平安。我本来该送你回去，可是好在路很近。再见，再见。（林丹太太走出去，海尔茂关上大门回到屋子里。）好了，好容易才把她打发走。这个女人真啰嗦！

娜　　拉　你累了吧，托伐？

海 尔 茂　一点儿都不累。

娜　　拉　也不想睡觉？

海 尔 茂　一点儿都不想。精神觉得特别好。你呢？你好像又累又想睡。

娜　　拉　是，我很累。我就要去睡觉。

海 尔 茂　你看！我不让你再跳舞不算错吧？

娜　　拉　喔，你做的事都不错。

……

海 尔 茂　……（对她看了会儿，把身子凑过去）回到自己家里，静悄悄地只有咱们两个人，滋味多么好！喔，迷人的小东西！

娜　　拉　别那么瞧我。

海 尔 茂　难道我不该瞧我的好宝贝——我一个人儿的亲宝贝？

娜　　拉　（走到桌子那边去）今天晚上你别跟我说这些话。

海 尔 茂　（跟过来）你血管里还在跳特兰特拉，所以你今天晚上格外惹人爱。你听，楼上的客人要走了。（声音放低些）娜拉，再过一会儿整个这所房子里就静悄悄地没有声音了。

娜　　拉　我想是吧。

海 尔 茂　是啊，我的娜拉。咱们出去做客的时候我不大跟你说话，我故意避开你，偶然偷看你一眼，你知道为什么？因为我心里好像觉得咱们偷偷地在恋爱，偷偷地订了婚，谁也不知道咱们的关系。

娜　　拉　是，是，是，我知道你的心都在我身上。

海 尔 茂　到了要回家的时候，我把披肩搭上你的滑溜的肩膀，围着你的娇嫩的脖子，我心里好像觉得你是我的新娘子，咱们刚结婚，我头一次把你带回家——头一次跟你待在一块儿，头一次陪着你这娇滴滴的小宝贝！今天晚上我什么都没想，只是想你一个人。刚才跳舞的时候我看见你那轻巧活泼的身段，我的心跳得按捺不住了，所以那么早我就把你拉下楼。

娜　　拉　走开，托伐！撒手，我不爱听这些话。

海 尔 茂　什么？你成心逗我吗，娜拉？你不爱听！难道我不是你丈夫？

……

娜　　拉　……（海尔茂从衣袋里掏出一串钥匙来，走进门厅）托伐，你出去干什么？

海 尔 茂　我把信箱倒一倒，里头东西都满了，明天早上报纸装不下了。

娜　　拉　今晚你工作不工作？

海 尔 茂　你不是知道今晚不工作吗？唔，这是怎么回事？有人弄过锁。

娜　　拉　弄过锁？

海 尔 茂　一定是。这是怎么回事？我想佣人不会？这儿有只撅折的——头发夹子。娜拉，这是你常用的。

娜　　拉　（急忙接嘴）一定是孩子们——

海 尔 茂　你得管教他们别这么胡闹。好！好容易开开了。（把信箱里的信件拿出来，朝着厨房喊道）爱伦，爱伦，把门厅的灯吹灭了。（拿着信件回到屋里，关上门。）你瞧，攒了这么一大堆。（把整沓信件翻过来）哦，这是什么？

娜　　拉　（在窗口）那封信！喔，托伐，别看！

……

娜　　拉　……托伐，现在你可以看信了。

海 尔 茂　不，不，今晚我不看信。今晚我要陪着你，我的好宝贝。

……

娜　　拉　（搂着他脖子）托伐！明天见！明天见！

海 尔 茂　（亲她的前额）明天见，我的小鸟儿。好好儿睡觉，娜拉！我去看信了。

（他拿了那些信走进自己的书房，随手关上门。）

娜　　拉　（瞪着眼瞎摸，抓起海尔茂的舞衣披在自己身上，急急忙忙，断断续续，哑着嗓子，低声自言自语）从今以后再也见不着他了！永远见不着了，永远见不着了。（把披肩蒙在头上）也见不着孩子们了！永远见不着了！喔，漆黑冰凉的水！没底的海！快点完事多好啊！现在他已经拿着信了，正在看！喔，还没看。再见，托伐！再见，孩子们！(她正朝着门厅跑出去，海尔茂猛然推开门，手里拿着一封拆开的信，站在门口。)

海尔茂　娜拉！

娜　拉　（叫起来）啊！

海尔茂　这是谁的信？你知道信里说的什么事？

娜　拉　我知道。快让我走！让我出去！（娜拉想出去投水自杀。）

海尔茂　（拉住她）你上哪儿去？

娜　拉　（竭力想脱身）别拉着我，托伐。

海尔茂　（惊慌倒退）真有这件事？他信里的话难道是真的？不会，不会，不会是真的。

娜　拉　全是真的。我只知道爱你，别的什么都不管。

海尔茂　哼，别这么花言巧语的！

娜　拉　（走近他一步）托伐！

海尔茂　你这坏东西干的好事情！

娜　拉　让我走——你别拦着我！我做的坏事不用你担当！

海尔茂　不用装腔作势给我看。（把出去的门锁上）我要你老老实实把事情招出来，不许走。你知道不知道自己干的什么事？快说！你知道吗？

娜　拉　（眼睛盯着他，态度越来越冷静。）嗯，现在我才完全明白了。

海尔茂　（走来走去）嘿！好像做了一场噩梦醒过来！这八年工夫——我最得意、最喜欢的女人没想到——是个伪君子，是个撒谎的人——比这还坏——是个犯罪的人。真是可恶极了！哼！哼！（娜拉不做声，只用眼睛盯着他。）其实我早就该知道。我早该料到这一步。你父亲的坏德性——（娜拉正要说话）少说话！你父亲的坏德性你全都沾上了——不信宗教，不讲道德，没有责任心。当初我给他遮盖，如今遭了这么个报应！我帮你父亲都是为了你，没想到现在你这么报答我！

娜　拉　不错，这么报答你。

海尔茂　你把我一生幸福全都葬送了。我的前途也让你断送了。喔，想起来真可怕！现在我让一个坏蛋抓在手心里。他要我怎么样我就得怎么样，他要我干什么我就得干什么。他可以随便摆布我，我不能不依他。我这场大祸都是一个下贱女人惹出来的！

娜　拉　我死了你就没事了。

海尔茂　哼，少说骗人的话。你父亲从前也老有那么一大套。照你说，就是你死了，我有什么好处？一点好处都没有。他还是可以把事情宣布出去，人家甚至还会疑惑我是跟你串通一气的，疑惑是我出主意撺掇你干的。这些事情我都得谢谢你。结婚以来我疼了你这些年，想不到你这么报答我。现在你明白你给我惹的是什么祸吗？

娜　　拉　（冷静安详）我明白。

海 尔 茂　这件事真是想不到，我简直摸不着头脑。可是咱们好歹得商量个办法。把披肩摘下来。摘下来，听见没有！我先得想个办法稳住他，这件事无论如何不能让人家知道。咱们俩表面上照样过日子——不要改样子，你明白不明白我的话？当然你还得在这儿住下去。可是孩子不能再交在你手里。我不敢再把他们交给你——唉，我对你说这么一句话心里真难受，因为你是我一向最心爱，并且现在还——可是现在情形已经改变了。从今以后再说不上什么幸福不幸福，只有想法子怎么挽救、怎么遮盖、怎么维持这个残破的局面——（门铃响起来，海尔茂吓了一跳。）什么事？三更半夜的！难道事情发作了？难道他——娜拉，你快藏起来，只推托有病。（娜拉站着不动。海尔茂走过去开门。）

爱　　伦　（披着衣服在门厅里）太太，您有封信。

海 尔 茂　给我。（把信抢过来，关上门。）果然是他的。你别看。我念给你听。

娜　　拉　快念！

海 尔 茂　（凑着灯光）我几乎不敢看这封信。说不定咱们俩都会完蛋。也罢，反正总得看。（慌忙拆信，看了几行之后发现信里夹着一张纸，马上快活得叫起来）娜拉！（娜拉莫名其妙地瞧着他。）

海 尔 茂　娜拉！喔，别忙！让我再看一遍！不错，不错！我没事了！娜拉，我没事了！

娜　　拉　我呢？

海 尔 茂　当然你也没事了，咱们俩都没事了。你看，他把借据还你了。他在信里说，这件事非常抱歉，要请你原谅，他又说他现在交了运——喔，管他还写些什么。娜拉，咱们没事了！现在没人能害你了。喔，娜拉，娜拉咱们先把这害人的东西消灭了再说。让我再看看（朝着借据瞟了一眼）喔，我不想再看它，只当是做了一场梦。（把借据和柯洛克斯泰的两封信一齐都撕掉，扔在火炉里，看它们烧。）好！烧掉了！他说自从二十四号起，喔，娜拉，这三天你一定很难过。

娜　　拉　这三天我真不好过。

海 尔 茂　你心里难过，想不出好办法，只能——喔，现在别再想那可怕的事情了。我们只应该高高兴兴多说几遍“现在没事了，现在没事了”！听见没有，娜拉！你好像不明白。我告诉你，现在没事了。你为什么绷着脸不说话？喔，我的可怜的娜拉，我明白了，你以为我还没饶恕你。娜拉，我赌咒，我已经饶恕你了。我知道你干那件事都是因为爱我。

娜　　拉　这倒是实话。

海 尔 茂　你正像做老婆的应该爱丈夫那样地爱我。只是你没有经验，用错了方法。可是难道因为你自己没主意，我就不爱你吗？我决不会。你只要一心一意依赖我，我会指点你，教导你。正因为你自己没办法，所以我格外爱你，要不然我还算什么男子汉大丈夫？刚才我觉得好像天要塌下来，心里一害怕，就说了几句不好听的话，你千万别放在心上。娜拉，我已经饶恕你了。我赌咒不再埋怨你。

娜　　拉　谢谢你饶恕我。（从右边走出去）

海 尔 茂　别走！（向门洞里张望）你要干什么？

娜　　拉　（在里屋）我去脱掉跳舞的服装。

海 尔 茂　（在门洞里）好，去吧。受惊的小鸟儿，别害怕，定定神，把心静下来。你放心，一切事情都有我。我的翅膀宽，可以保护你。（在门口走来走去）喔，娜拉，咱们的家多可爱，多舒服！你在这儿很安全，我可以保护你，像保护一只从鹰爪子底下救出来的小鸽子一样。我不久就能让你那颗扑扑跳的心定下来，娜拉，你放心。到了明天，事情就不一样了，一切都会恢复老样子。我不用再说我已经饶恕你，你心里自然会明白我不是说假话。难道我舍得把你撵出去？别说撵出去，就说是责备，难道我舍得责备你？娜拉，你不懂得男子汉的好心肠。要是男人饶恕了他老婆——真正饶恕了她，从心坎儿里饶恕了她——他心里会有一股没法子形容的好滋味。从此以后他老婆越发是他的私有的财产。做老婆的就像重新投了胎，不但是她丈夫的老婆，并且还是她丈夫的孩子。从今以后，你就是我的孩子，我的吓坏了的可怜的小宝贝。别着急，娜拉，只要你老老实实对待我，你的事情都有我做主，都有我指点。（娜拉换了家常衣服走进来）怎么，你还不睡觉，又换衣服干什么？

娜　　拉　不错，我把衣服换掉了。

海 尔 茂　这么晚还换衣服干什么？

娜　　拉　今晚我不睡觉。

海 尔 茂　可是，娜拉——

娜　　拉　（看自己的表）时间还不算晚。托伐，坐下，咱们有好些话要谈一谈。（她在桌子一头坐下。）

海 尔 茂　娜拉，这是什么意思？你的脸色冰冷铁板的——

娜　　拉　坐下。一下子说不完。我有好些话跟你谈。

海 尔 茂　（在桌子那一头坐下）娜拉，你把我吓了一大跳。我不了解你。

娜　　拉　这话说得对，你不了解我，我也到今天晚上才了解你。别打岔。听我说下去。托伐，咱们必须把总账算一算。

海 尔 茂　这话怎么讲？

娜　　拉　（顿了一顿）现在咱们面对面坐着，你心里有什么感想？

海尔茂　我有什么感想?

娜　拉　咱们结婚已经8年了。你觉得不觉得，这是头一次咱们夫妻正正经经谈谈话?

海尔茂　正正经经！这四个字怎么讲?

娜　拉　这整整的8年——要是从咱们认识的时候算起，其实还不止8年——咱们从来没有在正经事情上头谈过一句正经话。

海尔茂　难道要我经常把你不能帮我解决的事情麻烦你?

娜　拉　我不是指着你的业务说。我说的是，咱们从来没坐下来正正经经细谈过一件事。

海尔茂　我的好娜拉，正经事跟你有什么相干?

娜　拉　咱们的问题就在这儿！你从来就没了解过我。我受尽了委屈，先在我父亲手里，后来又在你手里。

海尔茂　这是什么话！你父亲和我这么爱你，你还说受了我们的委屈！

娜　拉　（摇头）你们何尝真爱过我，你们爱我只是拿我当消遣。

海尔茂　娜拉，这是什么话！

娜　拉　托伐，这是老实话。我在家跟父亲过日子的时候，他把他的意见告诉我，我就跟着他的意见走。要是我的意见跟他不一样，我也不让他知道，因为他知道了会不高兴。他叫我“泥娃娃孩子”，把我当作一件玩意儿，就像我小时候玩儿我的泥娃娃一样。后来我到你家来住着——

海尔茂　用这种字眼形容咱们的夫妻生活简直不像话！

娜　拉　（满不在乎）我是说，我从父亲手里转移到了你手里。跟你在一块儿，事情都归你安排。你爱什么我也爱什么，或者假装爱什么——我不知道是真还是假——也许有时候真，有时候假。现在我回头想一想，这些年我在这儿简直像个要饭的叫花子，要一口，吃一口。托伐，我靠着给你要把戏过日子。可是你喜欢我这么做。你和我父亲把我害苦了。我现在这么没出息都要怪你们。

海尔茂　娜拉，你真不讲理，真不知好歹！你在这儿过的日子难道不快活?

娜　拉　不快活。过去我以为快活，其实不快活。

海尔茂　什么！不快活！

娜　拉　说不上快活，不过说说笑笑凑个热闹罢了。你一向待我很好。可是咱们的家只是一个玩儿的地方，从来不谈正经事。在这儿我是你的“泥娃娃老婆”，正像我在家里是我父亲的“泥娃娃女儿”一样。我的孩子又是我的泥娃娃。你逗着我玩儿，我觉得有意思，正像我逗孩子们，孩子们也觉得有意思。托伐，这就是咱们的夫妻生活。

海尔茂　你这段话虽然说得太过火，倒也有点儿道理。可是以后的情形就不一样了。玩儿的时候过去了，现在是受教育的时候了。

娜　　拉　谁的教育？我的教育还是孩子们的教育？

海 尔 茂　两方面的，我的好娜拉。

娜　　拉　托伐，你不配教育我怎样做个好老婆。

海 尔 茂　你怎么说这句话？

娜　　拉　我配教育我的孩子吗？

海 尔 茂　娜拉！

娜　　拉　刚才你不是说不敢再把孩子交给我吗？

海 尔 茂　那是气头上的话，你老提它干什么？

娜　　拉　其实你的话没说错。我不配教育孩子。要想教育孩子，先得教育我自己。你没资格帮我的忙。我一定得自己干。所以现在我要离开你。

海 尔 茂　（跳起来）你说什么？

娜　　拉　要想了解我自己和我的环境，我得一个人过日子，所以我不能再跟你待下去。

海 尔 茂　娜拉！娜拉！

娜　　拉　我马上就走。克立斯替纳一定会留我过夜。

海 尔 茂　你疯了！我不让你走！你不许走！

娜　　拉　你不许我走也没用。我只带自己的东西。你的东西我一件都不要，现在不要，以后也不要。

海 尔 茂　你怎么疯到这步田地！

娜　　拉　明天我要回家去——回到从前的老家去。在那儿找点事情做也许不太难。

海 尔 茂　喔，像你这么没经验 ——

娜　　拉　我会努力去吸取。

海 尔 茂　丢了你的家，丢了你丈夫，丢了你儿女！不怕人家说什么话！

娜　　拉　人家说什么不在我心上。我只知道我应该这么做。

海 尔 茂　这话真荒唐！你就这么把你最神圣的责任扔下不管了？

娜　　拉　你说什么是我最神圣的责任？

海 尔 茂　那还用我说？你最神圣的责任是你对丈夫和儿女的责任。

娜　　拉　我还有别的同样神圣的责任。

海 尔 茂　没有的事！你说的是什么责任？

娜　　拉　我说的是我对自己的责任。

海 尔 茂　别的不用说，首先你是一个老婆，一个母亲。

娜　　拉　这些话现在我都不信了。现在我只信，首先我是一个人，跟你一样的一个人——至少我要学做一个人。托伐，我知道大多数人赞成你的话，并且书本儿里也是这么说。可是从今以后我不能一味相信大多数人说的话，也不能一味相信书本儿里说的话。什么事情我都要用自己脑子想一想，把事情的道理弄明白。

海 尔 茂　难道你不明白你在自己家庭的地位？难道在这些问题上没有颠

扑不破的道理指导你？难道你不信仰宗教？

娜　　拉　托伐，不瞒你说，我真不知道宗教是什么。

海 尔 茂　你这话怎么讲？

娜　　拉　除了行坚信礼的时候牧师对我说的那套话，我什么都不知道。牧师告诉过我，宗教是这个，宗教是那个。等我离开这儿一个人过日子的时候我也要把宗教问题仔细想一想。我要仔细想一想牧师告诉我的话究竟对不对，对我合用不合用。

海 尔 茂　喔，从来没听说过这种话！并且还是从这么个年轻女人嘴里说出来的！要是宗教都不能带你走正路，让我唤醒你的良心来帮助你——你大概还有点道德观念吧？要是没有，你就干脆说没有。

娜　　拉　托伐，这个问题不容易回答。我实在不明白。这些事情我摸不清。我只知道我的想法跟你的想法完全不一样。我也听说，国家的法律跟我心里想的不一样，可是我不信那些法律是正确的。父亲病得快死了，法律不许女儿给他省烦恼。丈夫病得快死了，法律不许老婆想法子救他的性命！我不信世界上有这种不讲理的法律。

海 尔 茂　你说这些话像个小孩子。你不了解咱们的社会。

娜　　拉　我真不了解。现在我要去学习。我一定要弄清楚，究竟是社会正确，还是我正确。

海 尔 茂　娜拉，你病了，你在发烧说胡话。我看你像精神错乱了。

娜　　拉　我的脑子从来没像今天晚上这么清醒、这么有把握。

海 尔 茂　你清醒得、有把握得要丢掉丈夫和儿女？

娜　　拉　一点不错。

海 尔 茂　这么说，只有一句话讲得通。

娜　　拉　什么话？

海 尔 茂　那就是你不爱我了。

娜　　拉　不错，我不爱你了。

海 尔 茂　娜拉！你忍心说这话！

娜　　拉　托伐，我说这话心里也难受，因为你一向待我很不错。可是我不能不说这句话。现在我不爱你了。

海 尔 茂　（勉强管住自己）这也是你清醒的有把握的话？

娜　　拉　一点不错。所以我不能再在这儿待下去。

海 尔 茂　你能不能说明白我究竟做了什么事使你不爱我？

娜　　拉　能。就因为今天晚上奇迹没出现，我才知道你不是我理想中的那等人。

海 尔 茂　这话我不懂，你再说清楚点。

娜　　拉　我耐着性子整整等了 8 年，我当然知道奇迹不会天天有。后来大祸临头的时候，我曾经满怀信心地跟自己说，“奇迹来了！”柯洛克斯泰把信扔在信箱里以后，我决没想到你会接受他的条件。我满心以为你一定会对他说，“尽管宣布吧”，而且你说了这句话之后，还一定会——

海 尔 茂　一定会怎么样？叫我自己的老婆出丑丢脸，让人家笑骂？

娜　　拉　我满心以为你说了那句话之后，还一定会挺身出来，把全部责任担在自己肩膀上，对大家说，“事情都是我干的。”

海 尔 茂　娜拉——

娜　　拉　你以为我会让你替我担当罪名吗？不，当然不会。可是我的话怎么比得上你的话那么容易叫人家信？这正是我盼望它发生又怕它发生的奇迹。为了不让奇迹发生，我已经准备自杀。

海 尔 茂　娜拉，我愿意为你日夜工作，我愿意为你受穷受苦。可是男人不能为他爱的女人牺牲自己的名誉。

娜　　拉　千千万万的女人都为男人牺牲过名誉。

海 尔 茂　喔，你心里想的嘴里说的都像个傻孩子。

娜　　拉　也许是吧。可是你想的和说的也不像我可以跟他过日子的男人。后来危险过去了——你不是怕我有危险，是怕你自己有危险——不用害怕了，你又装作没事人儿了。你又叫我跟从前一样乖乖地做你的小鸟儿，做你的泥娃娃，说什么以后要格外小心保护我，因为我那么脆弱不中用。（站起来）托伐，就在那当口，我好像忽然从梦里醒过来，我简直跟一个生人同居了8年，给他生了三个孩子。喔，想起来真难受！我恨透了自己没出息！

海 尔 茂　（伤心）我明白了，我明白了，在咱们中间出现了一道深沟。可是，娜拉，难道咱们不能把它填平吗？

娜　　拉　照我现在这样子，我不能跟你做夫妻。

海 尔 茂　我有勇气重新再做人。

娜　　拉　在你的泥娃娃离开你之后——也许有。

海 尔 茂　要我跟你分手！不，娜拉，不行！这是不能设想的事情。

娜　　拉　（走进右边屋子）要是你不能设想，咱们更应该分开。（拿着外套、帽子和旅行小提包又走出来，把东西搁在桌子旁边椅子上。）

海 尔 茂　娜拉，娜拉，现在别走。明天再走。

娜　　拉　（穿外套）我不能在生人家里过夜。

海 尔 茂　难道咱们不能像哥哥妹妹那么过日子？

娜　　拉　（戴帽子）你知道那种日子长不了。（围披肩）托伐，再见。我不去看孩子了。我知道现在照管他们的人比我强得多。照我现在这样子，我对他们一点儿用处都没有。

海 尔 茂　可是，娜拉，将来总有一天——

娜　　拉　那就难说了。我不知道我以后会怎么样。

海 尔 茂　无论怎么样，你还是我的老婆。

娜　　拉　托伐，我告诉你。我听人说，要是一个女人像我这样从她丈夫家里走出去，按法律说，她就解除了丈夫对她的一切义务。不管法律是不是这样，我现在把你对我的义务全部解除。你不受我拘束，我也不受你拘束。双方都有绝对的自由。拿去，这是你的戒指。把我的也还我。

海尔茂　连戒指都要还？

娜　拉　要还。

海尔茂　拿去。

娜　拉　好。现在事情完了。我把钥匙都搁在这儿。家里的事佣人都知道——她们比我更熟悉。明天我动身之后，克立斯替纳会来给我收拾我从家里带来的东西。我会叫她把东西寄给我。

海尔茂　完了！完了！娜拉，你永远不会再想我了吧？

娜　拉　喔，我会时常想到你，想到孩子们，想到这个家。

海尔茂　我可以给你写信吗？

娜　拉　不，千万别写信。

海尔茂　可是我总得给你寄点儿——

娜　拉　什么都不用寄。

海尔茂　你手头不方便的时候我得帮点忙。

娜　拉　不必，我不接受生人的帮助。

海尔茂　娜拉，难道我永远只是个生人？

娜　拉　（拿起手提包）托伐，那就要等奇迹中的奇迹发生了。

海尔茂　什么叫奇迹中的奇迹？

娜　拉　那就是说，咱们俩都得改变到——喔，托伐，我现在不信世界上有奇迹了。

海尔茂　可是我信。你说下去！咱们俩都得改变到什么样子——？

娜　拉　改变到咱们在一块儿过日子真正像夫妻。再见。（她从门厅走出去。）

海尔茂　（倒在靠门的一张椅子里，双手蒙着脸）娜拉!娜拉!（四面望望，站起身来）屋子空了。她走了。（心里闪出一个新希望）啊！奇迹中的奇迹——

（楼下砰的一响，传来关大门的声音。）

（选自《易卜生戏剧四种》）

作者简介

易卜生（1828～1906），挪威文学的伟大代表和“社会问题剧”的创造者，欧洲近代戏剧的创始人。他在戏剧史上享有同莎士比亚和莫里哀一样不朽的声誉。

易卜生出生于挪威一个富裕的木材商人家庭。8 岁时，父亲生意破产，家道中落。15 岁时，他就不得不独自出外谋生。曾经在一家药店当了 6 年学徒。社会的势利，生活的艰辛，培养了他的愤世嫉俗的性格和个人奋斗的意志。在繁重而琐碎的学徒工作之余，他刻苦读书求知，并学习文艺写作。1848 年欧洲的革命浪潮和挪威国内的民族解放运动，激发了青年易卜生的政治热情和民族意识，他开始写了一些歌颂历史英雄的富有浪漫色彩的剧作。接着，他先后在卑尔根和奥斯陆被剧院聘为导演和经理达十余年之久。由于对挪威感到失望，精神苦闷，一怒之下，他离开了祖国，在意大利和德国过了 27 年（1864～1891）的侨居生活。在国外期间，他一方面密切关注着欧洲和本国形势的发展变化，同时在创作上取得了辉煌的成就，连续写了十几部反映挪威当代社会重大问题的剧作。1891 年易卜生回到祖国。1906 年，易卜生逝世，国王为他举行了国葬。

易卜生一生共写了二十多部剧作，除早期那些浪漫抒情诗剧外，大部分戏剧都是以习见而又重大的社会问题为题材，通常被称为“社会问题剧”。代表作品《社会支柱》、《玩偶之家》、《群鬼》和《人民公敌》等。

赏析

《玩偶之家》又译作《傀儡之家》或《娜拉》，是使易卜生闻名全世界的剧本。它通过女主人公娜拉与丈夫海尔茂之间由相亲相爱转为决裂的过程，探讨了资产阶级的婚姻问题，暴露了男权社会与妇女解放之间的矛盾冲突，进而向资产阶级社会的宗教、法律、道德提出了挑战，激励人们尤其是妇女为挣脱传统观念的束缚，为争取自由平等而斗争。剧本通过对一个普通的资产阶级家庭夫妻关系的剖析，揭露了资产阶级婚姻和家庭生活的虚伪，提出了妇女的地位和妇女解放的问题。剧本所反映的社会问题是围绕娜拉和海尔茂的性格冲突展开的。本文节选部分是全剧的高潮，娜拉和海尔茂之间的潜在矛盾暴露出来，并产生激烈冲突，从而完成主题的表达和人物形象的刻画。

《玩偶之家》曾被比做“妇女解放运动的宣言书”。在这个宣言书里，娜拉终于觉悟到自己在家庭中的玩偶地位，并向丈夫严正地宣称：“首先我是一个人，跟你一样的人——至少我要学做一个人。”以此作为对以男权为中心的社会传统观念的反叛。

《玩偶之家》在艺术上有很高的成就。这出戏主题突出，矛盾集中，结构严密，人物形象生动鲜明。全剧采用追溯的手法，通过债主的要挟，海尔茂收到揭发信，交代剧情发展的关键事件——娜拉伪造签名，然后集中刻画他们冲突、决裂的过程。

本文节选的是第三幕，两封信的出现，两种表现的对比，使得剧本情节跌宕起伏，耐人寻味，也展示出海尔茂自私卑劣的灵魂。

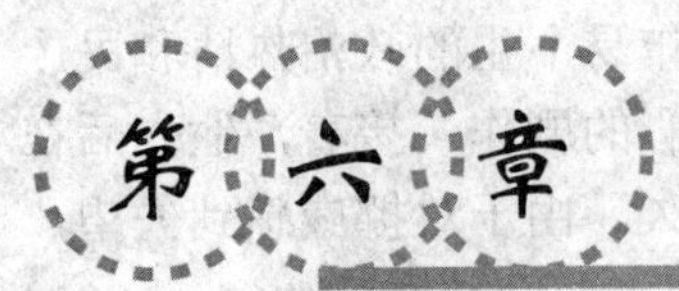

第六章 影视文学欣赏

第一节 影视文学欣赏知识概述

一、影视基础知识

（一）影视艺术

随着影视艺术在当今社会生活中的影响日渐突出，影视文学也逐渐发展成为与诗歌、小说、散文、戏剧文学等并列的文学内容的一个重要组成部分。影视是现代科学技术和现代生活方式发展到一定阶段的综合艺术。20 世纪以来，影视从无声到有声，从黑白到彩色，从平面到立体，从宽银幕到全息，从模拟化到数字化，都伴随着物理学、电学、光学、声学、化学等科学技术的最新成就而进步。它成为了深刻地改变人类的生活方式和审美方式，是当今世界影响最大、受众最多的一种艺术门类。

影视艺术是一种综合艺术，以声像符号为媒介，用运动着的画面和声音讲述出来的已作了专门安排的故事，运用一定的技巧手段，塑造出具有审美价值的艺术形象，传达出编导对社会人生的认识和思考。

（二）中国影视艺术发展简介

1894 年欧洲电影诞生，随后欧洲国家的一些电影商相继进入中国市场。1905 年，北京丰泰照相馆创办人任景丰主持拍摄了由京剧演员谭鑫培主演的《定军山》片断，这是中国人自己拍摄的最早的影片。1913 年著名导演郑正秋编剧，张石川导演了中国电影史上的第一部无声短波故事片《难夫难妻》，首次将中国人的生活搬上荧幕，标志着中国电影由戏剧片向故事片的转变。但影片拍摄非常简单，镜头的切分与场景变化都没有。1923 年郑正秋与张石川拍摄《孤儿救祖记》，标志着中国电影成为独立的艺术形式的开始。

20 世纪 30 年代中国电影发展迅速，很多影片开始拍摄，《渔光曲》于 1935 年获莫斯科国际电影节荣誉奖，情节曲折动人、表演真实感人，成为中国第一部在国际上获奖作品。40 年中国电影艺术继续向前发展，出现了《一江春水向东流》、《万家灯火》、《三毛流浪记》等优秀影片。特别是《一江春水向东流》

这部影片运用平行蒙太奇手法，吸收中国传统章回小说及戏剧展开情节的方法，表现出了深刻的主题、塑造出了鲜明的人物形象。1946 年 7 月“延安电影制片厂”建立。

20 世纪 50 年代中国电影有着现实主义的表现特色及民族特色，又出现一大批优秀影片，如《林则徐》、《青春之歌》、《白毛女》、《祝福》、《五朵金花》等。20 世纪 60 年代电影艺术受政治影响较大，但也有不少优秀影片出现，如《李双双》、《红旗谱》、《早春二月》等。

新时期以来，中国电影艺术以惊人的速度发展着，新的表现手段不断出现、新的题材不断扩展，画面构成，情节变换，镜头切换，色彩与音乐运用上等都出现了前所未有的探索。20 世纪 80 年代中期电影曾一度出现冷落局面，80 年代末再度出现繁荣景象。

中国电视艺术发展起步较晚，1958 年 5 月 1 日，北京电视台开始实验播出，标志着中国电视事业开端。此后北京电视台及上海电视台相继播出电视剧，但在艺术上成就不高。随着社会的发展及科学技术的进步，20 世纪 70 年代末开始中国电视艺术有了较大发展，涌现出一批优秀电视连续剧如《高山下的花环》、《四世同堂》、《红楼梦》、《西游记》等。20 世纪 80 年代至今，电视艺术迅猛发展，电视表现手法及题材扩展上都有很大惊人发展，现在已成为电视台播出时间最长的电视节目。

（三）西方影视艺术发展简介

西方电影开始于 1895 年，1895 年卢米埃尔兄弟在巴黎卡普辛路咖啡馆地下室放映他们拍摄的《工厂大门》等影片，被电影史学家认为是世界电影的开始。本片以写实风格记录了人们原生态的社会生活及自然风景，没有进行过多艺术加工，但它却以前所未有的新鲜感征服了人们，使电影登上了人类文化的舞台，也开创了电影的现实主义表现方法。但如果电影只像照相机一样把真实的人物事件拍摄下来进行播放，随着时间的推移，将不能进一步满足人们的生活，于是另一位电影艺术大师乔治·梅里爱创作了《月球旅行记》这部影片，主要表现了一批天文学家乘坐炮弹型飞船被发射到月球上，月球仙女对他们热烈欢迎，并领略了月球上美丽的风光，到了晚上，月球上非常寒冷，天文学家们因寒冷躲进了山洞，见到了许多奇怪的景象，他们十分惊惧，登上炮弹返回地球。这部电影有了很大的发展，它吸取了舞台剧表演手法与技巧，并运用了电影叠印与曝光技术，并注意了情节化、故事性等因素，突破了电影简单的模仿，使作品观赏性、艺术性都增加了，内容上也充满想像与幻想，更加生活形象。

20 世纪初，格里菲斯在《一个家庭的诞生》、《党共伐异》中将电影艺术进一步向前推进，影片从场景中又细分出了不同的景别镜头，使电影摆脱了戏剧的附庸地位，影片以镜头为基本单位，采用推、拉、摇、移、跟等多种拍摄方法，将各场景不同的镜头连结起来，丰富了电影表现手法。20 世纪 20 年代喜剧大师卓别林对电影艺术发展做出了杰出的贡献，拍摄《马戏团》、《淘金记》等。

1927 年，影片《爵士歌王》的出现标志着第一部有声片产生。电影艺术从无声进入了有声时代。1935 年《浮华世界》中首次使用色彩技术，使电影由黑白时代进入到了彩色时代。20 世纪 50 年代美国出现了立体声宽银幕电影，一大批优秀影片相继出现，如《战争与和平》、《埃及艳后》等。20 世纪 60 年代西方电影业受到冲击，70 年代，西方电影事业出现新局面，一批优秀影片出现，如《现代启示录》、《猎鹿人》、《莫斯科不相信眼泪》、《苔丝》等。80 年代后，西方电影得到前所未有的发展。

1930 年，英国广播公司播出《口含一朵鲜花的勇士》，标志着世界电视艺术的开始。以后经过不断的探索与发展，到今天已发展成了最强大的声像艺术。

二、影视文学的种类

（一）电影的种类

根据电影创作手段及其表现手法、题材与表现对象等将其分为：故事片、美术片、戏曲艺术片、纪录片、科学教育片等。

（1）故事片，指具有完整故事情节，由演员扮演其中角色。其中又包含：

现实片，从现实生活中取材，用现实主义的方法，按生活的本来面目，真实地再现典型环境中的典型人物。

改编片，是选材于文学作品，在原著的基础上进行改编后拍摄的影片。这样的影片一般来说较为忠实于原著，但又有所改变，如《城南旧事》、《芙蓉镇》等。

历史片，指以历史上发生的一些重要事件为背景，以历史人物的生活经历为背景，进行一定的艺术加工而拍摄成的影片，如《鸦片战争》、《甲午风云》等。

战争片，主要以某次战争为主要题材的影片，如《百团大战》等。

侦探片，以破案为题材的影片，主要以侦破过程为主要内容，表现侦察人员的智慧。如《黑三角》等。

武打片，有连贯的故事情节，里边主要贯穿武打场面，表现正义战胜邪恶。如《少林寺》、《霍元甲》等。

科幻片，主要以科学上的发展进步为主要题材，充满幻想，生动有趣，如《星球大战》等。

儿童片，以反映儿童故事与儿童生活为主要题材的影片。

（2）美术片，主要用美术创作手段，采用逐格或连续摄影的方法而拍摄成的影片。常见的有动画片，木偶片等。

（3）戏曲艺术片，主要以戏曲剧目为基础，通过改编、加工拍摄成的片，如《诸葛亮吊孝》等。

（4）纪录片，对某一个政治、军事、文化、生活等事件进行系统或局部报道的影片，内容真实。

（5）科学教育片，以解释某个问题或某种现象为主的影片，主要是为了进行科学知识宣传或普及。

（二）电视剧的种类

按照电视剧的艺术表现形式及篇幅长短分为：电视连续剧、电视系列剧、电视小品、电视单本剧、电视报道剧等。

电视连续剧，是分集播出的电视剧，整部电视剧有一个统一的主题，每集播出一段故事，各集之间情节连贯。目前是很受欢迎、收视率很高的一种电视艺术形式。

电视单本剧，是一次性播完的电视剧。

电视小品，人物较少，情节相对简单，多表现生活中的一个横断面或一个场景。

电视报道剧，对真人真事进行报道的一种电视艺术形式，结合音响、画面等，达到形象化的表现人物、事物的目的。

三、影视文学的审美特征

（一）以演员自身的表演和实地拍摄景物创造逼真性形象

影视形象的性质和创造影视形象的综合性手段决定了它从诞生的那一天起，就以酷似现实生活的逼真感构成了其他艺术不可能具有的审美情趣。创造影视形象的材料是实人、实景、实物，创造影视形象的手段使真实的人、真实的景、真实的物在银幕上化为逼真的形象。戏剧也依靠人物自身的言行和一些特定的实物道具来创造艺术形象，但戏剧舞台空间的限定，使一些戏剧形象只能通过艺术的假定性来实现，相当多的生活场面通过艺术的模拟性来完成；虽然小说艺术在突破时空限制、自由灵活地塑造人物形象上非常接近影视，但小说形象却是在读者脑海里间接生成，而不像影视那样以视觉方式直观形成。影视是所有艺术中最接近生活本身的种类。影视形象的这种逼真性质形成了自己特殊的审美方式。

（二）以运动的画面来构成影视镜头

影视作品的最小组构单位是影视镜头。影视镜头是指摄影机或摄像机从开拍到停止所拍下的全部影像。一部影视作品一般由几百个到几千个影视镜头组合、剪辑而成。美国经典影片《魂断蓝桥》有 59 个镜头。国产影片《天云山传奇》有 951 个镜头。现代影视艺术的发展趋势是短镜头越来越多。

影视镜头的内容是一个活动的画面。这个“活动”，既是拍摄对象在运动，也是摄影（像）机自身在运动。拍摄对象的运动，使影视表现对象能呈现直观的形象和变化的过程。摄影（像）机的运动，能使摄影（像）机迫近人物，利用特写、近景的镜头，把演员的言行和神态作放大处理。演员的一些微妙细致的情绪和动作，影视镜头能够加以生动、直观的展示。戏剧的舞台与观众之间有一定的距离，演员的一些细微动作和神态表情观众有时不容易看清，它只能通过精彩的对话来弥补。影视镜头的这种运动性产生了强大的视觉形象感染力。

影视镜头的活动画面同时结合着声音。这是构成影视镜头艺术表现力和反映生活的逼真性的特殊手段。活动画面的声音有三种：对话（包括旁白）、音乐（包括歌曲）和音响效果。这种声音可以和画面上的内容同步对位，也可以和画面内容相互分离。同步对位使人物言行更完整、清晰地展示出来；相互分离将增大镜头画面的信息含量，产生特殊的艺术审美效果。

（三）组合镜头的蒙太奇方式

一部影视作品在完成了镜头的拍摄后将用蒙太奇的方式把它们组合起来。蒙太奇是法语的译音，本义为构成、装配，用在影视方面则转义为剪辑和组合。一部影视作品的创作是这样一个过程：影视作者先写出完整的影视文学剧本，然后导演据此写出导演分镜头剧本，接着按分镜头剧本拍成一个个的、长短不一的、先后无序的镜头，最后把这些先后无序的镜头按照原来的创作构思有机组合起来，镜头与镜头之间产生连贯、呼应、悬念、对比、暗示等作用，形成各有组织的片断、情节直至一部完整作品，这就是影视制作中的蒙太奇方式。在使用蒙太奇之前，每个镜头都有自身的涵义，当两个镜头组合到一起后，将产生第三种涵义。有两个这样的镜头：一列火车上一个女人被捆绑着；一个强壮的青年骑着一匹马在飞奔。当两个镜头组合就不只有一个被抓、一个在骑马的涵义，而是产生了爱森斯坦所说的“新质的意象”——它使人联想到被捆的女人与骑马的男子之间有某种因果联系——青年男子正奋不顾身来抢救被捆女子。两个镜头组连接在一起时所表达的涵义要大于和超过两个镜头本身之和的原因，在于两个镜头连接在一起时将对观众的心理造成冲击并诱发联想。当观众看到第一个镜头的内容时，他不仅在视觉上留下了印象，而且在大脑里也记住了已经发生的事情。当第二个镜头出现时，他大脑里记住的第一个镜头的事情在心理联想的瞬间作用下，被连接起来进行思索而产生新的心理意象。蒙太奇是影视艺术得以生存、发展的特殊、神奇的艺术方式。

影视蒙太奇在具体组合镜头时有多种多样的方法。当上个镜头说到什么人或物时，下个镜头就出现这个人或物，这是“叫板式蒙太奇”。当上个镜头某个人物的对话，巧妙自然地连在下个镜头的另一个人的对话上，使相隔一定时空的两处剧情紧密联结，这是“对话式蒙太奇”。将上下两个镜头的相似点加以连接，使镜头组接流畅，甚至赋予一定的寓意，这是“相似式蒙太奇”。将上下两个镜头的对立点加以连接，使观众比较两个镜头的情景，镜头产生互相衬托、互相强调的效果，这是“对比式蒙太奇”。将同时发生的几件事情分别叙述，第一个镜头交代这件事，第二个镜头交代那件事，然后轮流叙述同时描写，这是“平行式蒙太奇”。

四、影视文学的欣赏方法

电影理论家巴拉兹曾说过：“电影如果没有正确的鉴赏，首先遭到灭亡的不是艺术家，而是艺术作品本身，甚至在作品还没有问世以前，就已被扼杀。”影视文学鉴赏，是对影视文学的作品的审美评价，是人们在观赏影视艺术品时所产生的一种高层次的审美心理活动，是欣赏者对作品的感受、理解，从而获得审美感受并做出审美评价的过程。影视艺术作品的价值的最终实现，依赖于欣赏者的接受，而欣赏者在接受作品时很大程度上依靠于对审美方法的把握。因此，要真正理解影视艺术的含义，必须掌握影视文学欣赏的方法。

（一）欣赏主题与情节

任何一部电影与电视像一部其他文学作品一样都有主题，作为观众，我们不能不考虑这一点，否则我们就无法从总体上把握这部电影或电视。所有成功的影视作品，都有一个共同点，那就是它们都有深刻的主题。电影或电视其实就是作者把自己的强烈感受到的哲理、理想、感情或某一情绪及对某一事物的看法、态度等表现出来传递给观众，以影响和启发人们。

电影或电视的主题和其他文学作品一样，既可以是对社会问题的探讨和评述，也可以是对人与人关系的看法，或仅仅是抒发某种情感，表现某种情绪。同时影视主题的表现方式也不相同，有的强烈明了，有的含蓄隐晦，因此在欣赏一部电视或电影时，最根本的就是把握影视作品的主题，要善于从电影或电视情节和画面中发现蕴藏其中的深刻思想。要看这部电视或电影的主题是否深刻、鲜明，是否富有启发性，这也决定了观赏价值的大小。如老国产影片《牧马人》中，主人公曾在中国遭受委屈，曾过着贫穷艰苦的生活，但最后在金钱与地位面前还是选择了黄土地，选择了中国，在观赏这部影片时无不被其中的爱国主义情感所感染，而影片中的主人公在黄土地上作牧马人时，在艰难的日子里，乡亲们没有嫌弃他，而是对他那么的同情、关心、爱护，这种人性中美好的情谊也感动着每一个观众，涤荡人的心灵。

另外，情节欣赏也是影视欣赏中不可缺少的一项内容。一部好的电影或电视剧作品，必定注意情节的精心安排。它们总是通过激动人心、扣人心弦的情节来突出所要表现的主题，所要突出的人物。没有情节的影视是难以想像的。传统的影视作品一般像其他文学作品一样讲求开端、发展、高潮、结局。追求情节的完整，强调其戏剧性的冲突与矛盾。而当代影视作品则向多元化发展，如《城南旧事》，结构较散，像一篇散文，由几个独立的片断组成，影片借一位小姑娘的眼睛把几个片断结合起来，展示了老北平社会中小人物的悲惨命运，也表现了灾难深重的半殖民地半封建社会残酷无情的现实，这种散文式的影视文学故事模型基本上不采用回溯、插入等打乱时空线索的情节链，没有戏剧冲突型故事那样的紧张过程和高潮结局。但是散文作品的逼真性、抒情性和感染、打动观众的艺术体验却得到了充分的发挥。而《黄土地》则是淡化情节，充分利用声音手段，以画面为主去传达思想，表达感情故事。如翠巧爹这个人物，乍一看，很冷漠，电影中一个镜头是：当顾青长途跋涉到老汉家时，他沉默无语，一句话也没有，晚上，他亲手把女儿从十里以外担来的最后一勺水完全倒入了顾青的洗脚盆，这个人物一下子活了起来，原来在他冷漠的外表下有着一颗热心。本影片采用了写实与写意相结合的方法，如占满整个镜头的黄土地，三个人与一头牛组成一个小小行列在黄土高原上移动，又利用色彩与光线组成一幅剪影。电影《天云山传奇》依据某个影视人物的心理意识把现实和往事交错叙述。第一部分的内容是1978年冬周瑜贞从天云山回来向组织部副部长宋薇介绍“怪人”罗群的困境。这是故事“现在时”现实。第二部分是宋薇的回忆：21年前，她曾与罗群相爱，后来在反右运动中，罗群被打成右派，自己违心与吴遥（现任地委副书记）结合。这是“过去式”的往事。第三部分的内容是现实中宋薇想替罗群改正，但遭到吴遥和他的亲信的阻拦。这回到了“现在时”的现实。第四部分宋薇接到罗群现在妻子冯晴岚的来信，得知这20多年来罗群与冯晴岚虽身处逆境，但精神生活却是充实和丰富的。这又是“过去式”往事。第五、六部分为罗群平反错案，宋薇与吴遥决裂，她重回天云山，在冯晴岚的坟前反省自己的人生。这再次交错又回到了“现在时”的现实。这种时空交错模型的故事，充分发挥了影视文学突破时空限制的优势，它可以根据作者的创作意图，增强有历史厚度感的叙述，塑造有思想深度的人物形象，整个故事时空得到了机智有力的扩展。奥斯卡经典片《魂断蓝桥》在选择故事情节、安排叙述内容上吸取了戏剧艺术结构的重要元素——用戏剧冲突律来组织故事情节。它这种故事模型的第一个特点是集中设置一个影视故事的矛盾冲突，围绕这一个总冲突把故事情节按开端、发展、高潮、结局的完整的线型结构向前推进，情节主干显得集中、凝练。第二个特点是围绕这个集中的冲突，有意设置几重一张一弛、一正一反的冲突过程，使整个故事既有悬念吸引力，又有层次清晰的情节结构。在“开端”，罗依与玛拉躲空袭时邂逅，两人一见钟情；罗依因军队出发延期提出要和玛拉结婚，且上司又同意了；可惜他们又因错过时间被迫推迟到第二天11点举行婚礼；罗依所在军队当晚开拔上前线，玛拉赶去车站送行，结果被女老板开除；玛拉以为罗依阵亡，陷入困境，沦为妓女；罗依突然生还，一无所知的罗依坚持要与玛拉结婚；玛拉随罗依回到家乡，与众亲人见了面，此时玛拉已感到与罗依的差距不可逾越；玛拉向罗依母亲坦白自己曾经堕落的经历，矛盾冲突总爆发；玛拉出走自杀，美好爱情在贵族传统观念的压迫下最后归于毁灭。整个情节几起几落，曲折动人。

（二）欣赏演员演技

从视觉上为观众提供真实生动的银幕人物形象，用精心塑造的人物形象去打动观众，这是影视作品成功的关键。因此，演员水平的高低、扮演形象的真实自然程度直接决定了影视作品的成功是否。由于影视剧与观众是相隔离的，而不是面对面的，又由于影视剧拍摄都是按场景拍摄的，而不是按自然顺序拍摄，所以演员随时都需要把自己融入到作品中去，这样才更真实自然，有感染力，如果演员演不好，便会使动作或语言或表情有造作之感，不但不能给人以感染力，还会使人生出厌恶之心。不仅主角，就是配角与群众演员都是如此。每个演员的一举一动，一笑一盼，都会有无数双眼睛盯着，人们会进行各种各样的评判。如电视剧《爱的阶梯》中，无论是主角韩静书与车诚俊，还是配角诚俊的妈妈，友莉的妈妈，以及友莉的爸爸，他们都演得自然而传神。特别是友莉的爸爸，在整个几十集的电视剧中，只有几个镜头而已，但他把一个爱喝酒、爱赌博、但又不失正义感的形象塑造得生动而又真实。真正的影视剧演员的表演又如《巴黎圣母院》、《一江春水向东流》、《早春二月》、《康熙大帝》等，里边都塑造了令人难忘的艺术形象。真正的艺术表演不是化妆以后背背台词就了事，而是从角色出发，从角色的思想、感情出发去表现人物的真实，他们所创造的角色是别人无法代替的，尽管岁月流逝，而他们给人的印象却不会逝去。

（三）欣赏影视中的画面艺术

影视艺术主要是视觉艺术，看一部电影或电视剧时，总是要看组成它们的一个个画面，可以说，影视剧是通过什么来传达主题或塑造人物的呢？正是通过连贯的一个个画面，组成连贯的情节，从而来传达出所要表现的主题内容及所塑造的人物形象，因此在欣赏影视剧作品时，还应重视画面欣赏。通过一幅幅画面来进行审美感知，并获得审美感受。画面往往由色彩、光及画面构图两方面组成，而其中的画面构图有着活动性，并且要艺术感染力与美感，因此好的画面是经过精心拍摄与处理的，而不是一个个镜头的简单组合。构图出色的画面都是由一系列连续不断的动态影像构成，富有动感与冲击力，从而有感染力。如电影《罗生门》中，其中一组镜头是强盗多襄丸在树林中边喊边跑的一系列画面，它表现了人如野兽般的凶猛与矫健。电影采用侧面跟踪的方法拍摄，这组画面表现出了一种强烈的动态美。

关于色彩与光的运用，这与影视剧的主题与人物形象有关系，如电影《大红灯笼高高挂》中的青灰色的基调与那种压抑的令人窒息的主题有关，电视剧《围城》中很多画面基调灰暗，是与作品表现的主题抗战时期那种气氛相应，《小城故事》中则以灰暗古朴为基础色调，使故土的风土人情都处于迷濛的灰色之中，只有英子的衣裳和秋天的枫叶透出一点火红，更衬托出惆怅与伤感的情调。

总之，影视剧中的画面如果处理精彩，能给人以新颖的刺激，获得一种独特的美感。如《英雄》中的每一幅画面都经过专业精心设计，使之美仑美奂，有一难以言传的神韵，青山绿水、漫漫黄沙、红墙碧瓦、琴棋书剑……像一幅幅中国山水画，散发出无限的魅力，具有一种古典美。如无名与长空在围棋馆决斗的画面，青灰的天空，古色古香的庭院，仙风道骨的老者，清远的琴声，飘洒的雨滴，这一切构成了一个清幽深远的意境，像一首诗，更像一幅画，正是在这种环境中开始了决斗。这虽然是一场打斗，但被设计得优美无比，再配以镜头表现，给人以难以形容的美感。又如电影《十面埋伏》中有一个决斗画面，开始开空中飘起了雪，随着决斗的进行，雪越下越大，最后成了白茫茫一片，四周是一眼望不到边的旷野，两个决斗的人也精疲力竭，整个画面透出一种悲壮美。

（四）欣赏影视剧中的音响

音乐与音响是影视艺术中不可缺少的表现手段，优秀的影视剧作品总是借助音响效果来烘托主题，塑造人物，增强艺术感染力。其中音响主要是烘托气氛，让人有身临其境之感，音乐主要是抒发情感，而语言则主要是展开情节表现主题。有的影视剧采用主题歌的方法来增强感染力，如电视剧《爱的阶梯》中从头到尾始终贯穿着那首表达爱的主题歌，特别是两个主角一见面就会回响起那首主题歌，来表现两个人始终不渝的爱情，营造出一种浓浓的抒情气氛，很有感染力。有的采用一组插曲来烘托气氛，表达主题。《英雄》中的音响就非常独特，给人带来了独特的审美效果。如影片开始时是用超重低音的隆隆声，从听觉上造成秦王马队迎头而来的感觉。而表现武打画面时则采用充满东方神秘色彩的鼓声和中国独特的京腔京韵的声音作背景音乐，给人一种神秘感。另外如呼啸的箭声、“咄咄”穿墙声、震颤的金属声、飞落的树叶声以及水底利剑划水声等，这一切都使影片有一种独特的美。而影片的主题音乐则绵长悠远，着重表现了中国远古北方大地的情怀，和秦王朝地域特征相合，而且营造出了浓郁的中国民族特色。

（五）欣赏影视剧中精彩的语言

影视剧中的语言也很有特色，有的幽默、有的庄重、有的智慧、有的抒情。不同的影视剧表现的主题不同，所使用的语言也不尽相同，如《大腕》中语言幽默，《武则天》中语言优美，在欣赏影视剧时，认真体会作品中的语言，获得某种审美感受。

第二节　中国影视文学欣赏

城南旧事

影片简介

这部影片于 1982 年由上海电影制片厂摄制，根据台湾作家林海音的同名小说改编，导演：吴贻弓，改编：伊明。

该片获 1983 年第 3 届中国电影金鸡奖最佳导演、最佳女配角和最佳音乐奖；菲律宾第 2 届马尼拉国际电影节最佳故事片金鹰奖；南斯拉夫第 14 届贝尔格莱德国际电影节最佳影片思想奖；获 1988 年厄瓜多尔第 10 届基多城国际电影节二等奖——赤道奖。

内容梗概

《城南旧事》中讲述了三个小故事，一个是疯女人秀贞的故事，一个是小偷的故事，还有一个是小英子家的保姆宋妈的故事。50 多年前，小英子一家开始是住在北京城南惠安会馆附近的一个小院里。小英子出来玩耍时，经常看到会馆门前痴立的“疯女人”秀贞。秀贞非常喜欢英子，英子也喜欢她。从秀贞口里，小英子知道了，她的情人是一个北大学生，因参加学生运动，被反动军警抓走，下落不明。而他们的女儿“小桂子”，也被人扔到齐化门城根底下，因此秀贞疯了。小英子很同情秀贞，答应帮她寻找小桂子。后来，小英子意外地发现，受尽养父、养母虐待的小伙伴妞儿就是小桂子，她把妞儿拉到秀贞家，让她们母女团聚。可是，她们为寻找小桂的生父，竟双双惨死在火车轮下。

不久，英子搬了家，上学了。在离她家不远的一个荒草丛生的破院里，英子又结识了一个新朋友。谁知，他竟是一个小偷。由于英子的天真，他被警察抓走了。可是，英子并不认为他坏，因为他说是为了“奔窝窝头和供弟弟上学，不得已才走这一步的”。宋妈抛下自己的儿女、家庭，到林家当佣人，英子的弟弟是吮她的奶水长大的。

一天，英子放学归来，看见宋妈坐在廊檐下哭泣。原来是她的儿子小栓子淹死了，她的女儿也不知被卖到了什么地方。英子有一个非常慈祥、可爱的父亲。他喜欢书和花、鸟，更喜爱英子和弟弟。在他身边经常聚拢着一些进步学生，共同商讨革命道理。可是，他却患肺病，不久就离开了人间，英子和母亲、弟弟一起，把父亲埋在北京郊区山间的台湾坟地里，他们要回到老家台湾去了。宋妈被她乡下的丈夫用小毛驴驮走了。英子怅惘地望着宋妈，所有的亲人，所有的一切都永远离去了。

导演简介：吴贻弓（1938～），1960 年毕业于北京电影学院导演系。1979 年开始独立执导影片，《巴山夜雨》是他的成名作。《城南旧事》是他的代表作。

赏析

独特的表现主题的方法。本片的主题很明确，通过小英子和“疯女人”秀贞的故事，揭示了秀贞的悲惨生活与不幸遭遇；通过小英子和小偷之间的交往，表现了小偷的不幸遭遇，他之所以沦为小偷，是生活所迫；通过宋妈的故事表现了旧社会里妇女地位的低下与所受到的压迫。通过这三组故事集中表现了旧社会里下层人们生活的不幸与艰辛。

透过一个小女孩的纯真的眼光，去展示 20 世纪 20 年代旧北京的社会，展示当年那笼罩着愁云惨雾的生活。影片在结构上独具特色。编导排除了由开端、发展、高潮、结局所组成的情节线索，以“淡淡的哀愁，浓浓的相思”为基调，采用串珠式的结构方式，串联起三段并无因果关系的故事。这样的结构，使影片具有多棱镜的功能，从不同的角度映照出当时社会的具体历史风貌，形成了一种以心理情绪为内容主体，以画面与声音造型为表现形式的散文体影片。影片没有用激烈的台词对旧社会的黑暗进行口诛笔伐，而是一系列朴实无华的生活片断来表现，展现出老北京半封建半殖民地社会中几个小人物的不幸命运，也表现了作者对乡土的眷恋。影片以离别作为贯穿全片的线索，使整个情节笼罩了一层浓浓的怀旧情绪，一种忧伤情调，使影片呈现出淡雅之美。第一次离别是在一个暴风雨之夜，秀贞带着“妞儿”找孩子爹去，却不幸丧身于车轮之下；第二次离别是小偷被警察带走，小英伤心难过；第三次离别是英子伤心地看着宋妈回到乡下。三个画面互不关联，却又因有了小英子而互相联系，把老北京下层人物的命运揭示出来了。

影片对画面及音乐进行了精心设计。秀贞带着孩子去找她爹，不幸死于车轮下，影片用一个英子昏倒的特定镜头和火车的鸣笛声来表现；小偷被带走，影片用英子含泪的眼来表现；宋妈无奈回到乡下，影片用了英子充满疑惑的双眼来表现，表现出了英子的悲伤与迷茫，以及她所感受到的痛苦。影片以灰暗作为基本色调，整个影片中呈现的故土人与故土的事都笼罩在了灰色之中，只有英子的衣裳与秋天的枫叶透出一点点红，更给人以惆怅之感。另外一些画面如古朴的北京四合院、那慢腾腾的小毛驴、孩子的歌声及拉水车的吱吱声，都真实地反映了20世纪20年代北京的特有的风俗人情。

贯穿全剧的音乐是《送别》这首古典乐曲，给影片增添了忧伤气氛。全片共有八段音乐，七段都是《送别》的歌声及它的变奏，抒情气氛很浓。同时，影片又用象征、含蓄、对比、重复等艺术手法创造出一种近乎中国水墨画般的宁静、淡泊、简约的意境。

大腕

内容梗概

电影制片厂摄影科下岗职工尤优偶然遇到个好活儿——好莱坞“大腕”级导演泰勒在中国拍摄影片《末世皇朝》，尤优把他的工作过程，拍成一部宣传纪录片。

泰勒被中国的古老文化所吸引，同时也对直率、勤奋的尤优颇有好感。泰勒的影片在北京紫禁城开拍了，在他华裔养女兼私人助理露茜的陪同下，泰勒缓缓地沿着高大的红墙走来，尤优扛着摄像机拍摄着泰勒的一举一动。

泰勒情绪非常低落，尽管紫禁城内外身着清朝服装的各路人马阵势浩大：“我有一种不祥的预感，也许我们所做的一切都是徒劳的。”制片人彼特为此感到十分不安，他对露茜说：“我们已经严重超支了，托尼明天就到，如果他看不到新的样片，你知道老托尼的风格吗？”

股东们对片期的拖延非常恼火，制片人老托尼亲自来到北京告诉泰勒：“我今天不是以制片人的身份和你说话，我在这部影片的全部股权已经转让给一家日本公司了。我们已经物色了一个不错的导演来接替你继续完成这部影片，但他只是替你打工，导演的署名依然是你。”泰勒听后非常气愤。

“闲”下来的泰勒和露茜、尤优到寺庙游览。回来的路上，泰勒就生与死的问题与尤优探讨：“尤，中国的佛教认为人可以转世，肉体的死亡不是生命的结束，而是新生命的开始。”尤优：“我们中国有句话叫早死早托生。在中国活过70岁的老人死了，丧礼是喜丧。”泰勒：“是不是说中国老人的葬礼喜剧？喜剧葬礼，我喜欢！”

泰勒和尤优相处得很好。在泰勒的办公室，泰勒告诉尤优：“尤，相信我的话，你有天赋，但你需要机会。”他把自己的手表给尤优带上。尤优说：“什么时候来中国拍片，需要我我就来，为你工作不要钱。”泰勒突然病倒了，他的头却无力地慢慢靠在了沙发上……泰勒被救护车送往医院，临走前他对尤优说：

“不要忘了，我需要一个喜剧葬礼。”

尤优和露茜守在急诊室外，心急如焚，医生说：“病人的生命已不可挽回，家属可以准备后事了。”

按照泰勒的心愿，托尼把泰勒的葬礼交给尤优操办。尤优以侠义的心态接下了这个活儿。他找到开着一家演出公司，自称组织过多次大型演唱会的老同学路易王帮忙。路易王简直不敢相信自己的耳朵，他一巴掌拍在尤优的肩上说：“我给你提成！”

托尼、日本制片方和路易王都把泰勒将死的消息看作一个难得的商机，尤优和露茜却是怀着真诚的情感来办理泰勒的丧事。

依照路易王的策划，要为泰勒举办一个节目丰富多彩的葬礼，形式类似春节晚会、快乐大本营、欢乐总动员，同时又有点像赈灾义演一样的葬礼。葬礼将由电视向全球直播。

办葬礼 300 多万的经费，尤优和露茜心中没有一点底，路易王说他可以找人掏腰包，但掏钱的主儿自有人家的要求。演出公司要让新签约的女星“傍”着泰勒出名，还有众多公司不惜花大价钱在葬礼上做产品广告。“死去的泰勒”在他们眼里成了一部非常赚钱的机器。

就在大家作着发财梦的时候，这天，露茜到病房看望泰勒，惊喜地发现泰勒竟从死神那里回来了。老托尼和泰勒决定对外封锁消息，让“戏”继续演下去。

广告拍卖会上，葬礼的广告价位一路攀升，肃穆的泰勒遗像也被设计成广告载体，自上而下如水波翻滚，变成色彩鲜艳的“可笑可笑”的健身饮品广告。

老托尼和泰勒在医院里悠闲地抽着雪茄等着好戏的结果。

几乎葬礼的每一个细节都安排上了广告，泰勒“遗体”的每个部位也被充分利用，连假冒产品的制造者也不愿意失去这一次大好时机。钱，越来越多，路易王干劲十足……

当大家的发财梦做到高潮时，泰勒康复的消息如一盆冷水浇在人们头上。

路易王疯了。尤优和露茜终成眷属。

《大腕》演员简介

原名：Big Shots Funeral

译名：大腕

导演：冯小刚

编剧：李小明 石康 冯小刚

演员：葛优　唐纳德-萨瑟兰　关之琳　英达　保罗·莫索尔斯基

台词（节选）

一定得选最好的黄金地段

雇法国设计师

建就得建最高档次的公寓

电梯直接入户
户型最小也得四百平米
什么宽带呀，光缆呀，卫星呀
能给他接的全给他接上
楼上边有花园（儿），楼里边有游泳池
楼子里站一个英国管家
戴假发，特绅士的那种
业主一进门（儿），甭管有事（儿）没事（儿）都得跟人家说 may I help you sir（我能为您作点什么吗?）
一口地道的英国伦敦腔（儿）
倍（儿）有面子
社区里再建一所贵族学校
教材用哈佛的
一年光学费就得几万美金
再建一所美国诊所（儿）
二十四小时候诊
就是一个字（儿）——贵
看感冒就得花个万八千的
周围的邻居不是开宝马就是开奔驰
你要是开一日本车呀
你都不好意思跟人家打招呼
你说这样的公寓，一平米你得卖多少钱
我觉得怎么着也得两千美金吧
两千美金 那是成本
四千美金起
你别嫌贵 还不打折
你得研究业主的购物心理
愿意掏两千美金买房的业主
根本不在乎再多掏两千
什么叫成功人士，你知道吗?
成功人士就是买什么东西
都买最贵的 不买最好的
所以，我们做房地产的口号（儿）就是
不求最好，但求最贵!

赏析

影片选材贴近市民。本影片属喜剧片，把一些生活中司空见惯的事拿来说，挖掘里面一些深层次的东西，让大家开心笑一笑，但又并不能一笑了之，而是有一些内涵引人去思考，发挥喜剧讽刺的功能。也就是说，这部电影在具有很高娱乐性的同时，对我们的生活也很有价值。城市题材，轻松而略带离奇的故事，影片内容也包含了中国传统题材，兼有伦理、爱情冲突，有讽刺，也有“善有善报，恶有恶报”（尤优赢得佳人的结局）的东方式道德观念。轻松幽默，是老百姓欢迎的一种类型。

影片虽故事夸张，但事件细节却具体写实，如故宫游览等动作场景中的细节都十分真实，这些增强了现实生活感。正因为夸张的故事与细节的真实形成了张力，所以影片别具一种动态张力美感。

妙语连珠。本影片最大一个特点是处处有妙语。尤优导游泰勒时的诙谐介绍，精神病院多位病人的连篇吹牛，都令人捧腹。另外，葛优在这些影片中所演的角色不仅真诚、善良，说话也极有趣，颇富幽默感，不时便有妙语出口。妙语连珠的语言段落与滑稽怪诞的动作场景相配合，营造了轻松愉快的故事情境与接受氛围。另外，本片主要采用了平民百姓日常生活用语，随手拈来，非常富有表现力，在看似平淡的话语中含着深刻的讽刺。

情节紧凑，流畅。情节、场景推进的节奏一般都比较迅速，干净利落而不拖沓。“死亡与复活”情节悬念的设置和解释，展示多幅广告画背景的快速环摇镜头，展现混乱的精神病人场景的景深镜头，都使节奏快速利索，机趣流畅。这非常适合现代大众欣赏口味，快节奏的现代生活，人们习惯于欣赏这样明快而不用煞费心思的情节与镜头，在开心笑声中获得一种轻松，从而甩掉一些沉重。

幽默、诙谐的讽刺手法。故事本身就幽默，本不具有悲剧感伤色彩的泰勒“暴死”，经尤优、王小柱广告发布会式的炒作，丧礼变成一出滑稽怪诞、使人疯狂的闹剧，而二人在精神病院被强迫治疗的场景也让人哭笑不得，基于对现实的透彻观察，导演在故事主体的叙述中捎带性地讽刺了病态的世俗文化和贪婪的物质欲念。“白道”、“黑道”各路商家纷纷拥进“死人丧礼”是对世俗社会不择手段疯狂敛财的讽刺；而王小柱的疯狂，精神病人的发癫，无疑是对浮躁喧嚣、盲目追逐金钱的世俗大众的警戒。

早春二月

导演：谢铁骊，北京电影制版厂于 1963 年出品，影片改编自柔石的小说《二月》，是新中国成立以来电影中出现的一部不可多得的艺术精品。

内容简介

五四运动和第一次国内革命战争时期，许多热血青年都投身到这一运动中去，但经历五四运动后，中国的经济结构和政治结构并未受到实质性的触动。当时的气氛非常沉闷，军阀混战，一些参加过“五四”运动的青年对此感到失望。影片中的主角知识青年萧涧秋就是这样一个青年，他游迹四方，到处徘徊，却找不到立足之地。他接受了陶慕侃的邀请、带着对都市的厌倦、对“五四”

运动退潮之后的消沉来到一个幽静美丽的江南小镇芙蓉镇教书，想借此避世，躲开现实的纷扰。在芙蓉镇他陷入了与陶岚的爱情纠葛，及与挽救文嫂的爱情纠葛之中。他在学校认识了校长的妹妹、大学生陶岚，她率真热情、追求个性解放和爱情自由，相同的情趣和共同的进步追求使他们相互吸引。然而这一切在封建意识浓厚的小镇上却遭受了挫折。文嫂的儿子小宝突然患病死去，巨大的打击使她失去了生存的希望，因为同情文嫂，萧涧秋决定牺牲爱情，娶她为妻。陶岚虽痛不欲生，但也支持萧涧秋。这件事在镇上更是引起了轩然大波，文嫂终于因为抵挡不住舆论的巨大压力投河自尽了。萧涧秋心中郁愤难平，这时一直在他的关心下读书的好学生王福生又因为家庭困难被迫退学了。萧涧秋最终从悲痛中醒悟过来，认识到只凭个人的牺牲和努力根本无法打破中国这种沉闷的局面，他决意离开小镇，重新投入到时代的洪流中。陶岚也在萧涧秋的影响下，最终摆脱家庭和世俗的羁绊，追随萧涧秋而去。

赏析

影片以现实主义的手法，真实、生动地概括了20世纪20至30年代找不到出路的知识分子的苦闷与彷徨。对于来到芙蓉镇的萧涧秋，作品既赞扬了在他身上体现的人道主义精神，同时又以他的悲剧性结局，反映了旧知识分子在传统观念和封建势力重压之下的无能为力，体现了柔石原作所蕴含的基本思想。

细腻的描写是本片的最大特点。这部影片不特别重视影片的因果关系及故事情节的波澜起伏，而是着重人物的心理刻画。幽美的芙蓉镇风情，含蓄、细腻的细节与情境，均准确地衬托了人物的思想流程，精细的美工创造，借鉴了传统绘画技法的摄影处理，也是使影片获得突出成就的重要因素。

意境美是本影片的另一个特色。借助江南的如画风景，营造出中国古典诗词中特有的意境之美，使整部影片情景交融，别有韵味。无论是梅林中的落英缤纷还是绿野中的菜花灿烂，小桥边的潇潇秋雨、庭院中的纷纷雪花，都给人带来视觉和心灵上的享受，这种精致美好的气质成为影片的最大特色。影片的最后一个镜头是：一大片金黄色的油菜花铺展出一个无比灿烂明丽的世界，陶岚微笑着迎着乍暖还寒的二月春风，向着前方、向着自由奔去……给人以无限的想像空间。

影片成功塑造了典型人物形象。萧涧秋这个角色不是单一的，而是充满了矛盾，知识分子萧涧秋受过良好教育，他善良、文弱，有人道主义的救世理想，而又自怜彷徨，与整个社会、与下层平民格格不入。影片客观地表现出他的不断求索与处处碰壁，表现了人道主义的软弱无力。作者用电影化的语言成功地表现出了人物的独特气质，如通过人物在不同的心境下，七次走过通往西村的桥头，有力地烘托出人物欢快、忧伤、懊恼、沮丧的各种不同心情。萧涧秋与陶岚都接受过教育，他们之间的交流带有一种浪漫的情调，有时借助书信，有时即席赋诗，有时弹琴吟唱，这种纯洁高尚的爱情也显示了人物理想化的精神世界。

《早春二月》揭示了一代人在寒风萧杀的大时代风云中觉醒并成长为革命者的必然过程，然而这个本来类似于凤凰涅磐重生的激烈惨痛的故事却被导演赋予了一种无比柔和内敛的形式，本片富有人情味，风景如画的江南，文弱优柔的人物，细腻深沉的感情纠葛，与同时期那些激情澎湃、如火如荼的革命题材电影有明显区别，对中国民族电影表现形式做出了有益的探索。

第三节　外国影视文学欣赏

魂断蓝桥

影片简介

1940 年美国米高梅影片公司摄制，编剧：S.N.贝曼。导演：默文·勒鲁瓦。他以擅长拍摄雅俗共赏的影片而驰名。他的其他影片还有《小恺撒》、《鸳梦重温》、《出水芙蓉》等。1987 年以 87 岁高龄谢世，里根总统给予他高度赞誉。《滑铁卢桥》第一次在 1931 年拍成电影，但未受重视。第二次则在 1940 年美国米高梅电影公司拍摄，改名《魂断蓝桥》，此片即成为经典名片。

内容梗概

一辆军车停在了滑铁卢桥上，英军上校罗依从车上走下。他从口袋里拿出一个象牙雕的吉祥符，独自凭栏凝视，二十年前的一段恋情如在眼前……

1917 年，美国第一次世界大战期间，伦敦。空袭警报响了，街上的人们慌乱地跑向防空洞。一群年轻姑娘在滑铁卢桥上飞跑。忽然，其中一个的提包被碰掉了，东西洒了一地。她停下来捡，眼看就要被飞驰的马车撞上。年轻的上尉军官罗依也在滑铁卢桥上奔跑，他及时拉了姑娘一把，躲过了马车。罗依为姑娘捡起散落在地上东西，其中就有那个象牙吉祥符，是姑娘的珍爱之物。姑娘找不到同伴了，罗依拉着姑娘跑进挤满人群的地下铁道。在嘈杂的人群中，罗依与姑娘交谈起来。姑娘名叫玛拉，是一位芭蕾舞女演员，玛拉对这个风流倜傥的年青军官一见如故，向他谈论起自己钟爱的舞蹈。罗依则告诉姑娘他是来英国度假的，假期已满，明天将赴法国前线。警报解除，罗依让玛拉叫车赶往剧院演出，自己则去赴上司的一个无法推辞的宴会。临走时，玛拉将心爱的吉祥符送给了罗依：“愿它能给你带来运气”。罗依已深深爱上了这个端庄秀丽而天真的姑娘，望着玛拉远去，他若有所失。

罗依终于没有去赴上司的宴会，他赶去观看玛拉演出的《天鹅湖》。散场后，他向后台递了一张条，邀请玛拉共进晚餐。纸条被剧院经理笛尔娃夫人没收了，她严厉地训斥了玛拉。玛拉背着经理来到烛光俱乐部。大厅内，罗依向玛拉倾吐爱意，《一路平安》的华尔兹舞曲中两人翩翩起舞。随着每一声部的演奏完毕，蜡烛一只只熄灭，曲终，大厅沉浸在一片黑暗中。罗依与玛拉含情相望，拥抱长吻。

翌日上午，窗外下着沥沥小雨，玛拉在宿舍凭窗而望，挂念着英吉利海峡上的罗依。突然，她意外地发现罗依出现在雨中。原来因海上有水雷，罗依的部队推迟两天出发。罗依向玛拉求婚，玛拉幸福地答应了。出身贵族的兰特谢军团军官结婚需获得公爵的认可。罗依给玛拉买了结婚戒指之后赶到了公爵的住处。虽然玛拉出身平民，开朗的公爵还是同意了罗依的申请。罗依带着玛拉风风火火地办好其他必要的手续，赶到教堂。可是，他们来晚了，依照法律，下午三点钟后不能举行婚礼。罗依与牧师约定，明天十一点准时再来。

当天傍晚，罗依被召回军营，即将当新娘的玛拉，沉浸在突如其来的幸福之中。就在她准备与女友们去剧场演出时，接到罗依的电话：部队要提前开拔，二十分钟后出发。玛拉不顾一切地赶到滑铁卢车站，火车已经启动。

玛拉由于执意要去车站为罗伊送行而耽误了当晚的演出，笛尔娃夫人大发雷霆，她不能容忍演员们有芭蕾舞以外的世界，她要开除玛拉。她的好友凯蒂也因替她仗义执言而遭同样命运。两人失业了，一起搬到了一处廉价公寓，相依为命。

细心的罗伊写信让母亲同玛拉见面以便照顾玛拉。但就在玛拉在餐厅等候其母时，无意中从报纸上看到了罗伊的名字赫然登在阵亡名单中。此时罗伊的母亲来到她面前，尽管这位贵夫人非常和蔼可亲，但此时的玛拉已情绪混乱，言语无礼，不知所云……

绝望的玛拉承受不了这巨大的打击，一病不起。凯蒂为了支付生活费和玛拉的医药费被迫当了妓女。大病初愈的玛拉发现了破绽，她万分感激凯蒂的友情。罗依死了，对她来说，这个世界什么都不重要了，她不能让凯蒂一人负担两个人的生活。痊愈后，为了维持生活，玛拉也沦为街头应招女郎。

滑铁卢车站。已沦为妓女的玛拉浓妆艳抹，闪动着媚眼，招徕着走过身边的官兵，没人理睬她，人们都在匆忙赶路，寻找着前来迎接的亲人。突然，她呆住了：一个熟悉的身影朝她走来，是罗伊，他并没有死，他回来了！见到玛拉，罗伊兴奋得不能自持，玛拉百感交集，嚎啕大哭。

在一家餐厅，罗依兴奋地向玛拉叙述死里逃生的经过：他受伤失去了证件，当过德国人的战俘，差点丧命但终于逃脱了。玛拉静静地听着……当罗依问及她的生活时，玛拉无言以对，只是反反复复说："要是我知道你还活着就好了。"经历了生离死别的罗依不愿再离开玛拉一步，他马上打电话给母亲，告诉她自己要带玛拉回家结婚。玛拉痛苦地回绝了罗依。罗依确信玛拉并未移情别恋后，不容分说，把她带往家乡。

路上，玛拉偎依在罗依的身旁，观赏着苏格兰的田园风光，静听着罗依介绍着自己的家园和今后的打算，一种美好的愿望在心中升起。罗依的信任和钟情，给她带来一丝希望，她知道自己的心灵仍是玉洁冰清的，她想伺机说明一切，重新开始生活。

苏格兰克劳宁家。克劳宁夫人高兴地迎接他们。晚上，舞会大厅灯火辉煌，玛拉优美的舞姿最引人注目。坐席中的贵妇人们却在窃窃私语，她们对克劳宁家将要娶一位舞蹈演员有微辞。公爵也来参加舞会，他慈爱地邀请玛拉跳舞，交谈中，他赞扬玛拉的善良与忠诚，又告知玛拉，克劳宁家族一向重视门第，对玛拉是一个例外。刚刚平静的玛拉又陷入忐忑不安之中。

深夜，玛拉在卧室里不安地徘徊。克劳宁夫人敲门进来，她请玛拉原谅在伦敦会面时的误会，并对儿子的婚姻表示满意，她赞扬玛拉是一个十全十美的人。夫人走了，玛拉意识到过去的经历是不会被上流社会的人们所谅解的，她不愿再维持假象。玛拉奔向夫人卧室，声泪俱下地说明真相，表示要永远离开罗依。夫人没有挽留她，并答应不把真相告诉罗依。从夫人屋里出来，玛拉碰见幸福得无法入睡的罗依。罗依没有注意到玛拉的反常，他充满爱意地将护身符交还给玛拉保管。玛拉凄婉地向罗依道别。

玛拉留下一封道别信，感谢他的爱，然后离开了克劳宁家。罗依追到伦敦，找到凯蒂，凯蒂向他说明了一切。罗依悲痛地说："我要永远找她。"他们找遍了各个可能的地方，都不见玛拉。罗依忽然想到初次相见的滑铁卢桥，他拉住凯蒂不顾一切地向那里跑去。

这时，玛拉正在滑铁卢桥上。一队军用卡车隆隆开来，玛拉毫无畏惧地向一辆辆飞驰的军车走去，苍白的脸在车灯的照射下美丽而圣洁。在群众的惊叫声、卡车的刹车声中，玛拉结束了生命，手提包和一只象牙吉祥符散落在地上。

赏析

影片故事情节曲折动人。罗依与玛拉的爱情几起几落，在"开端"，罗依与玛拉躲空袭时邂逅，两人一见钟情；罗依因军队出发延期提出要和玛拉结婚，且上司又同意了；可惜他们又因错过时间被迫推迟到第2天11点举行婚礼；罗依所在军队当晚开拔上前线，玛拉赶去车站送行，结果被女老板开除；玛拉以为罗依阵亡，陷入困境，沦为妓女；罗依突然生还，一无所知的罗依坚持要与玛拉结婚；玛拉随罗依回到家乡，与众亲人见了面，此时玛拉已感到与罗依的差距不可逾越；玛拉向罗依母亲坦白自己曾经堕落的经历，矛盾冲突总爆发；玛拉出走自杀，美好爱情在贵族传统观念的压迫下最后归于毁灭。

影片一些画面很好地运用了细节表现手法，增强了表现力，如玛拉沦为妓女，在火车站与归来的罗依意外重逢，二人悲喜交加，一同来到一个饭店，罗依去给母亲打电话，玛拉赶忙取出一面小镜子，对镜自照并掏出手绢狠狠地抹去了唇上的口红，这一细节把玛拉的心情揭示了出来，她原以为罗依死了，为生活所迫沦落了，猛然发现自己深爱的人来到面前，沦落的痛苦与悔恨难以述说，真想像擦去口红一样把这一段擦去。另外，心爱的人突然回到面前，自己现在是个什么样子呢？还像以前那样美丽吗？这一动作把玛拉的复杂心理表现了出来。

此外，影片成功运用了重复蒙太奇手法，比如滑铁卢桥影片中曾多次出现，因为这里是罗依与玛拉相见相恋之处，也是玛拉结束生命的地方，每当人物命运或心理出现重大转折时，这个地方就会出现，有时是远景，有时是近景，有时是浓雾笼罩，有时是大雪飘飘，给观众留下深刻印象。滑铁卢桥已不再是一座普通意义的桥，而是与人物与事件紧密联系的象征体。

影片音乐很好地烘托了气氛。主题音乐《友谊天长地久》每次的响起，都是二人相聚的场景，为男女主人公相会的场面增添了浪漫温馨的情调；在影片后半部分，原本温馨的音乐却让人觉得凄婉伤感，这是不同场景、不同环境产生的效果。特别是在结尾处，盛大的舞会即将结束，玛拉离开的决心已定，主题音乐反复出现，极大地烘托了悲剧气氛，创造了一个忧伤而又浪漫的意境，也感染着观众。

泰坦尼克号

内容梗概

1912 年 4 月 12 日，英国白星航运公司的巨轮泰坦尼克号从南安普顿出发首航纽约，这艘号称永不沉没的超级豪华邮轮在横渡大西洋时因误撞冰山而沉没，1500 多名乘客和海员遇难，造成了人类历史上空前的海难。长期以来，泰坦尼克号沉没这一事件是电影和文学作品创作经久不衰的题材。好莱坞著名导演詹姆斯·卡梅隆耗资 2 亿多美元，用了三年时间拍摄出了这部影片。影片公司获得了巨大成功，在世界范围内票房收入达 12 亿美元。成为电影有史以来最轰动、最卖座的影片。影片获得了第 70 届奥斯卡 14 项提名中的 11 项大奖，并打破了 1960 年由历史巨片《宾虚》创下的历史纪录。

赏析

首先是它的主题，本影片表现的也是最一般的主题——爱情，但本片进行不同一般的表现方法，作者把这一主题放在了一个特殊的场所，一个特定的时间里，在一艘轮船上，在这么一个小天地里，两个地位与身份相差很远的年轻人相遇了，并且相爱了，天有不测风云，轮船突然就要沉没，船上的救生设施还不够半人使用，在生死关头，露丝不顾一切来到了下层船舱救出了因被诬陷而被关押的杰克，并放弃了生还的机会，和杰克一块留在了即将沉没的船上，后来船沉海底，杰克不顾一切把露西推出漩涡，并把她推在了一块漂浮的木板上，露丝得救了，他自己却沉入了海底。这种爱情真挚而又热烈，它经得住了生与死的考验，这种真挚伟大的爱情，对于青年来说有着深刻的教育意义与启迪意义。这种生死之恋情也给人带来了无限的震撼。在即将沉入海底的船上，露西毅然下到了最底层去救杰克，在船沉后，杰克毅然把生的机会留给了露西，这些镜头催人泪下，有一种悲壮美与崇高美。

另外，影片在画面造型与细节上有着独到的精心设计。通过镜头，一艘巨大的、无与伦比的外型展现在观众眼前，给观众造成巨大的冲击力，达到了震撼人心的效果。泰坦尼克号是那样的庞大，那么的美仑美奂，那样的壮观。船沉后，有一个细节特别让人难忘记，那就是露丝趴在木板上，而杰克则是趴在冰上，四周一片黑暗，是无边无际的海洋，还有漂浮起来的尸体，在生命的最后关头，杰克对露丝说："露丝，听我说，赢得船票是我一生最幸福的事。……能认识你，是我一生的幸福，我满足了……"说着漫漫沉入海底。这样的画面具有极强的感染力，它使看过的人永远都无法忘记。还有一个画面是轮船即将沉没，船上的人哭着、喊着、乱作一团，而露丝却不顾一切地冲向船的下层，救出了杰克，他们奋力冲了出来，在杰克的劝说下，露丝上了最后一艘救生艇，但在最后关头，露丝毅然跳下了救生艇，冲过层层人群，与杰克拥抱在了一起。还有这些画面：船即将沉没了，船长坚守在驾驶舱里，手里紧紧握着方向盘，双眼盯着大海，海水一下子冲了进来，一下子吞没了他；大副绝望地开枪自杀；一对老年夫妇紧紧地拥抱在一起，平静地等待着死神的来到；一个母亲安详地向孩子讲着临睡前的故事；牧师在诚挚地祈祷；一个四人小乐队从容地演奏着一首首小夜曲……这一系列画面，都给人以强烈的冲击，令观者无不动容。

本片之所以撼动人心，还与它的音响效果是分不开的。电影的主题音乐是具有民族特色的苏格兰笛演奏的旋律，听来如泣如诉，凄婉感人，仿佛是冥冥天国之音，唤起人们灵魂深处的美好情愫。片中的主题音乐不是一个调子到底，而是多有变化，随着情节的发展，以及画面的变化，主题音乐也以不同的方式出现，有时听来欢快明丽、有时听来幽深缠绵、有时低沉如诉、有时高昂如歌，把一个爱情故事演绎得悲壮感人。在影片的结尾处则采用了著名女歌手席琳·迪翁演唱的《我心依旧》，余音不断回荡，那略带颤音的女声，开始舒缓平稳，然后缠绵悱恻，再然后激昂高亢，与画面相互映衬、相互烘托，再一次引起了观众的共鸣，荡气回肠，让人唏嘘不已。

第七章 短信文学和网络文学欣赏

应该说，现在比较流行的文学就是短信文学和网络文学了，二者发轫于数字信息技术的革命，是一种正在发生的“文学新现象”。由于手机时代和信息时代的来临，文学降低了自己的门槛，让千百万大众在成为文学读者的同时成为了作者。有评论家认为，作为大众的、平民的、通用的载体及其传播方式，短信文学和网络文学对现有读者市场造成了相当大的冲击和震荡。将来的社会，短信文学和网络文学将会更加流行。据资料显示，我国13亿人口中，每4个人就拥有一部手机，现有手机用户已超过3亿人，2006年所发送的短信数量多达三千亿条。网络文学在数量上也大大超过了传统纸质文学。因此，从广泛的意义上说，短信文学和网络文学是大众自己的文学，是一种通俗文学，一种民间文学。

第一节 短信文学概述

一、短信文学

短信文学，又叫手机文学或手机短信文学，是以手机发送为传播形式，以格言体为基础的短小精悍、时效性与文学性并具的文学新样式。短信文学是短文学与手机这一媒介的结合，是一种在手机上创作并传播，有一定字数限制的文学新样式。在生活节奏较快的现代社会中，很多人没有时间看长篇大论，而短信文学能不分时间、不分地点随时随地阅读，充满着人生智慧，欣赏趣味强，适合现代人的心理，是紧张生活的点缀，因此被人们称作文学的“点心”。“走在拥挤的人潮中，或是坐在呼啸的地铁里，轻轻地翻开手机，就可以品味经典文字。这种几乎不受环境限制的‘读图时代’的来临，带来了‘手机短信文学’。手机创作的实时互动特点，使得作品可以‘角色扮演’，出现多线索、多结局。方寸之间，指掌之上，任何时候任何地点皆可进行创作、阅读……这些都是任何纸质作品所无法实现的。能够在一切闲暇的时间里，轻松阅读和写作，不正是人们所想要的吗？我们有理由相信，人手一机的必然趋势，必将使文学走进一个更加广泛的传播和发展空间。”（《天涯》杂志社主编李少君语）由于短信文学重归《诗经》的优良传统，实现了口语化、平民化和快餐化，所以又被称作“新时代《诗经》”。它具有篇幅精短、句式急促、排列形态特别、节奏快、符号化和日常化等艺术特色，同时具有文学的通俗性、流行性、口头性和民间性等基本属性。

二、短信文学特点

从总体上来看，短信文学有着自己的艺术特色。

（一）三言两语、短小精悍

短信文学的明显特点就是“短”。由于手机容量限制，短信文学必须精短，如果还像传统文学或网络文学那样长，手机容不下，也不会有人看。短信文学继承了中国文学史上那些小品文和短篇小说（如《世说新语》和《聊斋志异》）语言凝练的特点，甚至比那些还要短，很多只有一句话，甚至几个字，寥寥数语，就表达出了创作者的思想感情。比如：“我是你今生无悔的末班车。”这个短信虽然只有一句话，但有人物，有比喻，还留下想像的空间。这一般是恋爱中男女之间的对话，既深情又含蓄，属于超短文学或极短文学。

（二）注重修辞、结构精巧

修辞是文学常用的表现方法。语法是讲求话说得对不对，修辞是讲求话说得好不好，逻辑是讲求话说得准确不准确，而结构是文章的整体构思。短信文学充分调动了这些语言表达方法。常见的有：

（1）比兴手法的短信。如：“天地间有一种东西叫雪，从天而降，落地而化；人世间有一种感觉叫喜欢，自感动中诞生，愈久弥真；朋友中有一个人是你，识于偶然，止于永久。”这个短信先写自然界的“雪”，然后写一种感情“喜欢”，进而再写人，即“朋友”。“雪”是容易融化的，而“感情”是持久的，“朋友”是永久不变心的。由物到人是一种比兴关系。

（2）比喻手法的短信。如：“朋友就像片片拼图，结合后构成一幅美丽的图画，如果不见了一片，就永远不会完整，你，就是我不想遗失的那重要的一片！”在这里，作者把朋友比喻为片片拼图，是一种明喻。

（3）象征手法的短信。如：“送你一件外套，前面是平安，后面是幸福，吉祥是领子，如意是袖子，快乐是扣子，口袋里面是温暖，穿上吧！”一件外套，象征着平安、幸福、吉祥、如意、快乐和温暖。

（4）寄托手法的短信。如：“自流水线上，缓缓升起，你是一枚公用的船票，夜夜渡我回家。”作者用月亮寄托着对家乡的思念。

（5）排比手法的短信。如：“报纸上说抽烟对肺不好，所以我把烟戒了；报纸上说喝酒对肝不好，所以我把酒戒了；报纸上说交你这个朋友对心脏不好，所以……我把报纸给戒了。”这个短信既是暗喻，又是排比句。郑树生的短信散文《山里的母亲》讲了一个母亲的故事，叙述方式也是排比：“母亲这辈子只识三个字，那是她的名字。母亲这辈子只做一件事，那就是劳动。母亲这辈子只有一个愿望，那就是让三个孩子走出这山。母亲这辈子唯一的欣慰，那就是她的孩子秉承了她的执着和坚韧。”

其他修辞手法也很多，不再一一介绍。由于这些短信文学巧用了修辞手法，使短信的结构精巧、含蓄、富有韵味。

（三）幽默滑稽、令人捧腹

短信文学以幽默见长。幽默是一种智慧，而要在三言两语中写出幽默，就更需要智慧。比如一则短信笑话："很久没收到你的信息，俺很是心疼。俺想到死，曾用薯片割过脉；用豆腐撞过头；用降落伞跳过楼；用面条上过吊。可都没死成，你就请俺吃顿饭，撑死俺算了。"杨静龙的短信小说《永远的小孙》："在小孙退休欢送会上，局长高度评价了小孙的工作，然后说：'小孙，退休后有什么要求，尽管提出来。'小孙犹豫良久，说：'我有一个请求。'局长笑道：'你说吧。'小孙鼓足勇气，说：'请领导能否叫我老孙!'局长呵呵笑道：'你这个要求并不过分嘛，小孙。'"这种黑色幽默能使人笑破肚皮，然而，笑过之后，又觉得心酸。那位局领导的官僚主义可见一斑。

（四）讽贪刺谑、入木三分

只要是文学就要反映现实，短信文学之所以受群众欢迎，就因为它是杂文性质的，在揭露腐败、打击邪恶方面，有着得天独厚的优势。比如，有一则短信《竖笛》，是揭露教育局领导以权谋私的："新学期，全市中小学生每人分得一支竖笛，教育局布置收费，教师纷纷议论，素质教育多种多样，为什么要一刀切，全学竖笛？知情者道破天机：局长女婿就是竖笛生产者。教师们怨气冲天，校长却喜形于色：好事，好事！你想想，若是他生产钢琴，那还了得！"还有一则发行量很大的讽刺作品，是讽刺那些井底之蛙、少见多怪的人："大象把粪便排在了路中央，一只蚂蚁正好路过，它抬头望了望那云雾缭绕的顶峰，不禁感叹道：呀啦唆，这就是青藏高原"。首届短信文学获奖者缪立士的《扛梯子的人》："一个扛着梯子的人，在大街上走来走去，他在寻找从哪里可以登上青天。"这则短信讽刺了那些想问题、做事情不切实际，总想异想天开的人。

（五）意境优美、意象鲜明

许多短信，虽然短小，但也在三言两语中创造了一种意境或意象。

（1）由一组意象组成的短信。如："蝴蝶飞，蜻蜓追，世间烦事一大堆；望飞雁，盼人归，酒逢知己饮多杯；生相许，死相守，抓紧缘分别撒手；云追月，风吹柳，幸福快乐你拥有。"在这里，蝴蝶、蜻蜓、飞雁、知己、云彩、月亮、风与柳等都是意象，既写了办公室的烦恼，又写了对亲人的思念，还写了对爱情的坚贞。

（2）特殊的意境。如："夜里我掉进一口井，还好水很浅，但仍使我感到恐慌，慌乱之时发现有一丝光亮，便仰头望天，我惊呆了！那星空是如此的美丽，忽然间我羡慕起那只井底之蛙。世人只知道批判它目光短浅，却不知在这一口洞天之中，可以看到常人难以看到的美丽景象。"这篇获三等奖的短信文学《井》，反弹琵琶，把典故《井底之蛙》描写得意境很美。尽管是一孔之见，也常常会有惊人的发现。

（3）由意象组成意境的短信。如：“一匹马/被水墨钉在墙上 / 它的思念飘零 / 它的肉体和啸声 / 薄成一张宣纸。

我了解它的饥渴和焦虑 / 所以，这么多年来 / 我一直代替它 / 在城市的水泥地上 / 奔跑，苦苦寻找 / 一棵鲜嫩的草。”这是布衣在第二届短信文学大赛获得一等奖的作品。马、水墨、宣纸、城市、鲜嫩的草是一组意象，而这组意象又组成一幅画，意境优美，含蓄典雅。

（六）人物鲜活、形象典型

短信能不能刻画人物？这是一个经常被人怀疑的问题。事实上，一些短信已经作出了回答：短信不仅可以刻画人物，塑造典型形象，而且更鲜活，典型特征更明显。比如，获首届短信文学三等奖的《贩与乞》：“一残疾少年当街乞讨，无人问津。偶见一卖枣妇女经过，妇女卸担，捧出大枣塞给少年，笑说：‘阿姨没钱’。见此，笔者三日不知肉味。”作者章洪法用极简洁的笔，描写了一个卖枣的农家妇女与一个乞讨者的故事，刻画了农家妇女善良的本性。孔子闻《韶》三月不知肉味，作者听了这位妇女的话，认为是最动听的音乐。著名短信文学作家千夫长写的《城外》小说，分 60 段，每段不超过 70 字，以人物刻画为特长。作者透露说，《城外》的含义是“围城外的风景”，即“两个相爱的人从围城内各自走出，在城外遭遇了一段道德和法律都不支持的合情不合理的激情”。这样的婚外恋故事虽然并不新鲜，但借助手机这一新形式来实现传播和阅读，其给人的感受与体验也就有了新鲜和异样的成分，自然也就有了另一种魅力，因此，被某通讯公司以 18 万人民币独家买断了“无线版权”。应该说，《城外》的出现，打破了手机娱乐内容的局限性，大大拓宽了“拇指文化”的发展空间，将平民化写作由网络文学直接延伸到了手机短信领域。知名短信写手戴鹏飞推出的短篇小说《谁让你爱上洋葱的》，也因人物刻画较为成功，被新浪网购得两年无线版权。

（七）创作随意、私密性强

短信文学由于借助了手机这一载体，能够更加自由随意直接地记录和表达所见所闻、所思所感，甚至是随时随地地记录和表达，非常适合捕捉短促的灵感一现，所以，当人们孤独时、寂寞时，或者兴奋时、幸福时，只要手机就在身边，就可以拿出来记录或表达那些微妙的、细腻的种种感觉、感受和思考，使短信文学创作随意自由。创作者可将自己的短信通过手机一对一地发出，也可一对多地发出，具有很强的私人性、隐秘性特点。

（八）形式严格、选材灵活

由于手机容量的局限，短信文学形式上的要求是非常严格的，篇幅不能大，字数不能多，表达不能复杂等，恰恰是这么严格的要求，反而构成一种挑战性，激发创作者的创造力。知名短信文学作家李少君认为，短信文学内容上是“灵动的情思和幽默的睿智”，大多以现代都市生活时尚琐事为表现对象，擅长在细小杂碎中折射人生社会的意义。其基本创作原则是“段子化的凝练表达”，多运用富有冲击力的短句。同时在流通上实现了作者与读者的对接，人们可以随时随地实现文学阅读与交往。这种双边合作使短信文学随时掌握市场动向和消费者的需求，从而使作者能够及时调整写作手段，创造出群众更加喜闻乐见的作品。

小说、诗歌、散文、剧本等体裁和其他文体，都是短信文学角逐的赛场。在短信文学写作中，对各种体裁字数的具体规定要以是否最有利于“新颖别致”、“机智有趣”而定。应该鼓励原创的、想像超群的，充满先锋性、流行性、娱乐性和互动性的作品脱颖而出。应该利用和张扬短信文学的幽默特点，既寓教于乐，又有助于增强国民的幽默气质。诸如情趣、理趣、讽喻、交流、交友、文才、发表、表达、抒情、议论、想像和夸张等元素和功能，都是短信文学的生命力和原动力之所在。短信文学《竖笛》、《永远的小孙》、《墙上的马》、《楼道的灯坏了》、《扛梯子的人》、《年龄》、《山里的母亲》和《巴黎的墓地》等一大批短信文学精品，在平面设计、文学体裁、语言风格、素材选取等方面灵活多样，富有风格。

短信文学具有很强的社会性。它在大众文化的引导和建设上发挥着独特而有效的作用，其社会文化意义怎么估计也不过分。短信文学对手机族有很大的吸引力和亲和力，它以人为本，让手机族获得文学的参与资格和发表权力，而且随时可以体验到健康的、亲切的而又便捷的、私有的公共文化感。如果能够借助技术升级，将短信文学的佳作转换成为可以随时按条目下载的信息，或者是可以从网上下载的内容，从而扩展短信文学的使用价值，这无论是从文化的还是产业的意义上来讲都是有益的。

新技术新载体带来了短信文学的传播方式和阅读习惯的改变，也改变了文学的文体形式，比如篇幅精短、句式急促、排列形态特别，还有节奏快、符号化、日常化和生活经验的细致摹拟体验等，当然还有以娱乐为主的欣赏趣味也得到很大提高。这些都对文学特别是微型文学或超短文学的艺术手法和形式元素，产生了较为深刻的影响。文学当然需要篇幅，但也确实有许多极短的文学作品成为传世之作。印刷媒体产生的文学经过文人化和书面化，特别是千百年来的封建教化传统的浸染，也经过所谓文学权威的固定格式化，变得僵化、八股化，难以创新。文学中的许多似乎次要的或被视为无用的元素受到压抑或遮蔽。短信文学以其可发展性和原创性普及了文学，使文学轻易走进了普通大众视野，并被普通大众传播着。随着中国的社会和经济发展，人们收入水平提高，甚至手机单向收费的普遍化，短信文学作为一个文化现象，必会促进文学进入一个新的发展时代。

当然，一些色情、低级趣味、庸俗无聊的不健康短信段子的流行一定程度地影响了短信在人们心目中的文学地位，使部分人对短信是否属于“文学”仍存质疑。相信，随着健康高雅的短信文学的不断推广和倡导，一些不健康的短信段子会得到一定抵制，短信文学会像其他文学形式诞生时一样，逐渐被人们认可并接受。也有的短信文学表现不够鲜活，太纯，太案头化，或者表现得晦涩、“朦胧”甚至于阴郁，无法达到流传的效果。我们提倡格调健康、文字顺畅、构思新颖、机智有趣的短信文学大量涌现。好的短信文学，往往来自作者对人世细微而别致的洞察，是民间智慧的闪现，与口头文学更接近，通俗但不媚俗，能够达到普遍的心理预期，因此具备广泛流传的价值。

第二节　短信文学作品赏析

（1）从你的眼睛到内心，有多远的路程？

这是由两个单句组成的短信文学，也是情人间的对话。里面有质疑，也有坚定不移的信念。而且用了传统的写人物画眼睛的方法，因为眼睛是心灵的窗口，眼睛里揉不进沙子。语言可以说谎，眼睛却藏不住内心的变化。

（2）一只蚊子叮在左胳膊上大喝了一通，你被叮醒了，在你抡起右手要打蚊子的一刹那，蚊子对你说：我身体里可流着你的血！

这是蚊子与人的对话，有人物，有动物，还有心理活动和对白，既形象又幽默。

（3）愿您家庭顺治、生活康熙、人品雍正、事业乾隆、万事嘉庆、前途道光、财富咸丰、内外同治、千秋光绪、万众宣统，×××携大清全体皇帝祝福您新年快乐！

这是关于新年祝福的短信文学，这则短信文学既巧用了清朝皇帝的名字，又借用了他们名字的意蕴，巧妙谐趣，富有智慧。

（4）金猪送福送吉祥，奥运福娃来帮忙：贝贝送你谷满仓，晶晶送你亲满堂，欢欢送你事如意，迎迎送你身安康，妮妮送你福寿长。祝你新春快乐，好运无限！

这是北京市“2007年新春祝福短信推荐评选”活动评选出的最受群众欢迎的新春祝福短信。该短信运用2008年北京奥运会吉祥物贝贝、晶晶、欢欢、迎迎、妮妮来表达新春祝福，时代性强，文学气息浓。

（5）风雨送春归，飞雪迎福到，已收短信千万封，犹有人未到。阿福不争先，只等吉时报，待到祈愿变现时，俺随鞭炮笑。

这则短信文学巧妙套用了毛泽东的词《沁园春·雪》的格式，语言优美，言辞恳切，表达出了作者的良好心愿。

（6）黑夜/我穿着黑衣/干着黑色的勾当/却没有留下黑影。

这是诗歌体裁的短信文学。这首诗虽然以“黑”为主线，句式完整，内容确切，但完全没有诗歌的意境，而且传达的意思也相当灰暗。和顾城那首“黑夜给了我黑色的眼睛，我却用它来寻找光明”相比，前者简直不能称做“诗”。

（7）我的心是一座封闭的房子，房子的里面只有一扇窗子，窗的外面满是秋天的叶子，那扇窗外是我唯一的心事；我的心是一座空洞的房子，房子的墙上写满你的名字，我喜欢看窗外飘零的叶子，也喜欢这样想像你的样子。

这是散文体裁的短信文学，每一句都压了韵，似乎非常巧妙，可是传达出来的意思非常空洞。

（8）邻居小伙帮人挖地基时挖到一个金罗汉，兴奋之余，不知如何办好，于是给在老家当警察的表哥发了短信：“找到金罗汉一个，咋办?”表哥立马回复：“审问他，让他交代其他十七个在哪里。”

这是小说体裁的短信文学，读起来给人的感觉反而像杂志上的幽默或笑话。

第三节 网络文学概述

一、网络文学

网络文学是随着互联网的普及而悄然兴起的。它以互联网络这种新兴媒体为载体、依托和手段，以网民为接受对象，不同于传统文学。

网络文学包括三类：一类是已经存在的文学作品经过电子扫描技术或人工输入等方式进入互联网络；一类是直接在互联网络上“发表”的文学作品；还有一类是通过计算机创作或通过有关计算机软件生成的文学作品进入互联网络，如电脑小说《背叛》等；以及具有互联网络开放性特点，几位作家、几十位作家甚至数百位网民共同创作的“接力小说”等。现在人们所说的网络文学多是指在网上“发表”的文学作品，包括那些经过编辑登载在各类网络艺术刊物（电子报刊）的作品，电子公告栏（BBS）上不经编辑，个人随意发表的文学作品，以及一些电子邮件（E-mail）中的文学作品。这种网络文学又被称为“网络原创文学”。

网络文学在起步的时候，作者大多是我们过去所说的“文学青年”。他们以理工科出身居多，爱好文学，也有一定的艺术修养，甚至有相当的艺术创作水平。他们不愿意、不屑于或者不敢投稿于传统的纯文学刊物，是互联网这一新兴媒体给了他们一个相对自由的创作空间和发表园地。

中文网络文学较早的是 1991 年王笑飞创办的海外中文诗歌通讯网（chpoem -1@listserv.acsu.buffalo.edu）。1994 年 2 月，方舟子等人创办了第一份中文网络文学刊物《新语丝》（http：//www.xys.org）。诗阳、鲁鸣等人于 1995 年 3 月创办网络中文诗刊《橄榄树》（http：//www.rpi.edu/cheny6/）。1995 年底，几位原来活跃于中文诗歌通讯网的女性作者独自创办了一份网络女性文学刊物《花招》（http：//www.huazhao.com）。

发展到 1998 年，开始出现了一部最有代表性也最具影响力的中文网络小说《第一次的亲密接触》。

台湾成功大学水利研究所博士研究生蔡智恒，从 1998 年 3 月 22 日起以 jht 为笔名在电子公告栏（BBS）上发表了网络小说《第一次的亲密接触》。作品讲述了“痞子蔡”、“轻舞飞扬”通过互联网络相遇相识、再约见面、生离死别的爱情故事。“痞子蔡”、“轻舞飞扬”都是男女主人公在上网时用的代号。他们在网上相遇，互寄电子邮件，每天凌晨 3 点一刻到网上聊天室谈话，后来开始约会，一起去看《泰坦尼克号》。两人坠入爱河。最后得重病的“轻舞飞扬”悄悄离开“痞子蔡”，而“痞子蔡”设法赶到医院陪她渡过了最后的时光。这场“网络爱情”故事笔法细腻，情感真挚动人，被台湾媒体誉为“网络上的《泰坦尼克号》”。不仅国内许多媒体都有摘录和报道，网上一些中文网站也频繁加以张贴，好事者专门在网上设立了一个网站“痞子蔡的创作园地”。该作在台湾被改编为电影，在大陆成为畅销书。

国内也有类似的网络言情小说。1998 年第 6 期《天涯》就刊登了一篇“佚名”的网络小说《活得像个人样》。由于这篇网络小说在电子公告栏上多次辗转张贴，原作者已无从知晓。小说讲述了在电脑公司工作的年轻职员“我”与女友碎碎的故事和与网友“勾子”、“国产爱情”从网上交谈到现实交往的经历。

近年来出版的较有影响的网络文学作品有《第一次的亲密接触》、《小妖的网》、《告别薇安》、《旧同居时代》、《智圣东方朔》、《点击 1999》、《网络之星》、《网络文学》。

目前较有影响的文学网站有“文学城”（www.wenxuecity.com）、“榕树下”（www.rongshu.com）、“中文网络文学精萃”（www.chinese-literature.com）、“黄金书屋”（goldnets.myrice.com）、“碧海银沙”（www.silversand.net）、“莽昆仑”（www.gs.cninfo.net）等网站。

目前网络文学主题主要是两个字：情与欲。爱情的迷惘，生活的困扰，网恋的痛苦，物质追求中人生价值的失落，成为许多网络文学作品的题材。《第一次的亲密接触》、《小妖的网》、《点击 1999》都讲述了美丽动人的网恋故事，作品语言带有网民特点，使用了许多网络符号。

但总体上看，网络文学的许多作品有很强的开放性和自由性，带有明显的都市青年的时尚特点，内容由于创作者信马由缰，无所节制，无心打磨，写完就贴，粗制滥造，相对于传统媒体而言，网络文学整体上的水平不高，不能满足更多读者深层次的审美需求。有读者指出，网络作家与传统作家最大的差距在于，读者可以从网络作家的作品中去感受他们，却无法去获得什么。也有分析认为，网络文学的劣势，是缺乏真实的生活体验和关注人类命运的精神。可以说，网络作家在艺术上和思想深度上还远未成熟。

二、网络文学与传统文学不同

网络文学与传统意义的文学的区别主要有以下几点：

一是文学的真实程度不同。网络文学应当是自己的亲身经历，是真实的故事，不应当是纯粹虚拟的小说，因此更具有真实性。

网络文学的真实，首先是情感上的真实，网络文学一般都是现实文学。它表达了作者和读者之间心与心的真实表露。作者一般都表达出自己内心深处的声音，这与一般文学的虚构形成了强烈的反差。其次是时间上的真实。网络文学一般都是即时文学，它往往反映的是作者当时的思想或情感，这同一般文学的长久是有很大区别的。

二是文学的题材内容不同。网络文学的作者和面对的读者都是不见面的朋友，一般是无从追究的，所以网络文学具有更多的题材和内容，因此更具有广泛性。

网络文学的广泛，首先是题材上的广泛。由于网络自身的特点，其文学题材是无边无沿的，它不仅包括了一般文学的各种题材，而且远远超出了其范围。如音响、视听、动漫等。其次是内容上的广泛。由于作者没有任何后顾之忧，所以心里想到什么就可以创作出什么，所以其内容是无尽无休的。大到宇宙空间，小到纳米技术；远到几万年前，近到一瞬之间；能论世界见闻，可说心中秘密等。

还有就是表达方式上的广泛。除文字、图片、音乐外，还有简单的符号表达，如“：)、&、**、886、9494、55555555”等，都表达着特定的意义。这也是一般文学所没有的。

三是文学的交流形式不同。网络文学是互相交流的，作者不仅是作者，也是读者；读者也不单纯是读者，同时也是作者。网络文学是互相交流的文学形式，因此更具有互动性。

网络文学的互动，首先是发帖上的互动，读者可以及时表达自己的看法，可以随时与作者进行推心置腹的交谈。这是一般文学形式做不到的。其次是情感上的互动。网络文学往往引发作者和读者之间的某些默契，与其说是文学交流，还不如说是情感交流。当然这个情感不完全是什么爱情了，大多数是朋友之间的友情和友谊。这是一般文学形式无法与之相比的。

四是文学的语言不同。除了通用的词语之外，网络文学作品还大量运用了一些在网络上通行的具有网络语体色彩的特殊词语。例如，用“：)”代表微笑，用“：(”代表沮丧，还有，用缩写代替正常拼音，例如，用 MM 代表妹妹，用 GG 代表哥哥；用数字谐音表示意思，例如，用 88 表示拜拜，用 55 表示呜呜地哭，用 5261314 表示我爱你一生一世等。大量新词汇不但涌现，例如，青蛙、恐龙、大虾、菜鸟、斑竹、当机、下线、东东等，使语言变得幽默、简洁、更意味深长。

网络文学作品运用词语的“网络特点”主要体现在三个方面：

（1）运用网民，特别是“网虫”们创造的和喜欢运用的词语，如：

① “这笨蛋，见到信件上标 Private，就以为真的能保密了。”

“我见过很多菜鸟，从没见过因为太菜而送命的菜鸟。”

“嗯，这件事该列入新手指南中。”

——（Julian Wang《水蓝蓝 BBS 站杀人事件》）

② 好多次，我和她在网上聊完，关掉机器，一个人回宿舍去。路上回味她说的每一句话，用的每一个动作表情，进门的时候经常依然满脸挂着笑容。他们说：“网虫又回来了！”

……

我像守株待兔的傻子，一整天在网上混，等待她的出现，而自己根本不知道要和她说什么。那时候，我觉得自己的虚伪和空虚，以为我自己可以抗拒一切诱惑的；其实仍然是一个平凡的网人，避免不了喜欢上那个和自己聊得津津有味的网友。别人，也许早就将这定义为爱情、网恋。

——（应帆《网上病人》）

③ 漓江烟雨说：我帮你找个MM聊，我知道这里面哪些是MM哪些是GG。

无聊：什么是MM？老兄请讲。

漓江烟雨：MM就是妹妹啊，GG就是哥哥。

无聊：那好吧。

——（漓江烟雨《我的爱慢慢飘过你的网》）

例中“菜鸟”、“网虫”、“网人”、“网友”、“网恋”等都是“网虫”们创造并在网上常用的词语，“MM”、“GG”（还有“DD”，即弟弟）更是网上独有的缩写词。这些词语的网络色彩都很浓厚，在网上运用也很普遍，仿佛是网上交际的一种时尚。下面一个例子很能说明这一点：

我给雪山飞狐寄了一篇东东，当然“东东”就是“东西”的意思，我不得不称它为“东东”，身在网络，但不照网络的规矩办事和说话，就会被看作是一个异数。连网络外面的人都知道，我们管所有的男人都叫“青蛙”，管所有的女人都叫“恐龙”。

我不知道那是为什么，因为根本就是没有道理。

——（周洁茹《小妖的网》）

（2）运用网络、计算机的专业术语，如：

① 叠儿最初创办个人主页之时，很有缘分的在网上认识了紫胖子。是紫胖子手把手的把她从一个一窍不通的网盲培养成一个技术高超名声显赫的站长。从最基本的HTML语言、TCP/IP协议，到稍有难度的JAVA、公共网关接口CGI、交互式多媒体动感WEB页集成开发工具ActiveX，再到紫胖子自己总结和独创的若干技巧和技术，他都毫无保留倾囊而出。至今他们也只是通过聊天室和电子邮件保持着联系。简简单单的问候，清清爽爽的情谊。

——（邢育森《网侠系列》）

② 她在线，我就在线。

她不在线，我就不会让自己在线。

——（夜色阑珊《空相对》）

例中“主页”、“在线”、“聊天室”、“电子邮件”都是网络专用术语，而“HTML语言”、“TCP/IP协议”、“JAVA”、“ActiveX”、“公共网关接口CGI”、“交互式多媒体动感WEB页”等，更是专业性极强的计算机与网络术语，但为了内容表达的需要，也为了使网络文学更具网络色彩，小说中都很自然地运用了。这不但不会影响读者对小说内容的理解，相反会更有助于小说中网络环境气氛的烘托。

（3）利用网名体现特殊表达效果。网上交际可令作者极大地张扬个性和个人运用语言的特点，语言风格也相应地体现出多样化的特点，庄重的、随意的、严肃的、戏谑的都有。这一特点集中地体现在网名的运用上。网虫的网名可说是姓名中的“另类”，内容和结构都五花八门，雅名、俗名、洋名；词、短语，乃至句子，甚至读不出音的符号，什么都有，有些在现实生活中是不可能出现的，真正体现了姓名只不过是一个符号而已。网络文学作品对网名的运用也反映了这一特点，如：

① 起“小龙女”这个名字并不是我的初衷。在星伴、九色鹿、国讯几个聊天室，我常常叫“举杯邀月”、“画眉深浅”、“青箩”、“红笺”……听起来就有诗意的那种，也好让和我有共同嗜好的朋友慧眼识浪漫。

我又来到了荆州热线聊天室。在门外我犹豫了一下，这时候他还在吗？不如换个名字试试，于是敲上了“小龙女”这个名字。晚上的聊天室是最热闹的地方，进去以后发现刚刚华山论剑的一班人几乎全不在了，又多了好多人——心明、叶开、TT、小雨、小德、青鸟、小偷、通杀、紫君、小红帽、小妖精、敬庭、甜蜜、泪月、思泪人、DoReMi、小航、望天儿、快乐草、一条死鱼、为你钟情、小盘、只错一次、蓝鲸、婉儿、天涯浪子、小剑、兰鸟……杨过却好像并不在。

——（小挚《聊天室的故事》）

②“你好，好久不见了。”一个叫“简直”的网友和她打招呼。

“你是……”梅记不起他是谁。

“从前，我常常改名。我总是不满意自己的网上形象。我曾是 freedom、iWait、Dong，后来我发现，我仍然是我，没办法改变。之后我一直叫简直。”

“简直什么？”

“简单直接而已。”

——（网络交互小说《E 情战事》）

除了真实再现网络中实际的网名外，网络文学还有意利用人物的网名和网络写手的名字进行幽默的调侃，以增添小说情趣，如：

① 漓江烟雨：你的名取得不错。

无聊：你的也不错，我是真的很无聊。

……

无聊老妈：我已经跟她说了，如果再跟那个什么漓江腌鱼的来往，我就打断她的腿。

——（漓江烟雨《我的爱慢慢飘过你的网》）

② 没有人知道博世镖局总镖头邢育森的武功到底有多高……没有人知道榕树山庄主人宁财神的财产到底有多少……这两个耀眼的名字也紧密地联系在一起：他们是同门师兄弟。……可惜，“安妮宝贝”始终还在安妮家族手中，而中原武林为了那本书却不知经历了多少次血腥的残杀。……正是少林智僧无过大师……五岳剑派盟主、恒山派掌门仪琳师太……这竟然是十年前失踪的小李飞刀李寻欢……

——（李寻欢《宝贝》）

邢育森、宁财神、安妮宝贝、无过（吴过）、仪琳、李寻欢都是当下著名的网络写手，李寻欢将他们连同自己都编入武侠小说血战一场，令人读后不禁莞尔一笑。

还有利用网站名称增强表达效果的，如：

星期六这天，反黑客网站终于开张。

章伟宏给网站起了个名字，叫“天网”，取“天网恢恢，疏而不漏”之意。虽然名字俗了点，但他要的就是这俗。网站的网址是 http://www.knight.net，与他的大名“网络骑士”一致。

——（网龙《网络骑士》）

红心杀手的《猪.com》还诙谐地仿网站的域名造出一“猪.com”，令人忍俊不禁。

网络文学作品中还有些词语的运用也因网络的特点而具独特之处，如：

① 还有一次，我在同一个聊天室里碰到一个叫查理的人，它说它很闷，希望能够找人和它聊聊天。

——（王猫猫《并非网络情缘》）

② 无聊：到了那边，可能没时间上网了。

漓江烟雨：我会把我们的事儿写下来的。

无聊：好啊。

漓江烟雨：我们在一起多少天，我就写多少 K。

——（漓江烟雨《我的爱慢慢飘过你的网》）

③ 罗是第一个写 EMAIL 给我的人。

……

我们成为网友。他要求我每写一篇东西都 EMAIL 给他一份，但我常常忘记。

——（安妮宝贝《如风》）

很奇怪，例①中的查理明明是一个人，为什么用“它”来指代呢？因为网上难分对方的真实性别，网络上有一句著名的话，“在网上没人知道你是一条狗”。所以用“它”而没有用“他”或“她”。实际上小说中那个有着典型男性名字的“查理”确实就是一个女孩。这里在未明了其性别时，用无性别特征的表事物代词来指代是很准确的，虽然有些怪异，却更能引人注意，产生独特的表达效果。例②中的“K”为计算机贮存信息的单位，即“KB（千字节）”，例③中的 EMAIL 既作名词又作动词，极为洗练。

（4）大量运用书面符号。

计算机可输入多种文字符号，也可输入不少非文字符号，其书面的视觉符号是丰富多彩的，这就使得网络文学作品运用书面符号具有比较独特的网络特点。

首先混用计算机上的多种文字符号。根据表达需要，网络文学作品中混用有汉字、英语字母、汉语拼音字母，甚而注音字母等多种文字和注音符号，如：

① 电话诉衷情—— “I just call to say I love you”，说起来简单，其实做起来却并不容易，我说不出“just”那样轻松的词，也难以启齿“love”这样有冲

击力的词。

——（似水流年《飘逝的水痕》）

②“那么，我也告诉你，我也撒谎了……我如果不说要走，你怎么会说实话？！”

“wa！u r clever ，danshi ni shi zenme kan chulai de pozhan de shuo？”

哼！汉语拼音啊，ok……看在他说我 clever 的份上，告诉他吧。

——（《恐龙手记 one two three 》）

③“我想跟你聊天丫！...不然我睡不着...”

他说他等了几天.希望能在线上碰到我..奈何天不从人愿..只好含恨寄 mail..天怎会不从人愿？.. 也许是老天比较听我的话ㄛ！..：P

——（痞子蔡《第一次的亲密接触》）

网络写家多会英语，故常在汉语中夹用英语，因此网络文学作品中夹用英语的很多，例①即一例。例②中运用了没有注调号的汉语拼音，例③中的“ㄚ”“ㄛ”则是注音字母，即汉语拼音的“a”与“o”，在这里作语气词“啊”“哦”用。

其次运用计算机上的非文字符号。计算机可输入一些非文字符号，如“@#$￥% ^ ¢ * // £ ※ ¤ § △□ ☆”等，这些符号没有特定读音，但在网络文学作品运用起来非常方便，也很有意思，如：

“英野，你现在在哪儿？”

“我来北京了，我在#￥@$。”那是我现在公司后面的一条街。

我拿起电话。

“您好，##寻呼 18 号，为您服务。”

“请呼￥￥￥。”

“先生，请留言。”

——（阿非《爱情 BP》）

例中的各种符号都相当于平常所用的“××（某某）”，但显示出一种独特的“网味”。

最后运用计算机符号组合的表情符号。现在在网上交际还看不到对方的形象，也听不到对方的声音，为了表情表声，网虫们用计算机可输入的各种非文字符号巧妙组合，构成一些具有象形意味的表情符号，甚至还可代表一些事物。这种符号可以说是最具网络特点的“网语”了。网络文学作品中对这些表情和表物符号也多有运用，如：

① 因为在网路上，你根本无法看到对方的表情或听到对方的语气，所以只好将喜怒哀乐用简单的符号表示。例如笑脸符号就有“：)”、“^_^”、“：P”、“^O^”……

现在你若送来半形符号“：)”，我仿佛就能看见你微微扬起的嘴角；你若送来全形符号“：)”，我仿佛就能看见你满是笑意的眼神。

——（痞子蔡《第一次的亲密接触》）

② 这首诗写下来也不知道有多艰难。但总算完成了。

送一束@>>--->---给你
在一个群星璀璨的夜晚
我轻轻地执你的手
送别天边的霞彩
苍天撒泪，因为有情
大海呼啸，因为有爱
所以，年轻的你啊
别再：-（　别再：=（
倾情一（：-*
整个世界将不再孤寂
你看那颗流星
是我在为你：-0　为你：-（）

将这首诗发给翁晴，但是她很久没有回复。

章伟宏忍不住发了个消息过去："怎么样，写得还不错吧？是不是给一个(：-*以资鼓励？"

翁晴的回答是："臭美!!!"

——（网龙《网络骑士》）

例①中的符号作品中已说得很清楚。例②中的（：-*是"吻"；：-（是伤心的样子；：=（ 则是流泪了。@>>--->---代表玫瑰花；：-0 与：-（）则可根据上下文及诗歌韵律推测为"欢呼"、"喝彩"。这些形象的表情和表物符号须顺时针扭转 90°才能更好欣赏。网络文学作品中运用这些有趣的符号可给读者带来游戏的愉悦，增加阅读的趣味。

（5）运用以计算机、网络及其术语为材料的修辞方式。

计算机和网络对网络文学运用修辞方式也有一定影响，当然这种影响还不足以导致产生新的修辞方式，但计算机、网络及其术语可以作为修辞的材料给比喻等古老的修辞方式注入时代的活力，增添表达的魅力。如：

① 你知道，我常常健忘，不知是生活的单调还是孤独造成了我的记忆中常常存在一些类似计算机硬盘文件碎片的东西，需要时不时整理一下。

……

这个一九九九年元旦的夜里，我仍然毫无睡意，于是我坐到键盘前，整理我记忆硬盘的碎片，把我一九九八年的事记下来，鉴于我的记忆缺省，我只记得这几个片段了，请你原谅我的故事的不真实。或者说，真实。

——（易兵《真实的人是可耻的》）

② 你是本站之耻，是 BBS 界最大只的电脑病毒，你简直是被雷打中不堪使用的 286cpu。各大网路各大站应该将你列为 Baduser，将你 delete 掉。不，应列为 Worstuser，编成乱码后再 delete 掉，免得你用 undelete 指令，借尸还魂回来。

——（Julian Wang《水蓝蓝 BBS 站杀人事件》）

熟悉计算机的人都知道，将整理记忆比作整理计算机硬盘的碎片，真是一个绝妙好喻；而将人比作电脑病毒，并趁势运用比拟手法，要将其 delete（删除）掉，对其痛恨之切，表现得淋漓尽致。

（6）文学的行款与阅读方式不同。

网络文学的行款与计算机“书写”和网络传播有很大关系，计算机输入文字的便捷、机上 copy（拷贝、复制）的方便，使得反复的修辞方式运用和标点的连用都有自己的特点，如：

就我来说，不满足讲一个简简单单的故事。所有的传奇到最后也许只是一样的人间烟火，所有的浪漫到最后也要问一问生活的写实。我给你一朵玫瑰，我要给你的，还有那茎叶上的刺。

要论喜欢，我也喜欢那只有感情的故事；如果你喜欢，你可以想像故事到你喜欢的地方就结束了……

毕竟这是小说，是虚构的小说：我们都是网上人生，至少有一部分，所以特别期望有美好的传奇，即便到对网络人生网络故事已经十分熟悉的时刻；

我和别人一样。

忧郁并不是那么美丽浪漫的事情。

——（应帆《网上病人》）

这是应帆《网上病人》的题记，因为这篇 13 节的小说放在 13 个网页上，此题记就在每小节出现一次，共反复 13 次。这在纸质作品上是绝对不可能出现的。再如：

“水儿!!!!!!!!!!!!!!!!!!!!” 如果屏幕允许的话，傅苏还会继续他的感叹号，他已经激动的没有话说了，刚才差点睡着了，半梦半醒中竟似有了什么感应似的忽然清醒过来，竟然发现他等的人——水儿竟已来到眼前！

——（《E 情战事》）

纸质作品中也有感叹号连用的现象，但还没发现一下连用这么多的。这一长串感叹号充分体现了计算机输入的特点。

由于有些网络文学作品是每一章或每一节在一个独立的网页上，因此每一部分的前后都会有网上独有的“上一页”、“下一页”等点击标记，这在纸质作品上也是不可能出现的。

网络文学作品的空行较多，因为空行很容易，回车即可，这可能会诱导书写行款习惯的改变。网上有些散文作品的排列类似于诗行，而诗歌则大多数是空一行“写”一行，比纸质上的诗行更加疏落，看习惯以后倒也觉得美观，再看电脑屏幕上如果没有空行的诗篇，反而觉得有些促迫了。如：

思念缠绕在心际
穿越连绵起伏的千叠云山
却无法走出戍边的日日夜夜
鞠一捧怒江峡谷水
擎一枝高黎贡山松
把思念浓缩成行诗句
如果我是一座高山

思念便是那如兰的草木

如果我是一片汪洋

思念便是乘风的船只

航行在我的心里

——(飞翔《思念》)

网络文学作品的行款较为自由，还有一个原因是如果计算机的浏览条件设置不同，行款就会呈现不同形式。同时，作品下载后读者可按自己的喜好任意改变字体和字号，以适应自己的阅读习惯，还可打印“大字本”等获得阅读的方便和喜悦。这就使得网上阅读的自由度大增，读者积极创造的功能可有效发挥，进而提高阅读的兴趣。

当然，网络文学语言运用也有许多不足。

网络文学即兴的、快餐式的创作使得有些作品在语言上缺乏推敲磨炼，即写即发导致有些作者不注意仔细校对修改，加之大多没有严格的编审、校对程序，带来语言运用上相应的不足。关于这一点，有些网络写家自己也承认，“我自己就有这样的体会。在网上写东西，信马由缰，无所节制，无心打磨，写完就贴。而给纸媒写东西，总是句斟字酌，反复推敲。在网上写的几千字的东西，在纸媒上发表只能千字左右。这也就决定了二者的文野高下之分。”没有什么错讹的反倒很令人注目，吴过就曾以欣赏的口吻谈到安妮宝贝的《杀》，“遣词造句十分准确，连标点符号也很少出错，看来这是位训练有素的客人”。

网络文学语言运用的不足主要表现在语句的粗制滥造，标点的随意乱用，文字的错讹和别字泛滥等方面。如：

我终于开口用一种我喜欢的声音在说我爱你我爱你。。。。。。。。。

——(zoron《游戏规则》)

例中随意用一连串句号充当省略号，还有的作品中将省略号任意用三个甚至两个圆点代替。

网络文学作品中别字泛滥的例子俯拾皆是，如：

①“灵儿,”流星废（费）了一番口舌后，终于说服灵儿不再疯跑，两人坐在长满绿草的土坡上说话。

——(流星《星女》)

② 背景音乐：广播里放的《英雄泪》及《你究竟有几个好妹妹》等曲幕（目）。

——(阿非《豆芽菜成长记》)

③“班长这狗东西!”易知麻（骂）了一句。

——(许敏《无罪的星宿》)

④“什么事？”灵儿揪了跟（根）草叶，在手里玩耍着。

——(流星《星女》)

⑤ 那次我们大白天开着门放肆在打牌，铺（辅）导员出其不意地进来，我们手里捏着牌被活逮。半个月后，系里通知栏贴出了我们几个的处分通告。

——(易兵《无处躲藏》)

⑥ 什么是茶道？梠（据）我所知把热茶一饮而尽，让茶的清香在满口和食

道之间流动才是真正的茶道。

——（zoron《游戏规则》）

例①②是音同而误，③是音近而误，④是音同且形近而误，例⑤⑥则是音近且形近而误。

网络文学作品中有时还乱用非文字符号，非“网虫”不知所云，如：

深蓝：很帅

炫：我吗？

深蓝：我是说公爵。

炫：%—#·！￥*

炫：你是个奇怪的女孩，有时另类沧桑，有时单纯得让人忍不住想疼爱。

——（明媚《头发长了》）

例中%—#·！￥*大概表示语塞，但不知其确切含义，也许网虫们知道。

另外，有些作者特别不注意行款，有时任意空行，隔好几个空行才有一行文字，影响阅读的连贯性和读者的耐性。

语言运用上的这些不足之处影响到网络文学作品的质量，应该引起网络文学作者的足够注意，在写作中一定要注意规范运用语言文字和标点等。不管利用什么传播方式，文学在本质上都还是语言的艺术，而粗制滥造的语言是称不上艺术的。

不管怎么说，网络文学作为一种新的文学存在样式，给文坛带来了一阵清新之风。就文学发展的历史规律来看，一切文学门类都是由最初的大众创作、民间创作走向文人创作，从而走向成熟的，虽然网络文学目前尚处在大众写作的阶段，但随着时间的演进，传统作家会进一步融入网络，网络也会产生自己的作家，在新的规范产生之后，网络文学必将进一步走向成熟。有人评论图书市场将由“读图时代”进入“读网时代”。

网络文学在创作理念上极度追求娱乐消遣和个人情感的宣泄，创作过程上努力追求交互性、高效率和自由化，创作内容上主要表现网民生活和抒写个人情愫，创作形式上注重文本的超级链接和多媒体技术化，创作语言上大量采用简约、灵活而又独特的网络语言符号，创作主体构成上呈现非职业化、年轻化、匿名化。

三、网络文学的创作特点

首先，网络文学创作具有平民化特点。传统的文学创作，其创作主体是那些具有明显专业特长的作家，他们的作品通过报刊书籍得以和读者见面，作品在发表之前必须经过文学编辑或出版商的选择。因为报刊书籍的质量与其订户和销量密切相关，所以出版商、编辑对作家的专业水平和作品的质量会相应提出较高的要求。然而当互联网的BBS出现之后，在各种网站的文学论坛上，苛严的专业编辑消失了，满脑子利润的出版商消失了，订户、销量和利润等概念几乎也消失了，发表作品没有了“门槛”，作者可以将自己的作品自由上传发表。即使像“榕树下”这样著名的文学网站，发表作品虽然需要经过社团编辑的审核，但因为要考虑到照顾网友的创作热情和社团人气，加上网站容量空间似海，所以审核的标准也相应比较宽松，只要过得去，文从字顺，没有政治错误，一般都会获得通过。网络这种新兴的媒体为所有人提供了自由表达自我、自由发表自己作品的机会。过去那种环绕在专业作家头顶的神圣光环被电子网络技术的暴风骤雨吹打得烟消云散。

其次，网络文学作品发表和信息反馈具有快捷化特点。传统文学作品的问世是一个相对漫长的过程，且不说审稿、改稿、录入、校对、印刷、发行等一连串繁琐的环节，仅仅是作品由作者寄到编辑手中就需要大约一周的时间，而网络文学作品的问世就大大简化了，假定网络写手和专业作家同时完成了创作，当专业作家还在按传统做法将稿件装入信封的时候，网络选手只需用鼠标轻轻一点“确认”，其作品就已经和读者见面了！网络文学的快捷化还体现在读者对作品的迅速反馈、作者和读者之间、读者和读者之间的及时交流上。一篇作品刚在网上发表，有时也许只要几分钟就会见到读者的评论，读者怎么想就怎么说，毫无顾虑，也无需顾虑。系统上总是准确地显示出点击人次，哪些人什么时候发表了什么评论。《第一次的亲密接触》在台湾成功大学的 BBS 网站上连载时，这种及时交流的特点得到很充分的体现：当时数百上千的读者纷纷发表看法，甚至不少人给痞子蔡建议，要求他“别让女主角死”、“不要让她服药变丑”等。这种自由写作、自由发表、自由交流，最大程度地激发了写手的创作热情，痞子蔡的《第一次的亲密接触》就是以每天两节的速度产生的。在泉 B 论坛，我目睹了“哭泣的键盘”《明天去见面》诞生的全过程，每一节一发表，总是有众多的网友第一时间去阅读评论，交互性强，激发了作者的创作热情。美国著名恐怖文学作家斯蒂芬·金的新作《驾御子弹》在网上发布的第一天就有 40 万网民在网上花 2.5 美元下载到个人电脑上。这种作者和读者的互动性以及作品传播的迅捷性是过去所有的媒体无法比拟的。

再次，网络文学创作意图具有自由化特点。在传统的文学创作理念中，总是强调要体现文学的认识价值、教育价值和审美价值，甚至在特定时期还强调过文学要为政治服务，为工农兵服务，为人民大众服务，但网络文学恰恰是有意无意地漠视了这些戒律，传统理念中创作目的的崇高性，迅速被网络文学的自我宣泄和自娱自乐所刷新，绝大部分网络写手创作的直接目的就是为了宣泄和自娱，文学的认识价值、教育价值和审美价值都成了次要因素，更别说什么宏大主题了。当然这些只是就大多网络文本而言，那些专业作家参与进来所发表的文本，或有较高文学素养的业余作者所发表的文本，还是与传统文学作品比较接近的。

创作目的的变化，使网络文学作品表现个人经验的内容居多，传统文学中那种表现时代、社会精神的题材往往被搁置了。文学深度淡化了，网络文学呈现出非常鲜明的广度化倾向。有些网络作者，他们往往随着自己的兴致，随写随贴，不太注重作品的艺术性和严密性，使网络文学在形式上呈现出十分浓厚的拼盘化色彩。

网络文学虽然发展很快，但还只是一个新生儿，它不可避免的存在着弱点。

题材过窄是当前大家公认的网络文学流行病。在网络诞生然后回归到传统书刊热销的作品，题材多以言情为主。看了《第一次的亲密接触》如果说还有新鲜感的话，再看“第二次的亲密接触”、“第三次的亲密接触”，感觉难免就打了折扣，这跟作者的年龄层趋于年轻有关。其次，大部分网络作家（参与其中的专业作家除外）生活积累不深，这也束缚了他们的视野。另外，网络文学虽然让更多的人有机会展现自己的作品，但如果作者不加强自己的文学素养，难免会流于卡拉 OK 的水准。

示例：

「痞子...终於看到你了...晚安丫:」

终於？这个形容词好奇怪。更奇怪的是，为什麼这麽晚了她还在线上？

该不会又是心情不好吧!?

『是丫...你我相逢在黑夜的网路上...真是有缘』学学徐志摩，也许她会觉得我还是很浪漫的。

「痞子...跟缘份无关...因为我是刻意从两点多等到现在的。」

『真的假的？...没事干嘛等我？..』

「我想跟你聊天丫！...不然我睡不着...」

『你得了被害妄想症吗？...非得在睡前受到一点惊吓才睡得着吗？..』

「:）...」

这次的笑脸符号是用全形字打的，看来笑得比较大声...

「痞子...继续中午的话题...那你觉得网路上的邂逅如何呢？...」

拜托...那壶不开提那壶...中午刚被阿泰训了一顿...现在怎敢再讲..

『网路上的邂逅....很...很...很浪漫丫...』

我果然不擅於说谎，昧着良心时，连打出来的字也会抖...

「痞子...你骗人的...你又不是浪漫的人...」

完了...快要跟阿泰去喝酒了...

「痞子...说说看嘛！...我喜欢听你扯...」

『既然知道我是扯...何苦还要听我扯...』

「痞子...这叫知其不可为而为之...也叫明知山有虎，偏向虎山行...」

这家伙，别的不学，竟学我喜欢乱用成语。看看马厩，我只剩下这匹马了。该据实以告？还是含混带过？我不禁犹豫着...

「痞子...你当机了？...还是在发呆？..」

『嗯...我在思考今天的太阳为何如此之圆？..』

「痞子...别转移话题...我可是等了你一个钟头的呀..」

好厉害，连顾左右而言他，这种国民党高级官员才会的技巧也会被识破。

『现在很晚了...我怎忍心为了一己之私，让你听我大放厥词呢？..』

「痞子...拖延战术也没有用的...」

最後一张王牌也失效，看来只得屈打成招了。其实网路上的邂逅，的确是很浪漫。因为浪漫通常带点不真实，而网路并不真实。所以由此观之，网路上的邂逅是具备浪漫的条件。

「痞子...网路为何不真实？...虚幻的应是人性而非网路，不是吗？..」

话虽如此，但网路由於有很安全的防护措施，所以通常会产生三种人。第一种人会在网路上突显其次要性格。一般人应该具有多重性格，而在日常生活处世中，所展现的为主要性格。次要性格很可能被压抑，也很可能自己本身并未察觉有这种性格。但在网路上，代表自己的，已不再是血肉之躯，而是一些英文字母。少了所有的应酬与必要的应对进退，也少了很多利害关系。於是猪羊变色，反而在刻意或不自觉的情况下，展现自己的次要性格。

……

——（蔡智恒《第一次的亲密接触》）

这段话选自蔡智恒的网络小说《第一次的亲密接触》，使用了一些只有网民才熟悉的“网络语言”，如网民交流时用冒号和反括弧表示高兴“：)”等，因而在语言上具有鲜明的网络特点。

另外语言简洁明快，通俗易懂。除此之外，由于是网络小说，所以又有较大随意性。

四、网络接龙小说简述

1997年4月，加拿大在互联网络上举办了一个“全国小说”的写作活动。参加活动的作家一共有12位，代表加拿大全国12个省区的作家。12位知名作家在12个小时内完成了一篇集体创作的小说。小说的主题是“跨国故事”（cross country story）。第一位作家凯文·梅杰为小说安排了一对男女主人公，同时又为他们安排了一个浪漫的场景：去夏日的海滨度假，身边还带着一条狗。第二位作家接过这个开头，顺手又增加了一个人物：在海边小屋旁独自补网的老头儿。游客与老人之间展开了交谈。第三位作家将金钱导入小说，他描写男子取出支票本，开出高价，企图收买老头。果然，老人将岩洞的秘密告诉了这对男女。接下去，一位作家描写出海的场面，颇具历险的色彩；女作家苏·斯旺则又添上一位“超越时空的女神”——“加拿大文学女神”（Can-Lit Goddess）。下一位作家又将故事拉回到现实之中，让男女主人公面临小艇电池用光的危险。聪明的盖尔·鲍温为前面几位作家编造的已经有些荒诞不经的故事找到了一个合理的解释：这原来是那个男子的一场恶梦。最后，卑诗省的女诗人马斯克雷夫讲了一个从祖父那里听来的关于加拿大的传说，为全篇故事完满收尾。

加拿大的这次“全国小说”写作形式别开生面，引进许多加拿大人的兴趣，不少人也都好奇地在网上跟踪故事的进展。但小说内容情节和结构的不连贯，使这一故事的写作不像是完成一篇小说，更像是拼凑一场文字游戏。

另一次接龙小说的尝试有更多的参与者。美国著名作家约翰·厄普代克与另外44名作家一起在网上合作完成了题为“故事由谋杀开始”的小说。这次网络小说写作活动由著名的网上书店亚马逊公司主持。厄普代克通过电子邮件提供给亚马逊公司一段293个单词的故事的开场章节，介绍了故事的主人公塔索·波尔克小姐，她是书名提到的那家杂志的编辑。随着故事情节的发展，波尔克小姐被暗喻和陈词滥调苦恼着，同时她对围绕她的一位老雇员马里恩·海德·梅里维特自杀事件发生的一系列奇怪事件进行调查。整个作品完成后，虽然厄普代克认为这部作品“写得相当好”，但作品中充满着大量的对厄普代克文风的拙劣模仿。厄普代克本人表示，他对再次进行网上文学实验不感兴趣。

接龙小说充分利用了互联网络的即时性、互动性特点，使文学创作变成了一项集体参与的文学活动。就像中国古代三五文人一起喝酒时行酒令、作顶真诗，不过是喝酒变成了上网。1999 年 1 月开始，新浪网与《中华工商时报》联合举办为期 1 年的接力小说活动。小说题目为《网上跑过斑点狗》，第一章由青年作家邱华栋、李冯、李大卫写作，其余由网民和读者共同续写，计划最终完成一篇 6 万字左右的中篇小说。小说试图反映互联网给人类的生活、工作、爱情带来的冲突与影响，揭示虚拟社会与现实社会之间的矛盾与冲突。这篇小说后来因网民和读者反应不积极等原因而夭折了。

大学生必读书目100本

（教育部高等教育司指定）

1 《语言问题》赵元任著，商务印书馆，1980

2 《语言与文化》罗常培著，语文出版社，1989

3 《汉语语法分析问题》吕叔湘著，商务印书馆，1979

4 《修辞学发凡》陈望道著，上海教育出版社，1979

5 《汉语方言概要》袁家骅等著，文字改革出版社，1983

6 《马氏文通》马建忠著，商务印书馆，1983

7 《汉语音韵》王力著，中华书局，1980

8 《训诂简论》陆宗达著，北京出版社，1980

9 《中国语言学史》王力著，山西人民出版社，1981

10 《中国文字学》唐兰著，上海古籍出版社，1979

11 《中国历代语言学论文选注》吴文祺、张世禄主编，上海教育出版社，1986

12 《普通语言学教程》（瑞士）索绪尔著，高名凯译，岑麒祥、叶蜚声校注，商务印书馆，1982

13 《语言论》高名凯著，商务印书馆，1995

14 《西方语言学名著选读》胡明扬主编，中国人民大学出版社，1988

15 《应用语言学》刘涌泉、乔毅编著，上海外语教育出版社，1991

16 《马克思恩格斯论文学与艺术》陆梅林辑注，人民文学出版社，1982

17 《在延安文艺座谈会上的讲话》毛泽东著，《毛泽东选集》第3卷，人民出版社，1991

18 《邓小平论文艺》中共中央宣传部文艺局编，人民文学出版社，1989

19 《中国历代文论选》郭绍虞主编，上海古籍出版社，1979

20 《文心雕龙选译》刘勰著，周振甫译注，中华书局，1980

21 《诗学》亚里斯多德著，罗念生译，人民文学出版社，1986

22 《西方文艺理论史精读文献》章安祺编，中国人民大学出版社，1996

23 《20世纪西方美学名著选》蒋孔阳主编，复旦大学出版社，1987

24 《西方美学史》朱光潜著，人民文学出版社，2002

25 《文学理论》（美）韦勒克、沃伦著，刘象愚译，三联书店，1984

26 《比较文学与文学理论》（美）韦斯坦因著，刘象愚译，辽宁人民出版社，1987

27 《诗经选》余冠英选注，人民文学出版社，1979

28 《楚辞选》马茂元选注，人民文学出版社，1980

29 《论语译注》杨伯峻译注，中华书局，1980

30 《孟子译注》杨伯峻译注，中华书局，1960

31 《庄子今注今译》陈鼓应译注，中华书局，1983

32 《乐府诗选》余冠英选，人民文学出版社，1959

33 《史记选》王伯祥选，人民文学出版社，1957

34 《陶渊明集》逯钦立校注，中华书局，1979

35 《李白诗选》复旦大学中文系古典文学教研组选注，人民文学出版社，1977

36 《杜甫诗选》山东大学中文系古典文学教研室，人民文学出版社，1980

37 《李商隐选集》周振甫选注，上海古籍出版社，1986

38 《唐宋八大家文选》牛宝彤选，甘肃教育出版社，1984

39 《唐人小说》汪辟疆校录，上海古籍出版社，1978

40 《唐诗选》中国社会科学院文学所编，人民文学出版社，2002

41 《唐宋词选》中国社科院文学所编，人民文学出版社，1981

42 《宋诗选注》钱钟书选注，人民文学出版社，1989

43 《苏轼选集》王水照选注，上海古籍出版社，1984

44 《元人杂剧选》顾肇仓选注，人民文学出版社，1965

45 《辛弃疾词选》朱德才选注，人民文学出版社，1988

46 《西厢记》王实甫著，辽宁教育出版，1997

47 《三国演义》罗贯中著，人民文学出版社，1973

48 《水浒传》施耐庵著，人民文学出版社，1975

49 《西游记》吴承恩著，人民文学出版社，1980

50 《今古奇观》抱瓮老人辑，人民文学出版社，1957

51 《牡丹亭》汤显祖著，人民文学出版社，1963

52 《聊斋志异选》张友鹤选注，人民文学出版社，1978

53 《儒林外史》吴敬梓著，人民文学出版社，1977

54 《红楼梦》曹雪芹著，人民文学出版社，1982

55 《长生殿》洪昇著，人民文学出版社，2002

56 《桃花扇》孔尚任著，人民文学出版社，1958

57 《老残游记》刘鹗著，人民文学出版社，1982

58 《鲁迅小说集》鲁迅著，人民文学出版社，1990

59 《野草》鲁迅著，人民文学出版社，1979

60 《女神》郭沫若著，人民文学出版社，1958

61 《郁达夫小说集》浙江人民出版社，1982

62 《新月诗选》陈梦家编，上海书店复印，1985
63 《子夜》茅盾著，人民文学出版社，1994
64 《家》巴金著，人民文学出版社，1953
65 《沈从文小说选集》沈从文著，人民文学出版社，1982
66 《骆驼祥子》老舍著，人民文学出版社，1999
67 《曹禺选集》曹禺著，人民文学出版社，2002
68 《艾青诗选》艾青著，人民文学出版社，1979
69 《围城》钱钟书著，人民文学出版社，1980
70 《赵树理选集》赵树理著，人民文学出版社，2002
71 《现代派诗选》蓝棣之编选，人民文学出版社，1986
72 《创业史》（第一部）柳青著，中国青年出版社，1979
73 《茶馆》老舍著，人民文学出版社，1994
74 《王蒙代表作》张学正编，人民文学出版社，2002
75 《白鹿原》陈忠实著，人民文学出版社，1993
76 《余光中精品文集》余光中著，安徽人民出版社，1999
77 《台湾小说选》编辑委员会选编，人民文学出版社，1983
78 《中国当代文学作品选》王庆生主编，华中师范大学出版社，1997
79 《希腊的神话和传说》（德）斯威布著，楚图南译，人民文学出版社，2002
80 《俄狄浦斯王》（《索福克勒斯悲剧二种》）罗念生译，人民文学出版社，1961
81 《神曲》（意）但丁著，王维克译，人民文学出版社，1980
82 《哈姆莱特》（《莎士比亚悲剧四》）朱生豪译，人民出版社，1988
83 《伪君子》莫里哀著，人民文学出版社，1955
84 《浮士德》歌德著，译林出版社，1999
85 《悲惨世界》（法）雨果著，北京出版社，1996
86 《红与黑》（法）司汤达著，郝运译，上海译文出版社，1986
87 《高老头》（法）巴尔扎克著，傅雷译，安徽文艺出版社，1998
88 《双城记》（英）狄更斯著，晨光出版社，2005
89 《德伯家的苔丝》（英）哈代著，张谷若译，人民文学出版社，1957
90 《卡拉马佐夫兄弟》（俄）陀思妥耶夫斯基著，耿济之译，人民文学出版社，1981
91 《安娜·卡列尼娜》（俄）托尔斯泰著，周扬、谢索台译，人民文学出版社，1956
92 《母亲》（俄）高尔基著，人民文学出版社，2002
93 《百年孤独》（哥伦比亚）加西亚·马尔克斯著，黄锦炎等译，上海译文出版社，1989
94 《喧哗与骚动》（美）福克纳著，李文俊译，上海译文出版社，1984

95 《等待戈多》（法）萨缪埃尔·贝克特著，人民文学出版社，2002
96 《沙恭达罗》（印）迦梨陀娑著，季羡林译，人民文学出版社，2002
97 《泰戈尔诗选》（印）泰戈尔著，冰心译，湖南人民出版社，1981
98 《雪国》（日）川端康成著，上海译文出版社，1981
99 《一千零一夜》（阿拉伯）纳训译，1983
100 《外国文学作品选》刘象愚，吴宇华编，中国人民大学出版社，2000

参考文献

陈惇等．1999．外国文学作品选．上海：华东师范大学出版社

陈应祥等．1994．外国文学．北京：高等教育出版社

崔宝衡，任子峰等．1985．外国文学名篇选读．天津：南开大学出版社

冯亦同，徐志摩．1999．南京：江苏文艺出版社

傅希春等．1994．外国文学名著选介．北京：高等教育出版社

郭兴良，周建忠．2005．中国古代文学（上册）．北京：高等教育出版社

洪子诚，刘澄翰．1993．中国当代新诗史．北京：人民文学出版社

黄修已，方谦，李平．1985．中国现当代文学作品选．北京：十月文艺出版社

蒋人杰．2004．中国古代文学（上册）．北京：高等教育出版社

金元浦等．2000．外国文学史．上海：华东师范大学出版社

李简．2004．元明戏曲导读．北京：北京大学出版社

李平．2003．中国现当代文学专题研究．北京：北京大学出版社

李书敏，严平，蔡旭．1999．郁达夫散文小说选．重庆：重庆出版社

刘增杰．2002．中国现当代作家作品专题研究．天津：南开大学出版社

莫里哀．1980．莫里哀戏剧六种．李健吾译．上海：上海译文出版社

普希金．1984．普希金抒情诗选．刘湛秋译．长沙：湖南人民出版社

契诃夫．1978．契诃夫小说选．汝龙译．北京：人民文学出版社

钱谷融，吴宏聪．1999．中国现当代文学作品选．上海：华北师范大学出版社

莎士比亚．1978．莎士比亚全集．朱生豪译．北京：人民文学出版社

沈惠乐．2003．中国古代文学（下册）．北京：高等教育出版社

诗刊社编．1983．世界抒情诗选．沈阳：春风文艺出版社

寿永明．2005．中国文学名作欣赏．杭州：浙江大学出版社

魏饴，刘海涛．2004．文艺鉴赏概论．北京：高等教育出版社

徐挺．2002．文学欣赏．北京：高等教育出版社

杨公骥．2000．中国文学（修订版）．北京：中央广播电视大学出版社

易卜生．1978．易卜生戏剧四种．潘家询译．北京：人民文学出版社

易漱泉等．1980．外国戏剧选．长沙：湖南人民出版社

周先慎．2004．明清小说导读．北京：北京大学出版社

朱维之，赵澧．1985．外国文学史．天津：南开大学出版社